COLECCIÓN *La otra orilla*

D1440440

Alfredo Bryce Echenique

No me esperen en abril

Alfredo
**BRYCE
ECHENIQUE**

*

*No me esperen
en abril*

*

GRUPO EDITORIAL NORMA

*Barcelona, Buenos Aires, Caracas, Guatemala,
México, Panamá, Quito, San José, San Juan, San Salvador,
Santafé de Bogotá, Santiago*

Primera edición: 1995
© Alfredo Bryce Echenique, 1995
© Editorial Norma S.A.
Apartado 53550, Santafé de Bogotá
Derechos reservados para
América Latina excepto México y Perú

Diseño: Camilo Umaña
Fotografía de la cubierta: Víctor Robledo
Impreso por Cargraphics S. A. - Imprelibros
Impreso en Colombia - Printed in Colombia
ISBN 958-04-3149-3
CC 26008030

Este libro se compuso
en caracteres Monotype Ehrhardt

CONTENIDO

I

II

III

IV

V

Mi mayor gratitud a don Luis Alberto Sánchez, que lamentablemente ya no leerá este libro, y a Abelardo Sánchez León, el poeta hermano, porque se pasaron veinte años empujándome a escribir este adiós a toda una época y una edad de la vida.

A Alfredo Astengo Gastañeta, Jaime Dibós Cumberlege, José Luis Dicenta Ballester, Luis Elías Ancaya, Alberto Massa Gálvez, François Mujica Serele y Alfredo Ruiz Rosas, con estas palabras de Joseph Conrad: «A medida que transcurren los años y el número de palabras escritas crece a buen ritmo, también crece en intensidad la convicción de que solamente es posible escribir para los amigos.»

Y a Tere, en la ensoñación y en La Violeta, con estas palabras de Antonio Muñoz Molina: «No te he inventado como inventé a otras mujeres incluso después de haberlas conocido.»

Abril es el mes más cruel, porque
hace crecer lilas de la tierra muerta,
enredando la memoria y el deseo...

T. S. ELIOT

El primer sufrimiento se lleva a cuestas como un imán en el pecho,
porque de él procede toda la ternura.

JANE BOWLES

Hay dos grandes tragedias en la vida: la pérdida de la persona amada y
la conquista de la persona amada.

ÓSCAR WILDE

Cada amigo significa un mundo entero en nosotros, un mundo
que probablemente permanece inánime mientras no
aparecen nuestros amigos. Pero con tan sólo este encuentro
puede empezar toda una nueva vida.

ANAÏS NIN

Los amigos son una segunda existencia.

BALTASAR GRACIÁN

I

Como el pueblo de Pedro Páramo, el Perú era un lugar
gobernado por entes que ya habían desaparecido de la
realidad hacía mucho tiempo...

Nada se resolvió en los años cincuenta: simplemente aparecieron los
personajes del drama de los años siguientes... Cada amanecer
iluminaba un mundo idéntico a su víspera. No estaba en discusión
el sistema sino sólo la identidad de sus conductores.

Confiadas estirpes entrecruzaban sus destinos, sin que
a nadie se le ocurriera la posibilidad de un futuro no calculado,
fuera de control, rebelde o vengativo, que interrumpiera
una amable sucesión de décadas en las que sólo
había cambiado el largo de los vestidos...

GUILLERMO THORNDIKE

¡Púchica diegos, cómo sería aquello! ¿Cómo arrancaría, por ejemplo? ¿Fue un triste despertar de obsoleto señorón y ministro? Tiene que haber sido así, sí. Semanas o meses, tal vez años después de que don Álvaro de Aliaga y Harriman se acostara, se quedara dormido, más bien, con una última idea, una última preocupación que, como siempre en él y en todo lo que llevase puesto, apenas si le cabía en la fatigadísima franela de una piyama que le quedaba realmente a la trinca, una quieta noche de Los Ángeles, California, pero entre Chaclacayo y Chosica, a tan sólo unos 35 kilómetros del centro de esta Lima apacible y bueno, digamos que de democrática dictadura, porque la verdad es que salió de apañadísimos comicios de oposición enchironada, y cada día está más blanda y yo soy ministro y qué diablos, lo que me preocupa es Inglaterra, don Álvaro de Aliaga y Harriman dio en el sueño con la dolorosa idea que lo devolvió al día con una frase completa entre los labios secos: "¡Dios mío, qué solos se quedan los muertos!"

—¡Dios mío, Álvaro! —bostezó, exclamó y se despertó antes de tiempo, por su culpa, doña Francisquita—. ¿No será un infarto de ministro, no Álvaro? Déjame ver, déjame no asustarme a cada rato, déjame tocar dónde te duele, es tan temprano, Álvaro, pero quisiera saber. Algún día te va a pasar algo y yo voy a estar tan acostumbrada ya, que algún día te va a pasar algo terrible para los chicos y para mí...

—¿Y el Perú? ¿No has pensado en el Perú, Francisquita?

—Bueno, sí... Ahora que lo pienso, sí. ¿Pero qué tiene que ver el Perú con nuestros hijos y conmigo?

—Ahora que lo pienso, no mucho, pero ahora que pienso en lo que me ha venido preocupando durante un buen tiempo, sí, a lo mejor sí. En fin, déjame pensarlo un rato más, porque yo creo que me he equivocado de sobresalto, Francisquita.

—Dijiste algo sobre los muertos de infarto, creo.

—Pues me equivoqué, entonces. Perdona. ¿Es antes de la hora de levantarse, no Francisquita?

—Deja que trate de ver, porque yo creo que sí.

—A ver, para pensar un rato más.

—Acabo de mirar todo lo que he podido y no se oye nada más que el río.

—Si no se oyen mayordomos...

—No, yo distingo muy bien entre los mayordomos, los choferes y el río. La cocinera y el ama de llaves son las únicas que me cuestan trabajo.

—Cuando el río suena es porque piedras trae.

—¿Me puedes decir en qué estás pensando ahora, Álvaro?

—En nada. Trataba de dormitar un rato más. A ver si me viene la frase exacta que me sobresaltó mal.

—Nunca me has llegado a decir por qué desviaste el río Rímac... Y no te creo, Álvaro, jamás te creeré que fue sólo para que entraran...

—Cupieran.

—Esa discusión ya la hemos tenido, Álvaro, y la Real Academia Española nos dio la razón a los dos para que entraran en el jardín nueve hoyos de golf y esa plazueluchita de toros que más parece coliseo de gallos. Tú, no lo sé... Pero tú... Tú como que has querido que esta casa quede más cerca de aquel hotel tan bonito que fue y tan abandonado...

—Es curioso comprobar, Francisquita...

—Hasta ahora no se me ocurre por qué has querido que esta casa...

—Déjame comprobar, por favor, Francisquita, y dejémonos de sociólogos, porque son todos comunistas...

—Me juraste que no habría un solo aprista en este país mientras fueras ministro.

—Cuántas veces te tengo que decir que apristas y comu...

—Estoy segura de que la Real Academia Española, cuando menos, nos daría la razón a los dos...

—Fíjate si ya es hora de levantarnos mientras yo compruebo, Francisquita...

—Mientras tú compruebas qué...

—Creo que ni un historiador haría falta para comprobar: el hotel de Los Ángeles le quita su público al hotel de la Estación, en Chosica. Después La Hostería, de Chosica, le quita su público al lindo hotel de Los Ángeles. Y después arranca lo de Huampaní con clase media y el hotel de Los Ángeles cierra y La Hostería pierde público. Y todo más o menos en la misma zona. Este microclima es algo más que un microclima a 35 kilómetros de Lima, mujer.

—Pero, ¿qué tiene todo eso que ver con que tú hayas desviado el río para acercar nuestra casa a un hotel abandonado?

—Cuando el río suena... Caliente caliente, Francisquita... Sigue quejándote porque parece que estoy a punto de encontrar la frase exacta del sobresalto.

—No te sobresaltes otras vez por gusto, Álvaro.

—¡Ya!

—¿La encontraste?

—Toca para mayordomos y desayuno. Me afeito, me ducho, y te lo cuento todo en el *breakfast room*. ¿Me toca ropa limpia?

—En el baño tienes siempre todo lo que te toca limpio.

Don Álvaro de Aliaga y Harriman odiaba la limpieza de la ropa limpia. O sea que entró a su baño, lo vio todo impecablemente desgastado, descosido, deshilachado, sutilmente planchado, como decía él, y sonrió feliz. Como en la política, hoy también le tocaba hacer alguna trampita para empezar el día. O sea que se afeitó pésimo, descuidó enseguida al máximo su peinado y su bigote *old England*, le agradeció al cielo no tener que cagar para no tener que limpiarse, estuvo dando saltitos de felicidad en la ducha mientras se aferraba a las llaves bien cerradas del agua fría y caliente, ya alguna vez le habían caído un par de gotas de agua en día de ropa limpia, canturreó, tarareó, miró al río Rímac desviado por la ventana, le importó un comino la idea de mojar un poquito la toalla y se secó seco, muy cuidadosamente, eso sí, para que la toalla se gastara y se deshilachara un poquito más cada vez, la arrojó descuidadamente al suelo, la pisoteó, finalmente la pateó, y se entregó al asunto aquel de su vestimenta, que en todo Lima nadie entendía bien y alguien había juzgado como un rasgo de avaricia.

"¿Avaro yo? ¿Con la de billetes que estoy emitiendo?" Deshilachados puños y deshilachado cuello de camisa hecha a la medida en Londres. Cuello de colegial con las puntas indómitas y sin una gota de almidón. El nudo de una corbata universitaria por otro lado. En fin, en cualquier sitio menos en su sitio. Ahora Francisquita iba a intentar corregirlo y él iba a intentar matarla. Con lo alegre que había quedado sin ducharse. Con lo feliz que lo hacía haberle transmitido así algo de su lejanísimo pasado estudiantil en Oxford a la camisa de hoy: anteayer una camisa sucia se lo devolvió a su cuerpo limpio, hoy su pasado en Oxford se lo traspasaba por su cuerpo, no necesariamente sucio sino así, a la camisa de hoy. En fin, el nostálgico que se esconde en todo buen conservador. En fin, cosas del Phoenix Club que no entendían ni los mismos socios del Club Nacional. En fin, como Francisquita intente, yo intento...

Don Álvaro de Aliaga y Harriman le tosió su presencia en el *breakfast room* a su esposa, absorta en la lectura del diario *El Comercio*, también ella había estudiado, pero en Estados Unidos, y apenas revisó a su impresentable y querido esposo, motivo por el cual éste le soltó su segunda tos de buenos días al muy joven y demasiado atento segundo mayordomo, "¿Saturnino, Paulino, Fortunato?", al que esta mañana había encontrado más indígena que nunca. Traduciendo de todas partes y como podía su británico humor al castellano, para no escuchar tan temprano el malhadado acento norteamericano de su esposa, dejó de mirar a "¿Saturnino, Paulino, Fortunato?" y dijo:

—Esta primera colación me ha traído a colación el sobresalto exacto del que te hablé antes de ducharme, Francisquita. Basta con mirar hacia cualquier lado: cada día queda menos Inglaterra en el Perú y no es que pretenda ser tan conservador como en el asunto de mis camisas, del cual por supuesto no vamos a hablar, mujer...

—Pero el saco, Álvaro... ¿Qué, cómo haces para que se te achiquen así?

—Es tan fácil de explicar como lo del indígena: hoy me ha parecido más indígena que nunca. En todo caso no es que haya engordado...

—¿Quién ha engordado? No entiendo nada esta mañana y no me dejas leer *El Comercio*, Álvaro.

—¿Los chicos?

—Levantándose, me imagino.

—A eso voy: cada día queda menos Inglaterra en el Perú, mujer. ¿Puedes apartar tu mirada del periódico y dirigirla al río Rímac un momento? Dime, ¿qué ves?

—El abandonado hotel de Los Ángeles más cerca de lo que señalaba el plano de la casa, Álvaro.

—De eso precisamente quería hablarte, mujer. Piensa que ya los hijos de nuestros amigos, como los nuestros, prácticamente no tienen internados británicos donde ir. Están yendo todos a colegios norteamericanos.

—Eso no tiene nada de malo.

—¿Y la vulgaridad dónde la dejas?

—Nuestros hijos y sus amigos son finísimos.

—Lo pongo en duda. Y créeme que en nada estoy aludiendo a tu acento, Francisquita. Ya sabes que a mí mismo me cae bien una Coca-Cola, de vez en cuando... Pero ello no impide que algo se pudra o, en todo caso, que algo se acabe en el reino de Dinamarca.

—¿Qué piensas hacer para remediarlo?

—Benedictinos.

—Eso suena a whisky, Álvaro.

—A mí me suena al hotel de enfrente. Claro que los benedictinos quieren que los traslade hasta Arequipa y que...

—¿Puedes empezar desde el principio?

—De toronja, Paulino. Los jueves me toca de toronja el jugo.

—Saturnino, señor.

—Señor Saturnino, de toronja, por favor.

—Sí, señor.

—Y dígale a mi chofer que me ensille el Mini Cooper y que se tome otro día libre.

—¿Vas a correr, Álvaro? ¿Qué te da por sobresaltarme hoy?

—Hay inflación, mujer. Me han sacado en una caricatura con una maquinita para fabricar billetes. Parece que emito más que una emisora. En fin, no se puede negar que *si non è vero è ben trovato*.

—No corras, Álvaro, por favor. Para eso te ha dado el ministerio un automóvil con otro chofer.

—Pero yo me he comprado un Mini Cooper para que vean que Inglaterra no tiene necesariamente por qué dar una imagen poco ágil, poco moderna, poco veloz e independiente. Bueno, pero hay este asunto de los benedictinos. Monjes y no una bebida ni nada que se le parezca. Quieren que el colegio quede en Arequipa y que los chicos sólo salgan a ver a sus familias dos veces al año. Con esa condición vendrían al Perú, en fin, a Arequipa. Gracias, Fortunato...

—Saturnino, señor.

—¡Qué incomodidad!

—¿Qué ha hecho mal el pobre mayordomo, Álvaro?

—Nada, que yo sepa, puesto que Saturnino no es un nombre que me moleste en lo más mínimo y siempre me confundo.

—Eso es porque te pasas la vida en el ministerio.

—Hoy tengo almuerzo en el Phoenix. Y debo ir con un par de ideas claras acerca de esto de los benedictinos. Más té, Saturnino, ahora que creo haber aprendido su nombre. Mujer, ¿puedes concentrarte un momento en el hotel de enfrente? Quiero abrir un internado inglés y he contactado con benedictinos y después lo he comentado con algunos amigos del club. Éstos, a su vez, lo han comentado con sus esposas, que han resultado peores que los benedictinos. En fin, *when they begin the beguine*, pero puedes responderme en castellano. No tenemos nada que ocultarle a Saturnino. Además, usted, Saturnino, podría ayudarnos con algunos familiares para el servicio, cuando llegue el momento. Suelta *El Comercio* ya, por favor, mujer... No se puede leer un periódico y conversar a la vez.

—Bueno, ¿y qué han dicho las mujeres de tus amigos? Así sabré lo que he dicho yo.

—Han dicho que nones. ¿Qué día tengo que hablar en la cámara alta?

—Creo que me dijiste que mañana.

—Saturnino, tráigame desde hoy las pastillas del tartamudeo, por favor.

—Bueno, si te he dicho que no, es no. Tendré mis razones, me imagino.

—Y yo que contaba contigo para convencer a las otras distinguidas damas.

—¿Para abrir un colegio inglés en Arequipa? ¿Estás loco?

—En Arequipa hay muy respetables firmas y apellidos ingleses.

—Y disturbios contra el gobierno del que formas parte.

–Un buen lugar para los benedictinos, precisamente. Que la gente vuelva a creer en el ayer.

–Álvaro, el ayer es como tus camisas y tu primer apellido.

–*Debo* responderle a los benedictinos. Intentaría negociar para que nos dejaran ver a los chicos del colegio una vez al mes.

–¿Ir a Arequipa una vez al mes?

–No, si los chicos serán casi todos probablemente de Lima. Ellos vendrían a vernos a nosotros.

–Álvaro, dile de mi parte a los benedictinos que quiero ver a mis hijos una vez por semana y lo más cerca posible de Lima.

–Eso es lo que han contestado todas las demás señoras.

–¿Y tú desde antes habías pensado en el antiguo hotel de Los Ángeles?

–Ése es el único punto en el que todo el mundo está de acuerdo. Menos los benedictinos, claro.

–Pues que se vayan con su *beguine* a otra parte.

–De eso se trata, quieren irse a Arequipa.

–De eso se trató, Álvaro.

–Las tapadas, las tapadas, las malditas tapadas limeñas. Malditas cagadas. En este país siempre han mandado las mujeres. Por eso queda cada vez menos Inglaterra en el Perú. Colonia, virreinato, república, siglo veinte, mucho general pero demasiada mujer. Nos tratan como a hijos y a nuestros hijos como a hijitas.

–Sus pastillas para la cámara alta, señor Álvaro.

–Si tiene la-la las manos li–limpias sáqueme una para aho-aho-ahora mismo.

–Prométeme no correr en la carretera en ese estado, Álvaro.

–Fue-fuera de borda llevaré otro mo-mo-motor, hoy.

–Te he dicho hasta el cansancio que no corras, Álvaro.

–Una inflación, unos benedictinos, algún generalote, en fin, ¿qué no me quedará antes de llegar al Phoenix Club? Gracias a Dios que estas pastillas son de efecto tan acelerado como mi Mini Cooper.

–Pues mira de dónde vienen.

–Al frente habrá un colegio inglés. Con o sin benedictinos. ¿Me oyes?

–Para mirar a tu pasado muy de cerca. Seguro que irás saltando de piedra en piedra por el río. Y con algún uniforme de tus *old boy sports day* tiempos. ¡Qué caprichos de niños, por Dios santo! ¡Pero por fin me entero por qué desviaste el río Rímac!

—¡Las tapadas! ¡Las malditas tapadas! ¡Esas ca…!

—¡No olvides que a mí me trajiste de Panamá!

¡Cómo olvidar un acento semejante! ¡Y me refiero al inglés, solamente!

—No corras mucho en ese estado, por favor, Álvaro.

—Hasta la noche, mujer. *Let me kiss you.* Que tengas una linda lectura de *El Comercio.* Una preciosa jornada de jardinería y ¿qué amigas vienen hoy para el té?

—Creo que la mujer de algún ministro también. Pero no corras, por favor.

—Beso a los niños y saco mi fuera de borda. Cuídate, *wify.*

"*Acelera, chofer, acelera, acelera por la carretera…*" Llegó canturreando don Álvaro a su Ministerio de Emisión, Inflación y Hacienda. Así le encantaba a él mismo llamarlo y los viejos porteros de tantos ministros se asombraban siempre al verlo entrar tan distinto a todos sus predecesores, tan distraído, tan ido y tan mal vestido, casi sucio. "Aquí nadie me entiende", se burlaba él de la situación y de sí mismo, de cualquier cosa se burlaba don Álvaro menos de Inglaterra. Y, tras un buenos días, doña Carola, le preguntó a su secretaria:

—¿Cómo andamos de caricaturas hoy, doña Carola?

—Pésimo, señor ministro. Siguen dale y dale con la maquinita de los billetes. Permítame que le diga que se están extralimitando, señor ministro.

—Tiene usted que aprender, Carola: la mejor respuesta es la sonrisa. ¿Hay alguna caricatura buena? ¿Alguna novedosa?

—Según usted, yo creo que ésta, señor ministro. Tenga, por favor…

—Se diría que estoy incomodísimo con esta ropa… Pero no está nada mal… La verdad, está realmente divertida. Bueno, en todo caso, recuérdemela antes de salir a almorzar. Debo dictarle alguna respuesta ingeniosa para la prensa. En el fondo, al pueblo le encantan estas cosas. Anótelo en la agenda, por favor, y convénzase de que no es falta de cariño.

—Permítame, señor ministro, recordarle sus antecedentes familiares…

–Prefiero que me recuerde usted qué tenemos en la agenda para esta mañana.

–Tiene usted llamada del señor presidente…

–¡A sus órdenes! –exclamó don Álvaro, cuadrándose gloriosamente y pensando: "Por lo menos, mientras te *Angamos* durar." Doña Carola realmente no entendía qué le hacía tanta gracia a don Álvaro.

–Lo han llamado don Felipe, don Antenor y don Francisco. Los tres preguntan que si algún benedictino asistirá hoy al almuerzo del Club Fénix.

Como en los estatutos de la Compañía de Seguros Fénix, don Álvaro tradujo de Phoenix:

–Diga usted Fínix Club, con *f* e *i* latina, y habrá logrado pronunciarlo bien, doña Carola.

–Fínix Club, señor ministro.

–*That's it*. Páseme usted primero con mis amigos y después con el general.

–A las diez y treinta viene a verlo el ministro de Marina.

–Entonces páseme usted a las diez en punto con palacio de gobierno y no bien llegue el ministro recuérdeme su nombre. Éste creo que es puntual, además de todo. ¿Algo más para esta mañana?

–Por ahora no, señor ministro.

–Bien. En fin, muy bien. No bien haya terminado de hablar con mis amigos, páseme usted con usted misma para que me lea la prensa de hoy. Si hay noticias inglesas, subráyelas. Después lo peruano y sobre todo los ministerios de Marina y de Interior. Subráyeme, mejor, todo lo que tiene que ver con el mar. No quiero que la batalla de Angamos me sorprenda desinformado. Y un poquito de deportes, también, para cuando acabe de despachar con el ministro de Marina y le ofrezca su piscazo. A mí me prepara un falso whisky, por favor. Perdóneme, Carola, pero hay que tener también una botella de whisky a la mano. La Marina toma whisky, me parece, en este endemoniado país.

"*Acelera, chofer, acelera, acelera por la carretera…*" Entró canturreando don Álvaro a su despacho ministerial. Y, a la una y treinta en punto, repitió la letra de su cancioncilla de carretera y dio por concluida su matinal jornada con la siguiente frase para la agenda de doña Carola ante la prensa: "Felicitaciones al caricaturista. Peor sería que se olvidaran de mí." Póngalo todo en discurso indirecto, doña Carola. En fin, que diga usted que yo dije eso antes de poner en marcha mi fuera de borda. Nunca se olvide usted de mencionar esto último. A la gente le encanta que yo mismo maneje mi Mini Cooper y que de mi casa al ministerio nadie haya logrado pasarme todavía en la carretera con un carrito así de chiquito. Excelente imagen de prensa, doña Carola. Ah, y no se olvide usted de reunirme a todos mis asesores a las cuatro en punto. El presidente, y hasta el ministro de Marina, tras consultar con Interior y Guerra, me han dado luz verde en lo de mi otro fuera de borda. Emitiremos, pues, doña Carola... *"Acelera, chofer, acelera..."* Salió canturreando don Álvaro rumbo al Phoenix Club.

—Mi tapada también se opone, señores: no habrá benedictinos ni internado en Arequipa, señores. ¿*Bloody mary* para todos? Creo que este desastre bien se lo merece. Y créeme que lo siento por Arequipa, Simón.

—Bueno, Álvaro, pero la verdad es que eso más que a internado sonaba a convento de clausura.

—Pero yo les había explicado detenidamente mis razones, queridos amigos.

—Siempre te dije que las consideraba exageradas, Álvaro. ¿Qué tenemos de ingleses de pura cepa?

—En mi caso, mis empresas, Antenor. Además, háganme caso, señores. Miren ahí la lista de presidentes de este club. Debemos serles fieles. Debemos quedarnos donde estamos.

—Álvaro, sabes perfectamente bien que eso es imposible desde la Segunda Guerra Mundial.

—Maldita sea.

—¿Por qué, si tus empresas sobrevivieron intactas?

—Ya diste en el clavo: ¿Pero sobrevivirán? Necesitamos hijos ingleses, alguien que sepa enfrentarse a estas malditas tapadas. ¿Por qué diablos tienen que ser las mujeres de este país tan españolas? Yo me traje a Francisca de Panamá pero también resultó española. Y eso que había estudiado en los Estados Unidos. Perdóneme, don Francisco, olvidaba que su mujer sí que es española de verdad. Yo sólo quise referirme a este asunto tapado, en el que creo que también usted está de acuerdo conmigo.

—La verdad, don Álvaro, más me preocupa a mí el asunto provinciano. Perdón. Hago hincapié: no me refiero a Trujillo o Arequipa, señores Inurritegui y Simpson.

—Siga, don Francisco: lo escuchamos con la atención que usted siempre se ha merecido.

—Bien, muchas gracias. Me refiero a la guerra de Corea. Un colegio inglés, quede donde quede, puede llenársenos de algodoneros iqueños, nazqueños… Tienen hijos nuevos ricos que educar.

—Don Francisco, recuerde usted, con su perdón, que en Nazca, en tiempos prehispánicos, florecieron la agricultura, la cerámica, la astronomía y otras ciencias…

—Pidamos el menú y no nos pongamos prehistóricos, por favor. Yo hablaba de la guerra de Corea…

—Don Francisco, tengo un director en mi banco…

—Pues yo no.

—Te van a comer vivo, mi querido Francisco.

—Es usted peor que una tapada en broma, don Francisco.

—Entonces, señores, me inhibo.

—Caballeros, escojan sus armas.

—¿Qué tal está el cebiche hoy, Augusto?

—Se lo recomiendo a los señores. Y el lomito saltado. También ha llegado vinito chileno.

—Augusto, recuérdelo: no se puede tomar vinito chileno delante de don Pedro.

—Señores —interrumpió algo fastidiado don Álvaro—, aquí sobran guerras, cuando yo sólo vine a librar una pequeña batalla. No quiero ser duro con ninguno de nosotros, ni con nuestras esposas, ni siquiera con nuestros hijos. Pero estos últimos, sean de ustedes o sean míos, ya no repetirán nuestras hazañas en Inglaterra ni en ninguna otra parte. Lo dije la vez pasada. Vienen al mundo tan comechados ya que hasta en los colegios peruano-norteamericanos fracasan. ¿Cómo será si los enviamos al extranjero?

—Mi mujer se opone rotundamente a que mis hijos…

—Bueno, tienes que considerar que también lo son de ella.

—Pero si eso es lo malo, precisamente. Que yo hable de mis hijos es sólo una manera de hablar. Y en eso sí que estoy totalmente de acuerdo con Álvaro. No en lo de Arequipa y los benedictinos, pero...

—Ya lo sabemos: son totalmente incapaces de estudiar en Inglaterra o...

—Dejemos Estados Unidos de lado. Eso puede venir más tarde, en la universidad. ¿O no, Álvaro?

—No es exactamente mi idea, Simón. Yo intento traer Inglaterra entera al Perú, en lo que a educación se refiere. Ya tenemos colegio primario. Ahora quiero un internado exclusivamente de secundaria. Después traeré una universidad, y así poco a poco. He estado hablando con mi apoderado en Londres...

—¿Escogieron su vinito francés los señores? ¿Blanco o tinto? ¿Cómo lo quieren?

—Traiga de todo un poco, Augusto, y ya nos iremos sirviendo nosotros, para que no tenga usted que interrumpir.

—*Be careful with your drinks today*, Felipón.

—Es que no lo estuve anoche y necesito otro *bloody mary*.

—Perdónenme si pongo el dedo en la llaga, señores...

—Lo dijo González Prada: "Sale pus, aunque no le des precisamente a la llaga."

—Citas mal y bebes mucho, Felipón querido...

—Quisiera volver al grano, señores: ¿qué hacemos con los hijos nuestros que han botado de todos los colegios ingleses, franceses, norteamericanos y españoles, señores? Llamemos a las cosas por su nombre, por favor. Y basta de tanta historia. Porque, aunque nos duela y nos conmueva, nuestros retoñitos este año...

—No pasan de primer año de secundaria.

—Veo que lo que empezó siendo el solitario canto de Felipón se va convirtiendo en coro. ¿De dónde sacamos ingleses rápidamente? Sobre todo ahora que, por fin, parece que hemos alcanzado el tono histórico que más le conviene a esta conversación. Fuera benedictinos, fuera lejanías, para no ofender a nadie, y un curita español o por lo menos peruano, pero de familia bien y...

—Y punto de peruanos.

—Sé que por ley tiene que haber un director peruano ante el ministerio de Educación. Es un detalle de último minuto, pero vale la pena tenerlo en cuenta. Más dos o tres recomendados de nuestras tapadas. En fin, que ya van cuatro peruanos y nos falta un militar, educación física y todas esas cholerías. Además, traten de explicarle ustedes matemáticas a nuestros chicos en inglés. Pero si no las entienden ni en la leche materna, señores...

—¡Basta, señores! ¡Esto se me indigesta! Y mañana tengo se-se-senadores. He tomado honrada nota de todo, y tengo un local ideal frente a mi casa de Los Ángeles. ¿Recuerdan el antiguo hotel? ¿Están de acuerdo?

—Mañana te lo diremos después del Senado, en el Club Nacional. Ya sabes que tendremos que hablarlo con nuestras esposas.

—Brindemos por un minúsculo golpe de Estado, caballeros.

—Mira la cara de felicidad que pone don Raúl.

—Perdónenme un último pesimismo, señores. Nuestras esposas necesitarán ver a sus heroicos hijos los fines de semana para saber que siguen con vida.

—La mía me ha dicho que de cuarto interno... ¿eh?

—¿Qué es eso?

—Que sólo almorzará en el colegio...

—A los fines de semana los podemos llamar *weekends*.

—No es la deliciosa comida de este club lo que me indigesta, señores. E-e-e-es que ya no queda ca-ca-ca-casi nada de mi ide-idea...

—El Senado te toca mañana, Álvaro.

—Pero el país me toca to-to-to-todos los días.

—Uniformemos a nuestros monstruos primero de ingleses cojudos y ya después veremos qué pasa.

—¡Diablos, Felipón! ¿Cuándo vas a empezar a parar de beber?

—Cuando me superen mis hijos.

—Lo siento mucho, don Francisco. No lo hice venir para esto.

—No se preocupe, don Álvaro. Yo soy un hombre muy extraño: nunca hago nada y nunca tengo tiempo para hacer nada.

—Tengo un último pedido que hacerles, señores. Es preciso convencer a nuestras esposas de que el hijo de don Lorenzo Sterne tiene que ingresar a este nuevo colegio. Todos sabemos que ese pequeño bastardo va a ser expulsado a fin de este año del Santa María. Lorenzo cedió en todo, pero ahora se trata de que nosotros le demostremos nuestra gratitud.

—Perdona, Álvaro, pero en Trujillo no nacen hijos como el de Lorenzo Sterne. A mi hijo también seguro que me lo botan del

Santa María este año, pero por razones que, aquí entre nos, casi me enorgullecen, señores.

—De acuerdo, de acuerdo. Pero ahora de lo que se trata es de convencer a nuestras esposas.

—Déjame que me encargue sutilmente de eso, mi querido Álvaro. También yo tengo en mi más alta estima a don Lorenzo Sterne e hidalgamente debo reconocer que pudo pasarle a cualquiera de nuestros hijos y que todo fue fruto de la confusión, de la mala suerte, de…

—Hidalgamente yo lo único que reconozco es que esto, en Trujillo, lo arreglaríamos de otra manera. Esto no parece una reunión de terratenientes y hombres de empresa, señores. Parecemos nuestras esposas reunidas.

—¡No, por Dios! ¡Ésas arman otro escándalo y nos obligan nuevamente a presionar a don Lorenzo!

—Ya dije que yo me iba a encargar sutilmente de eso…

—¿Cómo, don Gaspar?

—Pasado mañana es primer viernes…

—No entiendo nada…

—Mañana se confiesan todas, ¿no?

—La mía se confiesa en Chaclacayo, me parece.

—Pero el noventa por ciento se confiesa en San Isidro. Curas claves: el antipático ese del cura Weber, en San Felipe, al que todas le tienen pánico por ser alemán. Dicho sea de paso, yo siempre recomendé un colegio alemán para exterminar a nuestras esposas y que nos dejen educar como a hombres a nuestros hijos… Pero bueno, queda el cura Constancio, en San Isidro. Esta misma tarde lo llamo de parte de todos, ¿de acuerdo?

—Demuestro mi solidaridad trujillana con los medios mas no con el fin, que conste.

—No te preocupes, Luis José. Se lo haremos constar al padre Constancio Dólar. Contante y sonante.

—Bueno, entonces invitemos mañana a don Lorenzo Sterne al Club Nacional.

—Y de paso que pague la cuenta.

—¡Felipón!

—Me refería sólo a la cuenta del padre Constancio.

—Bébete todo el coñac del mundo. Yo regreso al ministerio. ¿Puedo dejarlo en su oficina, don Francisco?

—Sería un placer, don Álvaro, pero me temo que no quepo en su automóvil de bromista. Y ya esta mañana le dije que no estaba de acuerdo con este gobierno. Ni con el fin ni con los medios, en este caso.

—Por favor, señores. Concentrémonos un instante en la lista de presidentes de este club. Me empieza a parecer que tuve razón en mi primer sobresalto de esta mañana. Los muertos se quedan muy solos, en efecto, y el Fénix Club gana. Con razón que le noté algo particularmente indígena a ¿Saturnino, Paulino, Fortunato? En fin, estaba hablando conmigo mismo. Buenas tardes.

—Augusto, se va el señor ministro. Acompáñelo usted donde el portero, para que lo acompañe luego hasta su automóvil de loco.

—¿Estamos contentos, señores?

—Que lo diga Felipón... Porque lo que es yo... Yo mañana viajo a Estados Unidos y sólo vine a ver si llovía.

—¿Y llovió?

—La misma fina garúa de siempre en la misma Lima de eme de siempre. ¿O es que algo se me está indigestando?

—Los mu-mu-muertos se quedan muy solos y no-no-nosotros esta-ta-tamos cada día peor representados en este artefacto incaico llamado Pe-pe-perú, co-como dijo no-no sé quién...

Aquella misma noche de agosto de 1952, don Álvaro de Aliaga y Harriman le comentó en la mesa a doña Francisquita:

—Habrá colegio allá enfrente, pero tendré que llamarlo San Pablo en vez de Saint Paul. Y la verdad, ya qué importa. No queda diferencia alguna entre una reunión en el Phoenix Club y otra en el Club Nacional. Nunca pretendí que fueran opuestas. Pero, como el ferrocarril es inglés, quise que las dos líneas avanzaran paralelamente, siempre a la misma distancia, armoniosamente pero sin tocarse.

—Guerra avisada no mata gente, m'hijito.

—¡Por Dios, Francisquita!

—¿Y tu sentido del humor, *dear husband*?

—¿Recuerdas lo del hijo de don Lorenzo?

—Con mucha pena por el chico y por sus padres.

—Menos mal.

*

LAS INQUIETUDES
DE UN BRIGADIER DISTRAÍDO

Nuevamente había sido un llanto largo y silencioso y llenecito de preguntas. Nuevamente habían pasado horas antes de que se durmiera. Nuevamente se despertaba demasiado temprano aún para el colegio. Por la amplia ventana del dormitorio en penumbra, como cada madrugada, como cada mañana y cada día, el lamento desgarrador y agudo de la paloma cuculí era la música de fondo que liquidaba toda posibilidad de recuperación de alegría en aquella habitación amplia, moderna, confortable y alegre. Como perdigones helados, húmedos y helados, el lamento cuculí de las palomas agujereaba las cortinas aún cerradas y venía a matarlo de pena, a llenarlo de indefensión, de nuevas inquietudes, ¿cómo se podía ser un chico alegre en una ciudad con esos amaneceres?

No le faltaba nada, le enseñaban, le repetían, era un chico con muchísima suerte, pero él sentía que era más lo que le faltaba por conocer, por aprender, por descubrir. Se lo decía su intuición, le dolía su corta y alegre y dolorosa experiencia, la mirada que veía siempre algo más, algo distinto a lo que le estaban enseñando en su casa, en el colegio, en todas partes, en la vida. Era un chico ejemplar, además, chico de excelentes notas, adorado por las monjitas que no se resignaron a verlo crecer y entrar al mundo ya definitivamente masculino del colegio Santa María. Era bromista por las mañanas, en el colegio, para ocultar el interminable llanto de sus noches inquietas y preguntonas, conversador alegre y deportista convencido, por las tardes, para ocultar sus amaneceres. ¿Por qué nadie habla nunca de la paloma cuculí? ¿Es que nadie la oye, como yo, desde la madrugada? Era el gran fabulador de la repostería de su casa, hasta que lo llamaban para que siguiera fabulando su día de colegio en el precioso comedor encendido, entre sus padres y hermanas, para ocultar el miedo a las horas inquietas que le esperaban al acostarse.

Atravesaba también la blanca puerta de su dormitorio verde el cuculí-cuculí de las palomas. Venía por los corredores del segundo piso, entraba seguro a perdigonazos helados y desgarradores por otras ventanas, por otros dormitorios. ¿Por qué sólo él oía entonces el lamento de la paloma cuculí? Lo preguntó. Lo oían todos, ¿por qué?, era algo tan natural como la vida misma, la palomita esa negra y horrible, también hay palomas chuscas, Manongo. Volvió a preguntar: ¿por qué el lamento de esa paloma es andino, aquí en Lima, aquí en la costa, aquí en San Isidro, aquí en la casa nueva? Las cosas que se te ocurren, Manongo, habrase visto cosa igual, ¿por qué no le dices a tu papá que te regale una escopeta de perdigones y acabas con todas las cuculíes del barrio? Perdigones, perdigones contra perdigones, ¿así era tener casi trece años y muchísima suerte? *Tenía tenía tenía* que encontrar un refugio, más allá de sus bromas, más allá de sus buenas notas, algo más fuerte que los deportes, que las fábulas de repostería y servidumbre feliz con que preparaba la tranquilidad de sus padres y hermanas, con que se preparaba para cada noche… Un retorno, tenía que prepararse un retorno… ¿Existiría ese retorno, ese refugio más allá de todo, más fuerte que todo, que cada minuto, cada hora, cada día, cada noche, cada nuevo amanecer, cada paloma cuculí, más allá de los doce y trece años y para siempre?

En esa ilusión se metió enterito una mañana de mayo, a la hora del recreo. Lo habían buscado para jugar básket y él había dicho que no, lo llamaron para jugar fútbol y él dijo que no y ya nadie más le hizo caso. Sintió la inmensa posibilidad que le proporcionaba el haberse quedado completamente solo, el haberse aislado por completo, por una vez en su vida de colegial alegre, bromista, fabulador. Miró las concurridas canchas de básket, chicos de distintas edades corriendo en los verdes campos de fútbol, y se metió en uno de los baños que daba a los corredores entre las salas de clases, por un lado, y por el otro a las canchas de básket. Todo blanco y limpio, techos altos, urinarios blancos y compartimientos con las puertas abiertas o mal cerradas y los excusados a la vista, lavatorios blancos. En un lugar muy parecido, sólo que más moderno y de compartimientos pintados de gris, le había pegado él, por someterse a una prueba, por hacer lo que todo el mundo hacía, a un compañero desde entonces inolvidable, Felipe Anderson. Después se había refugiado en una clase de los altos para sentir cómo se pierde a un amigo, para sentirse perseguido desde entonces por la paloma cuculí. Tercero de primaria, Inmaculado Corazón. La madre de Felipe había encontrado a su hijo llorando, me ha pegado Manongo Sterne, y lo había empezado a buscar por todo el colegio esa señora que no saludaba a su madre, qué horror, qué equivocación fue, cómo pude olvidarme de hacerla dama de compañía cuando me casé con tu papá, Manongo, es que éramos tantas amigas que se me pasó y ella nunca me lo perdonó, tu abuelito dice que qué importa, que es una fortuna ya muy dividida, pero yo nunca me lo perdonaré, Manongo, y aunque no me conteste, siempre le sonrío los domingos, a la salida de la misa de San Felipe. Felipe Anderson tampoco me saluda ya a la salida de la misa de San Felipe, me lo recuerda cada mañana la paloma cuculí, mamá. Tampoco es para tanto, la verdad, Manongo… También eran blancos los lavatorios del colegio Santa María, en ese baño menos moderno y de techos muy altos y ventanas enrejadas para que las pelotas de básket no fueran a romper los vidrios… ¿Encerrarse en un compartimiento?

Lo probó, no dio resultados, todo le recordaba a Felipe Anderson y él quería acordarse de muchas cosas además de su antiguo amigo, quería recordarlo todo, sentirlo todo, absolutamente todo y entonces sí, construir el refugio, retornar al búnker de los juegos de la infancia. Salió del baño por la puerta que daba a las canchas de básket, subió la pequeña escalera que llevaba a la explanada de las formaciones por clases y se fijó en la escalera exterior que llevaba a las clases de los altos. Ahí debajo de la escalera, tal vez, delante de la puerta abierta de par en par del ancho y muy largo corredor que avanzaba entre las salas de clases. Sí, claro, ahí, un buen sitio para probar suerte, para entregarse por entero a su última esperanza, para volver a ser él y enseguida esconderse para siempre en él. Sintió un fuerte impulso y corrió invencible hacia el lugar exacto de su derrota final. Era como un avión que despega, sólo se oía a sí mismo, estaba completamente solo, era loco, todopoderoso su entusiasmo, jadeante su carrera cuando empezó a patinar en su frenada y colocó las manos de Tarzán como un altoparlante para su grito de salvación e infancia: "¡Cuculíííííííííííí!"

—¡Chitón la boca! ¡Cállese, pedazo de idiota! ¿O se creyó usted

que éste era un colegio de niñas? ¡Mire, si busca usted un colegio
de niñas, avíseme y yo le enseñaré dónde los hay, y buenos!

–Lo siento, *brother* Charles… Sólo trataba de…

–Mire, no sé lo que trataba de hacer usted ni me importa. Ande,
vaya a jugar fútbol y trate más bien de portarse como un hombre.

Mala suerte, tan mala suerte, el más bruto de todos los gringos.
Rubio, casi albino, con la ropa sucia, los pantalones con la barriga
inmensa chorreando encima, mascando chicle hasta en clase. Según el profesor Murillo, *brother* Charles tenía andares de malean-
te, de chalaco, de chavetero, no de religioso norteamericano…
Sonó el timbre, fin de la hora del recreo, sólo *brother* Charles lo
había visto, felizmente. Pero ahora ni el mismo Manongo lograba
entender qué había estado intentando hacer toda la mañana, qué
había hecho, por qué lo había hecho, por qué había intentado algo
completamente imposible. Le habían enseñado que cuanto uno
más crece más pasado tiene, pero sin duda eso quería decir otra
cosa, sin duda él lo había entendido todo al revés: Lizárraga sí que
debía tener pasado porque hasta fumaba ya. Y él, que era amigo
de Lizárraga, ¿por qué no tenía un pasado donde refugiarse, por
qué había llegado al colegio esa mañana dividido, partido en dos,
por qué tenía que escoger para siempre entre el humo de los cigarrillos de Lizárraga y un adiós para siempre al recuerdo de los
días felices de Felipe Anderson, al mundo tal como era antes de
que él le pegara por error a Felipe Anderson y apareciera por primera vez en sus despertares de San Isidro el lamento provinciano,
el lamento de repostería, el lamento de cocinera, el lamento triste
y pobre, andino desde ahora para siempre de la paloma cuculí?
Pero su mamá le había dicho sólo a ti se te ocurren esas tonterías,
Manongo, y sin enterarse de nada le había hecho la broma tan
dura aquella de los perdigonazos contra los perdigones, como
brother Charles.

Happy birthday to you… Cumplir trece años nada podía tampoco
contra la paloma cuculí y ahí estaba él rodeado feliz por su cumpleaños feliz. Hasta Lizárraga había venido con los dedos color
nicotina de la mano derecha, engominado y con una corbata de

lazo, una cara de malo impresionante y una sonrisa de muchacho en el fondo buena gente. Lizárraga asistía con pinta de escéptico matón a las escenitas posteriores al lonche con torta y velitas, a la película para menores de edad, a la degeneración de la fiesta cuando Navarro se cortó la mano con un vaso de cerveza, qué hacía ese niño metido en el bar de tu papá, Manongo, a la ficción de trompeadera a muerte con que terminaban siempre esos cumpleaños, buenos contra malos, ganaban buenos y malos, hermosísimos instantes de la vida que luego se rompían en pedazos en la violencia real de los cines de barrio, había que fumar mientras se entraba para que te dejaran entrar a una de adultos, había que odiar a los colegios españoles, en el cine Colina, fumar mucho y no quitarles el ojo de encima a los del Champagnat, en el cine Orrantia fumar más y no quitarles los ojos a los del maristas San Isidro. Y que no miraran a nuestras hembritas. En esos sitios, Lizárraga se lucía fumando mejor que nadie y después, qué tal trome Lizárraga al volante de un inmenso Buick negro último modelo, qué trompos, qué curvas, qué culateadas, la clase entera se quería meter al carro inmenso del sonriente, sereno y fumante Lizárraga. Sereno hasta que ponía el motor en marcha y entonces quién lo paraba a Lizárraga, sólo Manongo entre las cuatro clases que estudiaban primero de media era más alto que Lizárraga y acababan de nombrarlo brigadier por sus notas, por su estatura, por sus bromas, por el vicio que sabía meter como nadie en la clase del indio García cuando, según el loco éste de Manongo, no había mejor manera en el mundo de joder al cholo ése que esconderse bajo una carpeta y cantarle cuculí cuculí, se desesperaba el profe de dibujo, el pobre serrucho ese de García: ¿Quién cantó, puis?, ¿quién como la palomita cantó, puis?, y debajo de una carpeta se oía una voz que se oía debajo de otra carpeta, este loco de Manongo imita perfecto a los ventrílocuos: "Yo canté, puis, Cara de Plato…" "¡Muchacho loco! ¡Muchacho loco! ¡Muchacho loco!" Pero Manongo, al mismo tiempo, había llegado a un arreglo con el mercachifle de Cara de Plato García: sus padres lo habían contratado para que le diera clases particulares de dibujo a él y a sus hermanas y le habían comprado un cuadro pésimo y lo invitaban a tomar lonche. Lizárraga eso ni se lo olía. Nadie se olía eso. Y, en casa de Manongo, nadie molestaba al señor García, se le respetaba más de lo debido, por el contrario, y hasta se le había comprado un cuadro horroroso a ese cholo mercachifle.

El subteniente Alfaro y sus ciento veinte soldaditos de plomo. Normalmente debieron ser sesenta pero ese año se suprimió sexto de primaria y los de quinto saltaron de frente hasta primero de media. Son cuatro clases de treinta alumnos ahora, en vez de dos, y los jueves por la tarde se reúnen en la explanada de formación para sus primeros contactos con el mundo militar, de pisco y de machos, ahora ya son parte de la educación secundaria, son los más chicos entre los grandes, pero ya hay alguno que está en la reserva del famoso equipo de básket del colegio Santa María y el padre Heil le ha echado el ojo a Manongo, tiene la estatura y parece que reúne las condiciones. Manongo sueña mientras contempla a los grandes tromes de quinto año de media en el Club Terrazas de Miraflores, las chicas del Villa María se deshacen por ellos, han llegado flamantes y brillantes uniformes de basketbolistas norteamericanos, de profesionales, uniformes azules y amarillos que superan a los de los colegios franceses, españoles. Llegar a quinto de media, llegar al Terrazas, jugar por el Santa María, campeonar, que se muera por uno aquella chica del Villa María frente a cuya casa Lizárraga pega sesenta trompos cada tarde después del colegio, matar para siempre a la paloma cuculí, convertirse en trome, en matador, matador de hembritas y de equipos de otros colegios, matador en las plateas de los cines y en las fiestas miraflorinas y sanisidrinas, matador como el Pichón Letts, como los hermanos Controni, como Valdez, como Barrios, Barrios que es tan musculoso, Valdez que encesta bombeadito las pelotas desde los rincones de la cancha, Conterno que es exacto a Alan Ladd y tan buena gente y el Pichón Letts que es un mito y además existe.

Los objetos más importantes del mundo son el peine y el espejo. El más mínimo parecido a Elvis Presley, a James Dean, a Marlon Brando, a Tab Hunter, matadores de celuloide más reales que el sueño de nuestros peinados. A Manongo Sterne le preocupa, lo inquieta terriblemente que en el fondo le aburran tanto esos matadores de celuloide y tan fáciles de imitar con un poco de gomina. Pero lo que más le molesta es quererse parecer a un actor en el que nadie se fija, al culto, elegante, inglés de acento perfecto y sin chicle, al clásicamente vestido James Mason. Hasta donde han llegado sus averiguaciones, sólo ha logrado saber que tiene la dentadura más fea de Hollywood y ha hecho de malo y de perdedor en más de una película para adultos.

Educación premilitar con uniforme caqui los jueves por la tarde y si en nuestras casas se burlan tanto del general Odría, del presidente y su chola María, de los generales siempre retacos y panzones de nuestro ejército de cholos, ¿qué opinión pueden tener ellos del subteniente Alfaro? No parece mala gente, no da miedo, más bien da miedo reírse de él cuando habla pésimo. Cholo blancón, lo más desconcertante es que ande dando clases en un colegio, y es que dicen que a los peores los mandan a los colegios, para que se burlen de ellos, ¿será verdad?, ¿será como un castigo para ellos?, ¿el suplicio de lidiar con chicos decentes y burlones? No, a los peores, a los malos de verdad, a los indisciplinados y rebeldes los mandan a las guarniciones de la selva y de la sierra, eso sí que es castigo. ¿Entonces quién es el subteniente Alfaro? ¿Un machote, un malo, un bruto, uno medio analfabeto? No lo parece. El subteniente Alfaro hasta bromea con ellos y soporta un buen chiste. Pero más de uno sí que no, ¡atención!, ¡firmes!, ¡formando por la derecha!, ¡de frente!, ¡alto!, no todavía, marquen el paso pero nadie se me mueva de su lugar, suena medio incoherente todo.

Pero jueves tras jueves siguen practicando los ciento veinte soldaditos para su primer gran desfile militar, en fiestas patrias. Desfilarán entre otros colegios, con otros colegios, contra otros colegios, mejor que otros colegios, la patria, la guerra, el desfile, la disciplina, la bandera y el escudo. ¡Brigadier Sterne! ¡Diga, mi subteniente! La verdad, ¿a qué tanta seriedad, a qué tanta guerra y batalla?, ¿alguien aquí iría a una guerra? Las guerras son en el cine y las gana todas Estados Unidos. Y nuestros cholos son para las guerras con Chile, con Ecuador, cállense porque por ahí hay un nieto del héroe de Angamos. Es que la Marina es blanca, Lucho.

Manongo desfila siempre al frente, solo, brigadier, lo siguen el abanderado y sus escoltas. Otro jueves más marchando como idiotas con el juego este de fiestas patrias, para jugar jugamos fútbol, básket, hasta jugar bolas y ñocos es más entretenido que esto. Disciplina, ¡alto!, el subteniente Alfaro ha mandado ¡alto! y Manongo

Sterne como si nada, Manongo, lo llaman, se desternillan de risa sus compañeros, pero Manongo sigue marchando, sigue y sigue marchando, este loco de Manongo, como siempre metiendo vicio mejor y distinto que todo el mundo, el subteniente se desespera mandando alto y más alto y Manongo está convencido que llegaron las fiestas patrias y que la chica de los trompos de Lizárraga lo está mirando, observando, ahorita mismo ya no lo mira ni lo observa, lo está admirando, Manongo se va por todo Miraflores con el colegio y la chica detrás, Manongo por fin se detuvo y volteó y miró la enorme distancia que había quedado entre sus batallones y él, no se lo puede creer y mira al cielo y mira a la chica y mira a las musarañas y tiene lágrimas en los ojos y la carcajada es general...

Camina de regreso Manongo Sterne, realmente no sabe lo que ha pasado, pero resulta que el subteniente está doblemente furioso: un brigadier no solamente debe marchar mejor que nadie sino que además debe dar el ejemplo en todo. Manongo está completamente de acuerdo salvo en lo de la distracción: fue verdad, no oyó nada, estaba pensando en las musarañas, como casi siempre, por otra parte. Pero de pronto se han deshecho los batallones y son muchísimos los ciento veinte alumnos y el subteniente Alfaro grita y grita y manda que se alineen todos, quiere ver dos columnas de sesenta alumnos en menos de lo que canta un gallo, ¿se me alinearon ya? Subteniente, pero... ¡Se me alinearon ya! El castigo ejemplar para el pésimo ejemplo que ha dado el brigadier se llama callejón oscuro. Pero qué castigo ni castigo si todos somos amigos aquí... ¡Se me alinearon ya! Hace horas que se alinearon pero ahí como que nadie se atreve a hacer nada hasta que el subteniente Alfaro le da un empujón al incrédulo Manongo y éste empieza a avanzar entre la risa desconcertada de sus compañeros... ¡Que le den, que le den, que le den! ¡Que le den y duro! ¡Es una orden! ¿Se creyeron ustedes que éste era un juego de niñas? ¡Duro! ¡Más! ¡Mucho más!... Manongo avanza con los ojos cerrados, tropieza, oye risas, recibe un cocacho en broma, tropieza nuevamente pero nunca se golpea, son cabes, cabes en broma o bromas más que cabes, gritos, cabes, cocachos, caídas, aunque sea broma duele mucho y un Judas, otro Judas, tres Judas o tres sobones o tres que se sintieron realmente observados por la furia del subteniente Alfaro le soltaron un buen golpe, una buena patada, Manongo abrió los ojos, sabe quiénes son, eso es lo que más duele, pero en el fondo no ha pasado nada, salvo la rabia, los nervios, el jadeo, el ahogo, el temblor en el estómago, la huella de algún zapato en el pantalón caqui y, al otro extremo, el subteniente Alfaro: ¡Venga para acá, Sterne!

–¡Brigadier Sterne!

–Sí, mi subteniente…

–¡Dígame si le ha gustado!

–¡Sí, mi subteniente!

–¡Entonces pase de nuevo!

–¡Sí, mi subteniente! ¡Pero con usted!

Forcejeos, Manongo prácticamente no ve de rabia, de pica, de llanto, forcejeos entre el subteniente y Manongo que caen entre las dos filas de compañeros que ya no lo tocan, lo que pasa es mucho más grave, mucho mucho más grave, Manongo tiene un verdadero ataque de nervios y el subteniente es el asustado ahora: ¿y si le ha pasado algo a este cretino?, por dárselas de machito, pues. ¡Vamos, a la dirección, vamos! El subteniente busca ayuda pero no de los alumnos, arrastra a Manongo hacia la dirección, el camino por los largos corredores se le hace interminable y busca ayuda, cómo explicar lo ocurrido, él no le ha hecho nada a ese chico, nadie le ha hecho nada a ese chico, ¿qué le pasa entonces a este chico?

En una sala adjunta a la dirección del colegio, Manongo espera y solloza despatarrado sobre un sofá. Algún ardor en la pierna, tres o cuatro manchas de zapatos en el pantalón, el cuello de la camisa abierto y la corbata militar colgando. Quisiera irse a su casa, no le duele nada, lo único que quisiera es estar en su casa y que ya hubiera pasado todo. Pero entra y sale gente y han mandado buscar al médico del colegio y ahora el que sí está realmente aterrado, desconcertado, no puede haberle pasado nada, es el subteniente Alfaro, hasta se siente maltratado, no escuchado, no respetado el subteniente Alfaro cuando el director del colegio, el hermano Teodoro, el famoso Periscopio que tanto hace reír a los alumnos por la forma en que camina, como para un lado, como apoyando siempre un solo pie mientras empina el otro, como un periscopio que asoma en la superficie, ha vuelto a entrar, ha vuelto a salir, mientras el médico del colegio lo examina y dice que él ahí no ve nada malo pero que claro, ¿y si le han dado un golpe por dentro?,

¿si la lesión es por dentro?, ¿si el hígado o qué sé yo?, palpa y palpa pero Manongo sólo sabe sollozar por toda respuesta, por fin se incorpora, quiere irse, correr hasta su casa, nada le duele, pero lo dominan y lo sientan nuevamente en el mismo sofá y cierran la puerta, de ahí que no se mueva, de ahí no sale, es mejor que vaya a la Clínica Americana para que lo examinen debidamente...

Manongo vuelve a sollozar al ver que la puerta se abre y que entra su madre totalmente descontrolada, su madre que nunca quiso al hermano Teodoro, ella que nunca soportó al hermano Teodoro, que si un tejanazo, que si ese acento, que si lo bruto que es y ahora resultó que era una bestia, ¿por qué no se lo explicó en inglés?, ¿acaso ella no entendía perfectamente bien el inglés?, la despertaron de su siesta, es el hermano director, señora, ¿señora Sterne?, ¿hermano Teodoro?, venga usted corriendo al colegio, señora Sterne, su hijo Manongo ha sufrido una tragedia...

Manongo nunca había visto a su madre en ese estado, en un instante ha pasado del temor atroz, de la peor angustia de su vida a una rabia incontrolable, está furiosa, le ha bastado con mirarlo para desencadenarse en gritos contra el hermano Teodoro, ¡bestia!, ¡bestia!, ¡bestia!, ella siempre había dicho que ese hombre era una bestia. Trata de calmarla el médico, señora, por favor, comprendo su estado, su susto, su desesperación, pero ahora lo importante es que a su hijo lo llevemos a la clínica, puede haber una lesión interna, señora, el bazo, el hígado, los riñones, eso es lo primero que hay que hacer, señora...

Los cuartos de la Clínica Americana son verdes y las camas de fierro blanco. Llevan y traen a Manongo, Manongo no tiene nada, un par de raspetones, otro par de moretones en las piernas, Manongo no tiene nada por fuera y felizmente no tiene nada por dentro tampoco, felizmente, felizmente, felizmente. Pero de pronto resulta que no, que ojalá hubiera tenido algo, así lo vive él, en todo caso, así lo viven otros alrededor de él, en todo caso, ojalá hubiera tenido algo que justificara... Su hermana le ha traído un radio, Manongo se pasa el día oyendo valses criollos, boleros, alguna canción americana, todas hablan de amor y de pena, de pronto se descubre escuchando muy atentamente las letras de amor y de pena, espera las tardes, las noches, debe permanecer algunos días en observación, ¿por qué?, ¿para qué?, ojalá hubiera tenido algo

que justificara que... Más es lo que ocurre en la calle que en la
clínica, en su cuarto en todo caso sólo ocurre que el tiempo pasa y
que él no se explica por qué nadie viene a verlo y nadie tampoco le
dice que ya puede irse a su casa, si no pasa nada, si no me ha pasado nada más que una rabieta de niño nervioso, nada más que un
ataque de nervios, una humillación ante mis amigos, ¿por qué no
me dejan salir ya? Hay que esperar...

Tú siempre has sido un santo, Manongo, le dice una mañana su
madre, ¿a santo de qué?, tú siempre has sido nervioso y distraído,
demasiado inquieto, pero siempre te has portado bien y has sido
un buen hijo, un excelente alumno, tú siempre has sido un santo,
Manongo, pero desde niño, desde que eras una criatura y había que
atarte a la pata de una cama porque nos agotabas a todos, cuando
has armado una te has convertido en la pata de Judas, Manongo,
nunca armas una hasta que armas la más grande del mundo, algo
fuera de lo común, de lo normal, sólo tú eres capaz de organizar
semejante lío, la madre de Felipe Anderson se ha vengado, que le
pegabas a su hijo, que le pegaste y le pegabas a su hijo, que por fin
te han dado una lección en el Santa María, que cada chico ha ido
a contar su versión a su casa, unos bromeando, otros nerviosos, otros
preocupados, que más de una de mis amigas ha puesto el grito en
el cielo y más de un sucio periódico se ha aprovechado, el asunto
ha escapado al control de todo el mundo, nadie salvo Luzmila
Anderson hubiera querido que ocurriera una cosa así, pero los
periódicos más inmundos han dicho inmundicias, cobardes alumnos del Santa María le pegan a compañerito, en primera página,
Manongo, con inmensos titulares, más de un amigo, más de un
colega está presionando económicamente a tu padre...

¿Cómo diablos se presionará económicamente a nadie?, se preguntaba Manongo mientras escuchaba la radio, pero sí se imaginaba bien, perfectamente bien, a su padre mudo y desgarrado,
asustado e incapaz de defenderse, tímido e intimidado, desesperado porque acabe esa pesadilla que sólo interrumpía en la Clínica
Americana la visita de sus compañeros de clases. Venían por las
tardes, lo trataban como siempre, como si nunca hubiera pasado
nada, como si nunca jamás hubiera pasado ni fuera a pasar nada
entre ellos, hasta se reían del subteniente Alfaro, y Lizárraga,
endomingado, con su corbata de lazo y los prohibidos dedos ama-

rillentos de nicotina, le sonreía serenamente, como amigo y compañero, como si viniera a visitarlo en nombre de todo primero de media, de las cuatro clases, de los ciento veinte alumnos. Fue la visita que más tranquilizó a Manongo y más de una tarde hubo que hacer sitio en su cuarto porque ahí no entraba ya ni una mosca y ningún mariconcito del Santa María le había pegado a ningún mariconcito de mierda.

Los amigos se iban y Manongo escuchaba la radio y esperaba tranquilamente el día de la salida, menos tranquilamente el primer retorno al colegio. Sentía vergüenza, tremendo lío, tremendo papelón, por qué le había tenido que tocar a él, tanta mala suerte, se conocía lo suficientemente bien como para saber que en su vida jamás lograría ser un buen brigadier, odiaba la disciplina con gritos, jamás se había querido ni sentido más alto ni más macho ni más nada que nadie, su vida eran sus amigos, sólo ellos le hacían soltar una buena carcajada cuando los recordaba en sus inquietudes nocturnas, en medio de sus propias lágrimas, cuando esperaba ansioso la hora de levantarse y salir a luchar contra la paloma cuculí entre sus amigos del colegio... Su padre vino a verlo... Su padre no había venido a verlo hasta esa mañana...

¿Qué hacía su padre, trabajador y puntual como nadie, con tanto tiempo libre una mañana cualquiera? No actuaba como su padre, ese señor sonriente no parecía su padre y qué demonios intentaba decirle, su padre no hablaba así, es peor que si hubiera nacido en Inglaterra, decía su madre, no entiende el Perú para nada, decían sus tíos que lo adoraban y se burlaban de él, no faltaba quien le llamara el mudo de la familia, tímido, callado, flemático, respetuoso, jamás le había hablado a nadie de corazón a corazón, parecía un bolero, ¿qué intentaba decirle su padre hablándole así de mal, intentando que fuera de corazón a corazón y de padre a hijo, casi confesándosele ahí delante, lo mucho que había tenido que luchar él en la vida, lo mucho que trabaja por sus hijos?, sonaba casi a por culpa de sus hijos, ¿por tu culpa, Manongo?

Estaba irreconocible su padre con los ojos fijos en los pies de la cama y unas ganas de haber acabado ya, de salir disparado ya, de no haber nacido para cosas como ésta, realmente había que ayudar a ese pobre hombre que es tu papá, Manongo, y al final Manongo casi le dice incluso que ese día él ni siquiera había estado en el colegio, que jamás había oído hablar del subteniente Alfaro, que no conocía a ningún Lizárraga, que había delatado, que había calumniado a sus mejores amigos, sí, papá, sí, papá, claro que sí, papá, si tú lo dices, papá, ¿y además tengo que firmar, papá? Mas la pregunta, claro, que nunca le haría a su padre: ¿Habría tenido que morirme, no, papá?, ¿sólo así... no, papá?

Ahora sí que ya nunca sería igual volver al colegio, ni aunque lo cambiaran de clase, ni aunque le cambiaran de amigos, de colegio, de vida, ahora sí que ya nunca nada sería igual. La tragedia acababa de empezar y él no sabía cómo decirlo, cómo vivirlo, cómo entenderlo, mucho menos cómo volver a aprender a bromear y a meter vicio como antes. Recordaba perfectamente bien a los dos o tres compañeros que le habían dado un golpe de verdad pero tampoco lograba sentir nada contra ellos. Todo lo que sentía lo sentía contra sí mismo. Dos o tres compañeros que le pegaron de verdad no eran nada al lado del daño que él le había hecho a sus compañeros. Además, pudieron haberle pegado por miedo, por sobonería de niños, porque se tomaron lo militar o al furibundo militar en serio, bah, cosas del pasado, no de éstas de ahora, nada que ver con esta vida contra sí mismo, nadie lo había recibido mejor, con mayor indiferencia, con mayor olvido, con mayor ni nos dimos cuenta, con mayor Manongo nunca pasó nada, que sus propios compañeros. La vida cotidiana era perfectamente normal en el colegio y con sus compañeros de clase.

Pero el padre Heil lo sacó de la reserva de futuros campeones de básket, pero el profesor de educación física le dijo que tenía problemas psicológicos, pero el cura Francis empezó a odiarlo más que nunca, y en el sector de los grandes de verdad, de los campeones interescolares, de los verdaderos representantes del colegio, de la flor y nata del Santa María, del alma de su colegio, más de uno le tocaba el hígado, le preguntaba te duele, le daba un cocacho bromista, otro justiciero, Cabieses, le soltó un escupitajo y él se le fue encima y todo el mundo en ese sector se puso del lado de Cabieses y a Manongo lo devolvieron a empujones, pollos, tizazos, terrones, al mundo de Lizárraga. Ahí se refugiaba, jamás hablaba del asunto, jamás le hablaban del asunto, dentro del Buick negro de Lizárraga hasta llegaba a creer que todo seguía igual que siempre, que él era el mismo de siempre, hasta que le presentaban una chica y otra y otra y todas, sin falta todas le preguntaban si él era el famoso del callejón oscuro. Él era, sí, el famoso del callejón oscuro, ¿el mariconcito ese?, le preguntó una tarde una chica llamada Leticia Anderson.

—Sí, yo soy el mariconcito ese —le respondió Manongo—. Y mucho gusto.

Y ya no se dejó buscar por Lizárraga ni por nadie. Sólo su primo, el Gordito Cisneros Tovar y de Teresa, amigo de infancia anterior al colegio, silencioso cómplice de tantas diabluras en el Inmaculado Corazón, primero, en el Santa María, después, venía a buscarlo los fines de semana para ir al cine. Hasta que un día, en la oscuridad cobarde del cine Metro alguien le tocó el hígado, le dijo ¿te duele, mierda?, y desapareció con las mismas, hasta que su tío John, su padrino, su tío más bromista y querido, su segundo padre, el de las haciendas, el de los veranos en Ancón, abrió la puerta el día en que Manongo se dijo ¿por qué no toco y entro un rato, aprovechando que estoy delante de su casa?

—A mi casa no entran maricones —le dijo su tío, su padre, su bromista, su vida de niño mimado, cerrándole malamente la puerta en las narices, para que se diera bien cuenta de que no se trataba de ninguna broma. Ésa era una familia en que los hombres eran muy hombres y él no era muy hombre que digamos. Sus hermanas crecían y salían, su padre nunca estaba en casa y su madre se encerraba horas a leer en su dormitorio. Cuando por fin abría, al atardecer, apenas si le hablaba un momento de cualquier asunto para ese momento, siempre se iba a arreglar para salir a la calle un rato. Era una mujer muy cariñosa, pero se pasaba la vida entera suspirando y pensando en algún lejano viaje a París. Quedaban su perro Óscar y la servidumbre en la repostería. Ahí lograba reír, contar, entretener, bromear, fabular, ése era el lugar más entrañable del mundo, sólo ahí no le dolía la vida, sólo ahí no le había pasado nunca nada ni habían existido jamás su tío John o su padre hablándole de corazón a corazón.

Cuando a fin de aquel año escolar llegó la tan esperada carta de expulsión, que firmaban el hermano Teodoro y el presidente de la Asociación de Padres de Familia del Colegio Santa María, en

nombre de todos sus miembros, porque Manongo era, muy desgraciadamente para sus padres, hermanas y demás familiares, "un
espíritu maligno", su madre se alegró profundamente, su padre
decidió que su madre tenía razón en aquello del acento norteamericano y, peor aún, tejano, decidió que de ahora en adelante todos
sus hijos se educarían en colegios ingleses y que iba a averiguar
cuáles eran los mejores. En fin, cuando empezó a suceder todo
aquello, Manongo era ya un consumado actor de repostería. De la
repostería de su casa y de la de la vida. Ya ni siquiera veía a su primo y cómplice, el Gordito Cisneros Tovar y de Teresa. Vagabun-
deaba en los atardeceres de San Isidro, se escapaba a pasear por las
noches, nunca iba a ninguna parte y, cuando le preguntaban, nunca
regresaba de ninguna parte. En el pequeño tocadiscos que tenía
en su dormitorio, no cesaba de escuchar la misma Rapsodia de
Rachmaninov sobre un tema de Paganini. De su vida callejera
aquel verano de 1953 se sabían tres cosas: entraba a los cines de
noche, con las luces apagadas, y salía antes de que se encendieran
las luces. Iba, sobre todo, al cine Metro y una y otra vez a ver la
misma película, *Historia de tres amores*. Muy a menudo usaba unos
increíbles anteojos negros y su hermana mayor afirmaba haberlo
visto salir del cine Excelsior no sólo con anteojos negros, no sólo
con un sombrero, mamá, papá, ¡lo vi con estos dos ojos!, ¡lo vi salir
con una gitana tan joven como inmunda!, ¡con una de ésas que
adivinan la suerte!, ¡sí, papá!, ¡gitana rubia y vestida de gitana, sí,
papá! La tercera cosa que se sabía era que, de algún lugar cercano a
la casa se había conseguido un gran amigo, un cholo de corralón,
un indio, ¡sí, mamá! Nadie intentaba acercarse a un ser tan raro y
que, no bien lograba incorporarse de la mesa del comedor, pasaba
a la repostería y era muy capaz de quedarse conversando ahí hasta
la próxima comida. Bueno, al menos sabemos que está en casa,
respiraban todos. En fin, mientras pasa este verano, mientras le
encontramos algún colegio, mientras con suerte le encontramos
algún amigo que lo lleve siquiera a la piscina del Country Club.

Manongo yace sobre su cama. Contempla la funda del disco que está escuchando, que está escuchando siempre, siempre, por donde vaya, vaya donde vaya. En el cine Metro había festejado llorando sus catorce años. En la enorme y vacía, casi vacía platea oscura a la que había entrado, una vez más, no bien se apagaron las luces. James Mason con un esmoquin negro. La bailarina y actriz Moira Shearer, pelirroja, blanquísima, pecosa, demasiado frágil, repite unos pasos en el escenario vacío de un teatro recién abandonado por el público. James Mason sabe sufrir mientras lo recuerda todo tumbado en una perezosa en la cubierta de un barco. Nace el amor en el escenario vacío en el que ella ensaya pasos de un ballet terminado en un teatro que cree totalmente vacío. James Mason la espía, James Mason la observa, James Mason la sorprende, se acerca y la ayuda a colocarse un abrigo y la lleva a su casa. Ella no quiere bailar, no puede bailar, sólo una tía de ella sabe que no puede ni debe bailar. Pero él se ha puesto un saco de gamuza marrón, se ha puesto cómodo para verla bailar. En un precioso, modernísimo, muy técnico y perfecto tocadiscos empieza a sonar la *Rapsodia sobre un tema de Paganini*. Es una música que duele y ella no puede contenerse y baila para él en medio de tanto doloroso misterio. Él la observa feliz, tararea, sí, así, así, perfecto así... Ella tiene una lesión en el corazón pero el amor ha nacido y ella es pelirroja y pecosa y frágil, tan pálida y ha nacido el amor. Ella baila y él mira al cielo, ve bailar al cielo y ella es el cielo bailando en el cielo. La música llega a dar miedo, duele tanto, esconde tanto en ese departamento clásico, algo griego, algo inglés. Ella ni siquiera tropieza. Él la acompaña a su casa. Poco después de entrar, ella se desploma por bailar para James Mason. Ha muerto el amor. A Manongo no le gusta el cuento de hadas para niños que sigue con Farley Granger y Leslie Caron y sale a fumar un Pall Mall *king-*

size en el hall desierto del cine Metro. Lizárraga fumaba Chesterfield y ha muerto el amor. Manongo guarda el paquete rojo y enciende su cigarrillo. Alza los ojos y tiene frente a él a un hombre conocido pero en mangas de camisa, camisa blanca de verano y manga corta. Un hombre cualquiera con una mujer cualquiera. ¿Qué pasa?

—¿Se acuerda de mí, brigadier Sterne? No se me haga el loco, por favor, y permítame presentarle a mi novia.

—Subteniente...

—Alfaro a secas, brigadier Sterne. Por su culpa me degradaron, por su culpa tuve que dejar el ejército, por su culpa mi novia y yo no podremos casarnos... Y usted fumándose un cigarrito tan tranquilo, ¿no?, usted gozando de sus vacaciones, ¿no? Invíteme uno siquiera, brigadier, y empiece a hacerse hombre antes de que se le haga tarde...

—Déjalo ya, Carlos...

—Las mujeres ni fuman ni abren la boca en estos casos, Alicia. Esto es cosa de hombres. O más bien de un hombre y medio... Aprenda a sacarle pecho a la vida, brigadier Sterne. Aprenda a mirar a la cara y a portarse como un hombre. Los mariquitas no tienen nada que hacer en este mundo, brigadier Sterne...

—Carlos, por favor...

—Chitón tú. Sólo quiero enseñarle al brigadier a portarse como un hombre. No se le vaya a pasar la misa de una... ¿Y no me invita ese cigarrito, brigadier?

—Por favor, Carlos...

—Vaya a mearse de miedo al baño, brigadier, pero no se vaya a equivocar de puerta: el de señoritas es ése. Yo me voy al de hombres y así no lo veré a usted más en la vida... Un momento, brigadier... Brigadier, brigadier, sólo lo estaba batiendo, brigadier. Todo está en paz ya... Nunca llegaré a general pero a lo mejor llego lejos en el banco... Gracias a su padre, me han nombrado administrador de la sucursal de un banco en Huancayo, brigadier. Déle recuerdos. Y estamos en paz, brigadier Sterne. Déle las gracias a su padre... Otro gallo cantaría sin él... Ande, vaya, no se olvide: no deje que se le pase la misa de una, brigadier Sterne.

Manongo llega a la iglesia de San Felipe, ahí va la familia Anderson, antes de que se le pase la misa de una. Es un domingo de verano y se ríe. A su lado, se ríe un personaje que no tendría por qué andar con Manongo. La gente mira, la gente observa. Ahí van los padres de Manongo, sus hermanas, cada familia tiene su banca, su lugar, su zona. Su tío John se había burlado una vez, se burlaba de todo el muy bromista de su tío John... El amor ha muerto... Tío John había dicho, y al padre de Manongo nada le había gustado la broma: "En San Felipe sucede exacto que en la Virgen del Pilar: todo San Isidro, cada familia en su banquita y por orden, no por fervor, no por devoción: el primer contribuyente del país en primera fila, el segundo en segunda, y mírenlo al amarrete de Ramiro Rincón: escondido casi en la última fila de gente decente, ya casi entre los pobres, habrase visto coñetería igual a la de ese hombre, hasta en la iglesia..."

Todo el mundo está en su lugar para la misa. Todos menos Manongo y Adán Quispe. Se han quedado parados al fondo, delante de la pequeña capilla de la pila bautismal. Empieza la misa y empieza a hablar Adán Quispe: ¿Ves a ese cura de mierda, ese alemán de mierda, Manongo? Pues todos son iguales. Santos varones para el público y peores que Hitler en el convento... Baja la voz, Adán... Curas de mierda, yo sé lo que te digo, Manongo, ¿quién lo va a saber mejor que yo? Me trataron como a un indio de mierda, yo años estudiando y aguantándoles todo, yo sirviendo desayunos y limpiando claustros y altares y, con las justas, si un blanquiñoso faltaba alguna mañana, me dejaban ayudar la misa, me dejaban vestirme de acólito, y el tiempo pasaba y yo cada día más beato, más estudioso, yo quería llegar a ser alguien, Manongo, quería ser como ellos, ¿por qué no?, ¿qué tienen ellos que yo no tenga? Y les pregunté, por fin un día, ¿cuándo me ordeno?, ¿cuándo me dejan ser hermano y después sacerdote? ¡Qué tales curas de mierda más hipócritas! ¡Vaya buenas mierdas! Nunca nunca nunca nunca en la vida, Manongo, un cholo de mierda como yo no puede ser cura en San Isidro ni en esta congregación... Baja la voz, Adán, nos están mirando... ¡Qué diablos importa, Manongo! Déjalos que nos miren esos conchesumadres... Además a mí no se atreven a tocarme estos curas porque les saco la mierda... Mejor estoy en mi corralón, Manongo... Claro, hasta que a mi familia la larguen a patadas porque van a construir otra casa como la tuya... Dios no existe, Manongo... Ningún lugar mejor que una iglesia para descubrir que Dios no existe... Y si existe, espero encontrármelo cara a cara dentro de unos añitos en Estados Unidos... Sacaré mi cinturón negro en karate y ya oirán hablar de mí en Estados Unidos... Ya oirán hablar de Adán Quispe Dios y estos curas de mierda. Y San Isidro y el Perú entero... Tú también, Manongo, pero tú eres mi amigo, que alguien venga a decirte rosquete y le saco la mierda, Manongo, cómo no estaba contigo ese día en el cine Metro, le saco la mierda al subtenientito ese, por cobarde, por dárselas de macho contigo, abusivo conchesumadre... ah, si me dijeras quiénes fueron los que te pegaron en el colegio, uno por uno y a los tres juntos les saco la chochoca, ¿cómo?, ¿qué dices?, nunca se te entiende nada, Manongo, ¿que uno era pelirrojo y pecoso como la bailarina que murió en una película, Manongo? En el corralón en que vivo hay una cholita que está como Dios manda, Manongo, eso es lo que tienes que hacer, tírártela una noche y dejarte de la cojudez esa de que el amor ha muerto pelirrojo... El único que ha muerto aquí es Dios, que además nunca existió, Manongo... Vamos, larguémonos de aquí, invítame una cerveza helada, yo te la pago otro día, amigo...

En la cubierta muy elegante de un barco, tumbado en una perezosa, traje de franela gris azulado, británico cárdigan amarillo, nudo Windsor de la corbata negra, sombrero de ala caída, sin haber escuchado hablar jamás en su vida de Natalie Wood, de James Dean, de Eve Marie Saint, de Marlon Brando, de Tab Hunter, de Dorothy Malone, de Tony Curtis, de Janet Leigh, de Anne Blyth, de Mario Lanza, absorto en el mundo muerto de una pelirroja pálida y pecosa que nunca debió bailar, amigo Adán Quispe, que se murió sin nombre, sí, el amor sí ha muerto, Adán Quispe, igual que mi padre, igual que mis amigos, igual que te mataron a ti los padres de San Felipe y tú mataste después a Dios, Adán Quispe... Igual, exacto, realmente metido en el tema de Paganini, confundido con él, solitario y perdido para siempre en recuerdos, navega Manongo Sterne... Cuando un mozo viene a ofrecerle una copa y él apaga el tocadiscos y se esfuerza en bajar a comer con su familia, ahora que ya nada existe y que, además de todo, se siente observado por su padre, muy observado por su madre y hermanas... No te presentarás nunca más en misa con el cholito ese, de ahora en adelante cada domingo irás a misa con nosotros, Manongo...

Tyrone Power se lo recordará toda la vida: Bien sapa, bien viva, bien pendeja tu vieja, pegó su lenteada, su ojeada, tiró pluma, hizo sus cálculos y sacó sus conclusiones, bien sapa, tu vieja, le bastó con ver el panorama a la entrada de San Felipe, las manya toditas tu madre, Manongo. Un solo domingo le bastó para darse cuenta de que mejor escogía entre los que no entrábamos a misa, entre los pendejos que íbamos a luquear a las hembritas y nada más, entre los que fumábamos mientras esperábamos que la misa terminara y volvieran a salir las hembritas, afuera esperábamos los matadores del barrio Marconi, Pájaro, Giorgio, Jonás, Lavaggi y, claro, yo. Me cagué de miedo cuando se me acercó tu vieja, Manongo, la muy sapa, la muy viva se me acercó con una tranquilidad de vieja pesada que va a mandarte un sermón porque no entras a misa y te la pasas fumando. Pero nada, nada de eso, todo lo contrario.

—A ver, tú, Tyrone Power, ya sé que te dicen Tyrone Power, pero ¿cómo te llamas?

—Jorge, señora… Jorge Valdeavellano, señora…

—¿Hijo de Sally Harrison?

—Sí, señora.

—Mira, Jorge, ¿tú vas a la piscina del Country Club? ¿Vas con estos amigos? ¿Viven todos por aquí cerca?

—Sí, señora. Todos vivimos en este barrio y vamos a la piscina.

—¿Y no entran a misa nunca?

—Este… bueno…

Pendeja la vieja, Manongo. No quería que anduvieras con cualquier cojudo y vino a estudiarnos de cerca. Parece que éramos lo que tú necesitabas y yo debía ser el embajador o algo así, porque nuestros viejos y viejas se conocían bien y porque tú andabas más solo que la pitri mitri. Parece ser que te estabas convirtiendo en un solitario huevón, además de todo, o que la estabas pasando mal y a punto de convertirte en un bicho raro para toda la vida. Necesitabas compañía, amigos, parece que te habías quedado sin amigos y además te hacía falta ir conociendo algunas hembritas, parece que te pasabas la vida tirado en la cama como un huevas triste y que sólo salías de noche y no sé qué cojudez más por el estilo. Total que había que desahuevarte y que el encargado de ponerte una buena inyección de desahuevina fui yo, este galifardo que las manya todas, según tu vieja bien sapa...

Hacía años que era socio pero ésta era la primera vez que Manongo aparecía por el Country Club. Bueno, la verdad, lo había intentado la tarde anterior, pero quiso ser James Mason en pleno verano y se puso un elegante terno gris muy claro y nada menos que una corbata de lazo negra. Y caminaba por la avenida Javier Prado para doblar luego por Los Castaños, cuando un silbido hojita-de-té y dos dedos cerrados en círculo le dijeron mariconcito de mierda desde la ventana de un carro veloz. Manongo sintió la soledad de no poder ser diferente al mundo entero ni en apariencia, la soledad de no poder sentirse diferente, de no poder ni siquiera sentir diferente, y emprendió el camino de regreso a su casa. Pero lo intentó de nuevo ante la cariñosa y bien intencionada insistencia con que su madre venía rogándole que fuera a bañarse un rato todas las tardes a la piscina del Country Club. Su madre podía tener razón, debía tener razón, a lo mejor tenía razón y a esa piscina no iba nadie del Santa María, o nadie que pueda fastidiarte, Manongo, y puede haber gente distinta a la que has visto toda tu vida. Y nadar un rato todas las tardes no te va a hacer ningún daño tampoco.

Y ahí estaba sentado solo en una banca verde entre la piscina grande y las canchas de tenis. Y claro, se había puesto un pantalón de diario y una camisa sport como la de cualquier común mortal de 1953. Un muchacho, en fin, un matador al que la gente apodaba Tyrone Power, porque era exacto a Tyrone Power aunque hablaba mucho menos y fumaba mucho más, se sentó de pronto al otro extremo de la misma banca y miró al horizonte lleno de muchachas en ropa de baño. Dos o tres bocanadas de humo después, Tyrone Power como que lo reojeó un poco y soltó tres o cuatro bocanadas más, con humo de guerra apache. Manongo se cagaba de miedo y andaba en un hamletianísimo huir o no huir mientras disimulaba buscando un cigarrillo que bien sabía que jamás había tenido, cuando entre tanto humo apareció una mano bastante pacífica, la verdad, y además ofreciéndole un nada mal intencionado paquete de Inca: "¿Fumas?"

Sí, sí fumaba, claro que fumaba. Y fumaron largo rato en silencio y matando hembritas a miradazas repletas de humo, también ellas miraban de reojo de vez en cuando y se lanzaban muertas de risa al agua. Pero el asunto de la miradita y el salto era sólo con Tyrone Power, que se había presentado como Jorge Valdeavellano. Sí, el asunto ese era desgraciadamente sólo con Jorge Power, pensaba Manongo, que acababa de presentarse a su vez como Manuel Sterne, aunque pensándolo bien, se decía Manongo, mejor es que a mí ni me miren ni me vean, no vaya a ser que me reconozcan. Y por temor a que Tyrone Power lo reconociera, se desenmascaró de una vez por todas y le soltó íntegro lo del Santa María pero Jorge le dijo que a él eso qué mierda le importaba y si quería otro Inca y Manongo se fumó el segundo Inca con tos y lágrimas y nudo en la garganta y sintió que sí, que el amor había muerto pero que ahí al lado tenía cuando menos un cómplice y que algo tenía todo eso que ver con la amistad y Adán Quispe, algo así y algo que, por primera vez en tanto tiempo, no dejaba escapar el desgarrador aroma de las reposterías.

A Jorge se le acercaron Pájaro y Jonás y Giorgio y Pepo y varios muchachos más aquella tarde. Nadie, ninguno, absolutamente ninguno sabía ni sospechaba ni quería saber ni sospechar nada, absolutamente nada acerca de Manongo Sterne, aquel recién nacido de la piscina del Country Club. Y pobre Manongo, además, vivía en un barrio nuevo de San Isidro sin muchachos del barrio, sin patota, sin collera, sin hembritas, sin nada. Estaba jodido mi compadre pero eso tenía arreglo: en menos de media hora se llegaba andando de su casa al barrio Marconi, y por las tardes en veinte minutos llegaba cada uno desde la puerta de su casa hasta la piscina del Country. Solucionado el problema, cumpa: "¿Un cáncamo fumatélico para el palador lampiño?"

Era Pájaro ofreciéndole el tercer cigarrito de su vida emocionante. Bien ladilla y un gran pata, el gran Pájaro, bromista, macho y criollo como él, nadie en este mundo, palabreador y gracioso y cirio como él, nadie en este mundo, porque Tyrone era un mátalas callando, una vez al año hablaba Tyrone Power y a las hembritas las mataba de puro reojo y humo de tabaco negro. En fin, Manongo, que si esto dura dos o tres días sin incidente alguno, Dios y el amor habrán muerto pero tampoco habrá jamás el colegio Santa María y mira que aquí hay amigos y como si todo un mundo nuevo se abriera ante tu mundo atroz. Manongo inhalaba hondo, cerraba los ojos, no escuchaba el canto de paloma alguna, abría los ojos y la piscina del Country Club seguía exacta. No dolía. Entonces volvía a aspirar hondo, muy hondo.

Y volvía todas las tardes con su paquete de cigarrillos Inca y a la misma banca de todas las tardes: la de los muchachos del barrio Marconi y Jorge Valdeavellano a la cabeza, toda esa sarta de amigos, de compadres, de patas, de hermanos, mano, que lo habían rescatado de la orfandad del barrio sin barrio al que no hace mucho se mudaron sus padres. No por eso se iba a olvidar de Adán Quispe, claro. Y no por eso iba a cerrar los ojos para no darse cuenta de que a ese club no podría entrar nunca Adán Quispe, su pata cholo de corralón hasta que tu barrio siga creciendo y nos desalojen, Manongo, que era cuando Manongo volvía a aspirar hondo, muy hondo, como quien busca haber aspirado para toda la vida todos los aromas de este pequeño mundo nuevo y antiguo, todo a la vez.

Y a los matadores los mataban sus respectivas hembritas que se morían también por ellos. Masoquismo general porque ellas se pasaban la tarde tirándose al agua y ellos se pasaban la tarde fumando y diciendo que era cosa de mocosos eso de bañarse en la piscina. Que se bañaran las hembritas, para luquearlas firme, aunque al que me luquee a mi hembrita le saco la ñoña, compadre, tranquilo y por la sombra usted, que aquí yo soy el gallo de esta zambuca y qué hay. Ellas se llamaban Chichi, Helen, Marita, Patty, y ellos las esperaban al final de tanto salto, ya casi al atardecer, tipo cinco de la tarde, y por los inmensos y verdes y floridos jardines del Country irían a esconderse detrás del arbusto aquel del primer besito con lengua. Y el pendejo de Pájaro que hasta sabía pasarse el chicle con la guapachosa gringuita Helen, que era cuando en su arbusto Tyrone le había tocado las tetitas a la pechichona Chichi y también Giorgio a Patty y el tremendo marabunta de Jonás que le había empezado a paletear el muslo a Marita y cuando menos se lo pensaba se encontró con que no sabía dónde esconderla porque se le puso al palo cuando también ella empezó a meterle mano por el muslo pero bien arriba y tirando pal medio, compadre. Que era cuando Manongo aspiraba el aroma entero de este mundo todo a la vez.

Bueno, y ya faltaba poco para que cerraran cuando llegaban los matadores de matadores. Chany, Danny y Vito, por ejemplo, gente de colegio ya terminado, de primero de agronomía, de arquitectura y de qué sé yo. Playeros que venían de la Herradura manejando carrazos propios, matadores de la sección Las Gaviotas de la Herradura que, tras un día de playa, venían a pegar una última matada al Country Club con el pretexto de tirarse el último remojón de la tarde. Cojonudos, increíbles matadores: llegaban en ropa de baño y sólo con la toalla al cuello y así igualito se tiraban al agua y mojaban la toalla y todo. Y desde el trampolín alto, claro. En fin, que le pegaban su enjuagadita de agua dulce a sus saladas toallas de playa y las dejaban listas para el día siguiente en la Herradura. Matadores de matadores, Chany, Danny y Vito salían de la piscina como quien no sale de ninguna parte, apenas si se acomodaban un poco el pelo y ya el peinado era de Tony Curtis para arriba y miraban sin mirar a nadie porque sólo estaban de paso por el Country Club, alguna hija de diplomático podía haber, alguna italianota despampanante, pero lo de ellos era un rápido control, un chequeo ambiental, plan de aguaite y nada más mientras se paseaban al borde de la piscina y se daban toda una vuelta alrededor exprimiendo sus toallas como quien no quiere la cosa, no, definitivamente la cosa no era con ellos mientras caminaban en matador silencio y estrujaban hasta la última gota sus toallas y tutilimundi los observaba, qué bíceps, qué tríceps, qué molleros, qué antebrazos, qué espaldas ahora que se ponían de medio lado en su gran show para mayores de dieciséis años, de diecisiete y dieciocho y alguna viuda alegre o alguna bailarina pecadora que estaba de paso y se alojaba conchuda en el Country Club, sección hotel, sección adultos, o también Christianne Martel o cualquier otra miss universo de paso por Lima que se acercaba a la piscina para su sesión de fotografías en la prensa limeña y en compañía, cómo no, de Carlitos Dogny y su *body*, matador de matadores de matadores que había salido retratado en Hollywood con Rhonda Fleming y todo, nuestro *playboy* internacional, por Dios cómo mataba con su *look* Waikiki el hombre que había traído al Perú la camisa, la ropa de baño, la tabla hawaiana para correr olas monstruosas con un vaso de whisky en una mano y una hembrita en la otra mano, en el otro brazo, en el otro vaso, porque de todo era capaz Carlitos Dogny, el hombre que estrenaba chica y camisa nueva cada día, matador de matadores de matadores Carlitos Mundial Dogny, el hombre que jamás había conocido nada que no fuera verano.

Musculosamente deprimidos se retiraban los matadores de matadores y sus toallas ya secas. Y el barrio Marconi, Tyrone, Pájaro, Giorgio, Jonás, Pepo, sólo matadores, pobres matadores de catorce con las justas y con las justas quince años, humo y más humo y alguna conversación con la banca de los diplomáticos, hijos de diplomáticos que hablaban de desconocidos países llamados España, la madre patria, de la República Dominicana, qué maravilla, de Cuba, qué alegría. Sus padres representaban cosas tan raras como el Cara al sol y una guerra civil en la que les sacamos la mierda a los comunistas, coño, a un tal Trujillo cuyo hijo se tiraba a cuanta artista había en Hollywood y le regalaba su Mercedes de oro y a un tal Fulgencio Batista que había hecho de La Habana un casino de la felicidad y qué perla del Caribe ni ocho cuartos. Mónica Bertini, monicona por sus muslos santo cielo y Gina Magnifico, que estaba como su nombre lo indica, eran hijas de la embajada de Italia y tomaban un gin tonic con el campeón sudamericano de saltos ornamentales, el gran Perico Crevani, que le metía duro y parejo al trago entre salto y salto y era buena gente y se cagaba de risa cuando llegaba su hermano Sandro, el dandy, el rubio ensortijado, el elegantísimo, el de las sandalias playeras, el de las camisas con cuello corsario y puños más corsario todavía, parecía un flemático inglés Sandro Crevani, pero todo se lo traía abajo de una sola carcajada Perico cuando decía ya llegó lord Chesterfield.

Atardecía, había llegado entero el atardecer, se hacía tarde ya y humo y más humo en la banca Marconi y había que regresar al barrio. Que era cuando Manongo aspiraba entero el aroma a la vez de todo el mundo y con sus nuevos amigos emprendía el camino de regreso por Los Castaños hasta Javier Prado. En esa esquina él doblaba a la izquierda y ellos seguían de frente, rumbo al barrio Marconi. Hasta allá los iría a buscar al día siguiente, al día siguiente por la mañana. Y jodiendo al judío de la Botica Marconi y al chino de la bodega Pen Ku y a los japoneses de la verdulería o de la florería de enfrente se pasarían horas y horas mientras Pájaro, ama que pasaba con su coche de niños o sin él, chola que pasaba rumbo a la compra en la farmacia, donde el chino, donde el ponja, piropo que soltaba y luego su frase de criollo filósofo: "Dejad que los niños vengan a mí, que detrás vienen sus sirvientas." Y terrible Pájaro cuando le decía a un heladero de Donofrio, cincuenta metros después de que el cholo había pasado pedaleando en su carreta cargada de helados y cornetín en boca: "¿Qué tienes, oye, qué tienes?" Y cuando el cholo regresaba cuesta arriba y pujando y por fin se detenía y decía que tenía bombones, alaskas, chupetes, barquillos, sandwiches, le soltaba su eterno: "No, compadre, ¿qué tienes que estás tan pálido?" Regresaban todos a almorzar a sus casas, Manongo caminaba hasta su desbarriado barrio, iba a encontrarse con Adán Quispe cada vez que podía y por nada del mundo fallaba cada tarde a su cita en la piscina.

Y aspiraba al mundo entero todo de una vez y más que la bullanga de Pájaro o la gracia de Giorgio o la irónica sonrisa de Jonás le gustaba la conversación de Jorge Valdeavellano. Jorge parecía haberle aclarado un misterio, además. Sus padres lo habían sacado a él del Markham, bueno, para evitar que lo boten del colegio, más bien, y le habían contado que también ese nuevo amigo suyo, Manongo Sterne, iría a un internado británico. La verdad, faltaba mes y medio para eso y Jorge no sabía ni cómo se llamaba el colegio pero había oído decir que quedaría lejos de Lima, por Chosica o Chaclacayo y, nos jodimos, creo, Manongo, nos jodimos porque estoy casi seguro que se trata de un internado, cosas de ingleses de mierda, carajo, ¿quieres otro Inca? Sus padres, por fin, le confirmaron esta mala noticia a Manongo. Tan callada se la habían tenido. Pero qué diablos, Jorge tenía razón: faltaba mes y medio para eso, un mes y medio mes, faltaba mes y medio de este verano que, además, no iba a terminar nunca.

Porque había el *De aquí a la eternidad* de Deborah Kerr y Burt Lancaster, por ejemplo. Porque Nat King Cole cantaba *Unforgettable*, porque Lucho Gatica le respondía con *Todo el amor del mundo*, *El reloj*, *Contigo en la distancia*, *La barca*, *Tú me acostumbraste* y *Sabor a mí* y, a su vez, Nat King Cole le respondía con *Blue Gar-*

denia y *Dinner for one, please James* y Lucho Gatica le respondía con *Yo vendo unos ojos negros* (¿quién me los quiere comprar?) y Nat King Cole le respondía en castellano, nada menos que con *Cachito mío, Adelita, Yo también vendo unos ojos negros,* sí, Nat King Cole le respondía con *Ansiedad* y había también las canciones increíbles de Frankie Lane y de Johnny Ray y sus lamentos de sordera y las diabluras de Bill Haley y sus Cometas y el terrible *Written in the Wind* de The Four Aces y los Platters empezaban a metérsele a uno en el alma con *o'o' only you...* y qué me dicen de Elvis matándolo a uno con *Love Me Tender.* Había esa música para amar y había Bienvenido Granda, Pérez Prado, Daniel Santos, ah, Daniel, más tangos y rancheras en los burdeles para aprender con mal disimulado terror el primer polvo inmundo de mi vida, aunque mienta que no, que ya hubo otro, que ya la chola de mi casa... La crueldad de un paso a otro duraba lo que el término de la distancia entre San Isidro o Miraflores, atravesando Lince, hasta ir a dar por fin a los oscuros jirones en que iba degenerando más y más el barrio de negros de la Victoria. Era inmensa la distancia en aquel breve e interminable término de la nocturna distancia que llevaba hasta la música infernal de una buena guaracha.

O sea que las fiestas eran el paraíso pero a Manongo todavía nadie lo invitaba a fiesta alguna porque no conocía a chica alguna y no fuera a ser que entre decenas de chicas preciosas, decenas de chicas preciosas descubrieran todas a una que había llegado el mariconcito de Manongo Sterne, ¿qué hace entre mujeres?, ¿qué hace en cosa de hombres? Aun así Manongo se había arriesgado una noche con medio barrio Marconi y con toda una patota que entre Pájaro y Jonás se habían jalado de sus colegios, de los maristas de San Isidro y de Miraflores, curas españoles.

Nat King Cole en inglés y en castellano, Lucho Gatica en el idioma imposible de los boleros, que a nada real se refieren pero que ahí todos entienden, sienten y sueñan y, acercándole una mejilla a su pareja, *cheek to cheek,* ensueñan nerviosos pero matadores siempre, claro que sí. Muchachas rubias y trigueñas pero todas bronceadas por el sol de un verano en su esplendor, ah, que abril no llegue nunca, que el maldito retorno al colegio, a cartabón, jamás llegue, que sólo exista y para siempre, como en la canción que ahora canta Lucho Gatica, aquel abril en Portugal cuya luna es ideal, inmortal como los amores de estudiantes, hoy un juramento, mañana una traición, Dios mío, que nunca jamás llegue el abril escolar, que dure para siempre el abril de un juramento.

Dámaso Pérez Prado, rey del mambo y el pecado, rey de las mamberas y escándalo, suena ahora loco con su orquestaza, ¡uno!, *Mambo número 5*, qué rico mambo, con él llegó el pecado, las mamberas, las ombliguistas que se calatean en el grill Bolívar, en la *boîte* Embassy, el mejor cabaret de Sudamérica, según la publicidad, aunque lejano y perverso como el infierno en aquel mundo de Gatica y Nat King Cole, toma chocolate, paga lo que debes, en aquel mundo en el que chicos y chicas apenas si se atreven a mambear un poco, aunque hay muchos que se niegan, se niegan hasta a tomar una Coca-Cola porque la Coca-Cola había patrocinado el viaje a Lima de Pérez Prado y el cardenal Guevara, indio burro, cusqueño de miércoles, chuto, auquénido, había amenazado con excomulgar a todo aquel que bebiera la chispa de la vida, que bailara el ritmo de la muerte y el castigo eterno en el infierno tan temido.

Todo el amor del mundo, te daré, canta Gatica, *Unforgettable in every way* le contesta Nat King Cole y se va al cielo el humo de los cigarrillos rubios que muchos fumadores de negros Incas utilizan para las fiestas de los sábados, el humo Chesterfield, Lucky Strike, Pall Mall, el humo con filtro blanco se mezcla mejor con el aroma de las colonias femeninas, el humo del paquete blanco y ya casi *light* de un Kent *king-size* es un respiro de bolero, una exhalación de *Mona Lisa* en la voz negra pero *tender* hasta lo rubio de Nat King Cole. Mueren de amor muchas chicas y matan los matadores veraniegos, o sufren a muerte por la chicoca que no vino, la que nos negó un baile y, peor aún, la que nos renegó un baile con tremendo desplante y un sobradísimo no bailo con mocosos, más las feas, las pobres feas planchando siempre en los rincones, junto a las puertas de las terrazas y jardines, siempre amables y sonrientes las pobres feas ante la adversidad.

Les quedan demasiado adultos los planchadísimos ternos a los fumadores de corbatazas tan anchas, de bolsudos pantalones Tin Tan disimuladamente prostibularios y guatatiros, casi faites de la Lima antigua, matadores siempre como Tyrone Power y su silencio de rincón prohibido, de huarique abierto, de haber estado ya en el pecado sexomortal, qué callado, qué matón, ¿será un perdido? Jonás baila con su chicoca, Pájaro afirma haberse punteado a su gringuita, Giorgio no sale nunca del *cheek to cheek* y Pepo parece haber entrado en clinch con su flaquita, qué par de tetitas, hermanito, calla mano, ver para creer, y mejor tocar, jode la pita el inefable criollazo de Pájaro, ¿será también pecado?

O'o'only you se desesperan para ellos los Platters y, debutantes musicales en los tocadiscos limeños, Paul Anka le ruega a una chica de pantalón toreador *Put Your Head on My Shoulder* mientras Pat Boone le escribe *Love Letters in the Sand*, adolescentes del mundo unidos por una canción, la misma melodía, la misma bomba atómica en Hiroshima, bien hecho, carajo, japoneses de mierda, yo haría una película de esas de guerra y no quedaría ni uno vivo, ¿acaso no hirieron a Tab Hunter a traición en la que vimos el otro día en el cine Central?, ¿acaso no atacaron por la espalda y sin avisar y a traición el beso de Burt Lancaster y Deborah Kerr en Pearl Harbour, de aquí a la eternidad? La adolescencia del mundo unida está de moda en todo el mundo, fuma norteamericano, canta y habla en inglés, masca chicle y en todo quiere parecerse al ego de James Dean, aquí todos en cierta forma bailamos y vivimos al este del paraíso y con un chicle en la boca para pasárselo besadamente a una hembrita *cheek to cheek* y mucho más, cumpa.

Pero todos quieren ser adultos sin embargo, y actúan y gesticulan como si no fuera maravilloso ser eternamente adolescente sin embargo. Hay leyes, leyes muy de machos para todo y para todos, hay que saber cumplir esas leyes que tienen más de ritual que de leyes. Como Tyrone Power en su rincón de silencio y humo, con su sonrisa medio mueca para un lado festejando alguna broma de Pájaro y esperando que Chichi se le acerque porque se muere por él ante la vista y paciencia de tutilimundi, déjala que venga, que se arrodille, que se acerque ella, que sea más todavía que las otras en su caída en la humillación, yo aquí tranquilo, yo aquí sereno con mi nudo Windsor y mi corbataza amarilla, aprendan a poner sonrisa de huarique, muchachos, todo un perdonavidas el gran Tyrone Power pero Dios sabe que no es así, que algo muy noble se esconde entre tanto ritual maldito, algo más que una timidez de la pitri mitri, se esconde un amigo, se esconde una amistad, por si acaso tenga que cubrirle la retirada a Manongo, Tyrone Power y

Jorge Valdeavellano cubren y encubren el pánico con que Manongo se ha atrevido a asistir a la primera fiesta de su vida, no vaya a ser que alguien se acerque, no vaya a ser que algún conchesumadre del Santa María, no vaya a ser que cualquiera de estas gilas de mierda venga a decirle ¿te duele el hígado, mariconcito de mierda?, qué ansiedad la de Manongo, qué ansiedad la de Nat King Cole en el tocadiscos, Manongo se siente tan solo como el cantante negro cuando le dice a su mayordomo elegante: *Dinner for one, please, James, the madam will not be dining...* Todo el amor del mundo te daré, le añade Lucho y su peinada con su gallito, con su tupé y gomina, Manongo siente y observa, siente pánico pero también bolero y *Mona Lisa* y observa atentamente, a pesar del pánico y del bolero que siente.

Ritual de peine, ritual de gomina, ritual de ropa adulta, ritual de parada, ritual de mirada, ritual de voz baja, ritual de reojo y carros coupés norteamericanos con escape libre y trompo en cada esquina de la vida, ¿por qué tanto, para qué tanto ritual, por qué, Tyrone, para qué, Jorge?, mira a Pájaro, por ejemplo, ¿es necesario hacer todo eso para decir te quiero pero no te quiero, para decir soy frágil pero soy muy macho, para decir me gustas y acabar diciendo nada nunca porque el ego y la bomba de Hiroshima a mí qué mierda me importan, por más que me importen y hasta me duelan? Ritual, ritual, puro ritual, y allá va el muy creído de Andresito Garland, pero qué se creyó este huevas tristes, ¿el más lindo del mundo? Andresito avanza en dirección a todas y ninguna de las hembritas, instantes antes se arrinconó públicamente para acomodarse el gallito engominado y crecer medio centímetro, instantes después volvió a guardar un peinecito cholo y se lanzó al ruedo y ahora nadie sabe adónde va y todas las chicas, menos Chichi, menos Marita, menos la gringa Helen, menos Patty, por supuestamente, faltaría más, son las nuestras, manito, todas las chicas piensan, creen, imaginan, sueñan que el bello Andrés es hacia aquí, es donde mí que viene. Tres disimuladas quimbas, un quiebre de cintura, un último toque como quien no quiere la cosa al pelo, Andresito Garland va llegando a destino, adivina adivinanza, pero qué cara de no saber dónde va, de no querer ir donde está yendo, ese matador sí que mata, y finalmente se inclina sin inclinarse por Charo de la Fuente, me cago qué lomazo, hermanón, una real hembra, mano, qué tan gila, manito, ¡que Dios no le dé más belleza por Dios santo!, exclama Pájaro mientras dirige la mano del Kent con filtro a la boca y la otra mano al bolsillo de palpar satisfecho su sólido y rotundo *king-size*, a ésa me la tiraría yo sin filtro, caballeros, damisela encantadora, cama de piedra y Pájaro de oro para ti sería yo si te agarrara, púchica, no se vaya a dar cuenta mi gringa, si se entera me cago, zambo, últimamente la nota medio saltona a la Helen, habrá que darle su dosis de desahuevina a la rubia albión...

Pasan demasiado veloces las horas con Nat y Lucho, con Pat y Paul, con los Platters y el esfuerzo de ser como James Dean, de parecerse a Marlon Brando, de hablar golpeado, de estar Humphrey Bogart en una fiesta y no morirse en el intento. Pasan demasiado veloces las horas y ya empiezan a llegar los padres de familia a recoger a sus hijitas, saludos, whiskies, no, ya es hora de que me la lleve, su mamá dijo que a más tardar a medianoche y ya se me está pasando, reloj no marques las horas, porque voy a enloquecer, ella se irá para siempre, cuando amanezca otra vez...

Detén el tiempo en tus manos, Manongo, no sufras, no te desmayes, ¿alguien te ha dicho algo sin que yo lo vea, Manongo, sin que yo lo oiga, compadre?, avisa, cuenta, le dice Jorge Tyrone, y Pájaro añade, cachaciento siempre, ¿qué pasó, manito?, ¿te tocó alguien el doloroso hígado?, no, en serio, hermano, para algo eres del barrio Marconi, para algo eres de la patota, y ya lo sabes, no somos machos pero somos muchos, vamos, desembucha, Manongo... Pero Manongo no sabe qué desembuchar, prácticamente no tiene nada que decir y no sólo porque ha perdido casi el habla, la respiración, el veraniego bronceado, el equilibrio... ¿Cómo, si se ha pasado íntegra la fiesta observando temeroso y cuidadoso el más mínimo detalle, cómo no la ha visto, cómo no la había visto hasta ahora? Reloj reloj reloj, detén el tiempo en tus manos, haz esta noche perpetua, para que nunca se vaya de mí, para que nunca amanezca... Cómo no la vio antes, ¿dónde estuvo escondida —¿como yo?— toda la noche? ¿Y quién es? ¿Y cómo se llama? ¿Y por qué se va justo ahora que yo...? Bah, de cualquier modo, qué importa, mejor así, jamás me habría atrevido a sacarla a bailar, no bailo con mocosos, me habría dicho y peor: No bailo con maricones, Manongo Sterne.

Tyrone se vuelve el amigo Jorge Valdeavellano y le pregunta, el muy ladilla de Pájaro se convierte en el hermano Pájaro y le pregunta, Jonás sonríe preocupado y le pregunta, Giorgio está nervioso y le pregunta: ¿Cuál era, Manongo?

Y él apenas se atreve a alzar un dedo y señalar a una chica que en ese preciso instante se está despidiendo de los dueños de casa pero qué extraña, qué rara, qué traviesa maña se ha dado para voltear de golpe y mirarlo con una sonrisa. Es blanca, muy blanca en pleno verano, pelo corto *italian boy*, nariz respingada, nariz no sólo respingada sino extrañamente también nariz respingada de primer amor, pecas por algún lado que Manongo ya casi no alcanzó a ver, tal vez en los brazos, que pecan de deliciosamente carnosos y tienen pecas y sí, así son, así fueron por un instante de aparición esos brazos desnudos y el perfil más bello y la sonrisa más traviesa del mundo...

Ya se fue. Manongo no ha visto la flecha pero sí el arco y ha sentido la herida, ¿se burlaba de mí?, ¿sabe quién soy?, ¿se reía del mariconcito que la adora, que la quiere, que se muere de ternura, de lágrimas y nudos en la garganta, de enternecerse, de querer correr y quedarse tieso y pálido, vámonos ya Manongo, el reloj de Lucho Gatica no ha detenido nada en tus manos esta noche, mejor, tal vez, seguro que te libró del mariconcito más doloroso de cuantos te han dicho, te libró de que el arco y la flecha y la herida fueran mortales...

En el tocadiscos Nat King Cole canta una canción que él no había oído nunca antes, *Pretend*: son unas palabras que le aconsejan fingir, pretender estar contento cuando está *blue*, cuando está arco, flecha y herida... Vámonos, Manongo... Sí, claro, vamos ya... Si nadie la conoce, si nadie la ha visto nunca antes, si nadie sabe quién diablos puede ser esa chica ni de dónde salió ni dónde vive ni dónde estudia ni nada nada nada... Nada más que una visión, Manongo, claro, guárdala, atesórala, será mejor así sin duda alguna, un mariconcito de ella, un pellizcón de esa chica traviesa en el hígado te habría fulminado, mejor así, ya lo sabes, Manongo, te lo está cantando de despedida Nat King Cole: *Pretend you're happy when you're blue, it isn't very hard to do...* Aunque a lo mejor resulta imposible, dolorosamente imposible... Anótalo en tu diario íntimo, Manongo, anota tus palabras de amor en la arena que se lleva el viento, tus *Love Letters in the Sand*, como Pat Boone, como la adolescencia, porque esto es la adolescencia también Manongo, ya no se llora calladamente como cuando se era niño pero una vez tras otra se anuda la garganta y quieren estallar los ojos y son millones y millones las preguntas que la gente se hace...

Por eso fuman tanto, se visten tanto como adultos, por eso matan para no morir de miedo, por eso muequean en vez de sonreír, y de ahí tanta gomina y tanto tupé, tanto gallito engominado por medio centímetro más de estatura, también ellos, Manongo, como tú, escuchan las palabras de *Pretend* y Nat King Cole y saben fingir y estudian los rituales de la hombría quinceañera ante y con los objetos más preciados de este mundo: un peine y un espejo, más el frasco de gomina y una innecesaria afeitada a veces, Manongo... *They pretend.* ¿Lo lograrás tú...? Observa a Tyrone-Jorge, tremendo perdonavidas, un verdadero mátalas callando, los ojos y las cejas y la sonrisa de Tyrone Power y el mundo femenino se derrite con sólo verlo de lejos... Porque él sólo se deja ver de lejos, para que lo imaginen malo, para que su silencio suene golpe feroz, para que su imagen de soledad inspire atracción y temor, porque cada cigarrillo que enciende le permite esconderse detrás de un aura de dureza, pero... ¿Pero a ti no te invitó un Inca sin conocerte y sólo porque tu madre le explicó lo solo que estabas y le pidió ese favor? *They all pretend*, Manongo, sólo así, según la canción, el mundo puede ser tuyo. ¿Lo lograrás, Manongo...? ¿*Pretend*, Manongo? Dice la canción con que te has acostado y no duermes esta noche que no es algo tan difícil de lograr... Pero...

No, Manongo, no lo lograrás... Pero no lo lograrás, Manongo... No, tú no lo lograrás, nadie, nadie tanto como tú nunca lo logrará... Son las primeras horas de la madrugada y en el tocadiscos del dormitorio con la puerta cerrada, muy muy bajo el volumen para no despertar a nadie, la *Rapsodia sobre un tema de Paganini* y James Mason en la cubierta del barco, tumbado en su perezosa de siempre, deshecho por el dolor de una aparición fugaz, de la bailarina que no podía bailar y murió de amor por él, matando así el amor, llevándoselo para siempre de este mundo, dejando tanta pena, tanto dolor, cuánta crueldad, por Dios, todo el amor del mundo te daré, James, se lo habría dado ella, pero ella ha muerto y el amor ha muerto y Mason continúa en la perezosa y al fondo se ve azul el mar de lágrimas que oculta apenas un sombrero oscuro, ¿unos anteojos negros?, un británico terno de franela gris y el cárdigan amarillo y la gruesa corbata negra de ancho nudo Windsor que Manongo se desajusta, bajando el lazo sobre su pecho para abrirse el cuello de la camisa porque lo ahoga la mirada fugaz de una aparición traviesa, pecosa, de nariz respingada, de pelo corto y oscuro, *italian boy*, y un nudo atroz en la garganta, el amor fue una aparición que ha muerto, se fue la aparición, se llevó el amor aparecido, el amor para ti, y aunque no hay bella melodía en que no surjas tú, bailarina fugaz pelirroja y de pelo oscuro y aunque uno finja y finja y pretenda y pretenda y aunque canten Nat King Cole y Lucho Gatica y por un instante el amor te sonría, sólo será para desaparecer y morir en el acto mismo de su aparición, porque el amor ha muerto y el tema de Paganini sólo Rachmaninov sabe para quiénes, para quién lo compuso, hombres que mueren de muerto amor, de tanta crueldad, que yacen en camas como perezosas, en perezosas que son camas envueltas por bellas melodías en las que el amor muerto es sólo un recuerdo, la fugaz aparición de un pasado que determina toda la inmensa crueldad del presente y del futuro... ¿unos anteojos negros para ocultar el futuro...?

Poco a poco has empezado a entender esto: lees y no aprendes, estudias y no aprendes, te enseñan, te aconsejan y no aprendes. Y es que aprendes sólo a costa de ti mismo, Manongo. Así aprenderás, por ejemplo, que febrero puede ser el mes de mayor ansiedad en todo el año, marzo el de mayor miedo y, de pronto, como en un estallido, el más feliz. Y abril será el mes más cruel, aunque también, también a la larga abril habrá contenido en él sus mayos y junios de nueva vida, sus julios y agostos de nuevas y muy grandes amistades, sus septiembres, octubres, sus noviembres y diciembres que anunciarán nuevos veranos de felicidad y nuevos desasosiegos. Y aprenderás a costa del miedo, de la inmensa ansiedad de una segunda quincena de febrero, que las apariciones reaparecen y no mueren y tampoco son tan crueles. Y que pueden ser traviesas y graciosas, muy alegres muchachas nuevas, muy sensibles, como tú muy sensibles adolescentes que si de pronto aparecieron fugazmente una noche en una fiesta de verano y tan inesperadamente reaparecieron nada menos que en el Country Club, igualito que tú hace unas semanas, es porque han llegado a esa edad en que también sus padres empiezan a darles permisos de adolescentes y ya no de niñas, permisos para bailar y jugar tenis o bañarse en la piscina que queda al lado de la piscina más pequeña de los niños, donde a lo mejor hasta el verano pasado se bañaron y nadie sino sus amas se fijó en ellas y ahora aparecen en la piscina de los adolescentes y de los grandes y, claro, ustedes los matadores debutantes y fumantes del mundo nuevo de la adolescencia, con sus usos, sus costumbres, sus rituales de hombría, se preguntan de dónde salió esta chicoca y aquélla y aquélla y también ellas se están preguntando al mismo tiempo de dónde salió un Tyrone Power, un Pájaro, un Jonás, un Giorgio, un Pepo y sí, Manongo, sí, también se pueden estar preguntando de dónde salió el muchacho alto y flaco de los anteojos negros, ¿cómo se llamará, quién será, dónde estudiará? Para María Teresa Mancini Gerzso, Tere Mancini para sus amigas del colegio Belén, también tú fuiste una aparición la otra noche en la fiesta, también tú has salido de la nada que hasta hace muy poco fue la infancia, Manongo. Y también ella ha estado averiguando quién puedes ser tú, quién puede ser, quién es el muchacho que todas las tardes llega con anteojos negros a reunirse con sus amigotes en el Country Club...

Los días del miedo pasan, crecen, se multiplican, son pocos pero se vuelven demasiados y cada día producen más ansiedad. Miradas fugitivas, sonrisas que no logran aflorar a los labios, consejos de los amigos para Manongo, hazte el loco, hermano, mátala un poco, déjala que piense que ni la has visto y fúmate otro cigarrito mirando a otra hembrita... Pobre María Teresa Mancini Gerzso, no tiene amigas en el Country Club, nadie que la aconseje y este pesado del Negro Gálvez que se pasa todo el día haciendo piruetas en su bicicleta delante de mí, que no se me desprende ni un instante, que cuantas más piruetas hace cree que más me voy a fijar en él mientras regreso caminando hasta mi casa... Bueno, pero si tú miras a otra chica yo miro al Negro Gálvez y seguro que los dos la estamos pasando pésimo, pero fíjate, bien hecho, eso te pasa por mirar donde no debes, no te vayas a creer que yo me voy a morir de soledad y que no tengo también mi peor es nada... Pero mírame un ratito, siquiera, ¿o es que no te atreves y que seré yo quien tenga que terminar sonriéndote a gritos, acercándome a ti, incluso?, pero dime siquiera cómo te llamas, no seas malito...

Tere Mancini, maravillosa Tere Mancini, ¿tan viva, tan valiente, tan aventada? ¿No será que...? No, no será nada así, por supuesto que no será nada malo, nada malévolo, pero sí puede ser que sepa quién soy yo y que me lo quiera soltar cara a cara, solos, frente a frente, me matas, Tere Mancini... Tere se ha quedado parada en la salida lateral de la futura piscina más grande, de los jardines del Country Club, la que da casi a la esquina de Granda y Los Castaños. Hace como si conversara muy entretenidamente con el cholo Aurelio, el guardián, el que controla que sólo entren socios. Literalmente, Tere le está bloqueando la salida a Manongo, se está burlando de él y los muchachos del barrio Marconi, te jodiste, Manongo, se pasó de viva la Tere, desahuévate hermano y no vayas a echarte atrás, tú sal por ahí, sal delante de sus narices como si no la hubieras visto, mátala, compadre, enséñale a que se te ponga sedita, pero no dejes que te gane la delantera de ningún modo, manito, los muchachos del barrio Marconi se la habían picado con sus hembritas por la otra salida, por la reja que daba de frente a Granda, buena suerte, compadre, y ya nos cuentas mañana quién ganó este duelo al sol...

A Manongo no le queda más remedio que salir de su acorralamiento, que abandonar el Country Club solo y por el lado en que Tere Mancini lo espera para bien o para mal. ¿Tan malas pueden ser las chicas que lo pueden esperar a uno para mal? No le queda más remedio y con los anteojos negros bien puestos es ese huevo frito tembleque que avanza por un camino bordeado de flores, entre dos amplios jardines laterales que cierran los muros llenos de altas flores, de buganvilias y enredaderas, de palmeras que terminan donde está la reja, donde Tere Mancini lo espera casi desafiante, como quien dice nos queda poco más de un mes de vacaciones, ¿lo vamos a desperdiciar sin saber siquiera quiénes somos? Pero Manongo avanza convencido de que ella sabe otra cosa, que lo está esperando para soltarle otra cosa y mira la vereda y la pista ahí afuera y al cretino del Negro Gálvez, pirueta y más pirueta en su bicicleta, que sin agarrar el timón, que parado sobre los pedales, eso parece un circo, ¿se van a burlar de él?, ¿tiene todo que ser tan cruel? Su único recurso son sus anteojos negros y sin saber cómo ni por qué, prácticamente se abre paso silbando por ese desfiladero, pero sabe Dios cómo y sabe Dios por qué lo que está silbando es *Pretend* y cuando ya parece que va a sobrevivir a la situación y logra seguir de largo, sin haberse fijado absolutamente en nada, Tere Mancini empieza a silbar también *Pretend you're happy when you're blue... The world is mine it can be yours, my friend...* que es justo cuando el pelotudo del Negro Gálvez se viene abajo en el circo, se cae de cara contra la vereda, se saca la ñoña con bicicleta y todo y Manongo y Tere empiezan a caminar solos sin saber muy bien a dónde van al principio, en ese atardecer tan cruel como feliz, tan valiente como cobarde, tan esperanzador como aterrador...

Caminan ahora por San Isidro, por la avenida Salaverry, por Orrantia del Mar y el Cricket Club, Tere Mancini y Manongo Sterne pasean y conversan, se estudian y se entregan, se aman y se temen. Definitivamente, piensa Tere, Manongo no ve las cosas como los demás las ven, ni es como los demás son, Manongo, piensa Tere, es como nadie es así. Y eso le gusta y la asusta. Pero sin embargo ella se ríe y trata de bromear y entonces también él piensa que si la vida es tan atroz en las perezosas de los barcos, en los trasatlánticos que regresan de los amores muertos para siempre, una muchacha como Tere, por más sensible que sea, no tiene el menor derecho a ser tan alegre y tan traviesa. A Manongo le gustan los rincones oscuros y Tere confiesa su amor por los lugares abiertos, soleados y verdes. Él enfurece y ella le dice Manongo, por Dios, pero si no es para tanto. Pero él enfurece más todavía porque ella no sabe quién es James Mason ni ha visto todavía *Historia de tres amores* ni ha escuchado la *Rapsodia sobre un tema de Paganini*. Pero Manongo, parece decirle ella con su sonrisa, ¿no puede ser éste un día alegre?, ¿no puede ser éste un día feliz? Categórica y complicadísimamente, Manongo la mata con su respuesta: los días felices no tienen por qué ser necesariamente alegres y los días alegres tampoco tienen por qué ser necesariamente felices. Y, además, la felicidad es algo frívolo, inexistente, o existente sólo en la música barata y en las novelitas de amor para imbéciles, en los radioteatros y esas cosas... Y se lo prueba, además: el momento más doloroso de su vida había sido Tere... ¿Cuál,

Manongo? Pues el otro día, Tere, cuando apareciste tú en esa fiesta y desapareciste en seguida… Pero si yo, en cambio, Manongo, me quedé feliz, me quedé encantada y llena de esperanzas… ¡Tere, por Dios!, ¿no puedes usar palabras algo menos fáciles de usar que ésas? ¿Te das cuenta de lo que estás diciendo: "encantada", "llena de esperanzas"? Pero, ¿acaso tú nunca has sufrido, Tere?, ¿acaso nunca se te ha ocurrido lo mucho que sufre, lo mucho que, incluso a veces, debe y tiene que sufrir la gente en este mundo completamente imperfecto…?

Pobre Tere Mancini, la paliza que le están dando y las palizas que aún le dará Manongo en nombre del amor más grande del mundo, del amor muerto o, en todo caso, eternamente amenazado. Pobre Tere: cae la noche y ella que había soñado con un atardecer feliz, con un anochecer aún más feliz. Han llegado a la altura del alto muro de su casa y en cualquier momento puede salir su madre a buscarla, a ver si por fin ha regresado del Country Club, su mamá debe estar ya muy asustada, Teresita regresa siempre mucho más temprano. Pero a ella qué le importa y sigue sonriéndole a Manongo con los dientes más bellos del mundo, con la sonrisa más contenta del mundo, con la nariz más respingona y alegre y el pelo tan corto y tan oscuro y esa manera de ser tan sencilla como sus pecas y su nariz de primer amor, quiero adorarte, Manongo, quiero ser tu primero y tu último amor, quiero ser distinta al mundo entero contigo, aprenderé a ser como tú quieres que sea, todo lo dramática y aterrada por el mundo que tú quieres que yo sea, pero por ahora sonriamos, Manongo, por ahora lo único que tengo ganas es de darte un beso, yo nunca he besado a nadie Manongo pero no me atrevo a decírtelo ni me atrevo a decirte que seguro que a ti sí sé besarte poco a poco pero desde esta primera vez, Manongo, date cuenta, mi amor y cuéntame y mira cómo ya yo también voy aprendiendo que el mundo puede ser terrible porque ahora lo que más quiero es saber, que tú me cuentes, cuéntame por favor Manongo y no me mientas, ¿has besado tú a otra chica antes que a mí?, aunque a mí todavía no me hayas besado Manongo y yo voy a intentar besarte antes de que te vayas esta noche, antes de que salga a buscarme mi mamá, aunque me arriesgue a que mi mamá me chape besándote y me mate, no te dejaré irte sin darte un beso, un beso que tú responderás, Manongo, pero, pero, Manongo, ¿qué te pasa, Manongo...? Manongo... dime, dime, por favor, Manongo, ¿qué puedo haber hecho para que te pongas en ese estado? ¿Qué dices? ¿Que tienes que irte para siempre? ¿Pero por qué? ¿Qué he hecho, qué he dicho yo, Manongo? ¿No me puedes perdonar, Manongo? ¿Muerto, pero qué ha muerto, Manongo? ¿Y por qué si me gustas y te quiero tanto, tanto, tanto, me vas a matar, Manongo...?

–No llores, Tere, pero tarde o temprano tenía que llegar este momento. Y es que tú no sabes, no estás enterada de quién soy. Pero ya verás cuando pasen unos días y la gente empiece a saber con quién está saliendo Tere Mancini. Te lo contarán todo. Te dirán que soy el mariconcito del Santa María y entonces...

–Pero si eso ya lo sé hace mil años y no me importa un pepino, Manongo. Lo único que no sabía es que tú eras ese Manongo Sterne y ahora me importa menos que nunca... Si fue tu culpa, ¿tiene algo de malo cometer un error una vez? Lo estúpido sería no reconocerlo, Manongo. Y, si fue un error de tus compañeros de colegio, pues exacto, Manongo. Nada de malo tiene que ellos cometan un error alguna vez en su vida. Y ya pasó, además. Y lo estúpido sería también en este caso que ellos no lo reconocieran. Y punto. Se acabó, Manongo. Y que alguien me hable mal de ti y yo lo mato o la mato si es mujer, ya tú verás. Yo no te fallaré nunca, Manongo.

La verdad, Manongo quedó hecho puré con la inteligencia y la sencillez con que Tere Mancini no sólo había explicado el drama de toda su vida sino que, además, como que le había bajado el telón para siempre y esto se acabó y, lo que es peor, con final feliz. Hasta rabia le dio pensar que, definitivamente, esta chica no lo iba a dejar sufrir en paz, vivir en paz con sus verdaderos sufrimientos. En fin, él se entendía y esta chica, por más linda y buena que pareciera y que fuera, por más sencilla y natural que fuera, a diferencia de todas las adolescentes que hasta ese día le había tocado conocer, como que no entendía la gravedad de ciertas cosas, la atroz gravedad que para él era tan necesario que las cosas tuvieran. Y encima de todo Tere Mancini se le fue encima con un beso y aquello terminó siendo un verdadero empellón de dentaduras, dolió y todo con lo desenfrenado que fue y Manongo se tocó la boca para ver si estaba sangrando mientras Tere, en vez de tocarse la boca para ver si también estaba sangrando, se tapó la boca porque se estaba desternillando de risa.

Y de pronto Manongo empezó a explicarle a Tere que, aunque él también la quería y muchísimo, jamás se besarían mientras ella no entendiera la gravedad de las cosas de esta vida, sobre todo al amanecer y al anochecer. Y ése fue el preciso momento en que a Tere se le apareció su mamá furibunda porque hacía horas que debió haber regresado del Country Club y mira dónde y cómo y con quién te encuentro, con un muchacho nada menos. Y ése fue el momento, también, en que Adán Quispe regresaba de su diario entrenamiento de karate y pasaba delante de casa de Tere, frente al Club de Polo, rumbo al corralón. Manongo aprovechó la oportunidad para salir disparado con su amigo cholísimo y retaco y para Tere aquélla sí que fue una noche de una pregunta tras una pregunta y tras otra y otra y hasta las mil y quinientas la pobrecita en su cama sin poderse dormir: Por fin lo he conocido y con lo mucho que me gusta y que lo quiero y justo cuando lo acabo de convencer de que no es el mariconcito del Santa María ni de ninguna parte, no sólo se niega a darme un beso sino que un instante después se va con un cholo retaco, ¿no será el mariconcito del barrio?, ¿quién tiene amigos así y parece que son íntimos, además?, y además mi madre furiosa y grita que te grita: "¡Sólo a ti, Tere, se te ocurre juntarte con un tipo que se junta con cholos como ésos por las noches y por las calles oscuras…!" O sea que tiene ese amigo, o sea que se tortura porque es el mariconcito del Santa María, o sea que el próximo domingo no quiere ver ninguna película de las que vemos todos los muchachos, no, el muy maric…, el muy loco quiere ver una película de un tal James Mason al que sólo le gustan las mujeres muertas… Las mil y quinientas le dieron a la pobre Tere en su cama y sólo porque le gustaba tanto ese muchacho tan distinto a los demás… ¿*Tan tan* distinto a los demás…? ¡No, Dios mío, nunca me hagas eso, por favor, Diosito mío…!

Y ahora amanece muy pronto para Tere Mancini y para Manongo Sterne, cada uno en su cama de la misma calle General La Mar,

Manongo en la primera cuadra y Tere en la antepenúltima, o sea
qué cerca, según ella y qué lejos, según él, aunque son tan sólo
siete cuadras, la verdad, cada uno en su cama escucha el canto de
la paloma cuculí. Tere se fija detenidamente en él, por primera
vez, y lo encuentra más bien triste, Manongo seguro sí que se ha
fijado siempre. Y Manongo, que sí que se ha fijado siempre en el
canto cuculí de la paloma y lo ha encontrado realmente desgarrador, por primera vez empieza a descubrir que ese canto es el de
una paloma más, que no necesariamente tiene por qué matarlo a
uno de pena porque ahora además está en el mundo Tere, Tere,
Tere, Tere, Tere Mancini Gerzso, suiza por parte de padre y de
madre y alegre, tan alegre que ni siquiera el triste canto de la palomita del diablo le parece tan triste en un amanecer que le suena
a nuevo, a que hay algo nuevo bajo el sol de este verano que jamás
acabará. Pero piensa: "¿Un internado inglés...?" Mientras Tere
piensa: "¿A qué colegio irá este año Manongo?, porque dice que
lo han botado del Santa María. Y dice que anda tan solo pero yo lo
veo siempre rodeado de amigos en la piscina. Y dice que no tiene
barrio pero habla de sus amigos del barrio Marconi. ¿Miente Manongo?" En su cama, cubriéndose la cara con la sábana y como
escondiéndose, apretujándose contra el colchón, Tere Mancini
descubre para siempre que Manongo no miente, que ni siquiera
exagera un poquitito y que por eso es triste, más triste incluso que
hace un momento, el canto de la paloma cuculí, pero no, ella nunca antes se había fijado en nada, ella ni siquiera se había detenido a
escuchar a la palomita esa, Manongo seguro que sí, por eso Manongo ni miente ni exagera nunca, él es así, no ve como ven los
demás, no oye como oyen los demás, no es ni ha sido nunca como
son los demás, es más frágil, es mejor, es más débil, es peor, tiene
más miedo, sufre más, siente distinto, se ríe menos... Manongo
Manongo Sterne... Manongo Sterne es como nadie es así... La
espere lo que la espere, ella se quedará siempre al lado de Manongo Sterne, por qué no solamente lo quiere tanto esa mañana, por
qué además y todavía quiere más y más y más esa mañana, quiere,
ella quiere, ella quiere a todo el mundo esa mañana y eso se lo debe
seguro a Manongo Sterne porque Manongo, además y todavía, es
como nadie es así...

A sólo siete cuadras de distancia, o sea lejísimos para un amor como el de ellos, Manongo sin embargo parece estarla escuchando. Manongo parece saber que Tere Mancini ha derramado lágrimas matinales por él, que Tere empieza a captar algo, por fin, y que aunque él mismo no se entienda, ni siquiera entienda bien por qué no es tan desgarrador esta mañana el canto de la paloma cuculí, al menos Tere empieza a comprenderlo un poco por fin, y siente y capta o sabe Dios qué, por qué él que tanto ha llorado, que tanto llora, reirá, y por qué ella que tanto ha reído y tanto ríe, ahora llora y llorará, ¿*Pretend*? ¿Ella fingirá que llora y él fingirá que ríe? No, eso no, eso no es así, no será así... Será en cambio como la vida misma, risas y lágrimas, pero las lágrimas suyas serán a veces las risas de ella y las risas de ella sus más dolorosas lágrimas, porque así es la vida, Manongo, y así nos complementaremos Tere y yo, ella me cuidará bajo el ala de sus sonrisas y yo no la dejaré llorar bajo el ala de mis lágrimas y será uno solo y será para los dos el mismo, en todo caso, el canto de todas, el canto de cualquiera de las palomas que hay en este mundo, que nos toque enfrentar en esta vida... "No tenía por qué ser yo el único que escuchaba así el canto de una paloma", piensa, siente Manongo, mientras va saliendo de su cama y le estira alegremente los brazos a su primera mañana con Tere... "No sé cómo he podido ser así. No sé cómo he podido no fijarme nunca en el canto desgarrador de la paloma cuculí", piensa, siente Tere, mientras le estira dulce, suave y preocupadamente los brazos a su primera mañana con Manongo...

Manongo ha tenido una gran suerte, le cuenta y comenta su padre. "Sí, muchacho, realmente has tenido, hemos tenido una gran suerte. Era dificilísimo, prácticamente imposible, encontrar un colegio inglés tan bueno como el Markham, que es lo que deseábamos tu madre y yo para ti. Con el San Silvestre, para tus hermanas, no ha habido mayor problema, pero en cambio en el Markham uno se puede pasar años esperando antes de encontrar una plaza vacía. Habíamos movido cielo y tierra, tu mamá y yo, habíamos hablado hasta con el embajador de Inglaterra, pero nada, todo inútil, el mismo embajador nos contó lo difícil que le había sido a él que le aceptaran a su hijo en el Markham, cuando lo destacaron a Lima. Nos sentíamos perdidos, tu madre y yo, cuando de repente se produjo el milagro, una llamada realmente inesperada de don Álvaro de Aliaga y Harriman. Va a abrir un colegio, Manongo, un internado británico cien por ciento, carísimo, por supuesto, el colegio más caro del Perú, pero qué no hará un padre por sus hijos y tu mamá sí que está realmente encantada con el proyecto...

—¿Puedes decirme en qué consiste el proyecto, papá?

—Bueno, para que te enteres: aparte de costar carísimo, el proyecto consiste en fundar un colegio realmente británico en Lima. O mejor dicho, en Los Ángeles, pasando Chaclacayo y antes de llegar a Chosica... ¿Te acuerdas del antiguo hotel de Los Ángeles? Bueno, pues ése será el local. Los alumnos vivirán en lo que fue el edificio del hotel y los profesores, en su mayor parte venidos de Inglaterra, también vivirán ahí, pero no en el edificio, que además sólo tenía dos pisos, sino en las casitas que rodeaban el local y que estaban desparramadas por los jardines aledaños, por la inmensa piscina, por las canchas de tenis. En fin, no sé si lo recordarás pero estoy seguro de que más de una vez fuimos todos con la familia a almorzar ahí o incluso a pasar algún fin de semana, ahora no recuerdo bien.

—¿Pero yo para qué necesito un internado, papá? Yo siempre saqué buenas notas en un colegio normal.

—Pues de eso se trata precisamente. De que las buenas notas están bien, por supuesto, pero no lo son todo. No son lo que se llama una verdadera educación inglesa, como la que tuvo don Álvaro de Aliaga y Harriman y como la tuve yo. Ésa es la filosofía que se esconde en el proyecto de ese gran señor que, además, como bien sabes, actualmente es ministro de Hacienda...

—¿El de la maquinita de la inflación?

—A ver si aprendes a callarte de una vez por todas y a apreciar lo que tus padres hacen por ti.

—Pero, papá...

—Pero qué papá ni qué ocho cuartos.

—Papá, por supuesto que quiero estudiar en un colegio inglés, pero...

—¡Pero!, ¿qué, entonces? ¿No te consideras afortunado? ¿No crees que a tu madre y a mí nos ha costado un gran trabajo buscar un colegio inglés? ¿No crees que ha sido una verdadera suerte que el mejor de todos ellos esté a punto de abrirse y que el propio dueño me llame para informarme, a decirme que cuenta contigo? Sólo contigo porque el colegio se abrirá con una sola clase de segundo año de media, primero.

—¿Una sola clase?

—El primer año, sí. Después vendrá tercero, después me imagino que abrirán también primero y cuarto, y así hasta llegar a quinto de media. No sólo serás fundador de un gran colegio británico, según don Álvaro, sino que además, si te aplicas, tendrás el doble honor de haber sido uno de sus fundadores y también miembro de la primera promoción.

—Pero, papá, yo no necesito estar interno para aprender el inglés con el acento que a mamá y a ti les gusta.

—Lo que deseamos, tu madre y yo, antes de que sea demasiado tarde, es que recibas una educación de caballero, una educación realmente británica como era en mis años la educación en todo el mundo. Lo que pasa es que ahora, en estos tiempos de cine norte-americano y cómics y chicles y todas esas vulgaridades... Pero, en fin, todo eso se acabó ahora. El proyecto de don Álvaro realmente nos viene a todos como anillo al dedo para ponerle punto final a todo eso antes de que sea demasiado tarde. Realmente se trata de un proyecto caído del cielo. No todos los días se encuentra a un señor que decida traerse media Inglaterra al Perú y ponerla a dis-posición de sus amigos y de los hijos de sus amigos... ¿No te das cuenta, hijo? Mira, aquí viene tu madre. Habla con ella para que veas que también está encantada con la idea.

—Mamá, pero ya tengo amigos en el barrio Marconi... Fuiste tú misma quien le hablaste a Jorge Valdeavellano, al hijo de la señora Sally Harrison... Acuérdate, mamá... Él me lo contó todo y aho-ra...

—Ahora qué, Manongo, si ese chico también irá al mismo cole-gio... También a él lo habían botado de... Bueno, pero ahora qué, ¿que te hiciste amigo de él? Pues lo verás más que nunca en el in-ternado...

—Pero no es sólo él, mamá... Por favor, yo no quiero, yo no puedo ir a un internado justo ahora...

—¿Cómo que justo ahora? A ver, explícate, muchacho...

—Preferiría decírtelo a solas, mamá...

—¿Cómo, ya vamos a empezar otra vez con idioteces de niño?

—Es que, papá…

—Déjanos, Lorenzo, déjanos que hablemos un rato a solas.

—Por mí pueden hablar toda la mañana a solas, si quieren. Tengo muchísimo que hacer en el trabajo y no tengo un minuto más que perder. Lo que sí, no te olvides, Manongo: hoy ha sido tu día de suerte. Todos hemos tenido suerte en esto del internado británico, pero tú más que nadie. Te ganaste la lotería, muchacho. Ya quisiera mucha gente en Lima estar entre los elegidos para un colegio en que se va a formar lo mejor de este país, nuestra futura clase dirigente, para repetirte exactamente las palabras que me dijo el propio don Álvaro de Aliaga y Harriman en el club, la otra noche… Y ahora te dejo con tu hijo, mujer, para que lo hagas reflexionar un poco, si es necesario.

Pero fue Manongo quien, inútilmente, trató de hacer reflexionar a su madre. Se lo contó todo con pelos y señales, hasta con la música de Nat King Cole y Lucho Gatica, para que ella sintiera, entendiera a fondo lo que de golpe él estaba viviendo ahora, desde hace unos días en una fiesta, mamá, pero de a verdad desde anoche, desde ayer por la tarde en el Country Club hasta ayer por la noche, cuando la mamá de Tere Mancini…

—¿Tere Mancini Gerzso?

—Ella, mamá, ella, ¿la conoces?, ¿sabes quién es?

—Sé muy bien quiénes son sus padres. Increíble. Cualquiera diría que llegaron al Perú recién el año pasado y resulta que ahora ya tienen una hija de tu edad…

—Cinco meses menor que yo, mamá.

—¡Dime qué diferencia puede ser ésa a los catorce años!

—Yo este año cumplo quince, mamá.

—Un par de niños es lo que son, pero no sabes cuánto me alegra por ti, Manongo. ¡Qué buen ojo tuve al escoger al hijo de Sally Harrison y Pedro Valdeavellano! La verdad, te lo digo ahora, Manongo, estabas muy solo, te habías quedado muy solo, preocupantemente solo. ¡No sabes cuánto me alegra lo que me cuentas! Déjame darte un beso y felicitarte por lo de esa chiquilla…

—Es mi enamorada, mamá.

—Lo que es, pedacito de don Juan Tenorio, es de una gran familia de origen suizo. Sus padres llegaron al Perú después, pero su tío abuelo es muy amigo de tu abuelito y hasta creo que tienen algún negocio juntos. O a lo mejor son simplemente amigos. Él se llama don Orestes Gerzso y es un viejo suizo encantador y con un acento graciosísimo. Un gran minero, creo que le he oído decir a tu abuelito. Un hombre que se hizo solo, que empezó de la nada pero que hoy ya es socio del Club Nacional. Fue mi papá mismo quien lo presentó al club y, por supuesto, salió elegido por unanimidad…

—Mamá…

—¿O sea que ésas tenemos, no Manongo? Mírenlo pues a él, de chico huidizo, de niño misterioso a gran conquistador de chiquillas.

—Tere Mancini es mi enamorada. Toda la vida será mi enamorada.

—Sí, Manongo, claro que sí. Y por eso mismo, ¿qué importancia puede tener que a partir de abril vayas interno? Se verán los fines de semana. Y ya verás tú que así el amor dura mucho mucho más.

—Mamá, acaba de empezar. Todo entre Tere y yo acaba de empezar. Yo no puedo irme interno dentro de poco más de un mes. No, no quiero ir nunca a un internado, por favor, mamá…

—Nada ni nadie en este mundo hará cambiar a tu padre, Manongo. Tú lo conoces… Piensa que también él ha sufrido mucho con el asunto del Santa María… Piensa que ha tenido que cambiar a todos sus hijos de colegio… Piensa en lo mucho que trabaja por el bien de ustedes… Piensa que una sola llamada del señor Aliaga ha logrado hacerlo feliz… No sabes lo honrado y agradecido que se ha sentido tu papá con la llamada de sus amigos, pero muy en especial con la llamada de ese señor…

—Mamá, sólo tú puedes entenderme… Sólo tú lograrías…

—Yo no lograría nada, Manongo, y además, para qué te voy a mentir: estoy totalmente de acuerdo con tu papá, hijito, y no sólo me encanta la idea, sino que…

—¡Mamá!

—Anda, Manongo. Ya verás que te acostumbras y que te llenarás de nuevos amigos… Ya verás que Tere también se acostumbra muy rápido… Manongo, pero dime, ¿a qué vienen esos anteojazos negros dentro de casa y ahora que el sol ni siquiera ha salido bien todavía? ¿A qué vienen esos anteojazos ahora…?

—¡A que me voy a la mierda, mamá!

—Anda, hijito, por Dios. Ojalá encuentres a tu Tere muy contenta hoy. Conversa, juega, ríete con ella y ya verás cómo poco a poco todo se te irá pasando. Y piensa, además, Manongo, que no eres el único chico que va a ir a ese internado.

—¡Llevarme a Tere conmigo! ¡Eso es lo que voy a hacer! ¡Ya verán ustedes!

Manongo tira el portazo de su vida y su madre piensa, con una comprensiva sonrisa en los labios, pero con muchísima pena también, que ese hijo suyo... que Manongo nunca cambiará. No, en eso de ser como es, en eso de ser así... En eso de sentir como nadie siente y de querer vivir como nadie vive, en eso nunca cambiará. Y ahora se lo imagina caminando hacia el barrio Marconi con los horribles anteojazos negros que se ha sacado al diario. Le da pena imaginárselo caminando así, porque sabe que no debe ir caminando como cualquiera. Desde que era niño fue así y ahora... Bueno, ojalá que encuentre pronto a sus amigotes del barrio Marconi.

En lo del barrio Marconi había acertado ella plenamente, pero ahora, cuando una menos se lo imaginaba, ahora que una se alegraba al saberlo entre alegres y vivarachos mataperros de buena familia, justo ahora Manongo le salía al mundo entero con un gran amor... ¿No andaba tarareando últimamente todo el día una canción llamada *Pretend*? Lo sabía, y más que saberlo, lo temía: un gran amor de Manongo es un gran amor para el mundo entero. Dios le dé suerte y, de paso, que Dios nos libre... Y que Dios libre a esa pobre chiquilla también. Porque la adorará como nadie. Pero precisamente por eso, ¡cómo la adorará! Pobre Manongo y pobre chiquilla...

Así de cruel es el cuarto mes del año. Cuando en París estalla la primavera legendaria de las canciones, cuando abril es Portugal y *Abril en Portugal*, con una luna que es ideal, como en aquella canción que hace vibrar *cheek to cheek* a todos los enamorados de melodías que entona, que nos susurra más bien Lucho Gatica, todo el amor del mundo te daré, en el mundo entero, malditamente aquí en el Perú, en esta Lima del diablo, abril es la llegada de un estúpido otoño escolar y universitario, de un otoño que de otoño sólo tiene la tristeza que produce revivir el marzo dramático que esconde todo mes de abril, fin de verano oficial, fin de vacaciones, tías viejas que hablan viejísimo y le anuncian a uno con sádica y cristiana sonrisa de beatitud: "Mañana a cartabón, hijito, mañana de nuevo a clases, Manongo, Pájaro, Jorge, Giorgio, Pepo, Jonás…" O el poema aquel en que sólo el andino y cuculí Vallejo nos hace sentir eso, eso que sólo Vallejo lo hace sentir a uno: "–Y mañana, a la escuela –disertó magistralmente el padre, ante el público semanal de sus hijos", y uno vive muy mal el mes de marzo porque cada día ya llega el mes de abril, que esconde su marzo, que esconde este abril desconocido en que Manongo irá a dar a un internado británico, ¿con quiénes más?, bueno, con Tyrone Power, pero con quiénes más y por qué tan lejos y por qué con unos fines de semana que empezarán al acabar la mañana escolar del sábado y terminarán cada domingo para siempre cuando anochezca, maldito internado británico y maldita la hora en que nací, Tere…

Al Country Club, aquella primera tarde del primer amor, aquel día de estreno de la felicidad en que Tere espera algún beso mejor dado que el de anoche, ojalá, en que está radiante, sonriente, chinita de alegría y se diría que hasta sus pecas sonríen de felicidad, que tiene los labios un poquito más carnosos que ayer, los brazos bastante más ricotoncitos que esta mañana cuando me desperté horrible por haber dormido tan mal y con la preocupación del cholito ese de Adán Quispe metida entre ceja y ceja, tendré que decirle algo a Manongo, ¿y si se mata?, ¿y si me mata?, ¿y si me deja y nos morimos los dos sin ser Julieta yo ni Romeo él?, te di las gracias por eso Dios mío y te las vuelvo a dar ahora que corro a mi cita con Manongo, pero algo tengo que averiguar sobre ese tipo, ojalá que algo bueno, haz que sea muy bueno, Dios mío, que con mucha claridad y sencillez Manongo me saque de toda duda, Diosito mío, que no vaya a ser que... No, Diosito lindo, te lo ruego y, claro, claro que tú, Dios, me ayudarás y que Manongo me aclarará todo ahorita mismo que llegue al Country Club, tú harás de esta tarde perpetua, Manongo/Dios, ay Dios mío, ya no sé ni lo que digo, por tu culpa, por tu amor, por nosotros dos para siempre, Manongo... Tere entra al Country Club y lo ve más lindo que nunca, sus jardines, tantas plantas, tantas flores, tanta gente alegre y en las bancas verdes los enamorados y la curva galería cubierta por enredaderas, buganvilias en flor de marzo soleado y las palmeras al fondo y más allá enramadas que anuncian el hotel-club británico y algo colonial también, modernísimo pero tampoco faltan algunos azulejos andaluces ni aquellos techos de cristal colorido del gran hall de entrada con piso de damero, ni el bar ese tan señorial, tan club inglés, tan prohibido para menores pero que ella conoció de niña y de la mano de su padre...

El bar campestre está afuera entre las piscinas, bajo toldos y enredaderas multicolores acoge en esos precisos momentos a los matadores del barrio Marconi. Muy bien que saben que sus chicocas andan ya esperándolos y han llegado puntualísimos para verificar sobre todo que ellas llegaran puntualísimas. Pero ahora una prohibida y prohibitiva cervecita con la propina, un par de Incas o de Chesters para matarlas un ratito, que se acostumbren a esperarnos, que Tere también aprenda a esperarte, Manongo, aunque tú chequéala de reojo, que no te vea pero mírala bien, qué buen par de brazos hermanos y qué ojos y qué naricita y esos pantalones anuncian buenos rieles y si los rieles son así, cómo será la estación, compadre.

–¡Te mato, mierda, conchetumadre!

–¡Agárrenlo que me mata, muchachos! Éste es más loco que una cabra con anteojos negros... Perdóname, hermano, pero ¿no te das cuenta de que sólo te estaba batiendo? Guárdese sus energías para la gila, cumpa, que la potranquita esa... ¡Pero no fastidies, carajo, que te estoy batiendo, Manongo! ¡Ya suelta, carajo, y agárrenmelo bien, muchachos, que éste sí que no tiene correa ninguna...! ¿O no te das cuenta de que estamos entre hermanos y de que por eso precisamente sólo entre nosotros podemos hablarnos así? ¿Qué pasó, mi hermano, las manya usted o no las manya? Un barrio es cosa sagrada, cosa nostra, Manongo, y tú eres del mejor barrio del mundo y parte de Bolivia...

Se mataban de risa todos con las cosas del gran Pájaro, ah, para batir a la gente, para que pisara el pollito, para que pisara o pasara la rayita o el palito de chupete, para todas esas cosas y tantas más quién podía comparársele al insuperable Pájaro-man. Manongo había pasado de la rabia a una nueva excitación, había quedado con Tere a las tres y media y ahí estaba la pobre sentada solita en una banca, simple y llanamente no entendía ni quería entender, por la sencilla razón de que no lo entendería nunca jamás, por qué mierda tenía que hacerla esperar, si además de todo quien peor la estaba pasando era él. ¿Y tú no quisieras estar ya con Patty? ¿Y tú con Chichi? ¿Y tú con Marita? ¿Y tú con tu gringa Helen? ¿No quisiéramos estar ya todos con ellas, carajo?

—Ten paciencia, Hortensia...

—Con despaciedad, manito. Hay que saberlas tratar pa'que se pongan seditas. Y ya verás, todo a su debido tiempo. Todo es siempre un aprendizaje en la vida, Manongo, y tú acabas de empezar y tienes que aprender de nosotros que empezamos antes, compadre, lo hacemos por tu bien. Tú observa como una lechuza y algún día aprenderás a hablar como un loro, compadrito. Son leyes, leyes que hay que saber respetar para que lo respeten a uno...

—Yo no necesito respeto... Yo lo que necesito es amor...

—Oñoñoy... ¿Sufre el paciente?

—Ya basta, Pájaro —dijo Tyrone—. Van a ser las cuatro, carajo, y nos están esperando. Y a la salida las juntamos a todas para presentarles a la hembrita de Manongo.

En su camino hacia la banca verde en que lo esperaba Tere, pobre de ella si me espera con alguien, Manongo estuvo a punto de irse de bruces por lo menos un par de mal disimuladas veces. En fin, eso de querer caminar como Tyrone, guapeando como Pájaro, fumando como Giorgio, asentándose el pelo como Pepo,

cagándose en la humanidad como Jonás, le salió tan mal al pobre… Sí, la vida era un aprendizaje de mierda y por eso mismo
ni siquiera llegar donde Tere era el anhelado reposo, el consuelo
y descanso final. Tere, por su parte, estaba terminando de atra-
gantarse la risa de haber visto a Manongo intentar caminar por lo
menos de cuatro formas distintas, que como Gary Cooper, que
como Alan Ladd, que como Jack Palance, que como John Wayne,
pobrecito, lo adoró: las cuatro formas le habían salido mal y al final
había terminado acercándosele de una forma tan extraña como
inédita para ella. Y Tere adivinó: seguro que había querido acercársele como el James Mason ese sufriendo por una mujer muerta,
claro, si hasta se había arreglado el ala de un sombrero que no
llevaba, felizmente, ya con los anteojazos negros basta y sobra
para mi mamá, que felizmente sabe quiénes son sus padres, ah,
Manongo, pensaba Tere, sintiendo de golpe lo mucho que tendría
que esperar aún para llegar a un beso, ah, Manongo, te adoro, Manongo, si hasta las desilusiones son como ilusiones contigo, gracias
a ti, Dios mío, deja que lo aprenda a querer como él necesita, en
este instante en que se ahoga, por ejemplo, en que no puede darme
la mano porque ya somos enamorados ni puede darme un beso
porque en el fondo se muere de miedo y porque así es él cuando
quiere, como nadie, déjame ser perfecta para ti, Manongo, deja
que aprenda a no ser tan traviesa y sea y sea… y sea… ¿un poquito
más trascendental? ¿Será eso?, ¿se dirá así? Así lo siento, en todo
caso, y debo aprender a no reírme, a sufrir, incluso, si Manongo
casi se cae por no poder ya ni caminar de amor como Manongo
caminó siempre hasta esta tarde…

–…Te adoro, Manongo…
–Con despaciedad, gila…
–¿Qué?
–No, que me he equivocado. Cómo explicártelo: me he equivo-
cado por aprender algo, me he equivocado al usar las dos palabras,
Tere, te-te lo juro. Yo quería decir…

Tere no sabe, no se atreve a coger, a recoger más bien esa mano
muerta de nervios que descansa nada lejos de su mano… Esa mano muerta de miedo de Manongo, la misma que anoche, cuando
ella no lograba pegar los ojos, besó tantas veces antes de llevársela
a su cara, antes de dejarse acariciar por ella, *Pretend Pretend Pre-*

tend, antes de permitir que esa mano le cerrara los párpados y luego traviesamente volverlos a abrir porque no lograba tampoco
dormir sin ver, sin sentir esa mano, pobrecita esa mano, con lo
buena que fue conmigo anoche y esta mañana y lo mucho que me
acompañó cuando lo del canto por primera vez triste de la palomita matinal y después también me acompañó hasta la ducha y ahí
sí que yo no la dejé entrar y le cerré la cortina en las narices, qué
traviesa fui, perdóname, Manongo, qué traviesa soy y no debo ser
para ser la palabra esa trascendental como tú...

Y así, total, que entre la mano muerta de miedo, él enterito
muerto de miedo de querer ser y no lograrlo como sus amigos del
barrio y de querer ser como James Mason y morirse en el intento
y de querer ser él sin saber ya lo que quería ni mucho menos lo
que sentía, aparte de su loco amor, y entre ella luchando por ser
trascendental, nada traviesa, como él, como tú, Manongo, aunque
sin saber muy bien cómo era Manongo, tampoco, y lo de Adán
Quispe, sobre todo, habían llegado al *impasse* más quieto, más
inmóvil, a un verdadero hielo paralítico en que la vida sólo se manifestaba aún en temblores, ahogos, taquicardias y, felizmente,
también en algo positivo: la enorme ansiedad de dar el próximo
salto mortal, a lo mejor resultaba ser un paso no tan cruel en la
vida...

–...Te adoro, Tere...

–¡Manongo! ¡Por fin, amor mío!

–No, que me he equivocado. Cómo explicártelo: me he equivocado pero esta vez creo que ha sido por aprender algo bueno.
Po-por decir, por quererte decir unas palabras... Tere, te juro que
esta vez sí que sí yo te quería decir...

–Pero, ¿no será que ya lo has dicho, Manongo? –se inquietó alegre, sonriente, dando casi un saltito en la banca, la pobre Tere.
Pobre, porque inmediatamente pensó que, sin duda alguna, había
actuado con apresuramiento alegre y hasta feliz, pero travieso, vivo,
demasiado vivo. No, en todo caso no había reaccionado trascendentalmente, la pobrecita. No como se lo merecía, como lo necesita, lo exige con su propia trascendencia, Manongo. Como esta
mañana, cuando llegaron a la ducha y ella le cerró la cortina en los
ojos a esa mano que tan buena, seria y trascendental había sido con
ella. Eso sí que era ser una buena mano, una mano de hombre, de

amor y de amigo en las circunstancias en que ella más la había necesitado anoche hasta las mil y quinientas, pobrecita, la había retenido despierta y ocupadísima hasta las mil y quinientas y después, ya desde el alba casi, se había servido de ella nuevamente, la había usado casi a su antojo, sin que la mano jamás se quejara de nada... Y ella tan bruta, por dárselas de traviesa. Ah, sí, eso tiene que ser: ser traviesa cuando se debe ser trascendental es ser bruta: ser bruta y mala es ser traviesa con Manongo... No, no puede ser, Dios mío, yo siempre me he reído, yo quiero seguirme riendo a su lado, y haz que él también se ría conmigo, Dios mío...

—Tere, tengo algo realmente grave que decirte...

—Dímelo, por favor, Manongo.

—Algo realmente... Bueno, dentro de un mes iré al colegio por años y años.

—Nos queda todo marzo, Manongo...

—Todo marzo antes de abril...

—Tienes razón... Qué raro... Yo jamás lo habría pensado así. Pero ahora, pensándolo bien, tienes razón... Pero, bueno, no sé si hago mal en decirlo y tú me perdonas, por favor, si me equivoco y no lo siento todo todavía tan trascendental como tú...

—¿Qué quieres decir, Tere? ¿Qué quieres decir con eso? Explícame, explícate.

—¿Me perdonas si me equivoco...?

—Te quiero mucho, Tere...

—Perdóname, pero yo creo, yo diría que nos vamos a ver todos los fines de semana...

—Sí y no, Tere...

—¿Sí y no? ¿Por qué? ¿Te vas a ir también con Adán Quispe?

—A ti qué te importa...

—Me importa saber, claro que me importa saberlo todo.

—Bueno, entonces entiéndeme lo que te he querido decir. Nos vamos a ver, sí, todos los fines de semana, pero al mismo tiempo será como si no nos viéramos ninguno... ¿Me entiendes?

—Casi, pero...

—Que cada fin de semana empezará donde se acaba y eso es verse nunca, o peor: porque cada fin de semana empezará y acabará el mismo fin de semana. Será todo, un instante, pero inmediatamente después será como si todo se hubiese acabado para siempre por cinco días y medio y por seis de las siete noches que tiene la semana, ¿me entiendes, ahora?

—Te adoro, Manongo, y te entiendo perfectamente bien. ¿Puedo besarte en la frente? Porque ahora que te he entendido bien hondo, eso sí que es ser trascendental, Manongo. ¿Puedo besarte en la…?

—Claro, Tere, claro que puedes —le respondió Manongo, acercándole además un poco la frente y alegrándose al sentir la paz de los labios de Tere sobre su piel. Alegrándose de la cosa más estúpida del mundo, además de todo, según captó inmediatamente: no había tenido que consultarles a los muchachos del barrio si podía permitir que le besaran como a un niño bueno la frente, no había tenido que pedirle permiso a nadie para ser él y le había encantado y traía tanta paz y alegría que Tere hubiera sido así de pronto, cariñosa, alegre, sencilla, ¿puedo darte un beso en la frente, Manongo?, tan linda, adorable, adorable y tan Tere, Te…

—Dímelo al oído, Manongo.

—¿Quieres un helado?

—Contigo, Manongo, contigo. Y yo te lo invito y yo te acompaño a comprarlo. Quiero estar siempre contigo y ya verás que también en abril estaré siempre contigo… Te lo haré sentir así, Manongo. Ya verás…

—Y yo te haré sentir que estás conmigo. Y Adán Quispe, que es karateca y va para cinturón negro y Nueva York, te cuidará en mi ausencia. Adán me es fiel, en él puedo tener toda la confianza del mundo. Se lo pediré, se lo explicaré y él me entenderá y te cuidará y ningún hombre se acercará a ti, porque Adán Quispe…

—Manongo, el helado… Ahora lo trascendental es el helado. Ahora entiéndeme tú a mí por favor: como te adoro, ahora lo trascendental es el helado…

Pobre Manongo y pobre chiquilla, seguía pensando aquella tarde la madre de Manongo Sterne. Con ideas bastante más prosaicas, pero entrañables también a su manera, los matadores del barrio Marconi esperaban que acabara esa misma tarde para investigar a fondo el comportamiento matador de su nuevo amigo: ¿Besos, qué tal? ¿Con lengüita, qué tal? ¿Con lengüita y chicle, qué tal? ¿Y tetitas, hermano? Pero tremenda desilusión la que se llevaron al ver que esa tarde, como todas las demás tardes de marzo,

Manongo no regresaría con ellos al cerrarse la piscina. Manongo se iba con Tere. Paseaban hasta que caía la noche y luego, cuando la madre de Tere salía preocupada a ver qué pasaba con su hija, por qué no regresaba, Manongo ya había desaparecido y la madre de Tere, que en el Negro Gálvez tenía toda la confianza del mundo, la encontraba conversando con el pobre muchacho ese que se moría de tanto hacer piruetas en su bicicleta y Tere como si nada, como si fuera un payaso de circo. Bueno, al menos el muchacho ese era grande y fuerte y Teresita volvía a casa bien acompañada. Teresita, por su parte, había llegado a ese total acuerdo con Manongo para poderse quedar todas las noches hasta las ocho: dejaban que apareciera al final el pesado ese y Manongo no intentaba matarlo ni nada porque así les resultaría utilísimo. Manongo le dijo que era una travesura genial y Tere le respondió que, además, era trascendental.

Paseaban hasta que caía la noche y Tere esperaba siempre aquel beso trascendental, aquél en que se aprende a besar torpemente, casi a coscorrones de amor primero, furtivamente, en plena calle, abierta y descaradamente, arrinconándose contra una pared o un arbolito, desafiantemente, buscando la débil luz del primer farol encendido o de uno al que le falta un foco, anhelantemente, todo el amor del mundo te daré, pero unidos, muy unidos, lo que se llama unidos en un solo beso. La primera vez, la primera tentativa, había sido un fracaso de dientes que se estrellan pero algo lindo y tierno tenía que haber quedado porque Tere lo que quería ahora era perfeccionar ese fracaso en un nuevo primer beso, prolongación menos sonora de dientes y empellón y pérdidas de equilibrio, pero prolongación, al fin y al cabo, claro que más técnica (ella misma se rió de su palabra), más sabia, esta vez, pero sabia de qué manera si ninguno de los dos sabía besar y el último hombre al que ella había besado, sin ser su padre, su tío, su hermano, fue su último muñeco. ¿Y si como a ese muñeco, en un adiós final que nunca existió porque lo único que pasó es que ya no vino otro muñeco más, vino Manongo, y lo que se había acabado era la infancia, si como a ese muñeco agarraba a Manongo como le diera la gana, ahora, como a un muñeco, un Manongo, se rió, un trapo, y lo estrujara y lo tirara y lo recogiera y lo volviera a besar como cuando jugaba con sus muñecos de niña?

Tere con las justas no soltó la carcajada como Tere niña, o sea Tere ayer, anteayer, tan callando, tan besando, tan jugando, y en cambio apretó fuerte muy fuerte la mano de Manongo que también caminaba a su lado pensando en un beso que era el mismo que el de los dentazos encontrados pero que ahora de pronto se volvía suave, hondo, tierno, dulce muy dulce pero sin perder en nada la instintiva brutalidad de buenas tardes, adolescencia, que había habido en la fallida intentona del primer atardecer. También apretó fuertemente la mano de Tere en el instante mismo en que ella apretaba la suya, ¿quién apretó a quién primero?, ¿fue un acto de amor y de protección entregada o fue que cada uno se apretó al otro, contra el otro, para que nunca se fuera a perder tampoco lo que de bueno y de positivo y hasta de rico y sabroso había tenido aquel desastroso primer beso que ahora, bien agarraditos de la mano, vagabundeando por San Isidro y Orrantia del Mar, empezaban a extrañar? ¿Se puede extrañar algo que salió mal y que debe perfeccionarse?

Qué complicado era todo y mira tú cómo todo tiene su sí y su no y se extraña un mal beso por lo que tuvo de bueno e irrepetible y se desea un beso mejor pero que tenga algo por lo menos de un beso peor. Sin darse cuenta de nada, sin sospecharlo en absoluto, los dos habían pensado en la palabra *fallido* al recordar los rasguños dentales de ese beso, dos lenguas que, entre caninos, incisivos y molares, apenas se entrevieron, se tocaron, se quisieron entrelazar, pero luego todo para que cada una saliera disparada, huyera, no hiriera ni se hiriera, no lastimara ni se lastimara perdida por ahí adentro entre tanto canino, incisivo y molar, y luego todo para que cada una, en vez de entrar, saliera y, lo que es peor, saliera despavorida además y diera al diablo con todo, hasta con el equilibrio de ambos y se raspara en su huida con unos dientes, además de todo, ¡caracho!, fallido, beso fallido fallido fallido, cualquiera debe saber besar mejor que nosotros.

Y, sin embargo, si Manongo me vuelve a besar, que algo haya en sus besos siempre de aquel beso fallido, por lo menos me besó, por lo menos nos besamos, Dios mío... Y, sin embargo, cuando nos volvamos a besar, Tere, que haya algo en tu beso de ese otro beso y aunque el mundo no se parezca en nada a lo que cuentan los muchachos del barrio Marconi, ni siquiera en sus besos, que nuestros besos, Tere, sean distintos a los del mundo entero, que sean sólo nuestros besos, perfectos de amor y fallidos de amor perfecto sólo entre tú y yo, Tere, distintos al mundo entero, distintos como siempre del mundo entero, únicos, Tere...

—Tere, ¿seremos únicos?

—Yo te prometo, Manongo, que seremos como nadie es así.

—Me gusta lo que dices, Tere.

—Es que son como palabras nuevas. Como palabras dichas por la primera vez. Como la palabra *dicha* dicha por primera vez, ¿me entiendes, Manongo?

—Te entiendo y te siento, Tere.

—Ves qué lindo es usar palabras nuevas aunque sean viejas. Es como si todo se abriera camino a nuestro paso y uno lo pudiera bautizar todito de nuevo porque en nada se parece ahora a la vez pasada. Yo he caminado por estas calles desde que era niña, Manongo, y todo era distinto, te lo juro. Quiero decir que todo era igualito, siempre. Y que basta con que uno pase por aquí contigo, por primera vez, para que todo sea nuevo y todo se llame de nuevo.

—Te entiendo tan bien, Tere, porque te siento mucho. Será por eso que todo es para dar miedo: todo, por más conocido que sea, es nuevo.

—Además y todavía.

—Eso, eso, Tere: además y todavía, como dices tú.

—¿Y tú crees, Manongo, que siempre tendremos palabras que inaugurar aunque sean viejas?

—Siempre, Tere. Ya verás. Siempre.

—Porque eso debe ser quererse para siempre, ¿no, Manongo?

—Además y todavía, Tere.

Paseaban hasta que caía la noche y ya hasta se habían perdido por las mismas calles de siempre de antes, antes de Manongo, antes de Tere. Y corrían entonces por el nuevo viejo mundo antiguo y futuro y presente con futuro. Así lo sentían ellos mientras se asustaban por lo tarde que se les debía haber hecho y por la cantidad de palabras con que jugaban, con la seriedad, con la gravedad de quien se juega la vida, mientras las inauguraban. Corrían entre sus palabras nuevas para árboles lindos que hasta la vez pasada no habían tenido nada de especial, pero que ahora juntos se veían como palabras nuevas y frescas, como guijarros que acabaran de sacar del agua cristalina que corría por el acequión del campo de polo cuando ellos corrían y empezaban a asustarse por lo tarde que se les habría hecho ya y por fin se mataban de risa al ver que, un par de cuadras más allá, el Negro Gálvez se montaba en su bicicleta, señal de que los había visto llegar corriendo, qué tal alcahuete, y timón en mano y como quien mira a una tribuna vacía y no a la pirueta que está haciendo de memoria, como en un circo, se entregaba cuerpo y alma a sus habilidades con la bicicleta, daba asco verlo con el pelo todo grasiento de brillantina y algún fijador chusco y perfumado barato para aplastarse a como diera lugar el pelo ensortijadísimo de su apodo. Manongo desaparecía por la esquina, hasta mañana en el Country, y ahora sí ya podía salir tranquilamente la madre de Tere a conversar un rato con el Negro Gálvez. Ya Tere ni caso les hacía, adolescente, independiente, enamorada, y entraba corriendo y atravesaba el vestíbulo y la sala y llegaba a la escalera grande que llevaba a los altos, a su dormitorio, a su tocadiscos, a *Pretend*. No estaba *happy*, estaba *blue*, a Manongo ya no lo veía hasta mañana por la tarde en el Country, por eso no estaba *happy* sino *blue*, pero el negrito ese tan bueno que era Nat King Cole le iba a enseñar a esperar:

> *Pretend you're happy when you're blue*
> *It isn't very hard to do…*
> *The world is mine it can be yours, my friend*
> *Whenever you pretend…*
> *And if you sing this melody…*

Manongo, por su parte, se detenía en una bodega cercana a casa de Tere, ya camino de su propia casa y en la misma calle General La Mar en que vivían ambos. Frente a la bodega con su chino propietario y vendedor adentro, como es costumbre en tantas esquinas de Lima, San Isidro, Miraflores, de tantas partes que ya son casi todas, el corralón en que vivía Adán Quispe, como una flecha disparada contra su inmenso amor con Tere, por Tere, de Tere y de él. Era un contraste absoluto, absolutamente doloroso y, aunque anterior, muy anterior al mundo con Tere, pertenecía también al mundo nuevo que ahora juntos estaban descubriendo en su mundo antiguo, en sus calles de siempre, con palabras nuevas. "Te entiendo porque te siento, Tere", le había dicho él momentos antes y si ahora ella supiera, entendiera, sintiera hasta qué punto la palabra *corralón* era ahora la misma de antes, exacta, el mismo corralón que habitaba Adán Quispe desde tiempo atrás, sólo que ahora muchísimo más doloroso. Dolía todo en el corralón de Adán, pero dolía sobre todo que quedara tan cerca y tan lejos de su casa, primero, y ahora, después de conocerse ellos, después de aquel primer beso que ambos querían que fuera de nuevo el primero pero mejor pero siempre y para siempre el primero, ahora además y todavía este corralón quedaba lejísimos como la luna de un Country Club lleno de jardines y niños y amas y colores y flores y primeros amores y de Tere y de él. Tan lejos y tan cerca, eso era lo más doloroso de todo, eso era lo absolutamente doloroso.

¿Cuánta gente puede vivir, caber en un corralón? Y en pleno San Isidro, el barrio de las lindas fachadas y los árboles y las avenidas tan lindas que, como decía su mamá, Miraflores al lado de San Isidro parece un barrio de clase media y de ingleses fracasados. ¿Cuánta gente? Porque Manongo, después de cada tarde de marzo con Tere, le tocaba la puerta del corralón a Adán, que siempre acababa de llegar de su clase de karate y que se había pasado la mañana encerando casas de embajadores, lo adoraban y engreían en las embajadas, y así de embajada en embajada, algún día, él ya con su cinturón negro de karate, terminaría en la residencia de la embajada norteamericana, y de ahí a Miami, de ahí a Nueva York, de ahí a Washington D.C. hay un solo paso, Manongo, después pescas a tu gringa, triunfas en karate, el mundo en un bolsillo, hermano, y a los curas alemanes de San Felipe si los vi ya no me acuerdo, Manongo, lo cual, jamás lo olvides, no es nada, ni siquiera una vengancita al lado de lo que hicieron ellos conmigo.

Adán Quispe a cada rato le explicaba que estaban viniendo muchos parientes de su pueblo, allá en Puno, que había sequía y no sé qué y que en casa del pobre siempre hay sitio para otro más pobre, Manongo. Y es que Manongo apenas se atrevía a tocar la puerta del corralón y muy a menudo salía una nueva india, una nueva chola vieja, a veces con su atuendo de indígena y todo, con su pollera, con sus ojotas, y él dudaba hasta que le hubieran entendido qué había preguntado con mucha educación y respeto y pena, o respeto y educación por pena, cosa que lo torturaba y tenía que contagiarle a Tere, realmente dudaba de que le transmitieran sus mensajes a Adán. Y cruzaba a esperarlo en la bodega del chino de enfrente, como por precaución, como si Adán prefiriera que él no lo viera salir de un corralón, como si nunca en esta vida fuera a mirar de qué puerta salía su amigo Adán Quispe hasta que no saliera por la puerta principal de los Estados Unidos de Norteamérica, o de USA, como prefería decir Adán, pero pronunciando muy norteamericanamente Yu Es Ei, para que Manongo se enterara de que también se mascaba ya sus palabritas en inglés, que lo estaba aprendiendo solo y a la luz de un candil, nada de academias, nada de colegios, no hubo nunca nada de eso para la gente de corralón, Manongo…

—¿Y te asustaste con la señora que te abrió hoy?

—¿La señora con poncho y unas hierbas en la mano? No, no me asustó, Adán, más bien creo que fui yo quien la asustó a ella.

—No te preocupes, hermano. Es una señora muy humilde y está con gripe y ella la cura así con sus mates y sus hierbas. Es la señora de mi padre, Manongo, muy humilde y recién, aunque ya muy tarde, creo, está aprendiendo a olvidar el quechua, aunque no sé si está aprendiendo a hablar castellano.

Manongo se quedaba perplejo, patitieso, cojudo, todo al mismo tiempo, y Adán Quispe se mataba de risa de las cosas de la miseria que él le contaba a su amigo para dejarlo así, nerviosísimo, en babias, y sin palabra alguna que decir, y sólo para matarse de risa de su pata del alma blanquiñoso, porque felizmente blanquiñosos como Manongo también los hay aunque a mí se me ocurre que están todos o por lo menos el noventa por ciento en Yu Es Ei, no en este país de mierda. Manongo, mientras tanto, se preguntaba por qué sabré yo tanto de todo y por qué veré y oiré tanto de todo y por qué ello me hará sentir sólo a mí tanto de todo, tanto sentimiento hondo y distinto y sentido así, con tanto sentimiento. Y mientras se preguntaba esas cosas sólo lograba responderse una, sentir que lo abarcaba en la totalidad de su persona: sus enormes anteojos negros que, como decía su hermana Lidia, éste ya no se los quita ni para dormir, eran como una inmensa espada para defenderse contra el mal pero también contra el bien y, sobre todo, contra el bien mezclado con el mal. ¿Qué era el bien mezclado con el mal?

Es, se decía, que Tere está tumbada en su cama ignorando dónde estoy yo, cómo yo me he detenido en la puerta de un corralón que queda entre su amor blanco y limpio y el mío blanco y limpio. Tere es el bien, y eso es lindo y está perfecto, pero en el camino de su casa a mi casa, y mientras ella seguro oye y oye *Pretend*, yo me he quedado parado en una esquina con Adán Quispe, fumándome un Inca, dándole la espalda, o sea algo que es totalmente imposible porque lo sé, lo siento, lo sufro, a un corralón con chozas y esteras y ponchos sucios y viejos y polleras y ojotas de donde sale Adán, que ya me está pidiendo que lo llame *Adam*, en inglés, con un blue jean de quinta mano y una camisa tejana y roja que siempre está limpia y siempre lleva puesta invierno y verano y cuándo la lava porque siempre está limpísima, ¿entró también de niño Adán con poncho y ojotas a ese corralón donde, como él dice cuando se pone serio, habitan precariamente tantas familias y algún día querrán construir una casa como la mía y ellos tendrán que irse con sus bultos y petates a otro corralón y así es la vida? Pero ya yo estaré en Yu Es Ei y algún dinerito les mandaré pero que se queden ahí por ignorantes, por obedientes, por no saber mandar a la mierda a unos curas como los de San Felipe, que yo todo eso se los expliqué muy detenidamente, Manongo, pero bajaron los ojos y hablaron de taita Dios y así no van a llegar ni a la esquina, hermano, porque así es de jodida la vida: no bien miras pa'bajo te pisan la cabeza y te hunden la nariz en el barro de mierda de la vida.

Y al otro extremo de la calle General La Mar estaba su casa. A siete larguísimas, interminables cuadras de la de Tere, otra vez el bien, limpio, blanco, rutinariamente feliz si uno lograba sobreponerse al asalto inicial de algo así como el alma de un corralón matinal, metido obsesiva y rutinariamente triste en sus despertares y amaneceres: la cuculí, la cuculí que Tere también parecía haber descubierto y escuchado inauguralmente ya. Manongo llegaba a su casa caminando para la hora de comer, ya pasadas las nueve de la noche. Sabía cuál era el beso que se iban a dar Tere y él totalmente primero porque mucho mejor que el primero. Sería un

beso triste y dulce y alegre y de amor. Un beso como muy completo y en el que cada uno iba a decirle al otro, abriendo y cerrando
los ojos de miedo y de beso, que estaba con él a fondo. Ese beso iba
a contener algo de Lucho Gatica, todo el amor del mundo te daré,
algo de Nat King Cole, *pretend you're happy when you're blue*, pero
desde atrás, desde el corralón de esta vida, Tere, amor mío, poco
a poco ese beso lo iba a inundar el conocimiento mutuo de que, en
medio de todo, además y todavía, la paloma cuculí ya había hecho
sus tristes, sus dolorosos estragos. Manongo apareció en el comedor de su casa y su padre lo miró muy atentamente mientras se
sentaba.

–¿No te quitas los anteojos negros? Es de noche, Manongo.

–¿Para qué, papá? Ya me he acostumbrado a llevarlos siempre.
Ni cuenta me doy.

–¿Y se puede saber por qué has llegado cuando ya todos estamos en la mesa? ¿Se puede saber de dónde vienes?

–No sé bien, papá, pero tengo la impresión de que vengo del
mundo entero.

–¿Cómo está Tere Mancini? –interrumpió su madre, con interés, con simpatía, con cariño, y sobre todo con la intención de
evitar que el mal diálogo que habían iniciado su esposo y su hijo
llegara más lejos.

–Está viviendo su mes de marzo. Ella también está viviendo su
mes de antes de abril, mamá –le respondió cariñosamente Manongo, pero como quien realmente intenta resumir el mundo entero
en unas cuantas palabras.

Su madre comprendió entonces que lo mejor era que la comida
transcurriera en silencio. Si seguían hablando de marzo y abril
todo podía acabar con Troya ardiendo por lo del internado británico. Le dio una pena horrible pensar que ella, esa misma tarde,
había llevado a Confecciones Vestitex, en la avenida Abancay, las
medidas de Manongo. Ya se había decidido que el colegio se iba
a llamar Saint Paul o San Pablo, que el uniforme iba a ser absurda-
mente británico en una ciudad como Lima, y ella misma no había
podido evitar una sonrisa de ironía mientras escogía las telas para
los pantalones, sacos, camisas, corbatas, bolsas de ropa sucia, las
medias, en fin, todo lo del britaniquísimo colegio, con un jefe de
Confecciones Vestitex que realmente parecía desembarcado ayer

por la tarde de Arabia Saudita. Se encontró con otras amigas en la sastrería-tienda. Todas, en el fondo, por una razón u otra, o más bien por una expulsión o una jalada de año, estaban aliviadas con que sus hijos fueran a un internado. Era la mejor solución y, en algunos casos, era ya la única solución que quedaba. Sus hijos no eran precisamente unos angelitos. En fin, Manongo, pronto tendrás muchos nuevos amigos llegados de Ica, de Piura, de Trujillo, de Arequipa, de Chincha y hasta de Nazca. Y ahora, mientras comía, mientras oía a Manongo soltar respuestas tan extrañas a sus preguntas y las de su padre, se decía: "Pobre Tere Mancini." Después de la comida pensó, recordando vagamente una frase de Chejov: "Ganará el que menos quiera al otro." Y, por la noche, tras haberle deseado con un beso que durmiera bien a su esposo, pensó y sintió: "Pobre Manongo, ojalá se pudiera confiar tanto como él en sus anteojos negros."

Country Club todas las tardes, cada una de las tardes en las que ya se acercaba cruelmente el mes más cruel. El domingo era la excepción y el sábado por la tarde también podía ser la excepción, si había alguna fiesta y estaban invitados. Tere ya era amiga de la gringa Helen, de Chichi, de Patty, de Marita. Con su sonrisa incalculablemente encantadora, la forma en que bromeaba y se reía chinita como una niña, por la forma en que aún se desternillaba de risa con franqueza y naturalidad, con algo tan suyo, no sólo muy espontáneo sino también muy infantil, como si para nada deseara ser una señorita sino seguir siendo una chica alegre toditita la vida, con esa forma de ser como nadie es así que también Tere tenía, con lo guapa que podía ser así, doblemente bella porque siempre estaba lejísimos de mira lo bonita que es esa chica, si se quedaba quieta un instante y mostraba la perfección traviesa de su perfil adorable, Tere se había metido en el bolsillo a todas las enamoradas de los matadores del barrio Marconi. Ya la adoraban y el grupo cerrado de chicocas se había abierto de par en par para recibir a una amiga un poquito menor, que ni siquiera se pinta las uñas, que ni siquiera se pinta los labios, que ni siquiera se pinta las cejas, pero que era como si nunca se fuera a pintar nada y tampoco lo iba a necesitar nunca jamás porque era linda pero qué le importaba y era dócil y traviesa y rebelde y cómica y niña e inteligentísima y se reía con todo y de cualquier cosa menos del solitario y excéntrico ese de Manongo, qué tipo tan raro y qué pasado tan raro el suyo, pero resulta que de todo eso estaba terminantemente prohibido hablar porque Tyrone era amigo suyo, porque Pájaro mucha broma pero si le tocaban a su Manongo era como si le tocaran a su barrio y Pepo, de acuerdo con eso, hermano, y Jonás, de acuerdo contigo, Pájaro, y Giorgio, pero por supuesto, Pájaro, y aunque Manongo no sea del barrio y tenga que cruzarse cuchucientas mil calles para llegar y sea un poquito menor que nosotros, Manongo es del barrio Marconi, Tyrone, Manongo es cosa nostra, Pájaro.

Y el barrio Marconi y Tere. La adoraban, se los había metido en el bolsillo ya no sólo porque era la hembrita de Manongo, ya no sólo porque es también amiga de nuestras hembritas, sino porque tiene algo, sino por ella misma, hermano. Al blando corazón de león de Tyrone-Jorge se le saltaban las lágrimas cuando pensaba en Tere y después soltaba una mueca de risa para no olvidarse de su papel en este mundo y después encendía un Inca para representar mejor su papel en este mundo y después hablaba de lo ricotones que eran los brazos de Tere para poder bajar el telón sobre su papel en este mundo y decirle de tú a tú a Manongo, te sacaste la suerte, compadre, y no me refiero a los brazos sino a todo lo que viene después, después y por adentro, en fin, no me malinterpretes, tú me entiendes, Manongo, es una chica cojonuda. Y Pájaro, el gran pendejo y ladilla del gran Pájaro que ya no hablaba de los rieles de Tere y de cómo sería la estación si así son los rieles, y no sólo por ti, Manongo, no sólo porque tú eres un macho del barrio Marconi, sino porque cuando hablo de Tere ya no puedo hablar sino de Teresita. Y Pepo: A mí no me preguntes, Manongo, porque te la robo, pero eso no se hace en este barrio y usted es nuestro hermano y Tere nuestra hermanita. Y Giorgio: Yo me río de todo, je je je ji, pero estoy de acuerdo en todo con todos, Manongo. Y frío y parco Jonás: Tere es como una yegüita linda que ganó en el hipódromo, hermano, nos ganó por una cabeza, Manongo, se nos metió por los palos del... digamos que del barrio.

Y pruebas al canto y pruebas del barrio, Manongo, pruebas de tus hermanos de Marconi. Porque un sábado por la noche hubo fiestonga con discos de Gatica, de Lucho, como decían ellos, y de Nat King Cole, entre otros pero como ningún otro para bailarlos *cheek to cheek*, mi hermano, y hubo también tragedia porque los invitaron a todos e invitaron a Tere pero Manongo no está invitado, ¿qué hacemos, muchachos compañeros de mi vida? Por lo pronto, que no entre nadie al barrio, ni el cholo heladero, conciliábulo, señores, y aquí no hay pipa de la paz que valga mientras no le demos a Manongo toda la seguridad de la tranquilidad. De paso, compadre, veo que Manongo no llega, no se nos vaya a estar suicidando, mira por esa esquina, Pepo, el de los anteojos negros es capaz de todo por su Tere, mira a ver si llega, mira a ver si viene por esa esquinacha o por la otredad de la lontananza, Pepo, no jodas, Pájaro, y déjame que mire bien, que de a verdad estoy muñequeado, cumpita, vamos a comprarle al chino un paquete de cigarrillos porque esta espera desespera, Tyrone...

—¡Miren allá! ¡Allá! ¡Más allá!

—¡Adónde, carajo, que no veo ni mierda!

—Tres cuadras más allá: la tercera esquina: ese perfil fumador y creo que con anteojos negros.

—¡Sí, mierda! ¡Ahí está parado! ¿Qué hace parado ahí que no se acerca?

—Pobre Manongo, compadre. Seguriolas que no se atreve a llegar y se ha quedado tirando esquina como mierda. Debe llevar tres días fumando espero.

—¿Qué hacemos? Porque loco ya es, pero si además se nos malogra...

—¡Reunión rápida y voto secreto, muchachos!

—En este barrio no hay secretos, carajo.

—Bueno, pues. A mano alzada.

—¡Eso, Pájaro, pero mejor! ¡No a mano alzada sino a mano armada! ¡Vamos a la fiesta y nadie baila esta noche! ¡Un solo batallón con nuestras hembritas y rodeando a Tere! ¡Y el que se le acerque, muere, señores! ¿Qué les parece?

—Cojonudo, Jonás. Gran idea. Vamos a decírselo a Manongo.

—Bueno, pero ya que nos va a dejar sin puntear, perdón, quise decir sin bailar con nuestras hembritas toda la noche, que se acerque él, carajo. Que se tome el trabajo, siquiera.

—El loco de mierda ese nos está poniendo a prueba, seguro. Y es capaz de quedarse tirando esquina hasta convertirse en estatua de humo. Además, ¿cómo mierda sabe el pobre que ya hemos tomado una decisión al respecto?

—Ah, ¿entonces está dudando de nuestra honorabilidad? Yo bailo, entonces, carajo.

—Hemos votado, Giorgio.

—Bueno, entonces caminemos, señores.

Así era el barrio Marconi y a Manongo lo habían rescatado de una esquina y ahora lo habían colocado en la puerta de una fiesta, le habían dejado cigarrillos y cuatro cervezas de las grandes en un termote con hielo para que no se le fueran a calentar con la noche veraniega.

—Yo creo que a este loco lo tenemos demasiado engreído —había opinado Jonás, mientras entraban al bailongo paralítico, como lo habían bautizado ellos porque ninguno ni ninguna se iba a mover de su sitio, de su vigilancia a Teresita.

—Mejor es que lo engriamos demasiado a que se caliente demasiado —había opinado Pájaro.

—Sí, compadre, tienes toda la razón del mundo: porque Manongo no necesita que lo agiten antes de usarse.

Tyrone, en cambio, había permanecido en afirmativo pero total silencio. Y es que el hombre, para poder matar y ser Tyrone Power y dejar de ser Jorge Valdeavellano, se entrenaba desde horas antes. Mudo se duchaba, mudo se secaba, mudo se talqueaba, mudo se vestía, mudo se peinaba y se hacía el gallito que da un centímetro y medio más de estatura, mudo se anudaba la corbata con estilacho Windsor y mudo permanecía un par de horas como quien permanece en ayunas unas horas antes de pasar un examen médico. Y mudo, totalmente mudo, con los ojazos negros y las cejotas, parado en el silencio de un rincón escogido en el jardín de la fiestacha, chicocas de San Isidro y Miraflores podían verlo, decir síííííí, es exaaacto a Tyrone, pero es mejor, aunque dicen que es bien malo porque nunca habla, noooooooooooo, aunque dicen que es más bien tímido y por eso no habla, noooooooooo, lo que pasa es que es muy observador y por eso es que no habla, noooooooooo, porque dicen que es señal de inteligencia hablar poco, síííííííííííííí porque es buenmozo como un genio, ¿todititito eso eeeesss?

—Mira, Teresita —le dijo Pájaro a Tere—: ¿sabes quiénes somos nosotros?

—Ya me lo imagino y muchísimas gracias —les dijo Tere, mirándolos a todos con traviesa gratitud.

—Bueno, pero de todos modos, para que quede bien claro: nosotros somos El Álamo y en este fuerte no entra un mexicano ni un indio ni nadie.

—Es que ustedes son tan buenos conmigo...

—Lo hacemos por Manongo, que habría hecho lo mismo por nosotros, por cualquiera de nosotros, por cada uno de nosotros... ¿Me entiendes, Teresita? Nosotros te cuidamos porque tú eres él para nosotros en esta fiesta.

—Mil gracias, Pájaro. Y Manongo seguro que no sólo hubiera hecho lo mismo por ustedes. Porque él es... Manongo es... Manongo es como... Bueno, Manongo es trascendental. Él hubiera hecho más todavía por ustedes: ya habría dado la vida o algo así.

Cojudo, enterito el barrio Marconi se quedó cojudo. Cojudos ellos y cojudas sus hembritas. Y Tere tan tranquila y tan natural y con la nariz tan respingada. Hasta Tyrone Power, hundido en su silencio, confiado en su rincón, peinado como Lucho Gatica pero sin voz porque a todas y a todos los mataba en silencio, sintió una estúpida ternura en la garganta y se dijo aquí no pasa nada, y sentenció:

—Aquí no pasa nada si yo bailo con Tere, ¿no es cierto, Tere?

Pero Tere insistió en dejarlos cojudos aquella noche que ninguno de ellos, ninguna de ellas, ni la propia Tere, olvidará jamás.

—Tú no eres Tyrone, Tyrone. Tú eres Jorge. Y tú eres como Manongo y por eso yo te quiero como a Manongo pero como a un amigo, ¿me entiendes?

Se puso saltona, se puso celosísima y furiosa Chichi, la hembrita de Tyrone, que ahora resultaba ser desnudamente Jorge porque Tere, que no se pinta los labios, que no se pinta las uñas, que no se pinta las cejas... En fin, que casi abre el portón de El Álamo, Chichi, para que se metieran cuchucientos mil mexicanos mientras ella se escapaba a bailar con el mismísimo Lucho Gatica, si le daba la gana, pero de pronto sintió un nudo de inmensa y cojuda ternura ella, ella la pechichona, ella que tenía las mejores tetitas del mundo y parte de Bolivia, como le había confesado su Jorge, repitiendo seguro palabras de Pájaro, porque en lo de hablar así Pájaro era el más canalla pero el más divertido de este complicadísimo barrio Marconi. Y se enterneció la pechichoncita al ver cómo su Tyrone bailaba ya con Tere igualito que si ella bailara con

Manongo, queriéndose un montón pero como amigos o mejor todavía, se dijo: "Y como amigos." No, el barrio Marconi no era complicadísimo: era lindo y ojalá dure para siempre, porque ella había oído un tango horrible que decía. *Hoy un juramento, mañana una traición, amores de estudiantes, flores de un día son...* No, ella con su buen par de tetas, porque bien que le encantaba mirárselas en el espejo del baño, jamás traicionaría a nadie. Y hasta deseó ser como Tere, que no se pinta los labios, que no se pinta las cejas, que no se pinta las uñas... Había, tenía algo que aprender de esa chica-chiquilla, aunque claro, yo soy mayor y con mis tetas ya está difícil... Pero no: aunque El Álamo y el barrio Marconi y San Isidro y el Perú y el mundo entero y parte de Bolivia fueran complicadísimos, eran sobre todo y más que nada lindos y ella jamás traicionaría a nadie.

Mientras tanto, en el más profundo silencio Tyrone, en la matanza más grande Power, Jorge Valdeavellano estaba haciendo añicos al mundo entero y nada más porque estaba bailando calladísimo, casi sin moverse, apenas con el gallito y un cigarrillo en la mano y el nudo de la corbata, estaba bailándose a una chica con cara de estreno en el mundo, con cara de dejar a la fiesta entera preguntando de dónde salió esa chica con el perfil más lindo del mundo y que no se pinta nada ni nada. La gente corría donde la dueña de casa para preguntar de quién era ese perfil, quién era la chica con el perfil ese y que ahorra tanto en pintarse nada y en ser linda... La canción se llamaba *Unforgettable* y Jorge decidió que iba a abrir la boca una sola vez en la vida para decirle a Tere que esa canción, que ese momento de amigos con ella, que la noche, que la fiesta, que San Isidro, que todo era realmente...

—*Unforgettable*, Tere —le salió, por fin, a través del cojudo nudo cojonudo en la garganta. Y después, para disimular, le dijo a Tere—: Es bestial el inglés, ¿no? —y luego, o sea ahora que ya había disimulado, agregó—: Es lindo hablar en inglés, ¿no?

Tere soltó una lágrima *unforgettable* y la lágrima se detuvo en su mejilla, mientras ella le decía a Jorge:

—Sí, es bestial, es lindo, Jorge, pero también es horrible porque, a partir de abril, o sea ya casi nada, ustedes van a hablar en inglés todo el día en el colegio y yo no voy a estar. Yo voy a estar afuera como Manongo está afuera ahora.

Entonces se le terminó de resbalar la lágrima y Jorge le dijo:

—*I really respect... I really love what you just said about everything... Sorry...*

—¿Por qué me pides perdón, si al contrario es tan tan lindo lo que acabas de decir acerca de todo...?

—Lo... lo... lo dije sin darme cuenta... Sin querer... Eso es lo que le pasa a la gente por hablar demasiado.

—Sí, Manongo habla demasiado y le pasa eso todo el tiempo pero es lindo. Y es lindo, mejor dicho.

Pero entonces notó que el hombre se le estaba quedando sin fuerzas en los brazos de tanto hablar y decidió ayudarlo un poco a reconvertirse en Tyrone, para que pudiera asumir el resto de la fiesta.

—Tyrone —le dijo, apretándole ligeramente la mano en alto del baile. Y eso fue todo lo que necesitó decirle y hacer y *Unforgettable* se acabó en ese instante en la voz de Nat King Cole y los compases ya muy suaves de una orquesta que desaparecía.

El Álamo los esperaba echando humo por todas partes. Un tipo se había acercado, un tipo de mierda estaba ahí, un tipo de mierda no se iba a la mierda de ahí y Pájaro ya estaba a punto de decirle pa'salir a la calle, conchetumadre, pisa el pollo, pisa el palito, pisa la rayita, porque te pasaste de la raya, so... El pobre tipo, un gran observador, sin duda alguna, se había fijado que de ahí adentro salía esa chica del perfil tan lindo: Tere Mancini Gerzso y sí, ésta es de sus primeras fiestas y está furiosa porque no he invitado a su enamorado pero yo le he jurado que no sabía que ya tenía un enamorado y ella me ha perdonado y me dijo que sí venía pero con la condición de venir con todo el barrio de su enamorado porque la iban a cuidar ellos. Todo esto le había explicado la dueña de casa al preguntón ese y ahora el tipo con toda concha se les había plantado en la entrada de El Álamo y ahí estaba pidiendo sólo unos minutitos para bailar con Tere, no vengo en plan de guerra, muchachos. Y ahora que vio que ya Tere regresaba al fuerte con Tyrone Power, también a ella le dijo que venía sólo en plan de bailar una piececita nomás y que se llamaba Andrés Borgoña.

—¿Ya le dijiste que no bailas con mocosos, Tere? —le dijo Pájaro, con eco del barrio entero, a la pobre Tere que acababa de salir de *Unforgettable* y todo eso y recién bajaba de la estratosfera. O sea que ella dudó un poquito y también sintió un poquito de pena por Andrés Borgoña.

—¿Ya le dijiste que no, Tere? —le dijo Pepo con eco de Giorgio.

—¿Ya terminaste de decirle que no, Tere? —le dijo Jonás, con eco de todas las chicas de los chicos del barrio.

—¡Qué pena!, Andrés —empezó a decir Tere.

—Sin pena ni cojud... Perdón, se me escapó, pero es sin pena, Tere —la aleccionó Pájaro.

—No, y sin pena —le dijo Tere al pobre Andrés, mirando al mismo tiempo al barrio entero con unos ojos de "¿Está bien así? Perdonen, es que recién estoy aprendiendo estas leyes".

Al cuarto empujoncito Andrés escampó, por fin, y el barrio entero encendió cigarrillos para que el huevas triste ese escampara lleno de humo, lleno de odio, lleno de miedo, muerto de vergüenza. Y entonces, sólo entonces Tere les dio amplias satisfacciones a todos, chicos y chicas.

—No me había dado cuenta de nada. Me pescó desprevenida. Es la primera vez que me pasa. Pero ahora, pensándolo bien, ya sé lo que siento: me habría dado una pena terrible bailar con un muchacho que no fuera del barrio y que no sea Manongo. Y estando Manongo afuera, muchísimo peor. Me habría requetemuerto de pena.

—¿Tienes pena, Tere? —dijo Tyrone, que hasta entonces no había intervenido ni con eco ni con humo ni con nada. El pobre andaba también de regreso de *Unforgettable*, la estratosfera y todo eso.

—Mucha, por Manongo que está ahí afuera. Y miren, perdonen, porque yo sé que ésas son cosas, leyes del barrio, pero francamente creo que no le han debido dejar tanta cerveza. Si se la toma toda es capaz de treparse por el muro y aparecer aquí en el jardín.

—¿Con el termote ese y todo?

—Con lo que sea. Yo lo conozco.

—Y a nosotros qué nos cuentas, Tere. ¿Quién entre nosotros no conoce requetebién a Manongo?

—Entonces hay que actuar rápido —dijo Chichi—. No vaya a hacer un papelón.

—Y nunca más lo invitan a ninguna parte —dijo Marita.

–Y nosotros nos quedamos sin bailar para siempre por culpa suya –dijo la gringa Helen.

–Ya se me ocurrió una idea –dijo Tere–: ¿Ustedes ven lo que yo estoy viendo? Hay un altoparlante aquí encima de nuestras cabezas y sobran altoparlantes en el jardín. Y tiene mucho cordón. Ni cuenta se darían si lo descolgamos y lo ponemos sobre el muro, de tal manera que dé a la calle.

–Pero Manongo debe andar por la fachada o por la esquina y éste es el jardín de atrás, Tere –dijo Pájaro.

–De eso también se trata, Pajarito, hazme el favor. Te lo ruego. Ya se me ocurrió toditita la idea. Yo hago como si fuera al baño, ¿ya?

–Pero nosotros tenemos que acompañarte hasta la puerta del baño...

–No, tonto –le dijo Marita a Pájaro–. Nosotras la acompañamos y ustedes, mientras tanto, descuelgan el altoparlante y lo pasan para el otro lado. Nadie verá nada.

–Y yo no voy al baño sino que me salgo a la calle como si nada.

–¿Con todas nuestras chicas?

–Qué tonto, por Dios. Me salgo solita. Si de eso se trata, pues...

–Pero es de noche, Tere...

–Pero si es aquí en la esquinita, nomás. Más lejos no puede estar y de ahí me lo llevo yo por afuera hasta ahí atrás, donde se oiga la música.

–Yo me encargo del tocadiscos, Tere –intervino, por fin, Tyrone, supersentimental–. ¿Qué les pongo? ¿*Unforgettable*?

–No, Jorge, gracias. Muchas gracias pero tenemos una canción que es muy nuestra y que está en el mismo disco de Nat King Cole. Es la antepenúltima del lado A, justo antes de *Blue Gardenia*. Se llama *Pretend*.

–¡Estamos locos! –exclamó Pepo.

–Pero, ¡habrase visto locura igual!

–Es genial –dijo Chichi–. Manos a la obra, chicos. Y nosotras vamos entrando, Tere.

–Oye, Tere –intervino Giorgio–, por favor no se olviden del hielo. No se vayan a olvidar del termote ese, porque yo me lo he robado de mi casa... Bueno, lo saqué sin pedirle permiso a mi viejo.

"Este Manongo, la suerte que tiene", comentaban todos nuevamente reunidos en El Álamo.

—Ojalá que no los vea un tombo, muchachos —dijo Jonás—. Nos los mete presos por locos y la que se arma.

—Mamita, que regrese pronto Tere —suplicaba, se mordía las uñas recién pintadas Chichi—. ¿En qué parte de la canción van?

—Sólo faltaría que el disco esté rayado —bromeó Pájaro—. Con la suerte que tiene el muy loco de Manongo. Sólo faltaría que el disco esté rayado y que oyéramos a Manongo gritar: ¡Que nadie mueva el disco de donde se ha atracado!

Se mataban de risa ahora en El Álamo y por fin Tere apareció nuevamente en el jardín.

—Es lindo. Ha sido lindo. Será lo más lindo que he hecho en toda mi vida. No ha abierto las botellas y dice que estaba oliendo la fiesta. Que salía olor a flores y a música y que duele mucho más oler las cosas que verlas o que oírlas. Dice que tienen una profundidad y un color distintos. Yo le pregunté que cuál, que cuáles, y me dijo que un color infinito y una profundidad de un azul triste. Me ha dado una pena horrible dejarlo...

—¿Al suertudo ese? Tiene trago, tiene chica, tiene cigarrillos...

—¿Cómo es que dicen ustedes, Pájaro? Imagínenselo ahora: ¿Estará tirando esquina hasta que venga a buscarme mi papá? Falta una hora, todavía.

—¡Muchachos, el altoparlante! ¡Debe estarse oyendo toda la música y es capaz de imaginar que Tere se escapó de El Álamo! ¡Además, van a pensar que nos hemos pulido el altoparlante!

—Lo que piensen no importa al lado de lo que puede hacer Manongo.

—No —dijo Tere—. Ha entendido todo. Lo ha entendido todo. Que tiene mucha suerte y muy buenos amigos y que nunca nadie ha bailado tan lindo ni tan peligroso ni tan rico, perdón, ni tan lindo en la vida como nosotros, aunque la verdad, el pobre no tiene la más mínima idea de lo que es bailar. Pero lo dejé llorando. Los esperará agradecido y tranquilo y no eran tristes sino bien bonitas y tranquilas sus lágrimas. Pero ahora bailen ustedes, por favor... Bailen, les ruego que bailen, por favor.

—¿Y si te pescan desprevenida, Tere?

–Me pescan bien enamorada, Marita, y eso es... Eso es trascendental.

–Bueno, bailamos todos menos uno y nos vamos turnando –dijo Pájaro–. Y no es que desconfiemos, Tere, pero siempre es mejor tener un amigo de guardia.

También la matiné sagrada de los domingos. James Dean, Sal Mineo, Natalie Wood, Marlon Brando, Elizabeth Taylor, William Holden, Jerry Lewis y Dean Martin, Tab y Jeffrey Hunter, Dorothy Malone, Richard Widmark y Jean Peters en *El rata*, unos malditos, compadre, Paul Newman, Pier Angeli, Kirk Douglas y Burt Lancaster, Gary Cooper, Montgomery Cliff, Tony Curtis, Farley Granger, Leslie Caron, Bing Crosby y Fred Astaire, Cyd Charisse, Ricardo Montalbán y Fernando Lamas, los latinos, José Ferrer, gran actor en *Cyrano de Bergerac*, muy seria y en verso pero les había encantado, el genial Mario Moreno, Cantinflas, para lo mexicano, porque ya Luis Aguilar o Negrete o Pedro Infante trabajaban en películas del cine San Martín que después rápido pasaban a cines de barrio y lunes femenino, cosas para gente de medio pelo, compadre, no para nuestras chicocas, en todo caso.

–¿Y James Mason y Moira Shearer, la pelirroja muerta de baile y amor? –les preguntó Manongo y ellos se quedaron cojudos uno tras otro, casi en fila de uno.

–¿De dónde sacas esas cosas, Manongo? Seguro que la película entera transcurre en un manicomio –reaccionó Pájaro–. Y yo no voy a ver vainas de locos ni de a caihuas.

–Miren –les dijo Manongo–, por una vez, separémonos un domingo en matiné. Después nos juntamos en el parquecito Salazar. Pero *Historia de tres amores*...

–Ya ven, muchachos –lo cortó Pepo–. Ni siquiera la historia de un amor ni de dos, que podría ser cama redonda, sino de tres. Segurito que son cosas de manicomio. Pobre Tere, pero allá ella si la convences y no vienes al Orrantia con nosotros. Vete con ella y cita a las siete en el parquecito Salazar, ¿*okay*?

–*Okay*, chau.

–Chau, loco, y por favor no me la vayas a contagiar a Teresita. Ya no daban *Historia de tres amores* en el Metro sino en el cine

Country y Manongo le explicó a Tere que, aunque llevaba ya vista esa película veintiocho veces, verla con ella y entrando y saliendo del cine con las luces encendidas era como no haberla visto nunca antes. Y a Tere le tenía que encantar porque a Tere le tenía que encantar porque a Tere le tenía que encantar porque a…

—Me va a encantar, amor, te lo juro, y eso que ni siquiera me la has contado. ¿Es trascendental?

—Mucho. Y James Mason y Moira Shearer hablan poco pero son bien elegantes y logran probarte que la felicidad existe aunque sea un instante y que después ya puedes morirte.

—¡Legal, amor! ¡Ésa sí que debe ser una película bien legal!

—Y mira, por eso dura sólo media hora.

—¡Qué!

—Es que son tres historias. Las otras dos vienen después pero ya no son iguales. La segunda es con Farley Granger y…

—¡Ése es un churro!

—¡Qué!

—Perdón, amor. Pero es bien guapo, verdad. Pero no me creas tan frívola, por favor. Es bien guapo ahí en la pantalla y en las revistas de cine, pero te juro que no lo conozco…

—Lo importante es que sea un hombre interesante, como James Mason, y que haya sufrido mucho y ya nunca más la vaya a volver a ver a Moira Shearer porque ella se ha muerto.

—Te prometo que me voy a fijar mucho en James Mason. Me voy a fijar en él hasta que me parezca realmente interesante porque ha sufrido mucho.

—Y por la ropa y el sombrero y porque le gusta la música clásica y el ballet.

—¿Me dejas que me fije realmente mucho en él?

—Bueno, pero un ratito nomás.

Casi se dan el famoso beso que tanto esperaban los dos desde el primer estrellón de dientes que ahora les sabía a gloria y que no se atrevían a repetir porque todavía ninguno de los dos se había muerto o porque abril aún no había llegado mañana. Y así, conversando y de la mano, como a ellos les encantaba, y siempre en el carrito de San Fernando, un ratito a pie y el otro andando pero siempre de la manita, llegaron tirando patita como locos hasta el cine Country. Manongo comenzó a ahogarse al llegar y Tere tuvo que hacer la cola para sacar las entradas, mientras él se relajaba un poco. A platea entraron orgullosísimos, eso sí, y él hasta se quitó sus anteojos negros de protección para que lo vieran y lo reconocieran bien y de la mano con una chica nueva y linda y ahora jódanse todos y no se les vayan a caer los ojos por envidiarme tanto, como diría Pájaro.

¡Cómo lloraban Tere y Manongo por la *Rapsodia sobre un tema de Paganini* y cuando se muere por haber bailado para él y por bailar ella que no puede bailar la pobrecita de Moira Shearer y él siempre tan elegante y después tan solo para siempre en la cubierta de un barco elegantísimo que atraviesa el Mediterráneo azul! ¡Qué triste y qué linda y qué importante! Y con razón Manongo ha llorado tanto y le ha gustado siempre tanto. Y ojalá no se vaya a morir nunca Tere por bailar cuando no debe. Pobrecita, si se muere la otra noche por escaparse de la fiesta para bailar en la calle conmigo. Yo me quedaría para siempre sentado en una banca verde del Country Club y al fondo habría una piscina azul…

—No te vayas a morir nunca, Tere —le susurró Manongo, aspirando mocos.

—Nunca te dejaré, amor —le susurró, llenecita de mocos, Tere.

Manongo le dio instrucciones para que se aburriera con la segunda historia de amor que más tenía de cuento de hadas y cosas así para niños y que por eso Farley Granger no era un churro ni buenmozo ni nada sino poco interesante y Leslie Caron parecía idiota (cosa que a Tere le encantó) y la única interesante y hasta elegante en la película era Ethel Barrymore porque era muy vieja y se parecía a Eleanor Roosevelt pero en vieja bonita y distinguida. Y Tere se tapó los ojos para no ver la segunda película pero Manongo le dijo que no, que eso por nada del mundo, que la viera de principio a fin, precisamente para que aprendiera a distinguir. Lo que jamás se imaginó, cuando ella le dijo que Farley Granger parecía un muñeco acicalado y tonto, es que él acababa de encontrar que Tere tenía alguna y hasta bastante razón: Farley Granger no era un hombre maduro y muy interesante como James Mason, pero podía llegar a serlo y pasar de galán bonito a distinguido y elegante y, bueno, pues, buenmozo e interesante. Prefirió abstenerse de todo comentario, eso sí, de la misma forma en que Tere prefería abstenerse de todo comentario sobre Leslie Caron y, sobre todo, sobre Ethel Barrymore: se parecía a su linda abuelita materna y no le daba miedo en su papel de bruja.

Después los sorprendió la tercera historia de amor porque el final es felicísimo y el principio tragiquísimo. Ahí ya todo el mundo se había muerto al empezar la película y también estaba por ahogarse y suicidarse tan lindo en el Sena Pier Angeli cuando apareció maceteadísimo con su chompa amarilla de cuello alto el pobre Kirk Douglas a salvar a esa mujer que se había tirado al río porque en el fondo ella era una sobreviviente que vivía tirada de amor en una cama ploma de un cuarto plomo y con un vecino bueno pero nada más y Kirk Douglas también era como un fantasma que componía bicicletas y había abandonado la gloria del trapecio y el circo desde que se le cayó y mató su partenaire. El amor perdido de Pier Angeli había desaparecido en la guerra y un día llegó un hombre macabro que le trajo un paquete macabro, lo último que le dejó el desaparecido a su amor antes de ¿un campo de concentración?, pues sí, a lo mejor, por la macabra cara de campo de concentración que tenía el hombre que subió hasta el cuarto plomo y le entregó la caja macabra como todo en la vida de Pier Angeli, menos el vecino bueno pero pobre, también él tocaba una canción tristísima en su piano plomo en un cuarto plomo y seguro que era un músico fracasado porque seguro que iba a fracasar como músico o que ya estaba fracasando en un cuarto tan plomo y con un piano tan así y con esa canción tan así de triste. Kirk Douglas y Pier Angeli, en el fondo, eran dos sobrevivientes de un gran naufragio de amor y ahora él parecía más que nada haber metido la pata al sacar aún viva a Pier Angeli del fondo del Sena, para qué si también él pensaba seguro horas y horas cada día en su *bicycle repair shop* que la vida sin amor no vale nada mientras arreglaba bicicletas tan lejos ya para siempre del esplendor de las marchas circenses. Pero después, pero después, pero después... Porque después, porque después, porque después... Manongo y Tere se apretaban fuertísimo de una mano y literalmente se estaban tragando las uñas de la mano libre... Cuando después, cuando después, cuando después... Poquito a poco, pero después, porque después, cuando después Kirk Douglas empieza a visitar a la ahogadita en su cuarto plomo con la cama ploma y de pronto el fondo plomizo de la película del gran Vincent Minelli se va volviendo azulado y un día Pier Angeli empieza a hablar y Kirk Douglas empieza a saber y entonces Pier Angeli empieza a saber también porque Kirk Douglas empieza a hablar más y más y de pronto ya están en un circo vacío y él le está enseñando a convertirse en la muerta que revive y él está reviviendo como si hubiese salido por milagro de un campo de concentración y ella escucha muy atentamente las instrucciones que él le da acerca del trapecio y el gran Kirk va a volar de nuevo por los cielos de un circo con la vida al lado de Pier Angeli y el empresario del más grande circo les da la oportunidad de su vida si repiten, como cuando él lo perdió todo y se dedicó a las bicicletas, el triple salto mortal. Si sale bien en el ensayo, gran contrato en el circo y gran debut en una nueva vida. Lo perfecto que salió y hasta quitaron la red y volaron sobre el vacío tres vueltas mortales y el gordo empresario con su puro de empresario que corre detrás de la gran pareja y se escucha tan tarán tarantantán, la gran marcha del circo y todos los persiguen con un gran contrato pero ellos han aprendido muchísimo más y están pensando en otra cosa tan pero tan distinta y entre la marcha triunfal dejan el circo rumbo a su hotel y al amor, y después de regreso a Estados Unidos en el mismo trasatlántico, donde adelante, también en cubierta, sobre una perezosa, James Mason se había quedado sufriendo para siempre por su amor muerto en París.

El italiano de la bodeguita junto al cine Country preparaba unas butifarras de jamón del país con salsita criolla casi tan ricas y hasta mejores a veces que las que Tere y Manongo comían a esa misma hora todas las tardes en el Country Club. Y una Coca-Cola. La butifarra estaba complicadísima por culpa de la primera y tercera película de *Historia de tres amores*. ¿Quién se atrevía a opinar primero? Manongo, por lo pronto, se había puesto sus anteojazos negros de protección, por si acaso hubiese que llorar en plena bodeguita, ahí a un lado del cine. Si algo sabían ya es que no llegarían este domingo a la cita de las siete con los amigos del barrio Marconi. No, éste iba a ser un domingo muy distinto, un domingo de ellos, para ellos, muy a lo ellos. No irían, pues, al parquecito Salazar.

Y por eso empezaron a caminar por los límites entre San Isidro y Lince y José Leal, al atardecer. Caminando y agarrándose fuerte cada uno de la mano del otro, tal vez… Tal vez caminando y apretándose así, como si esperaran la ayuda inútil, imposible a esa hora, de la paloma cuculí para que se produjera un gran desenlace de sentimientos y opiniones y lágrimas y risas y puestas de acuerdo o un total desacuerdo. Tere rompió el silencio en que caminaban sin la paloma cuculí.

—Mira, Manongo... De llorar, yo lloraría por James Mason, que se quedó solo para siempre. A él sí se le nota que se ha quedado solo para siempre. Y a Kirk Douglas y a Pier Angeli no se les podía notar eso, si lo piensas bien, porque se habían quedado bien solos *pero* al comienzo de la película. O sea que algo les iba a pasar todavía y ese algo podía ser bueno y, ya ves tú, fue bueno, muy bueno y muy bonito y emocionante. Y, además, aunque Kirk Douglas esté bien maceteado y bien churro, ¿me perdonas?, jamás te puedes imaginar que algún día será tan elegante e interesante como James Mason. Yo no conocía a James Mason, Manongo, y te agradezco tanto que me lo hayas presentado... Sólo tú eres así, claro, sólo tú escondes esos como tesoros que nadie puede ver y después los sacas y los compartes con los demás. Te juro que me da pena que Jorge, Pájaro, Chichi, Marita, en fin, que todos ellos no hayan querido venir. Lo que se han perdido, Manongo. Ellos nunca sabrán, nunca aprenderán que para quedarse completamente solo, hay que ser maduro, bien elegante, bien interesante, y que no basta con ser buenmozo porque en realidad no importa ser buenmozo, porque se puede ser mucho mejor que buenmozo, como es James Mason. O, a lo mejor es todo al revés. No lo sé, pero al revés y al derecho, a mí me ha gustado más James Mason que cualquier otro artista hasta ahora. Y lo lindo que habla inglés. No como Kirk Douglas, que sí sufre lindo, sobre todo al comienzo, pero que no habla lindo ni al comienzo ni al final ni nunca. James Mason, en cambio, se iba a quedar solo de todas maneras. Iba a tener más que nadie y también iba a perder más que nadie. Y para eso necesita ser bien bien interesante desde muchísimo antes que nunca, Manongo... Así lo siento yo, ¿me entiendes?... Además no tienes que ser maceteado y tienes que tener una ropa muy linda y unos modales inimitables. La próxima vez que veamos la película, Manongo, me fijaré bien en las manos de James Mason. Segurito que las tiene también lindas y bien finas. Casi tan lindas y tan finas como las tuyas y a lo mejor por eso...

–¿A lo mejor por eso qué, Tere?

–No, nada. Estaba sintiendo y divagando demasiado, pero ahora te toca a ti, Manongo. Te juro que me muero por saber qué has sentido. Claro que tú ya has visto la película veintiocho veces antes que ésta, pero…

–No, te juro que ésta ha sido como la primera vez, Tere. No, no, tampoco ha sido como la primera vez que la vi. Es como si hubiera visto una película distinta. Y creo que les debo mucho a Jorge y a ti, Tere. Lo que espero es nunca deberles demasiado porque entonces me volvería a morir, bueno, como que… Me volvería a morir, sí, como eso. Y entonces ahora, aunque estoy siempre del lado de James Mason en todo eso de que es mejor y más interesante y más elegante y más solo y con mejor inglés, creo que por algo he visto esta película por primera vez contigo. Me ha alegrado, Tere. Me ha alegrado mucho lo de Kirk Douglas y Pier Angeli. Mucho. No sé, pero es como si entre la historia de James Mason y la marcha triunfal del circo de Kirk Douglas y Pier Angeli hubieran aparecido Jorge y tú…

–¿Como si fuéramos la película de en medio?

–A lo mejor sí… En lo que tiene de cuento de hadas, pero también de verdad, verdad…

–¿De a verdad?

–De a verdad y además y todavía de verdad y verdad, te lo juro, Tere.

Se adoraron y se sonrieron y ahora sí ya podían caminar más fácil y sin hacerse doler tanto las manos a apretones porque ahora como que sabían mucho más los dos. Ahora como que tenían conocimiento de causa o algo así y por eso caminaban fácil al atardecer. Y le sonreían al viento y al verano y no querían ni pensar en el mes de abril. Abril como si no existiera porque ni siquiera sentían que existía un mes llamado abril. Pero Manongo, por ser el hombre y porque le llevaba a Tere apenas cuatro meses de edad, o sea como un siglo de ausencia, distancia y experiencia, estaba obligado a sentir muchísimo más. A sentir tanto que, realmente, ya se sentía mal. Y por eso iba sintiendo hasta qué punto limita una simple calle con otra, un barrio con otro, y sobre todo un distrito con otro. Por ahí se le estaba partiendo el mundo a pedazos, a Manongo, y necesitaba compartirle ese dolor a Tere, hasta casi impartírselo. Si no, era muy injusta la vida y él podía terminar solo como James Mason y tan interesante y para qué, pero para qué, claro, sin Tere. San Isidro, Lince, José Leal, él no sabía fingir: qué lugares tan distintos eran y cómo y hasta qué punto no sólo se veían distintos sino que se sentía algo muy distinto si por esa calle mirabas desde San Isidro hacia Lince y si por esa esquina aguaitabas un instante desde San Isidro a José Leal. Para empezar, se estaba tan lejos de casa en Lince o José Leal que, en vez de parecer que regresaban a casa, dolía como si se estuvieran alejando hasta perderse para siempre. Si Tere no sentía eso, él tenía que compartirle eso para siempre.

Una cuota de destino necesario le permitió a Manongo llegar tan al fondo de ese atardecer, que hasta empezó a anochecer. Una esquinita fue su oportunidad pero a él le dolió más que a nadie su oportunidad. En la esquinita frágil y pobre había una bodega triste, casi apagada, casi chinganita, abierta en domingo y a esa hora en que la luz del día ya fue y por eso ahora se llama y se siente anochecer dentro de uno. Es un límite más, porque queda aún luz del día pero ya se va. Y aunque ningún automóvil haya encendido sus luces todavía. Sólo la bodega triste ha encendido sus luces casi apagadas. Y en la vereda, niños pobres, niños del pueblo juegan jacks. La pelotita de goma casi roja da botes pero no recogen piezas de metal sino piedrecillas que hábilmente pasan de una mano a otra. Eso es lo que recogen del juego de jacks: no las piezas reglamentarias como una equis doble o un átomo de metal sino piedrecitas del suelo y de la calle. A Manongo le han leído hace años un Quijote para niños y decide enderezar ese entuerto. Y mete a Tere a la bodega y entonces ella comparte su tristeza y siente que la llevan fuerte de la mano hacia más tristeza y que, ya una vez ahí, en el mostrador, Manongo le pide a un chino viejo como un domingo flaco de invierno un juego de jacks y algo más que es un sobre con bolas para jugar a los ñocos. Tere no entiende nada pero siente mucho y ahoritita ya va a sentirlo todo, qué lindo, Manongo es como nadie es así. Manongo paga, no compra cigarrillos porque tiene un nudo en la garganta y no le da para más la voz de hombre. Ahora salen, y claro, él le entrega el juego de jacks reglamentario a unos niños pobres reglamentarios que por un instante se sorprenden pero luego entienden y ahora agradecen y ahora sonríen y ahora ya se olvidaron de ellos y ahora estrenan ansiosos un juego nuevo caído de una tarde de domingo.

Tere no exclama "¡Qué bueno eres, Manongo!", sino que lo comenta, suavecito nomás, y como bien hondo y bien grave, como bien emocionante y quedito y apretando duro su mano sobre la de Manongo.

—Nos queda el sobre con las bolas, Tere.

—¿No quieres descansar un poco?

—No. No se puede descansar.

—¿Y tú crees que encontraremos más chiquitos pobres tan rápido?

—¿Qué quieres que te diga, Tere? Yo sé que hay muchos en todas partes, y no sólo en el África, como nos enseñaron en el colegio con eso de las misiones que resulta fácil de arreglar porque queda tan lejos… Porque no se ve nunca.

—Ojalá pudiera yo arreglar todo para que nunca más volvieras a ver un chiquito pobre, Manongo.

—Hay chiquitos y grandazos y si ahora, porque hemos vuelto a San Isidro, no encontramos ninguno, ya casi llegando a tu casa tiraremos estas bolas por encima de la tapia del corralón en que vive Adán Quispe. Alguien las recogerá feliz, te lo aseguro.

Tere se sintió pésimo por haberse atrevido a pensar otra cosa sobre Adán Quispe. Por haberse atrevido a pensar que Adán Quispe era otra cosa y no pobre. O peor todavía, por haberse atrevido a pensar que Adán Quispe era otra cosa además de pobre… Pobrecita, se le estaba haciendo un mundo la cabeza, le iba a volar la cabeza cuando sintió que la mano de Manongo la detenía casi de un jalón. Manongo se había quedado parado ante una acequia y, mucho más allá a la derecha, se veía niños pobres en cuclillas ante la acequia y ahora se incorporaban y empezaban a correr al borde de la acequia pero con la mirada fija en el agua y, cuando pasaron a su lado, por los tumbitos que hacía la corriente de agua en la acequia flotaban, elevándose, desviándose, volviendo a competir en línea recta, palitos de chupetes de helados y trocitos de ramita de árbol que corrían hacia una meta que los niños debían haber fijado en otra calle, porque las acequias de San Isidro iban y venían y pasaban por tantos jardines…

Ahora los niños estaban corriendo muchísimo más allá, ahora ya estaban doblando por una esquina y desapareciendo a medida que se alejaba también la regata. Manongo arrojó la bolsa con las bolas a la acequia y éstas quedaron posadas en el fondo, pesadas y tristes como unas lágrimas de cristal dentro del agua.

—No puedes soñar con que una bodega es una juguetería, Tere. Como no vi barquitos, no compré barquitos. Eso es todo. Y ahora larguémonos de aquí porque ni tú me entiendes porque no sientes.

Tere se sintió peor que nunca, pésimo, por lo de Adán Quispe. ¿Por qué entonces quería saber algo que ya sabía? ¿Por qué quería saber que Manongo era así, diferente, si ya lo sabía? Ya sabía por qué: porque ella seguro que era bien mala e injusta con Manongo porque lo que en realidad quería saber, y eso ya es sospechar, era hasta qué punto Manongo era distinto al mundo entero. Le dio un miedo atroz, pero se sobrepuso la pobrecita, porque él como que no lograba superar lo de la regata ni lo de la bodega que ni en sueños era una juguetería y ahora parece que tampoco podrá sobreponerse al resto del camino. Necesitaba a gritos descansar, respirar mejor, y ella empezó a arrastrarlo suavecito de la mano hasta que vislumbraron su barrio y llegaron a Javier Prado y a la Salaverry y a General La Mar, la calle de ellos. Pero Tere muy astutamente lo desvió por una esquina para meterse de nuevo a la Salaverry y evitar así pasar delante del corralón de Adán Quispe. Tere se hubiera sentido pésimo al pasar delante del corralón de Adán Quispe. Pero ahora, al llegar a la altura de su casa y comprobar que no estaba el tonto ese del Negro Gálvez en su bicicleta, se sonrieron y les bastó con eso para saber que iban a quedarse solos hasta más tarde todavía, hasta que la mamá de Tere, con el pretexto de saludar al pobre chico ese de la bicicleta, los chapara paraditos en la noche y de espaldas a la casona, mirando cómo se volvía negro el oscuro pero aún verde e inmenso campo de polo, cómo desaparecían el acequión que pasaba entre su calle, los árboles y el campo cada vez más oscurecido hasta que sólo se oyó el ruido del agua y la voz furiosa pero de mentira de la mamá de Tere que muy bien sabía quién era Manongo Sterne y a qué buena familia de gente muy honorable, antigua y decente pertenecía.

Y a pesar de los ruegos de Tere, de la urgente insistencia de los muchachos y muchachas del barrio Marconi, porque así hablaban ellos de sus "adoptaditas", Manongo erre con erre. Pero Manongo, si no te dejaré ni un instante solo, amorcito… Pero compadre, si alguien se mete con usted el barrio Marconi entero le cae encima y hombre muerto. Pero Manongo, si vas a estar con Tere, con todos ellos, con nosotras, si todos vamos a estar juntitos todo el tiempo… Nones, yo soy así y si no les gusto así déjenme en paz… Pero si no se trata de eso tampoco, Manongo… Entonces déjenme en paz… Era la segunda fiesta muñequeadísimo de su vida. Pero era la primera fiesta a la que iba con Tere en su vida, también. Y era una fiesta a la que iba a llegar rodeado de tremendos galifardos, sus amigos, sus patas, sus adúes, sus cumpas y compadres y compinches del barrio Marconi, tremenda marabunta. Y exageró la cantidad de glostora y el gallito se lo hizo tan grande que, bueno, en eso transó: que le lavaran el pelo y lo peinaran de nuevo, pero o voy con anteojos o no voy a ninguna parte. Y a la fiesta llegó erre con erre con sus anteojos negros de protección.

—Maldita sea, ¿de dónde has sacado eso, Tere?

—Nos lo han dado a todas, pero no tiene la más mínima importancia, Manongo.

—¿Lo rompiste ya? Vamos, ¿ya lo rompiste?

—Pero es que me encantaría guardarlo de recuerdo. Es nuestra primera fiesta juntos, mi amor.

—Quiero verte romperlo aquí en medio mismo de la sala.

—Mira, Manongo, pon tu nombre aquí, en la primera página y después abajo le ponemos comillas en todas las demás líneas y en todas las demás páginas hasta que se acabe. No quedará sitio para un solo nombre más.

Manongo le arrancó el carné de baile a Tere, colocó su firma desde la portada, en realidad colocó la nerviosísima y furibunda firma de su padre porque él todavía no tenía una propia, y arrancó a garabatearlo todo de comillas y manchones de tinta. Se puso inmundas las yemas de los dedos, desacreditó el lindo carné por completo, y se lo devolvió a Tere para que lo conservara el resto de su vida. Bueno, ¿qué más se hacía en las fiestas? Se baila, Manongo. ¿Se qué? A Tere le dio un verdadero ataque de risa y él decidió que todo se había acabado para siempre, aunque claro, sin alejarse ni un milímetro del lugar en que ella se había colocado las manos en la barriga para desternillarse mejor. El muy cretino del Negro Gálvez, que sin su bicicleta y sus piruetas era como un huérfano hasta de abuelos, una verdadera mierda, no tuvo mejor idea que presentarse donde Teresita para bailar una piececita. Tere se puso serísima y le abrió y hojeó en las narices su carné de baile al Negro. Mientras tanto, Manongo retomaba fuerzas para imitar a Pájaro y, tras hacer rapidísimo las paces con Tere, ahora que por fin había aprendido a portarse como una mujer decente y seria, fue Pájaro.

—Ni que fuera la mamá de Tere, viejo. Pero la mamá de Tere no va a salir a saludarte esta noche o sea que mejor ahuecas y te vas a bailar con tu bicicleta.

Manongo quedó extenuado y Tere estuvo a punto de soltar otra carcajada pero se retuvo de lo más seria y, adorando a Manongo y sintiendo una pena horrible por el pobre Gálvez, dijo:

—Mejor es que te vayas, Carlos. Yo sólo bailo con mi enamorado.

Y se sintió casi mayor de edad y se le respingó todita la nariz de orgullo porque lo que había dicho no sólo le había salido muy bien sino que era tan lindo y tan verdad, ahora que lo pensaba bien. O sea que lo repitió, pero ya en ausencia del pobre Negro Carlos Gálvez.

—Yo sólo bailo contigo, Manongo. Porque tú eres mi enamorado y yo soy tu enamorada y además todo lo que tú quieras que sea.

Llevaba un traje rojo sin mangas y bastante escotado, la muy sinvergüenza, según su mamá, y siempre estaba de perfil o era que todo el mundo la veía siempre de perfil o era que por ser tan linda de perfil todo el mundo creía haberla visto sólo de perfil porque todo el mundo la recordaba siempre así. La verdad, estaba realmente linda, de frente y de perfil, pero eso sólo podía gozarlo y disfrutarlo Manongo cuando sonreía para él porque sólo sonreía con su enamorado y él era el único que sabía que tenía la sonrisa más alegre y los dientes más inolvidables del mundo. Tere se sonreía con el peinado *italian boy*, con la nariz y una ceja, con los ojos chinitos, ligerísimamente con los hombros y un poquito también con las mejillas. Y con el escote parecía sonreírse bastante, también, la verdad, si uno se fijaba. En fin, que Tere se sonreía con todo eso pero sólo para Manongo y por eso él era el único capaz de recordarla y fijarse mucho en ella también de frente. Él era doblemente privilegiado y muchísimo más, porque los otros el perfil de Tere sólo lo podían mirar y recordar.

Como el traje rojo que llevaba no tenía nada de mangas, hasta Tyrone se quedó cojudo con los brazos tan ricos que tenía Tere y eso que ya lo sabía. Pájaro, que también lo sabía, decidió que era mejor hacerse el loco y fingir que ni se había fijado en nada ni nada. Jonás decidió que se miraba pero no se tocaba y encendió un cigarrillo de resignación y silencio acerca de aquellos brazos perfectos y llenos de alegría, blancura, y mundo demonio y carne, en fin, de lo que fuera porque ya no quiso mirar más. La gringa Helen fue a buscar un chal, en vista de que sus brazos quedaban tan flaquitos y tristemente largos al lado de los de aquella chica menor y con qué derecho. Marita le dio un codazo a Patty y Patty le devolvió el codazo a Marita. Claro que había visto lo que ella estaba viendo, qué se le va a hacer, hija, es tan buena gente que se lo merece. Giorgio, codeado por Pepo, miró los brazos de Tere y soltó su je je je ji, ajustándose el nudo de la corbata hasta que le saltó la lengua en busca de aire. Pepo hizo una quimba, dio rapidísima media vuelta para levantarse el gallito todo lo posible con un peinecito cholo que llevaba en el bolsillo posterior del pantalón y en seguida como que se arremolinó de hombros para arreglarse el saco bien huatatiro, bien Tintán que llevaba, y sólo atinó a sacar a bailar a su hembrita y a soltar sus últimas palabras: "No hagamos olas, muchachos."

Mientras tanto, Chichi había hecho las paces con el mundo y se le acercaba a darle un besito de amiga mayor a Tere: "Tú tienes mejores brazos que los míos pero yo tengo mejores tetas que las tuyas." Claro que no dijo esta boca es mía y además la pobre después se fijó que en lo de tetitas no andaba tan mal Tere tampoco y la odió y la adoró y se alegró por ella. Desde la tarde anterior, en ropa de baño en la piscina del Country, Tere había ganado de todo y en todo. Pero los brazos, increíble, ninguno de ellos se había fijado nunca que había ganado tanto... Y aquí mi compadre Manongo seguro que se muere sin enterarse. Un traje rojo y Tere se había convertido en una hembrita de mucho cuidado. O sea que a cuidarla, muchachos, porque Manongo es un huevas tristes bastante peligroso, compadre, y al menos mientras no pruebe lo contrario no se merece tanto. En eso estaban todos de acuerdo, pero también en que ya era hora de que Manongo hubiera crecido un poco desde ayer por la tarde en la piscina y dejémoslo solo con su Tere un rato, a ver qué pasa. Y a bailar, señores, que es Nat King Cole y hay ansiedad en el ambiente.

Y ahora se musitaban palabras de amor o de amigos o de adolescentes o de ¿bailamos? o de mucho gusto y muchas gracias, en la gran sala de la casa huachafona de los Díaz, en la Dos de Mayo, *Saint* Isidro y de rato en rato entre tanta musitación se oía el inefable y nerviosísimo y tan alegre je je je ji de Giorgio temblando como Frankie Lane mientras éste se moría cantando *Jezabel, night and day you torture me*... Tere había puesto una mano sobre el hombro izquierdo de Manongo y después había apoyado su peinado *italian boy*, su frente, su perfil y todo sobre el pecho de Manongo. Se estaba muriendo de amor y él la estaba odiando por obligarlo a morirse de miedo. Decidió que era un matador y matarla, por consiguiente, pero después pensó que a lo mejor se le moría de verdad, como la pelirroja Moira Shearer en la película, y se sintió totalmente incapaz de parecerse a James Mason ni de quedarse solo para siempre. Entonces le dio un beso a Tere en la cabeza y se le metieron pelos por la nariz y decidió que, por más alto que fuera, no volvería a besar una cabeza inclinada contra su pecho en la vida. Luego decidió que era feliz y que iba a intentar tocarle los brazos a Tere. Le apretó ambos brazos, le apretó ambos hombros, le pasó los dedos de una mano suavemente por el escote y Tere retiró la cabeza de su pecho y lo miró desde ahí abajo, bien íntimo, bien bonito, bien tierno, y supieron que nunca nadie en el mundo se había querido tanto como ellos.

La casa de los zambos Díaz les pareció horrible, la sala huachafísima y cuando ellos fueran grandes y se casaran jamás iban a tener unos muebles tan retorcidos y feos como ésos. No, ellos iban a tener un montón de hijitos como un montón de perritos y gatitos y una caravana de camping bien luminosa y bien sencilla y entonces, como unos gitanos bien limpios, eso sí, iban a pasear por las ciudades y calles y playas y campos de todo el mundo. Tere quería empezar por Suiza y Manongo quería empezar por Inglaterra y entonces ella le obedeció ciegamente porque él era mayor y sabía mejor que ella siempre por dónde se debía empezar.

Lo que no sabían ni él ni ella era por qué pieza empezar a bailar, en vista de que para eso habían venido, ¿no?, para bailar. Aunque Tere, preparada, se anticipó un poco a los acontecimientos, por si acaso, porque ya había notado que si no cedía en lo de visitar Inglaterra en la caravana antes que Suiza, Manongo podía incendiar la casa de los Díaz. Ojalá tocaran *Pretend*, caray... Tere le hizo una seña a Tyrone que, en fiestas como ésta, con las justas se acordaba de que se llamaba Jorge y no se apellidaba Power.

—Jorge, haznos un favorcito, ¿ya?

Jorge como que despertó de Tyrone y hasta se acordó de que los brazos de Tere eran *Unforgettable* y se puso a sus órdenes con una pitada profunda de cigarrillo, una intensa nube de humo, en seguida, y en medio del humo la cejota izquierda alzada como Tyrone Power y como Pedro Armendáriz antes de disparar en México.

—Sí, Tere...

—¿Nos buscas *Pretend*?

—Es que acaba de llegar la orquesta, Tere.

—¡Qué horror! ¡Qué huachafos los zambos estos! ¡Para qué tendrán que contratar orquesta habiendo discos tan lindos!

—Es Freddy Rolland, Tere... La mejor trompeta de...

—Tú los ganas, Jorge. Tú pones *Pretend* un ratito antes de que ellos empiecen con rumbas y guarachas.

Y Tyrone fue, eclipsado por su propio humo, mientras Tere le explicaba a Manongo que Tyrone era bien *Unforgettable*, para qué.

—Yo te lo presenté —le dijo Manongo.

—Sí, y ése sí que es tu amigo.

—*Todos* lo son, Tere.

—Sí, Manongo, hasta yo.

–Tú eres más…

–No, yo soy además y todavía…

–¡Qué terca eres, por Dios!

–*Pretend*, Manongo… ¿Me sacas a bailar?

–No puedo… No sé, Tere, pero no se lo digas a nadie, por favor.

–Yo tampoco sé, Manongo, pero ven, sácame. Ya verás qué lindo es.

Aunque era verdad que ella tampoco sabía bailar muy bien que digamos, alguna idea tenía por lo menos y se notaba que había practicado. Lo que pasa, claro, es que mejor que no se note porque éste me mata, pero lo que pasa, claro, también, es que mejor le enseño un poquito porque me está matando a pisotones y ni cuenta se da el muy idiota por andar encendiendo un cigarrillo al mismo tiempo, bueno, ojalá siquiera lo encendiera, pero ni lo enciende ni me toca ni baila ni nada, lo mato, por Dios. No, yo no sabría quedarme tan sola como James Mason. Aunque a lo mejor sólo me quedo tan sola como Pier Angeli al comienzo. Qué horror, qué mala soy, me lo tengo que confesar mañana mismito.

–Te adoro, Manongo, y mira, se baila así. No, así no… Como un bolero. Mira, dos pasitos a la derecha, después dos pasitos para la izquierda y después lo vas repitiendo todo de nuevo pero bien.

Manongo la odió porque tampoco le salía el bolero y ya *Pretend* iba por la mitad y la orquesta de Freddy Rolland estaba afinando y él se podía morir con una guaracha. Dos pasitos a la derecha y dos hacia la izquierda, pero pésimo y en supremo esfuerzo matemático, logró llegar hasta el final de *Pretend* y odió también a Nat King Cole. Y ahora resulta que le iba a tocar odiar también a Lucho Gatica que se le había anticipado a Freddy Rolland, se le había metido por los palos Lucho Gatica y estaba cantando riquísimo *Reloj, no marques las horas*. Manongo se entrenó mentalmente, repitió íntegra la sesión de entrenamiento mental y, con un nuevo y supremo esfuerzo matemático y rítmico y jugándose el todo por el todo, sacó a Tere a bailar y poco a poco le empezó a gustar más y más lo del reloj y *ella se irá para siempre cuando amanezca otra vez* y entonces empezó a odiar a Freddy Rolland y a su orquesta entera porque le iban a joder la fiesta a guarachazos. Tere estaba en la gloria y ahí, en ese instante, de perfil, el mariconcito ladilla ese de mierda de Currito Álava anotaba para su crónica social: "Más que un ángel de Leonardo, el sueño de un genio: Teresita Mancini Gerzso, dueña de minas de plata que parecen de oro en su mirada, baila con Manuel Sterne Tovar y de Teresa (¡todo un caso de predestinación, por vía materna!) que, a su lado, queda muy feo." Y nadie se dio cuenta de que alguien les tomó una foto por ahí.

Pausa, había una pausa y servían bocaditos y coctelitos de algarrobina bien suave y hasta uno que otro whisky pasaba para los señores Díaz y sus amigos, aunque Pájaro, Tyrone, Jonás, Pepo y Giorgio je je je ji, casi le estrangulan un brazo al mayordomo y lo dejaron sin los cinco whiskies que llevaba en tremenda bandeja de plata. Y se acercaron matadorcísimos donde Tere y Manongo y, en fila india, Chichi, Marita, Patty, Helen y Doris, la nueva de Pepo, que firme que era bien simpática también. Manongo se puso furioso de que lo encontraran con una Coca-Cola y Tere se desternilló de risa y dijo soy tan feliz... Pausa, pausa conversada mientras Freddy Rolland, en el jardín, terminaba de afinar con su orquesta de la pitri mitri, muchachos, y vámonos pa'fuera y las chicas les dijeron que ahorita les daban el alcance y que era porque iban un ratito a arreglarse un poquito. Tere, la verdad, no sabía muy bien qué más arreglarse porque ella no se maquillaba nunca pero Chichi se la llevó, mayor de edad, y Pájaro, inefable:

—Chicas, si se portan mal en el baño me invitan, por favor.

Tere reapareció afuera, en el jardín, con todas, y no se pudo creer lo que estaban viendo sus ojos. Manongo, envuelto en una nube de humo, conversaba muy alto y sereno y con sus anteojos negros y la corbata tan linda que tenía y que tan bien le iba con su camisa marfil y su terno azul, conversaba y conversaba y conversaba con una chica churrísima y bien rubia. Pobrecita, casi se muere Tere, y buscó uno rubio y alto y churrísimo pero no lo había y Manongo conversa y conversa y se le soltó una lágrima de rabia y de pica y de pena a Tere pero bien viva cómo reaccionó y le dijo a Chichi, tú, Chichi, ven conmigo al baño, ahora sí que te acepto tu lápiz de labios.

Y con una boca roja preciosa y carnosa se acercó donde Manongo para matar a la chica primero. Y resultó que todo era un error y Manongo, que al principio no la reconoció, casi la mata a ella por haberse pintado los labios y sólo porque él estaba conversando con su prima hermana. Tere se puso más colorada que sus labios y no

supo si pedirle primero perdón a la chica por haber pensado mal
de ella o a Manongo por haber pensado mal de él o a Chichi por
haberse gastado en vano la mitad de su lápiz de labios. Tembló de
rabia y temblaba también de lo tonta que era y de lo frágil que es
el amor y de miedo y de alegría y de alegría y felicidad. La prima
de Manongo se llamaba Inesita Tovar y de Teresa y era simpatiquísima y la enamorada de Manongo se llamaba Tere Mancini y
era simpatiquísima y las dos chicas estuvieron ahí conversando y
riéndose un rato de las letras tan huachafas de las canciones de
Freddy Rolland, pero qué regio, qué legal y qué rico toca el ritmo,
¿no?

El lunes por la tarde salía humo definitivo de todas las esquinas
del barrio Marconi. El diario *La Crónica*, en su columna "Susurros de sociedad", había publicado la foto de Tere de perfil con
Manongo tremendo manganzón a su lado y como esquinado y
sonriendo para la inmortalidad más cojuda del mundo, al lado de
una consola dorada de la huachafísima casa de los zambos Díaz.
Tere sí, parecía más que un ángel de Leonardo y todo lo demás,
pero la cara de cojudo de Manongo, que para colmo de males se
apellidaba Tovar y de Teresa por el lado materno, no tenía arreglo
posible y tampoco les quedaba a ellos otra solución posible. A *La
Crónica* todos, muchachos, y con chicas y todo y contigo también
Tere, para que aprendas a no ponerte así tan de perfil nunca más
en tu desprevenida vida, y tú, Manongo, para que aprendas a salir
a la calle de noche solo.

A *La Crónica* fueron. Y hasta *La Crónica* y el centro de Lima
fueron. Se pusieron el carro del papá de Tyrone que estaba de viaje. Fue Pájaro el que logró hacer el contacto directo y qué llave ni
ocho cuartos y el motor arrancó y ellas aterradas y Giorgio je je je
ji, pero no, perdonen, si lo que vamos es a sacarle la mugre al 'chesumadre ese, mariconcito de mierda, afeminado, 'chetumadre. Casi
matan a Currito Álava a la salida del periódico y después casi lo
ahogan a escupitajo limpio y qué te creíste tú mariconcito de
mierda, vuelve a meterte con nosotros y no vuelves a escribir en
tu vida y ahora pídeles perdón a Teresa Mancini y a Manongo
Sterne y júrales por tu madre que jamás volverás a meterte con

ellos ni a mirarlos ni nada, cholo de mierda, 'chetumadre. Las chicas, amontonadas en el carro de Tyrone, contemplaban la escena
desde una esquina de la avenida Tacna y cuando ellos vieron que
el mariconcito ya ni respiraba se cagaron de miedo y fueron a
amontonarse con ellas y felizmente Pájaro no había quitado el
contacto directo y el Dodge patinó al salir como un rayo hasta San
Isidro. Escondieron el carro y decidieron esconderse ellos y ellas
pero Jonás y Pepo opinaron que aquí nadie se esconde, carajo, y
juntaron las manos una encima de otra en juramento y las chicas
más enamoradas que nunca y Manongo cómo se iba a atrever a
decir nunca que le había parecido muy mal lo que habían hecho,
que le había sonado a callejón oscuro y que por eso él apenas si
soltó un par de cocachitos, y Giorgio je je je ji.

Estaban agotados y las chicas ya tenían que irse todas en el carro
de Chichi, porque el chofer llevaba horas esperando y esta noche,
hermanos, al cine Colón, al centro de Lima otra vez, aunque sea
para mayores de cien años entramos fumando y no pasa nada.
Mucho peor va a ser cuando arranque el baile de Silvana Mangano. Entraron sin problemas y fumando y era demasiado temprano fumando y se sintieron mocosos precavidos y encendieron otro
cigarrillo para esperar fumando y pusieron el letrero de se prohíbe
fumar por orden municipal en la pantalla del cine no bien apagaron las luces y ellos encendieron otro pucho. Cosas de monjas y
huevadas la película pero, eso sí, cuando arrancaba el bayón de
Silvana Mangano…

> *Ya viene el negro zumbón*
> *bailando alegre el bayón*
> *repica la zambomba*
> *y llama a su mujer…*

—Puta madre, hermanito, esto se pone bueno.
—Yo me voy pa' Brasil, carajo. Ciudad de mierda esta de Lima.
—Pero si la película es italiana, huevas…
—Pero el pecado es universal, compadre.
—¡Ay mundo demonio y carne!, ¿cuándo estaré en tu gloria?
—Tú pa' qué quieres a ninguna Gloria, si ahí tienes a Silvana
Mangano.

–Je je je ji…

Tengo ganas de bailar
el nuevo compás.
Dicen todos cuando me ven pasar
dime dónde vas.
Me voy a bailar
el bayón…

Y pasaba Silvana Mangano tarará tarará tararán, tarará tarará tararán y se encendieron las luces cuando terminó por fin de pasar matándolos a todos y entonces sí que había llegado el momento de matarlas a todas ellas. Chichi, Tere, Doris, la gringa Helen, Marita, Patty, putas, las mataban, se habían escapado a pecar de noche y eso aquí y en Brasil y en el mundo entero, *eso* se llama putas. Se morían, las mataban, se volvían a morir, ¡oh desilusión tan grande!, felizmente que nos tocó a todos por igual y juntos y ni tu hembra será una puta para mí ni la mía será una puta para ti y es que todas son unas putas de mierda, ¿qué va a quedar del barrio Marconi, muchachos?, ¿suicidio en grupo?, ¿perdonarlas?, ¿no nos ven?, ¿matarlas?, ¿fumar?, ¿hacernos los cojudos porque si no nos jodimos?, ¿pasarlo por alto con la vista gorda?, ¿y si tienen doble vida?, ¿estamos muertos, muchachos?, yo creo que sí, Pájaro, yo también, Pepo, yo también, ¿y dónde está Manongo? ¡Mierda! Manongo estaba matando a un señor y ese señor era el papá de la gringa Helen, ¿pecado mortal?, ¿pecado venial por venir con el papá…? ¡Qué mierda! ¡Ese loco de mierda está matando a un viejo y no sabe que es don Pedro Bradley! ¡Y ahora lo están matando a él! ¡Y la policía! ¡Piquémosnosla compadre! ¡Ya es muy tarde y las chicas vienen y Tere se ha quedado con Manongo!

–¿Las dejamos venir?

–Si ya vienen, compadre.

–¿Las dejamos llegar?

–Bueno, por haber venido con un señor, sí. Seguro que el inmoral es él.

–O se cojudeó de puro gringo que es.

–Je je je ji.

Don Pedro Bradley le estaba dando unas palmadas en la espalda al policía y le sonreía a un Manongo que se colocaba sus anteojos negros de protección y se despedía del mundo entero y parte de Tere para siempre.

La doble, la triple, la cuádruple moral de las chicas. Por un lado, o sea por el de ellos y el confesor, se arrepentían terriblemente de haber pecado de esa forma aunque fue sin querer, fue porque quiso el señor Bradley. Por un lado bis, o sea por el de ellas y sólo ellas entre ellas, se alegraban tanto de haber visto el pecado de cerca y de que fuera exacto a ellas en lo de tener tetas y muslos y nalgas y que todo eso les gustara a los hombres tanto como a ellas les gustaban los hombres y además fue porque el señor Bradley quiso y a lo mejor ni es pecado. Por un tercer lado, se morían de ganas de volver a ver el pecado pero solita cada una para poder mirar bien y no andar tapándome los ojos sin querer y después abriendo los dedos para que por ahí aguaitaran los ojos, bien hipócritas somos, ¿no?, pero es que el señor Bradley quiso y yo quisiera volver sin el señor y sin nadie, solita. Y el cuarto y último lado era una especie de miscelánea de los tres lados anteriores, un *potpourri* que desembocaba en escozor en el bajo vientre, hipo, una furtiva lágrima de amor platónico y arrepentimiento católico y ante el enamorado mucho más que eso, todavía, pero todo eso para luego pasar nuevamente al escozor con hipo y lágrima y colegio religioso y un poquito de consulta e insomnio pero después lo rico que se iban a quedar dormiditas de escozor.

Pero faltaba la avergonzada salida del cine Colón a la plaza San Martín y a medianoche. Fila india, vergüenza, silencio, todo ante la sonriente supervigilancia de la alegre y permisiva mirada de don Pedro Bradley, que ni se había equivocado ni nada sino que era muy liberal y se había llevado a las chicas a ver una película en la que él tampoco se aburriera. Pero eso no tenía la más mínima importancia, por supuesto: lo realmente importante era qué diablos hacían con las paces, ¿amistaban o no amistaban?, ¿hacían o no hacían las paces? Don Pedro Bradley sonreía pero en el fondo se estaba revolcando de risa y les dejaba todo el tiempo del mundo para que arreglaran sus asuntos de hombres y mujeres de quince y dieciséis años. Lo que sí, y perdón por interrumpir e intervenir, les aconsejaba que se apuraran un poquito y que pensaran en que Tere estaba llorando sentada en la escalinata del cine y en que

Manongo, su amigo, había desaparecido en la noche tras habérsele abalanzado y si no lo paro a tiempo me sigue destrozando la camisa, miren, me ha arranchado tres o cuatro botones y uno del saco también, ahora que me fijo.

El silencio más grande del mundo se produjo no bien don Pedro terminó de decir estas palabras en medio de tanto mutismo de chicas y chicos. Chichi le tocó el pecho a Tyrone y Tyrone miró a Pepo que miró a Pájaro que miró el je je je ji de Giorgio. Doris tocó el pecho de Pepo que miró a Tyrone y Marita tocó el pecho de Pájaro que sacó pecho. Giorgio dijo que él estaba dispuesto a firmar una paz separada pero que eso era cosa suya. No, nada de eso, le dijo Pepo, aquí o todas son unas chuchume… perdón, señor, o ninguna lo es… Decidieron, entonces, pero provisionalmente, que ninguna lo era porque el señor Bradley las había llevado y el señor tan altote y rubio les dijo y ahora ocúpense por favor de buscar a su amigo, el que falta…

—¡Yo estoy segura de que sé dónde está! —exclamó Tere, hecha un mar de moco, moquillo, de todo eso.

—¿En el otro mundo? —le preguntó Pájaro.

Para qué dijo nada Pájaro. Tere arrancó de nuevo pero a sollozazo limpio y se estaba ahogando tanto que ya ni siquiera podía decirles dónde estaba Manongo, según ella. El señor Bradley sacó un blanco pañuelo, se lo puso en la nariz a Tere, se sentó a su lado, y le pasó un brazo detrás de la espalda hasta el otro hombro.

—Este viejo pendejo le está paleteando el brazo a Tere —dijo Pájaro.

—Ni cojudo —dijo Jonás.

—Bajen la voz que se oye, muchachos —dijo Pepo.

—Je je je ji.

Pero Tere era una embarcación a la deriva y que hacía agua por todas partes y en menos de un instante le redujo a cochinada empapada su pañuelo a don Pedro.

—Perdone, señor —le dijo—, pero no puedo más…

—Tienes que poder un poquitito más, hijita. Lo justo para que me digas dónde está ese chico. Fíjate que yo también soy responsable ante sus padres. ¿Dónde está? Dímelo a mí no más, si quieres, y en un segundo te lo traigo. Piensa que el pobre se debe estar sintiendo muy mal y que está solo. Contigo y con sus amigos se sentirá mucho mejor, créeme, ten confianza en mí.

—Está allá al frente, en el cine Metro, donde daban *Historia de tres amores* antes de que yo le hiciera esta perrada inmunda.

—¿Van ustedes o voy yo, muchachos? —les preguntó don Pedro.

—Vamos nosotros, señor —le respondió Pájaro, añadiéndole a Marita—: Pero tú, so... Como te vuelva a ver yo entrando al cine Colón...

—Ya basta, Pájaro —lo interrumpió Tyrone—. Basta y vamos.

—No, hermano, si sólo le quería decir que al cine Colón *never in the life*, aunque den una del Pato Donald, viejo ese alcahuete de mierda...

Y sí, ahí estaba Manongo sentado en la entrada del cine Metro, donde daban *Historia de tres amores* antes de que Tere le hiciera esa inmunda perrada.

—No hay dónde ir en esta vida —les dijo, al ver que se le acercaban en patota.

—Claro que hay dónde ir, hermanito —le dijo Pepo, mirando a los otros, a ver si aprobaban o desaprobaban su idea—. Un Huaticazo, muchachos. Yo, por lo pronto, tengo cincuenta tacos...

—Claro —se apresuró a decir Pájaro—, un Huaticazo. Y que aprendan estas cojudas lo que es ser puta de verdad, aunque yo sólo tengo diez tacos y alguna monedita más.

—¿Pero no habíamos quedado en que ya eran putas? —preguntó Jonás.

—Vistas desde aquí, desde el otro lado de la plaza, son sólo unas chicocas —dijo Tyrone—, y venían además con un señor que puede ser el padre de cualquiera de nosotros.

—Oñoñoy —se puso sentimental Pájaro.

—Yo también lo veo así —dijo Giorgio—, je je je ji.

—Bueno, a despedirnos de ellas, muchachos —dijo Pepo—. Y nos compramos unos jebes aquí en La Colmena...

—Pero si en Huatica los venden más baratos, viejo —dijo Jonás, muy conocedor.

—De acuerdo, a despedirse entonces, y esta noche es esta noche y mañana es otro día y cada uno arregla su asunto como le da la gana. Anda, Manongo, párate y vamos ya.

Atravesaron nuevamente la plaza San Martín y a las chicas las encontraron muertas de risa con el papá de la gringa Helen bailando exacto a Silvana Mangano, qué pecado ni que ocho cuartos, muchachas, y qué cura ni confesor ni qué ocho cuartos tampoco...

—Viejo degenerado —dijo Pepo.

—Es buena gente, hombre, y no jodan —dijo Tyrone.

Y Tere se acercó donde Manongo y le dijo que ella no se había estado riendo ni nada. Había estado pendiente de él. Sabía que estaba allá al frente y si todos se hubieran ido ella no se habría ido ni con el señor Bradley ni con nadie: ella se habría quedado con él para siempre en la puerta del cine Metro, si él se lo hubiera pedido, háblame, Manongo, por favor, aunque sea di que no me quieres ver más en la vida, sé que me lo merezco. Manongo la miró fijamente y supo que no, que no se lo merecía, que Tere no se merecía nada malo en esta vida porque era demasiado buena y bonita.

—Lo que pasa es que no hay dónde ir, Tere...

—Explícame, Manongo, y te entenderé, te lo juro.

—Es que si vas al colegio y donde unos amigos, terminas en el fondo de un callejón oscuro y sólo tú te sientes pésimo... Y... Y... Y si vas donde una chica terminas en el fondo de una perrada oscura y sólo tú te sientes pésimo...

—El señor Bradley quiere hablarte, Manongo...

—Mira, Manongo, ya pasó todo. Aquí, de hombre a hombre, yo te pido perdón y Tere no se merece haber llorado tanto.

—Aquí, bueno, aquí, aquí de hombre, a Tere y a usted...

Manongo no logró acabar su frase y, la verdad, tampoco sabía muy bien cómo había empezado su frase. Y en ésas andaba cuando Pájaro lo jaló de la parte posterior del cuello de la camisa y se lo llevó de patota y Huaticazo por primera vez en su vida, qué vida tan complicada ésta, sólo le faltaba partir al internado con una buena quemada. Pero no hubo ni quemada ni nada. Ni siquiera acercada. Como entre todos lograron juntar más de quinientos tacos, decidieron ir de lujo a Nanette y no irse a la mierda en Huatica. Y en Nanette los recibió nada menos que Lucho Gatica, en la rocola: *Contigo en la distancia, amada mía estoy... No hay bella melodía, en que no surjas tú... Ni yo puedo escucharla, si no la escuchas tú...*

—*Unforgettable* —dijo Tyrone.

–Sí, hermano, aquí sólo falta Nat King Cole para que aparezcan Marita, Chichi, Tere, Patty, Doris, Helencita… Y todas de putitas –dijo Pájaro.

–Una de Nat King Cole sería como si nos botaran a patadas –dijo Jonás–. O sea que mejor nos la picamos.

–Sólo falta la paloma cuculí –dijo Manongo.

–Puta, qué complicado es usted, compadre –le dijo Pájaro, agregando, mientras salían a buscar un colepato hasta la plaza San Martín, otra vez, y de ahí hasta la Javier Prado y de ahí a pata al barrio, carajo–: A ver, Manongo, puesto que faltan horas para llegar a casita, explícanos detenidamente qué cantante es esa que se llama la paloma no sé qué…

Su primo, el Gordito Cisneros Tovar y de Teresa, fue el primer aviso gordo, rotundo, rosado y tan buena persona, de que abril era el más cruel de los meses. Vino a buscarlo en su carrazo con chofer. Su madre era prima hermana de la mamá de Manongo y por teléfono habían arreglado las dos señoras para que los chicos fueran juntos a probarse sus uniformes en Confecciones Vestitex. Conocidos había muchos en la tienda, todos probándose el uniforme del San Pablo con gorrita y todo. Se miraban con desconfianza y se saludaban apenas, distantes, escondiendo su vergüenza. A ése, que es Carlitos Leigh, lo habían botado del Markham y a Santiago Velauchaga también. Neca Neca creo que era la segunda vez que se lo timplaban de año en Santa María y los saludó con altivez. Tyrone apareció furibundo de que lo uniformaran de Jorge Valdeavellano, ya llevaba dos o tres expulsiones por altanero y ceja elevada. Y la provincia abundaba: un gordo maceteado de Ica, un tal Luchito de Chincha, uno con corbatita michi, de Sullana, Gustavo y Lelo, que no los habían botado del Santa María y que sabe Dios por qué cambiaban de colegio, eran limeñísimos. Un cholo fuerte que dicen que viene de Nazca. Un impresentable que parece andino, pero tiene que ser rico para entrar al San Pablo, primo. ¿Y ése?, ¿ése quién será, primo? Pero, en fin, dentro de una semana lo iremos sabiendo todo y mira, la cagada, el Macho Inurritegui, de Trujillo, dicen que ya le pegó a un colegio entero. ¿Y ese enano con cara de judío? Ario, primo, y se apellida Heidel-

berg. Mira ese cholo retaco... Mejor vamos ya, primo, que tengo
que ver a Tere. Mopri, se templó usted, con razón que anda desaparecido. ¿Y cómo vas a hacer con los milicos? ¿Con la educación
premilitar? ¿Harás pre, mopri? Ni de a caihuas, primo, pero eso
déjamelo tú a mí...

En el Country Club, la penúltima tarde parecía querérselos devorar. Cómo era la tarde, ¿no? ¿Era buena, era mala, era simpática o mala y antipática? Las bancas verdes estaban ahí más que nunca, a ambos lados de la piscina grande, y más que nunca también en la galería curva detrás de la piscina para niños, un poco en alto, cubierta de floridas enredaderas. Junto al gran jardín en que se iba a construir una tercera piscina, la más grande de todas, el bar campestre en forma de L con sus toldos verdes y blancos, sus columnas floridas de enredaderas, los bebedores de gin tonic, que fumaban Chester y Camel, los bebedores de cerveza y Coca-Cola, que fumaban Inca, Nacional o Nacional Presidente, y Mostacilla, el profesor de tenis que no bien podía ya estaba de nuevo en el bar zampándose una rapidísima y cada vez menos oculta copita de pisco, el muy borracho, debe tener más de mil años pero es una institución en el Country. Como lo era Perico Crevani, simpático, alegre, buena gente con los quinceañeros, simpatiquísimo con Tere por lo bonita que era y con Manongo por lo enamorado que estaba, ex campeón sudamericano de saltos ornamentales, gringo, rubio, bebedor empedernido de whisky, buen tenista, se metía con cualquier hembrón que aparecía por los alrededores, encendía uno tras otro sus cigarrillos Dunhill, y cuando la gente menos se lo esperaba se acordaba de que había sido campeón de saltos y, bastante barrigón ya, se subía al trampolín y lo hacía todo perfecto, como en sus grandes años. Automóvil descapotable, por supuesto, y blanco.

—No hay barrio como el barrio Marconi, muchachos –les decía, cuando los veía juntos con sus hembritas. Se refería, claro, a la alta calidad de las chicocas de los matadores del barrio Marconi.

La penúltima tarde del Country Club, ese verano de amor. De amor, de Tyrone, de barrio y de amigos nuevos. Jardines tan vastos y tan verdes, arbustos para ponerse detrás y un beso de amor.

Árboles para quedarse detrás más rato y hablarse de amor más largo y tendido, entre un beso y otro y otro más largo y tendido. Buganvilias de adorno multicolor y caminitos que llevaban hacia la parte que era hotel, hasta llegar a la escalera esa tan linda de doble vertiente que subía al gran hall con piso de damero y techo de cristal colorido e inglés. Hacia la izquierda, entrando por ahí atrás, el bar tan inglés. Hacia la derecha, pasillos amplios que pasaban por la recepción del hotel y desembocaban luego en las lindas y tan campestres verandas de cristal donde el condesito tomaba té con su mamá, la señora de Trujillo, mientras el señor conde con su chofer negro y panameño hacía correr a su *french poodle* negro detrás del automóvil viejo porque mucho heredero al trono de Polonia, sí, pero más bebedor que otra cosa y más gastador que nadie y ahora lo tenían casi a propina y en la alta sociedad se comentaba que el conde se duchaba todas las mañanas cantándole a su esposa trujillana, cantándole porque ya de nada le valía hacerlo suplicándole:

Pásame la agüilla
la agüilla, la agüilla...

mientras en su hermosa bañera de la residencia limeña de la avenida del Golf, respondía, ya desengañada, ya vejancona, ya sólo pensando en su hijo, la condesa trujillana:

Yo no te la paso, negrito,
ni de raspadilla...

Ahí estaban condesa y condesito y a Manongo, que se acercaba a saludar a la señora y todo, mientras ésta se llevaba el monóculo a la nariz para inspeccionar mejor a la *ragazzina*, ¿cómo dijiste que se llamaba, *my darling*?, ¿Mancini Gerzso?, a una Tere más colorada que una rosa y eso sí, según la condesa, mucho más bonita que una rosa bien colorada. Y ahora vayan y jueguen un rato, hijitos, que yo ando en guerra con este hijo mío que, en vez de su té de las cinco, ya quiere su vodka tonic de las ocho...

Se sintieron tan adultos, tan esta tarde es la penúltima tarde, que no les dio miedo seguir avanzando hasta pasar al moderno edificio de los dormitorios añadidos al Club. Una puerta de cristal se cerró detrás de ellos y bien fuerte se agarraron de la mano cuando se dieron cuenta de que ya no les quedaba más remedio. Un dormitorio y otro y otro y otro y el corredor continuaba larguísimo hasta que, al fondo, una puerta los devolvía nuevamente a algún inexplorado jardín del Country Club. Tere se concentró bien fuerte en que Manongo se iba a acordar del bayón de Silvana Mangano, ojalá, Diosito mío, y Manongo iba requeterreconcentrado en una *zambomba que repica y llama a su mujer* y en que Tere era una mujer, ¿esa mujer? La detuvo, la contuvo, la mantuvo contra una pared y más parecía que la iba a asesinar. Tere le quitó los anteojos negros, para que no se fueran a estrellar también como los dientes, los dobló con mucho cuidadito para que no se fueran a ensuciar y se los guardó a Manongo en el bolsillo superior de la camisa sport, así, bien dobladitos para que no se fueran a romper con el aplastón. Pero, en vez de amarse, de golpe les dio y exactamente al mismo instante por adorarse y empezaron a mirarse hasta la muerte. Y llevaban horas mirándose y adorándose a muerte como sólo ellos eran así, cuando pasó un señor muy elegante rumbo a su habitación y se quedó admirado de lo mucho que parecía quererse la parejita esa y les sonrió y les salvó la vida porque ellos tuvieron que devolverle la sonrisa al señor tan buena gente que felizmente no ha dicho nada y abandonaron así la muerte. Pero Tere se había jurado una cosa y no paró hasta que la cumplió:

—Manongo, ya sé que me vas a matar y que vamos a pelear para siempre, pero...

—¿Qué me has hecho, Tere?

—No, te juro que no he hecho nada y que te voy a querer hasta que me muera y que en este instante hace rato que te adoro y que...

—Entonces, ¿qué?

—Sólo una preguntita, Manongo, no seas malo, ¿ya? No me haces nada, ¿ya?

—Desembucha, que me estoy amargando...

—Una cosita que quiero saber y te juro que el domingo me confieso si me he equivocado.

—¿Qué tienes que confesarme, Tere?

–Ahora, hace un ratitito, cuando nos adorábamos, ¿tú has sentido más fuerte que cuando el bayón de Silvana Mangano?

–Mucho mucho más, Tere, pero no es pecado porque... Porque... En fin, no se por qué no es pecado.

–Ay, qué pena, Manongo, más rico hubiera sido que fuera pecado. Habríamos pecado juntos.

–Yo he sentido más rico que si pecáramos juntos.

–Ah, bueno, yo también entonces.

–Vamos ya, Tere, que nos deben estar esperando los muchachos.

Cuando uno llegaba antes, salía disparado con su chica para haber llegado después que otro que había llegado antes y así hasta que sabe Dios cómo, ya estaban todos juntos y con unas impresionantes caras de detrás de árbol ellos, para presumir, y detrás de arbusto, ellas, para no tener tanto que contarles a las otras chicas. Esa tarde, Tere y Manongo llegaron con una impresionante cara de algo especial pero más especial era todavía la cara de Tyrone y de Chichi, aunque eso sólo Manongo lo sabía y también el confesor de la pobre Chichi. Se metían a un baño y todo, se jugaban la vida y se tocaban bastante y con mucha lengua y por eso Tyrone sabía hasta qué punto las tetas de Chichi eran riquísimas y el confesor de Chichi sabía que también las nalgas y la pobrecita tuvo que cambiar de cura y todo de pura penitencia que no cumplió y peor, mucho peor fue cuando encontró un curita moderno y éste le dijo que beso con lengüita y culito tocado y tetita manoseada, bueno, que todo eso que hacía por arriba, combinado con un poquito de abajo, era el equivalente exacto de lo que se hacía sólo por abajo desde el instante mismo en que la lengüita entraba, que fue el instante mismo en que Chichi decidió que mejor volvía a confesarse con el cura anticuado.

Era la hora de las Coca-Colas y las butifarras de jamón del país con salsita criolla que estaban en duda si eran más ricas que las de al lado del cine Country. Perico Crevani andaba por muchos whiskies cuando llegaba, dandy. impecable, Sandro, su hermano, lord Chesterfield, aunque un día Perico andaba con muchísimos whiskies y recibió a su hermano con un buenas tardes, lord Caca, buena gente los Crevani pero qué distintos. Pero el verano y las vacaciones sí que eran unos cabrones y no bien cerraban las rejas del

Country Club, por ese lado, cada uno tiraba con su hembrita para casa de ella y el lechero de Manongo qué suerte tiene de que Tere viva cerca de su casa y del Country.

Pasearon hasta que cayó la noche y el Negro Gálvez, ya sin esperanza alguna, se había ido con su bicicleta de mierda a otro entierro. La mamá de Tere salía, pero ya no a saludar al pobre chico ese tan negrito sino a saludar a Manongo y a decirle a Teresita que ya era hora, buena gente la señora pero qué pesada, siempre a la misma hora y no se movía hasta que Teresita no entrara. Llegaba también y ya en carrindanga propia el hermano de Tere, matón y haciéndose el matón, pero sobrado del diablo sólo porque era mayor la asustaba a su hermana y Manongo miraba al polo a ver si llueve y éste nos deja despedirnos en paz, como si no fuera suficiente tener que despedirse de la señora. Tere ya había entrado y Manongo ya estaba caminando rumbo a su casa y acercándose al corralón de Adán Quispe, para tocar, cruzar la calle y esperarlo delante de la bodega del chino. Pero Tere volvió a salir un instante, escapada, abrió la reja y se asomó para ver a Manongo en su diario camino al corralón. Mañana era el último día. Tere cruzó los dedos. ¡Cómo adoraba a Manongo! Pero eso tenía que aclararlo. Y de mañana no podía pasar. Cruzó bien fuerte los dedos Tere y se juró que eso de mañana no pasaba. Es que no puede ser, Dios mío, Manongo le tiene celos a cuanto chico hay, pero yo sólo le tengo celos y miedo y muchísimo miedo a un hombre, a un cholo. Manongo no puede ser raro, Dios mío, yo te lo ruego, mátame a mí si quieres…

El reloj de pie inglés dio la una y cuarto de la madrugada en el descanso de la escalera, y la dio suave, muy suave, como si no quisiera molestar en nada a la familia y mucho menos a la Virgen santísima y como extasiada de piedad y divino amor entre mantos celestito y blanco ahí en su hornacina del mismo descanso, la Virgen tan rosadita y abstractamente maquillada que bendijo el padre Weber, párroco de San Felipe, muy alemán y muy austero, que bendijo también la casa y la sala del piano y que, cuando se sentó a tocar unas notas, sonrió por única vez en toda la tarde: "Miren, el piano es marca Weber, o sea que se llama como yo y yo me llamo como él", bromeó por única vez también en toda la tarde porque era sumamente austero. Y saludó a los chicos, cuando aún eran unos niños, y tomó una austera copita de coñac antes de *rrretirraaaarrrse* ya.

El padre de Manongo, al escuchar la campanada del reloj, recordó todo aquello y que entonces ese hijo suyo sólo tenía diez años y quién se iba a imaginar el lío en que iba a meter a toda la familia. Mañana sus hijos partían todos a colegios ingleses, eso sí que lo alegraba y, aunque habían apagado la luz hace mucho rato, tenía ganas de hablar pero tenía miedo de que su esposa durmiera ya y despertarla. Tosió ligeramente y ella dijo: ¿Laurence?

—¿Duermes, mujer?

Entonces ella recordó una tarde en que el inmenso Buick verde se había malogrado y ella, con Manongo acompañándola allá atrás, en el Citroën azul, había llevado a su esposo hasta su oficina. Había habido un choque en la esquina y su esposo le dijo que mejor se bajaba y caminaba porque estaban perdiendo tiempo por gusto y que más rápido llegaría caminando las pocas cuadras que faltaban. Manongo se pasó al asiento delantero y por la ventana los dos vieron a don Lorenzo Sterne caminar ceremoniosamente por el jirón Moquegua, entre mucha gente.

—Pobrecito tu papá... —le dijo ella a Manongo—. Lo gringo que se le ve caminando por Lima. Diríase que es un inglés o un virginiano o, mejor todavía, un bostoniano —después se rió porque había dicho *diríase*, en vez de *parece* un inglés o un virginiano y Manongo se quedó desconcertadísimo y triste al pensar que su madre se había reído de su papá caminando como un bostoniano.

—¿Laurence? —repitió ella, despertándose un poquito más al recordar la tarde en que el inmenso Buick verde se había malogrado y don Lorenzo Sterne...

—¿Me dijiste algo, Laurence?

A ella le encantaba llamarlo Laurence pero sólo lo lograba en momentos así en que pensaba que él era todo un caballero y muy bueno y muy honrado y muy trabajador y muy bien intencionado pero que demasiado anglosajón pero qué culpa tenía el pobrecito...

—Te pregunté si estabas despierta, Christie.

La señora Cristina Tovar y de Teresa se destapó bastante y se incorporó ligeramente. Laurence estaba inquieto, lo sabía, lo había sabido desde la hora de la comida, cuando Manongo, sin terminar siquiera el postre, se fue a pasear con el perro y pasaron las horas, se acostaron todos, y ni Manongo ni el perro regresaban...

—¿Qué hora es, Laurence?

Esta vez le llamó Laurence para arrancar y mantener la conversación a ese nivel, para no permitir que él se inquietara más de la cuenta, para mantenerlo cariñosamente en cama. De lo contrario era capaz de enfurecer, de levantarse y de salir a buscar a Manongo y al perro. Y se iba a morir de un colerón si se encontraba a Manongo, a Óscar y a una chica llamada Tere.

—Ya es como la una y media y Manongo sin regresar...

—No se ha escapado, Laurence. Tú sabes lo puntual y obediente que es Manongo... Déjalo ser un poquito especial.

—¿Un poquito especial a esta hora?

—Estará despidiéndose de sus amigos...

—Pero si el chico Valdeavellano es su amigo y también va al colegio...

—Bueno, estarán los dos juntos despidiéndose de otros amigos. Estará en la esquina de la farmacia Marconi, como siempre. Ahí se reúnen y mira tú el bien que le ha hecho. Mira todo lo que ha cambiado en un verano que empezó tan mal, tan solo y…

—Demasiado especial para esta hora. Ya son más de la una y media.

—¿Quieres oírme un instante, Laurence?

—¿Sabes algo que yo no sepa?

—Sé exactamente lo mismo que tú. Pero tú, claro, lo tomas de una manera distinta. Tú sabes que tiene que haber una chica de por medio.

—¡A esta hora!

—Laurence, no te hablaré más.

—¿Qué más sabes?

—Que a las siete de la mañana en punto estará en casa para ponerse el uniforme a tiempo, desayunar y llegar perfectamente a tiempo…

—¡Siete de la mañana!

—Shiiiii… Que despiertas a toda la casa. Durmamos, Laurence…

—He estado pensando, Christie… He estado pensando que ojalá el clima seco de la zona de Los Ángeles salve al colegio. Sería una pena terrible que el estupendo proyecto de don Álvaro de Aliaga se fuera al diablo.

—¿Qué quieres decir exactamente con eso? No te entiendo.

—Hablo de la humedad de Lima, que todo lo pudre, lo corrompe, lo humedece. Piensa en Odría… ¿Dictadura? Dictablanda y cada día más blandengue. Y en el colegio San Pablo ya hay demasiadas concesiones nacionales…

—¿Qué quieres decir con eso? Tampoco te entiendo…

—Demasiados profesores peruanos, por ejemplo. Eso es, exactamente, lo que yo entiendo por humedad limeña en este caso preciso.

—Siempre pensé que Los Ángeles, Chosica, Chaclacayo, era todo un microclima sequísimo.

—Bueno, pero si se llevan humedad es como si llevaran un caballo de Troya y lo metieran en pleno proyecto de don Álvaro de Aliaga.

—Pero él es el que ha querido que entren todos esos profesores.

—No. Él ha cedido. En parte, por recomendaciones de otros ministros, y en parte por culpa de ustedes, las mujeres.

—Bueno, pero nuestro hijo, su primo, el Gordito Cisneros, Valdeavellano, ¿son todos limeños o no?

—¡Más humedad todavía! Total que me estoy dando cuenta de que me he gastado un platal en humedad...

—Ya veremos, Laurence. El tiempo lo dirá.

—A mí ya me está diciendo demasiado. Van a ser las dos de la mañana y este canallita no tiene cuándo regresar...

—Ya te dije que regresará a las siete, papi. ¿Me dejas dormir ahora?

—Quién como tú. Porque a mí en cambio tanta humedad me va a matar.

Dicho y hecho: a don Lorenzo Sterne le dio tal ataque de tos que le permitió, como a él le encantaba, estar furioso y esperando a Manongo sin dormir en toda la noche por su culpa, a las siete en punto de la mañana. No soportaba la humedad de Lima y le estaban poniendo unas vacunas de agua de lluvia de Lima, precisamente, para crearle anticuerpos. Lo único malo es que en esta ciudad hasta la lluvia que va a caer se pudre y no llueve jamás ni para la vacuna que me han recomendado en Rochester...

—¿Y el perro, Manongo?

—Ahí te lo dejo, papá. Para que se humedezca contigo.

Lo mataba, carajo, aunque esta tos del diablo lo iba a matar a él primero. La madre de Manongo se había levantado para acompañar a su hijo interno a ponerse su primer día de uniforme del San Pablo. No le iba a decir que estaba buenmocísimo, porque ya lo sabía: no le iba a decir absolutamente nada. En fin, que desayunara, al menos, antes de que el chofer se lo llevara hasta la plaza San Martín, punto de reunión de los fundadores del colegio San Pablo. Ahí los recogería un flamante ómnibus inglés del mismo color que el uniforme y con el nombre *Saint Paul* de color azul, al lado derecho, y el de *Colegio San Pablo*, también con letras azules, al lado izquierdo. En fin, otra concesión que don Álvaro de Aliaga y Harriman había tenido que hacerle al ministro de Educación, a las malditas tapadas limeñas y a la maldita humedad limeña, pero ya qué diablos importaba y que empiece de una vez por todas esta maldita pachanga británica antes de que me la jodan más.

—Me imagino a mi padre tosiendo como una bestia —le dijo Manongo a Tere—. Ojalá se muera.

—Mira las estrellas, Manongo, y no pienses en eso. No pienses
en nada. Sólo siente como yo siento. Y cuando ya estés listo, avísa-
me, por favor.

Se habían despedido por la noche, antes de ir a comer cada uno
en su casa, y habían quedado en que esa noche dormirían juntos y
en que cada uno vería la forma de escaparse y de estar a las once en
punto en el centro mismo del campo de polo. Ahí donde todo les
quedara lejísimos, ahí donde nada ni nadie los pudiera molestar.
Manongo le había explicado que tenía que venir con su perro
Óscar porque también era la última noche con él y Tere había llorado unas lágrimas porque Manongo, Manongo para qué, a veces
parece tan bueno como San Francisco de Asís y a ella Óscar no la
iba a molestar en absoluto. Todo lo contrario: Óscar montará
guardia. Y ahí estaba tumbado ahora Óscar montando guardia y
ellos a su lado tumbados y cogidos de la mano y mirando el cielo
para siempre y la noche para siempre y nunca en la vida se habían
separado ni se iban a separar. Después, cuando llegara el amanecer
y cantara la paloma cuculí, no pensarían en James Mason sino en
Kirk Douglas y Pier Angeli y se irían lejos muy lejos con una marcha circense. Y ya después verían pero siempre sería lindo y ellos
se adoraban y la gente, en cambio, sólo se amaba y se quería. Ellos
se querían, primero, se amaban, después y después se adoraban
y esta noche iban a ser y a hacer las tres cosas y a sentir las tres
cosas al mismo tiempo. Pero la muy viva de Tere, aunque estaba
sintiendo como ella sentía, tenía dos dedos de la mano derecha bien
cruzados contra el césped y no los iba a abrir hasta que Manongo
no le abriera a ella todo eso, todo lo que ella se había jurado saber
esa misma noche.

—Ya me olvidé de mi padre y de todo, Tere. Ya siento como tú.

Tere ajustó bien fuerte los dedos que tenía cruzados. Se había
prometido, se había jurado que Manongo no partiría al internado
sin que antes ella lo supiera todo sobre ese punto. Manongo podía
matarla, claro, aunque la verdad, pensaba Tere, si está sintiendo
como yo siento me dirá todita la verdad y no me matará ni nada.
¿Y si la verdad no me gusta y soy yo la que tengo que matarlo a
él? Bueno, en ese caso me muero yo también y nada importará ya.

Manongo será James Mason en la cubierta de un barco en el colegio y yo seré la pelirroja que murió por bailar para él. Y así tampoco quedará secreto ninguno entre nosotros. Tere apretó los dedos con toda su alma.

—Me vas a matar, Manongo, pero tengo que saber.

—¿Qué necesitas saber ahora que ya lo sientes todo, Tere?

—Perdóname, Manongo, pero es que no estoy acostumbrada. Mira, tú todas las noches, cuando te despides de mí, te vas a buscar al cholito ese del corralón, que además es mayor que tú y seguro que es bien corrompido. Yo sospecho, Manongo. Yo tengo miedo de sospechar que... Yo me he jurado, Manongo, que esta noche tú me dirás toda la verdad y que yo lo sabré todo antes de que te vayas al colegio. ¿Por qué eres amigo de un cholo?

—Porque es mi amigo, Tere. Como lo son Pájaro o Jorge o Giorgio o mi primo, el Gordito Cisneros.

—No, no es igual, para mí no es igual. No tiene la misma explicación. Mientras tú no me pruebes todo lo contrario, para mí sólo puede tener otra explicación.

—¿Cuál?

—Manongo, tú... Hay gente que dice que tú eres bien raro.

—Tere, a Adán lo conocí como he conocido a tantos otros amigos. Cuando tú conoces a una persona y ella te cuenta cosas y tú aprendes bastante y algo te duele, además, le tomas cariño... Se convierte poco a poco en amigo. Y Adán me ha contado su vida y ha sido un buen amigo cuando salí del Santa María. Hemos hablado bastante...

—¿De qué, Manongo?

—Cómo decirte, Tere... Hemos hablado de lo que es un corralón, ser de un corralón, vivir ahí. Hemos hablado de lo que es pertenecer al mundo en que se juega jacks con piedrecitas y se hace regatas por las acequias con palitos de chupete de helado y se juega ñocos en un pampón inmundo... De eso hemos hablado. Tú has visto eso pero lo has visto con niños. Esos niños son todos como Adán Quispe. Yo los quiero mucho y tengo, no sé cómo decirte, Tere, tengo una tendencia, una predisposición a fijarme en esas cosas y a no acostumbrarme a que existan, a que siempre me duela que existan. Y es como imposible acercarse a ese mundo salvo para hacer un regalo, una caridad. Adán Quispe, no. A él me

acerqué de otra manera, de frente, de igual a igual, como dos muchachos que se hacen amigos a pesar de todo eso, Tere, a pesar del
juego de jacks y las regatas por acequias y los ñocos con unas
bolitas miserables y todas quiñadas... ¿Qué es lo que puedes sospechar de eso, entonces, Tere?

—Te creo, Manongo. Te he entendido perfectamente bien y ya
nunca más volveré a sospechar de ti. Eres diferente, Manongo, y
por eso me gustaste tanto desde el comienzo. Por eso te quiero
ahora así. Y ahoritita que he entendido todo eso también, te quiero
más todavía.

Tere había ido soltando los dedos cruzados poco a poco, y ni
cuenta se había dado de que había dejado de presionarlos mientras
se metía de nuevo e íntegramente en todos los sentimientos nuevos que había estrenado y que había aprendido a sentir mientras
regresaban caminando del cine Country, de ver *Historia de tres amores*. Había vuelto a entrar a la bodega triste de la esquina en que
esos chiquitos pobres jugaban jacks. Había sentido nuevamente lo
mismo que sintió al ver cómo Manongo compraba un juego nuevo
y una bolsa de bolas para jugar ñocos que luego había arrojado al
fondo de una acequia en que otros chiquitos pobres jugaban a unas
regatas muy pobres. Ahí había estado de nuevo y lo había revivido
todo y Manongo tenía razón al tenerle el cariño de un amigo
cualquiera a Adán Quispe, aunque Adán Quispe no fuera un amigo cualquiera, tampoco Manongo era un muchacho cualquiera y
ella había tenido miedo de todo eso, qué bruta había sido y qué
mala y mal pensada, sí, ése sí era un pecado que tendría que confesar, sólo porque Manongo era como nadie es así y sólo porque
Adán Quispe era un cholo de corralón, qué bruta y qué mala he
sido...

Lloraba Tere y la cuidaba él, pero al cabo de un ratito lloraba él
por lo descuidada que se iba a quedar ella. Entonces ella lo cuidaba
al verlo llorar, no como lloran los hombres ni como lloran los matadores sino así, tan descuidadamente, tan libre y tan sinceramente.
Tere estaba trascendentalmente dispuesta a todo y él le aseguró
que había hablado con Adán. Cada tarde, cuando ella regresara del
colegio Belén, en el centro de Lima, Adán estaría parado en la esquina de su casa controlándolo todo, cuidándola en su ausencia,
y ella tendría que saludarlo como a un amigo y hablarle y ser su

amiga y confiar en él. Porque además de amigo, Adán Quispe era karateca y a cualquiera que se le acercara a molestarla, a enamorarla, en plan de cirio, Adán Quispe le iba a sacar la mugre, pero lo que se llama sacarle realmente la mugre a alguien, Tere.

—Sí, claro, Manongo.

Tere estaba cada vez más trascendentalmente dispuesta a todo y Manongo sabía que el momento de besarse y besarse hasta que aprendieran a besarse y seguir besándose el resto de la noche estaba a punto de llegar. Pero de pronto se sintió profundamente perturbado cuando se le clavó la sensación de que Tere había desconfiado de él. Había sido el mariconcito del Santa María hasta que Tere lo rescató de ese dolor para siempre. Pero ahora, resulta, Tere había vuelto a llevarlo hacia atrás en ese mismo dolor, en esa misma desconfianza y había dudado. De una forma u otra, Manongo había sido durante algún tiempo el mariconcito de Tere, el amigo corrompido de un cholo que sólo podía ser otro corrompido. Manongo sintió un verdadero pánico al pensar que no le iba a gustar besar a Tere toda la noche. Pánico por amor y respeto y porque por nada del mundo quería ser como los demás, que primero besan y después lo cuentan todo como una hazaña personal, como la quintaesencia de lo que es ser bien macho. Manongo odiaba esa virilidad parlanchina, esa manera de ser un matador y de no saber quedarse con la intimidad en la intimidad. Odió besar por besar y sintió que ya no podría besar a Tere que, además, había sospechado de él. Tere se las iba a pagar ahora. Iba a ser suya pero mucho más que por un beso y una noche de amor. Iba a ser su cómplice.

La idea se le vino sola, absolutamente sola e inesperada a la cabeza y Manongo se aferró a ella, supo que la necesitaba, que tenía que compartirla con Tere porque entonces sí, si compartían ese drama juntos, si eran cómplices en el silencio de saber y callar que él era, además de todo, un criminal, entonces el amor y la confianza habrían recuperado lo que de lindo, de sano, de sincero y de entrega total del uno al otro tenían.

O sea que mató a un hermano. Tere lo escuchaba aterrorizada, tumbada ahí a su lado, lejísimos de todo y de todos, en el césped del campo de polo, justo en el centro de esa noche en que lo verde ya se había vuelto negro y sólo sus ojos, que se miraban y adoraban, brillaban y despedían alguna luz. Lo demás eran las manos tan apretadas, lo maravilloso y trascendental que era estar así juntos, las caras tan cerquita una de la otra, la respiración de cada uno que se escuchaba en esa noche tan callada que ya era de abril.

Sí, él había matado a su hermano. Fue jugando, fue que no supo controlarlo, pero fue también que no quiso controlarse y quiso que el juego fuera más allá de la realidad. Y recién ahora, Tere, me doy cuenta de por qué. Porque antes de crecer, o por miedo a crecer, había querido sufrir ya todo lo que iba a sufrir en la vida y haber matado para ello al hermano que más quería. Su hermano era apenas un año menor que él, pero todos en su casa habían descubierto que había crecido tanto últimamente que le había sacado dos centímetros de estatura a Manongo. Entonces él lo mató. Porque ya no lo iba a poder cuidar más. Porque su hermano iba a crecer más e iba a ser más fuerte que él y él no iba a poder cuidarlo, protegerlo, tener la misma fuerza que de pronto había empezado a tener su hermano menor.

—Entonces lo maté, Tere. Y todos en mi casa lo saben y saben que es el drama más terrible del mundo. Yo hice eso. Yo hice eso, Tere, y ahora ya sabes que soy mucho peor que si hubiera sido verdad lo malo que habías pensado de Adán Quispe y de mí. Maté a mi hermano porque... Solamente por egoísmo... Solamente porque estaba por volverse un chico más fuerte que yo y ya yo no lo iba a poder cuidar... Y ahora sí, Tere, ya lo sabes todo. Puedes irte. Yo soy así.

Tere sintió horror un ratito pero inmediatamente supo que no se podría ir. No podía dejar sola a una persona así. Manongo era un santo y ella le juró un millón de veces que jamás hablaría de eso con nadie, ni con su confesor. Sólo así, pensó ella, después, sólo así podría ser en algo cómplice de la santidad de Manongo y sólo así podría llegar hasta el fondo de ese enamorado suyo al que ahora no sólo quería y amaba más que nunca sino que además adoraba por sobre todas las cosas de este mundo. Adorar a Manongo era algo realmente trascendental.

El lío, claro, ahora, era cómo darle un beso a un santo, en vista de que éste más bien parecía que ya iba a levitar de puro bueno que es y como que allí en su nube hasta parecía haberse olvidado por completo de que estaban tirados en el club de polo y pasando juntos una noche de amor. Tere reunió todas sus fuerzas en este mundo y pegó un brinco y cayó íntegra, completita sobre el cuerpo de Manongo. Una mujer en la vida de un santo. Así se sentía Tere, bien bruta, bien sucia, bien mala, pero le había encantado y había sentido lo rico que era caer sobre el cuerpo y la vida y la obra de un santo y por nada de este mundo pensaba moverse de ahí mientras él no reaccionara.

Se estaban besando a mares y delicioso y hasta habían vuelto a golpearse los dientes, ahora que ya sabían besarse totalmente y sin estorbos, sólo por el goce que les producía evocar la tarde noche en que se besaron tan lindo pero tan mal. Y se estaban besando con ella trepada sobre él y después con él trepado sobre ella y se estaban tocando y estrenando verdaderos sectores del otro y del amor cuando cantó por primera vez la paloma cuculí. Hicieron todo lo posible por no oírla. Y volvieron a hacer todo lo posible por no oírla mientras Tere sentía y sabía que quedaba más atada que nunca a un muchacho que miraba ahora a un perro y miraba su reloj y le enseñaba el campo de polo verde y un poco más verde un ratito después que fue cuando la realidad empezó a aparecer entre el amanecer. El canto de la paloma ya los había separado por una semana entera y tantas tantas crueles semanas después, durante años y años.

II

Los colegios privados extranjeros fueron una reivindicación
de las colonias, en busca de mantener su extranjería
dentro de una sociedad receptora.

MIGUEL ROJAS-MIX

Chóferes uniformados que depositan adolescentes uniformados.
Alguna mamá que llora porque su hijito se le va interno. Y lo que
es peor, oñoñoy, hojita de té, ese huevas tristes debe ser ñoco
además de todo, algún hijito que se va interno llora desconsola-
damente al despedirse de su mamá. Elegantes maletas contienen
equipajes que contienen de todo. Neca Neca Pinillos llega en taxi,
independiente, mayor, con una barba de tres días, a propósito, y
paga mostrando un fajo de billetes que da para toda una mala
vida. Un provinciano llega en el Expreso de Miraflores, la cagada,
cholo tenía que ser, y cuando dijo que era de Huaraz, del mesmito
corazón del Callejón de Huaylas, lo dijo con acento serrano además de todo y aunque sea hijo de diputado, según contó también,
como quien se justifica y dice yo soy un blanco de allá arriba, de la
cordillera blanca y la cordillera negra, chuto, indio, serrucho de
miércoles tenía que ser y Charles Colas de la Noue, caballero que
era de la Orden de Malta, por el lado luxemburgués y paterno,
ya que era un auténtico Torre Tagle por el ladazo materno, realmente se indignó y estuvo a punto de regresarse a su casa porque
un indio no venía en el prospecto con fotos del colegio y todo que
don Álvaro de Aliaga y Harriman le hizo llegar al padre de cada
uno de ellos el día en que les anunció que la matrícula había que
subirla al doble porque, debido a un error de Harriman Import-
Export, había seiscientos platos y tazas de porcelana inglesa de la
fina y una suma más o menos parecida de vasos de cristal de Bohemia. Don Álvaro juraba, en tarjeta adjunta al prospecto y escrita
con su puño y letra, que él se había limitado a encargar vajilla
para clase dirigente y abundante y que probablemente una distracción ministerial lo había hecho olvidarse de agregar la palabra
colegio.

Y entonces sí que el caballero de la Orden de Malta padre, eterno cónsul honorario de Luxemburgo y bruto entre los brutos,

pero eso qué diablos importa porque ese país de vacas era comercialmente cero en este país de animales, estalló en el más espantoso colerón y, en auténtico y novelesco *flashback*, se remontó hasta su equivocado desembarco peruano, su equivocadísimo braguetazo con la más fea y pobretona de aquella repartición de marquesas criollas y, además, cuál no sería su desengaño cuando instaló el honorabilísimo negocito de probarles a los dueños del Perú, a los señorones de la república aristocrática que, debo admitirlo, no tiene los gobernados que se merece, qué mala suerte de país, por Dios, que en efecto don Jorge, en efecto don Pedro, don Francisco, don Álvaro, don Ramón, y por afecto también, don Luis, don Guillermo, don Ernesto, anduve buscando en documentos tan auténticos como antiquísimos y su ilustre genealogía prueba que, en efecto o por mi afecto, usted puede poseer un título *m*obiliario.

Se expresaba como lo bruto que era el luxemburgués de Malta y de mierda y a mí ya me tiene hasta la coronilla con las cornamentas esas de floridos venados con que se le aparece a uno en su oficina, siempre en el momento más inoportuno, caricho, y te sale con que uno llegó ya de noble cuna y no humilde plebeyo, vía sus antepasados y/o sus hazañas guerreras, y tienes que soportarlo un rato porque doña Leonor, su esposa, es amiga o parienta por Adán, pero no, señor caballero de Malta, lo del título realmente preferiría seguirlo postergando, que fue cuando al pobre cónsul honorario le empezó a hacer agua por todas partes el único negocio que en su paupérrima imaginación él y su paupérrima esposa, tan detestablemente Betty Bop de aspecto, a pesar de lo marquesa y lo Torre Tagle, habían logrado montar sobre el mismo cero con que él llegó joven y guapetón a tierras americanas para continuar siempre en el mismo cero veinte años después y todo porque esta tanda de facinerosos de la isla del Gallo, que fueron los trece que cruzaron la raya del hambre con Francisco Pizarro incluido, hoy sí que el pobre generalísimo Franco tendría que cargar con cuchucientos mil mendigos más y se le haría imposible salvar a España de la degeneración roja y mírenlos ahora aquí, ellos ricos y yo pobre, ellos presumiendo de noble y antigua cuna, catre de campaña es lo que fue en su debido momento, y yo hundido en la más miserable pero pura, purísima y auténtica nobleza de sangre, que es cuando viene a desangrarlo a uno nada menos que con un aumento de matrícula el cretino de don Álvaro de Aliaga, maldita isla del Gallo.

Bueno, pero cedió el caballero de la Orden de Malta padre, aflojó los billetes de la carísima matrícula, se endeudó un poquito más para que su hijo Charles, siguiendo unos consejos basados en su tristísima experiencia, bragueteara en gran forma y mejor estilo, y por ello y por Malta, o sea con todo el derecho del mundo, ahora Charles no lograba soportar la idea de que un indio de mierda engrosase las filas del mejor y más caro y británico colegio de América del Sud.

Pero soportó mejor la idea minutos más tarde, al ver que su gran amigo Pipo Roldán y Albornoz se acercaba al punto de reunión de los flamantes fundadores del Saint Paul School en su acostumbrado triciclo, seguido por su Cadillac tan negro como el chófer uniformado de la familia Roldán y todo lo demás, más Albornoz. Sin embargo, el gran Pipo no lograba superar su gravísimo problema, su eterno dilema, y Charles Colas de la Noue pasó de la rabia europeísta a la más criolla y aristocrática piedad. Pipo Roldán y Albornoz entraba ya a segundo de media y no lograba ni montar una bicicleta ni bajarse de su triciclo ni, lo que es peor, superar su eterno temor a la policía y su incontenible necesidad de ser amigo, de saberse y sentirse amigo de cada cachaco de mierda que dirigía el tráfico.

Y esta vez no se trataba de un cholifacio sino del sargento Nonone, un negro también de mierda que había salido en el periódico por lo ejemplar de su conducta y sus modales entre la policía peruana, y del cual Pipo soñaba con eyaculación en ser amigo. Pero ya había llegado hasta el centro de Lima como mil veces aquel verano, siempre en triciclo desde San Isidro, y en la recta final había perdido las fuerzas, había dejado de pedalear y se había hundido en su eterno dilema: "Me le acerco o no me le acerco."

Sin duda alguna, el sargento Nonone ignoraba la complejidad del asunto, porque de lo contrario su educadísimo lado esclavo ya lo habría llevado a acercársele él al pobre Pipo, a extenderle la mano, a llamarle amigo don Pipo y a dejarlo con el trauma momentáneamente superado porque entre dilema y problema, Pipo y su triciclo habían logrado atravesar varias veces la ciudad de Lima y, tras horas de amargas dudas y profundos temores, acercársele a un policía más y darle la mano más satisfecha del mundo.

"Esto lo resuelvo yo", se dijo el buen Charles Colas de la Noue, y estaba ya a punto de acercársele al sargento Nonone y decirle oiga usted, hágame el favor, ¿sería tan amable de fijarse en el chico del triciclo que quiere estrecharle la mano? Estaba ya avanzando Charles en dirección al sargento cuando vio que del negro Cadillac que eternamente seguía la desgraciada ruta y vida de Pipo Roldán bajaba la madre de éste, histórica dueña de medio San Isidro y de la mayor parte de los nobles apellidos de su desafortunado y dilemático hijito. Iba a imponer su autoridad, doña María Angélica, cuya tarea aquella mañana consistía en lograr que se le permitiera a su hijo internarse en el colegio San Pablo con su triciclo, cuando un jeep se metió contra el tráfico en plena plaza San Martín, lugar en que se había previsto la matinal reunión de los flamantes internos de rojo y británico uniforme. Sonó el silbato del sargento Nonone y el jeep se detuvo de un frenazo tan furibundo y ario como su noble conductor italiano.

–Buenos días, caballero –le sonrió el sargento a aquel gravísimo incidente matinal, aunque siempre otorgándole al conductor el beneficio de la duda y la posibilidad de una razonable explicación. Desgraciadamente, el conductor del jeep era nada menos que el furibundo y siempre apresurado y también auténtico conde italiano Giaccomo Lovatelli, que al Perú había llegado a forrarse lo más rápido posible en Tingo María, algo de plantaciones de café y mostaza, y largarse tras haber mandado al carajo para siempre a este país de animales.

–¡Negro de mierda! –le soltó el conde al altísimo negro de mierda, añadiéndole con otra andanada gritona e italiana que se metiera su pito al culo.

–Perdone, usted, y siga nomás –le respondió con venia y todo el policía orgullo nacional. Y, acto seguido y siempre sonriente, agregó–: Yo pensé que estaba hablando con un caballero, pero ha sido un error de mi parte y puede usted continuar en el sentido que usted desee, auriga.

Desapareció el conde Lovatelli, hecho mierda de vergüenza, y quedó en aquella esquina de la plaza San Martín un sargento Nonone sonriente y satisfecho y muy alto y viva el Perú y sereno. Y fue

entonces cuando se le acercó doña María Angélica, algo descoloca-
da, la verdad, porque en su vida había hablado con un policía y
menos con uno que superaba en estatura a la media blanca nacional
y a medio Club Nacional.

—¿A la señora se le ofrece? —la sacó del apuro el sargento y caballeroso moreno.

—El asunto este de mi hijo Pipo, ¿sabe usted? —titubeó doña
María Angélica, que era bien católica y bien buena y ya estaba
abriendo la cartera de la propinota—. En fin, tal vez otros compañeros de trabajo, otros policías de Lima le hayan hablado ya del
dilema de mi Pipo. Tiene una absoluta y profunda necesidad de
saludar a los policías y hoy debe ingresar a un internado, el
pobrecito, porque la verdad es que hay que probarlo todo para que
vaya superando esta inclinación, en fin, esta afición, porque así
como a otros chicos les gusta el fútbol, a mi Pipo lo único que le
gusta en la vida es saludar a un policía.

—Déle usted esa propinota al niño del triciclo —le ordenó, sonriente orgullo nacional, el sargento a doña María Angélica. Y ahí
sí que se iba a armar la gorda porque al sargento jamás nadie le
había dado propina alguna y a doña María Angélica jamás nadie
le había negado una propina. Transaron, por fin, y porque la digna
y piadosa dama encontró excelente la idea del policía de que el
dinero fuera destinado al hospital para pobres de San Juan de
Dios, y a Pipo se le volcó el triciclo de felicidad cuando fue nada
menos que el sargento quien se acercó hasta el lugar exacto de su
dilema y le estrechó la mano, ofreciéndole sus incondicionales
servicios. Fue, la verdad, también, la primera vez que Pipo no sólo
le dio la mano a un policía sino que además lo abrazó fraternal-
mente. "Asunto resuelto", suspiró aliviadísima doña María Angélica, soñando ahora con que su hijito pasease libremente por las
veredas del amplio internado sin topar jamás, de lunes a sábado a
mediodía, al menos, con un policía.

"Pleito de blancos", fue la única filosofía popular que, como
también leía bastantes manuales educativos en su afán de ascender
a portero de lujo, en fin, a un trabajo más relajado y cercano al mundo de sus señorías, logró extraer el sargento Nonone de aquellos dos
primeros incidentes matinales, un italiano insolentón y sobrado y
un dilemático adolescente de bicicleta en triciclo. Mientras tanto,

el grupo uniformado para Inglaterra crecía y era más que extraño que no llegara el ómnibus del colegio a recogerlos todavía. Y mientras tanto, también, otro cholo bajaba con equipaje y todo del Expreso de Miraflores. Y ya Neca Neca Pinillos estaba a punto de quejarse de que ahí terminarían siendo más los chutos que los decentes, cuando el cholo maltón y nazqueño se presentó caballerosamente y, ampliando un tórax de indiscutible origen indígena mientras saludaba uno por uno a sus compañeros de internado y afirmaba llamarse José Antonio Billinghurst Cajahuaringa, le apretó tan fuerte la mano burlona a Neca Neca que ahí ya todos se dieron cuenta de que no era ningún cojudo a la vela el fornido representante del sur campesino y algodonero. Enriquecidísimo por los efectos de la guerra de Corea en el precio de ciertas exportaciones peruanas, el hacendado José Antonio Billinghurst, que cada vez que quería ser diputado les pegaba a todos sus rivales y presentaba lista única por Nazca, había decidido recoger a su hijo mayor que andaba tirado por el campo, calzarlo, bautizarlo y enviarlo a esa afeminada ciudad de Lima en la que también él había estudiado pero en colegio fiscal y llegando en barco.

La llegada del Macho Inurritegui y de Renzo Minelli, trujillanos ambos y de pura cepa porque en Trujillo nació Dios y nacimos y mandamos y le sacamos la ñoña a quien se nos cuadre, nosotros, produjo verdadera conmoción. Los norteños llegaban directamente de un bulín de la Victoria y esta vez el Macho le había ganado la apuesta a Renzo: siete polvos en una noche. El Macho Inurritegui, siguiendo instrucciones de su padre, buscaba a un tal Manongo Sterne Tovar y de Teresa, oñoñoy por el nombrecito de Teresa, para enseñarle lo que es que a uno le rompan el hígado como Dios manda. Y precisamente en ese instante bajaban de un flamante Oldsmobil verde Tyrone Power, dos cigarrillos, y Manongo con sus anteojos negros.

—Teresita Sterne —lo madrugó el Macho—, voy a silbar hojita de té tres veces, y si a la tercera no me sueltas el primer golpe, date por aludido y por muerto.

—No, compadre —dijo Tyrone, ofreciéndole un cáncamo fumatélico al Macho, con quien tenía vieja amistad.

Pero el Macho le dijo a Tyrone que no interviniera o que lo ahogaba de un escupitajo, sin contar para nada con que en ese instante iba a aparecer un fornido adolescente, en nombre de la justicia, la armonía y el sur del Perú: nazqueñísimo, justiciero y maltón, más lo del tórax inflable de inmensa capacidad de oxígeno, el cholo José Antonio Billinghurst Cajahuaringa surgió de la nada para enfrentarse, noblemente eso sí, al norte presumido y matón. En fin, que puso cara de que Dios también podría haber nacido en Nazca, y el Macho como que se desconcertó ante el discurso que en defensa de un futuro amigo y de una necesaria solidaridad escolar, porque habrá que mecharse con otros colegios, compadre, sobre todo por el asunto este del uniforme de mariquitas que nos han puesto, le soltó el maltón Billinghurst tras haberse inflado adecuadamente para la ocasión. En fin, el asunto amenazaba con primera mechadera del año y Pipo Roldán y Albornoz se disponía ya a correr en su triciclo en busca de su amigo Nonone, cuando la llegada de un árabe de ojos verdes, alto y flaco como un inglés de ojos verdes, los desconcertó por completo y dejó en suspenso aquel duelo al sol. Era Nemi, hijo de comerciantes sirios enriquecidos en Palpa, pero Neca Neca entendió que era hijo de palpeños libios enriquecidos donde chucha fuera y Charles Colas de la Noue puso el grito en el cielo porque además de cholos al colegio había entrado un judío. La llegada del Gordito Cisneros, manejando su propio Chevrolet con el chofer al lado, logró tranquilizar en algo a Colas de la Noue porque los Cisneros Tovar y de Teresa eran gente honrada, noble y decente y, lo que es más, le había explicado su padre, riquísimos, y el Gordito tenía dos hermanas también gorditas pero, en fin, no todo se puede tener en esta vida, hijo mío, y basta con mirarnos a tu madre y a mí y con recordar lo que fueron las locas ilusiones que me trajeron desde Luxemburgo.

Bueno, pero todo eso había empezado a las ocho en punto de la mañana y ya eran como diez los alumnos reunidos y eran también las nueve pasadas y no tenía cuándo llegar el ómnibus que debía recogerlos, flamante, inglés y del mismo color que el uniforme inglés, aunque don Álvaro de Aliaga y Harriman también había tenido que hacerles otra concesión al ministerio de Educación, a las tapadas o, como muy bien decía don Lorenzo Sterne, a la maldita humedad limeña, en fin, qué diablos importaba ya y el asunto era que su proyecto inglés se pusiera en marcha antes de que se le oxidara más aún, y el ómnibus llevaba pintado con letras gris azulado el nombre Saint Paul School, al lado derecho, y el de Colegio San Pablo al lado izquierdo, buena mierda a la peruana. Y hacia las diez llegaron atrasadísimos Rizo Patrón, Simpson, el arequipeño, Irriberry, el otro arequipeño, el enano Heidelberg, a quien Neca Neca madrugó con un pollo de bienvenida y la verdad es que casi lo ahoga, los mellizos protestantes Alan James y James Alan Oxley, de la Cerro de Pasco Copper Corporation, gerencia y superintendencia general, claro está, el gringo Teich, hijo del agregado militar USA en el Perú, y de la Chincha algodonera llegó Luchito Peschiera y de Piura llegaron Eduardo Houghton Gallo con corbata michi y Carlitos León que, en vez de decir burro decía piajeno, y también llegó otro chinchano de apellido Jordán, más uno lindo y de Lima que quedó bautizado para siempre Elizabeth Taylor, y fueron llegando también Pedrito de Castro Lucas, apodado El Cuñadísimo porque sus dos guapísimas hermanas mayores habían pescado a los dos hijos del primer contribuyente de la república, el flaco Mario San Martín y Bolívar con pistola al cinto pero que fue rápidamente desarmado por el Macho Inurritegui mientras ponía una impresionante cara de cojudo y era sometido a una doble Nelson que inflaba del todo el tórax justiciero del cholo José Antonio y revivía el recuerdo de un duelo al sol de abril postergado aunque inminente, el Perro Díez Canseco, que mataba a las chicas con su pinta, motivo por el cual el Macho le disparó tres tiros entre ambas piernas, Pepín Necochea, que no iba a ser muy popular porque iba a ser cuarto interno y era abusivo en el darle a uno hasta en el suelo, Ismael y Luis Gotuzzo, negriblancos de andares tropicales, bembas cubanoides y millones de dólares, a quienes, por ser tan morenos y bembones, Teddy Boy, el más excéntrico entre los excéntricos profesores del San Pablo, bautizó como Jueves y Viernes, ya que era también profesor de literatura y quería de esa forma rendirle homenaje al inmortal *Robinson Crusoe*. A caballo, porque no podía vivir sino a caballo, llegó seguido por su papá y su mamá Lelo Amat con su foto de Hitler para colocarla encima de su cama, y el último en llegar fue la Maja Desnuda, magnate de la prensa por su padre y por su madre y enviado interno al San Pablo para ponerlo al abrigo de su tío carnal, Felipito Iglesias, que lo perseguía día y noche por el bosque del Olivar.

Iban a ser las once de la mañana y el ómnibus nada de aparecer y la plaza San Martín se animaba. La vendedora ambulante de paltas había colocado ya sus canastas a unos treinta metros del Club Nacional y, antes de que el centro de Lima se animara más aún y alguien pudiese verlo, Marquitos Echeandía, alias El Convidado de Hueso por lo flaco que era, por lo invitado a todas partes que estaba siempre y porque jamás en su vida había trabajado pero era un encanto y un señor, se acercó donde la ambulante, recogió la palta medio podrida que la chola le obsequiaba siempre a su caserito tan antiguo el pobre que ya era conocido como el último de los Echeandía, aunque todavía quedaba su primo, el banquero don Francisco Echeandía, que por ser muchísimo más antiguo aún y muchísimo más flaco todavía, lo había nombrado albacea en un desesperado afán de lograr que su tan querido como inútil primo se ocupase de algo, al menos después de su muerte, generosa manera también de dejarle alguna retribución, en fin, que Marquitos Echeandía recogió una palta casi tan podrida como él y se dirigió como todos los días al Club de su rancio abolengo.

Entrar, acercarse a la cocina, entregarle la paltita de don Marquitos al mozo que lo vio nacer, para que luego éste, a la una y media en punto se la sirviera cortada en dos, con vinagreta y en fuente de plata, era algo que a Marquitos Echeandía lo dejaba tan cansado que, según él mismo confesaba, jamás había pasado del editorial del diario *El Comercio*, decano de la prensa nacional que don Marquitos leía gratis en la biblioteca de su club porque gratis había vivido siempre y el editorial agravaba la matinal fatiga que le producía desde siglos ha el trabajoso asunto de la palta y el haber nacido en Lima y no en París, durmiéndolo justo cuando empezaba a hartarse de la empalagosa y mestiza realidad nacional. Y de esa siesta matinal no lo sacaba ya nada ni nadie hasta que su mozo el de la palta venía a despertarlo a la una y veinticinco en punto para avisarle que en el comedor del club lo esperaban sus amigos Tudela, Canaval, Aspíllaga, Ayulo y Gastañeta, y su fuente de plata con la vinagreta suavecita como al señor le gusta para que después no le dé su vinagrera al caballero.

Once de la mañana y del ómnibus nada en el punto de reunión, ahí en la esquina del jirón Quilca y junto a la puerta del cine Colón, además de todo, porque todos o casi todos habían visto pajeramente a Silvana Mangano bailando *El bayón de Ana* e incluso Neca Neca, furibundo entre tanta mierdecilla porque él era mayor y se lo habían timplado ya dos o tres veces de año pero no por bruto sino por macho y había visto antes que todos a la Manganota en *Arroz amargo*, que daba para más pajazos todavía, incluso Neca Neca, más furibundo todavía por lo de la gorrita roja con su San Jorge y el dragón en plena frente y el saco rojo también, más la espada-cruz en el bolsillo superior izquierdo y el letrerito gris azulado como las rayas en diagonal de la corbata roja de mierda también, *Honor et Virtus* decía el letrerito 'chesumadre, más lo del pantalón plomo de franela y el calor de miércoles del mes de abril con cuello de camisa almidonado, incluso Neca Neca se estaba contagiando del espíritu mocoso de sus compañeros de internado y propuso tirarse abajo entre todos la reja del cine Colón y pulirse las fotos de Silvana Mangano, porque nos harán falta en el colegio, muchachos.

Ése fue el preciso instante en que el Macho Inurritegui dijo que para forzar esa reja bastaba con un hombre solo, pero hombre de a verdad, y cerró los puños a muerte sobre dos barrotes que empezó a jalar hacia ambos lados, en clarísima continuación del postergado duelo con el cholo nazqueño de mierda ese. Al Macho ya le iban a estallar todititas las venas y arterias del cuello y tenía la cara más roja que el uniforme y nadie ahí sabía si lo que crujía así era la reja o era el Macho, pero el resultado continuaba siendo francamente mediocre. Fue entonces cuando el cholo José Antonio, como quien no quiere la cosa, se quitó el saco, le dijo ténmelo un ratito, por favor, a Manongo Sterne, y tras inflarse totalmente de campesino, indígena, nazqueño y costeño oxígeno, se agarró de dos barrotes y sin gemir ni nada le fue explicando al desgarradísimo y crujiente Macho Inurritegui que la fuerza había que usarla para el bien, no para el mal, y que ahora que ya podía pasar íntegro el colegio entre la verdadera excavación que había dejado en la reja del cine Colón, opinaba sin embargo que no era apropiado apropiarse de la propiedad ajena.

—*Silencio en la noche / el músculo duerme / la ambición descansa* —le cantó Manongo Sterne al humilladísimo Macho Inurritegui, que había optado por la sonrisa conciliadora, disimuladora, y que trataba de disimular su fatiga y ahogo encendiendo un cigarrillo. Pero lo más extraño de todo fue el perfecto acento argentino con que Manongo Sterne le había soltado esa letra de tango al desgastadísimo Inurritegui.

Hasta que por fin llegó un ómnibus, pero que no era el del Saint Paul School, visto por la derecha, ni el del Colegio San Pablo, visto por la izquierda. Ése se había incendiado nuevecito en el trayecto Los Ángeles-Lima y aún se ignoraba la causa pero ya se sospechaba que podía tratarse de un húmedo error más de Harriman Import-Export. Llegó un ómnibus cochambroso y alquilado a como diera lugar, tras el incendio, y Neca Neca Pinillos, que se había aprovechado de un descuido del cholo José Antonio y se había tirado íntegras las fotos de Silvana Mangano, se arrancó con *El bayón de Ana* mientras subían por fin a un ómnibus cuyo chofer se presentó como Serapio Huilca Romero y dijo haber salido ileso del incendio del otro ómnibus. Y mientras se dirigían indisciplinados, fumadores y sin control alguno hacia el flamante internado, un zambo que los había estado observando largo rato desde la vereda de enfrente, le dijo a su guapa acompañante:

—No, vidita, qué equipo de fútbol ni qué ocho cuartos. Con esa indumentaria sólo puede tratarse de una orquesta brasileña.

Llegaron al antiguo hotel de Los Ángeles alrededor de las doce. El hermoso y amplio local, de verdes ventanas y balcones, blanco por fuera y de un clarísimo ocre amarillo por dentro, parecía haber sido abandonado la noche anterior por aquellas célebres personalidades que, algunos años antes, lo habían visitado o habían trabajado ahí. Ahí estaba el piano con que Bola de Nieve había hecho las delicias de la oligarquía limeña, la pista de baile en que Xavier Cugat y su orquesta habían tocado sus más célebres composiciones, la piscina azul Hollywood en que Esther Williams había bailado acuáticamente y, entre los bungalows para parejitas en luna de miel, dispersos entre jardines y vereditas, el mítico escenario en el que la leyenda le atribuía a la peruana Pilar Payet los veintisiete polvos que dejaron literalmente hecho polvo mojado en bourbon a John Wayne, que además era calvo y feísimo en la realidad, aunque eso no era nada comparado con lo chiquita que la tenía, la mismísima Pilar Payet dixit, aunque ya divorciada, para ser honestos. Más atrás, en uno de los amplios jardines que desembocaban en las canchas de tenis, empezaba a podrirse el agua de una laguna llena de botecitos y con un puente curvo que subía y bajaba hasta llegar a una hermosa glorieta de cristal que se elevaba sobre una pequeña isla y que qué fiestones, qué orquestazas, qué bailongos, qué borracheras y cuántos Versailles podría contar. Y casas, muchas casas de diversos tamaños, algunas aún habitadas y otras ya completamente abandonadas. En algunas de ellas iban a vivir ahora los profesores ingleses recién llegados al Perú y los profesores peruanos muy recientemente contratados, sea por vara, sea por capaces y mal pagados en alguna universidad nacional, sea porque hubo que hacerle alguna concesión más al ministerio de Educación. En fin, humedad de la peor, como bien habría dicho don Lorenzo Sterne con el total asentimiento de don Álvaro de Aliaga y Harriman.

Tres alumnos en cada suite, dos en los dormitorios normales y, en los bajos y muy cerca de la dirección, una especie de barriadita formada por seis compartimientos divididos por tabiques de madera cuya altura permitía mandarle por arriba un escupitajo bombeadito y anónimo al de la cama de al lado e incluso, con arte, al de la del fondo, no bien apagaran las luces. Todos, por supuesto, se negaron rotundamente a dormir ahí, pero el Macho Inurritegui fue de gran ayuda en el momento en que se procedió a realizar la selección de las especies.

—A ver —dijo, aprovechando que aún no había aparecido ningún profesor para recibirlos ni había llegado tampoco don Álvaro de Aliaga y Harriman para darles la bienvenida, pronunciar el discurso de apertura, y proceder a las presentaciones oficiales y al brindis de abundantes licores para maestros y alguno que otro miembro del gobierno que hubiera preferido que el colegio fuera norteamericano y el uniforme menos maricón, pero que iba a estar presente porque don Álvaro era don Álvaro, al fin y al cabo, y chicha morada en copas de cristal de Bohemia para los alumnos. El humedecido general dictador constitucional Manuel Apolinario Odría había declinado la invitación, pero había destacado en su lugar al edecán de la Marina, por ser éste el más blanco y presentable de sus tres edecanes y el único capaz de soltarles algunas palabras apropiadas a los del uniforme rojo y la gorrita oñoñoy.

Bueno, pero el Macho Inurritegui repitió "A ver", tras haber observado el estado de inflación oxigenada en que se hallaba el tórax maltón del nazqueño Billinghurst Cajahuaringa y haber

comprobado que había unos cholos muchísimo más cholos que el
nuevo amigo de Manongo Sterne, a quien hace rato había decidido ya no volverle a tocar jamás el asunto del hígado. Y había, en
efecto, unos cholos cholísimos que agregarles a los que ya habían
aparecido en el punto de reunión de la plaza San Martín. El primero era Montoyita, que había llegado al colegio el día anterior y
llevaba veinticuatro horas sin comer y sin que apareciera profesor
inglés o peruano alguno, más el auquénido becado Canales que
también había llegado la noche anterior de Paramonga, becado, o
sea calato de mierda, pero con una fama de inteligente impresionante y un más impresionante *crew cut* tan norteamericano como
la empresa para la que trabajaba su padre, que en nada escondía el
trinchudo y chuncho pelo con que vino al mundo y la puta que lo
parió. Al francés Sicard también tenía que corresponderle barriada, por lo fofo y rosado que era y barriada les tocaría también
al cholo Facciolo, que era algo así como un chontril al cubo por
cholo, por Facciolo y porque a quién diablos se le ocurre llamarse
Ludgardo, además de todo. Percy Centeno, inmediatamente bautizado P*i*rcy por serrano de mierda y porque con ese acento pronunciaba él mismo su nombre, fue el quinto habitante destinado al
barrio marginal, y el sexto, por feo, por cholo y porque no tenía
culo, fue nada menos que Cochichón Seltzer, bautizado con ese
nombre porque su padre, cholísimo también pero de reconocido
prestigio como analista clínico, era nada más y nada menos que el
muy próspero fundador y propietario de los Laboratorios Cochichón Inc., con socios capitalistas norteamericanos y había recibido
la Orden del Sol del Perú y todo por haber inventado un Cochichón-Seltzer tan eficaz y de tan bajo precio que había literalmente
terminado por borrar del mapa farmacéutico nacional el Alka-
Seltzer.

—Bravo por eso, cholo —le dijo el Macho Inurritegui, pero acto
seguido le arreó tremenda patada en el culo inexistente y el pobre
Cochichón fue a dar de bruces al fondo mismo de la marginalidad.

El problema racial había quedado resuelto y Renzo Minelli sacó
unos cuantos dados del bolsillo y se procedió a apostar entre suites
y dormitorios, como único medio de llegar a una justa repartición
de cuartos, camas y baños para dos o para tres. Sobraron un par de
dormitorios, al final, y Jordán, que resultó ser degeneradísimo,

opinó que la Maja Desnuda y Elizabeth Taylor debían dormir cada uno solo en un cuarto porque en tiempo de guerra todo hueco es trinchera. Carcajada y acuerdo general, y en ese instante apareció por fin, aunque con el uniforme rojo empapado, don Álvaro de Aliaga y Harriman. Resulta que el ilustre señor ministro había sucumbido a una trampa de su eterna nostalgia británica y, en su afán de cortar camino y llegar cuanto antes al cóctel de bienvenida, había optado por ir dando saltitos de *boy scout* de piedra en piedra del río Rímac y había resbalado en el intento.

–¿Y mister Patterson? –les preguntó, mientras se iba secando cabeza y manos con un trapo y tratando de que el uniforme que se había mandado hacer en Vestitex para la ocasión y la nostalgia le quedara lo menos impresentable, empapado y a la trinca posible–. ¿No han visto a mister Patterson? ¿Nadie sabe quién es mister Patterson? Porque la verdad es que mister Patterson llegó hace ya una semana y era el encargado de irlos recibiendo a ustedes, a medida que fueran llegando. Por algún lado *tiene* que estar mister Patterson... A ver, un momentito, por favor, déjenme ir a la sección ranchería y ver si alguno de los sirvientes sabe qué ha sido de la vida de ese excelente profesor. Mientras tanto, vayan subiendo sus equipajes y acomódense muy a gusto del cliente porque a la una en punto debe estar llegando ya el cuerpo de profesores, los camiones de sus respectivas mudanzas (pe-perdón pero es que hu-hubo algunos pequeños inconvenientes y profesores que nu-nunca llegaron de Inglaterra) y-y algunos padres de la patria, edecanes y qué sé yo.

Pero lo que llegó al cabo de un cuarto de hora fue una ambulancia. Enviados en busca de mister Patterson desde los cuartos que ocupaban en la sección ranchería, Romerito, Vidal, Bautista y el cholo Fernando, que iban a ser los fieles servidores de los *boys* y andaban ya de mayordomos elegantísimos para atender a los invitados a la inauguración, en fin, los cuatro andinos, primos todos de los mayordomos de don Álvaro y por lo tanto gente de toda confianza y servidumbre, fueron de casa en casa y de puerta en puerta en busca de mister Patterson. Por fin oyeron algo así como un estertor seguido de varios deplorables eructos y quejidos, más la palabra *help* que no entendieron porque el señor que se estaba muriendo hablaba lengua y ellos sólo hablaban quechua y castellano. Más inteligente y experimentado que los otros, Romerito aplicó la fuerza bruta y de un toraxazo andino echó abajo la puerta. Era más que evidente que el flaquísimo y viejo gringo, despatarrado sobre un colchón y rodeado de unas cincuenta botellas vacías de whisky tiradas sobre sábanas desgarradas por toda la habitación, andaba en pleno coma etílico.

Bautista salió disparado en busca de don Álvaro, éste en busca del viejo teléfono de manizuela que había en la dirección del colegio, y fue así como una ambulancia solicitada por el señor ministro llegó de Chosica en menos de lo que canta un gallo. Pero mister Patterson era ya cadáver cuando se escuchó el primer aullido de la sirena. "Una lástima –comentó para sus adentros don Álvaro–. Y ya me lo había advertido mi apoderado en Londres. Pero Patterson fue todo un héroe de la Royal Air Force en la primera guerra mundial y pensé que podía ser un ejemplo para estos chicos tan engreídos. En fin, debo reconocer que mi apoderado ya me lo había advertido. *Too late*, ya, desgraciadamente, y ahora lo mejor es que se lo lleven a escondidas, que los chicos no se enteren de lo del whisky y que no me vaya a llegar el edecán en el preciso instante en que se llevan a un borracho muerto de mi colegio."

Agotado y siempre empapado, don Álvaro se tumbó en el pequeño jardín que había junto a la entrada principal del edificio. Tenía cinco minutos para secarse pero el sol quemaba y lo ayudaba mientras se distraía viendo entrar camiones de mudanza por la pista que corría paralela a los rieles del británico Ferrocarril Central del Perú, orgullo de la ingeniería universal, pero también vergüenza familiar, desgraciadamente, desde que, muy joven aún, a su hermano Luis Pedro le entró la locura de ser maquinista y nada menos que cuando a su hermano mayor, don Antenor de Aliaga y Harriman, le entraba otra inmensa locura: la de instalar en pleno jardín de su casa el avión robado con el que, en 1941, o sea en plena guerra fratricida y fronteriza con Ecuador, y en nombre de Inglaterra y la Segunda Guerra Mundial, para colmo de males, sobrevoló con trágicas consecuencias un pueblo ecuatoriano, ya que la única bomba que logró lanzar, con sus propias manos, su firma y rúbrica y al grito de *God Save the King!*, fulminó a un próspero agricultor que estaba tomando el sol y leyendo tranquilito el periódico en el patio de su casa. Pero lo más trágico de todo fue que el muy próspero agricultor aquel era peruano.

Entristecido o más bien enloquecido para siempre desde entonces, su tan querido hermano Antenor se había encerrado en una preciosa mansión estilo Tudor, en la amplia y elegante avenida San Felipe, y practicaba el peligrosísimo deporte de llamar constantemente a distintas licorerías, pastelerías y bodegas, encargar costosísimos pedidos, y de dispararle al pobre cholo que llegaba en bicicleta con el recado.

Una reja separaba la línea férrea de la pista por la que iban terminando de entrar los flamantes profesores, cada uno en el Mini Minor con el escudo del colegio pintado en ambas puertas, brillante idea y generoso obsequio de don Álvaro, seguidos por los camiones en que llegaban sus muebles, sus libros, en fin, todas sus pertenencias. Y ahí mismo estaba la flamante cancha de cricket y hockey que Felipón Canaval tanto le había criticado, diciéndole entre otras cosas que éste era un país de cholos futbolistas y que se dejara ya de tanta Inglaterra. Felipón, además, había logrado con su voto y con las justas que se aprobara la moción que tanto había desagradado a sus amigos trujillanos, arequipeños y limeños: que se permitiera el ingreso de chinchanos, nazqueños, iqueños, piuranos, la alpaca aquella proveniente del Callejón de Huaylas y hasta árabes y judíos: primero, porque son más pujantes que nosotros y sus hijos son muy probablemente más machos que los nuestros; segundo, porque ya los hay que son tan o más ricos que nosotros; y tercero, porque si seguimos así de endogámicos, señores, la futura clase dirigente que tú, entrañable amigo Álvaro pretendes formar, va a terminar exacta hasta en lo de la palta a Marquitos Echeandía, y beso su mano por lo de su primo Marquitos, don Francisco, y también su otra mano, don Pancho, y a tiempo que soy su esclavo le ruego no desafiarme a duelo porque me cago de miedo y mire cómo me tiembla esta alcohólica mano y, lo que es más, creo encontrarme entre aquellos caballeros que, con profundo cariño y respeto, más suelen invitar al entrañable Convidado de Hueso.

Recordando todo aquello se le secó la ropa a don Álvaro y dieron las dos de la tarde y por fin apareció el edecán marino, impecablemente vestido de blanco y hasta con condecoraciones, el ministro de Educación, impecablemente vestido de general cholo, senadores y diputados de la farsa parlamentaria que había montado la dictablanda y Benito Harriman Sánchez de la Concha, encargado de alentar con algunas palabras a los alumnos para que siguieran su ejemplo de flamante economista graduado en el London School of Economics, con cuyo ingreso en calidad de asesor principal del ministerio de Economía, la inflación había bajado y bajado y bajado en las últimas semanas y, lo que es más, Benito Harriman había logrado el milagro de explicarle al general Manuel Apolinario Odría qué se entiende exactamente por inflación, cómo y por qué ésta puede subir y bajar y es mejor que baje, mi general, a lo cual el General de la Alegría le había respondido con una frase que hizo las delicias del Club Nacional esa misma tarde:

—A buen palabreador, mejor entendedor, joven Harriman.

Terminada la rabieta de Pipo Roldán y Albornoz porque Pepín Necochea le arrancó el triciclo con que realmente desgarrado luchaba por acercarse y darle la mano al uniformado edecán de la Marina, a falta de policías, arrancó por fin la inauguración oficial del mejor y más caro internado de América del Sud. Don Álvaro presidía la ceremonia, realmente feliz y emocionado hasta las lágrimas, aunque ahora que la escuchaba bien, por Dios qué fea era la letra del himno nacional del Perú. Pensó que traducida al inglés, a lo mejor perdía algo de su absurdo contenido y su inagotable melodradísimo, pero a su lado tenía al edecán cuadradísimo y optó por imitarlo en lo de la marcialidad y la resignación ante el mal gusto o a lo mejor era que realmente le gustaba su himno al edecán. El ministro de Educación, un militarazo al que la leyenda le atribuía haberle echado sus polvetes a Silvana Pampanini cuando el dictador venezolano Pérez Jiménez invitó a su compadre Odría a una orgía perpetua en Caracas, se había adelantado con una enorme copa de pisco sauer que muy pendejamente había izado en honor al himno y a la patria, mas no a los padres de la patria porque justo el día anterior había declarado en el consejo de ministros que se cagaba una vez en la cámara de diputados y dos en la de senadores, motivo por el cual senadores y diputados asistentes estaban francamente aterrados, ya que el de Educación, a decir del embajador de España, no tenía cultura mayor ni menor tampoco pero en cambio las pelotas las tenía como las del Cid Campeador.

El embajador de Inglaterra, invitado de honor cuya presencia enorgullecía a don Álvaro y que también debía dirigirse a los alumnos en nombre de Su Majestad Británica, encontraba francamente insoportable la cantidad de profesores peruanos que, sin él saberlo ni sospecharlo, habían terminado por infiltrarse en un proyecto que había estudiado con la debida seriedad y con el que había logrado interesar incluso a su gobierno. Lo de los alumnos, en cambio, no lo encontraba nada mal: era, finalmente, una tolerable mezcla racial y por lo tanto representativa de un país que Peter Towsend, ex novio de la princesa Margarita y que de eso vivía, había encontrado realmente pintoresco en la visita que efectuara al Perú sabe Dios a título de qué pero que dejó feliz a la alta sociedad de Lima, a pesar del desagradable incidente aquel de la violación del ex novio real por la señorita Elvira Quintana, hija de un *self made* indígena cuyo poder económico había llegado ya hasta las más altas esferas bancarias y que, hábilmente disfrazada de sirvienta, se introdujo en la cocina del hotel de Paracas y se le apareció con el desayuno a Peter cuando éste lo pidió desde su bungalow. Después lo ató de pies y manos y simple y llanamente se lo tiró.

Terminado el himno nacional, don Álvaro empezó a buscar en todos sus bolsillos la larga lista de profesores ingleses y peruanos a los que tenía que presentar y por fin dio con una hoja de papel mojada, arrugadísima y ya casi totalmente ilegible por los efectos fluviales sobre la tinta azul con que habían sido anotados los nombres y las especialidades de los flamantes maestros. Finalmente eran más los profesores que los alumnos, asiático lujo, y les rogó, pues, que se presentaran ellos mismos, limitándose a puntualizar que mister Jerome Owens, de Oxford, Scotland Yard y la Royal Air Force, durante la Segunda Guerra Mundial, viviría en la casa más grande, situada justo al frente del edificio en que se encontraban las aulas y los dormitorios de los alumnos, por ser el director del Saint Paul School ante las autoridades competentes inglesas.

Mister Owens, pintón, despeinadísimo y furibundo, dio un paso adelante seguido por el paso atrás de su horrible y embarazada esposa anglo-arequipeña. Resulta que el gringo había llegado al Perú el año anterior, contratado por la casa Simpson, de Arequipa, y de puro don Juan y de puro precipitado porque al Perú había llegado ya cuarentón y a probar fortuna, en el sentido contante y sonante de la expresión, se había equivocado de braguetazo. Era exacto a Michael Wilding, segundo esposo de Elizabeth Taylor, pero ay de quien le hiciera recordar aquel parecido. Enfurecía mister Owens y maldecía la suerte que había llevado a otro exacto a él a la cama de la bellísima actriz y a él que era exacto al otro lo había llevado a la cama de una bruja que lo engañó con unas tierras inexistentes y una falsa cuenta bancaria.

Conocer el estado de humor en que se encontraba mister Owens fue pronto asunto fácil para los alumnos. Simplemente había aquellos días en que mister Owens y su esposa se agarraban a botellazos de leche en el desayuno, porque él acababa de soñar con Elizabeth Taylor y simplemente había aquellos otros días en que mister Owens parecía tan elegante y bien peinado como Michael Wilding y encontraba harto consuelo en casa de una mítica viuda de tetas Cinecittà que habitaba una de las casas dispersas por los jardines del colegio, más aquellas tardes en que alternaba este consuelo con las clases de alemán del polaco y políglota conde Ostrowski, colocándose elegante pañuelo de seda al cuello y trepando en su Mini Minor hasta la aledaña urbanización de los Cóndores, donde en su casa lo esperaba encantada y amorosa la aún guapísima condesa otoñal perdida en Indias. En fin, que había aquellos días en que, despeinado y maltrajeado hasta la exageración, mister Owens era capaz de dejarlo a uno sin salida de fin de semana sin motivo alguno y había los días en que era simple y llanamente el hombre más encantador y optimista del mundo, y un excelente profesor de inglés, además.

—*Welcome to this bloody school* —maldijo su suerte mister Owens, retrocediendo inmediatamente, despeinadísimo, furibundo y con un ojo negro, para situarse nuevamente entre la larga fila de profesores ingleses.

Tras haberle agradecido al cielo que el ministro de Educación no entendiera ni jota de inglés, don Álvaro procedió a presentar a don Enrique Vargas Lara, filósofo de profesión, ex profesor estrella de la Universidad Católica del Perú, gran jale del colegio San Pablo, a quien le correspondía la segunda casa en tamaño e importancia entre las que se habían remozado para los flamantes profesores internos, pues iba a desempeñar el importantísimo cargo de director peruano del colegio San Pablo ante el ministerio de Educación. Acto seguido, don Álvaro tartamudeó palabras como *paradigma*, *patria*, *ejemplo de intelectual de nuestro tiempo*, *sacrificio*, *Sócrates* y *cáliz amargo*, y le cedió la palabra al filosófico director que se había presentado, con gorrita y todo, uniformado de profesor del San Pablo, o sea exacto a los alumnos pero con una importantísima diferencia, claro está: todo lo que entre los alumnos era rojo, era negro en el uniforme de don Enrique Vargas Lara. Y ya había dado un paso y se disponía a hablar el director peruano, cuando su guapísima esposa Doris se le adelantó:

—¿Y yo soy hija de cura o qué?

—Chuchumeca —se oyó decir a alguien, situado en la fila de los alumnos, a alguien que muy probablemente había sido Neca Neca Pinillos y que sin quererlo ni saberlo ni mucho menos pretenderlo, acababa de bautizar a la joven, guapa y huachafísima esposa del filósofo Vargas Lara para toda la vida. La Chuchumeca se llamó ya para siempre la señora Vargas Lara, con quien Tyrone Power tuvo poco después un precoz debut sexual extraprostibulario y a quien, avergonzadísimo, el director Vargas Lara se disponía a presentar ante la atenta y libidinosa mirada del ministro de Educación, que iba ya por el quinto pisco sauer posterior al del himno nacional. Se lo tomaba seco y volteado el generalote, y ya empezaba a cagarse olímpicamente en la inauguración de ese colegio de niñas bien y de antemano también en el discurso que se había preparado el cornudo director peruano, porque entre filósofo y cornudo, la verdad, no veía diferencia alguna el general educador, cuando de pronto se oyó, pero en voz tan alta como clara e interruptora, esta vez, la siguiente flor:

—Vidita, échate a la cama y verás quién te ama.

—¡Fu-fuera de-de aquí, lo-loco de mi-miércoles! —exclamó rotundo y furibundo esta vez don Álvaro. Sólo podía ser el loco de mierda ese y sólo él podía tener la mala suerte de que se le colara en plena inauguración de su flamante proyecto inglés. El ministro de Educación se estaba literalmente cagando de risa, y el loco don Jesús Pazos, fundador y único miembro de la Orden del Tornillo que le Falta, y que años atrás, cuando su hoy ya mermada fortuna aún le permitía holgazanear en gran forma y mejor estilo por las Europas, le impuso en ceremonia oficial extraordinaria el Tornillo de la Orden al duque de Edimburgo, y que además vivía en unos

tan destartalados como elegantes vagones de ferrocarril inglés
adaptados para vivienda e instalados en unos cerros de las afueras
de Chosica, agregó:

—Pero, Alvarito, si tú sabes tan bien como yo que no hay mujer
imposible sino mal trabajada.

—Te-te ruego, por favor, Jesús... Ésta es una ceremonia muy
seria...

—Sí, pero tu director es filósofo, Alvarito, y tú sabes que
Sócrates mucha filosofía pero de lo otro nada... Y precisamente
vengo a ayudarte y desde ya te digo: ¿Cómo se te ocurre poner a
un filósofo a cargo de unos muchachos en edad de burdel? Y después me dirás que quieres que *esto* dirija la patria. Mira a ése, por
ejemplo, ya se le está cayendo la baba...

Ése era Pipo Roldán Albornoz, que tras haber aprovechado el
retraso para pasearse íntegra la inmensa extensión del colegio, sin
encontrar policía alguno y harto ya de tanta ceremonia, acababa de
recuperar su triciclo y desaparecía para siempre en busca de un
policía. Hubo anuncios en los periódicos, programas enteros en la
radio y se ofreció la recompensa más grande de la historia del
Perú, pero pasaron los años y se interrogó una tras otra a cuanta
generación fue saliendo de la escuela de policía del Perú, pero
jamás se volvió a tener noticias de aquel dilemático muchacho por
el que tanto había hecho aquella misma mañana el caballeroso
sargento Nonone.

El doctor Vargas Lara hizo lo imposible por pronunciar el discurso que con tanta cita filosófica había preparado sobre aquella
comunidad de responsabilidades que era la patria, a decir de Donoso Pareja, sobre la ciudad ateniense y lo que significaba el peso
de la responsabilidad de ser los futuros dirigentes de la patria...

—¡Alto ahí, cojones! —exclamó, en cumplimiento de su deber, el
ministro de Educación, al oír aquello de los futuros dirigentes de
la patria—. ¡Alto ahí, doctorcito! Porque, dígame, ¿no sabe usted
que en este país no ha habido ni habrá nunca más clase dirigente
que nuestras gloriosas fuerzas armadas? ¿O quiere usted que lo
ponga en mi lista roja?

Y ya se le estaba cuadrando y todo el general ministro al director filósofo, pero no militarmente sino de puro macho y a ver atrévase usted, cuando felizmente llegaron dos patrulleros, miembros

de la policía de investigaciones del Perú, y hasta el mismísimo ministro del Interior y el médico que debía encargarse del ataque de locura que les iba a dar a doña María Angélica y a don Rafael Roldán y Albornoz.

Al pobre don Álvaro no le quedó más remedio que dar por terminada la ceremonia de clausura, perdón de a-apertura del colegio Saint Paul School, mientras entre el Macho Inurritegui y Renzo Minelli, secundados por Neca Neca Pinillos, el gringo Teich, Pepín Necochea, el Perro Díez Canseco y varios más, la emprendían contra los mayordomos, los bañaban en chicha morada, destrozando al menos tres docenas de copas de cristal de Bohemia, y finalmente se apoderaban de las botellas de whisky, gin, de las copas de pisco sauer y cóctel de algarrobina y empezaba una borrachera padre que sólo interrumpió la llegada de un extrañísimo personaje.

Apareció mister Patrick Carol, con un maletín de viajante de comercio por todo equipaje y, tras haber estrangulado a mister Owens, primero, al doctor Vargas Lara, enseguida, y por último al propio don Álvaro de Aliaga y Harriman, noqueó a los ministros de Educación y del Interior que clamaban por unos patrulleros que ya habían desaparecido en busca del inencontrable Pipo Roldán y Albornoz, y dijo que, aunque nadie lo había llamado ni contratado ni nada, él acababa de llegar de Irlanda para enseñar matemáticas en ese colegio, tras haber leído un aviso en la prensa británica. Matemáticas en inglés, solamente para los que no las entendieran tampoco en castellano, con lo cual suspiró aliviado el profesor peruano de matemáticas. Acto seguido, mister Carol le ordenó al Fofo Sicard que le consiguiera seis cervezas bien heladas y se instaló para siempre en la mejor suite del colegio, pues prefería ese espacio a una de las amplias casas que se le intentó atribuir por miedo, por miedo y por miedo. Y prefería también vivir entre los muchachos porque la puta de la mujer del director peruano ya le había echado el ojo, también la puta de la mujer de mister Owens y también la puta india empleada de los cretinos esposos Vargas Lara.

Y ahí se quedó para siempre el pintonsísimo mister Carol, que muy pronto habría de convertirse en terror de alumnos y profesores y que cada noche metía a su habitación seis botellas grandes de cerveza, sacaba y dejaba delante de su puerta un par de zapatos de fútbol, y cada mañana cambiaba los chimpunes por las botellas vacías con perfecto orden maniático y absolutamente inexplicable.

En fin, una más entre las tantas extravagancias de un individuo solitario, bueno, malo, loco, cuerdo, todo a la vez, excelente profesor de matemáticas, pero como nunca nadie supo en qué momento o por qué era bueno, malo, loco o cuerdo, muchos años después, cuando ya el colegio San Pablo se había cerrado definitivamente y mister Carol era un fornido y pálido mendigo que caminaba con los zapatos sin pasadores por el centro de Lima, ex profesores y alumnos desaparecían por las esquinas y por precaución no bien lo divisaban con su misal de católico irlandés en su diurno, nocturno y sonambulesco deambular por el centro de la ciudad. Muy de vez en cuando, sin embargo, mister Carol sorprendía a uno de sus aterrorizados ex colegas y alumnos y siempre, siempre con la misma importantísima noticia a través de los años. Una noticia que, además, todos ahí ya sabían desde hacía siglos:

—Manongo Sterne dijo que no volvería en abril y no volvió.

Muy entrada la noche, la borrachera en que había degenerado la inauguración del internado más caro de América del Sud, como solían decir los miembros del Phoenix Club, motivó la tan piadosa como pacífica e inútil intervención de los tres sacerdotes que, odiándose entre ellos por su pasado, presente y futuro tan diferentes, y porque a cada uno de ellos le habían asegurado que iba a ser el capellán del colegio, fueron arrojados con sotana y todo a la piscina. Los capellanizables eran el padre Ruschoff, piadoso alemán torturado en China, en Singapur y en Corea, y que aún no sabía las torturas que lo esperaban en el San Pablo, por ser las palabras "¿Quién fue Kempis?" prácticamente las únicas que sabía en castellano y porque en realidad ya no servía para gran cosa y lo habían contratado más que nada por un equivocado sentido de la piedad y para distracción de los muchachos. Venía en seguida el padre Tejada, impuesto por el sector minero de la oligarquía peruana, o sea principalmente por los padres de Gustavo Benavides Málaga, y que representaba la primera avanzadilla del Opus Dei en el Perú. El tercer curita, modernísimo, liberal y conservador sociabilísimo y de alta sociedad, era el primor del clero seglar limeño y la adoración de damas tan representativas como la mamá de Joselín y

Alvarito Aliaga y Harriman, también de la mamá de Pepín Necochea, y sobre todo de la mamá de la Maja Desnuda, tan fina, tan
linda, tan todo.

Ramoncito Fitzgerald Olavarría, que leía a Proust y estaba em-
parentado con medio Lima, había sido demasiado lindo de niño,
delicadísimo de adolescente, piadosísimo al cumplir la mayoría de
edad y, finalmente, un adulto profundamente depresivo hasta que
encontró la salvación de su equilibrio psíquico en su verdadera
vocación: sacerdote de moda. Lo suyo, según él mismo confesaba
y predicaba en púlpitos pero sólo en iglesias de San Isidro, lo suyo
era continuar metido entre los millones que su familia había po-
seído gracias a urbanizables haciendas aledañas a Lima, y hacer
entre los ricos su verdadero apostolado con el fin de que algún día
íntegra la alta sociedad de Lima pasara por el hueco de una aguja.
Detestaba, eso sí, compararla con un camello, y se deprimía a muerte cuando alguien se olvidaba de invitarlo a uno de esos cócteles a
los que llegaba vestido con un elegantísimo terno gris y el cuello
sacerdotal por todo sacerdocio, ya que en seguida se lanzaba a contar chistes y chismes de grupo en grupo, respetando siempre, no
faltaría más, la antigüedad de los apellidos y el monto de las fortunas. Pero nunca había sido mala la intención del padre Ramoncito,
que vivía en una preciosa casita de estilo inglés, en pleno corazón
de San Isidro, que daba la vida por confesar a los adolescentes hijos de sus amigos de adolescencia, pero no en un confesionario de
iglesia sino, pero qué moderno es el hijo de Luchita Olavarría, en
la media luz eterna de la salita de su casa, al lado de la chimenea,
fumando su pipa y de tú a tú, por supuesto. No, nunca había sido
ni sería mala la intención, la idea inicial que movió a Ramoncito a
hacer obra entre los ricos, en vista de que todo el mundo la hacía
entre los pobres. Lo malo había sido el limeño resultado: los ricos
habían hecho obra en él y lo habían humedecido hasta el punto
de negarle la extremaunción a doña Josefina de la Fuente, de los
de la Fuente de la hacienda Talavera, nada menos, porque jamás
le perdonó no haberlo invitado al cóctel monumental que dio al
cumplir veinticinco años de viajera y europea viudez, como nunca
le perdonó tampoco haberse perdido por su culpa la carcajada y el
colerón con que don Francisco Echeandía y don Manuel Prado y
Ugarteche, por entonces presidentes del Club Nacional y de la

república, respectivamente, reaccionaron, de acuerdo a sus respectivos ideales e ideas, ante la más genial de cuantas salidas había tenido hasta entonces el inefable Marquitos Echeandía:

—¿Por qué no vendemos este país tan inmenso y horroroso y nos compramos un país chiquitito al lado de París?

Diez miligramos de valium ingería el padre Fitzgerald Olavarría cada vez que recordaba haberse perdido todo aquello y, por más que doña Josefina de la Fuente lo intentó una y mil veces por teléfono y por carta desde Europa, yo jamás me perdonaré ese olvido, Ramoncito, pero tú que eres tan bueno y tan sacerdote perdónamelo, por favor, Ramoncito se negó a atenderla en su último suspiro y muy a menudo gozaba en la media luz de su salita inglesa con la idea de que aquel suspiro había sido la línea más recta entre París y el infierno, pues de la Ciudad Luz vino doña Josefina para lo de la celebración de su viudez y quién en Lima no sabía que en París se vestía de hombre y que viajaba acompañada por el famoso motociclista Pitty Castro vestido de novia.

El padre Ruschoff consideró una nueva tortura el que no se le dejara ser capellán, cuando para eso lo habían traído y todo lo demás era piedad y, para piedad, él prefería la divina. El padre Tejada, por su parte, aunque ofendidísimo también y declarándolo públicamente, pensó que en el fondo era más conveniente para el Opus una infiltración más lenta y menos visible entre tantos millones y alguna que otra inteligencia privilegiada y, la verdad, no le faltaba razón. La humedad limeña era capaz de oxidar a la Obra, que por lo pronto ya había fracasado con los padres de aquellos muchachos, tan dominicales y hasta comulgantes en sus misas semanales, pero luego cero a la hora de chancar y es que en el fondo todo era forma y nada era fondo en esa ciudad tan especial, tan cordial, tan acogedora, realmente encantadora y permanentemente sonriente, pero cuando llega la hora de soltar el billete, de colaborar con la Obra de Dios, qué poco entusiasmo, por Dios, qué incapacidad para la fe verdadera, cuánta trivialidad, cuánta sonrisa en esta ciudad risueña pero incapaz de creer realmente en nada, ni siquiera en el Perú, a santo de qué iban a creer pues en el Opus Dei.

El padre Tejada había presentado un detallado informe sobre este problema y desde la jerarquía española había recibido parcas pero contundentes instrucciones: "Pruebe usted con los herederos, padre." Y así había llegado él al San Pablo, a probar con los herederos, pero el asunto no iba a ser fácil. Bastaba con haber visto en qué había degenerado la inauguración de un colegio llamado a pasar a la historia para empezar a dudar de la capacidad operativa de la Obra de Dios en este país.

Por su parte, ya profundamente apostolado por la clase social entre la cual había decidido ejercer su apostolado, el padre Fitzgerald optó por llamar a la esposa de don Álvaro y literalmente poner el grito en el cielo:

—El alemán ha sido misionero, ¿te puedes imaginar, Francisquita? Qué ambientes, qué contagios, qué bajos fondos no habrá vivido ese pobre hombre. Mira, no lo digo por nada, pero hasta puede ser un mal ejemplo para los chicos. La adolescencia es una época muy frágil de la vida, Paquita, piensa en tus hijos y en que tú eres una Arias, de los Arias de Panamá...

—¿Y el español, Ramoncito? Porque la verdad es que vino muy recomendado por la embajada española.

—Te lo resumo, Paquita. A la legua se nota que es de muy baja extracción, yo diría que hasta de la ínfima. *Le rouge et le noir* de Stendhal, por decirlo todo. Escogió la sotana pero muy bien pudo haber escogido el fusil. En fin, la España de Sancho Panza o algo así.

—Pero es del Opus, Ramoncito.

—¡Qué me vas a decir a mí! ¡Si ya ésos le han raptado seis hijos al presidente de la Grace!

—Favor que le hacen a don Pedro Cisneros, Ramoncito, porque dicen que las chicas son horrorosas.

—De acuerdo, Paquita, pero a los del Opus no los entiende ni el Papa.

Total que el San Pablo se quedó sin capellán y don Álvaro no cesaba de decir: "Culpables, como siempre, las limeñas. Nada de esto habría sucedido con los benedictinos." El encargado del arbitraje entre los tres candidatos fue el complaciente, en lo de su esposa y en todo lo demás, doctor Vargas Lara. Pobre don Enrique, pidió comprensión, espíritu de concordia, sacrificio y entrega a la juventud. Él, por ejemplo, confesó, se había ganado el odio de su Doris amada por haber dejado una brillante carrera en la

Universidad Católica, por haber renunciado a un cargo que, en el fondo, lucía más que el de mero director formal de un colegio que, en el fondo también, iba a dirigir un inglés. Y de paso, había abandonado el ejercicio del Derecho, pues abogado también era y con bastante porvenir, además de todo. Y eso sí que Doris no se lo iba a perdonar nunca jamás. Y cada mañana le sacaba en cara lo mismo: ridículos, completamente ridículos se les veía a los dos en un Mini Minor con esos escuditos de repartidor de leche. Y tenía toda la razón Doris, en eso al menos tenía toda la razón del mundo: para paliar los efectos que les había ocasionado dejar una cátedra y un estudio de abogados por el salario inferior que le pagaban en el San Pablo, habían vendido el estatus que representaba para ella su flamante Pontiac azul y ahora andaba en un flamante Mini Minor que, también según Doris, parece una máquina de coser.

Arrepentidísimos tras haber escuchado el melodrama que acababa de soltarles Enrique Vargas Lara, el angelical coro de frustrados capellanes optó por la siguiente solución. El padre Fitzgerald diría la misa los días pares y confesaría a los hijos de limeños conocidos. El padre Tejada diría la misa los días impares y confesaría a los provincianos beneficiarios de la guerra de Corea. Y los domingos, único día en que la asistencia a misa era obligatoria, el padre Ruschoff, que ni conocía a nadie en Lima ni tenía donde salir tampoco, se quedaría para la misa más importante de la semana: la de los alumnos que se habían quedado sin salida por su mala conducta. Además, como misionero que había sido, se encargaría de la confesión de los seis habitantes de la barriadita, como tan jocosamente la han bautizado los mataperros adolescentes estos.

Pero todos estos absurdos, crueles, ridículos y feroces incidentes, en fin, todo lo que significó en el fondo la inauguración del colegio San Pablo y los días que la siguieron, le dejaron un sabor de amargo realismo a un don Álvaro de Aliaga cuyo interés por el proyecto más ambicioso de su vida empezó a declinar muy rápidamente y, con el tiempo y sobre todo tras la graduación de sus hijos Alvarito y Joselín, puso todo su empeño y renovado entusiasmo en la creación de una universidad a la altura de sus más antiguos y caros ideales, para los sobrevivientes del San Pablo, es decir aquellos que, a pesar de todo, habían ido aprobando meritoriamente sus años de secundaria y eran dignos ahora de una británica educación universitaria, adaptada eso sí a la realidad nacional, o sea húmeda y criolla, como decía su cada vez más cargoso y alcoholizado amigo Felipón Canaval.

Pero fueron muy pocos los que realmente sobrevivieron al colegio San Pablo, menos aún los que ingresaron a una flamante universidad en la que poco a poco fueron dominando unos intereses e ideales muy distintos a los suyos, y don Álvaro de Aliaga y Harriman, sabido es, murió de la misma tristeza que terminó con tantos socios más del Phoenix Club: lo poco dirigente que era la clase dirigente desde las épocas de un Víctor Andrés Belaúnde, de un José de la Riva Agüero, de un Javier Prado y de tantos ilustres pensadores y patriotas más. Y algo que era aún peor: los pocos dirigentes que había entre la clase dirigente del país. Y, por último, algo realmente mortal: lo poco conocidos que le eran los pocos dirigentes que tan poco dirigían los destinos del país. Fue en realidad espantosa la soledad británica en que murió don Álvaro, porque ni sus hijos ni su esposa, ni siquiera el más íntimo de sus amigos, entendió sus últimas palabras: "Debo ser el penúltimo, más o menos." Y las dijo en su terco y perfecto inglés de Inglaterra, además, el pobre.

Pero, en fin, al Perú le quedaban aún muchos años cincuentas y sesentas antes de que todo aquello ocurriera y el colegio San Pablo tuvo cuatro hermosos, divertidísimos y hasta esperanzadores años de vida. Muchachos como el becado Canales llegaron a triunfar en el Massachusetts Institute of Technology, Simpson e Irriberry se convirtieron en los amos y señores del más poderoso grupo económico del Perú y, algo que el pobre don Álvaro ya no alcanzó a ver, los protestantes James Alan y Alan James Oxley alcanzaron las cimas del arte y del pentágono en los Estados Unidos. El primero ganó más de un Óscar y tres premios de la crítica en el Festival de Cannes, como director de cine, y el segundo fue héroe de la guerra del Vietnam y jamás se le pasó por la cabeza que uno de los tantos bombazos tan estratégicos como equivocados que soltó, segara dos vidas peruanas, las de los marines USA Montoyita y Adam Quispe, que tan caro habían pagado su loco afán de llegar a ser norteamericanos y que estaban conversando en inglés de lo pequeño que era el mundo y de cómo ambos habían conocido al mismo Manongo Sterne más o menos por la misma época, que fue cuando les cayó el bombazo. Pero nada habría hecho tan feliz a don Álvaro de Aliaga y Harriman como el éxito alcanzado en negocios anglo-peruanos por Andrés Rizo Patrón en la pequeña City limeña, la muy exitosa intervención en política criolla de Gustavo Benavides Málaga, o la perseverancia británica con que sus propios hijos supieron pactar con el imperio americano desde posiciones siempre fieles a esa Inglaterra que, en el fondo, no por nada llevaban en la sangre. El colegio produjo algunos destacados personajes más que aún hoy tienen futuro en la política y en los negocios aunque también hubo casos en que bastó con una sola generación para traerse abajo una fortuna increíble. Pero, en fin, quién iba a suponer que prácticamente todo lo bueno que salió del colegio San Pablo se iba a deber a un maestro tan excéntrico como inolvidable: Eduardo Stewart Valdelomar.

Seguían hambrientos alumnos y profesores y ahora con una perseguidora espantosa, además de todo, debido a los excesos del día anterior, y don Álvaro de Aliaga y Harriman había tenido que mover cielo y tierra para que la noticia de la desastrosa inauguración de su Inglaterra en el Perú no apareciera en la prensa. Se entrevistó con el director de Gobierno, Esparza Zañartu, hombre cuyos sucios métodos y salvajes torturas jamás había aprobado pero al cual tuvo que felicitar y agradecer esta vez por la forma en que, a amenaza limpia, amordazó todo intento periodístico de difamar al naciente colegio San Pablo. En fin, que alumnos y profesores andaban entre cabizbajos, hambrientos y arrepentidos y el Flaco San Martín y Bolívar andaba además con un labio destrozado por el impecable *uppercut* con que mister Patrick Carol, en su primera aparición pública, le respondió al gesto de hambre que le hizo el pobre Flaco, llevándose una mano al estómago y abriendo una boca realmente insolente. Don Álvaro había faltado al ministerio por segundo día consecutivo, aunque esta vez tomó la precaución de cruzar el antiguo puente de Los Ángeles para evitar una caída fluvial como la del día anterior. Llevaba siempre su uniforme de alumno pero, ya sin ministros, edecanes, asesores y farsescos parlamentarios civiles, fue presentándoles a los profesores a medida que éstos fueron apareciendo en busca de algo que comer.

En cuanto a Pipo Roldán y Albornoz, seguía sin aparecer, a pesar de que tres patrulleros habían recorrido la carretera central desde Chosica hasta Lima y de que una buena docena de policías con sus sabuesos habían peinado íntegra la zona pero sin encontrar hasta el momento huella alguna del famoso triciclo y de su inefable conductor. Lamentando el grave incidente y prometiéndoles a todos ahí un rápido y reparador almuerzo, don Álvaro les rogó a profesores y alumnos que se alinearan en filas paralelas, a diez pasos de distancia una de la otra, y extrajo una nueva lista de profesores, aunque ya para nada pronunció palabras como "dirigentes de la patria" ni les dio tampoco oportunidad alguna a mister Owens ni al doctor Vargas Lara para tomar la palabra. El primero, en efecto, continuaba despeinadísimo e impresentablemente vestido y al segundo no se le había ocurrido nada mejor que volver a aparecer acompañado por su huachafísima y guapa esposa. Ésta era la lista de profesores ingleses, e irlandeses también ahora, claro:

1) Mister Patrick Carol, de Irlanda: Matemáticas en inglés y oraciones matinales. Mister Carol saludó con un sádico je je je y amenazó de muerte al becado Canales por mirarlo demasiado.

2) *Most Excellent and Honorable Matron*: Ropa limpia, aunque claro, *Most Excellent and Honorable Matron* se limitaría a supervigilar a las lavanderas y planchadoras, en vista de... *Most Excellent and Honorable Matron*, que tendría unos ochenta años de edad, de cuya cintura colgaba el llavero más poblado y sonoro del mundo y que vivía en un estado de permanente cha cha cha, debido a un Parkinson generalizado que le abarcaba incluso la sonrisa, intentó decir esta boca es mía, al menos, pero el asunto no logró pasar de un lamentable gemidito.

3) Betty Oliver: Enfermería. Medía un metro noventa, calzaba cuarenta y siete y era simple y llanamente horrorosa. Sonrió y era más horrorosa aún cuando sonreía.

4) Jack Oliver: Matemáticas en inglés también, si mister Carol acepta turnarse con él, y física y química en inglés, también. Jack, que pronunciaba *Álava* su apellido, porque había sido minero de los de mina y carbón y era socialista, era además esposo de Betty, medía un metro noventa y siete y calzaba treinta y nueve.

5) Mister Owens: Bueno, ya lo habían conocido ayer...

6) Mister Farley: Inglés vespertino para aquellos que anduviesen atrasados en inglés matutino.

7) Mister Williams: Subdirección inglesa.

8) Mister Patterson: Fallecido ayer, y les ruego...

9) *Father* Ruschoff: Misa dominical, violín, y barriadita, pe-perdón...

10) *Herr* Erhmann: Historia de la humanidad, aunque principalmente de Europa, pero siempre en inglés, aunque era una excepción alemana como el padre Ruschoff.

11) Miss Peggy Newton: Piano y canto en inglés.

—Ya se me paró —se le escapó a Jordán, porque la tal Peggy era más guapa que trinchera en tiempo de guerra, de mamey estaba la gringuita.

12) Conde Ostrowski: Alemán y, si alguien lo desea, polaco y mucho más.

13) Mister Philips: Historia de Inglaterra.

14) Mister Tonyfield: Rudimentos de economía política.

15) Mister Schofield: Literatura inglesa, por las mañanas, y por las noches, para quien lo desee, *Shakespearean tragedy*. Y también, para quien entienda a Shakespeare y se atreva, *Paradise Lost*, de Milton.

16) Mister Curtis: Historia de la *City* y de la monarquía inglesa.

17) Mister Brody: Vigilante nocturno. Es decir, que dormirá con ustedes. Su juventud se lo permite.

18) Mister Duncan: Cricket y hockey.

19) Sir Robert Graves: Equitación.

20) Mister Connolly: Natación y saltos ornamentales.

21) Mister Sykes: Esgrima.

Profesores nacionales, ahora:

1) Doctor Vargas Lara: dirección ante el ministerio de Educación, y filosofía.

2) Doctor Espinosa: Subdirección nacional, secretaría y teléfono.

3) Reverendo padre Ramón Fitzgerald Olavarría: Misa voluntaria los días pares, confesión y consejos espirituales también los días pares. Exclusivamente para limeños, trujillanos, y Simpson e Irriberry, de Arequipa.

4) Reverendo padre Pedro Tejada: Opus Dei, perdón, misa voluntaria los días impares, confesión y consejos espirituales los mismos días. Exclusivo para una lista que muy pronto se dará a conocer.

5) Mayor Saettone, triple campeón bolivariano: Esgrima en castellano.

6) Profesor Reynel: Iniciación técnica, dibujo y lógica, lo cual puede sonar contradictorio pero ya verán ustedes que no, ¿o no, profesor Reynel? El profesor Reynel se limitó a soltar un *neee*, y se metió otro caramelito de menta a la boca.

7) Maestro Ávila: Pintura en serio.

8) Profesor-actor Galeano: Teatro al aire libre y expresión corporal.

9) Profesor Flores: Matemáticas en castellano.

10) Profesor Wise: Física y química en castellano.

11) Profesor Ayala: Gimnasia y atletismo.

12) Subteniente Caycho: Educación premilitar.

13) Germán Tito Gutiérrez y otro que se apellida Montesinos: La izquierda en el Perú. Tres conferencias anuales, solamente.

14) Yo, y mi sobrino Benito Harriman Sánchez de la Concha: Derecha, antiaprismo y anticomunismo en el Perú. Muchas conferencias, ya que de eso se trata también.

15) Doctor Abraham Cacho Murillo: Zoología y anatomía.

16) Teddy Boy, perdón, *Doctor* Eduardo Stewart Valdelomar: Historia, humanidades y literatura peruana, cultura general, música en su casa (tiene la mejor discoteca del mundo), historia del arte, geografía del Perú y del mundo, lectura de clásicos y modernos, filatelia y, en fin, cultura total. Lo malo es que Teddy no tiene cuándo llegar, pero ya verán lo divertido que es, lo genial que es, lo todo que es. En fin, un gran sabio y un verdadero animador cultural. Nadie se explica por qué no está en Oxford, en Harvard, en Cambridge. No, nadie se ha explicado nunca por qué... Pero mírenlo, porque ahí llega, justo ahora y hablando del rey de Roma... ¡Teddy! ¡Teddy Boy! ¡Maldito bastardo! ¡Pensé que otra de tus excentricidades consistiría en no llegar jamás...!

Era una verdadera comitiva la que encabezaba *doctor* Teddy Stewart Valdelomar. En primer lugar, él, al volante de un auténtico e histórico Rolls descapotable y amarillo, en cuyo asiento posterior venían sus perros Simon y Chesterton, acompañados por dos indígenas, Perkins y Parker, tan acostumbrados a vivir y trabajar para *doctor* Stewart que ya ni se acordaban de sus verdaderos nombres. Atrás venía el camión de los muebles, seguido por el camión de la discoteca y el de la biblioteca. Don Álvaro de Aliaga y Harriman abrió inmensos los brazos para recibir a su entrañable y extravagante amigo de bridge, y éste respondió a tan calurosa bienvenida diciendo que deseaba examinar de cerca y en el acto a los alumnos. Don Álvaro lo hizo pasar al gran hall principal, donde seguían alineados profesores y alumnos y, tras haberles echado una rapidísima ojeada a los muchachos, *doctor* Stewart comentó:

—Niños rubios y bonitos hay, pero mucho cholo también —y acercándose al iqueño y moreno Luis Gotuzzo, procedió a desabotonarle y abrirle el saco, luego íntegra la camisa, que literalmente le abrió de par en par—: Ajá —dijo—, cuerpo griego —después se pasó donde Elizabeth Taylor, a quien calificó de totalmente inutilizable para la historia del arte.

Don Álvaro era el único en celebrarle sus audaces comentarios y ya más de un profesor y alumno estaba dispuesto a romperle la crisma a la loca esa cuando, de un bolsillo interior del saco, *doctor* Stewart sacó un minúsculo cofrecillo de oro, lo abrió, se lo mostró en un abrir y cerrar de ojos a don Álvaro y muy rápidamente lo cerró y guardó de nuevo.

—Este semestre me toca a mí— le dijo—, y don Bruno tiene el Mil Verde.

Encantado, don Álvaro les explicó a alumnos y profesores que, entre don Bruno Roselli y don Eduardo Stewart Valdelomar, sabio florentino y profesor de historia del arte en la Católica y en San Marcos, el primero, y amigo de bridge y orgullo de la cultura peruana, el segundo, poseían las dos estampillas más caras del mundo: el Mil Verde y el Mil Azul. La primera pertenecía al viejo don Bruno, al que con las justas le alcanzaba el dinero para vivir en el hotel Maury y al que la gente admiraba por lo mucho que hacía por conservar los históricos balcones limeños del canibalismo urbanístico de ciertos inescrupulosos constructores, que más bien merecían el nombre de destructores del arte. Para muchos, don Bruno era un verdadero Quijote, un héroe, un artista florentino enamorado del Perú, pero la gente se equivocaba. Lo de los balcones era algo totalmente secundario para el sabio profesor Roselli: si se había quedado para siempre en el Perú era porque semestralmente intercambiaban él y *doctor* Stewart una estampilla por la otra, y de esta manera los dos lograban poseer, a lo largo de cada año, el Mil Azul y el Mil Verde, piezas cotizadas por el mismo Aga Khan pero que ni Teddy Boy ni don Bruno estaban dispuestos a cederle a nadie nunca. Es más, cada uno había decidido ser enterrado con su estampilla y ambos confiaban en que si la muerte sorprendía a uno con la estampilla del otro, nada deshonesto ocurriría jamás. Y confiaban tanto que simple y llanamente intercambiaban las estampillas el 30 de junio y el 30 de diciembre de cada año y jamás habían recurrido a notario ni a documento alguno.

–¿Cuál es el predestinado Manongo Sterne Tovar y de Teresa Mancini Gerzso? –dijo, de pronto, *doctor* Stewart.

–Manongo –lo llamó don Álvaro.

–No, no te muevas –le indicó *doctor* Stewart, agregando misteriosamente–: Minas de plata. Y mucho mejores que las de los Benavides Málaga.

Acto seguido, *doctor* Stewart anunció la llegada de un cuarto camión, una camioneta, más bien, esta vez, en la que venía muy cuidadosamente embalada su pinacoteca. Y, tras preguntar cuál iba a ser su casa, invitó a Peggy Newton a comer con vino francés esa misma noche y le preguntó si seguía bailando tan bien el fox trot como en la época en que se amaron, platónicamente, como es natural. Peggy se acercó y lo besó encantada, diciéndole lo feliz que la hacía con recordarla todavía. Después le dijo al oído que jamás había olvidado los años del fox trot, que llevaría una botella de champán francés para la comida, y que lo ayudaría a colocar cada uno de sus objetos en su lugar, y a Pifa, el canario embalsamado, donde siempre había estado: sobre la foto de Marlene Dietrich cantando *Lili Marlene* en inglés y en alemán. Después decorarían también la sala, el baño, la biblioteca y el dormitorio con las fotografías de todos los niños rubios a los que Teddy les había enseñado en la vida, y ella le llevaría chocolates Suchard y el primer ramo de flores de tu nueva vida, Teddy.

Acto seguido, *doctor* Stewart le hizo una respetuosa venia a *Most Excellent and Honorable Matron*, le dijo *depresivo* a Ramoncito Fitzgerald Olavarría, le habló de cuchillos de pescado al más cholo de todos los profesores, felicitó nuevamente al predestinado Manongo Sterne de Teresa y punto, por el asunto aquel de la minería, y decidió, tras observarlos larga y atentamente, que Luchito Peschiera, a quien llamó *Body*, acababa de ser declarado "niño que jamás puede decir una mentira", que *Il* Comendatore d'Angelo no se merecía el millonario apodo de su padre, auténtico comendatore y creador desde cero y en una sola generación de una de las más sólidas fortunas bancarias del Perú, ojo niños que tiene hermana rubia, además de banco, y que Eduardo Hougthon Gallo acababa de ser proclamado "niño más bueno del mundo", en ausencia de Willie Atkins, de quien nunca nadie había oído hablar ahí.

Al final, eran más los profesores que los alumnos, lo cual decía muchísimo de la alta calidad de la enseñanza y de las esperanzas que don Álvaro de Aliaga y Harriman había puesto en su proyecto británico y, por supuesto, también del elevadísimo costo de la matrícula. La vida cotidiana empezaba en el colegio San Pablo, al que algunos llamaron siempre Saint Paul School, y la comida era tan mala que motivó la queja de más de una madre de familia y la aparición de la impresentable mamá de Mati de las Casas. Llegó de incógnito, la vieja horrible, y de incógnito también cometió uno de los primeros abusos raciales con que la realidad nacional se asomó a veces por el más exclusivo y anacrónico colegio del Perú, y el más alejado de la realidad nacional, además de todo. Doña Rebeca, que así se llamaba la señora de las Casas, al enterarse de que ahí cada niño tenía que hacerse su propia cama y de que, cada mañana, mister Owens, mister Oliver, o mejor dicho, mister Álava, debido a su pronunciación socialista, o el propio y pésimo vigilante nocturno, mister Brody, pasaban a ver el resultado y no se daban por satisfechos hasta que una moneda de un penique no rebotara cual pelotita de goma sobre la estiradísima frazada, doña Rebeca simple y llanamente puso el grito en el cielo.

Pero ya Mati, también bautizado Edipo porque día tras día le enviaba a su madre con Pepín Necochea, cuarto interno y correo oficial entre los alumnos y sus enamoradas, un formulario lleno de cuadraditos en blanco para que mamá fuera respondiendo a sus preguntas: Mamá, ¿me quieres o no me quieres?, ¿me extrañas o no me extrañas?, ¿soy o no tu hijo preferido?, ¿me quieres más que a papá?, ¿me adoras, mamá? Y al lado, por supuesto, los cuadraditos para el SÍ o el NO, que Mati esperaba con verdaderos ataques de nervios y mariconada. En fin, que ya Mati le había contado a su mamá que en el colegio había un serrano, nada menos que un indio del Callejón de Huaylas, mamita, y que eso podía ser conta-

gioso y, en todo caso, era repugnante. Pírcy Centeno se llamaba el
auquénido y, no bien llegó la señora Rebeca, se coló hasta el compartimiento de la barriadita en que el pobre Pírcy andaba cabizba-
jo y meditabundo ante las perspectivas de su triste destino
costeño-británico, y literalmente lo levantó de la cama cogiéndolo
por las orejas.

—¿Con qué derecho *tú* en un colegio como éste?

—Eso mismo me pregunto yo, señora —le respondió Pírcy, a
quien no le faltaba un extraordinario sentido del humor y de
autocrítica, pero que no logró decir una sola palabra más y, en
cambio, tuvo que soportar el más vil de los chantajes y la más cruel
de las humillaciones.

—¿Qué aspiras a ser cuando seas grande? —lo interrogó doña
Rebeca, ante la sádica y satisfecha sonrisa de su Maticito.

—Gamonal y deputado como mi papá, señora.

—Pero para eso se necesita haber estudiado algo, primero, ¿o no?

—Bueno, mi papá no estudió nunca nada pero sí es cierto: quiere
que yo sea ingeniero agrónomo. Según él, patria es progreso. Y
las gallinas que hoy sólo ponen huevitos, algún día pondrán hue-
vones...

Un cachetón puso fin a este nuevo brote de humor del pobre
Pírcy, que ahora, con indígena fatalismo, se resignó a aceptar el
sucio chantaje al que lo estaba sometiendo la madre del cretino de
Mati. Su esposo, el ingeniero de las Casas, era rector de la Escuela
de Agronomía, que muy pronto se convertiría en Universidad
Agraria, además de todo, gracias por supuesto a su esposo, el ingeniero de las Casas.

—¿Entendiste lo que eso quiere decir?

—La verdad que no, señora.

—¡Dios mío! ¡Qué podemos hacer con un país donde abundan
serranos como éste! Te estoy proponiendo un pacto y tú ahí con
esa cara de burro con sueño. Mira, que quede bien claro: si tú le
haces la cama todos los días a mi hijito Mati, mi esposo te ayudará
a ingresar a la Escuela de Agronomía.

El trato quedó hecho y, lo que es peor, se llevó a la práctica públicamente durante largo tiempo. En fin, casi durante todo un año,
que fue cuando *doctor* Stewart se enteró del asunto y no sólo se
robó el formulario de *Táchese la mención inútil* que el correo Pepín

Necochea le llevaba diariamente a doña Rebeca, y no sólo casi mata al cretino de Mati poniendo una equis en cada cuadradito destinado al *no*, sino que obligó a Mati a hacerle la cama a Pircy durante exactamente la misma cantidad de días en que Pircy se la había hecho a él. Y una y otra vez hasta que rebotara la monedita mejor que pelota de ping-pong en mesa de ping-pong. Gestos así de nobles e incoherentes tenía el excéntrico *doctor* Teddy Boy, como le llamaban ya todos los alumnos, porque no faltaba tampoco el día en que, tras levantarse el pantalón y enseñar un muslo más blanco por enfermizo y gordinflón que por blanco de verdad, soltaba aquello de mucho cholo, mucho cholo, mientras que a todo alumno que tenía hermana rubia le ponía un punto más en cada nota y dos al predestinado Manongo Sterne por tener novia suiza y multimillonaria, chica bonita además, y que pesa pesa pesa, pesa su peso de plata en oro.

Lo que nadie pudo evitar jamás fue que, debido a la pésima calidad de la comida, cada alumno llegara al colegio el domingo por la noche con sus propios alimentos y Mati de las Casas hasta con su propio cocinero y, tiempo después, cuando Teddy Boy le puso contundente punto final al abuso racial al que sometía a Pircy Centeno, la tolerancia y falta de carácter de Enrique Vargas Lara, que le permitía a su Doris del alma pasarse horas enteras conversando con el caballero de la Orden del Tornillo que le Falta, aunque ella más bien conversaba con el flamante Packard del excéntrico, rico y loco Jesús Pazos, en la propia puerta de su casa, coqueteando además de todo como quien no tarda en echarse a la cama para ver quién la ama, permitió también el ingreso de un sirviente más al San Pablo, el sirviente de Mati de las Casas. Lelo López Aldana y Amat puso el grito en el cielo por el trato preferencial del que era objeto ese Edipo de mierda y de clase media y así llegó el segundo sirviente privado al San Pablo. Y después llegaron más cocineros y sirvientes privados para el tenístico, guapo y elegante MacMillan, apodado Monsieur, otro que le servía el desayuno en la cama a la Maja Desnuda, cuyas sábanas eran de seda, como sus piyamas, sus camisas y hasta sus manos y modales, e *Il* Comendatore d'Angelo se trajo por último quién les hiciera la cama a él y a su gran amigo Perro Díez Canseco, que normalmente lograba entender los chistes un par de días después de contados y soltaba las más inesperadas carcajadas, pero para qué quería más con lo grandazo y lo pintón que era, hasta la mítica Viuda parece ser que le había echado el ojo ya.

La pista de finísima caoba en la que los padres de algunos alumnos tanto habían bailado, y también el propio Ramoncito Fitzgerald Olavarría, fue convertida en capilla y el estrado en que las más famosas orquestas brasileñas y caribeñas habían tocado sirvió para instalar un pequeño altar para la misa diaria. Ésta, sin embargo, no dio el mismo resultado que el matinal rezo que organizaba el catoliquísimo mister Carol, por la sencilla razón de que el misterioso irlandés había amenazado de muerte a quien no se le presentara a rezar cada mañana. Mister Carol, sin embargo, no utilizaba la capilla sino la salita de música y cine en la que, una vez a la semana, los alumnos eran torturados con documentales ingleses tan educativos como mortalmente aburridos y cuyos títulos lo decían todo: *Historia de la rueda*, por ejemplo.

La oración matinal consistía en repetir en voz alta la lectura que el peligrosísimo profesor les iba haciendo de su propio misal. Muy a menudo, cuando sorprendía a un alumno sonriendo, bostezando, con la corbata mal puesta, pero sobre todo mirándolo demasiado, mister Carol se le acercaba, le entregaba el misal como quien se desprende tierna y dulcemente de un objeto querido y le rogaba al reilón o al mirón que lo visitara en su suite a las nueve en punto de la mañana. El alumno llegaba puntualísimo, le tocaba la puerta a esa hora en que el mister ya había intercambiado sus seis nocturnas botellas de cerveza por sus zapatos de fútbol, y era recibido con un je je je y adelante, adelante, por favor, que normalmente terminaba en la enfermería. Al pobre Tyrone Power, cuyos lánguidos ojazos negros tanto habían hecho suspirar a las quinceañeras limeñas, ahora en cambio sólo le servían para ser el más frecuente visitante de la enfermería, y a veces aún no le había terminado de cicatrizar el labio inferior cuando ya estaba de regreso con el labio superior partido o, también, con el ojo derecho más grande que nunca pero morado ahora, cuando aún no había recuperado su habitual tamaño y color el ojo izquierdo. Era una verdadera fijación la que mister Carol tenía con la mirada ajena y si había alguien, además de Sartre, para quien el infierno eran los demás, ése era mister Patrick Carol.

En cambio lo de la misa diaria simple y llanamente no funcionaba. Ya una vez, en plena consagración y cuando tenía el cáliz elevado y andaba en total y silenciosa comunicación latina con el cuerpo y alma de nuestro señor Jesucristo, el padre Ramoncito soltó el cáliz, derramó el vino y empezó a mover las caderas al ritmo de la samba aquella que muchísimos años antes había bailado con la mamá de Joselín y Alvarito de Aliaga. Pobre padre, era la frivolidad encarnada, y desde lo más profundo de su alma le brotó el ritmo aquel que movilizó brasileñamente sus caderas y piernas, obligándolo a voltear donde los alumnos y a confesarles hasta qué punto le era carioca y realmente imposible decir misa en el lugar exacto en que bailó íntegra la sociedad de Lima.

Y ésa fue la última misa que el padre Ramoncito se atrevió a celebrar en el colegio San Pablo. Su verdadero apostolado lo realizaba en clase y en inglés, para que hubiera religión en inglés en el colegio, y la verdad es que dominaba perfectamente el idioma y hasta conocía cuatro sinónimos de la palabra *pinga*, tres de la palabra *chucha*, y tres también de las palabras *teta* y *culo*, tan necesarias por lo demás en un curso en que la religión y la educación sexual iban de par en par y muy a menudo daban lugar a los peores pensamientos, a los mejores pajazos y a las más sinceras y arrepentidas confesiones que, normalmente, tenían lugar en los idílicos jardines del colegio, en largos y conversados paseos en los que, muy a menudo, el padre Ramoncito se cruzaba con el profesor Reynel, a quien también le encantaba pasearse con algún alumno al atardecer, hablando de algo así como sexología platónica, ya que no era practicante, parece ser, aunque a veces sí se le iba la mano con la Maja Desnuda. Con el tiempo, sin embargo, el padre Ramón logró meterse a los alumnos en el bolsillo, ya que le dio por confesar también a las enamoradas de éstos y realmente llegó a reemplazar a Pepín Necochea como correo y a ocuparse a fondo de arreglar cada pleito entre un interno y su chica, siempre y cuando ésta perteneciera a una muy rica y conocida familia limeña, trujillana o arequipeña, por supuesto.

El fracaso del padre Tejada se debió principalmente al acelerado proceso de humidificación del que estaba siendo víctima,

188 / ALFREDO BRYCE ECHENIQUE

metido ahí entre tanto limeño y provinciano tan rico como alime-
ñado. Ya durante una misa había soltado una carcajada, al voltear a
decirles *Dominus vobiscum* a los chicos. Y eso que lo intentaba
todo, el pobre cura Tejada. Había obtenido incluso la aprobación
de los directores inglés y peruano para apropiarse de uno de los
lindos bungalows que antaño habían servido para parejitas en luna
de miel y sobre cuyas rústicas chimeneas el célebre pintor Camino
Brent había dejado preciosas y desgarradoras escenas de la vida
indígena del Perú, en frescos que valían ahora su precio en oro. En
ese bungalow, al que el padre Tejada había logrado darle un ambiente muy macabro y Opus Dei, algo así como un ambiente de
época española de aquella época, o sea algo entre la penumbra y la
Edad Media que nadie lograba entender en aquel risueño y satisfecho Perú de los años cincuenta, pero que el cura iluso había
concebido como un intento de ir preparando a las más selectas
inteligencias y fortunas del San Pablo para futuras residencias de
estudiantes, de pronto empezaba a bajar del techo un crucifijo
enorme con su Jesucristo de tamaño natural y con la cabeza más
ladeada y agonizada que de costumbre. Era entonces cuando los
alumnos escuchaban perplejos la lectura de *Camino*, que algunos
continuaban confundiendo con Camino Brent, el pintor, y realmente cuestionaban máximas y reflexiones como aquella que, al
hablar de las mujeres, tema favorito de todos ahí, afirmaba: "Ellas
no hace falta que sean sabias, basta con que sean discretas."
   —Y que tengan buenas tetas —añadía la bestia de Neca Neca
Pinillos, mientras, por otro rincón el becado Canales, eterno primero de la clase y verdadero genio en todo lo que fuera ciencias y
matemáticas, añadía a su vez: "¿Vieron, muchachos? Hasta el propio Jesucristo está de acuerdo. Clarísimo he visto cómo ha movido
la cabeza y le ha dicho que sí a Neca Neca."
   El pobre cura Tejada hacía enormes esfuerzos por no soltar la
carcajada como todo el mundo ahí y, rápidamente, cambiaba de
tema y les soltaba otro pensamiento, con el cual pensaba haberlos
dejado turulatos y serísimos, por fin: "Pon un motivo sobrenatural
a tu ordinaria labor profesional y habrás santificado el trabajo."
Pero tamaña frase era demasiado para Charles Colas de la Noue,
ya apodado Carlosito, y el más bruto entre los brutos, como le

llamaba *doctor* Teddy Boy, se quedaba literalmente con la boca abierta y pensando que se trataba de una adivinanza.

—¿Me sigues, Colas de la Noue? —le preguntaba entonces el pobre cura.

—Sí, padre, pero de lejos, aunque yo diría que es la gallina.

O sea que también el padre Tejada comprendió que era inútil seguir así y fue entonces, según les reveló con odio *doctor* Teddy Boy, a pesar de que también era bien católico y comulgante y solía ir a la misa de Chaclacayo con sus mayordomos Perkins y Parker y hasta con Simon y Chesterton, sus finísimos y gigantescos mastines, fue entonces cuando el cura Tejada decidió escribirles a sus superiores en España y explicarles que en esta Lima en que hasta las dictaduras eran blandas, no quedaba más remedio que mandar jóvenes guapos de la Obra, solteros y muy bien vestidos y, si es posible, con un apellido que suene a noble, por lo menos, porque lo que sí, las familias aquí son numerosas y, por ejemplo, un extrañísimo pero riquísimo alumno que desapareció un día en triciclo, y para siempre parece ser, porque hasta hoy nadie ha logrado dar con él, tiene seis hermanas *discretas*, por decirlo de manera familiar, y las seis tienen un lunar-verruga que les cubre prácticamente media cara. En fin, ésta fue la tercera vía que le propuso el padre Tejada a la superioridad española, poco antes de abandonar el colegio totalmente defraudado, para felicidad de Ramoncito Fitzgerald Olavarría, eso sí, que había descubierto varios provincianos, además de los arequipeños Simpson e Irriberry, con los cuales resultaba también agradabilísimo pasearse místicamente por los bucólicos jardines del colegio mientras, además de todo, se les preparaba para la absolución confesional y se les explicaba cómo se podía pecar mejor, mucho mejor de lo que pecas tú con tu chica o la chola de tu casa, mucho menos masturbatoriamente, por lo pronto.

Al final, el único que siguió con su misa fue el padre Ruschoff, por ser ésta dominical y obligatoria. Pero los alumnos, arrastrados por una verdadera nostalgia del fútbol y por su odio a los obligatorios cricket y hockey, habían adquirido la extraña costumbre de utilizar la capilla y su pista de baile como cancha para un especialísimo y resbalosísimo fulbito, en el que mucho más que la fuerza valían los malabares, la maña, el cálculo milimétrico y la destreza. Lo jugaban con un trocito de madera que hacía las veces de pelota y que conservaban como un verdadero tesoro. Pero el pobre padre misionero y torturado había visto cosas y casos muchísimo peores en su vida que celebrar la santa misa mientras a sus espaldas se jugaba a muerte un partido de fulbito entre limeños castigados y provincianos que no tenían dónde salir. Se limitaba pues a voltear cuando lo del *Dominus vobiscum*, y a reemplazar estas palabras por otras que había aprendido por imperiosa necesidad y que pronunciaba muy a su manera: "No se porten... ¡monos!". Luego volteaba nuevamente donde Dios y continuaba con su misa en la China, Singapur o Corea, dejando su apostolado para aquellas horas de clase en que intentaba leerles textos de esa especie de Camino Brent alemán, cuyo título era la *Imitación de Cristo*, sin lograr jamás que alumno alguno le respondiera a su terca y eterna pregunta: "¿Quién fue Kempis?"

Pero hablando de Cristo y de la vida cotidiana en el colegio, fue sin duda Cristóbal Rossel uno de los alumnos para los que el colegio San Pablo se convirtió en un diario y verdadero calvario. La verdad es que había logrado vivir en paz durante bastante tiempo, a pesar de sus extrañas alergias y sus nocturnas desapariciones. Para empezar, por causa de sus alergias, hubo que instalarlo solo en un dormitorio, ya que a pesar del seco frío de sierra que hacía por las noches en Los Ángeles, no soportaba frazada alguna ni sábanas tampoco y necesitaba dormir sobre un colchón forrado en plástico y con todas las ventanas abiertas. Su palidez era extrema y su muy prematura barba tan negra y terca que, no bien dejaba de afeitarse dos veces al día, adquiría un aspecto de rigor mortis al que añadía una cantidad de gestos patéticos, como si constantemente lo estuvieran hincando o algo así, y como si a cada rato fuese asaltado por los más agónicos dolores. En fin, que entre la palidez, el sufrimiento y lo de la barba, más una nariz inmensamente aguileña y una cara larga y realmente patética, muy pronto alguien le descubrió un asombroso parecido con Cristo camino de la cruz y hasta crucificado ya, y con eso de que se llamaba Cristóbal y se apellidaba Rossel, Judas Tarrillo, apodo con que *doctor* Teddy Boy había popularizado al iqueño Gordo Tarrillo por haberse robado unos exámenes de la dirección, habérselos distribuido a todos menos al becado Canales, logrando de esta manera que por única vez en la historia del San Pablo el genio de Paramonga no sacara la primera nota de la clase. Todos sacaron entre 18 y 19 sobre 20, Canales sólo 16, y la bestia de Neca Neca Pinillos, que ni copiar sabía, fue desaprobado como siempre.

Pues fue Judas Tarrillo quien rimó Rossel con Rosa es él, motivo por el cual cada mañana el pobre Cristóbal era arrinconado contra una pared y recibía miles y miles de bofetadas al ritmo de Rossel-Rosa es él, y de ahí a descubrir que Cristóbal Rossel, ayudado por su aspecto físico además, podía rimar con Cristo es él, se organizaron verdaderas procesiones nocturnas que daban siempre con el cadáver de Cristo en la piscina. Y hubo algo mucho peor todavía, pero esta vez el cruel ingenio perteneció a los trujillanos Inurritegui y Minelli.

Andaban en plenos ejercicios espirituales en la penumbra medieval que el padre Tejada creaba para propiciar confesiones públicas que se convertían en verdaderos concursos de pajazos que habían tenido lugar en no menos públicas apuestas de quién llega más lejos y en las que, salvo en el caso de Monsieur Mac-Millan que, con borbónico refinamiento, se corría la paja con condón, el enano Heidelberg era el encargado de medir las distancias alcanzadas, cuando llegó el momento en que el inmenso crucifijo del Opus Dei empezó a bajar lentamente del techo del bungalow, según la costumbre, y Carlosito Colas de la Noue se desmayó al ser el primero en descubrir que alguien había serruchado de su cruz y tirado al río Rímac al Cristo de madera y que en su lugar habían atado de pies y manos al resignadísimo Cristóbal Rossel. La carcajada fue inmediata y general, salvo en el caso de Tyrone Power, Manongo Sterne y el Cholo José Antonio Billinghurst, que corrieron a desatar al pobre Rossel con la ayuda del padre Tejada, y entre un coro de voces que letanizaba aquello de Rossel, Rosa es él, y Cristóbal, Cristo es él, a ritmo de samba.

—¡Esto sí que es intolerable! —exclamó el padre Tejada, jurando que no cesaría hasta dar con los autores de aquel horror. Bajaron a Rossel desmayado de la cruz y todos ahí sabían que, aunque volviera en sí muy pronto, jamás se atrevería a decir quiénes lo habían maltratado de esa manera. Pero en ésas andaban cuando se escuchó la voz del justiciero y muy justo Cholo José Antonio.

—Creo que me voy a desconocer —dijo, sin que nadie, la verdad, captara el significado exacto de sus palabras. Pero el cholo insistió, inflando el tórax maltón hasta que éste superó en dimensiones al del totalmente andino mayordomo Romerito–. Es más –agregó el cholo nazqueño–: ya me estoy desconociendo. ¿Quién hizo esto? A ver si me da la cara a mí. A ver, rápido, antes de que me desconozca más todavía.

Inurritegui, que era machísimo, no pudo soportar ese desafío, por más indirecto que fuera y por más que ya alguna vez el Cholo José Antonio le hubiese demostrado ser el hombre más fuerte del mundo al superarlo en el asunto aquel de la reja de hierro del cine Colón. Su esperanza estaba en la agilidad, ya que era campeón de salto alto, largo, triple, y muchas cosas más, además de rey del tacle y de unas acertadísimas patadas en la cabeza.

–Fue Trujillo –dijo, implicando de paso a Minelli, que medio como que quiso zafar el bulto pero qué sacaba ya con eso: si no lo quiñaban por un lado, lo iban a superquiñar por el otro. Y, en fin, mientras hay vida hay esperanza.

–Sí, fue Trujillo –soltó Minelli, añadiendo–: ¿Y qué mierda pasa?

–Respetemos el colegio –les dijo el Cholo José Antonio–. Vámonos junto al río y dejemos los sacos del uniforme aquí.

Pepín Necochea, que era cañetano y aprendiz de matón, tan sólo, por entonces, se ofreció a colaborar en la pelea y el cura Tejada fue rápidamente atado de pies y manos para que no cumpliera con su amenaza de correr hasta la dirección y darle la voz al profesorado entero. Lo ataron con suavidad, eso sí, y lo dejaron confortablemente sentado en una silla, profundamente desmoralizado y con una impresionante cara de cojudo.

Y el tremendo boche arrancó en la pista que separaba el colegio de la ribera del río, llena de cañaverales, piedras y de una tupida y verde maleza. Para ir calentando cuerpo, el Macho Inurritegui saltó la altísima muralla de cipreses que señalaba los límites del San Pablo, a unos doscientos metros de la casa de la mítica Viuda. Pepín Necochea, mal presagio, lo imitó, pero sin suerte, y fue a dar de bruces sobre la pista de cemento en el preciso instante en que Renzo Minelli aterrizaba perfecto, a su lado, tras haber superado incluso a su conciudadano Inurritegui, porque lo suyo fue además de todo una suerte de salto mortal de limpísima ejecución.

El Cholo José Antonio, en cambio, abrió pacíficamente la reja por la que todas las noches se escapaba Alicia, la deliciosa empleada de los Vargas Lara con la que hasta el irresistible Tyrone Power había fracasado rotundamente. Alicia, que aspiraba a pasar de sirvienta a mediopelín, prefirió para ello la seguridad que le daba un hombre mayor que, noche tras noche, la esperaba en un Ford amarillo, descapotable y de último modelo. Pero por entonces ya Tyrone había logrado acceder al dormitorio del doctor Vargas Lara, donde se había tirado el primer polvo no prostibulario de su vida, bastante arrepentido en el fondo porque en la mesa de noche que tenía a su lado había un ejemplar de los *Diálogos de Platón* y en el fondo el pobre doctor Vargas Lara era buena persona. En cambio, el que realmente no soportaba las nocturnas salidas de la chola de mierda esa de raza inferior y todo, era Lelo López Aldana y Amat que, muy a menudo, en pleno desgarramiento se arrodillaba ante la fotografía de Hitler bajo la cual dormía reparadoramente, y le pedía arrepentidísimos perdones por haber deseado y algo más, que lo preocupaba muchísimo más que aquel deseo, a esa puta de mierda.

En eso de que da tú el primer golpe, pues conchetumadre, se les estaba yendo la vida al Macho y al Cholo José Antonio, hasta que Neca Neca decidió intervenir colocándole un pollo con perfecta puntería en un ojo al Macho, que ya le había sacado la ñoña en una oportunidad. Dijo que ese escupitajo se lo mandaba como embajador de Nazca que era, y el Macho retrocedió unos veinte metros más rápido de lo que normalmente se avanza rapidísimo, y desde ahí emprendió una final mundial de velocidad que debía terminar en el tórax del nazqueño, en fin, el mejor tacle de su vida. El de Nazca lo recibió también con el mejor tórax de su vida, y el pobre Macho se quedó con cara de que simple y llanamente no se lo podía creer. Como tampoco se pudo creer que su rival no aprovechase la oportunidad para estrangularlo o algo por el estilo. ¿Qué hacía? Mil veces se había mechado en su vida pero nunca le había sucedido nada tan inexpugnable, jamás se había trompeado con una fortaleza pero ahí andaba ya en plena mechadera y no le quedó más remedio que seguir. Y se disponía ya a convertirse en un rayo en retroceso y en una locomotora que avanza cual caballo desbocado cuando, con toda la serenidad del mundo, José Antonio le dijo:

—No insistas, Macho, que me termino de desconocer.

–Bueno, no somos machos pero somos muchos –soltó Renzo Minelli, pasando por alto toda posible intervención de Pepín Necochea, que aún no lograba reponerse del contrasuelazo que se había pegado por saltar la muralla de cipreses, y al grito de "¡En Trujillo nació Dios!", se lanzaron ambos contra el sureño departamento de Nazca. A mala hora, porque el Cholo Billinghurst se desconoció completamente, ahora sí que sí, y tras haber puesto en duda el nacimiento de Dios en Trujillo, algo que ahí sonó más o menos a pena de muerte, redujo a la nada y al mismo tiempo los tacles que le llegaron por delante y por detrás. Enseguida, empezó, según sus propias palabras, a estrangular poco a poco y conjuntamente al Macho y a Renzo, e incluso tuvo la nobleza de preguntarles cuándo debía empezar a aflojar. Pendejos y experimentados, los del norte le dijeron que ya, y no bien soltó el Cholo, le metieron un par de cabezazos y siete chalacas, seguidas por un par de formidables patadas en los huevos. La verdad, por más desconocido que anduviera y por más inexpugnable que fuera, el maltón se tambaleó y hasta amenazó con venirse de bruces al suelo, pero la rápida entrada en la mechadera de Pepín Necochea, al grito de "¡Viva la oligarquía vasca!", le dio tiempo para recuperar aire, tórax, fuerzas, visión del mundo, más el sentido de ubicación y ubicuidad que las circunstancias requerían para recuperarse del todo y volverse a desconocer del todo también nuevamente.

Ahora sí que iban a saber ese par de conchesumadre lo que quería decir haberse puesto el primer par de zapatos de su vida a los quince años de edad. Pepín Necochea había ido a dar al río, donde parece que se estaba ahogando además de todo, pero el Cholo le gritó que aguantara un poquito y que no tardaba en venir en su ayuda. En realidad, lo que hizo el nazqueño fue una suerte de canje de ahogados, sacando a uno y metiendo a dos, tras haberles aplicado un par de puñetazos tan limpios y bien intencionados a Renzo y al Macho, que cómo serían los malintencionados. Después los cabeceó a su gusto, respetó los huevos pero los pateó también con perfecta precisión en ambas rodillas y así poco a poco hasta que los tuvo realmente a su merced, que fue cuando procedió a un ahorcamiento total mientras avanzaba con dos cabezas y dos tipos que ya ni apoyaban los pies en el suelo y que de pronto se encontraron parados de cabeza y atadas las piernas de uno con las del otro, en el río. Ahí los sostuvo un buen rato con una sola mano, mientras se ahogaban, y con la otra mano ayudó a Pepín Necochea a tirarse en la orilla del río y le explicó cómo hacer una perfecta respiración artificial.

—¡Reconócete, por favor, José Antonio! —le gritaba Carlosito Colas de la Noue, parado entre los alumnos que habían llegado hasta el borde del río—. En nombre de Dios y de la Orden de Malta, José Antonio, ¡reconócete ya, por favor!

José Antonio le devolvió sus gritos con un guiño de ojo, como diciéndole que él conocía el aguante exacto de un ser humano puesto en esas circunstancias y, en efecto, mucho debía entender el Cholo del asunto porque los dejó flotando cadáveres en el río, pero muy serenamente les dijo a todos que había soltado justo a tiempo y que ya verían cómo sus dos rivales reaparecían en el colegio. Era cuestión de tiempo y nada más, que se les quitara un poquito lo morado y ya verían cómo poco a poco se pondrían de pie solitos y además, que conste, los he dejado en un lugar donde la corriente no se los podrá llevar muy lejos. Pero fue entonces cuando se mostró la tendencia al juego sucio del futuro matón que llegaría a ser Pepín Necochea. Justo en el momento en que el Cholo José Antonio pegaba un salto y salía del río, él se metió al agua y tras haber levantado cada cadáver brevemente, les partió la cara de un feroz puntapié.

—¡Cómo, Pepín! —exclamó el nazqueño, realmente asombrado. Pero lo único que logró fue que Necochea se dispusiera a meterle otro par de patadas a ese par de sangrantes rostros. No tuvo tiempo, felizmente, pues el nazqueño lo pescó suavemente por los brazos, lo abrazó en realidad, y le colocó la quijada en un lugar estratégico del pecho, hasta que el otro se fue doblando poco a poco, literalmente reducido a una suerte de espantapájaros carente de aire, que fue cuando lo soltó y le dijo que los hombres se trompeaban como hombres y no como hijos de puta o qué se había creído él, no, no, así no se pelea en el sur, compadre, y está bien que uno se desconozca cuando lo obligan pero sucio no se pelea nunca, Pepín.

Curiosamente, la tan esperada venganza del Macho Inurritegui y su pata del alma, Renzo Minelli, no fue con el Cholo José Antonio, que durante algunas semanas durmió con un ojo abierto, por si las circunstancias lo obligaban a desconocerse de nuevo, ni tampoco contra Pepín Necochea, por la sucia forma en que los remató cuando los pobres ya estaban más muertos que vivos. Machos y recontramachos como eran, Inurritegui y Minelli odiaban todo aquello que pudiera ser interpretado como la más mínima falta de hombría total. Y hacía tiempo que venían investigando las extrañas y nocturnas desapariciones de Cristóbal Rossel. ¿Dónde diablos se metía Cristo cada noche, a eso de la medianoche? Porque en su cama no estaba ni tampoco en su cuarto pero tampoco se le encontraba por ningún rincón del colegio. Y, por las mañanas, en que a pesar de tener cada dormitorio su baño propio, Cristo no aparecía en las duchas que habían instalado en los bajos del colegio, para que mister Brody controlara que ahí todo el mundo cumplía con salir de la cama a tiempo para la obligatoria ducha diaria. Claro que Neca Neca se cagaba en mister Brody y sólo salía de la cama cinco minutos antes de la formación general que precedía al desayuno y las aterradoras sesiones de oración matinal con mister Carol y su peligrosísimo misal. Cinco minutos le bastaban y sobraban a Neca Neca para presentarse corriendo y gritando a la formación-inspección general.

—Carajo, me he bañado, afeitado, peinado y ya me puse la corbata y me lavé los dientes, ¿no es cierto, Enano?

—Sí, yo he sido testigo de todo eso —contestaba el Enano Heidelberg, que era el compañero de cuarto de Neca Neca, día tras día. Pero Neca Neca andaba siempre con una barba de tres días y a fila llegaba con la corbata en la mano y abotonándose como podía la bragueta o la camisa.

Mister Brody se había dado por vencido hacía algún tiempo. Había castigado una vez a Neca Neca por llegar en ese estado a la inspección matinal y el precio le había salido realmente caro. Durante semanas, y con bastante frecuencia, daban las cinco de la madrugada y el timidísimo gringo seguía tartamudeando y buscando su cama de cuarto en cuarto. A veces no aparecía en dos o tres días y el pobre terminaba durmiendo en el suelo. Pero la peor de todas fue la vez aquella en que, tras una larguísima pesquisa, descubrió que le habían tirado cama y colchón a la piscina.

Aquello coincidió con la venganza, los destrozos, el robo de frazadas y la desaparición final de Inurritegui y Minelli. Descubrieron que Cristóbal Rossel no salía de su cuarto sino que se metía a escondidas en su baño propio, calculando que hasta el más insomne ya debía haberse quedado dormido a medianoche, y se duchaba con agua fría, a pesar del frío. Cristóbal actuaba con un sigilo total y, tras haber cerrado cuidadosamente la puerta del baño, abría apenas el caño y se jabonaba rapidísimo. Y claro, por eso es que no aparecía nunca en el amplio baño de los duchazos matinales. Y, además, tenía autorización para ello. Su padre se había encargado de convencer al siempre comprensivo y complaciente doctor Torres Lara de que su hijo era sumamente pudoroso y de que, por favor, le permitieran bañarse solo. Y el timidísimo y sensible mister Brody había acatado las instrucciones que, al respecto, le había dado el director peruano del colegio.

Y así sucedió todo. Primero, el Macho y Renzo destrozaron a patada y tacle limpio las lindas estatuas que había en los jardincitos que rodeaban cada idílico bungalow, luego mearon y embarraron y destruyeron los frescos del pintor Camino Brent, poco más tarde ya estaban vendiendo en un burdel chosicano todas las frazadas del colegio y, hacia las doce en punto, cuando aún no se había descubierto dónde podían haber ido a parar las frazadas, y alumnos y profesores dormían abrigados con sus batas de uniforme debido al frío nocturno, Cristóbal Rossel era sorprendido bañándose sigilosamente bajo un discretísimo chorro de agua helada. A la mañana siguiente lo descubrieron colgando calato de la más alta plataforma del inmenso trampolín de la piscina, pataleando desesperado pero no de frío sino de pudor. Inurritegui y Minelli desaparecieron para siempre y ello permitió aclarar muy pronto todo lo que había ocurrido aquella noche. Con el tiempo, se supo sin embargo que habían ido a parar al colegio militar Leoncio Prado, y con el tiempo, también, Judas Tarrillo se aburrió de encabezar la casi diaria y nocturna procesión que se iniciaba en el baño de Cristóbal Rossel, Cristo es él, y terminaba con su cadavérico y patético cuerpo desnudo flotando en la piscina.

Pero la última firma que dejaron los matones, machísimos y humilladísimos Inurritegui y Minelli, fue la peor de todas: una violación. Alicia, la chola de los Vargas Lara, la ricotoncísima empleada de la Chuchumeca y el filósofo complaciente y soñador, no sólo fue violada sino que además fue víctima de una de esas famosas competencias sexuales de los dos matones. Esta vez había sido el Macho el ganador. Logró meterle siete polvos a Alicia, contra los seis que forzó Minelli antes de darse a la fuga para siempre. Fue algo atroz y la pobre muchacha estuvo varias semanas hospitalizada.

Pero la violación de Alicia fue algo atroz también para Lelo López Aldana y Amat, quien realmente no tuvo más remedio que esconder su foto de Hitler en el cajón de la mesa de noche, para que no fuera testigo de los desgarradores llantos y gemidos con que esperaba el retorno de su cholita del alma. Su amor no era sexual, no, ni en nada se confundía tampoco con el deseo carnal. Su amor era grande, primero, sentimental y loco. En fin, algo que se parecía muchísimo más a *Las desventuras del joven Werther*, de Goethe, que a las pecaminosas letras de una guaracha, un mambo, o algunos boleros de cantina y Daniel Santos o Bienvenido Granda con la Sonora Matancera, como *Señora*, por ejemplo, en que a una tipa la llaman señora y después resulta que era más perdida que las que se venden por necesidad…

No. Nada de eso. Ni una pizca. Lelo López Aldana y Amat, que amaba con pasión a los caballos y respondía con coces cada vez que alguien se metía con él, había descubierto con desgarrador asombro que de nada le valía la interminable sarta de fuetazos con que se autoflagelaba en sus torturadas noches de amor por una mujer de raza inferior. De nada, absolutamente de nada le valía tanto fuetazo al futuro gran jugador de polo que soñaba ser. Y cada minuto del día y cada segundo de la noche se le hacía eterno. Pero aún faltaban semanas para que Alicia volviera a servir en casa de los Vargas Lara y el pobre Lelo, realmente desesperado, abría otra vez el cajón de su mesa de noche para recuperar su foto de Hitler y suplicarle arrodillado y *Heil!*, que lo salvara de la fatal perdición.

Junto al amplio y único salón de clases, cuyas inmensas puertas de vidrio daban por la izquierda a un pequeño jardín y a la piscina, y, por atrás, a la muralla de cipreses y la pista que separaban al colegio del río Rímac y de la gran residencia de don Álvaro de Aliaga, en la otra ribera, aparecieron una mañana dos inmensas máquinas azules, recién llegadas de Inglaterra. Ambas fueron instaladas sobre dos grandes y altas bases de cemento y justo delante del quiosco en que, durante los recreos, Romerito les vendía gaseosas y golosinas a los alumnos. Pero el fornido cholo del tórax realmente andino y acento con poncho, por nada del mundo utilizaba la ventanita del quiosco para la diaria venta de bebidas y dulces.

Cada loco con su tema, claro, pero es que en el San Pablo todos parecían bastante propensos al desequilibrio mental y Romerito había abierto un pequeño hueco en la gruesa tela metálica que rodeaba la ventanita de madera, un agujerito por el que apenas cabían sus dedos, y por ahí despachaba con las justas las botellas y golosinas. Y fue el propio Romerito quien les dijo que el par de maquinotas esas eran nada menos que dos formidables lavadoras de ropa, el no va más en lo que a lavar y secar sin dañar y casi sin arrugar se refería. Lo que no les dijo, en cambio, fue que las encargadas de hacer funcionar ese par de moles azules iban a ser dos indias viejas, dos monstruos de fealdad. Y ahí aparecieron esos dos patéticos espantajos, una mañana, tratando de hacer funcionar las maquinotas inglesas, con la ayuda de un horripilado técnico en la materia.

Y ahora, cada mañana, ese par de indias tan monstruosas como viejas ocupaban el campo visual de los alumnos por el lado izquierdo del salón de clases. Y con las máquinas y todo, les tapaban la vista de la piscina y les impedían ver los despampanantes y pecaminosos baños de la mítica Viuda. ¡Qué Silvana Mangano ni qué ocho cuartos! La rubiota tenía más tetas, más culo, más muslos, más todo. Y muchísima ropa menos porque se mandaba unos bikinazos de vanguardia, la querida doble. Mister Owens, por un lado, y con pañuelo de seda al cuello, y por el otro el propietario de La Hostería de Chosica, o así creían ellos, que parece ser que mantenía a la Viuda, además de todo. Y lo degenerados que eran ellos porque ya le habían echado el ojo a la prometedorsísima hijita de aquel mítico hembrón.

—De aquí a un par de añitos...

—No seas degenerado, compadre... Dale tres añitos, siquiera.

—Pero si ya se le nota que va a ser como su mamá: más puta que una gallina.

—No sé, pero lo cierto es que yo no me voy de este colegio sin mojar ahí.

—¿Quién fue Kempis?

—A mí qué chucha me importa quién fue ese cojudo, padrecito.

—No se porten... ¡monos!

—Indias conchesumadres, padrecito, no me dejan ver a la Viuda...

—*Peccato!* —exclamó el italiano Giancarlo Bachich de Resina, un tipo rarísimo que sólo venía al colegio un día a la semana y casi sólo para jugar tenis.

—Pecado no, sacrilegio —lo corrigió Neca Neca, que tampoco lograba ver a la Viuda, por culpa de ese par de monstruos.

Por una vez en la vida acertó en algo la bestia de Neca Neca. Porque, en efecto, era realmente pecado mortal ser tan fea como la chola menos vieja y era realmente sacrilegio ser tan horrorosa como la india más vieja. Dos apodos más entraron de esta manera en la historia oficial del colegio San Pablo: Pecado Mortal y Sacrilegio. Las pobres mujeres respondieron ya para siempre a esos nombres y nadie supo jamás cómo se llamaban en realidad.

Pero un día alguien vino con una supernoticia. Por la pista que daba a la línea del ferrocarril, se paseaban cada tarde dos mujeres preciosas. Eran delgadas pero tampoco tanto y vestían siempre unos pantalones que, al menos vistos por atrás, anunciaban algo maravilloso. Y hacia esa pista fueron, fumadores y matadores, los futuros pretendientes de ese par de real y solitarias hembras. Claro que se achicaron, no bien las vieron, pero de todos modos ahí iban detrás de esas dos finas siluetas y, sobre todo, de las más bellas y lacias cabelleras, rubia una y castaño claro la otra, que habían visto en sus putas vidas de miserables internos. Y las seguían con amor platónico, ya que esas cabelleras largas, finas, perfectas en su suavidad y deliciosas en la manera en que resbalaban sobre la espalda de las espigadas señoritas, anunciaban ternura y refinamiento, más que sexo puro y duro. Y, la verdad, o no lo sabían o eran totalmente incapaces de expresarlo, pero esas cabelleras anunciaban sobre todo algo como París o Londres, algo profundamente perfumado, delicado, elegante y de novela de amor antiguo en francés.

Y las dos mujeres caminaban con aura, simple y llanamente caminaban con poesía. Y la marabunta excitadísima y los cigarrillos que se les caían de la boca, soñadores. Lelo López Aldana y Amat, sobre todo, no veía el momento en que por fin voltearan y le permitieran olvidar el espanto de su amor por Alicia y colgar nueva y ariamente a Hitler sobre la cabecera de su cama. Hasta que por fin voltearon, y todos, todos y cada uno por un rincón distinto, por una esquinita distinta, por la veredita lateral de esta o la otra casa, salieron disparados. Habían visto al diablo, qué brujas ni qué brujas, muchísimo peor, el diablo en patinete, compadre, de dónde habían salido ese par de monstruos y cómo se podía tener una cabellera tan cuidadamente maravillosa y unos rostros así, algo tan espantoso y diabólico como lo que ellos acababan de ver. Regresaron, sí, pero para tirarles piedras, trepándose y escondiéndose en los techos de las casas que permanecían vacías. Y fue Teddy Boy quien, al enterarse de todo, tomó cartas en el asunto y de paso les explicó de quiénes se trataba.

Eran nada menos que las señoritas Ardant, hijas de la mala suerte y nietas del general Ardant, uno de los dos jefes de la misión militar francesa que, tras la derrota en la guerra franco-prusiana, habían llegado al Perú para formar nuestro ejército profesional. Chile, por supuesto, se trajo a la misión prusiana y para qué seguir, muchachos, aquí todos sabemos cómo nos fue en la guerra con el vecino país del sur... En fin, que el general Dogny y el general Ardant eran jóvenes y apuestos y marcialmente cotizadísimos cuando llegaron al Perú. Y a uno le fue bien, casóse mejor y sus descendientes siguen requetebién, mientras que este par de brujas, a las que les ruego no volver a molestar jamás, son la viva encarnación de lo bien que le pudo ir al otro —digamos que eso se ve en el maravilloso pelo que aún lucen ambas mujeres— y de lo pésimo que al fin y al cabo le fue, cosa que este par de pobres mujeres pasean horrorosamente por el mundo de soledad total en que viven...

—Casi nos matan del susto, profesor...

—Y eso que ustedes no han visto nunca al hermano pelirrojo que a veces dejan salir del manicomio. Es pecosísimo y anaranjado, y tan alto, tan flaco y con un pescuezo tan descomunalmente largo que, cuando la gente le tira piedras por atrás, logra girar trescientos sesenta grados la cabeza y maldecir al aterrado provocador. Por lo demás, las señoritas Ardant viven de algún miserable montepío, y ahora, por favor, dejen en paz a ese par de miserables y dolientes mujeres.

Con lo de las matemáticas les iba casi tan mal como con lo de las mujeres, aunque gracias al bueno y perverso y cuerdo y loco, todo a la vez, de mister Carol, el asunto casi siempre tenía un desenlace feliz. Pero empezaba mal porque el cholo Flores era una bestia y nadie le entendía nada y ya se había ganado el apodo de Vale Decir, porque se pasaba la vida diciendo *vale decir* y explicándolo todo al revés que mister Oliver, primer profesor de matemáticas en inglés, que todo lo explicaba al revés que mister Carol, segundo profesor de matemáticas al revés que mister Oliver. En fin, que tres métodos, dos idiomas y tantos alumnos que llegaron al San Pablo desaprobados prácticamente de nacimiento, habrían culminado en un verdadero desastre matemático, de no haber sido por lo loco y bueno que era mister Carol cuando los citaba uno por uno pero sin misal ni libro de texto alguno, felizmente, para mostrarles en su suite por qué el futuro dirigente de la patria MacMillan, alias Monsieur, Tarrillo, Montoyita, Colas de la Noue, etc., se había sacado cero en un examen parcial.

Ello no impedía, por supuesto, que el infierno fueran siempre los demás para mister Carol, durante las clases de matemáticas. Por una extraña desconfianza que tuvo y mantuvo siempre hacia las pizarras del colegio, verdes, inmensas e inglesas, llegaba a clases con una pizarrita de hule colgándole del hombro con una soguita, se quitaba la pizarrita y la colgaba tiernamente sobre la de la clase, y ahí explicaba y desarrollaba sus problemas, aunque siempre volteando sorpresivamente para ver si alguien lo estaba mirando a él y no a sus matemáticas. Cuando decidía que esto era así, borraba íntegras sus restas, sumas, divisiones o multiplicaciones con la cabeza del mirón, muy preferentemente Tyrone Power por lo de sus ojazos negros, pedía que se aplaudiera y que todos se rieran, por favor, se paseaba luego largo rato entre las filas de alumnos para comprobar que risas y aplausos eran tan sinceros como intensos, de paso le aplicaba numerosos cocachos a la cabeza que acababa de servirle de borrador, y cuando por fin recuperaba la calma volvía a explicarlo todo desde el comienzo.

Pero, en cambio, cada vez que había exámenes parciales, invitaba muy gentilmente a los alumnos desaprobados a su suite, y tras haberles explicado paso a paso lo que hubieran tenido que hacer para aprobar, se tomaba muy en serio aquello de que el problema había sido realmente comprendido y resuelto, y la nota del invitado iba subiendo hasta el extremo de que, un día, a Neca Neca se le zafó íntegro el brazo, se le rajó la clavícula, en fin, que anduvo como un mes enyesado porque entró a la suite de mister Carol con tremendo cero en su examen y salió con un 20 sobre 20, mientras que el chancón del becado Canales sólo había alcanzado un 16 y ¡ra!, cholo bestia, ¡ra!, te gané, becado de mierda, ¡ra!, aprende de mí, paramonguino bruto, ¡ra!, cómo puedes salir a la calle con esos trinches por pelo y ¡ra! ¡ra! y ¡ra! pero alzando tanto y con tal violencia el brazo en cada alarido triunfal que en una de ésas soltó un ¡Ay, carajo!, puso tamaña cara de cojudo, de sorpresa, de tremendo dolor, no logró bajar más el brazo de allá arriba, en fin que se le habían descuajeringado o desclavado brazo o clavícula o sabe Dios qué, pero lo cierto es que estuvo como un mes enyesado la bestia de Neca Neca.

Nadie se cagó tanto jamás en la monarquía inglesa, en la *City* londinense, en Shakespeare, en Milton y en el inglés culto y vespertino de mister Farley como la futura clase dirigente del Perú. Pobres mister Schofield y mister Curtis y pobre mister Tonyfield con sus rudimentos de economía política y pobre mister Philips con su historia de Inglaterra. A los alumnos todo aquello les importaba literalmente un repepino y los aburría tanto como el documental educativo de mierda ese que se llamaba *Historia de la rueda*. En cambio todos cantaban felices con Peggy Newton, que estaba como pepa de mango, y quién se iba a perder las entretenidísimas clases de Teddy Boy.

Teddy Boy llegaba acompañado por sus perros Simon y Chesterton, que saben más inglés que Díez Canseco y tienen un coeficiente mental superior al de Colas de la Noue. Llegaba, por supuesto, en silla de ruedas empujada por sus fieles Parker y Perkins, a los que había que educar también porque el triunfo de la causa está cercano, y de entrada le rogaba a un alumno que le recitara las coplas de Jorge Manrique, a Lorca, Quevedo, Calderón o Vallejo. Y pobre del que no se supiera el poema de memoria para consolarlo por haber tanto cholo en clase y tan poco niño rubio y demasiados niños malos y hasta un Judas, pobre, realmente, porque Teddy Boy desenvainaba inmediatamente la espada que llevaba siempre a clases y se la ponía al recitante en el cuello, hincándolo hasta que le salía íntegro y correcto el poema solicitado. Y también, para que todos ahí aprendieran a convivir con la belleza y la armonía griegas, no bien entraba a clase el profesor, Luis Gotuzzo, que poco a poco se había ido acostumbrando a ese martirologio, se desnudaba y se ponía de pie, bien trepadito y en posición Apolo sobre su carpeta.

—Cuerpo griego, cuerpo griego —repetía Teddy Boy, mientras arrancaba con sus clases de historia del Perú, o sea la mayor parte de las familias de ustedes, menuda sarta de sinvergüenzas. "Hay un muerto detrás de cada una de esas fortunas", decía siempre Teddy Boy y un día era el abuelo de Díez Canseco el que se había enriquecido ilícitamente mientras estuvo en el gobierno y al día siguiente *Il* Comendatore de verdad, o sea tu padre, niño despilfarrador, había empezado vendiendo helados como un cholo cualquiera pero con el agravante de que se paseaba por Lima con un oso para atraer la atención de la gente. Y ni qué decir de Joselín y Alvarito de Aliaga o de Carlosito Colas de la Noue, cuya mamá era toda una Torre Tagle, sí, pero aquí todos sabemos también, ¿o no, Simon?, ¿o no, Chesterton?, que sólo lo logró porque su bisabuela persiguió de rabona de ejército al auténtico marqués. Y cuando el indignadísimo Carlosito se aprestaba a interrumpirlo furioso, lo callaba con su muy habitual "Lo que Salamanca no da, natura no lo presta", que era la manera más elegante y refinada de decirle "¡Cállate, animal!". Y al terminar cada clase les subía un punto a todos los niños rubios, dos a los rubios con hermana bonita, y hasta llegó a subirle tres puntos a Manongo Sterne por un asunto de minas que ni él ni nadie ahí lograba entender.

Un día, en plena clase de historia del Perú, Teddy Boy casi mata a Lelo López Aldana y Amat, por ser descendiente del ilustre virrey del mismo nombre y muy probablemente de la Perricholi, también llamada la Pompadour peruana, célebre querida mestiza y muy *mobile* del anciano virrey cornamentoso. Y como el pobre Amat era catalán y a cada rato enfurecía con su concubina, la insultaba gritándole ¡Perri choli!, cuando en realidad lo que quería decirle era perra chola. "Y de ahí, tal vez", agregó el profesor, "de ahí tal vez que el niño malo que duerme con el monstruoso Hitler sobre su cama, sufra de amor, como su antepasado, por una linda perrita chola." Enloqueció Lelo López Aldana y Amat y empezó a soltar coces a diestra y siniestra porque, entre otros insultos, Alicia no tenía cuándo regresar al colegio. Pero lo calló Teddy Boy preguntándole a Luchito Peschiera, niño que jamás puede decir una mentira y está siempre, además, bajo el signo de Capricornio, si todo aquello era verdad. Luchito Peschiera respondió que sí, que era la purísima verdad, y para comprobar hasta qué punto podía llegar Teddy Boy en sus excentricidades, agregó:

—Y también es verdad que son las diez de la noche, profesor.

—¡Tardísimo! —exclamó Teddy Boy, realmente sorprendido, y momentos después, sin almorzar ni nada, mandó acostarse al colegio entero. Y a la diez de la noche de verdad, fue a buscarlos a los dormitorios cuando ya los alumnos empezaban a hartarse de estar en la cama. Había llegado por fin el ómnibus nuevo, y la futura clase dirigente del Perú se vistió en el acto, obedeció ciegamente, y minutos después ya estaba camino del antiguo balneario de La Punta y más precisamente del malecón Figueredo. Allí se pasaron media noche recogiendo piedras hasta cargar bien el ómnibus, y la otra mitad se la pasaron transportándolas hasta la playa de moda de La Herrradura. Dejaron miles de piedras y la operación se repitió varias veces a lo largo de los meses. La idea era producir un fenómeno que realmente desconcertara a geólogos de todo el mundo: la transformación tan rápida como inexplicable de una playa de arena en playa de piedra. Y qué pasó, nadie lo sabrá nunca, pero lo cierto es que, hacia 1990, La Herradura era ya una playa de piedra. ¿Fue algún nostálgico del San Pablo el que, oculta y solitariamente, continuó con aquella absurda empresa en las décadas siguientes? Nadie lo sabrá nunca.

La decoradísima y estrafalaria casa de Teddy Boy, con un pequeño porche en que el excéntrico profesor devoraba libros y admiraba los cuadros que su querido primo, el pintor Fernando de Szyszlo, le había obsequiado a lo largo de los años, se había ido convirtiendo poco a poco en el corazón del colegio San Pablo. Una formidable discoteca de música clásica, jazz, ópera y *oldies*, como le llamaba él a sus discos de los Mills Brothers, Al Jolson, Marlene Dietrich, Greta Keller, Tommy Dorsey y muchos intérpretes más de los años veinte, treinta y cuarenta, realmente enloquecía a los muchachos que cada tarde acudían como moscas a presenciar alguna nueva ocurrencia de un profesor cuya única alimentación

conocida eran los chocolates Suchard que acompañaba siempre
con una inmensa y fría botella de capitán, un fuerte y peligroso
trago compuesto de pisco y vermouth.

Ahí se enteraba cada uno del monto de su fortuna familiar o de
la posible herencia de su enamorada, de lo que era bailar bien un
fox trot con la linda Peggy Newton o de la absoluta superioridad
de determinado director de orquesta sobre otro. Ahí descubrían
las voces de Caruso o de Tito Schippa, lo pésimo que cantaba
Mario Lanza y ahí se hablaba también de lo entretenida que podía
ser la historia universal o una buena lectura del Quijote, de lo que
había sido la Alemania nazi y lo que había significado escuchar entonces a Marlene Dietrich cantando *Lili Marlene* en inglés y alemán.

Hasta lloraban los alumnos con los ambientes propicios al más
noble sentimentalismo y de ahí pasaban a la carcajada general cuando, por lo bestia que era y porque se iba a despilfarrar la fortuna de
su padre en menos de veinte años, Teddy Boy condenaba antici-
padamente al Comendatore Jr., como le llamaba él, al casi diario
suplicio de ir hasta la casa de la Viuda seguido por medio colegio,
por el propio Teddy Boy y sus inmensos mastines, Simon y Chesterton, que saben más inglés que Díez Canseco, sostenidos con las
justas por los britaniquísimos indios Perkins y Parker. Desde la
casa de la Viuda hasta el gran trampolín de la piscina había unos
doscientos metros y el pobre Comendatore Jr., flaco, muy alto y
con unas larguísimas piernas de zancudo, apenas tenía tiempo
para partir la carrera como loco antes de que Teddy Boy diera la
orden para que sus mayordomos soltaran a los perros y éstos lo
persiguieran para comérselo vivo. El pálido y espigado Comendatore llegó a convertirse en campeón interescolar de doscientos
metros planos y casi siempre alcanzó a treparse a toda mecha y por
un pelo al aparatoso trampolín de los saltos ornamentales, antes de
que los furibundos y muy bien entrenados Simon y Chesterton le
destrozaran el fundillo del pantalón.

En casa de Teddy Boy y arrepentidísimos, los alumnos que esa
misma mañana habían abucheado ferozmente a los conferencistas
Germán Tito Gutiérrez y Alfonso Montesinos, futuros padres de
la patria y todo, por haber intentado inculcarles las más pérfidas e
izquierdosas ideas políticas y con qué derecho, carajo, nosotros

somos dueños de medio país y hasta de país y medio, si nos da nuestra real gana, en la primera y última de las tres conferencias que debían dar ante los futuros dirigentes, en su casa y esa misma tarde logró Teddy Boy que esa arrepentidísima derecha extrema y juvenil, pero ya de cuna y leche materna, escuchara con una mezcla de respeto, pavor y me cago en la noticia, resentidos sociales de eme, a los reivindicativos y caballerosos Germán Tito Gutiérrez, que tenía cara de llamarse Alfonso Montesinos y Alfonso Montesinos que, fijándose bien, tenía cara de llamarse Germán Tito Gutiérrez.

–El triunfo de la causa popular está cercano –comentaba, medio en broma y medio en serio Teddy Boy, a quien don Álvaro de Aliaga y Harriman vino a darle las gracias personalmente por haber conseguido lo que ni él mismo había conseguido aquella maldita mañana: que los alumnos destinados a ocupar puestos de elite en la economía, la política y el pensamiento peruanos, se enteraran al menos de quiénes eran sus principales enemigos.

Todo aquello formaba parte de la educación privilegiada que don Álvaro había soñado para sus hijos y los hijos de sus amigos, en nombre de Inglaterra y del Perú, sobre todo porque ya desde el gobierno de Augusto B. Leguía, desde aquel malhadado oncenio de la Patria Nueva y la circense década de los veinte, algo retrocedía en el país mientras que la presencia norteamericana avanzaba vulgarmente y ya hoy, en plena década de los cincuenta, mis hijos y los hijos de mis más entrañables amigos fracasan escolar y babeantemente debido a problemas endogámicos, bueno, sí, a veces, lo reconozco, en eso puede que sí tenga algo de razón Felipón Canaval, pero fracasan más que nada debido a la forma en que sus mamacitas, más destapadas ahora en el vestir pero eternamente encorchadas de mentalidad, los mariconizan a pasos agigantados, los dejan como lobotomizados para todo lo que sea la posibilidad de estudiar en Inglaterra, por ejemplo.

–En fin, ¿qué piensas tú de todo esto, mi querido Teddy?

–El triunfo de la causa popular está cercano, Alvarito –le daba por joderlo a Teddy Boy. Pero no bien veía que su amigo no tardaba en estallar en un ataque de rabioso tartamudeo, en un tris se escondía entre los misterios del sueño que tan pesada y reiteradamente invadía sus noches, sin duda alguna debido a que mucho cholo está invadiendo Lima y cada día hay más barriadas. Y desde ahí le soltaba–: Es un sueño tan pesado como premonitorio, creo yo, Álvaro. Y a cada rato me despierto aterrado en un país en el que ya no quedan niños ricos. Y tengo que correr, te lo juro, hasta los dormitorios de la Maja Desnuda o de tus propios hijos para verlos dormir un buen rato placenteramente. Sólo así logro tranquilizarme y regresar a casa para seguir descansando.

–Bah, idioteces, Teddy. Tú cada día más loco. Pero bueno, ya nos veremos pronto, y gracias de todos modos por haber logrado que los chicos escuchen a los comunistas esos. Ah, mira, se me olvidaba: ni una sola palabra sobre los tales Gutiérrez o Montesinos cuando vengas a casa. Se entera Francisquita y me mata.

Los jueves por la noche, Teddy Boy, Perkins y Parker y algunos alumnos que le habían obsequiado finos chocolates Suchard, solían ir a Chosica en busca de una buena película. Teddy Boy se espantaba con las películas de terror y más de una vez fue necesario despertar a Betty Oliver para que le diera un tranquilizante. Y mientras la pastillita le hacía efecto, el obeso Teddy Boy seleccionaba algunas suaves melodías de Agustín Lara, por ejemplo, se quitaba camisa y camiseta, se tumbaba en un sofá y se dejaba adormecer la espalda con unos largos brazos de madera china, repletos de finísimos deditos rascones.

–¡Loca conchesumadre! –gritaba, furibundo, Neca Neca, y proclamaba a los cuatro vientos que a todos los que frecuentaban la casa de Teddy Boy les hacía agua la canoa, maricones de mierda, eso es lo que eran. Y Neca Neca fue el único alumno que, fiel a sus ideas y coherente con sus principios, jamás pisó la casa de Teddy Boy ni compartió sus bromas, su cultura, sus excentricidades ni nada. En realidad, Neca Neca fue un caso curioso dentro del colegio y como tal continuó en las décadas siguientes. Los ex alumnos del San Pablo visitaron y rodearon a Teddy Boy hasta su muerte, tan excéntrica como su vida, y hasta le financiaron entre todos un colegio para que educara a sus hijos. Sólo Neca Neca, que, contra la creencia general, llegó a ser un importante, correcto y muy serio empresario internacional, y que año tras año participaba en el rally París-Dakar, se separó para siempre de aquel grupo de sobrevivientes del San Pablo que mantuvo para siempre lo mejor del espíritu de un colegio que, con los años y como tantas cosas más para ellos, fue degenerando hasta convertirse en un antro de drogas y forajidos.

Claro que para entonces hacía ya muchos años que don Álvaro de Aliaga había vendido el San Pablo, había fundado la universidad con la que tanto soñaron él, el filosófico doctor Vargas Lara y el cada día más destacado Benito Harriman Sánchez de la Concha, y había muerto comprobando cómo Inglaterra iba desapareciendo a pasos agigantados del Perú. "En realidad", pensaba, durante sus últimos almuerzos en el Phoenix Club, "cada día se parece más este raído y extrañable lugar a lo que fue uno de mis más queridos y ambiciosos proyectos: el colegio San Pablo. Y por más que funcione de maravilla, también mi universidad empieza a parecerse extrañamente cada día más a este club y a aquel colegio. En fin, o yo no entiendo nada o nadie me entiende a mí."

Muchos años hacía también de la muerte de su hermano Luis Pedro. Luis Pedro de Aliaga y Harriman murió solitario y loco en una casa de reposo de la Costa Azul, tras haberle causado los más extraordinarios quebraderos de cabeza y de haberles hecho pasar vergüenza y media a él y a su apoderado en Londres. Más conocido en Lima como El Ferroviario, debido a su locura por las locomotoras del Ferrocarril Central del Perú, que casi diariamente conducía cubierto de carbón entre Lima y Cerro de Pasco, el hermano de don Álvaro se había convertido en uno de los entretenimientos favoritos de los alumnos del San Pablo. Lo esperaban tempranito por la mañana, a la ida, y también aquellas tardes en que regresaba feliz de las andinas alturas de la Oroya o de Cerro de Pasco, paradito siempre en la decimonónica locomotora del ferrocarril que transportaba minerales de la Cerro de Pasco Copper Corporation para su posterior embarque en el puerto del Callao.

Desamparado, loco, feliz, e inmundo ya, Luis Pedro de Aliaga y Harriman partía de la limeña estación de Desamparados y una hora más tarde pasaba por la línea que bordeaba el campo de cricket y hockey del colegio San Pablo. Ahí lo esperaban los alumnos para hacerle adiós, arrojarle algún pedruzco y, sobre todo, para matarse de risa de la pinta con que iba el viejo, chino de felicidad y negro de carbón en su locomotora. Así pasaba un día sí y un día no, casi siempre, inmundo de pies a cabeza y agradeciendo con una mano en alto los aplausos que le brindaban los chicos esos tan simpáticos del colegio de mi hermano, mientras con la otra mano intentaba sacudirse tanto polvo negro con un plumero antediluviano, para pasar por Los Ángeles lo más digno y presentable posible, en vista de los aplausos.

No pudo más, por fin, don Álvaro, y tras regalarle el tren eléctrico más maravilloso del mundo, convenció a su hermano Luis Pedro de la necesidad de un inmediato traslado a Inglaterra, donde por supuesto que podría continuar con su hobby, pero, digamos, de una forma más eléctrica y discreta, Luis Pedro, y en todo caso me-me-menos embarazosa para la fa-fa-familia. Jamás sospechó don Álvaro, al tomar tan equivocada decisión, que su hermano poseía una licencia de maquinista internacional otorgada por la Federación Británica de Ferrocarriles, en vista de que también los ferrocarriles peruanos eran ingleses, y que pronto, muy pronto, iba a encontrar trabajo y conducir un tren que diariamente unía Londres con Liverpool. Y mucho menos sospechó, o soñó siquiera don Álvaro, que por tratarse ahora de un trabajo de a verdad y con un salario de a verdad, y que por encontrarse totalmente alejado de las trabas familiares y sociales limeñas, su hermano Luis Pedro iba a tomar rápida conciencia social proletaria, iba a sindicalizarse, luego, y que terminaría convertido en un importante líder obrero. Pero así fue, desgraciadamente, y Luis Pedro de Aliaga y Harriman estuvo al frente de una de las más largas y reivindicativas huelgas que conoció la historia del sindicalismo británico. Al frente de su sindicato, mantuvo paralizado durante meses el tráfico ferroviario de toda Inglaterra, pero finalmente fue víctima de un chivatazo y se descubrió que era peruano, a pesar de su inglés perfecto de ferroviario de Liverpool, o sea atroz, fruto de mil horas de esfuerzos fonéticos y de desoxfordización total, y hasta de un pasaporte británico que sabe Dios cómo había obtenido con el nombre de Peter L. Harriman.

Luis Pedro de Aliaga y Harriman fue encarcelado, vejado y finalmente expulsado de Inglaterra como extranjero indeseable, pero lo que realmente no logró soportar fue que le retiraran para siempre su licencia de maquinista internacional. Y de nada le sirvió entonces el fabuloso tren eléctrico con que se instaló en París, porque nada en este mundo podía reemplazar la realidad de un recorrido con pito y mucho humo y riesgo y altura máxima andina entre Lima y Cerro de Pasco o con trocitos de campiña británica y los pueblecitos esos entre Londres y Liverpool. Total que a don Álvaro no le quedó más remedio que salir volando a Francia para ocuparse de la galopante locura final de su hermano, a quien ya ni siquiera se atrevió a traerse de regreso a Lima. Luis Pedro de Aliaga y Harriman, alias El Ferroviario, falleció en una casa de reposo en Cagnes-Sur-Mer, y el único bien que dejó fue el fabuloso tren eléctrico que para nada le había servido en esta vida y que, poco tiempo después, llegaba a Lima en barco y pasaba rápidamente a manos de Teddy Boy, gracias a una triunfal apuesta en su semanal partida de bridge con el ministro de Hacienda.

Bañado en la cada vez más profunda nostalgia de su adolescencia londinense, don Álvaro se presentaba todos los viernes uniformado de alumno, ni siquiera de *old boy*, para almorzar con los muchachos de su colegio San Pablo. Lo acompañaba su fiel sobrino Benito y la comida mejoraba notablemente en calidad y cantidad. Cada uno de esos almuerzos era una verdadera charla sobre la política oficial del país, sobre la concepción que don Álvaro y su sobrino tenían del Estado nacional, el Club Nacional y el Phoenix Club, sobre su significado pasado y actual en la vida del Perú, y sobre los deberes de derecha fundamentalmente antiaprista y anticomunista que les correspondería asumir el día en que relevaran a sus padres en el empresariado nacional. Inglaterra, por supuesto, era el modelo a seguir y precisamente de Inglaterra les llegarían muy pronto unos extensos cuestionarios acerca de sus conocimientos generales. La finalidad de esta prueba era la de ir evaluando los resultados de la enseñanza impartida por tan ilustres maestros, con el fin de compararla en seguida con pruebas semejantes efectuadas en Eton, por ejemplo y, bueno, Tarrillo, a ver qué ha aprendido usted sobre África en los entretenidísimos cursos de geografía e historia que, estoy seguro, les viene dictando Teddy Boy, pe-pe-perdón, el doctor Stewart Valdelomar...

Judas Tarrillo se puso de pie, muñequeadísimo, y repitió al pie de la letra el África que les había enseñado el excéntrico Teddy Boy: "El África, señor de Aliaga, es continente de misiones y misioneros y uno de los pocos lugares de este mundo en que el padre Ruschoff no ha sido torturado todavía..."

—No se porten ¡monos! —interrumpió el pobre padrecito, cuchara de sopa en mano.

—…Hay que colaborar con las misiones africanas, aunque lo más correcto sería que la caridad empezara por las misiones peruanas, en vista de que también por aquí se cuecen habas…

Nada les gustó a don Álvaro ni a don Benito que Teddy Boy anduviese soliviantando de esa manera a los alumnos, pero, en fin, continúe usted Tarrillo.

—…Poco más hay que decir sobre el África, señor de Aliaga…

—¡Cómo que poco más! ¿Y las colonias inglesas?

—Yo creí que eso era historia de la India, señor.

—Deje usted a Gandhi en paz, que era lo que a él le gustaba, aunque mire cómo acabó, y concéntrese, por favor, en el África.

El becado Canales estaba pidiendo la palabra como loco, pero Tarrillo continuó:

—En África tenemos tres o cuatro territorios que mencionar…

—¿Está usted seguro que sólo tres o cuatro, Tarrillo?

El becado Canales seguía pidiendo la palabra como loco, pero tampoco le dieron bola esta vez y Tarrillo continuó:

—Sí, don Álvaro, tres o cuatro territorios. Primero, Argelia, colonia francesa que anda luchando por su independencia y que ya se arruinará. Luego, tenemos Marruecos, protectorado de España y de Francia que también se arruinará por andar buscando su independencia. En tercer lugar, don Álvaro, viene Tunisia, capital Túnez, pero que todos llaman Túnez a secas y que se arruinará no bien deje de ser protectorado de la madre patria. Y por último, al sur, el horrible país de Mauritania.

—¿Y eso es todo?

—Bueno, eso es todo lo que nos ha enseñado el doctor Stewart, señor.

—Por Dios, Teddy —sonrió don Álvaro, añadiendo—: Bueno, pero si tú lo dices, es bastante probable que tengas razón. En todo caso, encuentro realmente divertido y muy cierto aquello del horrible país de Mauritania.

Pero el pesado del becado Canales continuaba pidiendo la palabra como loco, alzando intermitentemente el brazo, loco por lucirse, y don Álvaro terminó por decirle que bueno, que nos dijera algo más sobre el África.

–Acabo de terminar un libro de nuestra biblioteca, señor, porque yo siempre voy a nuestra biblioteca, señor.

–Bueno, señor, pero qué diablos dice ese libro sobre el África, señor.

–Dice, señor de Aliaga y Harriman, que es "un lugar inhóspito, tierra poco agradecida, clima penoso. En África la lucha por la vida es encarnizada. La existencia de las plantas, de los animales y de los hombres está constantemente amenazada. El insecto es más peligroso que la fiera y el microbio más que el insecto..."

–¡Basta ya, becado! –lo cortó don Álvaro–. Y ahora siéntese y aprenda que hay temas que no se tocan en la mesa.

–Sí, señor, a sus órdenes.

Don Álvaro decidió que lo mejor era cederle la palabra al doctor Vargas Lara, pero qué horror, otra metida de pata, porque el hombre se arrancó con que la democracia cristiana y Sócrates tenían cosas en común y, si lo pensamos bien, muchísimas cosas en común, y de ahí pasó a soñar con que el colegio San Pablo se elevaba y se elevaba hasta convertirse en un monumental edificio y en una universidad destinada a la elite intelectual del país, al cultivo de los más altruistas principios y a la incorporación de las grandes masas indígenas hasta hoy desplazadas de un gran proyecto realmente nacional que a ustedes, sí, a ustedes, hoy alumnos de este colegio, mañana alumnos de esta universidad –aquí elevó la mirada hasta alcanzar un inexistente vigésimo piso, más o menos–, y pasado mañana elite cultural y clase dirigente de los destinos de esta comunidad de responsabilidades que Donoso Cortés llamó patria...

–Bien, doctor Vargas Lara –lo interrumpió un elegantísimo, buenmocísimo y muy sonriente mister Owens, sin duda porque le tocaba día de Viuda y su espantosa cónyuge acababa de largarse a Arequipa–; muy bien, doctor, pero ya es hora de que los alumnos se preparen para sus actividades deportivas. No olvide usted que las tardes de los viernes están *íntegra y exclusivamente* dedicadas al deporte, doctor Vargas Lara –repitió con tremendo hincapié y todo mister Owens, y el pobre doctor no tuvo más remedio que meterse la lengua al poto, con gran alivio general, en el preciso instante en que llegaba el extrañísimo Giancarlo Bachich de Resina, alias Bachiche, que en realidad sólo venía los días que tocaba tenis. Llegaba con su raqueta y tan feliz y misterioso como siempre, porque la verdad es que Bachiche no habló jamás en ningún idioma pero se rió en todos. O era que sabía tantos idiomas que siempre reaccionaba en el que no correspondía. En fin, todo un lío que en el San Pablo jamás nadie entendió y menos todavía aquella tarde cuando, sólo porque lo vio entrar tan contento al comedor, don Álvaro le dijo que rezara, por favor, la oración para después de las comidas, en vista de que se nos ha olvidado rezar la oración para antes de las comidas que era la misma que-que...pe-pe-pero rece, rece, usted, Ba-Ba-Bachich de Resina...

—*Io non conosco la canzone, egregio signore* —empezó a llorar a mares Bachiche, y la verdad es que ahí ya nunca nadie intentó adivinar siquiera quién podría ser ese individuo tan orejón y tan feo.

Una hora más tarde, mister Sykes recibía a sus uniformados alumnos de esgrima en inglés y éstos eran derrotados por los alumnos del triple campéon bolivariano de esgrima en castellano, mayor Saettone. Lelo López Aldana y Amat galopaba feliz en la cercana urbanización de Chacrasana, donde don Álvaro había habilitado el campo de equitación que le exigió el británico caballero Sir Robert Graves, uniformadísimo para la campiña inglesa. Mister Duncan, por su parte, torturaba a una buena docena de alumnos con su locura por el cricket y el hockey, y mister Connolly se ocupaba de los futuros campeones interescolares de natación y saltos ornamentales, que eran un montón por aquello de que a lo mejor la Viuda aparecía por la piscina. Y, por último, el criollazo profesor Ayala se llevaba a los que no servían para nada a hacer un poco de gimnasia, siquiera. Pero de pronto apareció mister Carol en el campo de cricket y hockey y, tras aplicarle una verdadera paliza de las de misal y suite a mister Duncan, amenazándolo con matarlo si volvía a asomarse por el colegio, se convirtió en entrenador de la selección de fútbol, sin que mister Owens y el doctor Vargas Lara osaran decir esta boca es mía porque ya la semana pasada, cuando se despedían de él porque le tocaba quedarse de guardia con los castigados y los provincianos que no tenían dónde salir, mister Carol les arrojó un misal a cada uno y los citó en su suite dentro de un cuarto de hora...

—O se quedan ustedes dos y salgo yo, carajo, o...

Mister Owens se resignó a dejar plantada a la Viuda y, en cuanto al doctor Vargas Lara, tras debatirse un cuarto de hora entre el pánico a mister Carol y el pánico a la Chuchumeca, decidió que al menos ésta no pasaría de una bofetada o dos y que, por último, terminaría largándose a Lima sola. En fin, cualquier cosa era preferible a tener que aparecer en la suite de mister Carol y tocar la puerta para devolverle su misal. Media hora más tarde, mister Carol tomaba un colectivo con rumbo al centro de Lima y empezaba a deambular sin rumbo fijo ni amigo alguno por el centro de la ciudad.

El arte, en el colegio San Pablo, había sido declarado cosa de maricones, y loca tenía que ser por lo tanto el pintor Ávila, que además no sabía pintar porque pintaba abstracto y eso era no saber ni dibujar ni pintar ni nada, pendejo de mierda. Y más loca no podía ser también el profesor-actor de teatro Galeano, con los saltitos de mimo maricón que andaba pegando en el jardín delantero del colegio, más lo de la expresión corporal, que ya era el colmo de la rosquetería. O sea que Neca Neca se encargó muy pronto de que el profesor-actor Galeano viniera en balde hasta Los Ángeles: no le quedaba un solo alumno y el pobre que había contado con esos ingresos para ahorrar e irse a seguir cursos de perfeccionamiento en París.

Pero el pintor Ávila, que había ganado premios internacionales y todo, sí se quedó y cada vez con más alumnos, durante los cuatro años que duró el primer y mejor colegio San Pablo, el de don Álvaro de Aliaga y los alumnos fundadores que fueron aprobando cada año hasta formar la primera promoción que egresó del San Pablo, aunque ésta sólo contaba con la mitad de los muchachos que ingresaron en 1953. Algunos, como Pipo Roldán y Albornoz, desaparecieron para siempre; otros, como Minelli e Inurritegui, terminarían castigadísimos en el colegio militar Leoncio Prado, humidificada versión peruana de la academia de West Point, y los más fueron repitiendo de año hasta que don Álvaro se hartó de un colegio que nunca estuvo a la altura de sus expectativas y trasladó los sueños del doctor Vargas Lara (agregarle pisos y más pisos al edificio de Los Ángeles para que los mismos alumnos, las mismas mentes privilegiadas, fueran subiendo y subiendo hasta alcanzar las cumbres de una gran universidad) al centro de Lima, tras haberle vendido el San Pablo a su simpatiquísimo subdirector, mister Williams, un inglés estereotipado, de pelo y bigote blanquísimos, y de simpatía sólo superada por su alcoholismo y el misterio en que se envolvía el destino final de las botellas de gin que por docenas iban ingresando a su casa de soltero empedernido y cinematográfico.

Veinte años después, cuando el San Pablo era un edificio semiderruido y literalmente saqueado por los profesores impagos que dejó mister Williams al fugarse del Perú con sus ahorritos y los mil sueldos atrasados de los profesores, el poeta y sociólogo Abelardo Sánchez León visitó el local del ya legendario hotel de Los Ángeles con el fin de escribir un libro sobre la tugurización de Lima y sus alrededores y, sin quererlo ni imaginarlo siquiera, aclaró el enigma de las botellas de gin. Mister Williams las encontraba sin duda mucho más bellas y perfumadas que una flor y, en el amplio jardín de la casa que le correspondió desde que compró el colegio y asumió su dirección inglesa, las fue plantando en ordenadísimos batalloncitos y hasta parece que las regaba de vez en cuando.

Aquello duró hasta la década de los setenta y Sánchez León fue testigo de que también las vigas de los altos techos del gran hall, los lavatorios y las tinas y excusados de los baños habían sido arrancados de raíz por los profesores que fueron víctimas del tremendo perro muerto del encantador mister Williams. Fue por esos años velasquistas, militares y policiales, cuando el destrozado pero excelentemente bien ubicado local, en el que se encontraron importantes cantidades de marihuana y hasta bolsitas de pasta básica de cocaína de la pura y de la de mierda, fue adquirido para club social y recreativo de la policía de investigaciones del Perú e íntegramente restaurado. Y al frente, al otro lado de aquel río Rímac desviado por don Álvaro de Aliaga y Harriman, tal vez en su misma casa, incluso, pero remozada con tan mal gusto y tanta huachafería que ni el propio don Álvaro ni su esposa doña Francisquita Arias, de los Arias de Panamá, la hubieran tomado por suya, vivía el General Chino Cholo Pendejo y Simpaticón don Juan Velasco Alvarado, jefe de Estado del Perú desde que en 1968 mandó sacar a patada limpia de palacio al arquitecto Fernando Belaúnde Terry, mientras el pobre dormía el sueño de los justos y los probos y soñaba con una comunidad de estados latinoamericanos atravesados por una interminable carretera marginal y por su gran filosofía política: El Perú como doctrina y La conquista del Perú por los peruanos, que fue cuando el coronel de turno le metió un tancazo a la reja de palacio y el demócrata presidente preguntó si había temblor o qué y, cuenta la *vox populi* que ni el Parkinson le tembló al arquitecto mientras comprendía que en realidad se trataba de moros en la costa y de unos militares cholos y felones, que no le quedaba otra alternativa que la de empezar a cantar el himno nacional para abandonar dignamente la casa de Pizarro, a pesar de los empellones, y que ni siquiera le iban a dar tiempo para recoger sus anteojos de lectura porque esos milicos juraban hablar en nombre del pueblo peruano sin más doctrina que sus bayonetas y sin más filosofía que un buen par de cojones.

Todo aquello lo vivió también el pobre pintor Ávila, algo vejancón ya pero tan mujeriego como siempre y con su amapola capilar reducida al mínimo por una avanzada calvicie. Amapola, en efecto, era la chapa que Neca Neca le había puesto muy acertadamente al pintor Ávila, y no sólo porque los artistas dicen que son muy sensibles pero en realidad lo que son es locas, oñoñoyes y hojitas de té, y como ejemplo bastaba con ver la amapola-rulo engominado que lucía el fornido y peludo profesor Ávila, en fin, la onda aquella o el enorme rizo que se arreglaba, muy probablemente ante un tocador, eso que llaman artista y que ni pintar sabe porque a mí no me vengan con que esas manchas de mierda son arte abstracto, eso se llama no saber ni dibujar y ser rosquete además de todo, *Amapola, lindísima amapola, no seas tan ingrata…* oñoñoy.

Otro macho del novecientos en estos asuntos abstracto-amapólicos era Judas Tarrillo Grasso. De pintura eso no tenía nada. Eso lo hacía cualquiera con o sin vocación de rosquete. Y los pelotudos esos de los alumnos que andaban pinta que te pinta cojudeces en las clases de arte no sabían hasta qué punto los estaban estafando. En fin, que más escéptico no podía ser el gordo Tarrillo Grasso y, por fin, un día de clausura anual, con *sports day* por la mañana y por la tarde entrega de premios, cóctel con los padres de familia y exposición de pintura en la que el internacionalmente famoso pintor peruano Fernando de Szyszlo y el entendidísimo y muy culto arquitecto Luis Miró Quesada, nada menos, debían premiar la mejor obra pictórica salida ese año del taller del profesor Ávila, Tarrillo decidió comprobar que su teoría acerca del arte abstracto era tan cierta como que él se apellidaba también Grasso y era muy macho e iqueño.

Los cuadros concursantes habían sido instalados en el gran hall de la entrada, desde la tarde anterior, y todo estaba listo para la gran muestra cuando Judas Tarrillo despertó a su compadre Neca Neca y, tras explicarle que de lo que se trataba era de darles una lección de honestidad a esa tanda de farsantes y rosquetes, se metieron al taller de pintura, robaron telas, caballetes, pinceles y tubos de pintura al óleo, lo prepararon y pintarrajearon todo de cualquier manera y cada uno colgó su cuadro poco rato después, justo a tiempo para que estuvieran secos la tarde siguiente.

Y fue realmente la cagada, porque tras un concienzudo análisis de conceptos, formas y colores, Judas y Neca Neca fueron premiados por Szyszlo y Miró Quesada y dejaron turulatos a Ismael Gotuzzo, Santiago Velauchaga y Carlos Leigh, jóvenes y destacadísimas promesas del taller de arte que, con tanto esmero, paciencia y dedicación, había dirigido Amapola Ávila. Y el colmo de los colmos fue que aquel año la revista del colegio llevaba de portada nada menos que una reproducción en colores del cuadro de Neca Neca Pinillos, en vista de que Judas Tarrillo Grasso ya le había vendido el suyo al comendatore D'Angelo, despilfarrador nato.

Por aquel entonces, también, el colegio San Pablo había crecido lo suficiente como para ser dividido en *houses* o casas, cada una al mando de un prefecto escogido por sus virtudes cívicas y académicas. Por fuerte, por noble, por justiciero y porque, aunque "Lo que natura no da, Salamanca no lo presta", siempre ganaba el premio al estímulo, al esfuerzo y al progreso, el Cholo José Antonio Billinghurst Cajahuaringa fue elegido responsable de la *house* Francis Bacon. El piurano Carlos León, que decía piajeno en vez de burro, hablaba cantando y caminaba bailando, fue elegido prefecto de la *house* William Shakespeare, tras haber sido reconocida su hazaña de terminar para siempre con la caspa sin más recursos que su fuerza de voluntad. El Muelón, como también era conocido desde que dijo cantando "No me llamen Calavera, llámenme Muelón", descubrió un día que tenía caspa y se encerró tercamente en su dormitorio con una escobilla cuyos pelos parecían de acero. Y dale que te dale se rascó día y noche, a lo largo de cuatro días y noches seguidos, y nunca más se volvió a ver en la espalda del saco marrón que usaban los prefectos, ni el más mínimo rastro de caspa. Las otras dos *houses* no eran *houses* sino casas, porque siempre había que hacerle alguna concesión al Ministerio de Educación y al director peruano Vargas Lara y porque, la verdad, a mister Owens le importaba un repepino que se llamaran así o asá. Luchito Body Peschiera, prefecto de saco marrón también, desfilaba al frente de la casa Calderón de la Barca y, como era lógico debido a su cuerpo griego, Luis Gotuzzo desfilaba al frente de la casa Tirso de Molina, un personaje cuyo nombre, ocupación y nacionalidad le fueron siempre totalmente desconocidos.

Houses y casas se enfrentaban a lo largo de todo el año, bajo la atenta supervigilancia de los distintos profesores de deportes, a los que había que agregar ahora a mister Carol, que había terminado con el atroz aburrimiento del hockey y del cricket y de paso también con mister Duncan, a quien suave y cortésmente le intercambió su misal por el palo de hockey, para volvérselo a intercambiar luego para siempre en su dormitorio, y que ahora no sólo entrenaba a la selección de fútbol del San Pablo sino que participaba también como jugador, en los entrenamientos, y realmente se destacaba por la limpieza y falta de agresividad con las que no sólo jamás cometió falta alguna sino que además se dejó patear por medio mundo. Llegaba por fin el *sports day* con los orgullosos padres de familia contemplando a sus hijitos y sus respectivas *houses* o casas competir entre ellos, pero en el fondo disgustadísimos todos porque el andino Pírcy Centeno fue siempre el imbatible campeón en la más británica de todas las competencias: el *cross country*.

El cholo huaracino, acostumbrado desde niño a corretear por las cumbres andinas, se tomaba el asunto con calma chicha y partía tranquilamente a través de campos, urbanizaciones, caminos y senderos, y regresaba una media hora antes que el cholo pero costeño José Antonio Billinghurst Cajahuaringa, uno de los pocos corredores que lograba llegar a la meta, aunque con una impresionante cara de agotamiento, la mirada realmente extraviada y un inmenso tórax que nunca le sirvió para nada en las elegantes, muy británicas y concurridísimas mañanas del *sports day*, a las que siempre asistió don Álvaro de Aliaga y Harriman, uniformado y británico hasta la trinca. Su función principal consistía en dar el *play* de honor en la final de fútbol y el disparo de salida en el *cross country*. Y jamás nadie supo si fue o no casual el pistoletazo que le metió a Pircy Centeno la tercera vez que, aun con una ligera herida de bala en la pierna derecha, el huaracino llegó por joder hasta la mismísima Chosica y regresó a campo traviesa para que Betty Oliver le desinfectara y parchara la total falta de puntería de que había hecho gala un año más el ministro de Hacienda, porque la verdad es que aquella vez casi se lo palomea al cholo Pircy. Y lo peor de todo fue que los auténticos futuros dirigentes de la patria, encabezados por Neca Neca, Tyrone Power, Monsieur Mac-Millan, Andrés Rizo Patrón, Manongo Sterne, *Il* Comendatore D'Angelo, Gustavo Benavides Málaga, el Perro Díez Canseco y varios *naughty boys* más, fueron descubiertos pocos metros más allá de la línea de partida, fumando a placer y tomando cerveza en la chinganita de la parada del autovagón que cada domingo los traía desde la estación de Desamparados, a las ocho en punto de la noche.

Most Excellent and Honorable Matron y su tintineo de llaves los esperaban entonces para comprobar que se hallaban impecablemente uniformados y proceder a la dominical entrega de la ropa limpia para la semana. Pobrecita la vieja, temblaba mejor que nadie en este mundo y hablaba tan bajito y tan gemiditamente que, la verdad, fue atroz que le cayera a ella el patadón anónimo de aquel juego que, cada vez que se apagaban las luces o las apagaba alguien a propósito, se convertía en el más entretenido deporte del colegio. O uno salía al inmenso hall completamente oscuro a repartir anónimas patadas a anónimas víctimas, o uno se pegaba contra una pared para evitar un patadón que podía venir por cualquier parte y caerle a uno en cualquier parte también. Y hubo súbito apagón una noche en que *Most Excellent and Honorable Matron* cruzaba con su llaverote en la cintura y despistadísima por aquel inmenso hall de altísimo techo. Nadie la había visto en la total oscuridad de aquel gran espacio y nadie podía oírla entre los gritos que los alumnos utilizaban para despistar a un anónimo rival y colocar un anónimo patadón que, la mayor parte de las veces, iba a dar al vacío. Sólo cuando volvían a encenderse las luces se lograba saber si había víctimas y cuántas y quiénes eran. Y aquella vez se encendieron por fin las luces y *Most Excellent and Honorable Matron* yacía sin señales de vida en el brillante suelo de losetas rojas.

—La cagada, compadre —era el comentario general, pero no hubo más remedio que trasladar a la anciana a la enfermería, avisarle corriendo a Betty Oliver, quien a su vez le avisó a su esposo, Jack Oliver o Jack Álava, como pronunciaba él, para que éste consultara con la dirección inglesa y peruana, respectivamente.

Mister Owens, que en ese preciso instante abandonaba su casa con pañuelo de seda al cuello, dijo que los castigos corporales constaban en los reglamentos del colegio, en inglés y en castellano y, tras delegar poderes en el doctor Vargas Lara y mister Oliver o Álava, se dirigió a castigarse corporalmente en casa de la Viuda.

—¿Zapatillazo en la palma de la mano o *caning* en el trasero? —le preguntó Jack Álava a su superior, el director peruano Vargas Lara.

—Bueno —dijo éste, complaciente y dubitativo como siempre—, yo creo que por ser la primera vez, optaremos por la zapatilla, porque arde y duele un poco menos. Lo que sí, queda por ver quién o quiénes fueron los autores de tan terrible abuso y falta de respeto.

—Todos —lo interrumpió casi, y bastante disgustado, mister Álava—. Se trata de una práctica tan detestable y peligrosa como anónima. Por consiguiente, todos deben ser castigados. Yo me ocuparé de la mitad de los alumnos, en el cuarto de las duchas, y usted, señor director, ocúpese de la otra mitad en la oficina de la dirección. Cincuenta zapatillazos en la palma de la mano a cada uno. Eso les enseñará.

—Pero, ¿no es esto incompatible con sus ideas socialistas, mister Oliver?

—En absoluto. Tal vez lo sea con su democracia cristiana, pero allá usted con su conciencia. Una cosa es la disciplina y este hecho merece un castigo tan corporal como ejemplar. Y yo habría optado por el *caning*, créame usted.

En el cuarto de las duchas, la mitad de los alumnos recibió cincuenta zapatillazos cada uno, y no faltaron los que salieron incluso llorando. En la dirección, en cambio, el soñador y cornudo doctor Vargas Lara no se atrevía a dar un solo golpe. Él creía en el poder persuasivo de las palabras afectuosas, mezcladas con los mejores consejos. Y, tras discutir brevemente el asunto con cada alumno que entraba, le arrancaba el juramento de que nunca iba a contárselo a nadie y de que sólo por ser tú y por haber escuchado y creído en mis palabras... Y así, uno por uno y por orden alfabético, todos los alumnos salieron felices de la dirección.

—A mí ni me tocó el pelotudo ese. No se atrevió a tocarme.

—Ni a mí tampoco.

—Este pobre cojudo: los cincuenta zapatillazos se los pegó a su escritorio para que creyeran...

Y así, tan cotidianamente, iba transcurriendo la vida en el mejor y más caro colegio de América del Sud. Así, tal como en 1956, año de la primera promoción que se graduó en el San Pablo, la describiera uno de los alumnos que ingresó el segundo año, Ernesto Sousa Moreyra, en la revista escolar que se publicó a todo lujo y con grandes avisos pagados por importantes empresas británicas. Con excepción de Neca Neca, los ex alumnos del San Pablo han conservado su ejemplar de aquella revista, de la misma manera en que han conservado para siempre en la memoria las palabras en pésimo castellano que, una tarde, desesperada por trinchuda la barba de tres días de Judas Tarrillo, gimió la tintineante y *Most Excellent and Honorable Matron*, sin sospechar que pronto, muy pronto, los alumnos la convertirían en la letra de un himno escolar:

—Ay, Tarrillo, si tú no afeitas ya, mañana yo afeitas tú.

Con el ritmo y la música de la inmortal *Valencia*, los alumnos del colegio más caro de América del Sud entonaron ya para siempre y siempre que se dio la alegre ocasión:

> *Valencia*
> *Ay Tarrillo*
> *si no afeitas*
> *mañana yo afeitas tú...*
>
> *Valencia...*

Otra canción llegó a ser auténtico himno del San Pablo, a pesar de los desesperados esfuerzos del doctor Vargas Lara por lograr que se les metiera en el corazón el extraño y bilingüe himno que un conocido músico y director de la orquesta sinfónica del Perú compuso especialmente para el colegio. Pero *La canción de Cochichón* fue la que se impuso siempre, y de lejos. Seguía, al compás de la Sonora Matancera y la voz que acaricia de Leo Marini con su bigotito años cincuenta, una melodía que toda América Latina y el Caribe bailaron aquella década y mucho más: la inmortal *Maringá*. Y se refería, por supuesto, a la total ausencia de culo que caracterizaba al futuro magnate de la química farmacéutica:

> *Como una tabla hawaiana,*
> *Cochichón,*
> *lo más chato y más perfecto*
> *que su padre cepilló.*

> *Como una tabla*
> *todo chato se quedó.*
> *Y por eso le cantaban*
> *la canción de Cochichón.*

> *Cochichón, Cochichón,*
> *desde el día en que te fuiste*
> *el San Pablo quedó triste*
> *porque amaba tu fealdad...*

Pero vida cotidiana, aunque lo menos cotidiana del mundo, era también la de Manongo Sterne. Y así como la cotidianidad de Teddy Boy era alegre y extravagante, la del enamorado loco de Tere Mancini Gerzso era grave, peligrosamente excéntrica, algo así como muy interior, a pesar de que muy a menudo participaba del mundanal ruido del colegio y, sobre todo, de la amistad de Tyrone Power, de la bondadosa alegría de Luchito Peschiera, alias Body, de los piuranos Carlos León y Eduardo Houghton, de la amistad de nacimiento de su primo, el Gordito Cisneros, del afecto del machísimo Judas Tarrillo, que fingía no entenderlo por nada de este mundo, de la vigilante bondad de su compadre José Antonio Billinghurst Cajahuaringa o de la matadora presencia del Perro Díez Canseco, a quien le contaba chistes que éste, como Jesucristo, resucitaba al tercer día, que era cuando por fin los lograba entender y se revolcaba de risa de los chistes tan elucubrados que contaba Manongo y le pedía por favor que, la próxima vez, cuéntame uno más fácil, compadre.

Y, por las tardes, muy a menudo, Tyrone Power y Manongo se retiraban del mundo, se sentaban en una alejada banca, allá por la laguna de la islita y la glorieta de cristales con su puentecito y todo, y fumaban sin hablarse apenas. El mundo se les venía abajo en esas tardes interiores sin Tere ni Chichi ni barrio Marconi. Y entonaban o tarareaban boleros pero jamás se mandaban una canción de Lucho Gatica o de Nat King Cole, jamás un *Contigo en la distancia* o *Pretend you're happy when you're blue*, jamás un *Reloj*, jamás *Unforgettable*, inolvidables voces en inolvidables discos, qué verano aquel y qué discos aquellos, puta madre, carajo. Y, a veces, muy extrañamente, Manongo imitaba una y otra vez y a la perfección a Bienvenido Granda, el Bigote que Canta —era su apodo— en la rocola mientras alguien se va a la mierda en el rincón de una cantina:

> *Escucha, hermano mío,*
> *no toques ese disco,*
> *que me trae una pena,*
> *una angustia infinita.*
>
> *No toques ese disco,*
> *que dice tantas cosas,*
> *que vive la tragedia*
> *que estoy viviendo yo.*
>
> *No toques ese disco,*
> *su letra me atormenta,*
> *la música que tiene*
> *me invita a recordar.*
>
> *No quiero que las penas,*
> *de cosas que pasaron,*
> *revivan en mi alma,*
> *haciéndola sufrir.*

No toques ese disco,
comprende mi nostalgia:
él me brindó la gloria,
también me la quitó...

Pero si Tere lo adoraba y casi diariamente le enviaba cartas de amor con Pepín Necochea, pero si Tere lo esperaba cada sábado a mediodía, obedientísima y cada día más enamorada, pero si Tere era la única chica, la única enamorada de un alumno del San Pablo que lo acompañaba hasta la mismísima estación de Desamparados y, como en una película de esas que no se viven jamás, lo besaba en el instante mismo en que mister Carol, siempre con las justas para pescar el autovagón porque los trenes en el Reino Unido son puntualísimos y el irlandés loco no se había enterado, parece ser, de que los trenes y todo en el Perú... Sí, Tere lo besaba entonces, justo cuando el altoparlante anunciaba la inminente partida del autovagón Lima-Chosica, con parada en el viejo hotel de Los Ángeles, minutos después de la parada en Chaclacayo. Tere lo besaba y segundos después le hacía adiós amor de mi vida con el brazo más rico y pecoso del mundo y, ni el propio Manongo lo sabía, regresaba al bar Cuneo y metía otra moneda en la rocola para escuchar, una vez más, aquel valsecito criollo sobre un torero cogido de muerte que Manongo ponía siempre al compás de una cerveza triste, sin que ella entendiera nunca por qué Manongo era tan pero tan trascendental que hasta comparaba su despedida con la letra de aquel vals de muerte, con el ambiente cantina de aquel lugar ahí al frente de la estación de los domingos por la noche. Tere, la traviesa Tere, sin una gota de maquillaje, la niña eterna porque el amor sí existía y existía en su risa y en su cabecita *italian boy*, en la palidez de su rostro entre feas luces de neón o entre las luces viejas y moribundas de una estación de tren llamada Desamparados, Tere metía una moneda más, por ti, mi amor, por ti, Manongo, y escuchaba sin entender nada pero sintiéndolo todo al dúo Los troveros criollos, el Carreta Jorge Pérez y su compadre Lucho Garland, no entendía ni papa, la pobrecita, ¿cuándo estaré a la altura de tanta trascendencia?

Talavera de la Reina
patria chica

Y un torero herido de muerte pero Tere no entendía por qué:

Su silueta se quedó
en la enfermería

Y entonces sí lograba entender algo:

Es el ídolo que reclama
la afición...
Joselito
Joselito se llamaba...

Y se ponía feliz y pedía una butifarra y hasta la mala vida nocturna, que empezaba ya a amanecer, muy cerca de Abajo el Puente y la Plaza de Acho, caracho, hasta los abufandados esos la respetaban cuando pedía su vida interior, o sea su butifarra, y se la comía con ese sentimiento trágico de la felicidad que sólo Manongo había sido capaz de enseñarle. Lloraba de felicidad y de pena, Tere, pero qué lindo era llorar así en este mundo de machos y de hembras, de besar y meter la lengua, de cachar y tirarse tres o cuatro presumidos polvos para presumir más todavía, de dejar plantado a un gran amor y decir que no fue más que un plancito, qué linda era Talavera de la Reina y algún día su silueta y Manongo se quedarían para siempre a salvo en alguna enfermería tan trascendental como la de Talavera de la Reina y tú, tú, Manongo, cuánto duele ser feliz, por Dios santo, pero Manongo dice que tiene un amigo nuevo y que se llama José Antonio Billinghurst Cajahuaringa, yo casi me mato de risa con la combinación esa de nombres blancos y cholos y él casi me mata y yo quiero que me cuides a mi Manongo, Cholo José Antonio, tanto como Adán Quispe me cuida a mí, a mí que era tan mal pensada y tan poco trascendental...

–¿Interrumpo algo? –preguntaba el Cholo José Antonio, acercándose a la banca en que se sentaban Tyrone y Manongo, aquellas tardes de discos y jardín. Inflaba un poquito el tórax, el nazqueño, por si acaso le respondieran afirmativamente. Pero luego se desinflaba íntegro y se sentaba porque no había interrumpido nada y a él lo habían bautizado y calzado a los quince años y también cantaba boleros, ¿qué se han creído ustedes?, también él había vivido y tenía sus preferencias con los discos, es decir, con los discos que prefería que no le tocaran, y una tarde pronunció la palabra *amistad* justo cuando Tyrone y Manongo estaban pensando pronunciarla.

Por aquellos tiempos hacía ya rato que había empezado lo de la argentinidad de miércoles de Manongo, como la llamaba el enteradísimo Teddy Boy. Manongo Sterne, ese individuo extraño y excéntrico, en realidad, y que no poseía mina alguna, salvo que su enamorada fuera una mina, como dicen los ches, pero que según Teddy Boy era el futuro magnate minero del Perú, mucho de Chile y Bolivia y caja sucia y negra en cuenta con números en *Switzerland*, o sea magnate en Europa y en la *belle époque* de hoy también. Mísero, miserable Benavides Málaga, agregaba Teddy Boy, mísero y miserable porque sólo es heredero de magnate minero de este país de miércoles, dicho sea de paso.

Y tanta argentinidad y tanto miércoles venía porque cada miércoles por la tarde tocaba educación premilitar con el subteniente Caycho, gordito, blancón y bajito, un verdadero Panetón Motta, como su apodo lo indicó muy pronto. Y para evitar los cursos de premilitar, Manongo se convertía en argentino cada miércoles y además marchaba como Jerry Lewis en sus peores momentos de comicidad y estupidez. Dubitativo y complaciente como siempre, el doctor Torres Lara no se atrevía a intervenir, por más que se tratara de asuntos militares, de la patria y la bandera y hasta del luminoso porvenir de nuestros hijos. Manongo, argentinísimo y cuadrado muy militarmente pero con las manos en los bolsillos, por esas distracciones de Jerry Lewis, fue dado de alta con nota aprobatoria a final de año, eso sí, y todo debido a la intervención de Teddy Boy:

—Traigamos a Luchito Body Peschiera, porque es niño que nunca miente.

Y Luchito se acercó, cuadradísimo desde antes de acercarse, por lo nervioso e inteligente que era.

—Diga usted, soldado Peschiera —le preguntó, autoritario, Panetón Motta—: ¿Es o no es argentino el soldado Sterne? Y piense bien antes de responder porque el ejército peruano no desea espías extranjeros en sus filas.

—Manongo Sterne es Manongo Sterne —le respondió Luchito Peschiera, con suprema inteligencia. Y el pobre Panetón Motta, que se había quedado curcuncho con tan rotunda aseveración, de golpe se convirtió en el rey del lapsus, del anacoluto, y vaya usted a saber de cuántos defectos o efectos gramaticales más:

—¡Vigílemelo Necochea! —exclamó—. ¡Y si pasa que no pase!

—¿Cómo dice que dijo, mi subteniente?

—Bueno, que *para, por, poder* determinar la potencial espionalidad de...

—Facilísimo, mi subte, pregúntele a éste...

—Oiga usted, Necochea, el ejército peruano nunca pierde el norte...

—No, mi subte. Pero yo me refería al Gordito Cisneros, que es primo hermano de Manongo Sterne. Él tiene que saber si es argentino o no.

—Ya vengo —interrumpió Teddy Boy y, al instante y jadeante, porque correr no era lo suyo, regresó con un tomazo de *Don Quijote de la Mancha*, edición de lujo, empastada en cuero y oro—. Que Sterne jure ante la biblia que Sterne es un argentino de miércoles.

Impresionado por el grosor de la biblia y por la fácil solución que, por fin, se le encontraba a tan complejo problema militar y nacional, Panetón Motta aceptó que Manongo prestara bíblico juramento, que jurara decir la verdad y nada más que la verdad, y que pusiera la mano sobre tan sagradas escrituras:

—Juro por Dios y por la patria que soy un argentino de miércoles —rezó devotamente Manongo. Y Neca Neca estuvo a un tris de meterle su patada en el hígado, pero, la verdad, humor jamás le faltó y se cagó de risa sobre todo de ver lo fácilmente que se engaña a estos cholos de miércoles.

Lo que sí nadie aceptaba ni entendía nunca, ni siquiera él mismo, eran las frecuentes pesadillas de Manongo Sterne. Una cosa es que fuera extraño y excéntrico y que se pasara media vida leyendo, para desesperación de sus amigos, a los que a cada rato hacía matarse de risa con sus bromas y ocurrencias, pero muy distinto era lo otro, aquello que algo tenía que ver tal vez con sus anteojos negros hasta de noche. Y Manongo mismo confesaba que, por más que lo intentaba, jamás recordaba aquel sueño, aquella atroz pesadilla que frecuentemente lo hacía saltar de la cama en la madrugada y gritar realmente aterrado:

—¡No me esperen en abril!

Bueno, pero no hubo más remedio que acostumbrarse a que Manongo Sterne, como dijo Luchito Peschiera, que jamás podía mentir y estaba bajo el signo de Capricornio, es Manongo Sterne. Y punto y aparte en la cotidianidad extravagante y el luminoso porvenir de nuestros hijos, como solía decir el doctor Vargas Lara. Punto y aparte porque la violadísima Alicia volvió a integrarse un día en la soleada cotidianidad del colegio San Pablo y por aquellos días arrancaron también dos o tres historias de amor racial realmente cojonudas.

Regresó Alicia y, por las tardes, en su banca de enamorados de Chichi y de Tere, Manongo Sterne y Tyrone Power cantaban a dúo un bolero hoy olvidado, del más olvidado de los grandes boleristas: Gilberto Urquiza, quintaesencia o metafísica pura del más corrompido burdel de La Victoria, barrio grone. Cantaban Tyrone y Manongo *Acuérdate de Alicia*, como grandes frecuentadores sabatinos de los peores bulines y sin preservativo. Manongo, por supuesto, entraba virgen al cuarto de una guapa puta y salía aún más virgen de lo que había entrado. Así era él: no podía cacharse al pueblo peruano y trataba de entablar amistad con lo bajo, con lo de abajo, con lo que definitivamente le estaba prohibido, vedado, con el pecado intentaba trabar amistad. Aunque claro, por si acaso alguna despechada puta lo traicionara, había preparado una respuesta cojonuda para amigos machos, algo que su propio abuelo le había contado y que a su propio abuelo le había contado ese flaquísimo señorón llamado don Francisco Echeandía y apodado, a pesar de ser todo un dandy, Caballero de la Triste Figura, cosa que por supuesto le encantaba.

—Me contó don Francisco que su primo Marquitos, el de la palta, también conocido como El Convidado de Hueso o El Intocable, porque jamás ha tocado el trabajo, dice que él no le paga a las putas porque su esfuerzo le cuesta hacerlas tan felices. Bastante tiene ya con no cobrarles, dice.

Manongo aprendía a defenderse con frases como éstas, pero se sufre cuando a uno no se le para la pichula, es peruano, nuestro equipo nacional de fútbol se ha metido un autogol para perder con Bolivia en el Sudamericano de Lima, tras haberle ganado a Brasil, coloso de Maracaná y campeón mundial, y Pons Musso nos enseña en su *Manual de historia del Perú* que fuimos tan dolorosamente derrotados en la guerra con Chile porque no se le paró la pinga al Perú entero, pero de puro bueno o algo así de complicadísimo.

Tere, claro, sólo Tere era mujer en este ancho y ajeno valle de lágrimas. Lo malo, clarísimo está, es que Tere era, además y todavía, un ángel. Y con el pelito tan corto ese *italian boy* no ayudaba precisamente a resolver la eterna disputa (esto a Manongo le sonaba hirientemente a puta) del sexo de los ángeles. Curiosamente, el llamado de la carne lo recibió brutalmente Manongo en su cuarto de herido y leyendo la revista *Time*. Al pobre Cholo José Antonio Billinghurst Cajahuaringa se le había ido la mano de fortaleza que tenía y, por averiguar hasta el fondo de la palabra y la realidad y la maravilla, el significado total de la palabra *amistad*, decidió gastarle una broma a ese flaco apellidado Sterne, que sus dudas cholas no lograban aún definir del todo: ¿Era así de flaco por débil o era así de flaco por fiel? Mientras, Manongo Sterne estaba leyendo como siempre a algún autor totalmente desconocido por todos ahí, a Camilo José Cela, por ejemplo, y el Cholo dijo "Ésta es la mía" y agarró una pequeña piedra y se la lanzó lo menos fuerte que se puede lanzar un pedrusco en una broma de grandes amigos. En realidad, la piedra fue bombeadita, sin la menor intención de palomearse a su amigo ni nada, por supuesto, pero mala suerte y a Manongo le dio en plena pantorrilla, tensísima porque el pobre estaba metido de cuerpo presente en las salvajes y primitivas pasiones de Pascual Duarte. Le dio álgidamente o algo así y como que le quiñó un músculo clave y le dolió en el cuerpo mas no en el alma, porque Manongo, justo antes de desgarrarse de dolor y de sorpresa, logró ver quién le había tirado esa pedrada de amistad.

Pero fue a dar a la enfermería por algo de un tendón y hasta casi lo enyesa Betty Oliver. Después lo mandaron a su cuarto, con comida en la cama y reposo especial de pierna vendadísima, y mister Jerome Owens, que andaba feliz porque su esposa le había escrito diciéndole que se quedaría muchos meses más en Arequipa y porque Sterne cada día tiene mejor dicción británica, lo puso a prueba de acento norteamericano con sólo entregarle la revista *Time*. Vendado, pensando en Tere y bastante aburrido aunque feliz por haberse ganado un amigo a pedrada limpia –nunca mejor dicho–, Manongo llegó a la sección "People" de la revista. Gente famosa, algunas frivolidades, y unas fotos de la pitri mitri. Resultaba, según *Time* y su sección "People", que Gina Lollobrigida, ginísima en la foto, tenía tres centímetros menos de tetamenta

Cinecittá que Sophia Loren, que ya llegaba a 100 centímetros de busto, 58 de cinturita de avispa, y otra vez 100 centímetros de ancas. Pero Jane Mansfield, *very sexy* y sonrientemente despechugada, 103 centímetros en ancas y tetamenta y sólo 49 de cinturita. Pero también y con foto, aunque pésima actriz lo reconocía la revista, a toda la inmensidad de Jane Mansfield campeona le había salido una tal June Wilkinson que, en fin, era ya algo espantosamente fotográfico, aparte del hecho de que Anita Ekberg se había negado a competir. Con toda esa tetamentería, avispería y caderamen se encontró Manongo vendado y con una erección adolescente y primaria que también habría valido la pena medir. O ponerle unas sanguijuelas al pobre. Los que se corren la paja se llaman pajeros, y con esta idea y las fotos de *Time* se metió Manongo al baño. Ya estaba eyaculando y le parecía poco, casi nada, nada, cuando vio la cara de Tere que sentía tanta pena por él, pero mucho más aún por ella: "Por mí no harías esas deliciosas cochinadas, amor mío." Manongo destrozó la revista, se golpeó fuerte la pedrada de un amigo, y regresó cojísimo, imbécil y supersentimental a su cama de herido, que ahora él deseaba que hasta fuera de muerte.

Pero digresión y masturbación aparte, Alicia había regresado y qué mejor después de un pajazo culpable y con Tere castigándolo a uno, que acordarse de Alicia, como muy bien cantaba Gilberto Urquiza en el más olvidado de los boleros inolvidables. La que se había armado en el San Pablo, por Dios santo y bendito. Lelo López Aldana y Amat se había autoconfesado, se había gritado desesperado que amaba a Alicia, y a Hitler lo había sacado del cajón de su mesa de noche y, amante de los caballos como era de loco, le había pegado lo que se dice una verdadera coceadura, al ritmo de la más curiosa letra de bolero:

Adoro
el mundo que yo vivo.
Adoro
las razas inferiores...

Y de ahí salió disparado donde Alicia. Pobrecita la chola. Violada había quedado mucho más bonita todavía y como que se había vuelto comprensiva y todo. "Los niños de este colegio están todos locos porque quieren culear y no saben cómo ni con quién, ni siquiera cuándo. Pajeritos es lo que son los pobrecitos, y con lo ricos que son, con lo millonarios que son, dan pena." Era la dura y tierna lección que había aprendido en un hospital. Y con eso en el fondo andaba barriendo la vereda, ahí frente a la casa del doctor Vargas Lara, cuando se le apareció uno de esos chicos en estado de coma amoroso. Primero, o sea para empezar, le presentó sus respetos y le dijo:

—Soy Lelo López Aldana y Amat y la amo.

—Me deja usted lela, joven —le dijo ella, ampliamente dueña de la situación, del panorama y hasta del medio ambiente.

—Le repito, señorita, que la amo y que me llamo Lelo López Aldana y Amat, descendiente de virrey.

—Yo no lo amo, joven, pero lo respeto.

—Y yo la puedo matar a usted a coces.

—Probaría entonces no ser superior a los jóvenes que me maltrataron.

—¡Jamás! Me suicidaría yo a coces antes que rebajarme a tan perversa acción. Usted, en el fondo, Alicia, ha tenido mejor suerte que yo. La han cuidado en un hospital mientras que yo me he desesperado en silencio esperando su regreso.

—Joven, ¿me deja terminar de barrer, por favor? Todavía tengo que arreglarles la casa a los señores directores del colegio y, créame, la señora es bien exigente.

—Alicia, le juro a usted que si me habla una vez de tú, ya no la molesto más hasta más tarde.

—Tú sí que no me vas a violar, Lelo… Tú eres un joven bueno.

—¿Me dejas que me arrodille y te proclame y declame y declare mi amor? En fin, como se diga… ¿Me dejas?

—Sí, Lelo, pero más bien ponte para el lado de allá, porque el lado de acá tengo que barrerlo todavía.

Ya se había armado la gorda, la de Troya, la que sólo se puede creer contándolo todo tal como sucedió. Lelo lloraba de amor porque no lo habían barrido y, en eso, mami, sí, en eso, papi, está la prueba de que Alicia me quiere. Mami y papi eran nada menos que don Rafael López Aldana, amo y señor del más grande estudio de abogados del Perú, heredero además de una gran fortuna familiar, y doña Victoria Amat era heredera también de un chuchonal de millones proveniente de una de las más importantes casas comerciales del Perú. Presumían, como poca gente en Lima, de su rancio abolengo, y cada cumpleaños de Lelo en el colegio se celebraba mediante una previa selección de los invitados, excluyendo a todos aquellos que no pertenecieran a una familia conocidísima. Tipos como Montoyita, Pircy Centeno o el becado Canales, por ejemplo, no tenían derecho ni a asomarse por ahí y no digamos nada del resto de la barriadita ni de tanto provinciano nuevo rico y de origen desconocido y, por lo tanto, muy sospechoso de pertenecer también a una raza inferior. La gran excepción era el Cholo José Antonio, a quien Lelo quería por lo bueno y por lo fuerte que era y porque ya más de una vez le había salvado la vida en uno de esos momentos en que no podía más de nervios y de amor por Alicia y Neca Neca lo había batido hasta hacerlo perder los estribos y Lelo se le había ido encima pero en retroceso, para soltarle sus habituales e ineficacísimas coces, momento este que Neca Neca había aprovechado para arrearle tremendo patadón en el culo y arrojarlo a unos diez o veinte metros de miserable distancia y soledad en el amor.

Además, para la celebración con un delicioso lonche de su cumpleaños, Lelo solía disfrazarse de señorito andaluz con sombrero y todo, y cantar y bailar en verdadero show artístico realmente lamentable, el pasodoble *El relicario*. Alicia, por supuesto, era la invitada de honor porque qué capricho de su Lelito no le toleraban sus padres a ese niño que era la niña de sus ojos, porque era el único hijo que tenían y porque además era único en todo y en todos los sentidos. La chola asistía, colorada, coloreteada y achunchada hasta más no poder, y huachafísima además con un vestido que la Chuchumeca, que era lo más huachafo del mundo, le había prestado para la ocasión a su sirvienta y la de su esposo, el siempre sonriente y complaciente doctor Vargas Lara que, por supuesto, también asistía avergonzadísimo.

Lelo se sentaba en el lugar de honor de la mesa, y los nuevos mayordomos, Benigno Mantilla y Severo Romero, sobrinos ambos del ya tradicional Romerito, atendían con guantes blancos. Ah, y por supuesto, Lelo hacía que le colocaran una silla más alta que las de todos los demás invitados, casi de árbitro de tenis, para destacar muchísimo el día de su cumpleaños y sentirse en el cielo mientras adoraba a la pobre Alicia que se moría de vergüenza a su lado, sobre todo cuando le tocaba y bailaba el patético *Relicario* bañado en lágrimas y soltando un gallito tras otro, o cuando estallaba en llanto porque ella insistía en tratarlo de usted o de joven y por nada de este mundo le soltaba un Lelito de mi alma o algo así. Y eso que don Rafael y doña Victoria ya hasta le habían regalado alguna antiquísima y muy valiosa joya familiar y, para que la pobre mujer fuera cediendo en algo ante el loco asedio amoroso de Lelo, qué propinones los que le soltaban, por Dios santo y bendito.

La única concesión que hacía la pobre Alicia, llevada más por el miedo a esos señores y a ese niño tan pesado y tan loquito que ya casi loquita parece, y por la propinota y la esperanza de otro joyón familiar, ni cojuda la chola, por supuesto, era la de participar en el paseo cinematográfico. Éste tenía lugar al darse por concluido el lonche fabuloso, o sea cuando el Cholo José Antonio les cantaba a Lelo y Alicia *Contigo en la distancia*, imitando bastante bien la voz de Lucho Gatica y midiendo atentamente con la mirada la reacción de cada uno de los invitados, no vaya a ser que alguno por ahí se esté burlando de mí. Porque el Cholo *media*, sí, o al menos ésta era la palabra que él usaba cada vez que deseaba averiguar qué se escondía detrás de una mirada, una sonrisa, en fin, de la actitud de una persona hacia él. Medir le permitía saber a ciencia cierta si iba a ser preciso desconocerse o no, aunque él avisaba y advertía siempre antes, si notaba algún gesto burlón, algo raro o sospechoso, porque guerra avisada no mata gente y él prefería las palabras corteses de aclaración y de arreglo pacífico a tener que desconocerse del todo y terminar con otro tipo más medio muerto en el río Rímac o en las pampas de Nazca.

El paseo cinematográfico era ya el colmo de los colmos y un verdadero suplicio para los padres de Lelo. Pero, en fin, si no le daban gusto, coces, rabieta, ataques de nervios. Y allá iban los pobres señores siguiendo a la parejita que avanzaba de la mano por los floridos jardines del colegio, por los más idílicos caminos, por los más románticos senderos. Allá iban los pobres con tremenda cámara de cine y filmando a la pareja de enamorados, al hijito vestido de señorito andaluz y a la chola vestida de Chuchumeca y toda pintarrajeada, pero guapa, bien guapa, eso sí, porque Alicia era realmente bonita aun vista desde los aristocráticos apellidos de don Rafael y doña Victoria.

Después, terminada ya y esperemos que para siempre la cele-bración del cumpleaños de nuestro hijito en ese impresentable estado de amor por la chola buenamozona esa, don Rafael manda-ba desarrollar la película del paseo del amor loco y, cada sábado, no bien llegaba del colegio a su lujosa mansión sanisidrina, Lelo se encerraba en su salita de proyecciones y una y otra vez volvía a ver, a oscuras y lloriqueando de amor, al amor de su vida. Y así hasta que se acordaba de que ella lo llamaba joven, que por nada de este mundo le decía Lelo o le hablaba de tú, y entonces sí que se oía un ataque de coces.

Doce novenas llevaba ya en su parroquia de San Felipe doña Victoria. Don Rafael, en cambio, sólo había aguantado hasta la cuarta novena y, furibundo, había decidido irse a Europa con la esperanza de que, a fuerza de extrañarlo también a él con ataques de coces, Lelo empezara a darse cuenta por fin del ridículo que lo obligaba a hacer con esas fiestas de cumpleaños y lo estúpido que resultaba que todo un López Aldana y Amat anduviese loco de amor por una sirvienta que lo había arrastrado, incluso, a renegar de su ferviente admiración por Hitler.

Gracias a Dios, los planes de don Rafael dieron resultado, y Lelo, desesperado al pensar que su papi papito (siete mil coces) no iba a regresar más de Europa y que él y su mami mamita se iban a quedar solos para siempre y todo por culpa de Alicia, pasó de la noche a la mañana del amor más grande al odio más mortal y racis-ta. Y, en vez de morirse de coces y celos el día en que descubrió a Neca Neca oculto detrás de un árbol y tomándole paparazzi una y otra foto a Alicia, mientras ésta, creyéndose sola, se bronceaba en traje de baño rojo y cambiaba mil veces de postura sin decidirse nunca a tirarse a la piscina, cargó contra ella al grito de ¡Puta! ¡Chola! ¡Chola puta! ¡Perra chola! y hasta ¡Perricholi!, que era como le gritaba su antepasado, el virrey catalán, a la mestiza que era su querida y algo así como la Pompadour peruana, y que tan famosa llegó a ser que terminó operetada nada menos que por Offenbach, que ya es casi tanto como Bach, y se estrenó en París de Francia, que ya es más bastante más que Bach.

Alicia no se enteraba de nada y sólo entendía que por fin se había librado del mocosito este loco como una cabra y medio loquita también, creo, mientras Neca Neca salía disparado con su cámara y un cacanal de fotos de Alicia en siete posiciones con las que hizo el negocio del siglo, porque quién en el colegio se iba a negar a comprarle una foto de tamaña hembrita para la billetera oculta y el baño privado.

En fin, para el baño de la masturba y del espejo propio para los fijadores de pelo Elvis, el rulo Tony Curtis, el *crew cut* Tab Hunter, o la apuesta y decente apariencia fijador, mas no gomina y mucho menos glostora, fijador de la juventud triunfadora, pero entre los cholos, de Jorge Tyrone Valdeavellano, aunque siempre, por supuesto, y por más que fuese incompatible o incluso imposible debido al estilacho propio adoptado por cada adolescente, el gallito que da uno, dos y, hasta en los mejores casos, que eran el del Flaco San Martín y Bolívar y el de los arequipeños Irriberry y Simpson, buenísima gente eran los tres, pues hasta cuatro centímetros más de importante estatura para hembrita enloquecida allá en Limonta, ciudad de los virreyes, tres veces coronada villa y ciudad de los jardines.

Más barrios tan elegantes como San Isidro y Miraflores, que era bastante menos que San Isidro, barrio en superlativo, gente decente y fina hasta más no poder, buganvilla y nata de ilustrísimos apellidos, y hasta con casas de esas como la de Juan Lucas y Susan, púchica diegos, que tal caserón, y como mil mayordomos y comedores mil para las cuatro estaciones europeas, que en esta pobre Lima de mierda se reducen a dos, y los cien mil invitados del tal Julius ese, diariamente atendidos por una verdadera hueste de empleados domésticos y choferes, en el caserón aquel que tenía hasta departamento propio para ex campeón mundial de golf y sólo para que, cuando no estaba en las Europas, practicara su deporte favorito Juan Lucas, el hombre más cotizado por la *high* de ciudad donde llegue con su linda esposa Susan, a quien la mismísima Metro Goldwyn Mayer le había ofrecido íntegro Hollywood, pero ella, linda, lo había rechazado todo con una sonrisa y un mechón de pelo en cascada y con sólo decirles *darling* a Metro, a Goldwyn y a Mayer, dejándolos hechos mierda, eso sí.

Pero claro que en Lima se exageran siempre las cosas y se decía, por ejemplo, que hasta el león de la Metro lloró a mares y renunció a su reinado en la selva al escuchar el nones con que Susan, más linda y ausente que nunca, apenas si se dio cuenta de que mujeres como Ava Gardner o Elizabeth Taylor habían rezado sendos rosarios de gratitud al enterarse de que tan peligrosa rival, de puro aristocrática *and nothing else*, se había negado, con tan delicioso como inimitable mechón de pelo rubio y desprecio, a poner en grave peligro el futuro de sus carreras con la rivalidad que para ambas habría supuesto un *Sí, darling*, de esa peruana que, creían esas gringas de humilde cuna, se llamaba Linda, así como pensaban que la cigüeña no podía haberla traído de París sino del mismísimo *heaven on earth*. En fin, que si la limeñísima inglesa Susan no suelta el nones, el darling y el rubio mechón en cascada Niágara, se les viene abajo el *star system* a la Taylor y a la Gardner, qué se habrán creído ese par de cholas norteamericanas.

En fin, que así de feliz y despreocupada era Lima en los despampanantes años de Silvana Pampanini y las dictablandas y siguió igualmente feliz y con carnaval con su reina y todo bajo el mandato de don Manuel Prado y Ugarteche, alias el Teniente Seductor, que habitaba *l'avenue* Foch de París de Francia con una naturalidad cojonuda y que siendo ya presidente electo hasta 1962, que fue cuando ya estaban jodiendo otra vez los apristas y volvía a la carga electoral el futuro presidente Belaúnde Terry, alias Belagogo, medio izquierdoso en sus promesas y pusilánime y medio en sus incumplimientos, aunque señorón arequipeño en el gesto hidalgo y de familia de grandes hombres, honradas gentes, pensadores y secretarios generales de la ONU, de esos ilustres peruanos de los años veinte que ya por los sesenta se nos convertían desgraciadamente en Belagogos que veían moros en la costa, se batían en duelos de mentira, se escapaban a nado de islas-presidio pero con una lanchita esperándolos en la esquina, y organizaban en su Arequipa natal unas barricadas que fracasaron por primera vez en la historia de esa brava ciudad del Misti, ciudad linda y blanca y de piedra sillar, casi república independiente por lo machos que eran sus nunca se sabe muy bien si andinos o costeños habitantes, pero con mucha firma comercial inglesa, *of course*, y siempre en seria competencia con Trujillo por lo del nacimiento de Dios y lo de ser la segunda ciudad del país, independiente también.

Pero al grano y a don Manuel Prado y Ugarteche en su segundo mandato, 1956-1962, que terminó con golpecito militar antiaprista y todo, para que en 1963 arrancara la primera cagatina del pintoncísimo Belagogo Terry, que tan mal acabó ya tirando para los setenta –1968, para ser exactos– con golpazo militar y el eslogan de "Campesino, el patrón no comerá más de tu sangre, sudor y lágrimas", o algo así, pero que degeneró en que los que mejor comieron fueron los burócratas, y con los cholos al poder gracias al porrazo de Estado de las fuerzas armadas todas; menos la marina, que por blanquiñosa y requisito de estatura superior a la media bien baja nacional, para ingresar al cuerpo, siempre fue sospechosa de… Pues de eso, de blanquiñosa y contrarrevolucionaria.

Pero al grano bis y a don Manuel Prado y Ugarteche y su mundialmente elegantísima y futura esposa –no bien el Vaticano anulara el anterior matrimonio del Teniente Seductor, por haber sido forzado por su primera esposa a tener dos o tres *bambini*–, doña Clorinda Málaga –minas–, porque se amaban desde hace tantos que ya empezaban a estar entradillos en años. Bien. Don Manuel le dijo a su gran amigo Marquitos Echeandía y Peralta, con la misma confianza con que le llamaba Caballero de la Palta, Intocable, o Convidado de Hueso, durante el primero de sus casi diarios almuerzos en palacio:

–Sé muy bien que tu tío Francisco no me quiere ni ver por haber perseguido al Partido del Pueblo, primero, y ahora haberme apoyado en sus votos. Mira, digamos que, como buen Echeandía Bingham Benton, don Francisco se pasa ya de señorón y de bruto y de no evolucionar con los tiempos, Marquitos. Aunque mi opinión personal es que no evoluciona ni por el lado Echeandía ni por el Bingham Benton. Pobres los Bingham Benton: contrajeron la decadencia por andar casándose tanto con los Echeandía…

–No olvides que yo soy ante todo un Echeandía, Manuel.

–Pero también eres un Peralta, y eso te redime, Marquitos.

–Por favor, no me vayas a redimir, Manuel, porque eso agota. Y te estoy viendo venir, o sea que hablemos bien claro: Ministerios, te lo ruego, mira, Manuel, te lo suplico, ministerios por nada de este mundo. Me siento totalmente incapaz de pensar siquiera en tu agotadora oferta.

—Tú eres un rey, Marquitos, aquí entre nos. Ofrecerte un ministerio sería como decapitar a Luis XVI. Pero si ya hasta estás encaneciendo como María Antonieta, ante la sola idea...

—Entonces, ¿qué me querías decir, Manuel? Rápido, por favor, que se me está indigestando la palta.

—Ya pasó, Marquitos. Olvídalo y alíviate, *s'il te plaît*. Yo lo único que quería decirte es que tienes toda la razón del mundo.

—¿Por qué?

—Por tu frase genial sobre este paisote que deberíamos vender para comprarnos uno más chiquito al lado de París.

—Casi me mata mi tío Francisco al enterarse. Pobre, pero si no es porque casi se muere antes, me mata.

—Y yo lo mataría a él por no haber querido venir ni a saludarme. Yo que quería nombrarlo ministro de Hacienda. Ya ves tú, cuánta razón tienes. Éste no es solamente un país con dos tipos de problemas, Marquitos, los que no tienen solución y los que se solucionan solos. Hay algo mucho peor, y por eso te doy la razón en lo de la venta del Perú y la compra de un paisito ideal. Si supieras tú que el único problema peruano que no tiene solución ni se resuelve solo, tampoco, es el mío: ¡La gran vaina que representa tener que abandonar París para ser presidente del Perú!

—Si nos oyera mi tío Francisco...

—No sabes, Marquitos, lo que me duele que no me conteste ni las llamadas.

—¿Y a quién piensas nombrar en lugar de mi tío, en Hacienda?

—He hablado ya con un hombre encantador y sabio: don Juan Pardo Heeren.

—Inglaterra pura. Tendrás a Pedro Beltrán y a su periódico en contra.

—Ya verás tú después: crearé la figura del premier, yo me convertiré en ÉL, con mayúsculas, y podré dedicarme en cuerpo y alma a Clori...

—¿Todavía puedes?

—Me refiero a la anulación de mi primer matrimonio y a mi posterior e inmediato matrimonio con Clorinda. Son los favores vaticanos que uno se merece por haber dejado *l'avenue* Foch. Bueno, y de premier, ministro de Hacienda, y todo lo que el diario *La Prensa* quiera, Pedro Beltrán, después de Pardo.

–Pero si está casado con la reina de los *Corn Flakes*, y eso ya es Norteamérica pura, Manuel. Eso será el fin de gente como los Aliaga y Harriman y todo el Phoenix Club, el fin de colegios como el San Pablo.

–Pues eso les pasa por conservadores y por extravagantes. Pedro Beltrán, en cambio, es un economista del futuro. O sea que todo el mundo se le irá encima a él en este país del pasado. Y a mí me dejarán en paz y podré convertirme en ÉL. Ya verás, nadie se meterá con Clori ni conmigo. Todo el odio se concentrará en Beltrán, por moderno.

–Manuel, tú olvidas que mi adorado tío Francisco es un Bingham Benton también…

–Pues eso le pasa por tres motivos. Por no haberse quedado Echeandía y punto y progresado siquiera un poquito en lo del Apra, que aquí es el verdadero partido del pueblo y hay que empezarlo a usar o, por lo menos, a contar con él. Por no haberse dignado ni siquiera responder a mis llamadas telefónicas. Y por haberte nombrado su albacea, Marquitos. Ya verás tú mismo cuánto lo odiarás cuando los apristas lo maten a disgustos y tú tengas que trabajar por primera vez en tu vida… Lo único que te ruego, eso sí, es que me guardes en secreto todo lo que te he contado. Te lo ruego. O se acabó la palta, Marquitos, te lo juro, y mira que soy tu amigo…

–Bueno, digamos que mi tío está menos viejo y más mujeriego que nunca. O sea que durará con Apra y todo. Ahora, en cuanto a las paltas, Manuel, medio podriditas, como de costumbre, eso sí. Y que pueda traer yo aquí a palacio a mi mayordomo del club. Sólo él sabe prepararme la vinagreta de tal manera que no me dé esta vinagrera…

–Dicen que hay un Cochichón-Seltzer mejor que el Alka-Huete. ¿Te mando traer uno?

–¡Cochichón-Seltzer! ¡Este país se nos cholifica, Manuel!

–Ya verás tú lo blancos que se vuelven esos señores si les sigue yendo tan bien con sus laboratorios…

El colegio *Saint* Pablo, como muy pronto le llamaría el pérfido Marquitos Echeandía, que ya andaba haciendo limeñísimos contactos en favor de su amigo Manuel Prado, parecía amenazado por una muy norteamericana ruina y no a muy largo plazo, pero a quién le importaba eso si, un día cualquiera ahí en Los Ángeles, el Flaco San Martín y Bolívar logró cuatro masturbaciones cuatro en su baño *ad hoc* y un gallito engominado de casi cinco centímetros. Y todo esto en el tiempo récord de cuatro horas. Flaco, soñador y monárquico como era, había pensado de esta sutilísima manera y con su pistola de siempre, apoderarse del cuerpo –se cagaba en el alma– de la nueva lavandera, en lo que sería el segundo de los tres amores raciales que florecieron en el británico internado. Fallole, sin embargo, porque Carlosito Colas de la Noue, brutísimo como era, era sin embargo el niño más rubio del colegio, el que más verdes tenía los ojos verdes y el que, por lo tanto, se llevará la palma y a la lavandera que entró a trabajar cuando ya los fundadores del colegio andaban por cuarto de secundaria. Veamos, pues, esta historia en su totalidad, que bien vale la pena, por la pena que da.

LA LAVANDERA Y
EL CABALLERO DE LA ORDEN DE MALTA

Corría el año en que Benigno Mantilla y Severo Romero hicieron honor a sus nombres de pila. Benigno, que ahora manejaba el ómnibus rojo y traía y llevaba a los cuarto externos de su casa al colegio y viceversa –él pronunciaba *bicerveza*–, contrabandeaba también el pasquín porno *Clarín*, llenecito de fotos de calatayús o casi, guapachosas ombliguistas uruguayas como Eda Lorna, pechichonas nacionales como Betty di Roma, Anakaona o Mara la Salvaje, e incluso lomazos del cine mexicano, como los culos de Kitty de Hoyos, el culo campeón de Ana Bertha Lepe, el desnudo de a verdad pero dizque artístico de Ana Luisa Peluffo, en fin, que ya las fotos de Alicia y el negocio de Neca Neca con las siete poses de la chola en la piscina se habían ido al diablo. Un día, Benigno Mantilla trajo una Sofía Loren tan empapada con calzonzote chiquitito y camiseta sin mangas que, bueno, medio colegio se volvió fetichista de la ropa interior italiana para mujer empapada.

Severo Romero le metió la carajeada padre a *so premo* Benigno, así con acento peor todavía que cuando le salía el indio, y corrió a buscar la autoridad torácica del tío Romerito. Pero hasta el Cholo José Antonio andaba hojeando feliz aquel incunable ejemplar de *Clarín* y, cuando Romerito le metió un toraxazo al ómnibus de su sobrino Benigno, en señal de autoridad y moral porque a los muchachos se les está secando el cerebro por la pinga, José Antonio le respondió con otro toraxazo que no sólo enderezó el ómnibus que se estaba volcando ligeramente hacia el lado izquierdo, sino que lo abolló brutalmente por el lado Saint Paul School. Y ahí sí que se cagaron de miedo mayordomos y alumnos y, por unánime acuerdo, organizaron una colecta inmediata para mandar el ómnibus a un taller de Chosica, a lo que repararan tan rápida como secretamente.

Los únicos que no habían participado en este incidente tan poco inglés eran Elizabeth Taylor, el degeneradísimo Mono Jordán, la

[243]

244 / ALFREDO BRYCE ECHENIQUE

Maja Desnuda, el Perro Díez Canseco, *Il* Comendatore D'Angelo, el Flaco San Martín y Bolívar y Carlosito Colas de la Noue. Razones: Díez Canseco andaba ya tan pintón y grande y fuerte y con gallo, a pesar de su estatura John Wayne, y además ya casi tan maltón como el Cholo José Antonio. Muy en serio, Romerito le decía siempre:

—Oye, Díez Canseco: cada año que regresas al colegio vuelves más joven. A lo mejor pronto te casas.

Y el Perro, que sabía menos inglés que los mastines de Teddy Boy y los chistes de Manongo Sterne los entendía tres días después, se lo había creído todo. Se sentía la mamá de Tarzán, el Perro Díez Canseco, y pensaba incluso que la Viuda andaba tras él y ya no tras mister Owens. Y hasta se escapaba en los recreos y se ponía, como el director inglés, pañuelo de seda al cuello y se llevaba al Comendatore, su pata del alma, para que fuera testigo del espectáculo más maravilloso del mundo.

—Tú espera, Comendatore, y ya la verás salir y rogarme que entre, por favor. Entonces yo me haré el cojudo, para que me ruegue más todavía y, por fin, cederé. Y ya va a saber la Viuda lo que es tirar con peruano. Primero, me la trabajo bonito y le gorreo su mejor whisky... ¡Qué rico, carajo! Después le meto su bailecito con punteada, ya, para no andarme con más cojudeces. ¡Puta madre, qué rico...! ¡Y mira cómo la tengo! ¡La tengo al cien, Comendatore! ¡Esta bragueta estalla, compadre!

—Bueno, ¿y después?

—¿No se te ocurre lo que viene después, so cojudo?

—Manoséale las tetas de mi parte, por favor...

—Eso está hecho, hermano. Pero ahora ya estamos en los altos, y nada menos que...

—¡No jodas! ¡Qué leche la tuya, Perro!

—Ya estamos en el ring de cuatro perillas... Calatitos... Mismo Adán y Eva chupeteando...

En ésas andaban y por eso no asistieron a lo de *Clarín* y el ómnibus y todo ese lío de mocosos pajeros, cuando apareció de a verdad la Viuda, que andaba en plena limpieza de su casa, y llamó a Díez Canseco por su nombre y apellido. Fue atroz la expulsión del pobre Perro de su condición Adán y Eva en el ring de las cuatro perillas. Tartamudeó como loco, perdió edad, peso, estatura, lo John Wayne, maltonería, y así sucesivamente hasta quedar reducido a un niño que apenas atinaba a decir:

—Sí-sí-sí... éste... no-no-no, se-se-señora...

—Ya sé que anda usted merodeando todo el santo día por mi casa, mocoso del diablo. ¿Quiere que le cuente al director?

—Sí-sí-no-no-ñora-se...

—Entonces, venga. Y usted también, D'Angelo. Y límpienme bien el jardín, córtenme y riéguenme bien el césped y las plantas. O hago que los boten a los dos del colegio por dárselas de vivos, mocositos del cuerno...

Bueno, *The End* de esa primera razón de ausencia en el caso *Clarín*. La segunda fue, si mal no recuerdo, porque qué no ocurría, *mamma mia*, entre la futura flor y nata de aquel Perú de ayer, de aquel eterno país de Jauja en el que ahí todos creían más que en la inmortalidad del alma. La siguiente, la segunda razón, o sea la ausencia en el caso *Clarín*, Sofía Loren empapada, ómnibus, tórax a tórax, severidad de Severo Romero y pornografía contrabandeada de Benigno Mantilla, fue que el degeneradísimo Mono Jordán, cuya frase favorita, y tal vez la única que dijo en los cuatro años que estuvo en el colegio, era: "Ya se me paró otra vez, caray", andaba loco de amor desgarrado. Nunca llegó a saber por quién se le paraba más, caray: si por la Maja Desnuda, que tenía cuarto individual y ropa de cama y de calle toda de seda, en fin, todo esto y mucho más para él solo y sólo porque lo habían metido al San Pablo por lo del tío carnal que lo perseguía *night and day* por el sanisidrino bosque del Olivar... O si se le paraba otra vez, caray, por Elizabeth Taylor, cuyas tetitas de segundo año de secundaria habían llegado en cuarto casi al volumen de la Taylor de Hollywood Goldwyn Mayer, metro a metro.

Esa misma, sí, o sea la Taylor verdadera, o la que casi arruina para siempre Susan Darling cuando lo de la propuesta Metro-León-Goldwyn-y-Mayer, de la que felizmente Susan, linda, ni se enteró, con eso de lo fina y desinteresada que era y de lo maravillosamente bien que se le despeinaba, cuando jugaba golf en Beverly Hills, su Juan Lucas Darling, de quien se llegaría a insinuar, de la manera más cholamente malvada del mundo, tanto que no parecía cosa de aquella época, que era travesura infiel el futuro playboy, que ya lo empezaba a ser también entonces, pero menos conocido, sólo en París y, sobre todo, tan inferior *en íntegramente todo*, como sentenció en su día doña Victoria Amat de López Aldana, con hincapié en su frase íntegra, al noble español don José Luis de Villaescusa, conde de tercera en una película de cuarta en la que, cuando ya decaían el Phoenix Club y su circunstancia agraria, bancaria, casa comercial y ferrocarril inglés, plagiándose hasta el limeñísimo título de *darling*, Julie Christie, una gringuita bastante chata, la verdad, intentó imitar el *charm* y el mechón en permanente cascada suave de nuestra linda Susan, Dios mío, todo lo que tuvo una que soportar y ahora además nos cae encima el soldadote raso general Velasco con su *Contigo hasta la muerte, chino*, que nos ha expropiado hasta los diarios y los ha repartido entre tantos cholos y arribistas que a nosotros los de arriba nos ha dejado sin un solo periódico para la gente decente, siquiera.

Total que al Mono Jordán, degeneradísimo hasta en su desgarramiento otra-vez-caray, se le paraba siempre de nuevo pero nunca sabía si por Elizabeth Taylor o por la Maja Desnuda. Y se instalaba el tipo con el pantalón erecto entre ambos dormitorios para chicos únicos en su belleza y en todo, aunque hay que reconocer que lo que la Maja tenía en seda lo tenía el otro en tetitas. Felizmente, porque de ahí nunca pasó la cosa y llegó el día en que el padre de Elizabeth, que tan ocupado andaba siempre en dar cenas con esmoquin en la hacienda Huasipungo, no muy grande pero toda una joyita que da millones y para millones de fiestas con esmoquin, la haciendita esa que parecía quedar en la sierra, por su nombre, pero que quedaba en Huaral, a un paso de Lima si no fuera por lo peligrosa que es la carretera del norte en el tramo de Pasamayo, casi tan curvilíneo como Elizabeth Taylor, el padre y también la madre de Elizabeth, aunque a regañadientes ella, dicho sea de pasamayo, se rindieron a la evidencia, pusieron a Elizabeth en tratamiento hormonal masculino durante unos meses, en Chicago, y al colegio regresó la bella Taylor reconvertida en un hombrón con barba de tres años, sin tetas, y maceteado y fuerte como pocos. Y tanto que un día en que el Mono Jordán, degeneradísimo, empezó a decir que se le había parado de nuevo, caray, ante una foto de Elizabeth, que ahora se llamaba Sebastián, una foto de antes de las hormonas, claro, Sebastianazo le arrancó de tal forma el erecto pantalón que, dicen los díceres, el trauma dejó a Jordán soltero para siempre y además se quedó calvo prematuramente, le salieron canas hasta en los cojones y no faltó quien dijera, además, Judas Tarrillo, parece ser, que el Mono Jordán padecía de una extraña enfermedad o deformación consistente en tener tres cojones que no eran tres pares de cojones, como se dice en España, sino sólo tres tristes huevos de anomalía anatómica que, como no le servían para nada, además, terminaron con su apodo de Mono y arrancaron con su apodo de futuro multimillonario por las huevas: Tres a Cero, que parecía resultado de selección peruana de fútbol autogoleada por Bolivia.

Pero hubo tercera y cuarta razones para que tampoco el Flaco San Martín y Bolívar y Carlosito Colas de la Noue estuvieran presentes en lo del incunable *Clarín*, de Benigno Mantilla, el soplón de Severo Romero, y el ómnibus del colegio toraxeado con triunfo de Nazca sobre los Andes auténticos de Romerito. En fin, todo aquello que sucedió cuando Neca Neca ya no lograba sacarle un cobre a nadie por una postura de Alicia, ni siquiera truqueando las fotos y poniéndolas en colores con atrevidísimos montajes sexy. Pobrecita la chola: nadie daba un cobre por ella y Lelo López Aldana era ya algo así como si Hitler coceara a los judíos y demás razas ínfimas.

El Flaco de los dos libertadores del Perú y el Caballero de la Orden de Malta andaban disputándose el sensacional cuerpazo de la flamante planchadora de toda la seda de la Maja Desnuda. Parece que éste, porque era éste aunque desnuda y maja, se había quejado tanto de lo mal que Pecado Mortal y Sacrilegio le planchaban sus sedas y que, ante su amenaza de escaparse al bosque del Olivar con su tío loca, sus aterrados padres convencieron al propio don Álvaro de Aliaga —cada día más decepcionado por la galopante humidificación del San Pablo que vaticinó siempre el pesimista don Lorenzo Sterne— de la necesidad de contratar a alguien para que se ocupara exclusivamente de la ropa de su hijito de seda. Y así se contactó a la mejor planchadora del gran hotel Bolívar, una chola de Puquio llamada Vilma, que años atrás había trabajado en casa de Juan Lucas y Susan Darling, y que ahora, de regreso a Lima y tras un breve ejercicio de la prostitución, se había regenerado recordando la gentileza con que la trató entonces un niño llamado Julius, que ya andaría con barba y bigote de tres o cuatro años.

Así pasó la guapa Vilma del lujoso hotel Bolívar al inefable colegio San Pablo de estos chicos de mierda que no cesan de mirarla a una como si supieran que fui puta pero en cambio ignoraran que ahora una es pobre pero honrada, aunque el rubio al que le dicen Carlosito a mí me gusta pero de amor, siento, sí, que así me gusta a mí ese muchacho y qué ojazos verdes tan aquéllos los que tiene, como en la canción. Y así, plancha que te plancha las sedas de la Maja éste y no ésta, motivó pasión sexual en Carlosito, que le ganó en eso y todo al Flaco San Martín y Bolívar tan feo ese. Y éstas fueron, pues, la tercera y cuarta razones, que ahora todos conocemos.

La tal Vilma dejó a medio colegio muerto de envidia y a Carlosito lo dejó equipado hasta para tirarse mejor que lo que mister Owens, su pañuelo de seda y Dios mandan, a la mismísima Viuda y sus tetas Loren, pero con la camiseta empapada y sin mangas, o sea algo infinitamente mundo, demonio y carne. Y en cuanto a las tetas de la propia Vilma, estaban muchísimo mejor descritas ahí, mientras planchaba empapada en sudor *Arroz amargo* y veía cómo Raf Vallone liquidaba de una sola puñalada al putañero gigoló Vittorio Gassman, que en *Un mundo para Julius*, la novela del sentimentaloide Bryce Echenique que, como eran unas tetas de mujer pobre, le metió ternura a su descripción caritativa. Dejémonos de cojudeces, hombre, porque nada ni nadie describió mejor esas tetas que el Flaco San Martín y Bolívar que, monárquico como era, estuvo dispuesto a dar su reino por ese par de tetazas y sacó el pistolón que recuperó tras la definitiva desaparición-expulsión del Macho Inurritegui, durante aquel glorioso primer año del San Pablo. Ahora ya había primero, segundo, tercero y cuarto de secundaria, pero no muchos alumnos nuevos, porque eran tantos los desaprobados que iban quedando de un año para otro, que las nuevas clases aumentaban en progresión aritmética, en lo que a número de alumnos recién llegados se refiere, mientras que en lo concerniente a la edad de los futuros y húmedos dirigentes de la patria, aumentaban en progresión geométrica, en barbas y bigotes de tres días, siempre para felicidad del confesor bucólico-místico-sexual que era Ramoncito Fitzgerald Olavarría, en franca competencia con el profesor de lógica y de iniciación técnica con sus dibujitos corregidos siempre tras un *nee nee*, así no se dibuja un

caballito, todo dicho nasalmente y con olor a pastillita de menta y
hojita de té, esto último en lo que a la entonación se refiere, que era
cuando les quitaba el lápiz de color a los alumnos para proceder a
lo que él, tras un nuevo *nee nee* de mentecita nasal, llamaba una
somera corrección, hojita de té de mierda, oñoñoy, y les arruinaba
el dibujo porque más que corregir lo que le interesaba era apoyarse
ligeramente sobre un cuerpo adolescente y muerto de asco y ya me
terminó de joder el dibujo la loca de mierda esta con su bigotito
árabe.

San Martín y Bolívar acababa de retar a duelo al Caballero de la
Orden de Malta y Torre Tagle, que se estaba cagando de miedo y
pidiéndole permiso para ir a buscar su espada de Malta y sus cursos de esgrima, cuando intervino, salvadora, Vilma, que de un
cachetadón le quitó la pistola y la sonrisa al Flaco San Martín, le
quitó hasta el Bolívar al pobre y lo remató ya moral y simbólica-
mente en el suelo cuando le explicó que hacía rato ya que ella se
había entregado de amores y ardores al joven más rubio y apuesto
del colegio.

—¡Viva la Orden de Malta! —exclamó, enardecido ahora, Carlosito.

—Que vivan Carlosito y Malta, aunque yo más bien creí que se
trataba de una cerveza —le respondió, con tetas empapadas, *arroz
amargo* y todo, Vilma.

Y cacharon, los muy suertudos. Y diariamente. O más bien noc-
turnamente y a diario. Y como en el bolero ese, se daban una cita
escondida con la gloria de tus besos. Y ya sus labios, desde el
atardecer planchador de Vilma y con Carlosito planchándose el
pelo en el espejo de su baño privado, afeitándose hasta que la piel
le quedaba como teta de monja, se quemaban con la tentación. Se
incendiaban, quemaban el de Malta y la de Puquio más que la
plancha hirviendo de la chola que haría olvidar a todo el San Pablo
el mismísimo *Clarín* porno de Benigno Mantilla, la severidad
ejemplar de Severo Romero, los duelos torácicos del Cholo José
Antonio, y que ya había convertido en polvo te convertirás el
recuerdo sexy de la pobre Alicia y reducido literalmente a polvo el
negocio fotográfico del cada día más quebrado paparazzi Neca
Neca Pinillos.

Cachaban como locos, los muy felices, y eran la envidia del San

Pablo entero, que se preguntaba en tan envidioso como silencioso coro cómo mierda el alumno más bruto del colegio podía terminar tirándose a la chola más rica de todo Los Ángeles, Chaclacayo, Chosica, Santa Inés y, en fin, como de aquí a Lima y de regreso de Lima hasta Huancayo, seguramente. Harto consuelo encontraron sin embargo en el fútbol, en la época en que ya Pepín Necochea iba para seguro matón sangriento y sólo le tenía respeto a un paulatino desconocimiento del Cholo José Antonio, que no cesaba de medirlo. Mister Carol cargaba su inefable pizarrita de hule y, vestido de entrenador con sus chimpunes de fútbol y todo, les diseñaba estrategias y se las explicaba en el campo reglamentario que don Álvaro de Aliaga había mandado enverdecer a la perfección y con arcos a la medida británica en un terreno cercano al colegio, allá en la urbanización Chacrasana, que era íntegra suya.

Jugaban campeonatos *interhouses*-intercasas y, a cuál peor que el otro, no había cantera para un equipo escolar de fútbol entre los futuros dirigentes. Benavides Málaga era una bestia tan grande como sus minas y Tres a Cero Jordán era otra tremenda bestia metida en un campo de fútbol. Ni qué decir de la Maja con su uniforme de seda, de Luchito Body Peschiera, por más que estuviera bajo el signo de Capricornio y todo eso: era otra buena bestia y nerviosísimo además. Jugaba solito en su campo todo lo que se estaba jugando en el terreno del adversario y de puros nervios hasta se lesionaba solito. Pírcy Centeno corría pero como en *cross country* indígena, o sea que no sabía para qué ni por qué ni hacia dónde corría pero corría y corría como la bestia de carga que era. Manongo Sterne no daba pie con bola y Tyrone Power insistía en patear el césped pero jamás le daba a una pelota. El Gordito Cisneros, decían, era un gran guardameta, pero a quién le constaba si jamás nadie llegaba a su arco y la pelota llegaba muchas veces más al río, a la carretera, o se perdía entre los sembríos.

Y así y cada vez peor iban las cosas, a pesar de la paciencia de santo sin misal con que los entrenaba ese beatífico futbolista en que se convertía mister Carol. Pepín Necochea entrenaba duro, pero sobre todo se esmeraba en el juego sucio para cuando juguemos contra otro colegio y yo arme la bronca. *Il* Comendatore D'Angelo, no bien veía una pelota volar por los aires, más o menos en la dirección en que se hallaba él, elevaba tan alto una pierna de zancudo y la mantenía allá arriba tanto tiempo que, por fin, cuando la pelota empezaba a descender, ya estaba con un calambre de la pitri mitri y caído de culo en el suelo mientras el balón rebotaba a su lado. Los protestantes Alan James y James Alan Oxley, que habían hecho la primera comunión católica un día de comunión normal y sólo porque eran tan tímidos que les dio vergüenza quedarse sentados solitos en su banca y, juácate, se fueron al comulgatorio y Teddy Boy casi se muere de la carcajada, esos dos gringos de fútbol entendían tanto como Houghton o el Muelón León de fútbol norteamericano, y se habían pulido además una y mil veces el *Clarín* de la Loren empapada y así jugaban, pajeándose, quién se iba a imaginar que tamaños protestantes pecaran tanto. La bestia del gringo Teich, a quien mister Oliver llamaba T*a*ich porque era el suyo un nombre alemán y a quien, a su vez, T*a*ich llamaba más que nadie mister Álava porque era un comunista de mierda, mordió la pelota un día y la reventó.

Y ni qué decir de los más nuevos entre los nuevos futbolistas, Rafael y Fermín Canaval, dignos hijos del gran Felipón, y autores ambos de los mejores autogoles que se han visto desde que, en el Sudamericano de 1953, Joe Calderón metiera el mejor autogol peruano, o sea del mundo, en el partido que perdimos ante Bolivia. Rafael era buenmocísimo y ya todo el colegio le llamaba Canaval Bonito, mientras que a su hermano, que era más feo que Pecado Mortal, Sacrilegio y las hermanas Ardant juntas, que realmente parecía modelo de calcomanía y se llamaba Fermín, automáticamente se le llamó Canaval Feo o Feormín. Ambos eran dignos herederos de la gran tradición paterna y como tales introdujeron el bloody mary en el colegio, primero, y en el campo de fútbol de Chacrasana, poco después. Y veían cualquier pelota menos la de la realidad. Y todo era así, a pesar de la santa paciencia, la pizarrita de hule y el esmero de mister Carol.

Pero llegó el día de enfrentarse con otro colegio, y fue nada menos que el Saint Paul School, según rezaba su uniforme rojo inglés, casi con corbata y todo y además la Maja Desnuda de seda aunque de suplente, felizmente, contra el Pablo Patrón, un colegito fiscal de Chosica, chontriles todos y en estado de avanzada desnutrición y agravada realidad nacional.

El play de honor lo dio don Álvaro de Aliaga y Harriman, que pateó tan fuerte y tan mal que le metió tremendo pelotazo a su doña Francisquita Arias, de los Arias de Panamá, motivo por el cual, realmente furiosos, sus hijos Joselín y Alvarito se le fueron encima con relativo éxito al ya muy caricaturizado ministro de Hacienda y papá, como le vuelvas a hacer algo semejante a mamá... A don Álvaro le estalló el uniforme escolar de fútbol y le relució medio poto, por andar siempre tan a la trinca, cosa que aprovecharon ipso facto los hijos de la Arias de Panamá para volver a la carga contra el culo ya bastante colorado de ira de todo un señor ministro.

—El culo no es gente, o sea que denle nomás —se mataba de risa Jaime Velauchaga.

Recuperose por fin el caballero, mientras el cholifacio director del colegio Pablo Patrón y sus chontriles de alumnos continuaban sin entender el mundo, aunque lo respetaban, eso sí, porque así de injusto lo creó Dios, y por fin don Álvaro dio otro play de honor que el Gordito Cisneros salvó del autogol, gracias a una volada de palo a palo que fue la única gran tapada que logró hacer en su puta vida de futbolista escolar, aunque también es verdad que fue debido a ese tapadón que todo el colegio San Pablo tuvo un héroe, una leyenda, una hazaña, en fin algo bueno que contarle a sus enamoradas.

El partido arrancó y al tercer minuto el Cholo José Antonio metió con arquero y todo un gol de media cancha, confesando mientras lo felicitaban que, en realidad, él sólo había querido hacer un pasecito lateral. Pero a los veinte minutos la mechadera era tan general que el propio Manongo Sterne, al no saber a quién pegarle porque no quedaba chontril móvil ni de pie y el campo verde se había cubierto de realidad nacional de color modesto, con negro famélico incluido, voló de una verdadera pateadura en el culo al director del Pablo Patrón, en el preciso instante en el que el pobre, de lo más agradecido, e ignorando por completo lo que era la vida cotidiana en el San Pablo, le aceptaba un misal a un señor que se presentó muy sonrientemente como el entrenador mister Patrick Carol, de la Irlanda católica, y le dijo que, dentro de tres minutos, se lo devolviera pues lo había traído especialmente para ese partido. Y mientras el pobre señor director, cholito, bajito, flaquito, del colegio Pablo Patrón, intentaba leer alguna oración en un inglés

que ignoraba más que Díez Canseco, Carlosito y Pepín Necochea
–este último responsable e iniciador, con alevosía y gran maldad,
de la bronca y de la mayoría de los caídos en batalla tan desigual en
vitaminas, proteínas, sales minerales, y hasta en el bloody mary
que corría en abundancia–, mister Carol, je je, le contaba, je je, al
director, je je, del Pablo Patrón, je je je, que él tenía a su madre, je
je, en Irlanda, je je, y que su madre era tan devota, je je, como pobre, je je, pero que él no le enviaba ni un puto cobre, je je, y que a
su mejor amigo, je je, jugando un día al box, je je, lo mató je je je…
Que fue cuando Manongo Sterne comprendió la calidad de molino de viento que tenía que enfrentar y atacó por el culo y a patada
limpia al director del Pablo Patrón, con lágrimas en los ojos y todo
y en compañía del Cholo José Antonio, del Gordito Cisneros y de
Tyrone Power, porque tanto je je je con misal de mister Carol hubiese sido muchísimo peor para ese pobre señor director bajito y
flaquito y de tan deportivo y derrotado espíritu.

Los héroes ilesos de una batalla abrumadoramente ganada regresaban cantando felices por la carretera. A la cabeza, don Álvaro, pateado, su señora e hijos, mister Owens, mister Carol, je je je,
el doctor Vargas Lara y su Chuchumeca, je je je también los dos,
aunque sobre todo él, por evidentes razones Carol-je je je, mister
Oliver y una larga fila de profesores ingleses, alumnos peruanos,
menos los Oxley y Teich, Betty Oliver, cuidando que un carro no
los atropellara a todos porque le iba a quedar chica la enfermería, y
Most Excellent and Honorable Matron y su tintineo Parkinson,
ayudada por la linda Peggy Newton que, por fin, le pidió al buen
Billinghurst Cajahuaringa que le cargara a la viejita porque ya no
podía más con ella, lo cual motivó nuevo y feliz himno escolar para
días de triunfo en partido y trompeadera que, desgraciadamente,
nunca se repitieron. Desde entonces y para siempre, y a pesar de
que Necochea rompió varias piernas, partió docenas de cejas y
deshizo como mil tendones y meniscos, el San Pablo quedó último
y por goleada siempre en todo interescolar en que asomó la nariz.
O sea que ésa fue la única vez que entraron al colegio cantando y
con *Most Excellent and Honorable Matron* en hombros:

> *La múcura está en el suelo,*
> *mamá no puedo con ella.*

Se la lleva la corriente,
mamá no puedo con ella...

Es que no puedo con ella,
mamá no puedo con ella...

Y seguían felices, cantando victoriosos y galopantes por la gran entrada principal de vehículos, cuando con ella llegó el escándalo. Ella era la Viuda y ella, una dama; en realidad era un complejo de inferioridad tetánico con respecto al mejor resultado Loren de Vilma empapada en camiseta sin mangas y calzón sin mangas también y también sin mangas hasta Carlosito Colas de la Noue.

—¡Habrase visto cosa igual! ¡Esto es el acabose! —gritaba la Viuda.

—¿Y usted no se acuesta igual con mister Owens? —gritaba, a su vez calato, a su vez tapándose con una hoja de algo, el Caballero de Malta. Parecía de la isla del Gallo y más flaco y de San Quintín y más pálido y de Alcatraz y más de un color rosado como sucio y por último del peruanísimo penal del Frontón. Porque nada, pero lo que se dice nada, tenía que ver su triste condición bíblica con la condición vílmica de la planchadora. Y así, tetánica ella y lamentable él, se hallaban los dos amantes de tan puro polvo tras polvo que se habían estado metiendo toda la tarde, mientras lo del fútbol y aun desde antes. Y así, totalmente calatayú los había pescado la Viuda envidiosa, así de Adán y Eva en su jardín y casi en las narices de su hijita que estaba jugando con sus muñequitas...

—¡Mentiras! —exclamó Vilma, a quien toda hoja de parra le quedaba chica—. ¡Nosotros hemos respetado lo presente y lo ausente y aquí esta señora que no se la dé de nadas porque ella también se las trae y si la envidia fuera *tinta*...!

En fin, que se estaba poniendo valientísima la planchadora de Puquio, la tan mal descrita en *Un mundo para Julius*, y ya hasta iba a meterle su toraxazo tetánico a la disminuidísima Viuda menguante, cuando muerto de miedo y de frío se arrosquetó el de Malta:

—Señores directores ingleses y peruanos, señora la Chuchumeca, *Most Excellent and Honorable Matron* (la viejita seguía tintineando en hombros del Cholo José Antonio y no entendía ni papa de tanta desnudez), señoras profesoras y señores profesores, queridos compañeros y amigos: Soy joven y tolerable (quizá quiso decir *vulnerable*, pero así de bestia era Carlosito) y la carne es febril (*¿débil?*) y tiende a pecar pero yo nunca puse mi alma, corazón y vida, sólo mi sexo masculino. Las tetas de esta chola me arrancaron de mis clases de violín clásico con el padre Ruschoff, *tortugado y misionante* en aquellos *crudos* países que visitó… En fin, sí, lo reconozco, pero yo sólo me estaba *fordicando* a una chola que me emperrechinó con su invitación al pecado. Mi alma, mi corazón, mi clase social no los puse nunca y muchísimo menos mezclé nunca a la Orden de Malta con tan bajos *menesterosos*. Y juro y *perjuro* por Malta y su Orden y por mis servicios distinguidos a la Iglesia católica, por mi padre y los marqueses de Torre Tagle…

Por ahí andaba el jadeante Carlosito cuando Vilma lo mató de un cachetadón a lo Joe Louis, alias Bombardero de Detroit, algo tan duro y sonoro que ya casi fue un abuso tratándose del pobre flaco. Después, claro, Vilma se acostó con mister Owens, que no era ningún tonto y la trató sedita con su pañuelo al cuello y todo. En fin, que el trabajo no abunda y así no perdió el suyo la mejor planchadora de sedas que pisó el colegio San Pablo. Y después, por supuesto, llegaron convocados los padres de Carlosito, amenazadísimo de expulsión, con lo caro que les estaba saliendo el colegio de su hijito rosado y bruto, lo reconocían, que lo que Salamanca no da natura no lo presta lo reconocieron también delante de él, so cretino, a ti te mandamos aquí para que te braguetearas a una de las hermanas del Gordito Cisneros o de los Canaval ricos o de Rizo Patrón riquísimo o de Benavides Málaga minero, ¡bruto!, ¡por Dios qué bruto nos salió nuestro hijo, doctor Vargas Lara!, pero, perdón, ¿no descenderá usted de los Vargas Lara de Huancavelica en el virreinato?

—Francamente no lo creo, señor Colas de la Noue. Mi familia es limeña de pura cepa, como se dice.

—¡Idiota! –lo interrumpió, soñándose ya marquesa, la Chuchumeca, que en todo metía sus putañeras narices desde que, años ha, su marido vendió el Pontiac, anda en este Mini Minor de mier… perdón, y dejó un brillante porvenir…

—A ver, señora, a lo mejor tiene usted razón en lo de Huancavelica; a ver, tal vez tenga razón su señora esposa, doctor Vargas Lara de Huancavelica, ¿cómo se llama su señora esposa, si no es *indigestión*…?

—La Chuchuperdón... Se llama Hortensia, porque me distraje.

—A ver cuénteme usted, señora Hortensia.

Total que salieron a relucir venados y cornamentas mil, de esas que tanto herían al doctor Vargas Lara, y Carlosito y todo su asunto fornicante cayeron en el más profundo de los perdones y olvidos y hasta una breve rebaja en el precio de la matrícula y las mensualidades hubo.

Y como el amor se acaba, este segundo amor racial del colegio San Pablo se acabó así, epistolarmente, con dos cartas de odio y nada más.

CARTA # 1

Blanquiñoso imbécil que se te para mal,

He cometido el error de mi vida, lo reconozco. Caer en tus manos fue peor que caer en la calle mala de la vida. Todos ustedes los blanquitos son así. No se les para bien pero nadies engaña mejor y yo puse lo mejor de mí, que no son mis tetas ni mi culo insuperables sino el recuerdo y la nostalgia de un niño llamado Julius que me trató bien y me seguiría tratando bien si hubiera mantenido el trato con él. He caído en una trampa de mi nostalgia y no me arrepiento porque, te lo juro, caballerito de juguete, que mientras me acostaba contigo sentía a Julius metido en mi corazón y en mi alma. Pero, en fin, qué puedes entender tú de todo esto cuando ya me contaron que te han jalado de año dos veces y que eres lo más bruto que hay en el mundo y, según ese que llaman Judas, también de Bolivia, aunque esta broma no la entiendo bien y sólo la imagino como una ofensa a un país donde hay muchos indios y pocos blancos. ¡Cuánta suerte para Bolivia si es así!

Y óyeme bien, payaso de esa orden de caballería que produce todo menos caballeros. Que produce gente como tú y fracasados como tu padre que dizque le llaman adonoren, que no sé bien lo que quiere decir, salvo que no cobran por brutos. Otro error mío y voy a reconocerlo. Creí que me darías alguna seguridad, caballerito de juguete. Pero resulta que ni amor ni seguridad porque tu papá y tu mamá son más pobres todavía que los míos. Éstos, por lo menos, poseen un minifundito bien rentable en Puquio, y ahí tengo yo cama, comida, cobijo, y hasta los ayudo cuando voy. Y los heredaré y tendré mis

*tierritas en mi terruño y pude incluso haberte mantenido, misio de
mierda cuyo padre dice todo el colegio que no sabe más que vender
cuernos de cualquier tipo para sobrevivir. Pobres diablos de padres
paren pobres diablos de hijos y pior toavía cuando vienen de un país
más chiquito que mis tierritas y que sólo produce vacas. Tendrás tú
algo de ganado, a lo mejor.*

*En fin, para acabar de una vez de rebajarme escribiéndote, yo creo
que a ti se te para adonoren también y como sea que se llame eso que
no se cobra porque se hace tan mal. Vete a la mierda y no te me
acerques si me ves planchando. Yo no te perdonaré en la vida ni
aunque me encuentres a un muchacho llamado Julius y le cuentes
que aquí estoy siempre, pobre pero honrada, recordándolo toda
mi vida porque no hay otro como él.*

*Vete ahora a la mierda con tus venados y tus vacas, con tus
maltas y tus órdenes de algo que da mariconcitos como tú, cobardes
y trahidores como sólo un Carlos Delanú supo serlo. Tu mamá dicen
que se parece a una bien ridícula que dicen que se llama Betibú, que
debe ser una vaca y tu papá debe ser un toro porque así dicen que es tu
país tan chiquito que casi se queda sin nombre o es que yo no lo entendí
jamás porque yo sólo entendí la bondad de un niño llamado Julius en
mi vida. Sólo que ahora lo sueño alto, guapo, con bigote como Jorge
Negrete y con una pinga que sí se le para bien.*

Ni tuya ni de nadie y pobre pero honrada,

Vilma

CARTA # 2

Tetona sirvienta de mierda,
*Si fueras ~~mujer~~ (tachado en la carta) hombre, te retaría a duelo y
de ti no quedaría ni yo. Mentiras es que me jalaron dos años, porque
uno sólo me atrasé por no entender tanta matemática y el otro sí me
jalaron pero con injusticia porque, en mi calidad de caballero, podrás
imaginar las envidias que despierto. En fin que mejor me callo porque
una puta no merece una carta y mucho menos mía y muchísimo menos
de Malta. Y te lo repito: si fueras ~~mujer~~ (tachado nuevamente) ya
estarías en la tumba de un duelo a finish que es como me combato yo.*
Te caché bien y métete tu misiva que aquí te rejunto al culo. Y mi

país se llama Luxemburgo y no es mi país sino el de mi padre. Aprende, chola analfabeta. Aprende lo que es ser blanco, rubio, de ojos verdes, buemozo, muy casadero, que jamás puse un pisco de sentimiento en nada de lo que hecimos. Otra vez métete tu carta a tu poto que lo debes tener más sucio que el del Julius ese que es demasiada familia para una chola como tú.

O sea que mentirosa además de mujer república.

Ja ja ja ja ja ja ja ja ja ja ja ja ja ja...

Charles Cola de la Noue
(Chévalier de l'Ordre de Malte)

Paté de hígado del menos fino fue la respuesta de Carlosito, o sea que *The End* y, mejor, *no comments*, como dicen los ingleses en estos casos de *no comments*. Abrámonos mejor un poco a la vida cotidiana del San Pablo y sus buenas y pobres gentes. Las hermanas Ardant, cada día más venidas a nada, caminaban mañana y tarde y desaparecían al caer la noche y la gente pensaba que, las pobres, mejor sería que desaparecieran ya del todo. Aunque no faltaba tampoco gente que pensaba que, en realidad, esos dos espectros paseantes eran las ánimas de aquellas dos hermosas muchachas que, todo tiempo pasado fue siquiera menos malo, estudiaron en el privilegiadísimo colegio de San Pedro para señoritas muy bien y *sacré coeur*, de principios de siglo. Ánimas en pena, se consolaba pensando mucha gente que, por pena de verlas o porque así es la vida a medida que va pasando y se va callando, jamás se acordaba realmente de ellas y muchísimo menos se le iba a ocurrir nunca a nadie venir a interesarse por su pésima suerte tan callando y caminando. Un par de vidas de mierda que se apagarán y no vale nada la vida, la vida no vale nada, que cantaba la popular canción mexicana...

—Ándele nomás compadre, túpele José Alfredo-Compositor-Jiménez.

La Viuda había perdido leyenda, mito, aura y tetas tras haber enviudado de mister Owens, que aparecía perfectamente bien planchado y de lo más sonriente desde que se entregó con alma corazón y vida a Vilma. Un millón de botellazos de leche sellaron el divorcio de su detestable y horrorosa mujer anglo-arequipeña y su amor cada vez más profundo por Vilma y por el Perú. Deseaba escribir un libro sobre su experiencia en esta vida y qué cosa mejor: Un buen colegio privado, allá en su Londres natal, trabajo en la enseñanza en Oxford, servicios secretos en honor a Su Majestad Británica pero a un nivel en que los secretos casi ni eran de Estado y, finalmente, la Royal Air Force, "la fuerza aérea de Su Majestad Británica, o sea inglesa, Vilma, que fue donde me gané esta medallita por bombardear lugares de Europa que había soñado con visitar… Pero no llores por eso, Vilmita, y piensa cuánto más dura ha sido la vida contigo que conmigo…"

Después, el Perú, el castigo que le mandó el cielo por braguetero y esta experiencia ahora con unos chicos que algunos locos llaman futuros dirigentes de la patria… Lo había decidido. Escribir un libro sobre ese Perú que había sido su verdadero amor y que, acababa de descubrirlo, le había dado en Vilma el verdadero amor.

Vilma, claro, sospechaba de las intenciones del mister, pero, en menos de lo que canta un gallo, Jerome Owens le dijo también adiós a la condesa Ostrowski y a sus pañuelos de seda al cuello. Y adiós también a las armas de su cultura de privilegio y una noche se quedó dormido desnudo entre los senos respetables de una mestiza peruana y soñó que era feliz en un minifundio de Puquio y lloró soñando en voz alta y ella lloró también entonces escuchándolo soñar con tamaña sinceridad y cuando despertaron ambos, él de su soñar dormido y ella de su soñar despierta, ya todo estaba decidido: honraría su contrato con don Álvaro de Aliaga y Harriman, mientras terminaba de divorciarse, se casarían entonces, y ya jamás ninguno de los dos sufriría por causa del amor que sentía por el otro. Y hasta decidieron bromeando que, por si acaso peleaban algún día, comprarían leche pero en cajas de cartón y se las tirarían y ya verás tú, darling…

—No, Jeronimito —lo interrumpió ella, al oír eso de darling y recordar la casa de Susan linda y su Juan Lucas Darling—. No toques ese disco, mi amor. Algún día te contaré cómo y por qué él me hace tanto daño y cómo y por qué él me brindó la gloria llamada Julius y también me la quitó después en un burdel donde precisamente tocaban ese disco…

—Te entiendo y te lo juro, Vilma de mi alma: nunca más te llamaré más que *my* Vilma.

Bueno, ya verían los dos, porque en eso sí estaban de acuerdo. Pero funcionó todo entre ellos hasta la tumba con *happy ending* de él, primero, por ser bastante mayor, y funcionó también durante toda la viudez de ella en el recuerdo: las pocas veces que pelearon se tiraron cajas de leche pero ya vacías porque eran tan pobres como felices allá en el minifundio de Puquio y era tan sexy el pleito con las cajitas de leche que terminaba en juegos eróticos en la cama y así terminó también la vieja vida feliz de mister Jerome Owens, de Oxford, Scotland Yard, un poquito, RAF en la Segunda Guerra Mundial —Vilma le entendía RAF y toditito—, Arequipa, Lima, Los Ángeles del colegio San Pablo, tú, mi amor, y Puquio. En fin, que la vida de mister Jerome Owens, que murió sin pañuelo alguno ni en el cuello ni para la nariz, siquiera, terminó un día de cajazos de leche que los llevó a la cama muy pobre, rechinona y feliz, y terminó además totalmente de acuerdo con los ideales del poeta Horacio: gozando en la lascivia y muriendo en el acto.

Al fondo del colegio, por las canchas de tenis y en la casa más grande de todas, murió también, pero de harem, el turco Sukar, campeón peruano de ajedrez, que cada tarde regresaba en su Studebaker chillandé pero ya algo cargado de años y de exceso de mujeres cada día. Era un gordo calvo, panzón y lujurioso hasta decir basta. Dicen que entre jugada y jugada de torneo de ajedrez se pegaba unas movidas sexuales realmente impresionantes y que para él era aquélla la mejor forma de calcular su próxima movida. En fin, qué no dicen, pero la verdad es que lo nacionalizaron peruano porque amaba tanto a este país que le brindó su primer triunfo en un Sudamericano de ajedrez. Y murió amando este país que lo vio llegar de niño gordo y ya lascivo y que lo vio morir viviendo al pie de la letra, nunca mejor dicho, un vals criollo del gran Felipe Pinglo, *Sueños de opio*...

> *Sobre regios almohadones recostado,*
> *incitante me sonríe bella hurí,*
> *cual la reina de que hablan los cuentos de hadas,*
> *deslumbrante se presenta para mí.*

Sus miradas son de fuego, me enloquecen,
ella me ama y me ofrece frenesí,
en su rostro de querube o de nereida
se adivinan deseos de goces mil.

Droga divina, bálsamo eterno,
opio y ensueño dan vida al ser;
aspiro el humo que da grandeza
y cuando sueño vuelvo a nacer.

Más estas últimas estrofas que ya no oyó porque precisamente acababa de volver a nacer, pero que se sabía de paporreta y se llevó consigo entre bucles, retratos, pañuelos, cartas de amor y mucho, muchísimo ajedrez:

Me vuelvo dueño de mil riquezas,
lindas mujeres pueblan mi harem...

(por entonces, ya habían empezado a llorar a mares las pobrecitas, sobre regios almohadones recostadas)

y en medio de ellas, yo adormitado,
libando dicha, bebiendo halagos
entre los labios de una mujer.

Primorosas odaliscas en mi torno
obedecen mis caprichos de rajá
y sus mimos y cariños amorosos
son tributos de esclavas a su sultán.

Una y otra mi suplican que las ame
y les brinde mi cariño más sensual.
¡Oh delicias que duraron tan sólo
lo que el opio en mi ilusión pudo forjar!

Realmente sublime y envidiable les parecía tan maravilloso final turco a los alumnos del San Pablo. Y las encuestas, que incluyeron también a profesores y a gente del servicio como Romerito,

Pecado Mortal y Sacrilegio, Bautista y el cholo Fernando, los jardineros borrachos y a Benigno Mantilla y Severo Romero, dieron 78% a favor de una muerte así y 21% en contra. No supo/no contestó sólo Alicia, pero ésta es una broma porque Alicia hace rato ya que se había ido y en plan de medio pelo, pero seria ella y serio él, ahora, con el hombre mucho mayor que ella que, desde el primer año del San Pablo, la había venido a buscar en un Ford amarillito, descapotable, en fin, uno de esos Ford para levantar marocas, tirar plan y nada más, pero que en este caso dio buenos resultados y fue para más.

Lo único malo, claro, es que entre lo de la Viuda, que terminó mudándose de puro despecho sénico y hasta escénico, pues no soportaba ver a su ex Jerome sin pañuelo de seda al cuello pero hecho una sedita en sus paseos Lord Byron con Vilma, entre lo del turco Sukar, porque ido él desapareció también su harem, y por último entre lo de quién se iba a atrever a mirar ahora a la futura esposa de Jerome Owens y ni siquiera había ya dónde aguaitarla porque mandó al diablo las sedas de la Maja Desnuda y vivía cual sultana encerrada a piedra y lodo en casa del señor director inglés y ahí quién se atreve, entre todo eso hasta volvieron a cotizarse las fotos de Alicia, por decir en pocas palabras que la porno *Clarín* había quebrado o que éste era un cuento de Benigno Mantilla para evitar que Severo Romero le avisara a Romerito y el ómnibus del colegio terminara nuevamente toraxiado.

> *Cochichón, Cochichón,*
> *desde el día en que te fuiste*
> *el colegio quedó triste*
> *porque amaba tu fealdad.*

En fin, que ni se amaba ni se contemplaba ni se miraba o se aguaitaba siquiera a nadie en el colegio. Y andaban reviviendo canciones que, más que con la belleza, tenían que ver con Feormín Canaval, verdadera caricatura de calcomanía, cuando, cuando menos se lo esperaban, cómo no se nos ocurrió antes y qué bien escondido se lo tenía el gordo Tarrillo Grasso, tremendo pendejo, Judas, salió a la superficie la tercera historia, complicadísima ésta, de amor racial. Porque en ella había amor del bueno y razas medio inferiores, si se quiere, pero no hubo nunca, como en las otras, algo terriblemente enfermo o triste y cruel.

HISTORIA DE AMOR DE MARLEN VON PERPALL Y JUDAS TARRILLO CON SUBTENIENTE PANETÓN MOTTA INCLUIDO PARA POR PODER AMAR A MARLEN, ÉL TAMBIÉN

Porque, de golpe, qué no pasaba dentro y fuera del colegio. Felices y muertos de risa, los alumnos asistían a la amistad bondadosa, hasta cuando se trompeaban, entre el Cholo Facciolo y el Cardenal Primado del Perú, Monseñor Jaime Landázuri, arequipeño de tercero de media, recientemente incorporado, y que era en efecto sobrino del Cardenal Primado del Perú, el altote y papal y buena gente, también, Monseñor Landázuri, de los Landázuri azules de Arequepay, porque si esta ciudad queda en la costa, es Arequipa, como lo reclaman sus ciudadanos bravos, valientes y algo gallegos también en eso de que nunca se sabe si están subiendo o bajando una escalera. Pero, si al decir de los limeños de pura cepa, tan húmedos y chismosos que hasta al río Rímac le llaman "el río hablador", son andinos, entonces debemos pronunciar Arequepay, dentro del mejor estilo Pírcy Centeno.

Paraban todo el día juntos el Cholo redundante y Monseñor, pero un día, por cosas de la vida encerrada de un internado, tuvieron una seria desavenencia, en realidad un pleito de esos que sólo se arreglan a golpes. Ya eran compadrísimos, por entonces, Tarrillo Grasso, Jorge Tyrone Valdeavellano, el Cholo José Antonio y Manongo Sterne, y juntos pudieron asistir a la gran mechadera bondadosa de los excelentes amigos Facciolo y Landázuri.

—Yo te meto un cabezazo primero y te parto un labio —le decía Facciolo, que sabía trompearse, como buen cholo, usando la mitra y todo.

—Pero yo soy mucho más alto que tú y aguanto tan bien que a ti se te quiña la tutuma —le respondía, jergoso y todo, Monseñor.

—¿Tú, romperme la mocha a mí? —enfurecía más el redundante Facciolo.

—Pero si ya te la rompí…

—Entonces yo vuelvo a la carga, hecho una bestia, y te zampo tres cabezazos más y ya te he partido las dos cejas.

—Entonces yo me doy cuenta de que la pelea a larga distancia no me conviene y, tras haberte metido un patadón en los huevos, te estás muriendo de dolor, te estás retorciendo y ya vas a pedir chepa, pero yo ya le he entrado al catchascan…

—¿Lucha libre vale todo?

—Exacto, y ya yo te tengo atrapado con una doble Nelson…

—Pero entonces yo logro escaparme milagrosamente de esa llave y te agarro y te tumbo…

—Perdón, la pelea es a *finish*.

—Y qué creías, so cojudo. Esto es a muerte.

—Entonces hace rato que te tumbé y ahora estás volando. Te he agarrado de las dos piernas y te he aplicado el avión y te tengo vuelta y más vuelta en el aire, como el Yanqui, campeón nacional. Y del avión no se salva ni el Búfalo, campeón argentino.

—Estoy mareado, compadre, y no logro escaparme.

—¿Te rindes? Di que te rindes.

—Yo creo que mejor sí.

—Dilo, conchetumadre.

—Me rindo, conchalatuya…

Y se fueron caminando tranquilísimos y agotados y aceptando que hombría había habido por ambas partes. Se fueron pausadamente, Monseñor y el Cholo Facciolo, a tomarse una Coca-Cola en el quiosco de Romerito.

Menos hermoso y feliz fue, naturalmente, el *affair* contranatura que protagonizaron dos nuevos de segundo de media, niños casi o niños sin casi pero con sus sexitos bien corrompidillos ya y con la mala suerte de que mister Brody los chapara dizque fornicando ahí en la tina del cuarto en que dormían. El colegio entero se enteró y no debía ser el primer caso pero sí fue el mejor por la explicación que el gordinfloncito y pecoso Zavaleta les dio a los atónitos mister Owens y doctor Vargas Lara, en la dirección anglo-peruana del Saint Pablo —como ya era conocido el colegio en Lima, aunque mucha gente del pueblo pensara que, cuando el ómnibus los depositaba los sábados ante el cine Colón, uniformadísimos y bailando de la alegría de sentirse libres por día y medio, lo que ocurría en realidad es que había regresado nuevamente a Lima la orquesta brasileña, pero con más músicos ahora, y algunos realmente juveniles. Bueno, el gordinfloncito Zavaleta confesó por fin ante el mudo y abrumado Raúl Solari que éste todo el día cantaba un bolero así, de Lucho Gatica:

> *Tú me acostumbraste*
> *a todas esas cosas*
> *y tú me enseñaste*
> *que son maravillosas*

> *Feliz llegaste a mí*
> *como la tentación...*

—*Enough of that bloody boleirou!* —exclamó mister Owens.

—Sí, basta, claro, Zavaleta. Éste no es el mejor momento para ponerse a cantar boleros —comentó, como quien imita la rabia del otro dire, el aterrorizado doctor Vargas Lara.

—Bueno —cantó, por fin, Zavaleta—, yo sólo estaba bañándome en la tina.

—Que se estaba bañando solo, querrá decir —intervino el filósofo de la Chuchumeca.

—Eso, profesor. Que sólo me estaba bañando solo.

—¿Y qué más?

—Que se me metió en el baño el bolero pero calatito y sonriente y yo no entendía muy bien, pero Solari realmente tarareaba lindo y cada vez más elevadito. Y se sonreía como si me estuviera amenazando pero rico o algo así.

—¿Eso es verdad, alumno Solari?

Raúl Solari respondió llorando a mares, llorando que daba pena, por amor a Magdalena y ella...

—Raúl, ¿es verdad que te metiste en la tina cantando, o no? —empezó a llorar también Zavaleta.

—*Stop that stupid crying!* —se hartó de tanto romanticismo latinoamericano, mister Owens.

—Par de mariquitas —comentó, para quedar bien, el doctor en Derecho y Filosofía.

—No —sollozó Zavaleta—. Mariquita él, que se me metió a la tina y se me echó encima pero de espaldas. Quiero decir que me pu-puso el poto aquí.

—*And then?*

—Sí, ¿qué pasó entonces?

—Bueno —sollozó más, Zavaleta—, yo sólo sé que la temperatura del agua se puso más agradable, como entre bien tibiecita y lo sufi-cientemente calentita y que se estaba muy bien ahí. Raúl, le pre-gunté, entonces, mientras él seguía tarareando pero algo me estaba haciendo también en los muslos, ¿rico, no?

—Sí, rico, bien rico. Y te voy a acostumbrar a lo que son estas cosas. Abrázame la barriguita ahora y bésame en la nuca.

—Bueno, ¿y por qué se han callado ahora los dos? —interrumpió el delicioso *flashback* en que andaban metidos Zavaleta y Solari, el escandalizado Sócrates criollo, aunque no sin recordar que en Grecia, según sus lecturas y estudios...

—*Give us the rest* —ordenó mister Owens, dirigiéndose al teléfono de caja de caoba y manizuela de plata, que comunicaba al colegio con el mundo. Le contestaron en la central de Chaclacayo y dio el número de ambos alumnos, en Lima. Necesitaba hablar urgente-mente con sus padres.

—Sí, claro —dijo el doctor Vargas Lara, al ver la gravedad del caso, añadiendo—: ¿Y qué ocurrió, por fin?

—Que yo no sabía nada, doctor, se lo juro que *I knew nothing*, mister Owens.

—Está bien. Siempre hay una primera vez y estamos dispuestos, ¿o no, mister Owens?, a creerte, Zavaleta, pero es grave y dinos, por favor, ¿cómo acabó de grave?

—*Very well spoken*, doctor Vargas Lara —comentó mister Owens, recordando también él que eso era frecuente en las mejores fami-lias inglesas, en Oxford, en Scotland Yard y hasta en la RAF, en-tre combate y combate aéreo.

—Bueno, profesor, que de repente a mí me encantó y noté que además me estaba saliendo por donde orino como un polvito lí-quido...

—Y a mí por detrás me pasaba algo bien parecido pero creo que no tan líquido. Lo juro. Yo creo que no me salió nada y que sólo era riquísimo.

—¿Lo volverían a hacer? —los interrogó de arriba abajo el doctor

Vargas Lara, y no sólo porque era mucho más alto sino porque Solari y Zavaleta se habían encogido con la pregunta, primero, y ahora, de pronto, por toda respuesta se arrancaron en dúo a llorar tan agridulcemente...

Y entonces el doctor Vargas Lara y mister Owens se pusieron de acuerdo en una inmediata sesión de *caning*, que el inglés aplicaría por ser más implacable que el nacional, a pesar de que su Vilma... Bueno, pero se dejó de cojudeces y de vida privada, mister Owens y, tras haber aplicado mucho *caning* ejemplarizante en los dos potitos sentimentales y extraviados, optó por una inmediata separación de cuerpos. El provocador Raúl Solari quedaría sometido a la más estricta vigilancia del prefecto de su *house* y, para efectos nocturnos, se mudaría a la barriadita para que el control fuera más exhaustivo aún. Y en cuanto a Zavaleta, el recibidor que tan bien recibió pero que no provocó, permanecería en el dormitorio pero se le clausuraría el baño propio, dormiría solo, y cada noche mister Brody le cerraría la puerta con llave. Por ahora, ése era el mejor remedio y habría que ser muy sincero con los padres de ambos chicos. Después crecerían y, con suerte, la naturaleza los haría enderezar rumbos...

—La sabia naturaleza —filosofó el doctor Vargas Lara.

—Eso es un lugar común, doctor —añadió mister Owens—. Tan común como la homosexualidad. Dios quiera que no sufran estos pobres chicos.

—Con suerte, se harán muy hombrecitos... Porque, finalmente, también forman parte del luminoso porvenir de este país.

Y, en efecto, El Porvenir se llamaba uno de los tantos bancos que poseía el Emperador Solari, dueño de la mayor fortuna del país por aquellos años y que era más loca que una cabra loca pero también, por su enorme peso e importancia contante y sonante, el testigo obligado de cuanta boda se celebraba en la capital de ese país que valía un Perú. Furibundo y dueño del Imperio Solari, don Pedro Solari hizo su importantísima entrada en el colegio San Pablo. Venía dispuesto a matar a quien sea y no porque su único hijo ¿hombre? tuviera unas inclinaciones que él comprendía y compartía además mejor que nadie, sino porque lo habían metido a vivir en una barriadita. Llegó sin avisar ni nada y estando ausente mister Owens, que se había ido con su Vilma al cine, y el doctor

Vargas Lara, que había ido a Chosica, a casa del loco Pazos, en busca tristísima de su Doris, que parece que andaba echada otra vez en una cama para ver quién la ama.

Total que de responsable había quedado nada menos que Teddy Boy, de cuya virtud masculina, a punta de excentricidades como aquélla de hacerse rascar la espalda, mientras le pasaba el miedo a una película de terror, se discutía tanto entonces en el colegio y hasta en la casa de algunos alumnos. Ya habían aparecido, por ejemplo, las cuatro furibundas madres de Tarrillo Grasso, Sterne, Valdeavellano y Billinghurst Cajahuaringa. Se le presentaron en la dirección al anonadado mister Owens, que estaba bastante convencido de la homosexualidad de su excéntrico pero valiosísimo y angelical colega, aunque también, *noblesse oblige*, era capaz de dar la vida por defender a un colega, desde la Segunda Guerra Mundial, sobre todo.

Y éste parecía ser el caso y ahí estaban las cuatro señoras, lo que se dice fu-ri-bun-das. Y gritando todas a una en presencia de sus cuatro hijos rascadores y contadores de las excentricidades mil de don Eduardo Stewart Valdelomar y por lo tanto sospechosos también, desde el punto de vista estratégico de mister Owens, de calumnia, infamia y difamia. Y el asunto no se iba a arreglar a gritos ni en el perfecto inglés de las señoras Sterne y Valdeavellano, que además era inglesa y casi mejor que *queen Elizabeth* en lo que a apellidos se refiere y tan pero tan linda que mister Owens, entre grito y grito en defensa de su colega, se acomodaba una y otra vez el nudo de la corbata.

Y así, hasta que solita su alma y como quien sospecha el motivo apareció por ahí el gran Teddy Boy, a quien, entre sus peligrosas excentricidades mil, se acusaba también de explotar económicamente a los alumnos. Y era verdad que tenía esa divertidísima costumbre. Se metía al cine en Chosica, seguido por cuatro o cinco alumnos que él mismo había invitado, por ejemplo, pero a la hora de los loros se pasaba de largo y tan fresco, delante de la taquilla:

—Paguen monedas, niños ricos —decía, mirando al techo, y se zampaba tan campante al cine.

Y lo mismo después de la película. Se metía en una bodega, compraba sus chocolates Suchard y las botellas de pisco y vermouth para su capitán bien heladito y:

–Paguen monedas, niños ricos –salía tan campante de la bodega.

Y por esto y aquello y mil cosas como ésa de llamarle Body a Peschiera, regalarle siempre miles de puntos extras a la Maja Desnuda, mantener al pobre Luis Gotuzzo desnudo sobre una carpeta, clase tras clase, con el pretexto de la belleza griega, y hasta por haberle exigido a Colas de la Noue, como condición *sine qua non* para aprobarlo en historia, que le regalara tres dromedarios y una mina del rey Salomón, el profesor Stewart Valdelomar tenía que ser homosexual y, por consiguiente, un verdadero peligro en un internado, sobre todo.

Pero no fue mister Owens quien más y mejor defendió a Teddy Boy, que se estaba revolcando de risa del inglés de la señora Cajahuaringa y explicándole que era aún peor, señora, que el de Díez Canseco, que habla menos inglés que mis perros Simon y Chesterton, para colmo de males, y que en seguida había invitado a bailar fox trot, si la bellísima señora así lo desea, a la señora Valdeavellano, y luego le había dicho a la señora Tarrillo: "¿Y usted cuándo me invita a Huacachina, ahí hay laguna bonita y Teddy Boy quiere ver laguna bonita y dormir en importante hacienda llamada Las Carretas, si usted se lo permite a profesor delicado de salud y necesitado de descanso en casa hacienda bonita y laguna oasis?" Y el colmo de los colmos fue cuando le dijo a la señora Sterne:

–Usted no cuida lo suficiente a su hijo. Tiene que hablar más con él y, sobre todo, tiene que darle mejores propinas para que invierta mucho en enamorada rica y bonita llamada Tere. Manongo Boy puede llegar a ser niño más rico del Perú, mucho más rico que magnate Solari, si casa con niña heredera de muchas minas y cuentas con números premiados en *Switzerland*...

Las cuatro airadas señoras decidieron sacar inmediatamente a sus hijos del colegio, pero fueron también inmediatamente mandadas a la mierda por sus cuatro hijos, para gran contento de mister Owens, que realmente gozaba con la cultura y las locuras infinitas de un profesor, que además, y como muy bien le había enseñado a decir su Vilma, nunca en su vida habría mordido la fruta fresca. Y Teddy Boy no sólo educaba mejor que nadie a los alumnos, sobre todo en esas tardes de tertulia en su casa, sino que había logrado también, a fuerza de ponerles muchísimas canciones de moda o no, en inglés, que la letra con sangre les entrara, porque como todos ahí andaban superenamorados y de primer amor, a fuerza de canciones de amor les había enseñado hasta a extrañar y llorar en inglés.

¿Qué hacían, pues, las señoras, cuando además los alumnos amenazaban con ponerse en huelga de hambre en defensa de un profesor que, la verdad, si lo pensamos un poco, más que maricón parece ser sólo un gordo chiflado y buenísimo, excéntrico, algo payaso, de acuerdo, cultísimo y profundamente irónico y lúcido?

¿Cuál de ellas se atrevería a negar que, semana a semana, sus hijos regresan a casa más cultos, alegres, sensibles, mejor educados y con un muy desarrollado sentido del humor...? Reflexionaron, pues, las señoras, y sólo por no perder la dignidad de su alto rango en Lima, Ica y Nazca, acordaron mantener al profesor Stewart Valdelomar en lo que –Teddy Boy se revolcaba de risa– dieron en llamar "período de observación".

El período de observación, dicho sea de paso, fue brevísimo. Y Teddy Boy terminó íntimo de las cuatro damas. Pasó fines de semana en Huacachina, Ica, Nazca, invitado por las señoras Tarrillo y Billinghurst, bailó muchísimos fox trots con la señora Valdeavellano, y la señora Sterne, a escondidas de su esposo, le quintuplicó la propina para los fines de semana con Tere y un millón de butifarras, si quieres, a Manongo.

Todo un rodeo nos permite ahora entender la felicidad de los alumnos todos, Solari incluido, cuando el dueño del Imperio Solari, en el que de todo había y hasta hacían su aprendizaje de las finanzas algunos parientes de la familia real española –en realidad venían a hacer prácticas en cualquiera de las mil empresas de don Pedro, pero fundamentalmente a bailar perdidamente enamorados con sus cinco preciosas hijas, porque el Emperador también daba por ese lado y adoraba a su esposa e hijas y hasta a la insoportable ladilla presumida que era su único hijo–, entró al colegio dando voces imperiales y exigiendo que le dieran, en el acto, suite de lujo a su hijo, y salió humilladísimo y entre las coces de felicidad de Lelo López Aldana y Amat, que presenció el comienzo de aquella escena y corrió a avisarle al colegio entero, para que presenciara, feliz también, aquel duelo a muerte.

Teddy Boy no sólo le soltó sus mastines a don Pedro sino que los ayudó a morderlo con cuatro patadas pésimamente mal dadas, pero patadas al fin y al cabo, y después lo largó con las vestiduras de seda hindú desgarradas a mordiscones para que aprenda usted, so cojudo de mierda, que a mí me manda matar mañana si se atreve, y atrévase, a ver, Chesterton, otro mordisco, y aprovecha también tú, Simon, que al saco todavía le falta un poco para que no vuelva a servirle para venirme a mí con mariconadas, o sea que atrévase, pues, pero mañana, porque esta tarde yo soy el encargado de la disciplina en este colegio que no pertenece a su imperio sino al de ese caballero tan superior a usted en todo, menos en lo de la ropa, hay que reconocer, que es don Álvaro de Aliaga y Harriman. ¡Y largo de este colegio inglés! ¡Cayo Largo Emperador de Cholilandia! ¡Pacotilla usted y su imperio! ¡Cayo Bruto Emperador Inculto! ¡Aprenda usted a ser tan hombre como es buen padre! ¡Y ahora puerta y calle y aire puro y chofer y Lima y como vuelva a asomarse por este colegio…! ¡O no, Chesterton y Simon…!

Hubo día de fiesta y todo, en el Saint Pablo, porque Teddy Boy era el excéntrico más macho del mundo. Y como nunca hasta entonces, cada tarde faltaba sitio en su casa para oír música, para escucharlo hablar y verlo tomar su capitán helado, mientras uno tras otro se comía sus chocolates paguen-monedas-niños-ricos.

Y en el fondo de esas tardes musicales y a veces tan sentimentales está, sin duda alguna, el origen del amor loco que le entró a Judas Tarrillo por una rubísima alemana, hija de nazi fugitivo en Indias, venidísimo a menos, arrepentido de sus crímenes de guerra y hasta dispuesto a considerar la boda de su hija Marlen con peruano inferior. El fugitivo habitaba una de las casas más chiquitas que se desparramaban por los jardines del colegio. Un poquito más, la verdad, y la casa del barón Klaus von Perpall ya era bungalow. Marlen no era tan bonita que digamos, pero el acholado iqueño Tarrillo, como decía la madre de Manongo Sterne, era tan gordo y tan feo que sólo por lo inteligente que es una no se da cuenta de lo horroroso que es tu amigo, hijo. ¿Y por qué no hace dieta, por Dios santo?

—La verdad —comentaba parcamente don Lorenzo, que casi nunca comentaba nada—, hace honor a su segundo apellido, sobre todo: Grasso.

—Es un verdadero mazacote —agregaba doña Cristina.

Y entonces enfurecía su esposo:

—Yo no me he matado trabajando toda mi vida para que cada vez que Manongo invita a ese tal Tarrillo, se coma el pan de toda una semana. Y se ha sentado en una de mis sillas inglesas y prácticamente la ha descoyuntado. De ahora en adelante, o se sienta en el suelo o le ponen una silla de la cocina cada vez que venga a almorzar.

—De acuerdo, papi, pero recuerda también la falta que nos haría si no viniera: es tan inteligente, tan entretenido, tan buen amigo del Cholo…

—Cholos en mi casa, además de todo… La verdad, yo no sé para qué me he convertido en uno de los primeros contribuyentes de este país…

—Bueno, pero está Valdeavellano, Tyrone Power nada menos. Piensa en todo lo bueno que han hecho por Manongo. Primero fue el barrio Marconi y ahora el colegio…

—¡Como digas Saint Pablo me voy a trabajar hoy domingo!

—Pero Laurence, si no has parado de arreglar cosas toda la mañana…

—Eso se llama hobby. No hay que confundirlo con la forma en que me mato trabajando… Eso relaja y descansa y, de paso, mantiene nueva la casa nueva.

Jorge Valdeavellano, alias Tyrone, fue el primer amigo de Manongo. Después vino el Cholo José Antonio y ahora Tarrillo Grasso había completado el cuarteto con su nuevo apodo, el Gordo Grasso, basado en su segundo apellido y en que, con el tiempo, la amistad, su increíble astucia y picardía, y ahora además su amor por la rubia Marlen tan pobre y no tan agraciada la pobre, lo de Judas era cosa olvidada. El Gordo Grasso y Manongo eran inseparables y qué lejano parecía el día en que se miraron casi con odio cuando se vieron por primera vez en Confecciones Vestitex, probándose la ropa para el primer año de colegio. Manongo había entrado bañado en silenciosas lágrimas por Tere y abril, que ya era inminente, y el Gordo lo había observado un buen rato con su experiencia de macho hacendado iqueño:

—¿De qué orfelinato habrán sacado al flaco ese tan raro? —le comentó a su irónico padre, que inmediatamente agregó:

–A ése lo escupe un negro de la hacienda y lo ahoga. Y parece que es delicada, además de delicado.

Manongo, por su parte, se había quedado impresionado con la horrible corbata azul de enormes lunares rojos que llevaba el gordo ese...

–¿De qué burdel habrán sacado a ese cabrón? –le había comentado a su queridísimo primo, el Gordito Cisneros Tovar y de Teresa.

La cantidad de agua que había pasado por el río Rímac desviado, entre la casa de don Álvaro y el colegio, y esas tardes musicales de amor por las enamoradas ausentes, en casa de Teddy Boy. Pero ahora había una enamorada nueva y el Gordo suertudo la tenía ahí, en los mismísimos jardines del colegio y casi siempre sola, cuando regresaba del colegio Beata Imelda la rubia y colorada Marlen. Era timidísima, adoraba a un gordo que ella era la única mujer en el mundo en considerar el más guapo del colegio, y sus padres regresaban ya de noche de ganarse el pan con el sudor de su rostro en Indias y de expiar así, poco a poco, año tras año, como en un proceso de limeñísima humidificación, tan común por otra parte en esta ciudad de mierda que todos, sabe Dios por qué, adoran, en fin, que el húmedo ex nazi y su esposa regresaban recién del sueldo mensual con aguinaldo navideño, en el autovagón de Chosica que se detenía a las nueve y cinco de la noche en la estación de Los Ángeles. Suertudo el Gordo pero timidísima la chica que lo adoraba y no se atrevía ni a mirarlo, que lo amaba en silencio mientras, solita su alma, hacía sus tareas escolares y él aprendía mil canciones de amor por ella, para ella, como tantos otros alumnos en casa de Teddy Boy. Y hasta Perkins y Parker, que también eran educados de esta manera tan casual, generosa, informal y gratuita, por el buenísimo don Eduardo Stewart Valdelomar, loco sí pero que alguien diga que es loca y yo mismo, por más que le haya rascado la fofa espalda al profe, le saco la mugre, le parto el alma, carajo, y le arranco los ojos y la vida.

Esto último lo dijo casi desconociéndose el Cholo José Antonio, porque precisamente en ese instante acababan de escuchar a Agustín Lara cantando su *Arráncame la vida*, y el Cholo se había conmovido a fondo. Y además, también él tenía un amor secreto y sobre el tema ya le había puesto, en su perfecto *high fidelity*, dos canciones, Teddy Boy:

LUCHO GATICA	DORIS DAY
¡Qué bello es nuestro amor!	*Once I had a secret love*
amor secreto.	*that dwelt within*
¡Qué bello es nuestro amor!	*the heart of mine.*
canto callado.	*But oh, so soon,*
No hay nadie en esta tierra	*my secret love*
que comprenda	*became impatient*
la dulce soledad	*to be free.*
de nuestro idilio…	*Oh, I cried…*

Era la mejor discoteca de amor del mundo, o es que toda la música es de amor cuando uno está enamorado y su perfección consistía entonces en que había canciones con letras para el caso personal de cada alumno. Vale la pena repasar un poco esa discoteca y ver, por ejemplo, cómo el cabrón salido de algún burdel iqueño y que algún día fuera Judas, aprendió a amar a Marlen en castellano, en inglés, en francés y finalmente hasta en alemán, aunque pésimo esto último pero para ello estaba el Enano Heidelberg, que seguía sin lograr aprender bien el alemán, contra los deseos de su germanísimo padre, pues éste le había puesto profesor particular y todo. Pero el Enano Heidelberg andaba siempre aterrado y preocupadísimo con algunas de las perradas que le hacía el ya casi anciano Neca Neca, aprovechándose de lo mucho mayor y mucho más alto y barbudo que era al lado de ese enano lampiño. Últimamente, por ejemplo, Neca Neca le había escondido entre los bultos de uno de esos pésimos purés de papa mazacotudos, típicos de los días lunes, una moneda de diez centavos. Y el Enano se la había tragado con la inocencia de quien sigue siendo un niño y confía aún en que es buena la comida del colegio más caro de Sudamérica.

Total que andaba desesperado con lo de los diez centavos, purgándose como loco y mirando con curiosidad de cacaseno cada resultado diarreico. Y nada, siempre nada. Y la moneda se le iba a oxidar en el estómago, porque era moneda nacional, y a él le iba a

dar un cáncer, un chancro, una venérea, una tifoidea, sífilis, pla-
gas, pestes mil. Así eran los sucesivos pánicos que le metía Neca
Neca, para carcajada general de los alumnos y purgada llorosa del
pobre Enano. Y todavía el muy desgraciado de Neca Neca le metió
una mañana, en el fondo de su excusado, una moneda de cinco centavos y el Enano fue, cagó, buscó como loco y gritó: "¡Mejor es algo
que nada!" Por fin había expulsado la mitad. Y nunca logró aprender bien el alemán porque le quedaba por cagar una moneda de
cinco centavos y en eso se le iba la vida y la mente y los kilos al
gran Enano, convencidísimo como estaba de que iba a devolverle
al mundo los diez centavos en dos monedas de cinco. Le temblaba
íntegra la barriga ante la sola idea de que eso iba a tener que ser así
y que además era lógico porque iba a resultarle menos doloroso, y
también, claro, porque ya había expulsado cinco.

CANCIONES MIL DE AMOR SACAN A LA
SUPERFICIE EL AMOR ANUNCIADO EN
EL CAPÍTULO ANTERIOR MÁS LA INTERVENCIÓN
MILITAR DE PANETÓN MOTTA PARA POR PODER
AMAR TAMBIÉN ÉL Y, POR FIN, DESASTRE DE
AMOR Y CANCIÓN Y ROLLS ROYCE HISTÓRICO
PROVOCADO POR PERKINS Y PARKER Y LA
LLEGADA AL COLEGIO DEL JUDÍO JACOBSON Y
CÓMO FUE ACEPTADO DEBIDO TAMBIÉN A
CANCIONES DE AMOR EN CASA DE TEDDY BOY

Habría sido necesario nacer telegrafista para abreviar algo más este título, el capítulo anterior, que aquí continúa, y las páginas que se nos vienen encima, sentimental, tierna y divertidamente, porque así sucedió, tal cual. Bueno, música, maestro. Todas las canciones mataban a todos de amor pero había una y hasta dos (el caso ya visto del Cholo José Antonio y su amor secreto) que los mataban individualmente, con lágrimas, alevosía y gran maldad. Los millones de Tere, por ejemplo, que en los dolarizados cálculos hereditario-mineros de Teddy Boy habían superado los doscientos millones en plata, oro, zinc, cobre y hasta un poco de uranio, reducían a escombros los sueños de pobreza de Manongo Sterne. Se le hacía un nudo feroz en la garganta al imaginarse más rico aún de lo que ya era su padre, habiendo en el mundo corralones como el de Adán Quispe y vidas como las del corralón en que vivía su nunca olvidado amigo, protector tarde tras tarde de Tere, desde una prudencial distancia chola que ella a menudo rompía porque le había tomado verdadero cariño a ese serranito retaco y horroroso que quería tanto pero tanto a su Manongo del alma y misa y comunión diaria y el papelito firmado por ambos y que renovaban cada semana, firmándolo los dos de nuevo y jurándose amor divino y humano para siempre jamás, butifarras el resto de la vida e inmediata repartición de todititititos sus millones de dólares hasta que se quedaran realmente pobres y felices y oyendo sólo *Pretend* con todos sus amigos en un corralón de amor a la amistad, porque tampoco se trata de ser tan egoístas, ¿no, Manongo?, ni tampoco de quedarnos solos para siempre con nuestra felicidad, por supuesto, Tere. Juraban y firmaban TERE Y MANONGO y MANONGO Y TERE. Y después firmaba uno encima del otro y quedaba algo así como TEREMANGO y el papelito lindo se lo entregaban al párroco de la iglesia de la Virgen Milagrosa, que les prometía incluso guardarlo en el tabernáculo, la habitación individual de Dios en cada iglesia, hijitos. Y cumplía el curita porque estos chicos sí que se quieren que da gusto y comulgan alternándose como en su firma y hasta abren la boca y reciben el cuerpo y el alma de Nuestro Señor Jesucristo el uno encima del otro, como en la firma TEREMANGO del documento de ángeles que, semana tras semana, renuevan y renuevan, y todo para decir siempre lo mismo pero con unas palabras que sólo ellos entienden: "Además y todavía."

Por eso, pues, la canción *And I Loved Her* mataba a Manongo. Se imaginaba hasta la desesperación a una Tere que, finalmente, se había quedado con los doscientos millones de dólares de su herencia, que se había vuelto mundana y supersofisticada, mientras que él había quedado reducido a esa especie de Frank Sinatra limeño, pelucón y bilingüe, que sufría al decir, más que cantar, esta dolorosa canción:

And I Loved Her (*Morning, Night and Day*)	*Y yo lo amaba* (*mañana, tarde y noche*)
She was Boston *I was Vegas* *She was crêpe suzettes* *I was pie.* *She was lectures,* *I was movies.* *But I loved her* *morning, night and day.*	*Ella era San Isidro,* *yo, el Callao.* *Ella era crêpe suzettes* *Yo, manjarblanco.* *Ella era Alianza Francesa,* *yo, Cantinflas.* *Pero yo la amaba* *mañana, tarde y noche.*
She was Mozart, *I was Basie.*	*Ella era Mozart,* *yo, Los Panchos.*

She was afternoon tea,	Ella era té, a las cinco,
I was saloon.	Yo, cantina.
She was Junior League,	Ella era la U,
I was Dodgers.	yo, Alianza Lima.
But I loved her	Pero yo la amaba
morning, night and day.	mañana, tarde y noche.
Opposites attract,	Los extremos se atraen,
the wisemen say.	afirman los sabios.
Still I wish that	Pero yo hubiera preferido
we would have been	que fuéramos
a little more the same.	un poquito más parecidos.
It might have been	Habría sido
a shorter walk	menos largo el camino
if we would have	si nos hubiésemos
known each other	conocido
a little more.	un poquito más.
She was polo,	Ella era polo,
I was racetracks.	yo, el hipódromo.
She was museums.	Ella era museos,
I was TV.	yo, la tele.
She did her best	Ella hizo de todo
to change me,	por cambiarme,
though she never	aunque nunca supo
knew quite how.	muy bien cómo.
But I loved her just as much,	Pero yo la amaba,
almost as much as I do now.	la amaba casi tanto como ahora.
She was Wall Street,	Ella era San Isidro,
I was corn chop	yo, puro centro de Lima.
She was french champagne,	Ella era champán francés,
I was beer.	yo, cervecita helada.
She knew much more	Ella lo entendía todo
than I did,	mucho mejor que yo,
but there was one thing	pero hubo algo
she didn't know:	que jamás entendió:
that I loved her.	que yo la amaba.

'Cause I never	*Porque nunca*
never told her so...	*nunca jamás se lo dije...*

Eran los misterios dolorosos del amor primero y ahí nadie se libraba. Ni siquiera Lelo López Aldana y Amat que, con todo su nazismo a cuestas, fue el responsable directo, tolerante, generoso, y diríase que hasta humidificado, del ingreso del primer y único judío que estudió en el San Pablo. Se apellidaba Jacobson y llegó estereotipado de judío, hasta con un maletín de vendedor ancestral o de moderno judío errante y comerciante. Apareció caminando con su maletincito de cuero negro, medio de médico rural antaño, medio de promotor urbano de muestras médicas, como de representante médico o algo así, muy caminante. Y así se quedó también para siempre, sin enterarse muy bien por qué colegio ni por qué ciudad ni por qué país andaba pasando sin hacer en absoluto camino al andar, simplemente caminando con su maldición y su maletincito, negros ambos, y nunca habló con nadie ni abrió tampoco nunca el maletincito de su maldición bíblico-hebrea. Se llamaba Harry Jacobson y todos lo quisieron desde el primer instante pero él como que jamás se dio cuenta de nada y si sufría, no sufría, y si sonreía, se le resbalaban los anteojos y se le convertía al toque la sonrisa en una mueca de incomodidad y si caminaba nos jodimos porque va a seguir caminando y jamás se detendrá y de él sólo nos quedará su estereotipación y jamás nos enseñará tampoco el contenido de su maldito maletín judío.

Lo adoraban a Jacobson desde antes que llegara y por eso el propio Lelo López Aldana y Amat fue el primero en decir que el voto era a mano alzada y fue cien por cien el sí rotundo con que se permitió el primer ingreso de un judío en el luminoso porvenir que hemos heredado de nuestros padres y que nuestros hijos heredarán de nosotros pues pertenecemos todos a la clase dirigente y puente de este país entrañablemente feo pero nuestro y con tanto cholo aun entre nosotros, ya que el que no lo tiene por inga lo tiene por mandinga, según dijo don Ricardo Tradiciones Palma. Y hasta había un vals para confirmarlo:

Somos los niños más conocidos
de esta tan bella y noble ciudad;

somos los niños más conocidos
por nuestra gracia y sagacidad...

Y por supuesto que lo eran, porque se sabían casi todos herederos de lo mismo que habían heredado sus padres y de lo mismo que heredarían sus hijos, verdaderas tradiciones peruanas Ricardo Palma. Formaban parte, en el fondo, de la llamada generación puente, desde el virreinato hasta el fin del mundo, pasando por esta época republicana en espera de mejores tiempos monárquicos, según el Flaco San Martín y Bolívar, además. Y los había también que vivirían del trabajo de sus padres hasta que pudieran vivir del trabajo de sus hijos, o sea una generación puente llevada a la práctica, en realidad, y no como el cojudo a la vela de don Marquitos Echeandía y Peralta que se había quedado huérfano muy niño y no había tenido hijo alguno y era como el eslabón perdido entre un puente y otro y de ahí que al pobre, muy socio del Club Nacional, por supuesto, y con legitimidad plena y mayoría absoluta de balotas blancas, pero condenado a la palta, en fin, una excepción, un eslabón perdido, aunque, eso sí, uno de los nuestros desde Adán y Eva, ya que detestamos tocar el punto negro ese de la isla del Gallo porque nos convertiríamos todos en eslabones perdidos en estas Indias sin Dios, sin rey, sin reina, siquiera, y con presidentes cholos-chatos-barrigones-gordinflones e impresentables con sus uniformes franceses de soldados pisqueros.

¡Por Dios, lo mal que le quedan los uniformes al general Odría —y se llama Manuel Apolinario, nada menos, imagínate— y a Zenón —otro nombrecito, viejo— Noriega! Felizmente que Pérez Jiménez, el de Venezuela, es casi peor, y que Perón, el de Argentina, es como un tango mal bailado, ¡felizmente, viejo! Y Harry Jacobson caminando, por supuesto, porque la verdad el pobre era totalmente incapaz de detenerse por la simple y llana razón de que era absolutamente incapaz de entender ni jota de todo eso o de intentarlo, siquiera, motivo por el cual el pobre, sí, pobre, porque creemos que le habría gustado saber que un nazi fue el que nos convenció a todos para que lo dejáramos entrar al colegio con las manos alzadas al cien por cien.

El otro Harry Jacobson, el ya fallecido, el de los discos de Teddy Boy, el que hizo que se admitiera en el San Pablo a este Harry

Jacobson, por obvios motivos sentimentalmente cancioneros, era el pianista que remataba a Lelo López Aldana y Amat cuando ya lo habían matado las canciones de Greta Keller, genial y triste y alemanota e incluso precursora de Marlene Dietrich. Harry Jacobson la acompañaba al piano mientras ella mataba a Lelo con *The Very Thought of You* (disco de 1933), *Don't Ask Me Why* y *The Party Is Over Now* (discos de 1931).

Esas canciones mataban con sus letras de años hitlerianos al pobre Lelo, pero aún no había llegado lo peor: los silencios de Greta Keller, que llenaba de lágrimas con su piano apenas sugerido, casi el eco de otro piano, contenido y melancólico comentario de las palabras de una canción que acompañaba humilde Harry Jacobson, qué pianista maravilloso, calla y deja oír, silencio, ¡la profundidad!, ¡se viene la Segunda Guerra Mundial y la gente se ama!, ¡déjenme llorar tranquilo o los mato a coces!, y el que no vote a favor de la entrada de Harry al colegio lo remato yo a coces, aunque sea Neca Neca o el matón de Necochea...

Tuvieron pues judío de amor en el colegio pero, metafísicamente hablando, Harry Jacobson y su maletincito jamás los tuvieron a ellos. Y era erre con erre Harry Jacobson caminando, erre con erre porque *erra* un judío errante y porque ese *erra* el acento con que caminaba... Y hasta lo apodaron Reloj, porque un día le tocaron ese inmortal bolero de Gatica, esas maravillosas palabras en que Lucho le rogaba: *reloj, detén tu camino*... Pero, en fin, Harry Jacobson, para qué insistir, nunca los tuvo a ellos... Y nadie le pegó nunca tampoco ni le preguntó jamás por qué nada hasta tal punto, Harry.

Discos y canciones mil de amor y de primer amor y hasta sobre el amor de mister Owens y Vilma, que no tardaban en hacer un profundo retorno a la naturaleza, al Perú profundo, al minifundito de Puquio, en la sierra de Nazca o más bien de Nazca pa' arriba, hacia donde los indios y con una carretera que pa' qué te cuento.

Brevísima lista ahora de cantantes y canciones pero para desembocar enseguida en *Lili Marlene*, pero que Dietrich Marlene cantaba también en inglés con marcha militar de fondo, en la Segunda Guerra Mundial y todo.

BREVIARIO DEL AMOR EN CASA
DE TEDDY BOY

Ya mencionamos a Greta Keller y a Harry Jacobson, que justo en este instante ahí va caminando... Perry Como: *And I Love You So*, *It's Impossible* (moría el Gordito Cisneros por su Gladys), Johnny Ray: *Cry*, *Walking in the Rain*, *Hey There* (*You With Your Nose In The Air*), era sangre, sudor y lágrimas y dejaba muertos y heridos bilingües, Paul Anka: *You Are My Destiny*, *Diana*, *Lonely Boy* (morían Ismael Gotuzzo y Rizo Patrón) y hasta el Perro Díez Canseco lograba morirse a medias por una chica llamada Natalia, cuando entendía menos que Simon y Chesterton a Paul Anka gemir: *Put Your Head* (*head* es cabeza, bruto, le explicaba Teddy Boy) *On My Shoulder* (a ver, Simon, explícale a Díez Canseco qué es *shoulder*). A Frank Sinatra le llamaban "La muerte súbita", como la cerveza belga aquella, y día tras día los futuros dirigentes de la patria abandonaban para siempre empresas, bancos y haciendas mientras escuchaban: *This Love of Mine* (*Goes On and On...*), *Thanks for the Memories*, *I Can't Get Started*, *Bang Bang, My Baby Shot Me Down* y bueno, ya lo sabemos, a diario moría Manongo Sterne porque Tere *era* champán francés y él sólo una criolla cervecita acorralonada con Adán Quispe.

Monsieur MacMillan, Joselín de Aliaga y Minas de Plata Benavides Málaga, que se pasaba la vida hablando de su tío Alfredo, que tiene el mejor yate de Ancón y qué, lloraban muertos porque ya en los años treinta acabaron sus vidas y eran en las tardes de Teddy Boy un vago recuerdo de la depresión capitalista en que los Ink Spots cantaban y contaban: *Time Out For Tears*, *Memories of You*, *No Orchids For My Lady*, *It's Funny To Everyone But Me*.

Se abrazaban para morir juntos en batallas de amor perdidas Tyrone Power y el ya bilingüemente muerto Manongo Sterne: *Mona Lisa*, *Pretend*, *Unforgettable*, *Blue Gardenia*, *Answer Me, My Love*, *A Blossom Fell*... ¿Es necesario decir que se trataba de Nat King Cole, siglos antes de empezar a cantar en castellano?

Aunque es indispensable contar que, como Simon y Chesterton hablaban mejor inglés que Díez Canseco y Perkins y Parker ya hablaban mucho mejor inglés que los mastines, enloquecieron los británicos cholos escuchándole a Nat King Cole cantarle a su mayordomo *Dinner For One, Please James*, y les dio tanta pena que Teddy Boy, noche tras noche, ya solo, ya terminada y oscurecida la sesión musical, les pidiera que le trajeran sus chocolates y su capitán para uno solo, *please*, Perkins, *will you please*, Parker, que no encontraron mejor desesperación de cariño y fidelidad absoluta a Teddy Boy que la de robarle una botella de pisco, otra después y la tercera al rato, y después le robaron el Rolls Royce descapotable y de colección y emprendieron viaje al fin del mundo en busca de una mujer que no tenía nombre pero cuya fotografía inexplicable –adornada en un ángulo del marco de plata por el amarillito y embalsamado Pifa, el canario de la buena suerte–, porque el profesor jamás había dicho ni pío de la foto de esa joven, muy triste, muy guapa y con pelo de mujer morena, largo y ondulado, que besaba cada mañana antes de partir a clases y de dejarle un Suchard con envoltura adornada con una rosa roja, ahí al pie del misterio. Partieron en el Rolls Perkins y Parker, en estado de profundo afecto y ebriedad total por la soledad de Teddy Boy cantada por Nat King Cole y, desgraciadamente, no llegaron muy lejos, con lo buenos que eran y lo lejos que querían llegar con tal de...

Perdió Perkins el control del timón y Parker perdió el conocimiento borracho, justo al entrar el carro en el viejo puente de Los Ángeles, ya a punto de ser reemplazado por el modernísimo puente que acortó camino entre Chaclacayo y Chosica y dejó al San Pablo aún más aislado de la realidad nacional. Puente abajo cayó el Rolls Royce y Perkins y Parker recobraron el conocimiento por lo fría que estaba el agua del río Rímac a esas horas de la noche.

En su casa, don Álvaro de Aliaga y Harriman oyó algo semejante a un tancazo y gritó: "¡Re-re-regolpe de Estado", en vista de que ya Odría había dado el golpe que lo llevó al poder, citando luego, para tranquilizarse, la célebre frase que unos atribuyen al poeta Martín Adán, otros al periodista Federico More y otros al caricaturista Málaga Grenet, profundos conocedores los tres de la realidad nacional: "Hemos vuelto a la normalidad." Pero no, porque era el Rolls que había caído sobre algunos pedrones y era precisamente también el mismo día en que Manongo Sterne había estado niño insoportable y Teddy Boy lo había dejado sin salida ese fin de semana. Horripilado ante la idea de no ver a Tere, Manongo apareció en casa de Teddy Boy en el instante en que el Rolls empezaba a retroceder y pensó que el profesor se iba al cine, función de medianoche o algo así, y tranquilamente le hizo trizas con una hoja de afeitar los tres cuadros de Szyszlo, el pintor aquel que era primo de Teddy Boy y lo quería tanto.

Nadie sino Manongo sabía o sospechaba nada cuando, al día siguiente, Teddy Boy apareció compungidísimo en el desayuno.

–Buenos días, profesor –lo saludaron todos.

–No son buenos –respondió Teddy Boy, agregando–: Son muy malos días. Niño malo y mayordomos borrachos mataron Rolls y cuadros abstractos de primo de profesor bueno. No, miren ustedes, son realmente *pésimos* días.

Después miró a Manongo Sterne y, entre lloroso y sonriente, añadió:

–Eres tú, niño doscientos millones, navajero y malo. Y yo jamás te habría dejado sin ver a Tere Mancini. Era una broma, pero ya no tengo Rolls, ya no tengo Szyszlos. Sólo me quedan Simon y Chesterton. A Perkins y Parker gracias a Dios que no los has cortado tú, Manongo, niño rico por padre y por novia. Mayordomos ingleses estar sanos, Rolls estar muerto, Teddy Boy tiene el alma triste hasta la muerte y ha quedado paupérrimo. Profesor pide colecta inmediata para recuperar grandeza: tres dromedarios, un Monte Himalaya, un planeta desconocido, una mujer en fotografía pero no triste sino con cara de estar regresando para bailar fox trot, tres Picassos y un Goya. Eso o nada, pero pronto, muy pronto, porque son, insisto, *muy* malos, *muy tristes* días.

Y esa tarde sacó un disco tristísimo también. Era una joya de 1935, cuatro negros y una guitarra solamente, pero cuatro negros que todos los demás instrumentos los imitaban a la perfección. Eran los Mills Brothers y también a ellos, como a profesor sin Rolls y sin Szyszlos, les habían matado sus trompetas, sus saxos, sus clarinetes, por eso les llamaban también *Four boys and a guitar*. Cantando *Paper Doll, I'll Be Around, Till Then*, o *Don't Be a Baby, Baby*, lograron que a Houghton se le empezara a caer el pelo de amor, de angustia, de desesperación por una chica llamada Linda.

Y fue tanto el pelo que se le cayó al pobre que hubo que cambiar y poner a Eartha Kitt, *That bad Eartha*, como le llamaban a la negra esa, cálida y sensual, de cuerpo y de voz, y de atrevidísimas letras como *Let's Do It, I Want to Be Evil*, y las otras: *Smoke Gets In Your Eyes* y *My Heart Belongs to Daddy*.

—Caray —comentaba Tres a Cero Jordán—, todo parecería indicar que se me va a parar de nuevo, al cabo de tanto tiempo... Perdone, profesor, pero es que hace ya tanto tiempo...

—Profe —interrumpió el gordo Tarrillo Grasso—, a mí usted nunca me pone nada que me mate.

—¿Qué te mataría a ti, Sancho Grasso?

—¿Tiene usted a Marlene Dietrich en alemán?

—¡Alumno Tarrillo Grasso pretende insultar a profesor, insinuándole que no tiene a *lovely* Marlene! La tengo también en inglés, presentada hace siglos por Noel Coward, bellísimo texto dice que el amor empezó *when Eve told Adam, start calling me madam*... Pero hablando de amor, Sancho Grasso, ¿desde cuándo merodeas la casa del barón Von Perpall? Hay niña rubia adentro, ¿sabes...? Ah, lo bien que lo sabes... Discretamente bonita y terriblemente pobre pero baronesita Von Perpall a quien nadie puede culpar por los pecados asesinos de su padre, el del autovagón que va y viene y en Los Ángeles se detiene. Madre trabajadora también, niña sola, y Sancho Grasso merodeante... Sospechoso, ¿no?

Judas Tarrillo se pegó la muñequeada de su vida, se sintió descubierto con las manos en la masa y todos ahí oyeron cómo le sonaban los nudillos, las articulaciones, los huesos de los dedos cerdos una y otra vez, millones de sonoros conejos se sacó de las nerviosísimas manos y lo colorado que se había puesto y lo delatado que había quedado. Y sí, no bien se escucharon los primeros compases de *Lili Marlene*, se declaró enamorado merodeante, convicto y confeso, de la baronesita más pobre del mundo.

Y se dejó ver merodeante, tarde tras tarde, entre las cinco y las seis y media, más o menos. Más la merodeada de la noche y la de antes del desayuno. Marlen Baronesita von Perpall lo veía pasar por todas las ventanas de su casita pobre —pobres y pocas ventanas también— y ella estaba haciendo sus deberes escolares ventana tras ventana cuando Tarrillo miraba de reojo y se apretaba a muerte los nudillos muñequeados y ahí, metida en su casita, ella escuchaba profundamente enamorada los conejos que salían de los dedos de mi Gordo, *high fidelity* y todo, qué música, el gordo Tarrillo cuando merodea y suena...

Un día, por fin, a Marlen se le acercó un conejo gordo y le dijo que se llamaba Roberto y que intentaba conversar. Sonriente y colorada, con la cara metida casi entre la blusa del colegio Beata Imelda, ella le dijo que intentaba también conversar.

—Pero no puedo, Roberto. Ustedes son todos unos chicos muy ricos del Perú y yo soy una chica muy pobre de Flensburg, en el norte de Alemania. Y perdimos la guerra culpablemente, ¿sabes?

—Perfectamente, Marlen. Y aquí, en Perulandia y en la costa, nosotros nos hicimos millonarios con esa guerra y la de Corea...

—Yo soy muy pobre, Roberto. No te merezco. Mi padre fue muy malo y...

—Marlen...

—Roberto...

—Marlen...

—No te quiero hacer daño, Roberto...

—¿Qué?

—Vete con tus amigos...

—Mis amigos son mis amigos y te tratan bien o los mato.

—Yo no te quiero hacer daño militarmente, Roberto... ¿Cómo contarte...?

—Ahora sí que no te entiendo, Marlen.

—Me... Me... En fin... Así habla él...

—¿Qué? ¿Hay otro hombre? ¡Yo lo mato!

—No puedes, Roberto... Es tu profesor y me chantajea. Te jala en su curso si te hablo, y ya estamos hablando... Vete, por favor.

—¿Cuál profesor? ¡Lo mato!

—Dice una frase que yo ni le entendía bien, al comienzo. Dice que me requiere de amores...

—¡Para por poder tocarte y algo más...!

—Ése, exactamente ése, el de premilitar... Así habla.

—Panetón Motta.

—Dice que sólo te aprobará en premilitar si me puede requerir de amores sin que tú te metas...

—Vete a tu colegio, Marlen... Y esta tarde, cuando regreses, ya no te requerirá más de nada. Lo voy a arruinar por arriba a ese cholo de eme.

—Dice que se jala a Manongo Sterne también, porque sospecha que no es argentino sino peruano...

—Voy a hablarle a ese cholo de hombre a hombre. Vete tú ahora. Y ya que lo he decidido todo, te agrego: *Ich liebe dich, Marlen*...

—*Ich liebe dich*, Roberto.

Púchica diegos, la conversación que hubo esa misma tarde:

—Soldado Tarrillo, ¿y a usted qué diablos le pasa?

—Que me quiero enfrentar a usted de hombre a hombre, mi subteniente...

—¿Como el mariconcito de Sterne que ya sé que es peruano y me lo jalo también?

—No, mi subteniente. Con él también. ¿O no, Manongo?

—Cuidado, mi subteniente, que soy peruano y soy bien macho y usted me parece buena persona...

—¿Ya está usted mariconeando, Sterne?

—No, mi subteniente. Eso jamás. Sino que aquí el Gordo Tarrillo lo va a joder a usted por arriba, por el director de Gobierno y por el compadre de Odría... Quiero decir por Esparza Zañartu y Temístocles Rocha, que son todo y de todo en esta dictadura. Y Temístocles Rocha es iqueño, además, como el Gordo y su padre. Y son compadres, seguro...

—¿Cómo dice que dijo para por poder? ¡Firmes! ¡Atención! ¡No se me muevan! ¡Y el que pase que no pase! ¡Alto! ¡Atención! ¡Los quiero bien cuadrados a todos! ¡Argentinos y chilenos inclusivamente!

—Aquí estamos todos, mi subte —dijo Neca Neca.

—*¡Heil* Hitler! —gritó Lelo López Aldana, brazo en alto nazi.

—¡Ustedes, blanquiñocitos de mierda, jamás han peleado una guerra!

—Y que se sepa, usted tampoco —le soltó el Cholo José Antonio, agregando—: Mi subteniente, lo que menos quisiera en esta vida es tener que desconocerme ante una autoridad.

—¡Alto! ¿De quién es este fusil Mauser original peruano de 1911 y de qué año es?

—Ya nos lo dijo usted todo, mi subteniente —le respondió el Cholo—. Es suyo el fusil y es un Mauser de 1911.

—A ver, ya que se la dan de tan sabios y machitos, ¿quién fue Miguel Grau, soldado Rizo Patrón?

—Nuestro más respetado y querido héroe nacional, mi subteniente.

—¡Soldados usted y usted! ¿Quién descubrió América y en qué año?

—Cristóbal Colón, en 1492, mi subteniente.

—Bueno, puede ser...

Y ahí ya la había terminado de embarrar el pobre Panetón Motta. Todos, toditos se dieron cuenta de que si preguntaba era porque ignoraba las respuestas y lo dejaron preguntando más y más hasta que se volvió loco porque nadie le contestaba o le soltaban un dato falso:

—¿Quién fue el mariscal Castilla?

—No lo sabemos, mi subte. ¿Quién fue? Cuéntenos usted.

—...

—¿No nos lo cuenta usted, mi subte, para por poder saberlo?

—¡No, pues, y se jodieron! ¡Se quedan sin saberlo! A ver, soldado usted o usted... La guerra con Chile fue en 187... ¿y? —nadie le contestó "y 9" y el pobre no se acordaba del 9 y se mesó casi los cabellos y gritó—: ¡Alto! ¡Atención! ¡Firmes!

Pero en realidad el pobre estaba pensando que por tirarse a una gringa de mierda no iba a arruinar su carrera con una sola llamada del señor Tarrillo al compadre de Odría o al director de Gobierno.

—¡Soldado Tarrillo!

—¡Sí, mi subteniente!

—Hagamos un canje de prisioneros de guerra. Usted me entrega al argentino Sterne y yo a... Bueno, a esa chica yo la dejo en paz.

—Pero mi subteniente —le dijo Manongo—, ¿no se ha dado cuenta de que es usted una gran persona y de que hace siglos que estoy asistiendo a sus clases?

—¡Me he dado cuenta de todo pero tengo derecho a ignorarlo!, ¿o no?

—El sábado, mi subteniente, con el permiso de mi primo, el Gordito Cisneros, cuyo padre es presidente del Club Lawn Tenis de la Exposición, la futura primera promoción del colegio le ofrece un banquete de honor.

—Permiso concedido —se puso coloradísimo, el Gordito Cisneros.

—Se agradece, muchachos. ¿Y...? ¿Y puedo llevar a mi novia? ¿Puedo ir vestido de paisano?

—Será un honor para todos nosotros —soltó, cuando ya nadie se esperaba que soltara nunca nada, el judío Jacobson.

—Bueno —le dijo Panetón Motta—, pero usted está desobligado de ir con asistencia y llegada, para por porque usted no es no sé cómo pero no es no sé qué no es.

—Aquí está mi partida de nacimiento y soy peruano, mi subteniente...

Fue una comida feliz de confraternidad y el subteniente y su novia llegaron con sus mejores prendas y ellos con las peores, con excepción de la Maja Desnuda, que muchas cervezas más tarde se quitó su camisa de seda y se la regaló de blusa de seda a la novia de Panetón Motta, mientras éste confesaba o, mejor dicho, se confesaba o, mejor dicho aún, le confesaba a su novia que, de puro burro, habría querido bajarle el calzón a una alemana. Fue una noche feliz de amistad, de respeto entre peruanos que amaban a su patria y respetaban a su subteniente y que cantaban diversas canciones de amor de Frank Sinatra, de Nat King Cole, de Paul Anka, Greta Keller con el piano de Harry Jacobson que intentaba participar con una sonrisa pero se le resbalaban los anteojos y le salía su mueca errante y se iba al baño a vomitar cerveza a cada rato, con tal de volver a caminar un poco y como quien, de paso, se va a chequear el contenido de su maletincito negro, una y otra vez y eterna y errantemente, hasta alcanzar del todo la plenitud de su maldición estereotipada. Y entonces, mirando con sinvergüencería a la novia de Panetón Motta, el degenerado Tres a Cero Jordán dijo:

—Caray, por fin se me paró de nuevo.

Y no le pegaron pero sí lo botaron y, agradecidísimo, el subteniente dijo que no le tenía miedo ni al director de Gobierno ni a nadie, carajo, pero que él y su novia también tenían su canción de amor, claro que no en inglés ni en alemán, ni bolero, siquiera, tenemos nuestro valsecito propio, ¿o no mi chola...? ¿Lo entonamos a do, re, mi, fa, ¡alto!, ¡firmes!, a dúo?

Bueno, y como iban por la cerveza número doscientos mil o algo más, les salió una atroz mezcolanza de tres valsecitos y siguieron cantándolos toda la noche, abrazados a Judas Tarrillo y Manongo

Sterne, mientras poco a poco la fiesta entera se iba quedando dormida:

> *Mi sangre aunque plebeya*
> *también tiñe de rojo*
> *el alma en que se anida*
> *mi incomparable amor...*

—¡Viva el Perú, carajo! ¡Alto! ¡Firmes!

> *Augusto soberano*
> *de la melancolía,*
> *señor de la tristeza,*
> *monarca del dolor.*
> *Yo sé que se han unido*
> *vuestra angustia y la mía*
> *en los viejos acordes*
> *de mi nueva canción.*

> *Vuestra música supo*
> *de salones dorados*
> *de alfombras silenciosas*
> *de espejos biselados;*
> *supo de cuartos húmedos*
> *de rincones dantescos*
> *donde la tisis prende*
> *sus ansias temblorosas;*
> *subió hasta los austeros*
> *palacios principescos*
> *y floreció en las almas*
> *y palpitó en las rosas.*

> *Vos soberano augusto*
> *del ritmo y la armonía,*
> *vos que a los cuatro vientos*
> *disteis el corazón,*
> *reconcentrad en una*
> *vuestra musa y la mía*

para que yo termine
lo que empezasteis vos...

—¡Carajo! ¡Firmes! ¡Atención! ¡Ya se me cuadraron ya!
—Ay, pues, cholito, déjalos que nos escuchen tranquilitos como están...

A la casa de doña Juana
todos fueron a bailar
también fueron militares
y las chicas del solar.

Cuando Pedro sacó a Juana,
ésta no quiso aceptar
pero al cabo de un momento
bailó con un militar.

Los militares, sí,
los militares, no.
¡Cómo te gustan!
¡Cómo te gustan los militares!
Pero no niegues al amor de tus amores
para por porque los militares
te pueden dejar plantada...

Lo último que se escuchó esa noche fue a Luchito Body Peschiera exclamar:
—¡Puta madre! ¡Qué buena memoria tienen los cholos!
Y por el fondo de aquella noche ebria y relampagueante, el gordo Tarrillo Grasso intentaba interrumpir cantando sin éxito *Lili Marlene* en inglés y ahorcando al Enano Heidelberg para que le cantara *Lili Marlene* en alemán. Y ya el lunes siguiente se había armado la gorda del Gordo. Porque desde entonces, cada vez que la pobre Marlen von Perpall recorría la pista paralela al ferrocarril para ir, más marchando que caminando al colegio Beata Imelda, ya que la verdad es que era como marcial la alemanota timidísima y rubia, íntegro el colegio San Pablo la acompañaba en su andar coloradísima de vergüenza tropezante y desfile escolar

diario, íntegro el colegio la ritmeaba con las estrofas marcapaso de *Lili Marlene* en inglés:

> *Outside the barracks*
> *by the colonel lights,*
> *I'll always stand*
> *I'll wait for you at night.*
>
> *We will create*
> *a world for two*
> *for you, Lili Marlene*
> *for you, Lili Marlene.*
>
> *Give me a rose*
> *to show how much you care*
> *high to the stand*
> *my love...*

Y se equivocaban, pero qué diablos, seguían, como podían seguían:

> *When we are marching*
> *in a mudden boot*
> *and when my pack*
> *seems more than I can hold.*
>
> *My love for you*
> *renews my might*
> *my pack is light*
> *I'm warm again.*
>
> *It's you, Lili Marlene*
> *It's you, Lili Marlene...*

Sí, cantaban como podían y del marcapaso de la pobre Marlen von Perpall sólo se veía una especie de ganso uniformado de azul, de pelo rubio y con la cara infeliz más rígida y colorada del mundo. Y eso era diario, mañana y tarde, y diario también el gordo Grasso

o Tarrillo Grasso, que ya ni él mismo sabía muy bien en qué orden
se apellidaba, de tanto apodo, de puro amor, el tal Judas intentaba
armonizar en algo su mundo amoroso y suavizarle la tortura de
aquel desfile a su rubia Marlen. Lo hacía, por supuesto, ahorcando
al Enano Heidelberg hasta que éste, por fin, convertido ya en un
chisguete de voz, soltaba en un muy correcto y nada marcial alemán:

Bei der Kaserne, vor dem grossen Tor
steht 'ne Laterne und steht sie noch davor.
Da wollen wir uns wiedersehn,
bei der Laterne woll'n wir stehn,
wie einst Lili Marlen
wie einst Lili Marlen

Deine Schritte kennt sir, Deinen schönen Gang,
alle Abend brennt sie, doch mich vergass sie lang,
und sollte mir ein Leid geschehn,
wer wird bei der Laterne stehn
mit Dir, Lili Marlen
mit Dir, Lili Marlen...

Pobre Marlen von Perpall. Haber sufrido tanto, haber tenido
que marchar día tras día y dos veces al día en condiciones tan atroces. Claro que hubo meses felices, tal vez un año, tal vez dos. Uno
o dos años en los que Roberto Tarrillo Grasso se murió por ella y
ella se murió de vergüenza mientras se moría de amor por su gordo. Que sólo ella en este mundo veía pintón además. Pero el tiempo todo lo pudo cuando el Gordo pasó a ser un brillante alumno
de Derecho en Lima y ella siguió allá en su casita chiquitita y des-
parramada por los jardines inolvidables del colegio San Pablo.
Todo lo pudo el tiempo y el Gordo simple y llanamente la olvidó.
Y, como decía la canción, *cuentan los que lo conocieron, que una no-*
che lo vieron...

Sí, una noche, muchos años después, el ya bastante corrompido
y obeso abogado Roberto Tarrillo Grasso, comía en un restaurant,
entre importantes hombres de negocios, cuando vio entrar a Marlen

con su esposo. Andaba con sus copas el descomunal abogado, y le soltó:

—Señora, qué bien se le ve…

Y ella, que tanto había sufrido por él, que había odiado tanto la vida por culpa de él y que lo seguía amando, tramó la más grande y rápida venganza, y se la soltó:

—Perdone, señor… No lo había reconocido… Y es que está usted *tan* pero *tan* Grasso…

—¡Marlen! ¡Marlencita! —exclamó el Gordo zamarro, tremendo pendejazo, como siempre, en su vida de abogado tramposón. Y se puso de pie con gran dificultad, fingiendo que a duras penas lograba incorporarse ya, debido a su obesidad, y jadeando más de lo habitual en él. Y le pidió mil perdones. ¡Que no! ¡Que no se lo podía creer! ¡Que no podía ser verdad! Y se lo soltó con una tonelada de odio y de peso:

—Perdóname, Marlen, pero el error ha sido mutuo. Tú me has llamado *señor*, por lo viejo y gordo que me has encontrado. Y yo te he llamado *señora* porque pensé que a quien tenía el gusto de estar saludando era a tu mamá… Cómo pasa el tiempo —suspiró falsamente el Gordo y se sentó tranquila, serena, sonrientemente, poniéndole así punto final a estas batallas de amor ganadas pero también perdidas.

Sí, y si hubo alguno, alguna vez, que ni importancia tiene saberlo ya, ése es el *The End* de aquella tercera historia de amor que empezó sonriente y tierna y que después… Después simplemente se acabó con lo del gordo irreconociblemente obeso y la Marlen que a aquel hombre, irreconociblemente astuto, le había parecido la mamá de Marlen. En fin, una historia de amor que acabó muchos años después de haberse terminado para siempre. Y de la forma más casual del mundo. Pero no fue una historia enferma como las otras. Ni siquiera racial, si observamos bien.

¡En cambio Manongo Sterne Tovar y de Teresa y Tere Mancini Gerzso! ¡En cambio ellos dos sí que tenían para toda la vi…!

Pero dejémoslo en Manongo y Tere Mancini o, mejor aún, en Tere y Manongo. Sí. Dejémoslo ahí. Para que no suene todo a predestinación o algo así…

III

No, créame usted, un primer amor no puede sustituirse.

B ALZAC

*

LAS INQUIETUDES DE UN
EX BRIGADIER DISTRAÍDO

Era un típico atardecer entre las plantas al borde del río y más allá los árboles muy altos y los cerros inmensos, ahí en el colegio. Uno de esos atardeceres típicos, devastadores y callados y demasiado verdes en que Manongo simple y llanamente se extraviaba de amor y de adolescencia. De esos días y de su casi repentino oscurecer quedaría siempre la imagen del muchacho despistado, alto, flaco, argentinamente pelucón y bastante desvencijado que tanta gracia le causaba al Gordo Tarrillo Grasso, sobre todo cuando comparaba al predestinado Manongo Sterne Tovar y de Teresa con su primo hermano el Gordito Cisneros, Tovar y de Teresa también, tan aséptico, sonriente, fácil, bonachón y rosado que desde niño en su familia lo habían llamado Nanano Apolo.

Entre aquellos cerros abrumadores y los árboles tan altos y el río Rímac, más cerca, el colegio San Pablo estaba rodeado de pistas y caminos, hasta de ocultos senderos. Había un camino, una pista en curva que llevaba por otro lugar al río y a lindas casas a ambos lados. Normalmente ahí vivían parejas divorciadas con hijos flaquísimos y solitarios o extranjeros afincados en el Perú y que preferían mil veces el espacio amplio y verde, la quietud y la sequedad del microclima de la zona, ya ligeramente empinada ante los Andes, a la eterna y estúpida nubosidad limeña, a la enclenque y enfermiza humedad de la capital, a sólo treinta o treinta y cinco kilómetros de distancia, y ni siquiera eso. Cerraba aquella pista, aquel lindo camino de jardines a ambos lados con sus rejas y portones para automóviles y las casas al fondo entre enredaderas, la finca ya casi rústica de don Bruno Piazzola. A veces el río crecía y se llevaba un trozo de jardín y se ahogaban decenas de conejos y las chicas Piazzola se angustiaban al regresar del colegio Beata Imelda. Con eso de vivir ahí y así y ser extranjeras y no darse a conocer en Lima y con eso de ser tan bonitas y alegres, las chicas Piazzola como que poseían un aura, un toque de lejanía y misterio, de temor a lo desconocido. Pero Tere Mancini sabía perfectamente bien quiénes eran Laura, Ornella y Rita Piazzola. A Ornella, sobre todo, porque era de su misma edad y muy simpática pero qué guapa y aunque se hubiesen conocido y hubiesen congeniado desde chiquillas, a Ornella Piazzola le tenía pánico por vivir ahí donde vivía, tan cerca del colegio San Pablo.

El Cholo José Antonio Billinghurst Cajahuaringa amaba en secreto a Laura, la mayor de las hermanas, y tenía su canción que escuchaba pensando bien fuerte en ella, por las tardes, en casa de Teddy Boy. Luchito Body Peschiera estaba hasta las patas de Rita, la menor de las Piazzola y también tenía su canción. De Ornella no se había enamorado nadie y Tere le escribía carta tras carta a Manongo rogándole que no se fuera a enamorar de su amiga y le hacía añadir esa promesa en el papelito que le entregaban cada domingo al párroco de la Virgen Milagrosa.

"Me matas y me muero, Manongo", le rogaba cada domingo a las ocho en punto de la noche en la estación de Desamparados, cuando los internos volvían en el autovagón al colegio San Pablo. Lo implacable, lo cruel que era ese autovagón con su puntualidad británica. Empezaba a moverse cruel e implacablemente a las ocho y cinco en punto y mal iluminadas de cada domingo en que la estación de trenes de Lima volvía a llamarse Desamparados y a ser inmensamente antigua y a estar así de mal iluminada con sus escalerotas esas que llevaban a los andenes de las más tristes despedidas. Normalmente los padres de familia acompañaban a sus hijos a la estación y últimamente don Lorenzo Sterne llevaba a Tere y a Manongo y después a ella tenía que comprarle chocolates y hasta tenía que inventarle temas de conversación porque realmente adoraba a Tere como a una hijita más y con ello Tere le había roto por completo sus esquemas acerca de las babosadas permanentes del cangrejo este de Manongo y sus anteojos negros. Se ponía furioso don Lorenzo de tener a la enamorada –habrase visto cosa igual– del mocoso de Manongo sentada en su automovilón verde inglés, ahí a su lado. Pero entonces la volvía a mirar de perfil y conteniendo el llanto y le entraba la adoración a don Lorenzo. Sentadita y tembleque y aborreciendo hasta las butifarras, Tere también quería mucho a este señor tan severo pero tan bueno que ahora me lleva y me trae cada domingo de Desamparados.

Tere se contenía, aceptaba un chocolate, sonreía, gracias, señor, pero bien cruzados que tenía los dedos de ambas manos en señal de contra contra y contra. Contra, Ornella Piazzola, por favor, Manongo.

O sea que aquel típico atardecer con los árboles tan altos y los cerros aplastantes y el río más acá y los caminos y pistas y senderos, Manongo ya tenía una muy vaga idea de quién era Ornella Piazzola. En fin, de su existencia en este mundo y en estos atardeceres, más bien. Pero en aquella oportunidad hacía rato que Manongo simple y llanamente ya se había extraviado de tanto amor y adolescencia y sabe Dios por dónde andaría en su eterno despiste, en sus profundas y eternas distracciones. Había traspasado los límites del colegio y se había alejado hasta el quiosco de la pequeña estación de Los Ángeles y de ahí había retrocedido como si, distraidísimo como iba, se hubiera dado cuenta de algo malo. Y se había metido después por la línea del ferrocarril y después había regresado nuevamente y se había metido por la pista bonita que llevaba hasta la casa de los Piazzola y sin darse cuenta ni nada de nada también de ahí había regresado hasta volver a entrar a los límites del colegio, pero no por el camino de la entrada principal que llevaba al hall en que se encontraba la dirección sino por la pista que corría paralela a la línea del ferrocarril. Había pasado junto al campo de cricket y de hockey y un atardecer más rotundo como que lo había asustado un poquito mientras avanzaba con pena por ellas por el sector en que solían caminar las diabólicas hermanas Ardant, pobrecitas.

Por ahí había fachadas tristes de casitas vejanconas como las que habitaban esas hermanas, casitas de un solo piso y mucho más allá la de Marlen von Perpall, desparramándose ya de lleno en los jardines del colegio, y Manongo como que le estaba preguntando un millón de cosas al atardecer rotundo, a la vida y al universo todo. El pasquín *Clarín*, por ejemplo, y cómo diablos se podía ser Sofía Loren empapada estando Tere muy cerca y él sintiéndola tan fuerte en su sufrimiento. Pero se le paraba por Sofía Loren. ¿Les sucedía así a todos los demás alumnos, a Tyrone, al Gordo, al bueno de Nanano Apolo, al Cholo José Antonio? ¿A Tyrone, por ejemplo, se le para por Chichi igual que por Ana Bertha Lepe o Kitty de Hoyos? ¿Por Chichi y por Sofía Loren? ¿Es santa, Tere, o soy yo distinto al mundo entero? ¿Tengo que ser el hombre que más sufre en el mundo y por Tere? Lo soy, en todo caso... ¿En ese sufrimiento no debe caber erección alguna? Maldita sea, me encantaría, pero seguro que ya se me parará y seré un maldito yo también y muy macho aunque por ahora sólo con Sofía Loren, Kitty de Hoyos, el campeonísimo culo de Ana Bertha Lepe, puta madre, qué rico, carajo... Mujeres como ésas hay millones y los burdeles están poblados de mujeres de mala vida y las calles de Lima están requetepobladas de hembrones y marocas y mediopelos... ¿No es el colmo del amor y del respeto que no se me pare delante de una chica decente y muy blanca y pecosa y con la nariz respingada como se me para ante un culo campeón o unas tetas empapadas? Lo es, claro que lo es... Claro que es el colmo del amor y del respeto... Pero definitivamente no es el colmo de la vida... Carajo, todo esto sí que es el colmo...

Distraidísimo, aturdidísimo y colmadísimo de amor y de adolescencia, Manongo caminaba perdido por esa pista de atardecer rotundo y había llegado a pensar en lo jodido que estaba por haberse enamorado de una santa pecosa. De una santa tan blanca y extranjera además porque seguro que si fuera más morenita, criollita... ¿Pero no era Tere vivísima y no le encantaba besarlo y pachamanquearlo y no le había encantado a él besarla y pachamanqueársela igual al comienzo...? ¿Por qué, cuándo, cómo había empezado ese proceso de beatificación, primero, y de santificación de Tere, después? ¿Por qué Sofía Loren no cabía dentro de Tere Mancini y ésta dentro de Kitty de Hoyos, por ejemplo? Manongo sintió un profundo mareo de asco y una creciente erección y quiso haberse quedado satisfecho con eso pero más pudo su bondadosa disposición hacia la santidad de Tere, más pudo su conformidad con el mareo de asco que la satisfacción tan complicada que le produjo una erección sin rostro fijo, pura teta, puro culo. "Tere es santa", estertoró casi, deserectándose en el acto, y tropezó y se detuvo para encender un cigarrillo prohibido en el colegio, qué diablos, humo, infierno, que me vea condenarme, irme al diablo el mundo entero...

Y en ésas andaba y distraidísimo por la pista paralela al ferrocarril, cuando tropezó con una pantorrilla. Era una pantorrilla blanca. Era la pantorrilla blanca de una mujer muy blanca y con una larga cola de caballo. Deseó a muerte que fuera la pantorrilla de una de las hermanas Ardant que se había vuelto loca y le estaba enseñando una pantorrilla izquierda, pero las hermanas Ardant ya eran locas y de pronto vio una pantorrilla derecha aunque su erección había empezado ya desde la izquierda y sólo se perfeccionó con la visión de la segunda pantorrilla. En fin, que para Manongo, hasta el fin de sus días todo habría sido por causa de una pantorrilla izquierda. Y como su erección era bien rica y blanca continuó caminando detrás de esa pantorrilla hasta que por fin se atrevió a alzar la mirada y llegó a una cola de caballo que de pronto giraba para convertirse en cara y tenía pecas y nariz respingada. Manongo estaba pensando con una taquicardia feroz que Sofía se había metido en Tere y Tere en Kitty que se había metido en Ana Bertha y Jane Mansfield y que Hollywood se había metido en Cinecittà y Churubusco Azteca en Gina Lollobrigida y en Silvana Pampanini, cuando la chica lo saludó por su nombre y todo. Era la prueba, sí, la prueba, la prueba de que el diablo en patinete y Hollywood-Marilyn-Cinecittà-Sofía-Tere-en-medio-y-horror-Churubusco-Kitty-Azteca-Lepe-culo-campeón-tetas-Tere   y, taquicárdico y con una cara impresionante de cojudo, Manongo se asfixió en el titubeo loco con que reconoció ser la víctima:

—*Oy ongo estere, sí.*

¡La cantidad de aire que jadeó al responder aterrado!

—Manongo Sterne, el enamorado de Tere Mancini, ¿no?

—*Ongo estere*, sí...

Y otra vez casi la misma cantidad de aire por intentar responder su nombre correctamente. Porque Tere porque Tere porque Tere. Porque... Y... Y...

—Y tú, ¿cómo te llamas?

—Soy amiga de Tere desde chica. Me llamo Ornella Piazzola...

Porque Ornella porque Ornella porque Ornella. Manongo se moría de vergüenza de su erección y trataba de entregarle su confianza al oscurecer aunque la verdad es que así a pista abierta... Sonrisa tan inferior a la de Tere. Labios inferiorísimos a los de Tere. Respingadura nasal nada que hacer al lado de la de Tere. Dientes ni hablar al lado de los de Tere. Ojos se jodió la pobre Ornella. Brazos pobrecita al lado de Tere. Pelo sólo el de Tere. Cuello pobrecita. Caderas pobrecitísima. ¡Tere! ¡Tere! ¡Tere! Pero a medida que Manongo se elevaba sobre el asfalto y jadeaba en dirección a Tere, allá arriba, allá en el cielo, allá en Lima, allá en San Isidro, allá en *Historia de tres amores*, allá en James Mason y Moira Shearer y Pier Angeli y Kirk Douglas y Nat King Cole y *Pretend*, a medida que Manongo ascendía hasta esas maravillosas e inalcanzables alturas de lo blanco y santo, su erección descendía malditamente blanda...

No podía hacerle eso a Tere, por Dios santo y bendito, y la pobre Ornella Piazzola cada vez entendía menos la cara de que no podía hacerle eso a Tere y de que Dios no podía hacerle eso a él que Manongo ponía por todo diálogo. Ornella recordaba: claro, ya le habían dicho que el enamorado de Tere Mancini se las traía de loco y excéntrico pero después de todo qué había hecho ella aparte de saludarlo porque un muchacho andaba caminándole detrás y ella volteó asustada y se tranquilizó tanto al ver que era el enamorado de Tere Mancini que seguro que venía a saludarla... Y así andaban las cosas, salvo que tirando para trágico, porque Ornella, como los jardines y conejos de su finca casi rústica y campestre, era *mens sana in corpore sano* mientras que Manongo, *mens* torturadísima en cuerpo temblequísimo, era un desesperado despedirse y despedirse para volver a empezar en el acto a caminar sigiloso detrás de esas pantorrillas, sobre todo la izquierda que después complementaría con la derecha.

Ornella avanzaba pensando en que tenía mucho que estudiar esa tarde con Marlen von Perpall y en que el tal Manongo Sterne bien raro que era y pobrecita Tere Mancini con lo buena gente que es. Él, por su parte, sigiloso y como una sombra con zapatillas de tenis, había vuelto a iluminar con sus ojos ya endemoniados el punto exacto en que surgía con todo su esplendor una pantorrilla izquierda y resurgía ídem su erección gozoso-dolorosa. Lograda ésta a la perfección, Manongo arrancó nuevamente a pensar, ver, sentir, comprobar, en fin, de todo: Ornella: Sonrisa tan inferior a la de Tere. Labios inferiorísimos a los de Tere. Respingadura nasal nada que hacer al lado de la de Tere. Dientes ni hablar al lado de Tere. Ojos se jodió la pobre Ornella. Brazos pobrecita al lado de Tere. Pelo sólo el de Tere. Cuello pobrecita. Caderas pobrecitísima. Culo paupérrimo... Y en ese grado de triunfal comparación se hallaba Manongo cuando sintió que algo en él como que descendía pero que todo lo demás en él como que empezaba a elevarse sobre el asfalto y...

...Y no paró de correr y de jadear hasta llegar al baño ya anochecido de su dormitorio. No encendió la luz sino que clavó la mirada en la dolorosa luminosidad nocturna del espejo mientras se abría desesperado la bragueta para seguir con el sexo femenino de Tere, que desconocía por completo y por tener quince años, y los muslos superiorísimos de Tere y las pantorrillas de Tere riquísimas y los pies pequeños y perfectos de Tere, que fue donde ya no pudo más de dolor ahora que el goce de la erección había desaparecido por completo y terminó arrojándose a llorar a los pies de su cama y de Tere.

Lloró copiosamente hasta que se le acabó el llanto por esa tarde y por esa noche y ya negro del todo su dormitorio volvió a iluminar aquella pantorrilla izquierda hasta entenderlo todo mediante una profunda, deliciosa y atroz masturbación. ¿Sería todo por culpa de aquellos apretadísimos pantalones toreador que llevaba Ornella? ¿Por qué Tere no había usado nunca unos pantalones así? ¿Era toda la culpa de Ornella y de unos pantalones así? Pantorrillas pantorrillas pantorrillas. Las veía por miles y veía una y sentía una erección hasta que era una pantorrilla de Tere. Muslos muslos muslos. Los veía por miles y veía uno y sentía una fuerte erección mientras lo acariciaba con su mano hasta que era un muslo de Tere. Culos culos y más culos. Veía miles de culos y el de Sofía Loren empapada y el de Ana Bertha y Kitty y miles y miles y sentía una erección mientras navegaba en ellos con ambos brazos hasta que era el culito riquísimo de Tere y la pena y la tristeza y el horror y lo que es un ángel cuyo sexo femenino además se desconoce.

Quince años y lo que era un trauma. Por la noche, en el comedor, Manongo hizo reír tanto con sus bromas a sus compañeros de internado que hasta creyeron que se había zampado un trago y que ello lo empujaba a meter vicio irremediablemente. No podía parar con sus locuras y sus ocurrencias y, por fin, mister Brody, a pedido de Betty Oliver y *Most Excellent and Honorable Matron*, decidió que lo mejor era expulsarlo antes de que llegara al postre sin haber probado un solo bocado de nada. Durante todo ese tiempo, Manongo recordó lo mucho que había gozado físicamente hasta ese día, besando y acariciando a Tere. Había tenido que contenerse incluso. ¿Por qué ahora una pantorrilla ponía en duda su vida entera, su Tere entera? No cesó de esperar la llegada del sábado, y no bien estuvo en Lima le contó a Tere sus planes:

—Sí, sí, Tere...

—Pero nos matan si nos pescan, Manongo...

—Tere, por favor, me provoca a gritos... ¿Me lo vas a negar?

—¿Y si nos pesca la noche y no podemos regresar...?

Pero regresaron y con la más extraña de las sorpresas para Manongo. Una sola, inmensa para él. Para Tere las sorpresas empezaron desde que Manongo le contó todo su plan. Irse en colectivo hasta Los Ángeles, comprar cosas de comer y de beber, irse de picnic al borde del río y esperar el atardecer. Él iba a llevar puesto un blue jean cualquiera y ella debía llevar puesto un pantalón de terciopelo negro, pero de esos que aquí llaman toreador, Tere, y que en realidad son como de torero porque son apretadísimos, sí, sí, ésos, Tere. Ella asintió entre sorprendida y temerosa pero al final, traviesa e inquieta como era, partió más feliz y ansiosa que nadie en este mundo porque Manongo le había propuesto toda una aventura. "Porque para qué, para qué", se decía Tere, colorada de vergüenza y ansiedad, "Manongo me ha propuesto la aventura de mi vida."

Y como el atardecer no llegaba nunca y hacía rato que habían comido y el sonido del río ante sus pies los aturdía más y más, no esperaron el atardecer, qué va. Se tumbaron uno al lado del otro e instantes después revolotearon uno encima del otro y tanto y tanto que hasta les dio miedo no poder contenerse más. Se miraron entonces como aterrados, justo al mismo instante, y Manongo se llevó descaradamente la mano de Tere a su erección. Ya prácticamente no era necesario ni que ella lo ayudara sobándolo, masturbándolo un poco. Pero sólo hasta ahí llegó en su sorpresa. Sí, en la sorpresa atroz que le hizo sentir el dolor de que Tere fuera una muchacha como Ornella o como cualquiera otra, como muchas, como tantas y tantas y tantas pantorrillas y como tantos y tantos sexos y muslos y culos empapados. Tere no podía ser así, no, ni Tere ni la vida podían ser así con él jamás, daría su vida porque, Dios mío, yo daría la vida porque todo, todo con Tere fuera distinto.

Fue entonces cuando Manongo se llevó la verdadera sorpresa de su vida y cuando atardeció en pleno día en el estrecho lugar de campamento en que Tere y él habían instalado su picnic, ahí al borde del río sobre un suelo de mala hierba y piedras entre caña-verales y plantas salvajes. Fue ahí y entonces cuando Manongo sintió que se elevaba sobre el asfalto de un atardecer rotundo, al tiempo que iluminaba privilegiadamente con sus ojos metafísicos una pantorrilla izquierda cualquiera y de cualquiera menos de Tere, después también unos muslos sin nombre y unos cuantos culos empapados y anónimos. Y ya no podía más de anónima erección el pobre Manongo cuando se esforzó a muerte por sentir que se concentraba del todo y para siempre en el cuerpo y el alma de Tere y notó cómo empezaba a levitar sobre un asfalto blanco, pecoso y respingado como la infancia, la pureza, la limpieza y la paz de su sonrisa. Bajaba su erección mientras él se elevaba y Tere, que ya lo había notado rarísimo, le preguntaba ¿qué te pasa, Manongo?, mi amor, ¿qué te pasa?, y él recogía la mano respin-gada y pecosa y tan blanca de Tere y la alzaba y se la ofrecía al cielo y al sol allá arriba y lograba regresar con las justas a la realidad pero con la única Tere que había en el mundo, ya sin cuerpo, ya sólo ojos y sonrisa y nariz y pelito corto, ya sólo el alma pecosa y respingada de una muchacha sin pantalones para culos y panto-rrillas y muslos empapados. En fin, toda una transubstanciación de lo humano en divino y de lo divino en humano.

Tere regresó a Lima entre turulata y arrechísima y hasta cre-yendo ardientemente que gracias a ella y al zangoloteo carnal al que se habían sometido ambos a la orilla del Rímac, Manongo había cometido un delicioso orgasmo mortal y secreto. La pobre-cita se debatía entre un orgasmo personal, secreto y manual, esa misma noche no bien se quedara sola, y el confesionario de la Virgen Milagrosa donde el párroco la iba a recibir furioso y a lo mejor sin absolución posible alguna hasta que no rompiera con el degenerado de Manongo que, mucho papelito secreto y santo, pero mira tú Tere el mortalazo con que nos sale ahora ese enemigo malo, ¿comprendes, Tere?, ¿aceptas, Tere?, ¿te arrepientes, Tere? Pobrecita, la que le esperaba, pero bueno, eso y cualquier cosa más mañana domingo porque esta noche, aunque no la pase contigo, yo la paso contigo, Manongo... Pero Manongo nada. Ni se le ocurría imaginar o presentir por qué ramales y ramificaciones de la vida andaba ya su enamorada. Y había conservado intacta, perfecta, aquella cara de levitación y asfalto.

Piedra y camino iba a ser su vida y lo sabía ya todo menos el precio, el sufrimiento final. No es fácil, después de todo, tremenda transubstanciación para un muchacho y Manongo visitó a menudo en los años que siguieron la soledad escandalosa de los burdeles y las tetas o los muslos de una maroca. Todo se alzaba en la vida de un solitario del único amor así pero sólo con Tere todo se respingaba. Todo tenía manchas o se manchaba y se mancillaba en esta vida y sólo Tere tenía el alma blanca y pecosa y alegre y cristalina y pura y respingada. Pero claro, Tere iba a crecer e iban a crecer también sus ardientes deseos de que Manongo creciera con ella hasta abandonar por completo tanta piedra y tanto camino, tanta levitación y tanto asfalto en lo que debería ser así, sí, también, Manongo, pero no sólo así sino también así, Manongo, es decir la placentera y encarnada y hasta carnal vida de unos amores de estudiantes. Pero nones, nones, Tere, porque Manongo como que había decidido dar la vida para que ésta fuera sólo piedra y camino, transubstanciados, eso sí, y cada día se sentía más solo y adelgazaba y se desvencijaba más y paralelamente se iba volviendo cada día más austero en todo, más rabioso, celoso y posesivo con Tere por quítame esta paja, por nada, porque se cruzó un muchacho o porque otro la sacó a bailar y ella no le dijo que no desde antes de que se lo pidiera.

En fin, que Manongo era como un *además y todavía*, pero en un muy pesado *además* y hasta en un insoportable *todavía*. No aguantaba más pulgas sexuales que las que concernieran a cualquiera menos a Tere y prácticamente todo le concernía a Tere. A las bromas de Neca Neca sobre las tetas riquísimas de Tere respondió como a molino de viento y salió sangrando abundantemente de la nariz. A las bromas de Benavides Málaga, que era vecino de Tere y la describió bañándose riquísima en la piscina de su casa, respondió como a nuevo molino de viento y salió propulsado a unos cincuenta metros del campo de fútbol de Chacrasana, entre terrenos cultivados, tras haber recibido un verdadero vendaval en el pecho. Y a las insinuaciones sobre el culito tan rico de Tere de Pepín Necochea, crónica de un matón anunciado, respondió como a tercer molino de viento y recibió un feroz y volador doble tacle en la clavícula que lo dejó enyesado mes y medio. Y casi enyesa por otro mes y medio a la pobre Tere después de haberla gritado a muerte cuando le rogó que no se metiera en más líos por ella y le dijo, ya sin poder reprimir una sonrisita de gracia, que al fin y al cabo ella en efecto tenía senos y pezones, piscina privada y culo.

Nunca se sintió tan incomprendido Manongo y nunca necesitó tanto de la presencia de algo así como un escudero que no fuera Adán Quispe y su karate, ya que su amigo cholo era protección de corralón y él lo que necesitaba era compañía y protección y comprensión de futuro dirigente de la patria o algo por el estilo, muy de alta sociedad, eso sí. Manongo buscaba entre sus mejores amigos y compañeros de colegio, entre Tyrone Power, el Gordo Tarrillo, el Cholo José Antonio y su tórax escudero, entre su primo, su gran mopri Nanano Apolo Cisneros, entre un Perro Díez Canseco y un Ismael Gotuzzo o un Negrito Palma o Eduardo Houghton Gallo y un Luchito Body Peschiera. Buscaba con ellos y entre ellos. Con todos ellos y entre todos ellos. Buscaba comprensión para su cara de asfalto solitario y levitación desvencijada y buscaba alivio para una vida de broncas y entreveros que iba a empeñarse en continuar siempre así para siempre.

Cuando apareció el padre del Fofo Sicard, ese francés simpático y rosado que el colegio prácticamente había olvidado desde que, siglos atrás, el Macho Inurritegui bautizara con un patadón en el culo que lo proyectó de bruces hasta su destino definitivo en el San Pablo: la barriadita de su vida escolar. Nadie sospechaba pues que el Fofo Sicard tuviera semejante papá. Cinturón negro y todo era ese señor. Y callado y parecidísimo a Jean Gabin. Y cuando un alumno llamó Fofo a su hijo mandó a reunir a todo el colegio en un nutrido círculo alrededor de una mesa sobre la que instaló un ladrillo de perfil y otro echado:

—¿Ven?

Y todos vieron cómo, ante la inmensa, repleta e inútil, esta vez, capacidad torácica del Cholo José Antonio, el señor Jean-Gabin Sicard le metió un Bruce Lee lateralizado al ladrillo de perfil y lo hizo añicos, sencillamente, antes de elevar nueva y sencillamente el perfil de la misma mano y asestarle otro cinturonazo negro al ladrillo echado que quedó literalmente hecho mierda.

El Enano Heidelberg agarró tremendo gripazo con la cantidad de aire frío que dejó escapar el humilladísimo tórax del Cholo José Antonio, en su interminable proceso de desactivización. Pero el Cholo, muscular e inflamatoriamente inmenso como era, no dejaba de ser un tórax inteligente y sensible. Y por ahí notó el grado de desolación en que había quedado Manongo al sentirse más solo y desprotegido que nadie nunca en este mundo. Si el señor Jean-Gabin Sicard era capaz de dejar un tórax escudero como el de su amigo convertido en cenizas de ladrillos, qué no podría la vida hacer con un hombre rabioso, celoso, posesivo y totalmente incapaz de concebir ni mucho menos lograr beso con lengua o erección alguna ante la blancura respingada y pecosa de Tere, que no era pantorrillas ni muslos ni culos ni tetas ni chuchas de este valle de lágrimas sino de otro con muchísimo más lágrimas y más valle además y todavía, pero tan hermoso como incomparable era Tere, aunque la verdad es que ella hubiera preferido que Manongo la comparara hasta con Ornella Piazzola, aun a riesgo de salir perdiendo ya y de una vez por todas, además y todavía, también.

En fin, que todo eso lo fue captando a borbotones el inmenso tórax muscular pero sensible, fino e inteligente del Cholo José Antonio. Y llegó a querer tanto a Manongo Sterne y sus rarezas y desvencijamientos que hasta aceptó de lleno que, si algún día le pasaba algo delante o detrás de él a ese amigo loco e incomprensible, por más loco e incomprensible que fuera lo que hubiera hecho, él se desconocería inmediatamente. En fin, que ése era el estado emocional del Cholo José Antonio Billinghurst Cajahuaringa por Manongo Sterne. El de Manongo, por su parte, era, en lo que respecta a su amigo torácico y del alma, muy semejante al del loco aquel que un día apareció donde el director de la clínica porque ya no se creía gallina y por consiguiente ya estaba sano. Lo único malo, claro, es que cómo sé yo, doctor, que los demás saben que yo no soy gallina. Exacto. En ese estado se encontraba Manongo Sterne con respecto a su amigo desde que vio a Jean-Gabin y su numerito aquel de los ladrillos. Quería muchísimo a su más nuevo y más grande amigo, pero ello no lo inmunizaba contra los golpes de esta vida y sobre todo contra aquéllos del tipo *yo no sé* a que lo exponía el hecho de ser completamente distinto a todos los muchachos que bailaban en las fiestas y querían bailar con Tere en una fiesta, por ejemplo.

Tere, últimamente, estaba prohibidísima de bailar con el mundo entero, incluso con él, porque a las frívolas fiestas tipo susurros de sociedad va la gente y sobre todo las chicas a exhibirse, sí Tere, calla Tere, o todo se ha terminado entre nosotros para siempre jamás, Tere, porque a exhibirse como gallinas en corral ajeno van las chicas a las fiestas y por eso van con calzoncitos especiales y sostenes *ad hoc* y toda esa pecaminosería de potos y tetas empapadas de las que tanto te he hablado y machacado. Y yo me tengo que trompear a cada rato y estoy harto de tanta maldad y hasta de lo sucio que se trompea la gente en esta ciudad de mamberas, estriptiseras, faldas al cohete, chompitas *sex appeal* y demás demostraciones que se hacen sólo para que los hombres las miren y sientan ganas. Y Manongo no sólo se había convertido en el más celoso de los limeños de su edad sino que prácticamente ya no había fiesta en todo Lima de la que saliera ileso.

Necesitaba pues protección pero no confiaba ni en el Cholo José Antonio, su pata del alma, su amigo, su cumpa, su adú, para que le ofreciera esa protección a tantos celos, provocaciones, molinos de viento, desvencijamientos morales, psíquicos y físicos y a tantas rarezas de carácter, anteojos negros y el pelo cada día más bonaerensemente largo y chopinmente romanticado y ya casi tuberculoso, más un cigarrillo tras otro y tos ferina. En resumidas cuentas, Manongo era el colmo de una adolescencia tipo década del cincuenta. Y eso había que cuidarlo con cinturón negro y ladrillo hecho puré. Y de eso estaba dispuesto a hacerse cargo de una vez por todas el gran Cholo José Antonio. Bastaba con que Manongo lo supiera para que confiara y actuara confiado y cambiara confiadamente el mundo de los despampanantes años cincuenta, ese mundo de tetas y culos apachurrados pero sólo para que resaltara todo mucho más en este inmenso valle de lágrimas y Tere.

Un chifa, una noche: compañeros de la primera promoción del San Pablo comen decenas de platos chinos y beben docenas de cervezas y Manongo fumando ahí en un rincón y dale que dale un vaso de cerveza tras otro. El Cholo José Antonio lo está observando en toda su agresiva fragilidad y él está observando al Cholo desde toda su provocadora emotividad, arrinconado ahí, un cigarrillo tras otro. No ha habido broma ni tema de conversación que Manongo no interrumpiera para decir hay gente que amenaza siempre torácicamente pero que seguro después se derrite ante un ladrillito de perfil, oñoñoy. Después ha soltado una carcajada tan sonora que forzosamente ha desembocado en tos ferina.

Y así hasta que el Cholo se hartó ya del todo y mientras le pagaban la cuenta al chino y volaban vasos y chorros de cerveza por encima de los compartimientos en que se dividía el chifa aquel, en Surquillo, y ya alguno había corrido a vomitar al baño o hasta los rieles del tranvía aquella noche de invierno, mientras todo eso sucedía el Cholo continuaba inflándose hasta el desconocimiento pero esta vez no de cólera contenida sino de emoción y amistad desbordantes. Y así fueron saliendo todos a la calle, a buscar los dos o tres carros en que habían venido y meterles fierro a fondo en busca de alguna chingana o burdel, cuando al llegar a la esquina y seguido de cerca por Manongo, el Cholo, ya totalmente auto-desconocido, no sólo colocó un ladrillo sobre un muro y lo hizo mierda de un solo aplastón sino que además le metió tal quiñe a un quiosco cerrado de periódicos que había a la vuelta de la calle que todavía puede haber astillas y demás añicos volando por las calles y plazas de Surquillo y de Miraflores. Y, además, el Cholo, buenísimo y ya desinflado aunque más orgulloso que nunca por la lección de paz y confianza que le había dado a Manongo, regresó a la mañana siguiente y le regaló un flamante quiosco al sorprendido vendedor de periódicos y revistas.

Pero Manongo, tan plus ultra como Carlos V con su imperio, necesitaba siempre más paz y más confianza. O lo que es lo mismo, continuaba siendo siempre un saco de nervios, un mar de celos y un océano de desconfianza. Se tranquilizaba un día, con una nueva rogativa tranquilizadora de Tere, pero sólo para convertirse al día siguiente en el ser más intranquilo y desconfiado del mundo. Y eso que Tere le juraba ante un tabernáculo fidelidad más allá de la vida y de la muerte y ni siquiera saludaba a su hermano mayor en público, para que la gente malpensada como es no fuera a pensar sucio y a chismear inmundo, de puro malvada que es. Y el papelito dominical de las promesas se multiplicaba hasta convertirse casi en libreta de promesas y juramentos que el párroco de la Virgen

Milagrosa ya ni se atrevía a guardar en el tabernáculo por el volumen que iba adquiriendo.

Pero el colmo de los colmos fue cuando Manongo se metió con Dios, tras el éxito obtenido en el asunto de La Recoleta, peligrosísimo colegio de hombres porque quedaba tan sólo a cien metros del Belén, peligrosísimo colegio de mujeres porque ahí estudiaba Tere, a tan sólo cien metros cien de La Recoleta. Inducida y ayudada por Manongo, Tere escribió con distintas caligrafías varias cartas anónimas a las monjas del Belén. Cada carta hablaba en nombre de una alumna distinta pero todas contaban siempre lo mismo: los atentados al pudor y a la decencia de que eran víctima constantemente las chicas del Belén. Y todo se debía a que los muchachos de La Recoleta salían mañana y tarde a la misma hora: las 12 a.m. y las 5 p.m. Las monjas pusieron el grito en el cielo y, tras rápido y breve conciliábulo con los receptivos curas de La Recoleta, el asunto quedó decidido para amplia satisfacción de curas y monjas: las chicas permanecerían en sus clases un cuarto de hora más cada mañana y cada tarde, de tal manera que los vehículos escolares o familiares que empleaban para regresar a sus casas no se cruzaran nunca con los del otro colegio. Manongo no cupo en sí de felicidad al saber la buena noticia y Tere simple y llanamente mojó calzón. Era la travesura del siglo, pero muy importante y muy grave también y ahora Manongo podría vivir tranquilo en el San Pablo y Tere sentirse absolutamente feliz por haber contribuido en mucho a que el amor de su vida hubiese alcanzado esa tranquilidad y esa confianza.

Pero nones, porque a Manongo ipso facto le dio por meterse con la divinidad y ahí sí que medio que tropezó y se sacó el alma, a pesar de las explicaciones mil que Tere le dio para que recuperara la calma. Porque fueron cuatro meses de intranquilidad, de pleitos y más pleitos para siempre si no cedes, Tere, si no me das la razón, si no quieres acabar conmigo, Tere, si eres incapaz de dar tu brazo a torcer hasta en esto, Tere. La pobre Tere, que vivía con un brazo prácticamente roto, a fuerza de dejárselo torcer para darle gusto en todo a Manongo, esta vez sí que no podía darle la razón. Y es realmente que la pobrecita más misa y comunión diaria no podía haber aceptado ya, en su afán de ser lo más buena y pura del mundo para y con Manongo, y había terminado por amar realmente a Dios por encima de todas las cosas de este valle de lágrimas, cuando el otro le salió con que jurara por *todo* lo divino y humano que lo amaba más que a Dios. Fueron meses de explicaciones, de pleitos con y sin ruptura definitiva y hasta en domingo en la noche, en plena estación de Desamparados y con Manongo con un pie en el autovagón de Los Ángeles y no nos veremos nunca más en la vida, Tere, que era cuando Tere le repetía, le juraba y le imploraba que bueno, que lo iba a pensar una vez más, que se lo iba a consultar a su confesor por la millonésima vez, y que sí, que hasta el sábado próximo a Dios lo iba a poner en segundo lugar para que volvieran a hablar y él le entendiera de una vez por todas, con amor, tranquilidad y confianza total en ella, que una cosa es una cosa y otra cosa es otra cosa, Manongo, amor mío. Pero linda Tere, al final, porque del todo nunca se dejó romper el brazo y al final el muy vivo de Manongo se hizo el que se iba entre convenciendo de los argumentos de ella y olvidándose o acostumbrándose a que no *necesariamente* lo tuvieran que amar más que a Dios, porque en efecto un amor era un amor, allá en el cielo, y otro amor era otro amor totalmente distinto en este valle de lágrimas. Por supuesto que Tere había cedido en todo lo demás en cuanto a todos los demás amores respecta y que literalmente había pasado sobre el cadáver de sus padres y hermano.

Paralelamente, Manongo iba descubriendo en la amistad con los muchachos del colegio y del barrio Marconi el tranquilizante alegre y realmente ideal para sus inquietudes y desasosiegos. Cada día le costaba más trabajo vivir alejado de sus compañeros de clase y de otros amigos que había ido haciendo en el San Pablo, entre las clases nuevas de segundo y tercero de secundaria (él ya estaba en cuarto y había cumplido los dieciséis años, el verano pasado) e incluso entre los mayordomos. Como siempre, se veía obligado a desempeñar casi un papel doble en casos como los del cholo Fernando, el más joven y soñador de todos los domésticos. Veía cuando Neca Neca Pinillos o Tyrone Power le vendían ropa usada al pobre Fernando y no le quedaba más remedio que festejarlo como sus demás condiscípulos cuando los mismos Neca Neca y Tyrone se la robaban y el cholo ni siquiera se atrevía a acusarlos al director y apenas si se lamentaba de su triste suerte. Le vendían ropa usada en excelente estado para que el cholo se dedicara a impresionar a su enamorada, le cobraban, disfrutaban de ese dinero extra, y luego lo recuperaban todo metiéndose por la ventana de su paupérrimo dormitorio de sirviente.

Al mismo tiempo, Manongo se acercaba al cholo cuando veía que ambos se encontraban solos y éste podía contarle sus sueños de enamorado de una hembrita de un colegio de Chaclacayo. Fernando le enseñaba fotos de la chica y Manongo le correspondía enseñándole también fotos de Tere y ofreciéndose para escribirle las cartas más cursis que lograba imaginar. Fernando se quedaba tan agradecido como encantado y le contaba mil y un proyectos, mientras Manongo temblaba de miedo de que alguno de sus condiscípulos o amigos se fuera a banquetear a la hembrita del cholo, ya que cada vez eran más frecuentes las escapadas del San Pablo y los colectivos a Chaclacayo en busca de algunas de las muchas maroquitas que estudiaban en aquel colegio. Porque el uniforme británico del colegio San Pablo como que reinaba en la zona y las chicas de los colegios populares, sobre todo, realmente mojaban calzón ante la sola presencia de los futuros dirigentes de la patria. Y Manongo iba conociendo cada vez más la desasosegante sensación de primer y segundo tiempo, como él mismo le llamaba. La de estar prácticamente en dos sitios a la misma vez, la de haber jugado el primer tiempo de un partido de fútbol en un equipo y el segundo en el otro. Sí, era una sensación realmente desasosegante, realmente angustiosa, pues nunca una sonrisa ni mucho menos una risa eran realmente sinceras, alegres y compartidas, y, en cambio, lo que al final de todo se experimentaba era una mezcla de oscura tristeza, de incertidumbre ante todo y de desamparo total. Era como haber visto siempre más que los otros, siempre demasiado, y como si al terminar no hubiera nunca una conclusión definitiva a nada, ni un desenlace verdadero y como si perteneciese a muchos lugares y a ninguno al mismo tiempo.

Señor Manongo Sterne Tovar Y DE TERESA (!!!)
Colegio San Pablo
Los Ángeles

Adorado Manongo,
me dio muchísima pena el domingo que no pudiera despedirme de ti
porque me fue imposible ya que mi hermano tan salvaje como siempre
me prohibió que fuera a la estación.
Ayer tuvimos el día libre y mi familia me llevó a la casa de Santa
Inés. Desde ahí me tiré mi pataza hasta Los Ángeles. En la puerta
del colegio había un Mini Minor verde. Estuve paseando y sintiéndote
por ahí horas pero no me atreví a asomar la nariz. ¿Me perdonarás
por haber sido tan traviesa o por el contrario hice mal en no hacer
cualquier cosa por verte? Te confieso que por fin me fui hasta el río y
me encontré una sartén que la tengo aquí de recuerdo.
Por la noche nos fuimos todos hasta Ancón que está completamente
solitario, o sea que no te preocupes.
Cuando llamaste por el teléfono de manizuela del colegio (todo en
ti tan antiguo y tan elegante…Te juro que no me burlo), mi hermano
estaba cerca del teléfono y es por eso que estaba tan rara.
Estoy bien en el colegio y no te preocupes por lo de desanimarme, ya que
aunque me lo digan no sucederá nunca jamás. He rezado mucho para
que Dios nos dé un poco de buena suerte a nosotros que nos queremos
tanto, al menos yo.
Me muero de miedo si es que el director va a leer esto, así que te
escribo así nomás.
Estoy en los altos y abajo todos están almorzando y llamándome.
Para otra vez te escribiré más largo.
Recibe mil besos de la que te adora y te extraña,

Tere

*

Señor Manongo Sterne Tovar Y DE TERESA (!!!)
Colegio San Pablo
Los Ángeles

Adorado Manongo,
    ya me averigüé lo del sábado. Es a las cinco y media y comienza en
La Colmena, sigue por el Jirón de la Unión y termina en la Plaza de
Armas. Te ruego que si vas, no me mires desfilando porque me pon-
go nerviosa, me caigo, rompo la lámpara y me botan del colegio etc.
    Ya comencé a hacerte la Religión y si tengo tiempo te hago hasta
nueve o diez ejercicios.
    El sábado por la noche voy a hacer lo posible por llegar tem-
prano a la fiesta de Beba para así estar más tiempo juntos y reci-
bir nuestro quinto aniversario [1].
    Espero que estarás contento y que jamás te arrepentirás de haber
estado conmigo.
    No tengo nada más que decirte porque ya van a entrar las chicas
a clase porque estamos en recreo y estoy escondida en el baño.
    Se despide de ti con un beso quien te adora,

Tere

    P.D. Saludos a Tyrone, si no te molesta.

*

    [1] Tere y Manongo contaban cada mes como un aniversario. Así
de intensamente se querían y vivían.

*

Señor Manongo Sterne Tovar Y DE TERESA
Colegio San Pablo
Los Ángeles

Adorado Flaquito,
    me encantaría decirte que tu segundo apellido te condena a mí pero
seguro que te pones furioso, o sea que mejor no he dicho nada.
    Supongo que te habrás acordado de que el 7 es nuestro octavo
aniversario, es decir siglos de dicha, al menos así espero que serán
también para ti, a pesar de todos los obstáculos que se nos presentan.

A pesar de todo, llegaremos siempre al fin, aunque suceda lo peor, pues estoy segura de que la Virgen nos va a ayudar en todo.

Ayer me escapé otra vez hasta la puerta de tu colegio (te ruego que me perdones) y para mí fue un largo momento de dicha, de gozo y de ansiedad. Te juro que se me salían las lágrimas pensando en que nosotros que nos queremos más que otros somos los más sacrificados. No soporto que estés interno. En fin, Dios creo que es el único que sabe comprendernos y, por eso, sólo por eso, estoy requetesegura de que también vale la pena adorarlo a él y jamás competir en nada con su divina sabiduría.

Cada día te quiero más y no te debes preocupar por eso de que si te castigan te voy a dejar de querer, al contrario, me doy cuenta, más al fondo, del cariño y del amor que te tengo.

Nunca te he podido expresar por palabra ni por escrito lo que siento por ti pero espero que podrás comprenderlo, es algo superior a todo. Y no creas que lo que te pongo es pura fórmula, pues eso no es ni debe ser entre dos personas que se adoran.

El otro día me vine desde la avenida Brasil, a pie, sólo por el gusto de pasar por tu casa. Casi me muero de pavo porque tu hermana me vio y me dijo que estabas castigado. Entonces se me quitó el pavo y casi me muero de pena. Bien buena chica tu hermana Lidia.

Supongo que eso de Ornella y el Demonio no sea tan cierto y que pronto te pongas muy bien. Yo esta mañana lo primero que hice fue ir a comulgar por los dos para que siempre estemos juntos aunque sea espiritualmente. Pero no te preocupes: todo tendrá que mejorar algún día.

Espero que el sábado saldrás porque ya estoy extrañando las escapadas nocturnas. Apenas llegues llamas a María Eugenia para que yo sepa que has venido.

A veces pienso lo egoísta que soy queriéndote, pues bien podrías estar en estos momentos pensando en diversiones y hasta en Ornella y cosas así por el estilo de horribles para mí. En fin, vivir sin pensar en mí ni en verme a escondidas como a una idiota. Pero siempre hay que sufrir algo en la vida y creo que nuestra parte nos ha tocado muy temprano.

Hay unos que ahora no tienen de qué preocuparse, pero tarde o temprano lo tendrán. En cambio nosotros nos preocupamos ahora pero después seremos felices en nuestro hogar con nuestros hijitos.

Ya creo que no tengo nada más que poner y me despido de ti con un beso,
   la que te adora,

Tere

P.D. Saludos y escribe.

*

Señor Manongo Sterne Tovar Y DE TERESA
Colegio San Pablo
Los Ángeles

Adorado Manongo,
   sólo para decirte que fue maravilloso lo del río y que no debiste temblar ni sufrir así después. Pero en fin quién soy yo para estar a la altura y entender todo tu mundo profundo.
   Cada día te adoro más y ya verás cómo llegan a cumplirse las promesas que renovamos cada domingo.
   Mil besos y abrazos,
   Te adora,

Tere

*

Señor Manongo Sterne Tovar Y DE TERESA (!!!)
Colegio San Pablo
Los Ángeles
Perú

Adorado Manongo,
   en este momento acabo de recibir tu carta por medio de Pepín Necochea y como puedes darte cuenta no tardo ni un minuto en contestarte. En él ni me fijé, te lo juro, aunque es preferible, sí, que en adelante, como tú quieres, se las entregue mejor a Adán Quispe que siempre vigila la casa.
   Hoy he estado un poco contenta porque soy la segunda de la clase. Yo no me imagino cómo puede ser pues no hago nada y hasta ahora no he entregado el famoso hueso y el esqueleto.

Me estoy portando muy bien. No he salido con nadie que conozcas o que no conozcas.

Ojalá que el sábado no le dé a mi familia por llevarme a Santa Inés, voy a hacer todo lo posible. El domingo apenas regresé de dejarte, llegó de golpe toda mi familia. Me preguntaron si había salido y haciéndome la víctima les dije que me había quedado estudiando anatomía.

Quiero que leas y releas tu copia de nuestro documento y pienses bien todo eso y lo que te dije sobre Dios para que no creas que estoy contigo por gusto o que te quiero menos que a él. Te quiero más y más pero diferente. Hay un matiz. Sólo un matiz. Tiene que haber una manera de explicarte ese matiz. Por ejemplo, que a ti llamarte divino sonaría huachafísimo. Tú eres profundamente humano y por eso me escapo a verte a cada rato y no estoy contigo por gusto sino porque me siento divinamente bien. Esto por ejemplo, no suena huachafo y en algo te acerca a Dios. Ay, Dios mío, se me hace un mundo pero puedes creerme que te adoro ya que como podrás ver son cada vez más escapadas de esas que si me chapan me ponen interna a mí también.

Ya ves que si quisiera divertirme como creo que te han dicho estaría para el caso con otro que no querría ni en lo más mínimo comparado a ti.

No quiero que pienses ni me digas otra vez lo que me dijiste el sábado y el domingo de que me buscara otro. Eso sería, te lo juro, mi ruina moral. No te desanimes y aunque suceda la peor catástrofe ya nos podremos ver aunque sea un minuto en el cual yo seré totalmente feliz.

Ojalá que por el colegio todo te vaya bien menos que te hayas templado de Ornella. Te lo ruego. Te lo ruego, Flaquito.

Para que veas que soy culta y sensible, he leído una novela sobre la revolución de los negros en América Central y en el Caribe.

Si porsiaca no sales, que ruego que no suceda, escribes de todas maneras y te acuerdas de que el lunes es nuestro lunes siete.

Ojalá que no estés ciriando (con c) a Ornella porque si llego a saber que lo haces yo me dedico a ciriar a todo Lima de desesperación.

Ya no leo Loquibambia.

Con esto a favor, me despido pensando en ti y adorándote,

Tere

P.D. Saludos a todos los conocidos, menos a Ornella, por favor.

*

Señor Manongo Sterne
Colegio San Pablo
Los Ángeles
Perú

Adorado Flaquito,
  hoy en la mañana fui a rezar a la capilla del colegio por todas nuestras intenciones y sobre todo por ti, para que jamás te desanimes y así podamos seguir siempre hasta el fin.
  El domingo cuando te dejé en tu casa, al llegar a la esquina, pasó junto a mí el carro con mi papá dentro y no me vio. Como ves, Dios nos ayuda porque quiere que sigamos a pesar de todo.
  Hoy no he dejado de pensar en ti en todo el día y estoy feliz de que cada vez vaya ascendiendo nuestra cuenta sin que sucedan cosas graves; ojalá que nunca peleemos y Dios nos siga ayudando en todo, si es que tú también lo quieres así, por supuesto.
  No he conversado con nadie del otro sexo porque el único que adoro con todo el alma eres tú. Lo que más me amarga es que seguramente no me lo vas a creer, pero ya con el tiempo te convencerás.
  El sábado, si nada lo impide, cita en el Country, en nuestra banca verde.
  No tengo nada más que poner sino que te adoro y no dejo de pensar en ti.
  Se despide con un beso y un abrazo,

Tere

*

Señor Manongo Sterne
Colegio San Pablo
Los Ángeles
Perú

Adorado Flaco,
  todas las veces que nos han podido chapar no nos han chapado, y ha sido por la ayuda de la Virgen que quiere que sigamos hasta casarnos

y cuando llegue ese momento ya no nos preocuparemos ni de la hora ni de nada. Entonces seremos felices, el uno al lado del otro, hasta que la muerte nos separe.

Quiero también que sepas y me creas que para mí tú significas todo, que eres la única persona a quien puedo contarle enteramente todo, que te tengo confianza y que te contaría todo lo que me sucede. Si tú no existieras me sentiría completamente desamparada sin nadie que me puede oír, comprender y aconsejar. Sería mi desmoralización total si no existieras y viviría llorando y rezando a Dios y a la Virgen para que te hiciera aparecer en mi camino.

Cuándo será el día en que tenga veinte años para hacer lo que quiera sin tener que aguantar resondros ni castigos.

Ten la seguridad de que te adoro y de que antes que yo te podrá dejar cualquiera pero que yo persistiré siempre.

Ahora mismo estoy muy feliz porque acaba de llamarme Pepín Necochea para decirme que le ha entregado carta tuya para mí a Adán Quispe. Te juro que no le hablé sino que le dije a la empleada que tomara su recado.

Estoy casi muerta porque el constipado no se me va y toda la mandíbula me duele por la muela del juicio que está saliéndome.

Te pido por favor que jamás te desanimes si es que yo no puedo salir y que si alguna vez te vienen pensamientos de aburrimiento o algo, leas y releas nuestro documento y pienses que yo estoy acá pensando todo el tiempo en ti.

El domingo me quedé muy contenta porque veo que te preocupas por mí más de lo que merezco, pues al fin y al cabo soy yo la que tiene la culpa de que no puedas divertirte todo lo que quisieras.

El domingo próximo quiero que vayamos a misa juntos para poderle decir algo a mi mamá, a ver si se va acostumbrando desde ahora, pues en vacaciones se va a tener que acostumbrar a vernos a cada rato.

Se agotó el tema. Saludos a todos, menos a Ornella. No la mires, por favor.

Te adora,

Tere

*

Señor Manongo Tovar Y DE TERESA (!!!)

Adorado Manongo,
    ayer fui a la casa de mis primas, pero puedes estar seguro de que no había nadie y además me la pasé sacando Pretend al piano, que todavía no me entra. Pero Manongo, así hubiera muchachos, tú no te hubieras tenido por qué preocupar. Ya sabes. Como te dije en el cine, desde ahora todo va a ser bestial entre nosotros. Siempre he procurado portarme bien, solamente esas veces, aunque la última no tuve nada de culpa.
    No sabes cómo me quedé, y es una de las veces en que me he dado cuenta de todo lo que te quiero. Y si estoy contigo, no es por gusto, ni nada de lo que tú crees. Y con el tiempo este cariño seguirá creciendo, si es que tú no te desanimas. Por mi parte, yo no me desanimaré nunca porque no tengo por qué desanimarme. Además yo nunca he sido voluble en mis gustos.
    Manongo, espero que me habrás perdonado y te ruego que te olvides de todo lo malo que te he hecho y yo procuraré ser tal como tú me has soñado y no defraudarte nunca.
    Creo que me estoy volviendo más culta porque estoy leyendo obras célebres y de ahora en adelante pienso ser bien seria y quiero que me ayudes para poder conseguirlo.
    Creo que en la clase va a haber un grupito el sábado, pero como no es seguro, pues no creo que le den la casa a Carmen Rosa, no te anticipo todavía.
    No te vayas a molestar porque voy a acabar ya, porque no tengo nada más que decirte, porque esta semana no ha pasado nada aparte de que te quiero más.
    Me despido con un beso y con todo mi amor,

Tere

*

Señor Manongo Sterne
Colegio San Pablo
Los Ángeles

Adorado Manongo,
    me has hecho un gran bien estando conmigo, pues me he dado

cuenta de lo que uno siente estando con un muchacho serio, de lo que es querer de verdad, y de lo zonzos que son los que están por gusto. Manongo, quiero que de ahora en adelante ya no dudes de mí, que siempre me estaré portando bien en Lima, porque aunque converse con otro, que ya no lo voy a hacer, te quiero y te querré sólo a ti. Tú eres el único ideal que tengo, que espero no desaparecerá jamás. Yo te comprendo y tengo la suerte de estar contigo. Yo estoy contentísima contigo.

Estamos en clase de inglés pero yo me escapé y te escribo escondida en el baño.

Tú eres el único ideal que tengo, que espero no desaparecerá jamás. Yo te comprendo y tengo la suerte de estar contigo. Espero que no haya cambiado yo en nada como tú dices, pues no quiero cambiar. Quiero que me sigas queriendo como me conociste y como soy y no fingida.

Ahora sí que puedes estar bien contento y absolutamente tranquilo porque nosotros ya salimos a las 12 y cuarto y La Recoleta a las 12 y en la tarde a las 5 y cuarto y ellos a las 5.

Un beso especial por nuestro decimocuarto aniversario y un abrazo muy muy fuerte. Ahora me despido y acuérdate de no encontrarte nunca con Ornella y de que te adora,

Tere

Terminó el penúltimo año de colegio y Manongo había repletado
su vida de amigos que algo sospechaban de sus penas y de sus cui-
tas, que algo deducían de sus temblores y desmayos pero que al
mismo tiempo lo encontraban siempre predispuesto a una broma,
a contar los mejores chistes, y que en el fondo hasta admiraban
su capacidad para perder medio kilo de peso por Tere cada vez
que el británico, puntual e implacable autovagón Lima-Chosica
abandonaba la estación de Desamparados, rumbo al San Pablo. Al
excéntrico Manongo le perdonaban ellos sus súbitos ensimisma-
mientos, la impresentable peluca argentina, los anteojos negros
hasta de noche en la cama y sus encierros en la biblioteca del colegio para pasarse horas leyendo como un cojudo a la vela libros que
ni siquiera estaban en el programa y que ahí nadie tenía por qué
leer. En el fondo era como si todos estuviesen presintiendo o
hasta descubriendo que, así como el amor es ciego, la amistad es
entender hasta lo que uno no entiende de sus amigos y perdonar-
les absolutamente todo, aunque joda. Además, nunca en el San
Pablo los amigos de Manongo intuyeron siquiera que también
él los perdonaba a todos por tener enamoradas con culos, tetas,
caderas, pantorrillas izquierda, primero, y derecha después, o además y todavía pero en el sentido más putañero y sucio de esta
sagrada expresión. Él tenía una enamorada de elección para toda
la vida, ellos unas hembritas de erección fácil, pajera, y el Muelón
León, hermano del alma ahora también de Manongo, pasaba con
asombrosa facilidad de un poster masturbatorio que tenía de Kim
Novak a las tetitas riquísimas de su primer amor.

Bueno, pero habían llegado las vacaciones escolares y fue precisamente el Muelón León el que lo invitó a pasar una buena parte
del verano en Piura, allá al norte del Perú, donde su padre era
latifundista algodonero y él iba a ser mucho más latifundista y
algodonero que su padre porque éste había empezado de la nada y

casi sin estudios pero el Muelón después del San Pablo iba a estudiar muchísimo más en la Escuela Nacional de Agronomía y, con la misma testarudez con que cuatro días y sus noches le bastaron para terminar definitivamente con el problema de la caspa, con tan sólo una escobilla de brocha gorda, a esa escuela iba a ingresar con la primera nota y de esa escuela iba a salir convertido en ejemplo para futuras promociones, para cualquier otro compañero del San Pablo que ingresara con él, y ya bien futuro dirigente de la patria, carajo, porque para eso voy a estudiar, a chancar como un piajeno, Manongo, aunque aquí en Lima ustedes los afeminaditos limeños prefieran decir burro. Como siempre, el Muelón hablaba cantando y andaba bailando y cantando le hizo estas confesiones a Manongo Sterne Tovar y de Teresa, tamaño nombre el que te manejas, compadre, yo creo que allá en Piura lo dejamos nomás en Manongo a secas porque allá en Piura los hombres se roban a las mujeres, de lo puro macho que son, y en cambio a ti te bautizaron como si te fuera a robar una mujer, medio como femenino o algo así, y también mejor te cortas un poco el pelo antes de viajar a Piura.

Manongo sólo sacó en claro de aquella conversación que su amigo ya tenía vocación y bien fuerte. ¿Y él? Él no lo sabía muy bien pero como su padre no cesaba de preguntarle qué estudios pensaba seguir al abandonar el colegio, un día le respondió que estudios de medicina, papá. En el fondo, claro, y como siempre, estaba pensando en Tere: así sólo él la vería desnuda y así también sólo él le cuidaría el cuerpo además del alma, que tan lindo y tan bien y tan cuidadosamente le venía cuidando desde el día mismo en que la conoció. Pero el padre de Manongo puso el grito en el cielo porque él quería un hijo economista y administrador de empresas para que siguiera llevando eternamente y como yo al mejor puerto posible mis empresas y oficinas.

—Papá —alzó la mirada Manongo, quitándose los anteojos para mirar cara a cara a su padre—, la verdad, papá, la economía no me interesa y tus empresas mucho menos.

Tras arrearle tremenda bofetada a su hijo, don Lorenzo Sterne salió disparado rumbo a la oficina principal, o sea a su oficina, y cuando abrió la puerta y lo vio todo tan bien ordenado y sobriamente elegante, se dirigió a un extraño y modernísimo aparato que tenía en un rincón. Era ni más ni menos que el extractor de humedad limeña recién importado de Inglaterra y tenía como un balde-cajón que, cuando se llenaba de agua, pasaba a rojo porque realmente funcionaba con su semaforito incorporado. Verde para los negocios, ámbar para reflexionar y hacer cálculos y rojo para tocarle el timbre al portero negro señor Santa Cruz y pedirle que sacara otro balde insalubre y corrosivo, Santa Cruz, qué día de humedad el que tenemos hoy.

—Es consternante, don Lorenzo.

Don Lorenzo casi estalla y le abre a su portero las puertas de su corazón: la humedad podía ser consternante, sin duda, pero era él quien esa mañana de trabajo andaba profundamente consternado. Pero diablos, a santo de qué iba a hacerle él confidencia alguna a un hombre honrado pero del pueblo, en fin, a su portero y mensajero. Su consternación era cosa de club y esa tarde le tocaba club. Mala suerte: don Lorenzo consultó su ordenadísima agenda y no le tocaba Phoenix Club. Le tocaba Club Nacional. Mala suerte porque esos asuntos se discutían mejor con gente formada en Inglaterra y mejor todavía en inglés. Pero bueno, ya vería. Por ahora, el portero negro señor Santa Cruz acababa de poner el balde-cajón en su lugar, tras haber vaciado su limeño contenido, física y moralmente corrosivo, en el lugar más apropiado y nuevamente el semaforito del hombre de empresa andaba en verde de trabajo. Don Lorenzo decidió dejar su profunda consternación para más tarde, llamó a su secretaria y procedió a un riguroso dictado verde.

Pero a las 8 en punto de la noche entró al Club Nacional con una velocidad realmente resbalosa para pisos de mármol. Gracias a Dios, en el bar ya estaban todos sus amigos y además estaban como asombrados de ver entrar así al hombre más tímido, flemático, parco y callado del mundo. La verdad, nunca nadie había visto entrar tan extrovertida y comunicativamente a don Lorenzo. A ninguna parte. ¿Qué puede estarle pasando a este pobre buen hombre? La idea de que tuviera algún asunto grave que tratar realmente aterró a Marquitos Echeandía y Peralta. Además, no se caminaba tan rápido nunca y el Convidado de Hueso recordó clarito que cuando él salió disparado de su casona de la calle Víctor Fajardo, en el terremoto de 1940, lo había hecho muchísimo más despacio que esta entrada de don Lorenzo ahora.

—Su whisky para don Lorenzo —ordenó don Álvaro de Aliaga y Harriman.

—Que sea doble, mejor —ordenó Felipón Basombrío.

—Caballeros —dijo don Lorenzo.

—Los caballeros te escuchamos —dijo don Álvaro.

—Señores, estoy profundamente... Profun... Profundamente...

—¿Veloz?

—¡Felipón, por favor! —le ordenó casi don Santiago Cisneros.

—Voy a traducirles, señores —dijo don Lorenzo, mientras recibía su whisky.

—No entiendo inglés —dijo Marquitos Echeandía y Peralta.

—Bueno, Marquitos —dijo don Benjamín Ureta—, deja que don Lorenzo nos traduzca primero a nosotros y después nosotros te lo traducimos todo a ti.

—No —explicó como pudo, don Lorenzo—: yo sólo quería decir que mi hijo Manongo me ha mirado cara a cara con la peor educación del mundo y me ha salido con que quiere ser médico y con que mis empresas le importan un rábano.

—Adiós trabajos —suspiró Marquitos Echeandía, añadiendo entre bostezos—: Vamos a hablar de vocaciones, de carreras, vamos a terminar hablando de trabajo...

—Además —intervino don Lorenzo—, además el mozalbete este se me va a pasar el verano a Piura con el hijo de alguien totalmente desconocido.

—Mi querido Lorenzo —lo tranquilizó, le dio su palmadita en el hombro, don Álvaro—: recuerda que, con excepción de uno o dos indígenas que tuvimos que aceptar por vara o porque el padre era diputado, nadie será desconocido al salir del colegio San Pablo. En ese colegio no sólo se está formando y reformando la futura clase de nuestros herederos, Lorenzo, además se le está reforzando. En eso nos pusimos todos de acuerdo al ampliar regionalmente las posibilidades de entrada al colegio a muchachos venidos de Ica, Nazca, Chincha, de Chiclayo o de Piura, precisamente, Lorenzo. Además, piénsalo bien: allá tienes tú una buena sucursal de tus negocios. Recomiéndale a tu hijo al administrador para que lo vigile. Y otrosí, como dicen los leguleyos: a lo mejor en el campo se olvida de la medicina y te extraña a ti y te entiende un poco en lo de tus empresas... Déjalo ir a Piura tranquilamente y ya verás...

—Dios te oiga, Álvaro, porque el muchacho es estudioso, es trabajador, pero, pero, cómo decirlo, es... es... usa unos anteojos negros y vive... vive... como profun... ternado...

—Que tire un poco de lampa —opinó don Santiago Cisneros—. Eso no le hace daño a nadie. Campo, aire libre, trabajo en el campo y, además, no puede vivir profundamente nada... Quiero decir, aquí entre nosotros, que con la enamorada que se ha echado al diario, según me cuenta mi hijo, podría llegar a ser hasta un gran minero. Bueno, en fin, ya sé que se trata de una cosa de mocosos, por ahora, pero digamos que para empezar no ha escogido nada mal. Deja, pues, que el tiempo decida, Lorenzo. Si tú dices que el muchacho es estudioso, que es trabajador, tampoco tendría nada de malo que fuera un gran médico y además un gran minero y un gran empresario. A lo mejor hasta te equivocas al llevarle la contra, mi querido Lorenzo, la medicina y lo otro no son necesariamente incompatibles. Lo importante, por ahora, creo yo, es que el muchacho mantenga ese espíritu de trabajo...

—Pido permiso para retirarme —interrumpió ahí, a don Benjamín Cisneros y a todos, Marquitos Echeandía—. Sí, sí, me voy, me voy porque esta conversación está resultando demasiado fatigosa para mí. Sí, señores, estoy agotado de oír hablar de carreras y de trabajo. Y mira, Lorenzo, no vayas a creer que con retirarme demuestro falta de cariño por tus problemas. Falta de interés, sí, pero no de cariño. Además, te lo juro, estos señores ya estaban hablando de trabajo cuando tú llegaste. Y yo opino que a un club no se viene para eso, sobre todo después de haber estado trabajando todo el día todos ellos y tú también mientras yo luchaba con una vinagrera incomprensible desde que soy yo mismo quien compro mis paltas y el mismo mozo el que me las prepara...

—Permiso concedido para abandonar el club, Marquitos —dijo Felipón Basombrío.

—Gracias, muchas gracias. Pero, una vez más, Lorenzo, no quiero que vayas a pensar que no miro con cariño tus problemas. Y fíjate, hasta te voy a dar una prueba de ello antes de retirarme. Si, por casualidad, en fin, realmente si por casualidad, aunque seré el primero en alegrarme de que no sea así, bueno, pero si por casualidad tu hijo el consternado no cede y sale con la suya en eso de estudiar medicina, siempre queda la especialidad. Te recomiendo una, por si acaso, y para que vean que algo entiendo yo de asuntos de trabajo en la medicina. Que sea dermatólogo, Lorenzo. Nadie se cura nunca de las enfermedades de la piel o sea que todos vuelven siempre donde el dermatólogo y la clientela o pacientela o como se llame eso porque estoy que ya me muero, vuelve siempre. Si no, pregúntenle a los sabios doctores Pedro Weiss y al francés Aubry, que son los mejores, que trabajan mucho, que me han contado esto y bueno, ya basta por favor o voy a tener que cambiar de club.

Terminó todo en risas y bromas como siempre que se hablaba de trabajo o de estudios delante del gran Marquitos y esa noche don Lorenzo regresó a su casa bastante más aliviado. Al día siguiente hablaría con el director de su sucursal en Piura y le rogaría y explicaría que, entre broma y broma, como se dice, no sólo se ocupara de vigilar las andanzas de su hijo Manongo sino que, muy disimuladamente, intentara acercarlo a su oficina y hablarle, por qué no, de lo que es la satisfacción por un negocio bien hecho, por un rendimiento anual óptimo, por el buen seguimiento de los pasos dados por nuestros padres. En fin, don Nemesio Palma, su administrador en Piura, siempre había sido un hombre suma- mente despierto y nada le costaría entender lo que él le iba a pedir encarecidamente.

Tere lloró copiosamente y Manongo, desesperado, desgarrado entre un amor sin pantorrillas, sin ni culo ni tetas y la invitación a Piura de un amigo apodado el Muelón, copió sincera e íntegra- mente aquel llanto, de principio a fin. "Piedra y camino", decía Manongo, "Es mi destino", maldecía Tere, torrencialmente. Po- brecitos, nunca se habían visto llorar así y cada uno impresionaba más al otro y cada uno le daba más pena al otro y cada uno miraba al otro como diciéndole pero yo te gané en el hipo aunque reco- nozco, sí, que tú me has ganado en el sollozo. Manongo se arrojó copiosamente al suelo para llorar y adorar mejor desde ahí y Tere se pegó tremenda media vuelta con sus pantalones toreador y la pantorrilla izquierda en plena cara empapada de Manongo.

Manongo besó y besó aquella pantorrilla angelical y la volvió a besar y así dale y dale e hipo y sollozo hasta que le empapó la pantorrilla a Tere y se la mordió con toda el alma. Claro que él ha- bría preferido mordérsela con todo el cuerpo pero a lo mejor fue la empapadez Sofía Loren la que hizo que de pronto se sintiera copiosamente erecto. De espaldas a todo lo que sucedía detrás de ella, Tere vivió el misterio gozoso de sentir que algo se elevaba hasta alcanzarla por atrás de los muslos y después por la zona aquella que los vulgares llaman culo y los menos vulgares poto y su ama cuando la bañaba de niña llamaba potingo y en anatomía se llama glúteos. ¿Era el dedo de Manongo? No, no era el dedo de Manongo porque ahora sus manos andaban ya por sus caderas, por su ombligo, qué rico, mis tetas. Y fue entonces cuando se produjo un malentendido terrible y es que Tere dejó por completo de llorar de lo puro feliz que estaba y Manongo dejó de llorar, loco de erecta felicidad. Total que uno como que estaba al revés y el otro como que era el revés de la moneda y Manongo se puso furioso porque Tere ya no lloraba por su partida y Tere se puso furibunda porque Manongo de golpe había dejado de llorar por su partida.

–¿O sea que te vas a Piura así nomás? –le hipó Tere.

–Claro que sí –le hipó, a su vez, Manongo–, me voy a Piura así nomás por la sencilla razón de que tú te quedas en Lima así nomás.

Tere le metió tremenda cachetada a Manongo y el golpe sonó tan fuerte que ni le oyó cuando al mismo tiempo ella le dijo perdóname, amor mío. Y él, que había visto venir la mano con todo el brazo furibundo, también dijo perdóname, amor mío, en pleno cachetadón, pero porque la vida es así ella tampoco le oyó y el asunto se convirtió en pleito de sordos y se odiaron para siempre y se insultaron también ya para siempre.

–Y que conste que me erecté por Ornella Piazzola –la insultó Manongo, aún tambaleante, totalmente sordo y cacheteado.

–Y la pobre Ornella que ni siquiera sintió nada raro –lo remató Tere, con otro cachetadón y todo.

–¿Y esta cachetada entonces, so cojuda?

–Sólo me estaba entrenando para cuando estés en Piura. Porque la avalancha de hombres va a ser tal que tengo que aprender a defenderme de los que no me gustan.

–¡Vete a la mierda!

–¡Y tú vete a Piura que es peor!

O sea que Tere se fue a la mierda y Manongo partió a Piura, que era peor. No hubo más despedidas ni llamadas de reconciliación ni nada. Y Tere lloraba y lloraba porque se había quedado con la razón de su llanto adentro. Lloraba que ella había soñado con un verano más en el Country Club, con sus butifarras a las cinco de la tarde, con besos entre los arbustos y amigos que se besan también entre los arbustos, con caminatas por la noche y *Pretend* y Nat King Cole y los muchachos del barrio Marconi y los helados que pensaba comprar y llevar a su casa para que Adán Quispe pudiera pasar siquiera al jardín, te lo ruego, mamá, y tomar helados con ellos.

Y Manongo viajó a Piura en un ómnibus interprovincial de la compañía de transportes Ormeño aunque cada vez más sentía que el mar sonaba allá abajo, junto a la cubierta, y que él era James Mason regresando a Piura porque por bailar para él Moira Shearer había muerto en Lima. Pero la verdad es que si el vecino de asiento de Manongo hubiera sabido de qué se trataba el asunto, ipso facto habría dicho qué mal actor es este cojudo, carajo, porque lo cierto es que el de la cubierta del barco era un flemático de la pitri mitri y aquí el de al lado pega cada brinco sollozante que cualquiera diría que esta carretera tiene un millón de baches más de los que realmente tiene.

"Manongo, mi amor", lloraba Tere, imaginándose soltera y enamoradísima de por vida en la piscina de Country Club, comiéndose la butifarra a las cinco en punto y llorando y llorando y llorando porque de Manongo sólo le ha quedado una butifarra. Hasta que se hartó de llorar la pobrecita y el susto que se pegó una noche al soñar con unos monumentales cuernos con los que realmente no sabía muy bien qué hacer hasta que, por fin, apareció la cabeza de Manongo y juácate, se los colocó. Y después, cuando se despertó, sintió una pena terrible por lo que había hecho y sobre todo por no haberle podido explicar a Manongo por qué exactamente lo había hecho, y soñando además y sólo en sueños, además y todavía, y sí mi amor, te lo juro y sí amor mío, tú no sabes cuánto se puede querer a un muchacho también después de haberle puesto los cuernos soñando. Tere se lanzó al verano de Lima.

Manongo también se había lanzado al ardiente verano allá en Piura, pero pésimo porque al pobre Muelón León le sollozaba una y otra vez todo lo que había querido sollozarle a Tere: que se iba a Piura por un amigo nuevo, porque desde que me botaron del Santa María cada nuevo amigo ha sido una maravilla que le debo a la vida, amor mío, compréndeme. Me debo a ellos tanto como me debo a ti, sólo que por ti me muero y por ellos vivo y bueno, eso no sé bien cómo explicártelo: mira, el colegio se acaba dentro de un año y ya no estaré más cada día con todos mis amigos del San Pablo y en cambio sí estaré toda la vida cada día contigo.

—Ahora sí ya te entendí hasta yo —le dijo el Muelón León, y corrió a explicarle a su madre que, por fin, al cabo de tres días en Piura, su amigo Manongo estaba dispuesto a salir de su dormitorio y a comer algo. Por fin, mamá. Y cuando esa noche llegó el padre del Muelón se encontró con que el limeñito raro había comido y hasta se había dejado cortar el pelo porque él ya les había dicho que yo en mi casa no quiero argentinos pelucones y después cuando Manongo lo hizo matarse de risa la mañana siguiente, en el desayuno, el señor León opinó que el limeñito parecía hasta simpático y que un poco de hacienda y otro de chicha de jora bien fermentada no le vendría nada mal para que resultara del todo un gran amigo de mi hijo, un muchacho como Dios manda. O sea que a Manongo realmente lo lanzaron al ardiente verano de Piura.

Claro que por encargo de su padre, antes que nada tenía que visitar al señor Nemesio Palma, administrador de la sucursal piurana de los negocios familiares. Don Nemesio era un hombre entre gordo y fortachón, y en su casa lo recibió con unos modales y un esmero que más parecían destinados a halagar a don Lorenzo Sterne que a su hijo. Doña Carmelita, su esposa, preparó tamalitos regionales y chifles con una carne requeteseca, salada y deliciosa, y de postre obligó a Manongo a comerse casi una lata entera de natillas. Todo estaba riquísimo, la verdad, pero al pobre de Manongo lo había hecho comer tanto y a deshoras que felizmente, eso sí, cuando le preguntó si el viernes quería venir a jugar canasta con otras señoras de la sociedad, un eructo grave y regional lo liberó mejor que un rotundo no, gracias, señora, de tan espantoso compromiso. Y además don Nemesio lo ayudó con una voz que ni Louis Armstrong con angina, en fin, con su voz natural de pisquero y algo más seguramente.

—Le prometí a don Lorenzo Sterne encargarme de su hijo, Carmelita. Para nada le prometí que tú te ibas a encargar de joderle el verano al pobre.

Después volteó donde Manongo y le dijo ya eres libre, muchacho, agregando que, en Piura, cuídese usted mucho de las muchachas son tanto o más ardientes que la luna de Paita y el sol de Colán juntos. En fin, ya me entenderá usted lo que quiero decir. Y ya irá usted al puerto de Paita y a la playa de Colán. Pero, en fin, aquí me tiene a su disposición y realmente le deseo una muy grata estadía bajo el ardiente sol de Piura. Eso sí, pórtese usted muy bien. Y si se porta mal, invíteme, por favor... Doña Carmelita estaba rezando el rosario.

Verano de 1956: inolvidable ciudad de Piura, inolvidable Muelón León, inolvidable familia León, inolvidables Paita y Colán con su luna y su sol, respectivamente, inolvidables chicas y chicos piuranos, inolvidable cholito Eliseo, exacto a Adán Quispe sólo que campesinito y sin karate ni ganas de irse a los Estados Unidos. Y Tere, Tere, Tere, Tere hipo, Tere sollozos, Tere lágrimas en los ojos a cada rato otra vez, Tere inolvidable hasta cuando uno se ha olvidado de todo porque anda pasando días realmente inolvidables en los que hay hasta otra Tere con pelo bastante corto y piel bastante blanca cuando todo el mundo ahí anda bronceadísimo, y que, fijándose bien, tiene milagrosas pecas en los brazos, y que, fijándose mejor, sonríe tan casi inolvidable que hasta hace que uno se acuerde de ti con lágrimas, Tere inolvidable. Y mirando pasar las semanas y fijándose más esta Tere seguía con la piel bien blanca cuando hasta la luna de Paita andaba bronceada aquel verano del 56. En fin, una Tere, es decir, otra Tere, pero en resumen de cuentas una también Tere que Manongo observaría casi experimentalmente cuando salía empapada del mar de Colán o cuando paseaba vestidita y seca bajo los tamarindos de la plaza de armas de Piura. Tere Atkins se llamaría esta Tere el día en que se la presentaran a Manongo y él, que en silencio bien vista y vigilada que la tenía ya, iniciaría una serie de experimentos cuya suprema finalidad y fidelidad a Tere hipo Tere sollozo era la transubstanciación de lo seco angelical en lo empapado Sofía Loren, mas no viceversa, eso sí que no. Pero el comienzo fue así: se llevaron a Manongo a la hacienda de los León y lo sometieron a los provincianos ritos iniciáticos de la chicha de jora fermentada. Todos señores como el señor León y sus amigos, todos adultos y fornidos y agricultores que hablaban cantando regionalmente y eran bien machos en lo del sombrerote de paja y la piel curtida por el sol y frecuentemente un bigotazo. "Querida Tere, si supieras hasta qué punto te adoro y te quise explicar que sólo vine a Piura porque…" "Querida Tere, a cada rato me interrumpen y no puedo contarte que ando metido en un mundo cojonudo pero en el fondo bien triste sin ti…" "Querida Tere, yo siento como con el teléfono: se ha cortado la comunicación…" Hombres de a caballo y poncho de lino y sombrerazo de paja y frecuente bigotazo agasajaban al mocosito este recién llegado de Lima que no tardó en soltarles una recatafila de bromas y chistes y anécdotas. Gracias, claro está, a que lo estaban agasajando con una comilona campestre y el incesante pasar de culitos de chicha de jora que el señor León mandó traer pero que la traigan bien fermentada porque ha llegado un amigo de mi hijo, carajo.

Y el Muelón dale y dale: "Papá, que Manongo no tiene costumbre y no le gasten tamaña broma, papá." Y su papá: "¿Cómo, ya te me volviste mariconcito allá en Lima? Yo sólo te mandé para que aprendieras inglés y te relacionaras, hijo mío." Y el Muelón una sonrisa y su padre un abrazo, hijo mío, parece mentira, ya el año próximo a la Escuela de Agronomía. Y todos: "Pero festejemos al Manongo este campestremente." Y el truco, por supuesto, que ahí todos se sabían de paporreta a fuerza de engañar a cuanto visitante simpático llegaba. Era una muestra de cariño explicarle con un guiño de ojos multidireccional que en cada brindis había que secarse íntegro el culito de chicha mientras los demás sólo se tomaban un trago. El culito era como la mitad de una calabaza pequeña pero de una calabaza pequeña bastante grandecita y en cada ¡salud! el pobre Manongo debía estarse tomando como medio litro de chicha. Aguantó bastante y contó varios chistes e inventó mil anécdotas y contó más de mil historias del colegio San Pablo con cagadera general de risa de señores y hasta del preocupado Muelón, al final, ya, a medida que Manongo se iba enchichando. Machito el limeñito, carajo, era el comentario general, si no fuera porque se llama Teresa también de apellido…

—Señor León —dijo, de pronto Manongo, imitando lo mejor que pudo la eterna compostura de su padre, a medida que empezaba a resbalarse por un lado de su silla de paja y madera—. Señor León —repitió, ya caído en el suelo—, a partir de este momento no respondo de mis actos.

Eso en inglés se llama *blackout* y el diccionario lo traduce por *apagón* aunque no dice que se emplee para casos de borrachera total, oscura y serena. Tan oscura que Manongo ni siquiera se fijó cuando Tere pasó a su lado haciéndole adiós desesperadamente. Llegó a verla, más bien a intuirla, pero francamente no reaccionó en tamaña oscuridad ni pudo alzar sus restos del suelo lo suficiente como para pedir otro culito de chicha y mandárselo seco y volteao, a la moda de Callao, señores agricultores. Después su borrachera fue ya tan serena solamente que se dejó arrastrar hasta una camioneta pickup y fue colocado sereno y dormido en la parte de la carga para que ahí tumbado se fuera durmiendo más todavía.

El cholito Eliseo lo cuidaba mientras era transportado hasta la casa de los León, en la calle Loreto, un buen trote desde la hacienda, y en la cabina de la pickup el Muelón mirando atrás por la ventana de atrás y el chofer vigilando por el retrovisor que la carga limeña y el cholito Eliseo siguieran bien ahí atrás. Así iban y así llegaron, pero antes, al entrar propiamente a la ciudad, Tere pasó haciéndole adiós desesperadamente pero ni Manongo la vio ni el cholito Eliseo logró explicarse jamás cómo el niño Manongo, con lo mamado que estaba, con lo requetemuerto que andaba, pudo soltar semejante sollozo, uno tan único y grandazazazo que hasta sonó como rebuzno de piajeno. Después sí ya, con el hipazo que se pegó Manongo, el cholito Eliseo se tranquilizó bastante porque finalmente el hipo es consustancial con la chicha...

Púchica diegos, qué mala idea la que se le ocurrió al Muelón, no bien lograron acostar a Manongo. O fue mala suerte que viera un sobre que decía: "Señor Manongo Sterne Tovar y de Teresa. C/o Carlos León Trelles. Calle Loreto 337. Piura." Y el remitente era nada menos que el Cholo José Antonio Billinghurst Cajahuaringa, procedente de Nazca. El Muelón dudó un momento y ahí fue cuando se le ocurrió la pésima idea bien intencionada: duchar a Manongo, con ayuda del chofer y de Eliseo, hasta que reconociera que estaba en Piura y, de paso, lo reconociera también a él. Y es que al Muelón le daba pena que Manongo no leyera hasta sabe Dios cuándo, cuando se despertara, la carta de su compadre del alma. Dudó una vez más, el Muelón, pero realmente le daba pena privar a su amigo muerto del rápido placer de esa lectura. Un buen par de horas de agua fría y seguro que lo resucitaba, claro que sí. Valía la pena porque Manongo y el Cholo hasta se habían jurado que, no bien uno de los dos tuviera el primer hijo, el otro sería el padrino para que ese compadrazgo no sólo fuera un tajo en las venas que se mandaron una noche de jarana escolar.

—Y usted ni se preocupe, señorita Cristinita —le decía el Cholo José Antonio Billinghurst Cajahuaringa a la madre de Manongo, muchísimos años después, ante el bar de su casa—. Igual como se fue, Manongo volverá algún día, pero para quedarse. Y ya vio usted cuando se dio un salto inesperado a Lima, para estar en el entierro de don Lorenzo, porque Manongo es bien derecho y nunca falla. Yo llevaba años y años esperándolo para bautizar a mi primer hijo. Y, aquí entre nos, señora, francamente me tenía sin cuidado que anduviese sin bautizarse mi cholito. Porque también a mí me bautizaron cuando, sin ayuda más que de Dios, ya era hasta mejor cristiano de lo que soy ahora. O sea que para qué iba a preocuparme por mi cholito. Que creciera grande y fuerte ya era bastante. Claro que con cariño paterno y materno, eso sí que sí. Y bueno, si ahora además aprende varios idiomas porque su padrino Manongo vaya usted a saber de qué país regresa para quedarse, por fin, mejor todavía. Vamos, señora Cristinita, ¡salucito por Manongo!

Más le gustaba el "salucito" que el "Manongo", a la señora Cristinita, que viuda ya, había viajado bastante por América Latina, y de México se había traído la nada británica costumbre de beber tequila El Cuervo en cantidades industriales, y soltando a cada rato eso de "Hasta verte, Jesús mío", además de todo. Pero tequila tras tequila, era más bien don Lorenzo quien la contemplaba a ella desde el cielo y, perfecto en su bondad como era, según doña Cristina, a partir del décimo "Jesús mío", le explicaba a Dios, en su afán de que fuera indulgente con su viuda: "La todopoderosa humedad de Lima, Todopoderoso", que era cuando el Cholo José Antonio llamaba a los mayordomos para que acostaran a doña Cristinita.

También don Lorenzo se le había ido a la pobre, pero no en abril sino en septiembre, su Laurence, sí, su Laurence, aunque no se había ido por amor, como su Manonguín, sino por odio, por tristeza, por impotencia y por historia del Perú. Lo mataron la reforma agraria, la nacionalización del petróleo, la minería, la pesca, la banca y qué sé yo, también algo llamado Comunidad Industrial y una tos alérgica producida por la humedad de Lima, encima de todo. "Si el pobre fue en realidad un mártir." Repitiendo mil y una veces esta frase lograba por fin quedarse dormida la señora Cristina Tovar y de Teresa de Sterne.

Un cacanal de años antes, en Piura, Manongo continuaba bajo la ducha fría. Iba a despertarse pero se volvía a dormir y recién cuando probaron alternar el agua fría con quemarlo vivo empezó a dar señales de vida y más vida hasta que por fin dijo que lo dejaran ducharse a él solo, carajo, y que le trajeran un café y que le trajeran una aspirina, por favor. Agotado, el Muelón se fue a dormir un rato y el chofer tuvo que volver con la camioneta a la hacienda. Y hasta Eliseo se fue a descansar un rato ahora que por fin resucitó el niño que ha llegado de Lima.

Y ahora sí que empezó a funcionar en serio aquello del púchiga diegos y la buena intención y la pésima idea del Muelón. Porque además de todo dejó la carta del Cholo José Antonio junto a la toalla de Manongo y éste la vio antes de empezar a secarse. O sea que jamás se sabrá con qué se empapó la carta. ¿Fue con lágrimas de Manongo o fue con el agua que le chorreaba ahí recién salido de la ducha? A juzgar por las últimas palabras de la carta, todo parecía indicar que, cuando menos, fueron muchas lágrimas y algunas gotas de agua de ducha. También el Muelón, antes de quedarse seco, había escuchado a Manongo cantar una huachafería de ésas que cantaba en radios para cholos y rocolas de burdeles el ecuatoriano Julio Jaramillo:

> *La escribiré con sangre,*
> *con tinta sangre*
> *del corazón...*

Canturreando esas palabras porque acababa de terminar la carta del Cholo y aún le quedaba chicha en el alma, Manongo se paseó desnudo por la casa hasta encontrar el bar. Terminó de releer por enésima vez la carta mientras se bebía media botella: su Cholo, su hermano, su compadre. Contaba más que cojudeces de la hacienda Santa Mónica, allá en Nazca, y cómo montaba a caballo y que su

padre acababa de comprarse una camioneta Mercury, un automóvil Cadillac verde y amarillo y algo también de un zorro que
habían cazado y de la casa que se habían construido en la playa de
Lomas. En fin, una cojudez tras otra y después se despedía casi
como secretaria, con fórmulas de cortesía dignas del manual de
Carreño. En fin, hasta ahí, nada merecían trago. Pero desde ahí,
aunque desde ahí lo único que hubiera fuera un post scriptum,
todo merecía un trago, merece un trago, merece muchos, verdad
de Dios.

El Cholo seguro que nunca le había escrito una carta a nadie
porque eso era cosa de señoritas o de negocios y él ni lo uno ni lo
otro, compadre, pero bueno, le había escrito una carta, cojudez
tras cojudez y con un esfuerzo de la puta madre, a Manongo. Y
ahí venía la tinta sangre de Julio Jaramillo. No, carajo, qué Julio
Jaramillo ni qué mierda. De oro, tinta de oro. Flaco y calato y
empapado en ducha y lágrimas, Manongo se imaginaba al Cholo
terminando de escribir una cartita. ¿No parecía cosa de maricones
declararle tanto afecto a un amigo aunque sólo le hubiera hablado
de camionetas y carros y caballos y zorros? Manongo se sintió
medido en su amistad por el Cholo y pudo verlo, clarito pudo verlo, torácico al máximo, solo en un escritorio de la hacienda Santa
Mónica, allá en Nazca. El tórax del Cholo se inflaba más y más por
haber escrito esa carta que hasta de mujer no vaya a parecer. Después seguro, segurísimo, claro, porque Manongo lo estaba viendo
y estaba sintiéndolo todo, ahí, calato en el bar, después fue cuando
se mandó el post scriptum aquel que lo describía de cuerpo entero.
Ese post scriptum que decía sin decirlo nunca por supuesto, "Soy
muy macho, pero te quiero, compadre". Cholo bendito, Cholo
cojonudo, Cholo de la puta madre, compadre, estoy bebiendo por
ti y gracias toda la vida por tu post scriptum aunque tú no sepas lo
que quiere decir ni *post* ni *scriptum* y te cagues en la noticia de
quién fue Cicerón.

—Salud, hermano del alma —le dijo Manongo a su compadre, en
Piura, porque el otro, al terminar la carta en Nazca, había post
scriptum: "Bueno, en todo caso, Manongo, tú ya sabes que yo no
escribo cartas así nomás. Bueno, compadre, ya lo sabes, por si acaso. Yo sólo quería cimentar nuestra amistad."

—¡Cimentar! —exclamó Manongo, y gritó mil veces cimentar y

por ahí encontró una botella de pisco también. A la legua se notaba que el Muelón y Eliseo se habían quedado profundamente dormidos. Y hasta se demoraron horas en escuchar el teléfono que andaba sonando hacía horas. Por fin contestó Eliseo, perezosamente, al principio, aterrado, al final.

Y a gritos despertó al niño Carlos y la verdad es que al Muelón le entró una risa tal que Eliseo pensó que también el niño Carlos había bebido demasiada chicha. Porque era de la comisaría y felizmente que en ese instante regresaba a su casa el señor León. Agarró el teléfono, saludó amistosamente al comisario, y le dijo que sí, que Manongo había llegado de Lima hacía sólo unos días y que ahorita iba por él y que sí, que era un gran chico, que la chicha, comisario, que sí, que medio loco no sino loco y medio y que qué, ¿que con casco de explorador y calato?

—Sí, tiene que ser mi casco, señor comisario. Ahorita que me estoy fijando ya veo que no está en la sombrerera. ¿Cómo, señor comisario? ¿Una carta que no dice nada porque está empapada y que la andaba enseñando calato por toda la avenida Grau? Me cago, señor comisario, pero usted comprenderá: el chico es de mi casa y ahorita voy por él con mi hijo Carlos, que fue quien lo invitó.

—Que no le vayan a romper su carta —le rogó el Muelón a su padre, en el camino a la comisaría—. Algo debe decir muy importante, papá.

—Pero si el comisario dice que la carta no dice nada de lo empapada que está.

A Manongo lo sacaron de la comisaría cantando todavía. Cantando y enseñándole su carta a toda la avenida Grau, la principal de Piura, porque él creía que seguía caminando rumbo a Nazca y enseñándole al mundo entero a querer a su compadre. Y cuando la señora León regresó de jugar canasta con doña Carmelita Palma, Manongo ya estaba seco y vestido y todo, pero por nada del mundo había dejado que le quitaran el sombrero de explorador con el que emprendió camino a Nazca por la avenida Grau, la principal de Piura.

—¿Qué canta este chico? —preguntó la señora León.

—Pues eso de cimentar con tinta de oro del corazón, mujer, para eso tienes dos oídos para oír, igualito que yo que tampoco entiendo un pepino. Pero debe ser por alguna limeñita que le escribió.

–Ven, Manongo –dijo el Muelón, empezando a trabajarse bonito a su amigo–: Tu compadre es tu compadre, el más macho, el más justo, el más bueno. Tere te quiere, además, y yo, a mucha honra, soy tu mejor amigo aquí en Piura...

–Carajo –dijo Manongo, como quien lentamente regresa de muy lejos–. Carajo, yo que andaba rumbo a Nazca pasando un ratito por Lima para ver a Tere.

Al día siguiente, cuando salió a reconocer la avenida Grau y no reconocía absolutamente nada, los niños que iban por ahí con sus madres o con sus amas les preguntaban si ése era el mismo loco de ayer, el que se paseaba desnudo con un papel mojado y un casco de explorador.

–Sí, m'hijito, y el que hablaba solo también.

Arrancó la vida cotidiana de la ciudad de Piura con los señores trabajando fuerte en el campo, sus esposas trabajando fuerte en casa y jugando canasta en muchas casas pero siempre con doña Carmelita Palma. Los heladeros daban vueltas, muy lentas y sudorosas vueltas con sus carretas y los muchachos en vacaciones también daban vueltas, muy lentas y sudorosas vueltas con sus anteojos de sol y las camionetas pickup de sus papás. En fin, eso era un incesante cruzarse y saludarse de pueblo o un cruzarse y saludarse de pueblo incesante. Algo así, otro heladero, el club Grau y su piscina, la plaza de armas, el hotel de turistas, la iglesia, la heladería del italiano, el mercado, tamarindos, Eliseo y un sol de mierda. El Muelón era muy querido en esa cotidianidad de siesta y además regresaba de Lima a pasar el verano y todo encuentro era un reencuentro con tráfico detenido, abrazo incluido y larga conversa cantada. Manongo no paraba de decir *mucho gusto* y a cada rato le cantaban *el gusto es todo mío*. Había cierto alboroto aquellos días de quieto calorazo porque acababan de regresar y de instalarse una robada y su ladrón. Pero en fin, había que estar muy bien documentado para darse cuenta de la gravedad e importancia, de la connotación.

Y el Muelón empezó a explicarle todo a Manongo después de contarle que el ladrón era un amigo joven de su padre y que pertenecía a una familia conocida de toda la vida y que era muy macho y agrónomo. Entonces sí ya venía el escándalo. Ella, la robada, era una mujer de ensueño y origen italiano. Bueno, esto último no tenía nada de malo, claro, pero lo malo es que el origen italiano era demasiado, tanto que ya era total. Manongo se rascaba la cabeza y miraba por la ventana de atrás de la pickup y Eliseo le sonreía eternamente expuesto al sol. Eliseo servía para todo y ese verano parece que su destino era devolverle la sonrisa a Manongo desde la parte de atrás de una camioneta. Más dos o tres recados que le mandaba hacer la señora León o algún día que el señor lo necesitaba en la hacienda y en vez de ciudad le tocaba campo, allá atrás en la camioneta. La italiana era hija del heladero cuya esposa también era italiana y cuya heladería...

—¡Peladilla! —exclamó el Muelón, agregando—: Mira, Manongo, ése es más loco que tú.

El Muelón había detenido la camioneta, luego había avanzado y retrocedido hasta dejarla bien pegadita a la vereda y por fin Manongo pudo bajar a averiguar más o menos cómo era él. Quedó francamente desmoralizado al comprobar que Peladilla era un futuro viejo chismoso, pueblerino, que algún día pasaría totalmente de moda por seguir siendo exacto y andar siempre en la misma esquina, por seguir recibiendo propina, haberse quedado solterón de acuerdo a sus más íntimos deseos aunque sin mayores necesidades tampoco y por soltar, muy de tiempo en tiempo, sin reparo alguno o sin darse cuenta simplemente, alguna que otra verdad de sociedad. Esa mañana, en todo caso, Peladilla no paraba de reírse del robo de la italiana y le parecía que más bien era ella quien se había robado al ladrón.

Y le terminó de explicar a Manongo, colocándole instantes de sus ojitos de gallina risueña al Muelón, que en un rapto macho la hembra tenía que ser la imposible. Ahora bien, la chica de ensueño era facilísima, con todo respeto por su honorabilidad laboral y virginal. Pero no me cuenten a mí que no es hija de inmigrantes y que desde que tuvo uso de razón no la pusieron a vender helados detrás del mostrador. Bueno, sí, al colegio fue, eso hay que reconocerlo. Pero ni siquiera yo sé a qué colegio fue, eso también hay que reconocerlo. Y él, tamaño hacendado y agrónomo, o sea que quién se robó a quién...

–Fue el amigo de mi padre –cantó el Muelón, francamente disgustado con semejante interpretación.

–De acuerdo, Muelón, totalmente de acuerdo –retrocedió Peladilla, para volver a avanzar–. En el hecho físico, sí. Él actuó activamente y ella pasivamente como sucede siempre que hay mutuo acuerdo entre el ladrón y su robada. Pero, ¿quién se oponía a esa boda? ¿Los italianos? ¡Qué más querían, hombre! Era la familia entera del ladrón la que se oponía a su boda con la heladera…

–¿Ya viste, Manongo? –interrumpió el Muelón bastante tarde, la verdad–. ¿Ya viste? Muchísimo más loco que tú.

Volvieron a subir a la camioneta y dieron tres vueltas más por el mismo itinerario de memoria. El Muelón silbaba de rato en rato pero la melodía no pertenecía a ninguna canción. El silbido, tal como lo interpretaba Manongo, se debatía más bien entre una duda y una reflexión. Dieron otra vuelta pero desviándose por una calle nueva esta vez y el Muelón inclinó la cabeza como para mirar una ventana de segundo piso desde ahí abajo. En la esquina paró, retrocedió, y otra vez miró hacia la ventana de un segundo piso.

–Aquí es, Manongo –le dijo, mientras estacionaba la camioneta–. Aquí viven la italiana y él. Ven para que los veas.

Los recibieron con grandes sonrisas, mucha bienvenida y los brazos demasiado abiertos para dos mocosos curiosos como ellos. Manongo empezó por la italiana que realmente era de ensueño, aunque los tobillos los tenía un poquito gruesos. Era rubia, trigueña, con la piel esa que se conoce como piel de melocotón y unos ojos bellísimos y azules que parecían andar un poquito defraudados o, en todo caso, como a la espera de algo mejor. El ladrón les ofreció un trago para machos y la robada se incorporó ancestralmente para ir en busca de whisky, hielo y agua. Esa incorporada, esa ida y ese regreso con una bandeja y todo lo necesario, más un paquetito de maní, le dio oportunidad de profundizar a Manongo. Un lomazo de italiana, con los tobillos un poquito gruesos, eso sí. Las secciones íntegras tetas, culo y alrededores lo obligaron a desviar la mirada en el preciso instante en que ella se dirigía nuevamente al sofá de donde se incorporaba el ladrón.

–Todavía andamos buscando muchacha –explicó ella.

–Ni tampoco vamos a vivir aquí mucho más –dijo él.

Ahí sí que la cagó el ladrón, para Manongo, porque todo dela-

taba el nido de amor en ese pequeño departamento con una es-
calerita que llevaba a una mezzanine de linda madera donde estaba
la cama, indudablemente. Seguro que todo lo habían soñado este
par de cojudos y resulta que ya empezaba a quedarles chico. Quiso
salvar el asunto concentrándose en el ladrón ahora que estaban
brindando los cuatro y lo tenía parado delante de él. Se la merecía
y se lo merecían.

—Yo que ustedes me quedaba a vivir aquí toda la vida —les dijo,
de pronto, como quien llega a una profunda, muy grave, muy con-
sejera conclusión.

—Manongo es más loco que Peladilla —intervino el Muelón, al
ver que el rapto entero lo miraba con espanto.

—A mí me dijo todo lo contrario hace un momento, cuando me
presentó a Peladilla.

Le explicaron que ahí se podían morir de calor y de aburrimiento y que él necesitaba volver a su hacienda y que ella necesitaba
muchacha. Manongo ya no se atrevió a preguntarles en qué momento se acaba una aventura así. Tampoco necesitaba preguntar
más porque seguro era verdad que él necesitaba volver a su hacienda y que ella necesitaba una muchacha para que le limpiara la
casa hacienda a él y otra para que le limpiara a ella la nueva casa en
que iban a vivir y la cocinera, claro, y un Eliseo, también claro, qué
bruto era él. Un poquito más de whisky ofrecido por el ladrón le
permitió a Manongo determinar que no, por supuesto, que ya ella
no alcanzaría a jugar canasta con doña Carmelita Palma, pero que
después de que se casaran por la iglesia, ante la mirada atenta y
severa de unos italianos endomingados y ajenos desde el principio
a tanta cojudez, más una familia resignada al pésimo matrimonio
de su hijazo, sí, así, ahí empezaría la cosa.

Algún día no tan lejano de ese nido de amor la pareja instalada
empezaría a negar el robo y ni siquiera a negarlo porque el robo
empezaría a ser olvidado por todos en la ciudad hasta el punto de
que algún día otros robos piuranos escandalicen otra vez a todo el
mundo, incluidos estos dos, por primera vez, y Peladilla se siga
divirtiendo sin darse cuenta de que el olvido se apodera de él. La
linda italiana jugaba canasta y tenía ya sus michelines, él andaba
un poco barrigón y ganaba mucho dinero, de padres a hijos. En
fin, que Manongo le pegó una buena mirada final a un nido de

amor y ése fue el único instante de intensa, profunda emoción que tuvo con los dedos ferozmente cruzados en señal de contra.

—Puta madre qué tal hembrón —le dijo el Muelón, de regreso a la camioneta. Seguía admirando a fondo al amigo de su padre, ladrón de mujeres, ingenierazo agrónomo, hacendado.

—Le fallan los rieles —le dijo Manongo, rascándose la cabeza y mirando a Eliseo sonreírse allá atrás.

—¿Serás cojudo, tú?

—No tiene arreglo cuando los tobillos son tan gruesos, Muelón. No me digas que no te fijaste.

—Miéchica, Manongo, los detalles en que te fijas tú.

—No, viejo, si además tiene tendencia a engordar.

—¿Y qué más? —le dijo el Muelón, ya francamente molesto.

—Hermano, tu hembra es mucho más linda y Tere nunca será así.

El Muelón empezó a silbar una melodía que no correspondía a ninguna canción y Manongo sintió que quería mucho a su amigo piurano y que ojalá jamás dejara de silbar así, como una duda, como una reflexión. Almorzaron, siestearon, y fueron a bañarse a la piscina del club Grau. Después había que regresar a casa, ducharse en una ducha como Dios manda, ponerse una camisa limpia, nueva, flamante, pegarse una buena peinada y salir a la plaza de armas por la noche y por las chicas. Todas las camionetas quedaban estacionadas alrededor de la plaza y de ellas empezaban a bajar los muchachos. Las muchachas Manongo jamás supo de dónde bajaban. Por la mañana jamás vio una, en el club Grau sí, pero de lejos, y en cambio en las noches en la plaza de armas ya había movimiento. Ellas iban de a tres, de a cuatro en un sentido y ellos como les daba la gana pero en el otro sentido. Por fin, de repente, empezaban a saludarse, a reconocerse, y el destino final solía ser desde Adán y Eva una banca de la plaza. Ahí podía surgir algo para el futuro y pasar una generación otra vez.

Y eso de dar vueltas y/o sentarse en una banca, bajo los tamarindos añejos de la plaza de armas, duraba hasta la hora de la comida. Una y otra vez, cuando lo presentaban noche tras noche, Manongo decía mucho gusto a los muchachos y el gusto es mío a las muchachas. Después le empezaba a escribir una pormenorizada carta mental a Tere, allá en Lima, pero la verdad es que nunca lograba pasar del primer párrafo porque había que conversar, porque estaban por presentarle a alguien más, aquí en Piura. Y así, al cabo de unos días, ya conocía a casi toda la adolescencia de las categorías socioeconómicas A y B, más algunos adultos A y B también, solteros de sexo masculino todos. Ésos eran los matadores de la plaza de armas de Piura y se otorgaban el privilegio de no dar vuelta tras vuelta ni de sentarse tampoco en una banquita adolescente. Mataban apoyados en las carrocerías de sus camionetas, todo un privadito, al que sólo tenían derecho de ingreso las muchachas de su escogencia. Sumaban en total unas doscientas personas en los momentos de máxima afluencia, pero todas sus facultades de mirón se las había otorgado Manongo desde el comienzo a una chica de pelo bastante corto y piel bastante blanca con pecas.

Pero una noche, a la hora de comer, Manongo no estaba y es que le había sucedido algo rarísimo. Le presentaron a la mujer más bella del mundo, entre los pesos de su edad y estatura, aunque con tacos chatos y cuando él empezaba a decirle que el gusto era íntegramente suyo, Elke Schneider le soltó que ella ya no tenía gusto ninguno porque era la cuarta vez que los presentaban. Creció y maduró bastante mientras pronunciaba las palabras que dejaron a Manongo con la mano estirada, y enseguida se largó con sus amigas a dar otra vuelta a la plaza. A la vuelta siguiente se cruzaron lógicamente o sea que Manongo venía con una mano estiradísima y con aquello de no hay quinto malo, Elke, pero Elke pasó ya casi tan todo como la robada de ensueño, obligándolo a silbar como silbaba el Muelón y a decirle a éste que, como no entendía absolutamente nada, prefería alejarse un momento de la plaza para meditar las razones de su quíntuple fracaso, sobre todo en vista de que su amigo y otros muchachos le aseguraban que sí, que en diferentes noches y situaciones varios de entre ellos le habían presentado a Elke sin saber que otro ya se la había presentado antes, en fin, múltiples presentaciones, resulta ser, y seguro que él ni cuenta se había dado de que era la mujer más bella del mundo ni de nada por andar preguntando por qué hay tanto apellido extranjero en Piura, primero, y después si cada uno de esos apellidos extranjeros había hecho su ingreso a la plaza de armas de gente decente gracias a un robo a la italiana, entre sus padres o abuelos.

No, se decía Manongo, meditando junto a la entrada del hotel de turistas. No, ésa no era la razón. Sabía perfectamente bien que él podía hacer mil preguntas y observar al mismo tiempo. O sea que lo importante era determinar qué había estado observando tanto cada noche en la plaza. Facilísimo: había estado observando a alguien que le hacía gracia. A una chica de pelo bastante blanco y piel bastante corta. Manongo no logró ni silbar como el Muelón que esa chica era tan graciosa que hasta lo hacía observar al revés. La chica graciosa no era ni de lejos la mujer más bella del mundo y ahora resultaba que además Elke crecía y se crecía en su belleza universal. En fin, todo aquello era digno de observación-comparación y Manongo cruzó la calle y se metió entre las vueltas hacia un lado y otro pero determinado a quedarse solo. Inmediatamente le sucedió algo graciosísimo y es que a la chica observada y comparada se le cayó la falda y nadie sino él se fijó. Vio exacto cómo nadie salvo sus amigas se daba cuenta absolutamente de nada. La rodearon hasta ocultarla, paradas todas ahí junto a una banca, y sólo volvieron a sentarse cuando terminó la operación falda.

Acto seguido apareció Manongo muerto de risa y, como ahí ya todas lo conocían menos la chica de la falda, le presentaron a Tere Atkins y Manongo le dijo que qué piernas tan divertidas tenía. Tere Atkins se puso coloradísima y nadie entendió nada cuando Manongo se trepó a la banca en el preciso instante en que pasaba la mujer más bella del mundo. "Ya pasó el susto", dijo después, por toda explicación, bajándose de la banca, y por supuesto que Tere Atkins creyó que se refería a lo de su falda y le rogó que, por favor, no se lo contara nunca a nadie.

—Por supuesto que no lo contaré, Tere —le dijo Manongo, agregando—: Pero si yo mismo no entiendo nada, ¿cómo crees que voy a contar algo?

Le entendieron menos que nunca pero Tere Atkins confió en él y hasta le explicó lo inexplicable de la caída de la falda y que iba a matar a la costurera y que ya sabía que dentro de tres días se volverían a ver en Colán: ella partía con su familia al día siguiente y la familia León siempre partía dos días después.

—Pero bueno, curioso, ¿no? —agregó Tere Atkins.

—¿Qué cosa? —le preguntó Manongo.

—Que no nos hayan presentado antes.

—Es que teníamos que conocernos gracias a algo gracioso —le dijo Manongo, como quien empieza a entender algo, por fin, y ya estaba a punto de soltarle que algo gracioso, además y todavía, pero sintió una pena atroz y sólo atinó a decir Tere.

—¿Qué? —le dijo ella.

Manongo salió disparado sin despedirse de las chicas. Se detuvo junto a la puerta del hotel de turistas y empezó a silbar como el Muelón. Elke Schneider dio tres vueltas más a la plaza y se despidió de sus amigas. Había llegado la hora de la comida y todos se estaban despidiendo y el Muelón ya lo estaba esperando junto a su camioneta. Pero Elke Schneider se había ido sola por una calle lateral y Manongo decidió cruzar la plaza en esa dirección y acelerar cada vez más el paso hasta situarse a unos diez metros de la mujer más bella del mundo. Al cabo de un rato Elke dio la vuelta y entró en una calle bastante oscura y semidesierta. Caminaba y caminaba y él siempre ahí atrás con los dedos cruzados en un esfuerzo brutal. Y una y otra vez se concentraba en las palabras *gracia* y *desaparecer*, pero Elke erre con erre se negaba a desaparecer y seguía camina y camina. Y se negaba a ser graciosa, y, peor todavía, se negaba a tener gracia alguna y seguía concentradísima en que era la mujer más bella del mundo. La ciudad de Piura se acabó y los dos seguían en su empeño feroz y eso habría podido continuar hasta que alguno de los dos muriera de sed e inanición, pero cuando ya ni siquiera se podían ver de lo oscuro que estaba todo por ahí, cuando a cada rato a él o a ella se les torcía un tobillo por las desigualdades del campo, a Tere Atkins y a Tere allá en Lima se les cayó la falda y se rieron tanto que a Manongo se le contagió esa risa casi infantil y ya Elke Schneider nunca más volvió a aparecer por la plaza de armas de Piura y nadie la recordaba en Colán ni nadie supo darle razón de ella a Manongo la azarosa noche de ron en que, por error del Borrachito Franco, vio tan doblemente bella la luna de Paita que hasta tuvo miedo de haber perdido su guerra personal con Elke Schneider.

Regresó agotado y a las mil y quinientas a la casa de los León y qué no le dijeron los señores y el Muelón porque hasta habían llamado a la comisaría. Manongo sólo logró explicar que estaba realmente agotado y que no, gracias, que prefería no comer nada esa noche. Pero después, cuando ya estaba en la cama, absolutamente convencido de que siempre sería muchísimo más bella una mujer que lo hiciera reír aunque después lo hiciera llorar, en fin, cuando ya sintió que se podía quedar dormido tranquilo acerca de ese aspecto de su vida, le vino el hambre atroz. Definitivamente, ésa era una noche linda e increíble porque al instante Eliseo le tocó la puerta del dormitorio y entró con un plato de cabrito y arroz bien caliente y una jarra de leche tibia, y todo a escondidas de la familia.

La alta noche era cosa de hombres y putas y los burdeles quedaban en la carretera de Catacaos. La bebida era el ron y Manongo había dicho no, que prefería quedarse en casa, pero una patota de amigos mayores que el Muelón los convenció de que era necesario cambiarle de agua a la batería antes de partir a Colán. Y por fin llegaron a uno de los muchos burdeles de esa carretera, un lugar sucio, amplio y demasiado iluminado, lleno de mesitas con manteles de hule y con sillas de madera y paja. Ahí se bailaba, se bebía, se conversaba, se discutía y se escuchaba música. Como siempre que lo habían arrastrado a un burdel, Manongo buscó instalarse junto a la rocola para que aquellas canciones certeras sobre todo por el tema traumático lo ayudaran a pasar esas horas ruidosas y soportar los rituales del machismo y la perversión. Odiaba todo aquello, o más bien odiaba el resultado de todo aquello, pero entre canción y canción algún partido le sacaba a la vida observando cómo atravesaba cada ser humano las sucias antesalas del infierno.

Y realmente le tocó una noche infernalmente antológica. Una puta acababa de cortarse las venas por el Manco Galindo y justo la estaban sacando todita ensangrentada y llorosa cuando él recién llegaba. Dos putas habían estado a punto de marcarse el rostro por un gordo grandazo y mulatón al que lo único que le salía de la bocaza era que algún día iba a ser ministro. Y hacia las cuatro de la madrugada cuatro putas aullaron de rabia y ferocidad embriagada mientras se agarraban a silletazos por los célebres mellizos Ochoa. Era inútil intentar oír siquiera las canciones porque los hombres gozaban con todo lo que estaba ocurriendo y sus festejantes carcajadas acallaban incluso los aullidos de las putas que peleaban y de aquéllas que intentaban separarlas. El mulatón gordo y grandazo que iba a ser ministro un día se le había acercado a Manongo y se le había presentado ofreciéndole un vaso de ron y comentándole:

—Serán jodidas estas putas de mierda.

—No dejan oír la música —le respondió Manongo.

—No te preocupes, limeñito: el día en que yo sea ministro, mejores putas veremos.

—Me imagino...

—¿Tú eres el que está con los León y se apellida Teresa?

—Y tú tamaña bocaza, gordo mulato...

El gordo estaba estrangulando a Manongo contra la rocola y el Muelón le había saltado por la espalda, cuando entre los gritos y carcajadas se escuchó la voz de Louis Armstrong con angina de don Nemesio Palma:

—¡Alto ahí, so cojudo! ¡En mi casa nadie toca al hijo de don Lorenzo Sterne!

El gordo grandazo obedeció mansamente y Manongo casi se muere de vergüenza al encontrarse frente al esposo de doña Carmelita. Don Nemesio Palma soltó la carcajada más ronca del mundo, una especie de carcajada dentro de un túnel que hasta eco tenía, y pidió que inmediatamente le trajeran a Manongo un vaso de ron con mucho hielo. Manongo trató de decirle que no, que prefería irse, pero don Nemesio se le acercó, lo abrazó y le señaló a la puta más guapa y menos vieja, regalo de la casa. El mulato gordo que quería ser ministro decidió irse y le dio la mano a don Nemesio. A Manongo sólo le dijo que él también iba a pasar unos días en Colán y que ya se verían allá.

—Termina tu ron y anda con la puta, Manongo —le dijo don Nemesio—. Ésta tiene un cuarto mejor que las otras y voy a ordenar que te lleven hielo y una botella de ron, regalo de la casa.

—Yo preferiría irme, señor Palma.

—Muchacho loco, carajo. Te dije que te portaras bien y que si te portabas mal me invitaras. Y ahora resulta que ni siquiera aceptas mi invitación. Anda nomás, y que la pases bien en Colán.

—Carajo, Manongo —le dijo el Muelón, en el camino de regreso—, la verdad, jamás entenderé cómo diablos te las arreglas para meterte en tamaños líos a cada rato.

—¿Quién es el gordo ese que quiere ser ministro?

—Uno que estudia Derecho en Lima. Se llama Norberto Rueda y es medio asqueroso, pero todos en su familia son o han sido diputados. No te preocupes por él, Manongo.

—No, claro que no. Mucho más me preocupa que el señor Palma me haya encontrado en un burdel.

–¡Ése! Pero si ése es el dueño de la mitad de los burdeles que hay en la carretera.

Tumbado en la playa de Colán, Manongo seguía compadeciendo a su padre, seguía dándole la razón en tantas cosas... Siempre hay algo que se pudre, según mi padre, se decía, y en efecto siempre hay algo que se pudre... Colán era una playa inmensa con algunas viejas casonas de las familias más tradicionales. Las casonas antiguas descansaban sobre altos pilares para que el mar pasara por debajo en las temporadas en que se ponía muy bravo o la marea era muy alta. Más retiradas se alineaban las casitas modernas de un solo piso como la de la familia León. Día y noche, las puertas jamás se cerraban y la gente iba de casa en casa porque ahí todo el mundo se conocía. La puesta del sol en esa playa gigantesca era una de las cosas más bellas del mundo y la gente como que nunca se acostumbraba a semejante espectáculo. Muchachas y muchachos, señoras y señores se tumbaban largo rato en la arena y hablaban en voz baja, como respetuosamente. Los abuelos y demás ancianos contemplaban mudos desde las perezosas instaladas para ellos en los balcones de las grandes casonas o en las terracitas delanteras de las casas más modernas. Manongo y el Muelón estaban tumbados en la arena y Tere Atkins se paseaba con un inmenso sombrero de paja y una túnica blanca. El mulatón Norberto Rueda parecía uno de esos políticos que no pueden dejar de hablar de lo suyo hasta cuando se pasean delante de una puesta de sol en Colán.

Pero la inmensa playa de Colán era peligrosísima por lo de las rayas y hasta tiburones, alguna vez, y había que bañarse en un espacio relativamente chico y cercado por una gruesa malla de alambre bastante oxidado. Los niños se bañaban en la orilla y los grandes se metían hasta la parte en que ya no había piso y se podía nadar un poco. Ahí se pasaba media vida metido el grupo del Muelón, conversando en el agua con las chicas, bromeando, nadando, matando entretenida y repetidamente el tiempo hasta la hora del almuerzo. Después venía la siesta, otro baño de mar, la puesta del sol en Colán, la noche, la comida, las fogatas para conversar de noche en la playa o las fiestas con ron y tocadiscos en alguna de las hermosas casonas. Tere Atkins y Manongo Sterne eran inseparablemente amigos y todo el mundo bromeaba con que eran enamorados y cuándo los veremos besándose, pero al final la gente se cansó de no verlos hacer nada más que conversar horas y horas, tarde, mañana y noche, y por ahí surgió el apodo de Los intelectuales. Cada media hora, más o menos, Manongo empezaba a escribirle una pormenorizada carta mental a Tere, allá en Lima, pero jamás pasaba del primer párrafo porque Tere Atkins retomaba la conversación que él estaba transcribiendo mentalmente justo cuando iba a terminar ese maldito primer párrafo. Tere Atkins tenía dieciocho años y Manongo tenía que confesar que acababa de cumplir recién los dieciséis. Y cada día se confesaba un poco más, mientras flotaba en el mar, apartándose un poco del grupo del Muelón y sus amigas.

A veces Tere Atkins estaba llorando pero se echaba un poco de agua de mar en la cara y Manongo no se daba cuenta de nada y seguía contándole y contándole y sólo se interrumpía para escribir una pormenorizada carta mental pero a su vez Tere Atkins lo interrumpía y le agarraba la mano para salir del mar e irse a pasear un rato por la playa. Ella nunca supo si lloraba por las cosas que Manongo le contaba o porque sabía, sí, lo sabía perfectamente bien, que no iba a volver a ver más en su vida a ese mocoso que le había hecho descubrir la gracia de sus pecas, lo de su piel bastante blanca y su pelo bastante corto y que por pasarse un verano divertido, gracioso e inolvidable, había logrado hasta que desapareciera para siempre la mujer más bella del mundo.

—No sé, Manongo —le dijo un día Tere Atkins, agarrándole bien fuerte la mano—. Contigo parece que hubiera llegado por primera vez algo mejor o peor que el amor a Piura. Francamente no sé, y sólo te podría decir que es bien divertido durante el día y que después, por la noche, te hace pensar tanto y tanto que cuesta mucho trabajo dormir.

Manongo siguió conversando como si nada y eso sí que Tere Atkins ya no se lo perdonó y se acercaba el carnaval. Sí, iba a poner íntegras las teorías de Manongo patas arriba. Le iba a pintarrajear sus ideales y sus sentimientos, iba a embetunarle sus conversaciones y a Tere allá en Lima. Lo iba a pintarrajear todo y ella como que se iba a quitar una máscara en vez de ponérsela. Después le dio pena haber pensado y sentido todo eso porque Manongo jamás le había contado a nadie ni se había burlado de ella ni de nada por lo de la falda en la plaza de armas. Y la víspera de carnaval, la noche de la fiesta en la casona de los Temple, Tere Atkins le dijo a Manongo que no quería ni conversar ni bailar ni tomar ron ni nada. Pero le trajo una botella de ron y un montón de hielo y juntos se fueron hasta la punta del muelle. La oscuridad era total y el agua sonaba mansamente.

—Mañana es carnaval, Manongo.

—Qué pesado, caray...

—¿Sabes que a veces eres bien aburrido?

—¿Por qué? ¿A ti te gusta el carnaval?

—Me provoca pintarrajearte íntegro.

—A mí lo que me provoca es besarte...

—A veces no sé si soy tu mejor amiga o tu experimento favorito.

—No te he contado tantas cosas para que te burles de mí.

—Tómate una copa de ron y haz como que te emborrachas, Manongo.

—¿Puedo besarte?

—No, Manongo, anda a besar Teres a Lima.

Carnaval era pintarrajear los chicos a las chicas y viceversa. Embetunarse, embarrarse, correr, caerse corriendo, caer uno encima del otro y a veces una encima del otro, eso era carnaval porque las muchachas de Piura eran tan ardientes que a veces eran ellas las que terminaban acorralando a un chico y embetunándolo hasta por debajo de la ropa de baño. Se almorzaba en la playa, como una tregua, porque todos estaban demasiado inmundos y las señoras no los dejaban entrar a las casas en ese estado, y porque el carnaval iba a seguir exactamente igual de inmundo por la tarde y nadie pensaba que valía la pena desembarrarse hasta por la noche para las fiestas de los disfraces, las serpentinas, los chisquetes, los bailes y las terribles borracheras finales de los muchachos.

A las seis de la tarde empezaba la puesta maravillosa del sol y Manongo seguía limpísimo. Tere Atkins, su única perseguidora, jamás había logrado capturarlo y Manongo había terminado metido solo en el mar a esa hora en que todos estaban hartos de todo. Hacía rato que estaba flotando allá en el fondo, junto a la gruesa malla de alambre oxidado y hacía rato también que había visto a Norberto Rueda zambullirse como quien entra a pegarse un remojón y después ya no lo había visto más. O sea que estaba solo, mirando siempre a Tere Atkins esperándolo ahí en la orilla para capturarlo. Tenía una lata de betún en la mano y realmente Manongo parecía no tener escapatoria. Pero algo inmenso le cayó por la espalda, lo estuvo ahogando un rato, lo dejó calato y salió nadando y corriendo hasta llegar a la playa y desaparecer con su ropa de baño. No le quedaba más remedio que salir desnudo y le enterneció profundamente que Tere Atkins decidiera no verlo salir así y hacer tremendo papelón delante de medio Colán. La muchacha, en efecto, como que se olvidó de él y empezó a alejarse en dirección a su casa. Manongo se quedó flotando un rato más. El sol andaba todavía bastante alto pero con paciencia podría permanecer en el agua hasta que empezara a oscurecer.

Por fin, la gente empezó a regresar a sus casas y poco a poco la playa se fue quedando vacía y ya tres cuartos y más del sol se habían hundido en el mar. Era un buen momento para empezar a salir y Manongo nadó hasta llegar a la parte en que ya había piso. Estaba mirando hacia la casa de los León, cuando oyó la voz de Tere Atkins.

—Estás realmente cómico, Manongo —le dijo. Traía una ropa de baño de hombre en la mano derecha y en la izquierda la eterna lata de betún.

—¿De dónde has salido tú?

—Igual que tú en la plaza de armas de Piura. Y también tú tienes las piernas muy graciosas.

—Okay, Tere —le dijo Manongo, agregando—: ¿Qué vas a hacer primero? ¿Embetunarme o darme la ropa de baño?

—Voy a hacer tres cosas —le dijo Tere Atkins.

Arrojó la ropa de baño a un lado, para que siguiera flotando un rato y empezó a embetunarle su nombre en el pecho, tierna y cuidadosamente. Después se besaron y miraron hacia la playa y se abrazaron al comprobar que apenas se divisaban las casas. Y lloraron y volvieron a hacer el amor al cabo de un rato por segunda vez. Empezaban a preguntar por ellos en casa de los Atkins y de los León mientras lentamente iban saliendo del mar. Manongo se había puesto la ropa de baño.

—Ya puedes decirle a tu Tere, allá en Lima, que eres capaz de hacer el amor hasta con una aparición. Y si eso de que estoy empapada como Sofía Loren es un problema, mañana lo hacemos a secas y verás qué bien sale.

—¿Vas a la fiesta esta noche?

—Si tú no vas, sí.

Manongo nunca más volvió a ver a Tere Atkins. Nunca más volvió a saber de ella tampoco. Aquella noche se quedó solo en casa de los León, fingiendo un fuerte dolor de cabeza. Y estaba tumbado en un diván, en la pequeña sala de la casa, escribiéndole por fin un millón de pormenorizados párrafos mentales a Tere, allá en Lima. El ruido manso del mar se dejaba escuchar por la puerta y las ventanas abiertas que daban a la playa y el muy loco pensaba contar de todo y contarlo todo en su carta. Finalmente, las semanas, los días, las horas y los momentos vividos en Piura eran importantísimos y allá en Lima Tere comprendería que de ahí en adelante las cosas iban a ser mucho más fáciles para los dos. Sí, Tere tenía que comprender eso. Tenía que comprender hasta lo de Tere Atkins porque ella nunca se había reído de sus problemas y porque gracias a ella habían desaparecido las mujeres más bellas del mundo y las mujeres calatas y las empapadas y las que tenían culos y tetas y muslos y pantorrillas, sí, eso exactamente, pero además y todavía esa chica mayor y piurana le había enseñado para toda la vida que, siempre y cuando sean graciosos y divertidos, siempre y cuando te hagan reír aunque después te hagan llorar, los ángeles son de sexo femenino.

Había escrito tanto y tanto Manongo que, de pronto al escuchar un ruido como de pasos ahí a su lado, se descubrió escribiéndole una pormenorizada y larguísima carta mental a Tere Atkins desde Lima. Era una carta llena de amor, de amistad y llena sobre todo de ternura y de anécdotas divertidas sobre el colegio San Pablo y sus amigos. Lo malo, claro, es que cada vez que la carta se ponía divertida, francamente graciosa, Tere Atkins hacía llorar a Manongo. Y entonces éste se escapaba de los caminos de la amistad que, según él y su carta interminable, era hasta superior al amor porque en la amistad, Tere Atkins, hay obligaciones pero no hay derechos, y en el amor, en cambio...

No logró saber muy bien qué había en el amor que no hubiera en la amistad y viceversa, porque el ruido como de pasos, ahí a su lado, apestaba tremendamente a ron. Era un tipo totalmente desconocido, sonriente y tambaleante y Manongo lo observaba desde el diván. El tipo se presentó como el Borrachito Franco y tardó tres tentativas de carcajada, dos digresiones, varios hipos y sus consecutivos silencios en explicarle que simple y llanamente se había equivocado de casa, de puerta, de sala, de diván, de amigo y de todo. Después arrancó a hablar un rato largo sobre la luna de Paita y Manongo comprendió por fin que el Borrachito aún tenía intenciones de irse en su camioneta hasta Paita y que lo estaba invitando.

Tere Atkins debía estar bailando en la casona de los Temple y Manongo se dijo por qué no, iré a Paita con el Borrachito, aunque claro, antes había que brindar y para eso el Borrachito Franco tenía que encontrar su camioneta. Dudó varias veces de dirección y se confundió también varias veces de camioneta pero, cuando por fin encontró la suya, Manongo descubrió un balde con hielo bastante derretido y tres botellas de ron sobre el asiento. Colocó el balde en el suelo, se instaló y soportó varias miradas sonrientes y desconcertadas del Borrachito. Abría y cerraba los ojos, lo volvía a mirar, le preguntaba qué hacía en su camioneta, por fin como que lo reconocía y le proponía un brindis a pico de botella. Una hora más tarde arrancó el motor, avanzó hasta la carretera y, siempre con la botella en la mano, manejó de memoria hasta Paita. Iba despacio, felizmente, como quien sólo ha salido a pasear un rato, pero el camino se lo conocía de paporreta y muy probablemente lo había recorrido más veces borracho que sobrio.

Manongo brindó por Tere Atkins durante todo el trayecto y descubrió que el Borrachito era la persona ideal para contarle lo que le había pasado en Piura y muy particularmente en Colán. Escuchaba a Manongo con santa paciencia, sin curiosidad por averiguar el nombre de nadie ni nada y sus únicas interrupciones consistían en brindar una vez más por lo que sea y en olvidarse por completo de la carretera para voltear a mirarlo entre sonriente y sorprendido de tenerlo ahí. Excitado, bebiendo cada vez más, Manongo le preguntaba a cada rato si realmente lo estaba escuchando, si entendía algo de todo lo que le estaba contando, si le importaba o no, carajo. Pero el Borrachito Franco siguió exacto y Manongo sólo se dio cuenta de que sí, de que lo había escuchado, entendido, comprendido y sabe Dios cuántas cosas más, cuando al entrar al puerto el Borrachito le dijo:

—Aquí con la luna ya completas tu experiencia. Yo creo que es lo que le estaba faltando a usted, maestro.

Casi se caen los dos, al bajarse por su respectiva puerta, y después Manongo se limitó a seguir a su desconocido amigo hasta que entraron y se sentaron en un bar del puerto de Paita en que la luna estaba ahí.

—Guá —dijo el Borrachito—, me dirás a mí que ya la viste antes en otro sitio del mundo. Pues yo te digo que no, mi hermano.

Manongo le dijo que estaba totalmente de acuerdo, y este diálogo, repetido al infinito, fue todo lo que necesitaron decirse los dos borrachos aquella noche. Otra cosa, eso sí, era el diálogo que Manongo mantenía con la luna o a lo mejor ni siquiera con la famosa luna sino consigo mismo. Y es que, reconociéndolo todo y estando totalmente de acuerdo con su amigo y con el mundo entero, la luna esa no le caía simpática. Muchas copas después, la luna no tenía gracia alguna, no lo divertía. Más tarde era una luna demasiado segura de sí misma y que jamás en su vida había estado un solo instante ausente de su belleza. La luna ya se empezaba a ir cuando Manongo le dijo que era la cuarta vez que los presentaban y que esperara un rato y ya vería, un par de vasos más de ron y te vuelvo a perseguir hasta que desaparezcas de nuevo, Elke Schneider. Se fue de bruces al suelo al tratar de aferrarse a Tere Atkins tras su pírrica victoria con dos vasos más de ron.

A Colán regresaron de memoria. Manongo hablaba y hablaba durante todo el camino y el Borrachito como que tomó conciencia de que también él había bebido demasiado hasta para un día de carnaval. Pero aun así, se repitió mil veces que él era un caballero a carta cabal y cumplió el dificilísimo deber de ayudar a Manongo a encontrar la casa de los León. La familia en pleno lo esperaba con el alma en vilo y el señor León, que acababa de venir de Piura por el fin de semana, casi mata al nuevo compadre de Manongo, por más que éste le explicara que se había equivocado de casa, de puerta, de sala, de diván y de amigo y que bueno, que sí, aceptaba que él podía doblarle la edad a Manongo pero que también era verdad que no había estado tan borracho cuando partieron y que en Paita sólo Manongo se había emborrachado de verdad, que él más bien le había estado mostrando la luna y lo había estado cuidando, vigilando. Después, sí, eso lo reconozco, señor León, debió agarrarme un aire en el camino, un aire que me emborrachó hasta el punto de decidirme a traer a Manongo.

—Fue el aire, señor León, con su perdón, señora. Porque a la ida yo estaba muy bien y escuchaba a Manongo y le entendía todo sobre una tal Tere, aquí en Colán. Pero al regreso como que empecé a oír doble la misma historia de la misma Tere y sí, fue el aire que me agarró y había una Tere en Lima y otra aquí y eso sí que ya no sólo es ver sino oír doble y entonces decidí traerle a Manongo y ya me voy a acostar, perdonen ustedes, señores.

El Muelón, que también andaba medio mamado aquella noche, soltó la carcajada, mientras el Borrachito Franco se alejaba dificultosamente por la arena. Acostaron a Manongo y se fueron a acostar todos. La carta que el señor León le había traído de Piura se la daría mañana, cuando se despierte y se despeje un poco, si es que logra despertarse a alguna hora mañana. A escondidas de la familia, Eliseo se introdujo en el dormitorio de Manongo y dejó un vaso y una gran jarra de agua sobre la mesa de noche.

Alguien había metido la carta de Tere por debajo de la puerta y Manongo vio el sobre no bien abrió un ojo. Tenía náuseas, un fuerte dolor de cabeza, muchísima sed y le parecía que aquel ron deleznable se le estaba saliendo hasta por los ojos. Tomó largos vasos de agua de los que Eliseo le había dejado sobre la mesa de noche y se incorporó para recoger la carta. Lo conmovió ver la letra de Tere en el sobre y se aferró a la ilusión de que aquella carta, al cabo de largas semanas de silencio, era una alegre respuesta a todas las que telepática y pormenorizadamente había logrado escribirle por fin anoche. Nunca se equivocó tanto en su vida.

Lima, 1 de marzo de 1956

Señor Manongo Sterne
c/ León
Loreto 337
Piura

Querido Manongo,
    no tengo casi nada que contarte porque ya no voy al Country Club

sino al Regatas y hay veces que me quedo casi todo el día. Es divertido porque somos un montón de chicas y chicos.

Hoy no fui. Vinieron tres muchachos a buscarme en moto y uno de ellos, simpatiquísimo y con unas cejas regias, me llevó atrás en su Vespa y nos fuimos a dar vueltas y vueltas. Quería enseñarme a manejar pero no entendí nada. Dice que lo tengo que llamar por teléfono cada vez que quiera que me lleve.

He conocido un montón de muchachos y casi siempre los invito a casa. Hoy vinieron unos doce. Después nos amontonamos todos en una camioneta y nos fuimos a comer butifarras a la bodeguita junto al Country. Yo no sé qué les habrá picado ahora a los chicos porque todos me saludan y me dicen que antes me tenían miedo. El único problema es mi nariz que sigue roja, pero la verdad es que ya ni me preocupo. Es inútil porque siempre va a seguir igual.

Acá por mi casa, bien (supongo, porque casi nunca los veo, porque entro y salgo).

Tengo que irme a arreglar para un grupito que hay esta noche. Se despide,

Teresa

Manongo releyó la carta un par de veces y la dejó sobre la mesa de noche. Fue al baño y, mientras se duchaba, oyó que la señora León lo estaba llamando para almorzar. El carnaval como que había quedado momentáneamente interrumpido en casa de la familia y ni el Muelón había salido un rato a bañarse en el mar. Cuando entró al comedor, Manongo tuvo la impresión de estar llegando al final de una calle sin salida y que todos ahí, alrededor de la mesa, estaban leyendo en sus ojos el contenido de la carta. Había recibido tanto cariño de esa familia pero resulta que ahora ya de nada le servía y lo mejor era contar una mentira que nadie le iba a creer, algo así como que su padre le había escrito y le pedía que regresara a Lima. Eliseo le puso un plato de huevos fritos con arroz y un enorme vaso de chicha de jora. La señora León le dijo que se lo comiera rápido, ahora que está caliente, y que también ese vaso de chicha no fermentada le iba a sentar muy bien. El señor León agregó la palabra *reconstituyente* y le dijo que mañana lunes irían juntos a Piura para que comprara su billete de regreso. La señora dijo que ella los acompañaría y el Muelón agregó que él también.

En fin, que cada uno agregaba una frase y decía algo, pero que ahí nadie contaba nada.

Piura vista por última vez a vuelo de pájaro. Los besos de la señora León que regresaba de jugar canasta y el momento en que el señor le entregó las llaves de la camioneta al Muelón para que acompañara a su amigo al terminal terrestre. La calle Loreto, la avenida Grau, la plaza de armas y la noche iluminada. El terminal terrestre quedaba por la zona oscura del mercado y Manongo tuvo la extraña sensación de no haber estado nunca en Piura, de que jamás había salido de Lima ese verano. Se rascó la cabeza y volteó a mirar por la ventana de atrás para que Eliseo le devolviera una sonrisa por última vez desde ahí. Claro que se iban a ver muy pronto y el ómnibus de la empresa Ormeño partió puntualmente. Se iban a ver muy pronto, claro, y al ratito los faros altos del ómnibus ya estaban en la Panamericana norte porque claro que se iban a ver muy pronto. Manongo enterró la cabeza entre sus manos pero lo único que logró fue una total intimidad, un contacto total con su desesperación. Apretó muy duro ahí, cabeza y manos, y sintió que la mitad exacta del viaje iba a ser aquel desconocido instante en que, para siempre, Tere Atkins se borraba en un apretón y surgía para siempre Tere Mancini. Pero apretó muchísimo más y descubrió indefenso que en un viaje interminable nunca se pasa por la mitad del camino.

Retiró entonces las manos de su cabeza y las observó detenidamente y de qué le servían. Probó rascarse la cabeza para haberlo probado todo en un viaje interminable y volteó a mirar por la ventana de atrás para que Adán Quispe le devolviera una sonrisa por primera vez desde Lima. No vio a Eliseo ni vio tampoco a Adán pero lógico, era lógico, claro que era lógico porque el pasajero del asiento de atrás dormía y había corrido su cortinita negra y entonces Manongo sonrió al pensar en la suerte que tenía en su profesión de mago, de prestidigitador, en fin de lo que fuera eso de cerrar y abrir una cortina y que todo continuara siendo exacto, negro y exacto y desierto ahí afuera. El público lo habría matado por embustero, por charlatán, por prometerle Tere Mancini y no sacarle ni Tere Atkins, por prometerle Lima y no mostrarle ni Piura, por prometerle Adán Quispe y no tener ni Eliseo ni mitad de camino ni nada.

ADÁN QUISPE ANDABA MÁS
DESBORDADO QUE NADIE

–Óscar –le dijo Manongo a su boxer, pero Óscar lo miró como quien prefiere evitar toda intimidad. Manongo había dejado su maletón en el suelo y pensó que la mejor manera de haber llegado por fin a su casa era quedarse un rato ahí en el hall de entrada con el perro. Probó ponerse en cuatro patas, pero a Óscar no le hizo la menor gracia. Mejor sentado, pues. Pero nuevamente le falló la intimidad en la mirada de Óscar y tampoco le funcionó el asunto cuando se quitó los anteojos negros y le enseñó las lágrimas de haber regresado. Entonces sí que Manongo no entendió absolutamente nada, porque además Óscar se sintió incomodísimo, realmente desbordado por la situación, y hasta cambió de postura como quien se incorpora muy nervioso para volverse a sentar y acomodarse mejor pero tampoco.

–Óscar –repitió Manongo, acariciándole la cabeza, y Óscar lo miró con profundo respeto y amor pero muy brevemente, apenas un instante y como quien sólo intenta dejar constancia de algo y prefiere pasar a otra cosa. Manongo probó entonces contarle cosas divertidas de su viaje pero no le salió nada y el perro lo miró como si así fuera mejor, francamente. Y ahí se quedó el maletón cuando ambos se incorporaron para dirigirse al comedor. Faltaban las hermanas de Manongo, que aún dormían, y el mayordomo, que estaba sirviéndoles el desayuno a don Lorenzo y doña Cristina, se pegó el susto del siglo al verlo entrar. Manongo no lo saludó porque era el mismo mayordomo que le había abierto la puerta y porque el comedor estaba de otro color y ni su padre ni su madre se ponían de acuerdo en lo del saludo. Como Óscar, ahí a su lado, parecían estar francamente desbordados con su regreso de Piura aunque era más que obvio que querían pararse y darle besos y abrazos.

–Vengo sin los anteojos negros –les dijo Manongo, poniéndoselos con las justas.

–Siéntate a desayunar, muchacho –le dijo su padre.

Manongo se sentó y don Lorenzo le preguntó si no iba a saludar a su madre. Sí, claro, claro que iba a saludar a su madre. Manongo se incorporó y doña Cristina le preguntó si no iba a saludar a su padre primero.

–Tus hermanas duermen. Realmente no veo las horas de que se acabe esta vagancia veraniega.

Por decir todo eso, don Lorenzo sólo logró dejar un beso completamente descolgado en la frente inclinada de Manongo. Y su abrazo de bienvenida fue otro desastre porque se le desbordó hasta instalarse tembleque y feroz en la nuca de su hijo.

–Ven para que te salude yo, Manongo –dijo doña Cristina, en un desesperado afán por ayudar a su esposo.

–Tus hermanas duermen. Realmente no veo las horas de que se acabe esta vagancia veraniega.

Don Lorenzo repitió todo eso mientras se liberaba de tan atroz situación, por fin. A Manongo le tocaba ahora llegar hasta donde su madre, al otro extremo de la mesa, pero antes volvió a mirar a su padre, en señal de agradecimiento y adoración. Fue otro fracaso más porque don Lorenzo ya andaba concentradísimo en untarle toda la mantequilla del mundo y su colesterol a una tostada. Doña Cristina sonrió, felizmente, y hacia ella iba ahora Manongo, con la seguridad de que lo peor había pasado. Definitivamente, habían pintado bastante más oscuro las paredes del comedor, pero Manongo no comentó ni preguntó nada porque su madre lo estaba esperando con los brazos en alto y demasiado abiertos.

–Hijo, amor, Manongo…

Acertó en las palabras, doña Cristina, pero se le desbordaron ligeramente los besos y el abrazo. Manongo volvió a sentarse y esperó que el mayordomo le trajera un jugo de naranja, café con leche y algunas tostadas. Miró a Óscar, sentado ahí a su lado, sobre una alfombra nueva, también más oscura, y sintió de golpe, ferozmente, que aún no había regresado a su casa y que por eso era lógico que nadie le preguntara por su viaje a Piura ni si estaba cansado ni nada. También por eso dormían sus hermanas y también por eso estaban las paredes y la alfombra más oscuras. Fue asociando una cosa con otra hasta quedar completamente convencido de que, por más que preguntara y le contestaran, nunca sabría si habían

pintado las paredes o no, si la alfombra era nueva y si sus hermanas dormían o se hacían las dormidas. Como todos ahí, como hasta
las paredes y la alfombra en ese comedor, sus hermanas estaban
desbordadas. Manongo supo hasta qué punto aún no había regresado de ninguna parte y dijo:

—Esta tarde iré a ver a Tere.

—Yo creí que ibas a llamarla antes —se le escapó a doña Cristina.

—¡Maldita mantequilla! —comentó, exasperado, don Lorenzo.

El desayuno duró una eternidad. Después, en su dormitorio,
Manongo se tumbó un rato sobre la cama y no puso música porque aún no había llegado. Ver su maletón, ahí, a la entrada del
cuarto, le resultaba bastante absurdo y Óscar no había querido
acompañarlo. Recordó a la paloma cuculí, hacía siglos, pero ya era
muy tarde para su canto desgarrador y además él no había llegado,
él estaba en el camino y recién esa tarde iba a llegar donde Tere y
a su casa, con suerte. Cerró los ojos para ver a Tere sonriéndole,
esperándolo sonriente, pero pensó en el contenido de su carta y en
el miedo de sus padres. Y sus hermanas fingían despertarse ahora
y bajaban corriendo a tomar el desayuno. Manongo las escuchaba
atentamente y se decía que sí, que las pobres sabían y habían contado todo lo de Tere y que por eso nadie ni nada en esa casa soportaba verlo llegar de ninguna parte.

Porque lo de Tere era una verdadera insubordinación y nadie
en Lima andaba más desbordado que Adán Quispe. Manongo se
había largado a Piura sin avisarle, sin contarle por qué ni hasta
cuándo se iba y Tere, por su parte, sólo había logrado confundirlo
del todo con las incoherentes explicaciones que le dio sobre la
ausencia de su amigo sagrado. Según ella, Manongo se había ido
para siempre, aunque iba a volver también para siempre, porque
ellos dos habían terminado para siempre, aunque también como
siempre que terminaban. En fin, Tere le había explicado a Adán
que el asunto era muy serio, muy grave, radical, Adán, tan pero
tan radical que ya ella le había puesto los cuernos soñando a Manongo.

—No puede ser, Tere.

—Pero ha sido así, sí, ha sido, Adán…

La pobre Tere se había quedado realmente preocupada con el
asunto aquel de los cuernos puestos soñando y con la forma in-

mensa en que al mismo tiempo quería a Manongo. Al principio
lograba tranquilizarse un poco pensando que, al fin y al cabo,
aquel muchacho de ensueño, en fin, que el muchacho de su sueño
no podía ser pecado, que no podía ser tampoco algo infame ni
mucho menos podía significar que ella hubiera pasado, bailando
en una playa, sobre el cadáver empapado y doloroso del amor de
su vida. No, ella y el muchacho de ensueño de su sueño no podían
haber pasado sobre el cadáver empapado de Manongo, por la simple y sencilla razón de que Manongo y ella habían terminado para
siempre, al menos hasta que él regresara de Piura. Pero era horrible, claro, que ella se hubiera puesto una ropa de baño para soñar
que estaba en una playa y no en la piscina del Country Club. Y
hasta podía ser un superpecado que justo entonces se le hubiera
acercado un muchacho de ensueño y también en ropa de baño y la
hubiera sacado a bailar. Y era definitivamente infame que, estando
sabe Dios por qué Manongo ahí, empapado y sudoroso al borde
del mar, ella hubiera aceptado, encantada de la vida, bailar con un
desconocido.

Una y otra vez volvía Tere hasta el origen de su sueño y, por
más que llegaba a la conclusión de que ella no era culpable de
nada, sentía que le quedaba una mezcla como de gustito y complicidad con el demonio, un cierto escozor en la entrepierna y la
extrañísima sensación de que también se estaba sonriendo con la
entrepierna. La verdad, su sueño era tan rico como el muchacho
de ensueño que la había sacado a bailar en una playa y el único
imbécil que al final venía a arruinarlo todo era Manongo, tirado
ahí en la orilla, empapado y retorciéndose de dolor y de horror. "A
ver, se decía Tere, a ver, a ver", y volvía al origen mismo de su
sueño. Bueno, para empezar, Manongo se había largado a Piura y
allá seguro, segurito se iba a templar de una chica más de ensueño
todavía. Tere lloraba y se desesperaba imaginándose a Manongo
en Colán mientras que ella, a pesar de haber roto con él para siempre aunque también como siempre, ni siquiera se atrevía a ir al
Country Club porque tenía un miedo atroz de hacer algo que a
Manongo pudiera no gustarle.

Sí, ése había sido el origen de su sueño pero también, claro, algo
había puesto ella de su parte desde el momento mismo en que
se dio cuenta de la cantidad de cosas que no hacía por miedo a la

reacción de Manongo. La ropa de baño, por ejemplo. Ella se había comprado esa ropa de baño tan bonita y tan atrevida y ahora resulta que no se iba a atrever a usarla por culpa de Manongo, por el miedo que le daba la reacción de Manongo. Pero Manongo estaba en Piura y ella aquí en Lima, encerrada en su dormitorio y disponiéndose a acostarse y a pasar otra noche extrañándolo a muerte. ¿Y si se ponía la ropa de baño y se tumbaba en la cama y se concentraba en Manongo hasta verlo con los ojos cerrados? ¿Y si se reía de él un ratito aprovechando que, aunque sea como siempre, habían roto para siempre? ¿Y si se vengaba de él un ratito por lo de las chicas de Colán, por lo de *una* chica de Colán? ¿Y si le perdía el miedo a Manongo un ratito, *además y todavía*?

"Claro, claro", se decía Tere, eso había sido lo peor del sueño. Y se aterraba cuando sentía que eso había sido también lo mejor del sueño. Y eso, ¿en qué había consistido eso? Pues fue que, no bien se puso la ropa de baño atrevida, ella se sintió más atrevida todavía y se echó encantada en la cama y apagó la luz para que le fuera más fácil sentirse tan tan atrevida que ya ni miedo sintió de Manongo y en cambio qué paz, qué relajada, qué sonriente y qué bien se sentía. Y fue entonces cuando se quedó dormida en una playa de Lima, ni siquiera de Piura, y fue entonces también cuando soñó que hasta había tenido la osadía de despertarse en una playa de Lima, ni siquiera de Piura, y que no sentía el menor miedo de estar ahí. Ni le dio miedo alguno tampoco cuando pasaron por la orilla varios muchachos y la vio el más rico de todos y se le acercó y todo. Después el muchacho la sacó a bailar y ella, atrevidísima, hasta oyó a Nat King Cole cantando *Pretend*, primero, y después a Lucho Gatica cantando *Contigo en la distancia*, que fue cuando sintió que el cuerpo del muchacho de ensueño lo tenía muy lejos del suyo y acortó distancias para bailar más rico todavía sin pensar ni un solo instante en lo lejos que estaba Manongo ni en que había llegado al colmo del atrevimiento ni nada.

Pero en ese instante se le aguó la fiesta a la pobre Tere. Aunque claro, sólo se le aguó soñando. Estaba bailando tan pero tan rico cuando el otro apareció tirado ahí en la orilla, empapado y retorciéndose de dolor y de horror. El otro era Manongo, por supuesto, pero sólo en el sueño y sólo en el sueño también vino a aguarle la fiesta y a hacer que el muchacho que tenía entre sus brazos se convirtiera en un inmenso par de cuernos con los que realmente no sabía muy qué hacer hasta que, por fin, aterrada, juácate, se los colocó en la cabeza a Manongo y despertó pensando que Pedro Calderón de la Barca había escrito una obra titulada *La vida es sueño* y justo ese día la llamó una amiga del colegio para invitarla a bañarse al Club Regatas.

Adán Quispe se quedó curcuncho cuando Tere le contó íntegro su sueño. Tras averiguar que Pedro Calderón de la Barca era un dramaturgo español fallecido hace mil años y que por lo tanto no era necesario sacarle la noña, lo que más le preocupaba era no haber aparecido jamás en el sueño para defender a Manongo. Adán se consolaba pensando que seguro Tere se había despertado antes de tiempo, que unos segundos más y él habría aparecido en la playa de ese sueño para aplicarle sus más certeros y mortales golpes de karate al rival de su amigo. Ella lo escuchaba conmovida por tanta fidelidad y no se cansaba de repetirle lo mal que la había pasado desde el momento en que vio a Manongo tirado ahí sobre la arena, retorciéndose de dolor. Y ahí, claro, arrancaba el pleito del siglo porque Adán simple y llanamente no podía aceptar que ella hubiera esperado tanto para empezar a pasarla mal, aunque fuera en sueños. No, ni hablar: ella tenía que haberla pasado pésimo desde el instante mismo en que empezó a soñar o antes, todavía. Sí, claro, Tere estaba totalmente de acuerdo, pero ella detestaba mentir y, por más que adoraba a Manongo y jamás en la vida haría algo semejante, en el sueño la verdad era que había estado feliz hasta que divisó a Manongo tirado en la orilla.

—Y mira, Adán, para serte más sincera todavía: yo empecé a sentirme muy bien desde que apagué la luz y me imaginé a fondo que ya no le tenía miedo a Manongo. Y ésa es la clave, Adán. Manongo, no sé, Manongo...

—Manongo ¿qué, Tere?

—Manongo me da miedo y yo necesito sentir que lo quiero pero sin tenerle miedo. ¿Por qué con todo el mundo Manongo es graciosísimo y hasta tiene fama por lo alegre que es? ¿Por qué en cambio conmigo es tan serio, tan grave, tan intolerante?

—Porque a ti te quiere de verdad, Tere.

—Y yo también lo adoro pero quiero que sea alegremente, sin miedo, sin...

Tere se lanzó al verano de Lima y a querer a Manongo alegremente, sin miedo, sin... Sin que Adán Quispe la estuviera vigilando todo el tiempo, claro. Eso en verano era fácil porque ella estaba libre el día entero y en cambio él no regresaba al barrio hasta el anochecer. Se pasaba el día encerando casas o metido en la academia de karate. Adán Quispe había cumplido ya los veintiún años y pronto iba a sacar su cinturón negro. Después, los Estados Unidos, *the Yu Es Ei, yes, sir*. Hacía años que ahorraba hasta el último centavo para emprender ese viaje y a Tere la conmovía lo distintos que eran su sueño y el de Adán. Bueno, pero no por eso iba a dejar que él le arruinara el verano con su vigilancia y qué mejor táctica para ello que esperarlo cada anochecer rodeada de chicos y chicas. Adán no les iba a pegar a todos juntos. Así fue y, tarde tras tarde, el pobre apenas si se atrevía a saludar a toda esa patota que acompañaba a Tere. Los chicos y chicas ni se fijaban en él y ella misma lograba a veces hacerse la desentendida.

Pero Adán bien que se daba cuenta de las cosas y realmente andaba más desbordado que nadie la mañana en que se dirigía a encerarle la casa a un diplomático norteamericano y se encontró a Tere, paradita y bien muñequeada la pobre, aunque haciéndose la detallosa, eso sí, en la esquina de su corralón. Tere llevaba semanas sin noticias de Manongo y Adán tal vez sabía algo de él. Pero no, Adán lo único que sabía era que Tere no paraba de salir con chicos y chicas y que eso a él le sonaba a burla.

–¡Burla! –reaccionó Tere, furiosa–. ¡Qué burla ni ocho cuartos! ¡La que se va a burlar bien rico de Manongo soy yo si sigue sin regresar ni escribir!

–Tere, por favor. Tú crees que no me fijo en nada, ¿no? ¿Tú crees que con reunir a varios chicos y chicas en tu casa me vas a despistar a mí?

–Mira, hijito, yo te despisto a ti cuando quiera...

–¿Tú? Tú ni siquiera sabes cuándo va a regresar Manongo.

–Claro que sé...

–¿Cuándo, Tere? ¿Cuando le den naranjas sin pepas Huando?

–Manongo regresará no bien reciba la carta que le voy a escribir ahorititita mismo.

Tere salió disparada en dirección a su casa. Se largó sin despedirse ni nada, furibunda y hasta con el potito bien respingado de pica, de rabia y pena. Y ricotoncísima, que era lo peor de todo, a decir de Adán Quispe, aunque la verdad es que el pobre no dijo esta boca es mía por andar buscando *in english* palabras frutales como pepa de mango, de mamey, naranjas sin pepas Huando, potito respingado, potito furibundo y veloz... Tere había desaparecido y Adán Quispe se había quedado literalmente curcuncho en inglés.

Tere saltó de la cama, descorrió la cortina, abrió la ventana de su dormitorio que daba sobre el campo de polo, y supo que Manongo había regresado de Piura más trascendental que nunca. Y eso que no había cantado paloma cuculí alguna... ¿O era porque si cantó ella ni cuenta se dio y en todo caso qué importa?... ¿No sería esto lo peor de todo o, tal vez, lo mejor?... Tere tenía que decidir si era lo peor o lo mejor de todo el asunto ese tan importante de la paloma cuculí no escuchada y ahí seguía, mirando por la ventana y como quien espera que se le meta un presentimiento entre ceja y ceja o algo así. Porque la verdad, si lo peor de todo era que la horrorosa palomita esa cantó y ella qué diablos, ni la escuchó porque no le importaba un comino, entonces, púchica diegos, eso sí que podía ser lo mejor de todo.

¿O no? La clave del asunto estaba en que había un lo mejor de todo para Tere y otro para Manongo, ambos con su viceversa, por supuesto, y Tere estaba sintiéndose de lo más ventanera, bien asomadita y con el saco de la piyama bastante abierto y como sonriente porque todo dependía, claro, del Manongo con que se mire y lo que sí, qué malo era el azar y cuánto influye en una porque, la verdad, quién diablos le manda a Adán Quispe pasar por ahí abajo ahora que yo ando en plan de presentimientos. Tere contempló detenidamente lo feo que era Adán Quispe pasando por debajo de su ventana, retaco, cantinflitas, impresentable, parchado, barbilampiño, chueco, pelo selvático, de chuncho, sí, chusquísimo, cholo con fondo de campo de polo y mirándola de reojo, qué tal raza, ¿tenerle yo miedo a *eso*?

El azar era tremenda cosa, para qué, porque qué culpa tenía Adán Quispe de pasar como cada mañana rumbo a las mil casas donde enceraba pisos pero también justo en el momento en que Tere estaba decidiendo según el Manongo con que se mire, para presentir con claridad y un poquito de venganza. Y lo peor fue que el karateca se le achunchó íntegro y casi se va de reojo al acequión del polo cuando ella, bien mala pero bien hecho, también, se abrió de par en par el saco de la piyama y toma pa' que aprendas a mirar de reojo y ¿tenerle yo miedo a *eso*? Locos equilibrios hizo el pobre karateca para no matarse mientras Tere, ya perversa, se dirigía al espejo grande de su dormitorio para contemplar tranquilita y de lo más satisfecha los frutos del azar, sus causas y efectos, tremenda cosa la que se le había cruzado a Adán Quispe en su camino.

Pero también a Manongo se le había cruzado algo en su camino y, aunque era particularmente intuitivo, muy lejos estaba aún de imaginar que esa mañana Tere se había asomado a la ventana de su dormitorio y había asociado en el acto y en plan de presentimiento la mañana fea y nublada de marzo, la más fea que recordaba de aquel verano, con el regreso de Manongo más trascendental que nunca y qué pesado. Después a Tere se le había ocurrido la idea terrible de faltarle el respeto a su amigo Adán Quispe por andar mirándola de reojo y por ser tan retaco y tan feo y, por último, en vista de los excelentes resultados obtenidos, se le había ocurrido faltarle el respeto a Manongo. Y la muy bárbara se había calateado íntegra delante del espejo grande de su dormitorio.

–A ver, Trascendencia –le dijo–, ¿tú qué opinas?

–¡Vístete inmediatamente! –le chilló Trascendencia, arreándole tamaño cachetadón, que Tere se zampó a sí misma para devolverlo ipso facto con verdadera rabia.

Después se sentó en su cama, esperando a ver qué hacía el azar. Tremenda cosa, porque lo que sintió fue que la cachetada que le había pegado a Manongo poco o nada tenía que ver con lo pesada que podía resultar su idea de la trascendencia, y en cambio sí tenía que ver y mucho, todo, en realidad, con algo que ella sabía de paporreta: que Manongo cualquier cosa menos un cachetadón a otra chica calatita, todo lo contrario, y todo lo contrario podía ser perfectamente bien lo que Manongo había hecho en Piura. Tere regresó al espejo grande, se miró, y le sonrió.

–Eres una mala persona, espejo –le dijo–, muy mala. Si quisieras ser bueno conmigo me cambiarías por otra chica que también fuera yo y que también quisiera a Manongo tanto como yo.

–¡Tere! –la llamaban desde los bajos de la casa–. Son los mismos chicos de ayer. Preguntan si vas a ir al Regatas. ¿Qué les digo? ¿Quieres que te recojan?

—¡Que me recojan, sí! —respondió Tere.

Y al espejo le explicó que eso era el azar y que ella había estado pasando el verano alegremente y sin miedo a Manongo y que también, por un instante, esta mañana, había querido pasar un verano y a lo mejor toda una vida sin Manongo. Pero no podía, no, no podía. Pero también era bien fregado, sí, bien fregado y aburrido que Manongo regresara todo trascendentalote en pleno verano alegre y sin miedo a nadie...

Pero mira, fíjate, espejo, me he atrevido a decir que era bien aburrido, que algo referente a Manongo es bien pesado y superaburrido. Mira, fíjate, se lo voy a dejar todo al azar. Mira, a ver si el azar se digna hacerle sentir a Manongo cuánto lo quiero. Y mira que si no se digna... Tremenda cosa si no se digna... Peor que en la canción esa, espejo malo, porque tendrás que decir que te lo dije calata y por última vez, y es que no sé qué me pasa o no sé qué le pasa a Manongo en mí, pero a cada rato siento que soy como un cuatrimotor al que le ha fallado un motor... ¿Será eso? Bueno, pues espero con tres motores y a ver qué pasa...

Los presentimientos de Manongo lo llevaron esa tarde al Country Club de sus amigos y el verano. Ahí estaban Pájaro, Tyrone, Giorgio, Pepo, cada uno con su chicoca, su Helen, su Chichi, su Patty y su Marita. Todo estaba igual ahí, con y sin anteojos negros, pero Manongo no se dejó ver por nadie para que no le fueran a preguntar por Tere. Había tenido una idea más bien tristísima y quería ponerla en práctica sin que nadie lo interrumpiera.

O sea que fue hasta el inmenso bar cubierto de hermosos toldos, bañado en buganvillas, y desde ahí miró la belleza intensa y muy cuidada de los jardines del Country Club. Y todo eso le dolió porque Tere no estaba ahí y porque el cielo estaba bien azul y despejado allá arriba y como que podía quedarse así para siempre, extraña y angustiosamente. Muy intensamente se podía quedar todo exacto para siempre porque Tere no estaba ahí. Le temblaban las manos y eso era la angustia de andar presintiendo algo y, si Tere no volvía a estar ahí nunca jamás, todo en el Country Club y en el colegio, en su casa y en sus amigos, todo en todas partes se queda-

ría soleado y azul y verde, un jardín bañado para siempre en buganvillas insoportables y eso era el dolor.

Y eso era también lo que había presentido, finalmente. Había
presentido, desde la incomodidad de su perro por la mañana, desde el comedor de otro color y también más oscura la alfombra y
sus padres así de cariñosos, lo que ahora sentía atroz. Y para eso y
por eso se había vestido irreconocible. No, no llevaba un sombrero
a lo James Mason para expresión de amor muerto bajo el ala caída
del sombrero igualmente herido. No iba en un trasatlántico de
regreso a Nueva York porque el amor había muerto en Europa ni
iba tampoco tumbado en una perezosa derramada en la cubierta.
No había música de fondo y sin embargo el cielo era igual de azul
para siempre soleado también y era definitiva la forma en que se
había instalado la belleza y en que más allá, con una tristeza también atroz clavada así de brutal en la alegría visual del Country
Club, también el infinito se había quedado para siempre con estrellas. Y los chicos corrían de una piscina a otra porque él no llevaba
sombrero. Porque él no era James Mason ni el Country Club era
un trasatlántico que surca el Mediterráneo. Porque *Historia de tres
amores* era en el cine.

Porque no iba a haber música de fondo y sin embargo todo eso
iba a ser así, Manongo se había puesto un terno gris oscuro, muy
veraniego pero fuera de hora y de lugar y una corbata de lazo negra
fuera de lo acostumbrado, como para sombrero de ala herida con
el Mediterráneo en el fondo o algo así que sólo él sufría. Y los chicos corrían de una piscina a otra y Pájaro fumaba revolcándose de
risa y ya nunca Tyrone le podría volver a ofrecer el primer cigarrillo de su vida. Así era el sufrimiento en la vida cotidiana y veraniega eternamente instalada con su cielo azul y abril dentro de un
par de semanas. Nada más se podía sacar tampoco de las
buganvillas cuando un amor muerto no es en el cine, pero Manongo lo había presentido todo y ahora que sabía ya con brutal precisión por qué y para qué había venido al Country Club vestido así y
sin dejarse ver por sus amigos, procedió.

Compró una butifarra sin que Tere estuviera ahí y fue a comerse un bocado a su banca verde. ¡Había tanto sitio para la ausencia,
tanta ausencia de Tere en su banca con ella…! Después fue a comerse otro bocado detrás de cada arbusto en que se habían besado

y también el condesito y su madre estaban tomando té cuando pasó por la veranda elegante y soleada para siempre del Country Club, comiendo su butifarra rumbo a los corredores del hotel entre todas aquellas habitaciones en las que los besos más torpes habían sido los mejores. Allá en Piura, con Tere Atkins, había aprendido a besar a todas las mujeres del mundo y por eso también, claro, por eso Tyrone ya nunca podría volverle a ofrecer el primer cigarrillo de su vida. Ni podría darle tampoco él a Tere el primer beso de nuevo porque había aprendido a besarla y desearla como ella quería y era inmenso, realmente más grande que nunca y precioso el Country Club sin Tere. Y como el cielo en un trasatlántico que regresa de Europa, también la butifarra se había quedado para siempre con un sabor incomparable, muy triste, muy rico, incomparable, y podía matarlo a uno como el Country Club inmenso y precioso sin Tere caminando traviesa, sonriente para siempre, cruel como su recuerdo para siempre bañado en buganvillas.

Cruzó nuevamente los jardines de ese verano antes de abril y en el bar de los toldos tan bonitos esperó que oscureciera, oculto detrás de una columna. Oía pelotitas peludas y blancas que salpicaban triste en las canchas de tenis y las chicocas corrían perseguidas por muchachos que no sabían lo doloroso y eterno que era no haberse quedado ni siquiera como en el cine. Encendieron las luces sin música de fondo ni nada y Manongo compró otra butifarra y pidió que se la envolvieran bien y que por favor le pusieran mucho jamón del país y bastante salsita picante. Había escogido el anochecer para salir a vagabundear por calles que, la noche del primer beso, Tere vio más lindas que nunca y hasta dijo que habían cambiado de nombre, como las casas, como los árboles, como todo. Había escogido el anochecer.

Adán Quispe le salió al encuentro cuando dobló por Comandante Montero para entrar a General La Mar. Adán quería explicarle muchas cosas y acompañarlo por si la situación lo requería pero Manongo lo convenció de que no había problema alguno que él no pudiera resolver solo. Continuó su camino tan tranquilo, butifarra en mano, y ahí estaba Tere en la puerta de su casa, rodeada de chicos y de chicas. Sí, ahí estaba, preciosa aunque con la nariz pelada de tanto ir a la playa del Regatas y ni siquiera cuidarse del sol por andar rodeada de chicas y de chicos. Tere estaba siendo feliz porque así, rodeadísima de chicas, de chicos, de vespas, de motocicletas y hasta de una camioneta Mercury, era como quería que la viera Manongo cuando llegara trascendental y pesado de Piura. Y a cada rato soltaba la risa y, cuando sus amigos le preguntaban de qué te ríes, Tere, ella se reía más feliz por toda respuesta y era que se estaba imaginando a Manongo leyendo su carta y volviendo a toda mecha de Piura y también que la nariz se le había despellejado por andar tanto rato expuesta al sol hasta cuando bailaba con el chico más churro, soñando en la orilla del mar. Le encantaba eso de que el sol le hubiera quemado la nariz hasta en sueños y se reía más feliz aún, por toda respuesta. Y terrible, Tere, porque le pidió a todos los chicos que hicieran rugir bien fuerte sus motocicletas y vespas cuando apareciera Manongo todo trascendentalote.

Los chicos entendieron y las chicas se metieron corriendo a casa de Tere no bien vieron a Manongo aparecer vestido de eso que Tere, bien mala, para qué, llama trascendentalote, y que los muchachos llamaron cojudo a la vela y hasta pelotudo con vista al mar mientras hacían rugir sus motores de guerra cada uno más fuerte que el otro, porque aquí el que ronca, ronca, carajo, y también para que aquel fragor sonara a que cada uno aceleraba más para que Tere le prestara mayor atención a su serenata que a la del otro.

–¡Manongo! –exclamó Tere, al verlo–. ¡Manongo! ¡Amor! ¡Corre y llama a Adán, que éstos te matan!

Pero increíble Manongo con su paquetito blanco en la mano y la calma grave de su andar llegando por fin de Piura y muchísimo más. Anocheció de nuevo para Tere cuando sintió bien fuerte lo lejano y ajeno que quedaba Manongo del fragor de los motores de una provocación y la cara que traía de muchísimo más. Tere no entendía nada, pero era de golpe como si el motor malogrado del avión cuatrimotor volviera a funcionar a full, porque una vez más anocheció bien fuerte y bien hondo, pero ya sólo para que a Manongo le quedara perfecto el terno oscuro con la corbata de lazo negra y, por qué no, lo vio hasta con sombrero de ala muy triste y, caramba, le quedaba perfecto. Pero hasta ahí nomás, porque ella no había muerto como Moira Shearer sino que se estaba muriendo por Kirk Douglas, como en el circo después del triple salto mortal sin red que los iba a unir para siempre ahora que lo habían arriesgado todo, aunque ella no se llamara Pier Angeli ni se hubiera llamado nunca María Pierangeli, qué nombre tan lindo, antes de dejar Italia por Hollywood, no, ella se llamaba Tere Mancini, otro nombre lindo que le permitía comprender que, bien vestido, bien elegante, bien distinguido y con el sombrero de James Mason, también, Kirk Douglas había regresado de Piura con el nombre real de Manongo Sterne y por eso había regresado, además y todavía, de muchísisimo más.

—Sólo vine a entregarte esto, Tere.

Titubeó el fragor de motocicletas cuando Tere dio dos pasos en su anochecer personal y recibió de manos del imbécil ese un paquetito blanco. Desafinó una vespa y el escape de la camioneta Mercury se tiró un motorizado y desafiante pedo cuando Tere se llevó a la nariz el paquetito blanco y, odiándose por no estar a la altura de las circunstancias, ni mucho menos del sombrero, renegó de su nariz despellejada, frívola, payasa, chusca e in fraganti.

Se odió ya para siempre, Tere, y hubiera matado a los chicos de las motos y la camioneta, de las vespas y del mundo entero y qué no habría dado por ser digna de ese olorcito a salsita picante y jamón del país y qué no habría dado porque ése no fuera su último anochecer personal, de terno oscuro, de corbata de lazo negra, de ala de sombrero así.

—Manongo, yo no sé, pero la guardaré toda mi vida… Manongo, yo no sé, pero olerá igual toda mi vida… No, no soy digna de comerla, ya lo sé. Ni siquiera de abrirla… Mi nariz despellejada, ya lo sé…

—Entonces te quedas sin saber nada, Tere.

No, Manongo no se lo habría creído nunca. Para qué decirle nada. Inútil decirle, con la nariz despellejada y tanta motocicleta, que estaba sintiendo como un trasatlántico. Y que esa noche lloraría. Ni siquiera se merecía llorar ahora y sus ojos lindos, bien negros y bien inteligentes, miraron tiernos, húmedos, intensos, cuando Manongo se acercaba a los muchachos entre tanto ruido y apenas si les decía basta, con una señal de la mano: no era necesario tanto ruido, podían seguir porque él ya había dicho todo lo que tenía que decir, hecho todo lo que tenía que hacer, y basta de tanta alharaca.

Quedaron pésimamente mal vestidos y pésimamente todo los muchachos cuando Manongo les dio la espalda elegantísimo, se alejó de ellos, y Tere desvió la mirada para verlo desaparecer hasta el próximo poste de luz y todavía uno más allá y después sí, ya para siempre, y ella ahí con la nariz así. Y para rematarlo todo, bruta, mediocre, vulgar, rodeada de mocosos que le estaban proponiendo ir a dar un paseíto huachafo en moto.

Tere se despidió de los muchachos, entró a su casa y les dijo a las chicas que por favor se fueran. Después, cuando ya no quedaba nadie, volvió a salir, cruzó la pista y se fue a parar ante la gran acequia para oler a fondo y solita su butifarra mientras miraba el campo de polo ahora que estaba negro, envuelto en oscuridad como el agua que corría abundante ahí abajo, en el acequión. Muy poquita cosa le parecía llorar por el color verde que no veía y por la corriente invisible de agua. Y así también Manongo que, seguro, estaba conversando un par de cuadras más allá con Adán Quispe, sin que ella lo pudiera ver tampoco... "No, Manongo, no me he quedado sin saber nada. Sé lo que no veo y, aunque esto sólo sea posible en el cine, sé también que voy a vivir siempre de noche, bien de noche y sin poder ver nunca jamás todo lo que no se ve de noche pero se sabe que estuvo ahí siempre, horas antes siempre. Y no sé cómo explicarte que todo eso, con una nariz despellejada, es muchísimo peor y..." Tere creyó que sería más valiente, que soportaría enterarse de más cosas antes de ponerse a llorar. No, definitivamente Manongo jamás iba a saber nada, casi nada, en todo caso, de su vida de noche con una nariz despellejada.

Pero un radiante, veraniego y arquitectónico martes de barrio residencial apareció en casa de Tere un Manongo peor que radiante: flamante y sin rodaje. El campo de polo estaba sumamente verde, preciosa la calle General La Mar, rotundos los árboles a las cuatro de la tarde y el agua corría abundante y cristalina por la acequia inquieta, bien sonora, de un campestre elevado, ruralón y muy apto para picnics, todo dentro de un tupido ambiente de esplendor en la hierba y al este del paraíso. Era, en realidad, un martes de verano con efectos especiales, al menos para Manongo, que había estrenado íntegro a Elvis Presley, aleccionado al máximo por el barrio Marconi al completo, aprovechando el calvario despellejado de la pobre Tere.

Tere, resulta ser, había llamado a casa de Manongo y había hablado con Lidia, su hermana mayor. Le había llorado, en realidad, que llamaba para rogarle de noche, aunque fueran las 3 p.m. con hora adelantada de verano, que se estaba muriendo de amor y oscuridad, sí, sí, le *rogaba* que se estaba muriendo de amor, de enana moral, de insignificante, de indigna, de cero a la izquierda, de oscura también por dentro, de indigna otra vez, de arrepentidísima, de estropajo...

—¡Basta! —le gritó Lidia—. Basta, por favor, Tere. No tienes por qué pensar así de ti. No te mereces ese estado de postración ni Manongo se merece tampoco tanto ni muchísimo menos. En realidad, el muy cretino de Manongo no se merece nada de lo que estás sintiendo.

Tere le colgó, porque no estaba en absoluto de acuerdo con ella en nada y no merecía ni suicidarse siquiera. Le colgó en el instante en que Lidia veía pasar al cretino de su hermanito rumbo a la puerta de calle y, si no se le hubiera puesto la piel de gallina al observarlo, habría soltado la carcajada. La verdad, Manongo se había vestido por fin de adolescente pero, la verdad, también, mejor le habría quedado vestirse de Winston Churchill. Llevaba una camisa para Elvis Presley, okey, pero jamás para él, pantalón tampoco jamás para él, por Dios santo, y los tacos de las botas negras en punta competían en centímetros de más con un gallito engominado al que probablemente se le había quedado el peine adentro. El resultado era precario, dramático, prematuro y, al mismo tiempo, obsoleto e imperdonablemente ancho y ajeno. Lidia esperó a que Manongo evacuara y marcó corriendo el número de Tere.

—Va para allá, Tere. *Sólo* puede ir para allá.

—¿Qué hago, Lidia? Qué hago, por favor...

—Sólo tienes que esperarlo, Tere. Y observarlo. Obsérvalo bien a fondo porque parece haber empezado una nueva vida o algo así.

—Pero Lidia, *por favor*, si no sé de dónde viene, ¿cómo le salgo al encuentro?

—Facilísimo, Tere. Te bastará con verlo llegar. Por más que haga, el pobre, siempre le queda la cara esa, entre lo imbécil al cubo y lo inmortal. Tú obsérvalo nomás. Y confía en mí, que tengo la desgracia de ser su hermana.

Tere ni siquiera se había cuidado la nariz. Ni una gota de crema se había echado la pobrecita en los días que pasaron desde que Manongo desapareció para siempre bajo el ala de un elegantísimo sombrero James Mason que cada instante le quedaba mejor de noche, en la noche eterna sin comer ni dormir de Tere, para desesperación de sus padres. Pero tuvo suerte, o era que había escuchado con profunda atención las palabras de Lidia, bien mala, para qué, eso no se hace con nadie y menos con un hermano. Pero, en fin, veamos dijo un ciego y terminó viendo...

Tere corrió a mirar en su espejo grande cómo era ella esperando desesperadamente a Manongo, así de enana moral y de estropajo indecente, arrepentidísima e indigna hasta de suicidarse. Pero lo cierto es que tuvo una suerte de la pitri mitri, o fue que la hermana de Manongo hasta cuando era perversa tenía razón, porque el espejo le contó con pelos y señales de dónde venía Manongo esta vez, esmerándose además en demostrarle con pruebas contundentes que el sufrimiento no le quedaba nada mal, no, y más bien todo lo contrario: tenía un sufrimiento bastante fotogénico, para qué, y además como que le había salido una nariz nueva que, de frente, parecía también de perfil, y viceversa, sin duda para que vista de perfil o de frente mantuviera la plenitud panorámica de su gracia. Simplemente no se lo podía creer, Tere, pero fijándose bien, lo mismo le sucedía con lo perfil de sus mejillas de frente y, cuando probó abrirse la blusa y se desabrochó el sostén, el espejo le arrancó una sonrisa realmente primaveral y atrevidísima por lo perfil y de frente que estaban al mismo tiempo los frutos maduritos de su enseñanza superior. En fin, Tere se entendía, y ahí se quedó, bien paradita y contemplándose más pero mucho más hasta que, desde los bajos, alguien le avisó que Manongo estaba de regreso y, por consiguiente, qué quieres comer por fin, Tere.

—Dios mío —contestó Tere, sin que nadie la oyera—, el cuarto motor no se llegó a arreglar y ya me está empezando a fallar el tercero, creo...

El campo de polo y su acequión y la calle General La Mar y los árboles escucharon el silencio con que Manongo le dijo con chicle a Tere que se iban al Country Club y que qué esperaba para ponerse a andar. O sea que Tere anduvo y, a su lado, Manongo cambió tantas veces de estilo, casi de personalidad, que ella hasta pensó —y casi se le escapa la risa— que si besaba a Tyrone podía serle infiel a Pájaro y si besaba a Giorgio podía serle infiel a Pepo. Y así sucesivamente porque había seguido a fondo el consejo de Lidia y no cesaba de observar a Manongo con sorprendente alevosía, algo ya de gran maldad, su añadido de venganza, por qué no, y, Tere se entendía, ya sólo dos de los cuatro motores. También, a veces, Manongo se parecía a Elvis Presley, fijándose mucho, pero a Elvis Presley en un pésimo momento o, ahora que lo observaba tapándose una carcajada con la mano, visto de cerca se parecía a Elvis Presley visto de lejos, aunque en su peor momento, eso sí siempre.

Todo le quedaba pésimo, todo le salía pésimo. Tan mal le salía todo a Manongo, tan mal lo habían aleccionado sus compinches del Country Club que Tere creció esa tarde, a fuerza de observar y de aburrirse, y ni siquiera le dio importancia a la paliza de desenvoltura sexual a que la sometió detrás de cada arbusto y después, cuando regresaron a su casa ya de noche, en la salita del tocadiscos. No quería hartarse de Manongo, ni quería herirlo ni mucho menos odiarlo, pero ya estaba impaciente con tanto manoseo aprendido en otra parte. Y cuando él trató de llegar hasta su sexo con una mano contrita, francamente desorientada y además de segunda mano, ni siquiera tuvo ganas de soltarle las palabras furibundas que tenía listas para ese momento antes tan deseado, ahora fatal para Manongo. Habría sido totalmente absurdo soltarle que a ella ya le había sanado la nariz, que ahora, maldita sea, extrañaba los días en que la tenía todita despellejada y en motocicleta, sí, en motocicleta y vespa y camioneta y en la playa con mil chicos y chicas mientras a ti, qué aburrido, por Dios, se te despellejaba hasta el alma en Piura, por no decir la pichula. Tere se liberó como pudo, se incorporó con el pretexto de poner un disco, escogió Dámaso Pérez Prado, Rey del Mambo, y el *Mambo nº 5*, a todo volumen.

—¿Te pasa algo, Tere?

—No te oigo, Manongo.

—¿Por qué no pones *Pretend*, Tere?

—No te oigo, Manongo.

—Ven, Tere. Siéntate.

–No te oigo, Manongo.

–¿Qué te pasa, Tere?

Manongo nunca debió haberle preguntado qué le pasaba ni por qué no ponía *Pretend* ni nada. Tal vez si se hubiese callado entre el ruido del mambo, mientras la veía bailar así, frenética, ella habría regresado a su lado para responderle a esas preguntas y tantas más. Tal vez, también, si esa tarde hubiesen comido una butifarra y no la hubiese tocado y le hubiese dicho que mañana era otra vez abril y que había regresado a buscarla antes de irse al colegio y que ése sería el último año de internado y que después estudiaría medicina y tendrían ocho hijitos y que debían renovar su documento sagrado e ir a misa juntos y mil cosas más que ya no eran verdad para ella, tal vez...

Todas esas cosas en que ella ya no creía la habrían obligado a esperar que creciera, que abriera los ojos, a acompañarlo mientras abandonaba poco a poco lo que ella había abandonado de golpe. A Manongo le iba a costar trabajo pero ella habría sido paciente porque era verdad que se habían querido como nadie, bueno, como nadie es así, sí, y, en fin, como todo eso que sonaba tan bonito y qué frágil fue porque ha bastado con que yo dé un pasito antes que él. Pero creo que lo habría acompañado con paciencia y tanto tanto cariño... En fin, tal vez, cómo saberlo ahora...

Porque ahora el que se alejaba era ese muchacho al que ella iba a querer toda su vida, pero dentro de un tiempo, porque así de extrañas eran las cosas cuando se crecía y se aprendía tanto a costa de una misma. Esto era algo que el propio Manongo le había enseñado casi sin darse cuenta, probablemente a costa de sí mismo, pobre, y que ahora le tocaba nuevamente aprender a él, descubrir que ella no sólo era traviesa sino tremendamente rebelde y que había llegado esa larga temporada en que el azar, nada más que el azar, se iba a confundir por momentos con un odio que nunca sentiría contra él, con una venganza de la que se sentía totalmente incapaz y que algún día, tal vez, ningún amigo del barrio Marconi ni del colegio ni el pobre Adán Quispe ni nadie lograría enseñarle nada contra el dolor y el miedo que, no ella sino el azar, tremenda coincidencia, terrible confusión y coincidencia, lo iba a hacer vivir porque a ella ya sólo le quedaba un motor y no quería que Manongo muriera en el accidente...

Manongo Sterne Tovar y de Teresa... Se da el lujo de apellidarse así el conchudito este... Y ni cuenta se ha dado de nada y me ha anunciado, nada menos, que este año, por ser el último, muchas veces no saldrá del internado los fines de semana, que se quedará para vivir a fondo sus últimos meses de colegio, el muy conchudito, el muy valiente puta, como cuenta que dicen en Piura, pobrecito, lo caro que le está costando lo de Piura... Y encima de todo te atreves a pedirme que vaya a verte al San Pablo... Iré, iré, mientras me quede un motor, iré, Manongo, y sacarás pecho muy orgulloso, radiante, campante, sin darte cuenta de nada, visitaré mi pasado y sonreiré, para tu mayor honra y gloria, para comerte mejor, qué horror, qué crueldad la de los cuentos infantiles...

"El tiempo vuela, no camina. Algo va a pasar, está pasando, ya pasó", pensó Teddy Boy, al verlos llegar realmente incómodos con sus uniformes. Volvían al San Pablo un año más, algunos por última vez, y se les veía inquietos, sonrientes, fastidiados, serios, bromistas, alegres o tristes, pero eran en el fondo, en su mayor parte, jóvenes satisfechos y confiados. Habían nacido así, para ser y seguir siendo así, herederos de algo que había quedado bastante bien inventado desde muchísimo antes de que vinieran al mundo. Vivían una ficción que también era verdad, para qué, pues llevaba mucho tiempo e historia funcionando bien y hasta con sus muertos y heridos, de cuando en cuando, a favor y en contra, también, pero siempre para su propio abastecimiento. Aquellos muchachos eran personajes de una inmensa fotografía de familia, a la que cada cierto tiempo la necesidad, más que el progreso, le añadía algún retoque, algún pequeño cambio formal que permitía acicalar un resultado que, por lo demás, siempre había sido bastante satisfactorio y semejante a sí mismo.

Hacía agua por todos lados la dictadura del general Manuel Apolinario Odría. ¿Significaría ello, por ejemplo, algún cambio para don Álvaro de Aliaga y Harriman? A lo mejor sí, pero mínimo y por muy poco tiempo, ya vendrían tiempos mejores en unos cuantos meses… Increíble… Y estos muchachos que Teddy Boy observaba sonriente, irónico, benevolente y con esa lucidez tan suya en la que se combinaban una buena dosis de conformismo, otra de fatalismo y algo de piedad, eran hijos de todo aquello, nietos y bisnietos de todo aquello. Eran unos muchachos históricos pero empezaban a tener algo de reliquia y Teddy Boy no estaba tan convencido de que alcanzaran a colocar a sus hijos en la próxima fotografía peruana.

Porque la fotografía actual era aún la de un salón limeño, muy poquito más, y al revés de lo que sucedía con los retratos de familia, en el futuro sólo el que se moviera lograría quedarse en la imagen. Pero estos muchachos estaban siendo educados para un inmovilismo de padres a hijos, para que siempre les perteneciera la dictadura y la democracia, el dinero y la libertad, la costa, la sierra y la montaña –aunque despreciaran olímpicamente estas dos últimas–, las buenas costumbres y la moral, el sentido del humor, lo bonito y lo feo, lo sublime y lo ridículo. Todo aquello les pertenecía aún, con mucho haber y sin debe alguno, porque les pertenecía también el balance de una ficción que continuaba funcionando aunque ellos mismos la llamaran a veces republiqueta, sin incluirse por supuesto en el paisaje. Lo suyo era un país sublimado, repintado e inverosímil, pero que gustaba al mundo y había persuadido a muchos de su inmutable posibilidad y funcionamiento. Un par de décadas atrás, Martín Adán había hablado con sorna de un Perú Eterno y había escrito certeras páginas acerca de todo aquello. Pero quién le iba a creer a un poeta salido de entre ellos mismos, escapado de la fotografía de familia, bohemio y borrachín como todos los poetas, por lo demás.

Estos muchachos venían uniformados de una manifestación más de todo aquello, de una variante más, tan loca y absurda como real, porque ahí estaba don Álvaro, su amigo de bridge, para reedificarla y hasta para financiarla. Teddy Boy saludó a Santiago Velauchaga y Carlitos Leigh y algo les dijo sobre los niños rubios y los niños cholos, los alumnos buenos y los malos. Y cuando Velauchaga le respondió que observara la altísima calidad de su piel muy blanca, Teddy Boy casi pierde el equilibrio por levantar una pierna, jalarse el pantalón y enseñarle una pantorrilla gorda, blanduzca y azulada, blanquísima según él, pero que más tenía de descaradamente enfermiza. Después saludó al Negrito Humberto Palma y a Mati de las Casas, y nada le dijo a éste de lo que se estaba pensando en aquel momento: Nadie había apoyado tan descaradamente a don Augusto B. Leguía, el fundador de la Patria Nueva, como el padre de Mati, y nadie había sido tan despiadado con el dictador caído que murió preso, pesando 38 kilos, abandonado a su suerte y muerte. Un embajador norteamericano había acuñado aquello del Siglo de Leguía, pero don Augusto B. no llegó ni a la quinta parte y en dos gobiernos, y al cadáver hubo que prestarle ropa de alfeñique porque a la cárcel entró con peso de presidente recién depuesto y ahí murió convertido en una piltrafa humana pero aún con ropa de Patria Nueva.

Alvarito y Joselín de Aliaga llegaron con un paquetón de chocolates Suchard para Teddy Boy. Y con ellos venía airoso, aún bastante convencido del buen funcionamiento de su juguetería *old England*, don Álvaro de Aliaga y Harriman. Venía a inaugurar un nuevo año escolar, el último para los fundadores del San Pablo, para sus futuros dirigentes de la patria. A Teddy Boy le vinieron a la mente otras palabras de Martín Adán, al verlo tan satisfecho: "Trascendental limeño intrascendente." No dijo nada, sin embargo. Don Álvaro era su amigo de bridge y además le toleraba muchas extravagancias y más de una verdad intolerable. Y, por último, de qué vivían él y tanta gente más en este país con mucho cholo ya, hasta en este colegio…

Y… y… y, o más bien *pero*: ¿brotaría un cholo impermeable, no partido en pedazos ni trepador desesperado y choleador, a su vez, a la primera de cambio, un cholo que no fuera cholo de eme porque le importaba un rábano la sempiterna contemplación de una ficción fotogénica impuesta desde el cielo, ni blanquearse con dinero, ni quién fue Leguía y quién Odría, para desconcierto total de futuros don Álvaro de Aliaga y Harriman? Mamita, dime tú dónde vamos a encontrar el mago capaz de retocar una fotografía en la que todo el mundo corretea por el fin del mundo… Mamita, será peor que los chilenos cayéndonos de nuevo encima…

Llevado por tan premonitorias reflexiones, Teddy Boy empezó sus clases variando ligeramente algunas de sus frases recurrentes, su mensaje subliminal para niños inteligentes. Ya no decía "Mucho cholo, mucho cholo" sino "Cada día hay más cholos", sobre todo cuando se dirigía a los alumnos que terminaban aquel año. Y nuevamente había invitado a dos intelectuales de izquierda para que les hablaran sobre la realidad nacional, con el consentimiento de don Álvaro, por supuesto y, también, por supuesto, sin que doña Francisquita, su esposa, se imaginara siquiera semejante atrocidad. La respuesta de los alumnos había sido, como siempre, burlona y llena de desprecio y había venido acompañada por una verdadera contrarrevolución conferenciante a cargo del propio don Álvaro y de su sobrino Benito Harriman Sánchez de la Concha. Pero, en fin, algo quedaría siempre, algo subliminal y para niños inteligentes, de la misma manera en que de todo el inglés que le habían enseñado a lo largo de tres años machacones, algo le quedaría al Perro Díez Canseco, aunque claro, jamás hablaría tanto inglés como sus mastines Simon y Chesterton.

"El triunfo de la causa está *muy* cercano, ya no sólo cercano" fue otra de las variantes que Teddy Boy introdujo en sus frases recurrentes. Pero para qué introdujo nada.

—¡Cercanísimo! —le respondió Pepín Necochea, una tarde y, la verdad, nadie supo muy bien a qué o a quién se refería.

Pero algo se temían todos aquel año en que una verdadera concordia se había instalado entre los alumnos que abandonaban el colegio. Muchos se quedaban los fines de semana, incluso, y salían en patota a los cines de Chosica y de Chaclacayo o se reunían a conversar en casa de Teddy Boy, reafirmando una costumbre que muchos entre ellos iban a continuar para siempre, con verdadera amistad y espíritu de clan. Pepín Necochea, sin embargo, brillaba siempre por su ausencia los fines de semana, y el único ahí que sabía algo de sus hazañas matonescas por Cañete, Chincha e Ica era el Gordo Tarrillo. Necochea, contaba el Gordo, se entrenaba en partidos de fútbol con los cholos y negros de su hacienda, jugaba contra los de otras haciendas y había roto ya más de una pierna. Se trompeaba en burdeles, se amanecía en cantinas y hasta tenía una querida japonesa a la que le rompía el alma de vez en cuando. Y se había tirado a la esposa del chofer de su madre.

De esas hazañas regresaba al colegio cada vez más arisco y curtido, cada vez más peligroso en el campo de fútbol, o con ladillas y purgaciones y una expresión de desadaptado que ahí nadie entendía pero que francamente inspiraba temor. A Santiago Velauchaga casi lo mata, una tarde, le dio en el suelo y todo, y al judío Jacobson lo mandó a la enfermería, seguido días después por Cochichón Seltzer, también rematado en el suelo y sin que nadie, ni él mismo, entendiera por qué. La lista creció con los nombres del gringo Teich, Canaval Bonito, Montoyita, el Fofo Sicard, Tres a Cero Jordán y el becado Canales. Pero una tarde, cuando ya estaba tomando vuelo para descuajaringar a Monsieur MacMillan, el Cholo Billinghurst Cajahuaringa lo interceptó casi en el aire.

—Ya se te está yendo la mano, Necochea —le dijo.

Pepín hizo un rápido cálculo de la cantidad de cholos que llevaba liquidados entre Cañete, Chincha e Ica, y hasta se sonrió pensando que éste sería el primer nazqueño de su larga lista sureña. Y se la debía, además, aunque de eso hiciera mucho tiempo. Del cálculo pasó a los hechos, vía un tacle traicionero y mortal, y de ahí a primeros auxilios. Lo estuvieron desahogando horas y horas a Pepín Necochea, y el Cholo José Antonio juró por Dios y por la patria que, así como se apellidaba Billinghurst y Cajahuaringa, apenas si se había desconocido lo imprescindible, brindándose enseguida para ayudar a la agotada Betty Oliver en lo de la interminable respiración artificial.

O sea que maldita la hora en que Teddy Boy se refirió a un cercano triunfo de la causa, una tarde, porque vaya usted a saber qué entendió Pepín Necochea o, mejor dicho, a quién se refirió cuando lanzó su rotundo y peligrosísimo comentario en superlativo. En fin, lo cierto es que Mati de las Casas, Andrés Rizo Patrón, Canaval Feo y los hermanos Aliaga se dieron de baja del colegio, temporalmente y, temiendo que Pepín Necochea se refiriera a él, Neca Neca Pinillos apareció enyesado por todas partes, un lunes por la mañana.

Pero el escogido fue Pircy Centeno, el del Callejón de Huaylas, el hijo de deputado, indio de mierda. Nadie vio nada pero fue grave y Pepín Necochea tuvo que humillarse y pedir mil veces perdón para que no lo expulsaran y le permitieran terminar el colegio ese año. El buen humor demoró bastante en regresar al San Pablo, casi tanto como el pobre Pircy. Pero una tarde Manongo Sterne le comentó a Irriberry que aquello había sido una repetición del sacrificio del inca y, como Díez Canseco intervino para decir que no entendía el chiste y por favor explícamelo, Manongo, pero despacito, Neca Neca le soltó ipso facto que era una bestia, un animal, carajo, porque Manongo se había referido al sacrificio de Atahualpa en Chumbivilcas, y qué inca ni qué inca, cholo cojudo que le regaló todo su oro al caballo de un conquistador, de puro rosquete, yo le hubiera cortado también los huevos, carajo. En fin, que el buen humor regresó esa tarde al colegio.

Pero entonces apareció Tere Mancini por el colegio, con bula de Teddy Boy y vista gorda de todos los demás profesores, por ser niña buena y riquísima, en todos los sentidos de la palabra, y por ser Manongo Sterne alumno estudioso y enamorado hasta la remaceta. Tere llegaba a las seis de la tarde, todos los miércoles, y permanecía casi dos horas en el colegio. Teddy Boy le impuso, eso sí, una serie de obligaciones. Debía, en primer lugar, escuchar a Mozart con los demás alumnos y sentir mucha alegría, mucha bondad y mucha belleza. Luego, debía bailar un fox trot con él, bajo la atenta y embalsamada mirada de Pifa, el canario de la buenísima suerte pero sólo con los niños buenos, previo pago, claro está, de un impuesto de doce chocolates Suchard, seis Golden y seis con rosa roja en la envoltura, para profesor solitario y pobre, que se iba a morir de viejazo. Por último, disponía de veinte minutos exactos para sacar a hacer cositas a Simon y Chesterton, finísimos mastines que hablaban más inglés que Díez Canseco, y, de paso, pero secundario siempre, pasear con Manongo, que ya había pagado impuesto con doce botellas de finísimo pisco para consumo familiar de hacienda importante, y hablar cosas de enamorados pero sin pelear y *ab imo pectore*.

Tere llegaba linda, muy traviesa y feliz, con su uniforme azul del colegio Belén, y Manongo nunca olvidaría la extraña y premonitoria mezcla de ansiedad y ternura que le producía verla avanzar al atardecer entre los árboles bien altos, los jardines ensombrecidos y los grandes cerros oscuros, allá al fondo. Tere llegaba en un colectivo que tomaba en el Parque Universitario, siempre en compañía de Adán Quispe, al que sólo le faltaban el pasaporte y un par de cosas más para emigrar a los Estados Unidos. Y de regreso a Lima, Tere y Adán conversaban y ella ya ni le ocultaba que, de todo aquello, lo que más le gustaba, semana tras semana, eran los momentos en que conversaba con el profesor ese tan extravagante y tan bueno.

—Manongo no cambiará jamás, Adán. Será una maravilla para sus amigos, pero para mí es una pesadilla.

—Ten paciencia, Tere —le insistía Adán.

—La he tenido durante más de tres años...

—¿Y él? ¿Qué te dice él?

—Manongo no dice, da órdenes, y le tiene celos hasta a los perros del profesor.

—Trata de entenderlo, Tere. Antes lo entendías muy bien.

–Yo lo único que entiendo es que me está fallando el último motor y que cada día le tengo menos miedo al aterrizaje forzoso.

–Háblame en cristiano, por favor, Tere.

–No me da mi real gana. Y esta vez, el que no me entienda que se friegue.

–Me jorobé, entonces, Tere...

–No me refiero a ti, zonzonazo, pero ya ves cómo nadie me entiende...

Adán Quispe le entendía demasiado bien, desgraciadamente, y la tristeza terminó de invadirlo una tarde de mayo en que Tere no apareció. Ni siquiera la esperó ya, como cada miércoles, en el paradero del ómnibus que los acercaba al Parque Universitario. Había cumplido con su amigo, como siempre, pero ya era hora de que se concentrara sólo en su viaje e incluso había dejado bien arreglado un asuntito muy personal que le surgió una tarde en el San Pablo. Mientras esperaba a Tere, les enseñaba golpecitos de karate a los chicos que jugueteaban por los jardines. Pero una tarde apareció uno bien altote y maloso, de apodo Pepín, a quien recordaba de la época en que les servía de correo a Manongo y Tere y a partir de entonces como que lo estuvo observando un miércoles tras otro. Y sabe Dios cómo le cayó un día de encima de un árbol. La verdad, sabía caer ese blanquito chuchesumadre y casi me parte en dos, casi me mata, carajo, si no logro soltarle el sesgo ese. Y dos más, implacables, casi de necesidad mortal porque, carajo, casi me deja sin viaje a New York, blanquiñoso de mierda, si no hubiera estado en el colegio y esperando a Tere, lo remato ahí nomás, pero bueno, ya pa'qué pensar en eso, ni que se fuera a cruzar otra vez en mi camino.

Pero se le cruzó otra vez en su camino y nada menos que en el Club Trujillo, ahí en la esquina del jirón Washington y el paseo Colón, el primer club de gente decente, gente bien, que no es lo mismo que pobre pero honrada, según tenía aprendido y sufrido Adán Quispe, aunque en su puta vida hubiera entrado a un lugar así y mira tú, justo ahora que estoy por irme a Yu Es Ei. Pepín Necochea, maldita coincidencia, estaba en el bar cuando entraron el Gordito Cisneros, Tyrone, el Muelón León, Manongo y Adán, invitados por un empleado trujillano del padre de Tyrone. Por supuesto que Adán requetesobraba en un lugar así, aunque éste

tirara a provincianote y capa caída, pero Manongo había quedado
con su amigo karateca esa mañana, y bueno, una concesión al loco
este y ya veremos cómo le hacemos para meter al chontril al club.
Y ahí estaban tomándose unas cervezas y jugándose la cuenta a los
dados cuando se les acercó Pepín y pidió más cervezas y más dados. Y empezó a perder una rueda tras otra hasta que, poco a poco,
todos fueron abandonando el juego porque la cuenta crecía y crecía y sólo quedaron Pepín Necochea, Adán Quispe y un billete de
ida a New York que éste había puesto en prenda sobre la mesa,
más algunos ahorros de varios meses, en fin, para que nada faltara
y por si alguien ahí quería tomarse una cerveza a su cuenta, yo
invito, señores, que no todos los días me visita así la buena suerte.
Y aceptaron, la verdad, porque sólo con unos tragos de más era
posible soportar tanta tensión, tanto odio, tanto in crescendo.

Y pasaron al gin tonic, al whisky, al almuerzo y al coñac, ya bien
entrada la tarde, aunque medio dormidos y vomitados todos menos
los gallos de pelea que, de pronto, volaron por encima de la mesa o
así les pareció y voló la mesa y casi se los vuelan a ellos también en
pleno reaccionar aterrado y la gente intervino a grito pelado y al
final hubo que llamar un médico y a la policía porque la cuenta le
correspondía pagarla al señor que huyó, según comentó el mozo
que había estado atendiendo a los jóvenes. En esto último y casi en
todo estaba de acuerdo con un vecino de mesa.

—No, los jóvenes aquí, no han participado en nada.

—Sólo al comienzo apostaron, pero se retiraron pronto.

—Yo respondo por el hijo de mi jefe, don Jorge Valdeavellano,
presidente del directorio de...

—Bueno, compadre, pero no me digas que no vas a responder
por los otros amigos —lo interrumpió Tyrone, al ver la cara de cojudos con que se habían quedado el Gordito Cisneros, el Muelón
León y Manongo. Adán Quispe permanecía a un lado, cubriéndose
con ambas manos la cara bañada en sangre.

—A este joven, que es invitado de los señores, el que huyó, de
apellido Necochea, lo agredió cuando yo menos lo esperaba. Saltó
por encima de la mesa justo cuando el herido me estaba pidiendo
coñac del más caro. Así fue.

Ya estaba ahí el médico y el policía seguía preguntando.

—Yo lo vi todo desde el comienzo, jefe. Como siempre estuve

aquí al lado, en esta mesa, de arranque capté que entre Quispe y
Necochea había bronca pero que Necochea no se atrevía. Varias
veces estuvo a punto de tirársele encima mientras el otro pedía
una rueda. En la cara tensa, y sobre todo en los ojos rabiosos, se le
notaba la intención pero también que dudaba, que no se atrevía,
hasta que por fin, juá, voló sobre la mesa y le metió tremendo mordisco, sí, ahí fue lo del mordiscón al vuelo y cuando lo derrumbó
todo y fue a caer allá al fondo. Pero sobre la marcha se incorporó y
pasó como una ráfaga para robarle el dinero al herido Quispe.

−Y mi billete a New York, de paso, con la oreja.

−¿Encontraron algo? −preguntó el médico.

−No, señor −dijeron varios mozos, repitieron Manongo, el
Gordito Cisneros, Tyrone Valdeavellano y el Muelón León. No
habían encontrado nada.

−Se comió mi oreja ese hijo de... Doctor, de puro miedo que
me tiene se ha comido mi oreja. Pero lléveme ya a la clínica, por
favor, porque dentro de dos semanas parto para siempre a Yu Es
Ei.

Medio corralón estuvo en el aeropuerto de Lima el día en que
Adán Quispe partió a muchos sitios que no se llamaban precisamente Estados Unidos de Norteamérica. Adán se iba a tierras
lejanas con la bendición de Dios pero mandaría dinero, según su
padre y, según la mujer de su padre, una señora bien humilde, se
iba al estran*gue*ro pero bien le iría pues seguramente porque hablaba lengua también y cómo sería pues seguramente porque en
avión y no en camión se estaba yendo bien alto y bien lejos dicen
que y ¿se acordará? no sé pues y cómo será allá en lejanía como que
está aquello... Ahí cada uno daba una interpretación totalmente
distinta del viaje y del lugar de destino pero en el fondo se entendían perfectamente bien porque esas eran cosas del destino más
que de destino y en lo de la emigración se parecían todos y también en lo del progreso porque antes se emigraba a pie y después
en camión y ahora resulta ser que en avión y por eso será también
que con tanto progreso se emigra más lejos pero siempre con la
bendición de Dios y mandando dinero y una fotografía.

Al final se abrazaron Manongo y Adán y éste le escribiría primero, porque el que se va escribe primero y ya le mandaría su
dirección *number one*, humildita, seguro aún, pero vendría otra y

después otra *and on and on to the top*, amigo, para que le contestara. Manongo no le miraba el parche grande y blanco que había sido su oreja, pero Adán le explicó que ya estaba perfecta la herida sin puntos, casi cicatrizada del todo, y parece que lo podrían operar algún día aunque heridas de las otras quedan siempre pero tu recuerdo me ayudará a borrarlas, amigo, y también ya verás tú cómo Tere regresa a visitarte al colegio, como cada miércoles otra vez, ya verás, dale tiempo al tiempo y ten paciencia, que yo la he visto quererte mucho, amigo...

Después Adán fue el pasajero del vuelo número 077 con destino final Nueva York y también el hombre más feliz del mundo mientras sus parientes y paisanos del corralón seguro que sólo retenían lo de destino de todo aquello del pasajero vuelo número 077 que obligó a Adán a ponerse en fila y pasar a la sala de embarque, sabrás de tu hijo, papá, cuídelo mucho a mi padre, señora, y bueno pues, chau, amigo.

Y después Manongo miró a gente de un corralón en un aeropuerto y ésta le devolvió la mirada sorda y esquiva, vacía y muda que sería la última vez, la última sonrisa, el último saludo, todo lo que hubo, en fin, todo lo que fue y será como debió haber sido siempre entre ellos la mirada y todo.

Desaparecieron James Mason y Kirk Douglas y todos los demás ídolos del cine. Desaparecieron los muchachos del barrio Marconi y los ídolos del rock y en el colegio desaparecieron todo un Gordito Cisneros, todo un Cholo José Antonio, todo un Jorge Tyrone Valdeavellano, todo un Teddy Boy, todo el mundo en realidad. Cuando Tere falló un miércoles en que le había jurado no volver a fallar y Manongo la interrogó después un sábado por la tarde, empezó aquella sensación de vacío y extrañeza, de amigos que sólo eran imágenes, de ídolos que no servían para nada, de atuendos vergonzosos, de gastadas palabras inútiles, de un mundo sin capacidad de respuesta. Empezó la exaltación de promesas que mejor ni recordar, de maravillosos recuerdos que se han secado, de complicidades que de pronto delatan y avergüenzan. Empezó a recordar siempre con la guardia baja, exacerbadamente, sin precaución alguna, inaugurando el cruel olvido inesperado, siempre sorprendente, del otro, desesperante. Más las preguntas que no llegan a destino y las miradas a gritos que no encuentran eco alguno. El olvido se tornó desfavorable y el recuerdo mucho peor. Yo el recuerdo y tú el olvido, interminable condena, otra herida con el mismo golpe, otro golpe en la misma herida. No acompañan los amigos y los ídolos nada solucionan... Los malditos ídolos y todo lo demás de aquella sensación empezó, interminable combate de patear latas sin sonido por unas calles sin eco.

—Espérame, ¿ya, Manongo? Y si no voy tampoco el próximo miércoles, tú ven nomás el sábado. No, mañana domingo quiero ir a misa, pero sola, y quedarme sola también el resto del día para pensar mucho, a ver si me entiendo. Pero tú espérame, Manongo...

—¿Y si te hago una pregunta?

—Fíjate, Manongo: la única respuesta que me queda para todas las preguntas es que no le tengo miedo a nada y que me han fallado todos los motores. Se ha caído un avión, Manongo, y acabo de bajarme de entre los restos. Y yo sé que hay un sobreviviente más, pero no lo busco... ¿Estoy loca o qué?

Tere apoyó la cabeza sobre el pecho de Manongo, la escondió ahí, en realidad, para decirle que lo adoraba porque lo volvería a adorar después, dentro de mucho mucho tiempo, y que mañana se iba a encerrar para pensar bien bien fuerte en ti y en mí, Manongo.

Ya no volvió al colegio ningún miércoles y era su santo un jueves. Más lo otro, lo de Manongo acercándose a casa de Teddy Boy y escuchando claramente cuando, ahí detrás de la puerta, maldecía a Mozart porque no había servido para nada. Ni Mozart ni el fox trot ni el muy imbécil y embalsamado de Pifa habían servido para nada y él no sabía qué más habría podido hacer para que esa chica olvidara todo lo que tenía acumulado contra Manongo. Después, típica de Teddy Boy, soltó aquello de que su alma estaba triste hasta la muerte, según san Pablo, ¿o no, Chesterton?, eso, muy bien, Simon, según san Pablo el santo, claro, porque brutísimo alumno Carlosito Colas de la Noue habría dicho seguro que fue el colegio San Pablo, profesor. Y continuó quejándose ante la mirada atenta de sus perros: había perdido una buena fuente de ingresos, adiós finos chocolates suizos y adiós pisco puro de uva.

—Prohibido Mozart en esta casa. Y Pifa al rincón. ¿Qué? Me

sorprende en ti, Chesterton. ¿Cómo se te ocurre una cosa así? No. Nunca se volverá a bailar fox trot en esta casa.

Manongo los estaba viendo. Realmente era como si los estuviera viendo. Ahí, detrás de la puerta, Simon y Chesterton, todo nariz y ojos, todo orejas, siguen atenta y sensiblemente cada palabra de Teddy Boy. Con repentinos movimientos de orejas, con ligeros sobresaltos, con ojos y orejas que se desplazan de la palabra Mozart al canario Pifa, que recorren algún paso de fox trot dibujado en su presencia, que persiguen juntos el sentido exacto de cada palabra, de cada frase, Simon y Chesterton ocupan su sitio, intervienen, comentan, y es toda una conversación aunque, en su lugar, él tal vez habría dicho... Ahora, por ejemplo, en que Teddy Boy tarareaba:

> *Hoy un juramento,*
> *mañana una traición,*
> *amores de estudiante*
> *flores de un día son...*

—Ya sé que les parece huachafo, perros burros, sin mundo. Pero es letra de tango y el tango es lastimoso. Tan lastimoso como el cosmopolitismo, a veces. No se puede ser británicos siempre, perros insulares... ¿Qué?

—De acuerdo, Simon, cambiemos de tema. Pero, ¿y *Las desventuras del joven Werther* ese, de Goethe, qué son..? No me vengan ahora con que *Werther* no es más cuitoso que un tango. Y sin embargo es *made in Germany*. Una cierta *Germany*, no lo niego, pero ahí la tienen, como una catedral. Y ahora que me acuerdo: Goethe señaló lo grave que sería, en la vida de un joven, no atravesar una etapa en la que francamente cree que *Werther* fue escrito para él... ¿Cómo?

—¡Qué retrasado mental ni qué ocho cuartos, Chesterton! ¿Qué acabas de decir, Simon?

—*Bingo, Watson! Elementary!* ¡Un retrasado sentimental! ¡Manongo es un perfecto retrasado sentimental con vista al mar!

Manongo tocó la puerta, Teddy Boy se acercó a abrir, y los perros lo observaron nerviosamente cuanto entró. Se pusieron tan saltones Simon y Chesterton que el profesor tuvo que banalizar la situación: "Sí, es Sterne, y también habla mucho más inglés que Díez Canseco." Que mañana era jueves, le indicó Manongo, como si ahí todos ignoraran qué día era hoy. Venía a pedirle un permiso muy especial, un gran favor, en realidad, profesor. Mañana es santo de... Y como ella no ha venido...

–Permiso especial se llama bula –dijo Teddy Boy, preguntándose si les consultaba a Chesterton y a Simon, antes de... No, les evitaría ese mal trago–. Permiso concedido –concluyó.

Manongo dio las gracias y pidió permiso para retirarse. Concedido. Cerró la puerta. Había caído la noche muy negra, fría, bien limpia y estrellada, la noche seca y serrana de Los Ángeles, sin jardines, sin árboles, sin cerros. Manongo se alejaba lentamente.

–¡Al rincón, Pifa! ¡Al rincón! ¡Canario perverso! ¡Pifa! ¡Rincón! –gritaba el profesor.

Y los perros se mataban ladrando, seguramente a Pifa, el canario de la buena suerte, al fox trot, a Mozart, hasta al rincón le ladraban los perros, seguramente.

Su madre le preguntó si no se iba a cambiar y él le respondió que no, para qué, mamá, explicándole que con el tiempo le había llegado a tomar cariño al ridículo uniforme del San Pablo y que además... Bueno, no sabía muy bien qué, además, o era que una raya más al tigre y que Tere estaba francamente nerviosa y rara últimamente, aunque el domingo pasado se había aferrado a él y cómo lloraba y cuántas veces le dijo que lo adoraba pero también, claro, que odiaba la idea de despedirse de él en la estación del tren, de acompañarlo una vez más a los andenes de Desamparados, odio esa estación, Manongo, odio que tu papá me lleve como a una niña y que el pobrecito no sepa muy bien qué hacerse conmigo cuando me trae de regreso a casa, pero mira, en cambio me he puesto el uniforme del colegio, es nuestro último año de uniforme, Manongo, apriétame bien fuerte, por favor...

Pero ayer no había ido, una vez más, al colegio y hoy era su santo, hoy era el día en que Tere lo igualaba cada año en edad y él sentía como que perdía un poquito de autoridad y ella se burlaba tanto, tonto, tonto, tan trascendental como tontito pero tú no sabes cuánto te quiero... "Manongo, *por favor*", le había dicho Lidia, su hermana, "Tere está repleta de miedo. Cómo te las has arreglado, con esa pinta, además, para meterle tanto miedo en el cuerpo a una chica. Te va a costar trabajo, pero tienes que sacárselo de adentro a besos y más besos. Y déjate de que Tere es pura y de que sólo puedes hacer eso con otras, déjate de narices respingadas, de pelitos cortos y demás pecas y tonterías. Tere lo que quiere es un poco de cochinada, un poquito de cochinada, por lo menos, Manongo…"

Manongo seguía conversando con su madre, ahí en ese dormitorio demasiado sobrio, demasiado su padre. Pero le encantaba esa ventana inmensa que daba a un jardín perfecto que sólo Óscar, su perro, frecuentaba, a la florida terraza en la que alguna vez se había bailado, a la piscina siempre limpia, siempre llena, siempre sin usar, a la cancha de tenis en que su padre se torció un tobillo jugando con un amigo, maldijo el tenis, se disculpó ante el amigo y mandó inmediatamente construir la pequeña pista de badmington que nunca estrenó y que ahí estaba, perfectamente abandonada también como este dormitorio que su madre llenaba de flores cada mañana, aunque esas flores había que retirarlas a las 7 en punto de la tarde y ventilarlo todo y luego sacarle la ventilación limeña a todo con un extractor de humedad, en fin, cosas de don Lorenzo que hacían reír a su madre, que la hacían llamarlo Laurence, y entonces él la llamaba Christie. Manongo pensó con alegría en lo equivocado que podía estar. A lo mejor ese sobrio dormitorio no estaba tan abandonado, qué le había dado a él por encontrarlo todo tan pero tan abandonado, qué entendía él de eso, qué… Porque ahora que ya se habían llevado las flores y encendido el extractor, hasta el inmenso closet en que su madre guardaba su ropa y tenía una caja fuerte olía a violetas.

—Se te está haciendo tarde, Manongo.

—Te parece mal que vaya con el uniforme, ¿no?

—*You are a very handsome young man…*

—¿Qué tiene que ver eso con el uniforme?

—Se me ha ocurrido una idea, hijo. Te presto mi automóvil y llevas a Tere a dar un buen paseo.

—Macanudo, mamá, gracias.

—Toma las llaves, y espera un instante. Deja que mire en la caja fuerte.

Como siempre, su madre se olvidó de la clave, si me viera tu padre, pero abrió por fin la caja y estuvo rebuscando un rato en mil cajoncitos.

—Fue de tu bisabuela, Manongo, y ahora es tuyo para que se lo regales a Tere por su santo. Es un lindo alfiler de oro y la aguamarina me encanta. A ella le quedará precioso y yo no me lo pongo nunca. Bueno, automóvil, aguamarina, y mira, una cajita que no está nada mal para un regalo así. ¿Qué más quiere el caballero? ¿Un beso de despedida?

Manongo encendió los faros de carretera y aceleró bastante, o sea que apenas demoró un par de minutos en llegar a casa de Tere. La noche le olía aún a violetas, y en el automóvil sentía que recién estaba abandonando el dormitorio de sus padres, el closet de su madre, la escena de la caja fuerte y el alfiler con la apacible aguamarina en la cajita que apretaba fuertemente contra el timón mientras pasaba ante el corralón de Adán Quispe sin haber recibido aún ninguna carta de Yu Es Ei, que te vaya superbién, amigo.

Después iluminó un MG rojo con la capota baja y el perfil acicalado de un tipo muy seguro de sí mismo, absolutamente convencido de que era ardiente, matador, esencial en este mundo, muchísimo más importante que la mamá de Tarzán o que la última Coca-Cola del desierto, en todo caso, y mayor de edad ante la humanidad entera. Lo demás era el embeleso respingado y sonriente con que Tere le estaba creyendo absolutamente todo a un tipo así, con seducción incluida y maquillaje intenso. Manongo se había estacionado con bastante convicción y hasta le había pegado su quiñecito al parachoque de un MG que, además, le encantaba, y que para colmo de males contribuía a darle a todo aquello una profunda dimensión de cine al aire libre en verano.

Y entonces, maldito sea, el acicalado le puso su perfil a Tere, sin duda alguna para emitirle aún más vibraciones y recibir un merecido beso en su mayoría de edad y carro sport, y Manongo sólo logró corregir la escena cuando Tere le puso su perfil a él, no al otro, permitiéndole captar de golpe que no era un perfil acicalado sino un rostro completo y muy rico en emanaciones lo que ella contemplaba arrebatada, tan extasiada que Manongo lo atribuyó todo a la intensidad de sus faros de carretera, o sea que puso los bajos, los de ciudad, aunque con ello no logró impedir que el beso de Tere fuera a dar tristísimo y feroz en la boca de ese individuo tan mayor de edad, tan a media luz ahora, con los faros de ciudad, tan mereciente y emanatorio, tan cruel e increíblemente MG.

A Manongo lo empezó a agarrar muy fuerte el mismo dolor que le había llegado desde algunas pantallas de cine, desde ciertas escenas demasiado tristes y logradas, y realmente le costó trabajo asumir que esta vez la historia era real, que le había tocado a él, y que por dolorosa que fuera, iba a durar toda su vida. Y esto último fue lo que quiso comunicarle a Tere, aquella noche, y lo que, para su enorme sorpresa, Tere no sólo pareció entender a la perfección, sino que además encontró perfectamente normal y como muy llevadero, precisamente por tratarse de Manongo. Todo sucedió en un abrir y cerrar de ojos, o más precisamente en un encenderse y apagarse de faros, porque Manongo le clavó luces altas y bocinazos al espectáculo del MG, que incluía un desgarrador trozo de campo de polo y de acequión, apagó del todo enseguida y se precipitó hacia el desenlace, sin tomar para nada en cuenta la abultada lista de combates que llevaba perdidos por la vía del sueño, en las numerosas fiestas en que se había abalanzado sobre un tipo que aún no había sacado a bailar a Tere pero que no tardaba en…

Perplejo y extraído en peso por la parte lateral bajita del MG, aunque siempre esencial y con unos ojos como de dormitorio, el mayor de edad todavía se dio el lujo de ponerle la cara esa de aburrimiento y autarquía, de cosas de mocosos inconvenientes que aún tengo que soportar y ahorita seguimos con el beso, Tere. Después empezó a parecerse a Alan Ladd en lo rubio y muy lacio, en lo bien peinadito y demasiado bajo para mirar de arriba abajo al mundo entero, pero que se crecía ante grandes rivales, Jack Palance en *Shane, el llanero solitario*, por ejemplo, aunque fue Manongo quien se sorprendió a sí mismo asestándole un feroz cabezazo barrio Marconi que le abrió a la perfección la ceja izquierda aún sonriente. El tipo, sin embargo, como que no estaba acostumbrado a darse por aludido o algo así, cuando un mocoso lo estorbaba, porque respondió desempolvándose un hombro de sastrería importante con una mano y cara de verdadera conmiseración, lo que hay que aguantar y el que con mocosos se acuesta… Manongo pensó en atravesarlo vivo con el alfiler de la aguamarina, pero entonces Alan Ladd le extendió la mano para presentarse como Juan Pasquel y sorprenderlo con un jab al mentón, en pleno mucho gusto.

Desconfiadísimo y con una inusitada capacidad de reacción, Manongo probó desconocerse como el Cholo José Antonio, su compadre, y, al grito de "¡Al estilo Nazca, conchetumadre!", lo último que vio durante un buen momento es cómo la peinada muy lacia y Alan Ladd de Juan Pasquel se descomponía y recomponía dorada, brillando infinita cantidad de veces en el aire nocturno y cada vez más cerca al campo de polo. Le estaba saliendo cojonuda la pelea, gracias a su compadre Billinghurst Cajahuaringa, y el único inconveniente ahora era cuándo parar y volver a sentir el sufrimiento insoportable que lo arrastró a empezarla.

–¡Basta, Manongo! ¡Se acabó! –le ordenó Tere, bajándose recién del MG, con sorprendente serenidad y como si recién se bajara del beso, también, en fin, con algo que Manongo le notó a fondo.

–Debí seguir pegándole el resto de su vida, Tere –le exhaló.

–Mejor es que desaparezcas el resto de *mi* vida, Manongo.

La miró jadeante, frotándose las manos como para mantenerlas muy calientes, realmente furiosas el mayor tiempo posible, pero era inútil, era imposible mantenerlas el resto de la vida así y ella... Manongo miró a Juan Pasquel y claro, el pelo muy rubio era lo primero que le había vuelto a la normalidad, más el pañuelo de sonarse, en la ceja izquierda, con *savoir faire*, y el de adornito del bolsillo superior del saco, de pura seda, para el labio, por supues- to, con descuidada elegancia, no, no tardaba en quedar perfecto el tipo y con sólo regresar al MG seguro que hasta recupera la aureola mágica y el beso que le dio Tere, el muy... Manongo sin- tió que Juan Pasquel empezaba a matarlo a pañuelazos.

–Era tu santo y me dieron permiso para salir, Tere. Por eso vine. Y también para informarte que Teddy Boy te recuerda siem- pre.

–Gracias. Dale saludos al profesor y ahora vete, por favor, Ma- nongo...

–Pero, ¿y éste por qué no se va, si yo le he pegado? Normal- mente la gente se va o se la llevan cuando le rompen el alma, Tere, pero éste... Algo se tiene que llevar el ganador, ¿o no?

–Tú qué opinas, Manongo, dime de verdad qué opinas. A ver, vamos, dime...

Juan Pasquel ya estaba en su automóvil y hasta empezaba a emanar impaciencia, a medida que el dolor le enfriaba hasta su victoria a Manongo. Empezaba a emanar hartazgo Juan Pasquel y volvía a instalar su perfil acicalado entre Tere y Manongo, y hasta reclamaba con autorizada y aburrida voz un frasquito de mercurio cromo, gasa, y un rollito de esparadrapo, por favor, Tere.

–No me lo puedo creer –dijo Manongo, acercándose al acequión apagado, para arrojar la cajita con el alfiler de oro–. Era tu regalo, Tere, una aguamarina...

Después subió al automóvil de su madre y vio que Tere se agachaba peligrosamente sobre la acequia. Juan Pasquel saltaba del MG y corría detrás de ella. Manongo sonrió al pensar en lo traviesa y atrevida que había sido siempre Tere e iluminó toda la escena del agua con los faros de carretera, pero fue como cuando uno se ríe o tose y tiene una herida profunda: tremendo espasmo. Y otro más, aún peor, cuando vio a Juan Pasquel ayudando a Tere, mojándose sin mojarse en el borde del acequión, cuidándose y hasta acicalándose el par de heridas con cien mil pañuelos, haciéndose el que ayudaba muchísimo, dirigiendo desde un palco la operación rescate de la aguamarina.

–Este cabrón –dijo Tere.

Había logrado rescatar la cajita con el regalo, pero también, segundos antes, mientras decidía empaparse, mientras se metía descaradamente al agua y se embarraba íntegra, logró ver unos instantes un palito de chupete helado, clarito vio cómo avanzaba, cómo navegaba ondulante, y lo lindo y lo triste que desaparecía íntegra, única y tierna, la tarde de verano en que Manongo compró un juego de jacks y unas bolitas para jugar ñocos, cuando la regata pobre por las acequias de San Isidro y en el cine Country daban *Historia de tres amores* y a la salida comieron esa butifarra y conversaron tanto y tan importante.

–Este cabrón, Juan –repitió Tere, sintiendo lo bien que quedaba esta expresión, totalmente nueva en ella, en ese instante tan inesperado de la nostalgia y el fin de algo que sólo con Manongo había sido posible y que ahora, sin embargo, había invadido su presente e invadiría también su futuro, probablemente.

–Este cabrón –volvió a repetir Tere, sintiendo que esta expresión, además y todavía, *le* quedaba muy bien.

–¿Te ayudo, Tere? –le preguntó Juan Pasquel–. Estás empapa-
. da. Y yo necesito desinfectarme un poco, también.

–Sí, Juan, claro, pero ahora espérate un momentito, por favor.
Ten paciencia, o toca el timbre y dile a la empleada que te atienda.
Tú que te las arreglas siempre solo, Juan, demuéstralo esta vez.

–No te entiendo, Tere.

–Ni yo, pero ahorita vuelvo.

Se subió empapadita al carro de Manongo y le dijo que apagara
de una vez por todas tanta luz. Y que nunca lo había delatado ni
nada. Y que él jamás había matado por amor fraternal a ningún
hermano, ni una mosca siquiera, y el miedo que me diste y lo que
me hiciste sufrir. Y que era una bestia y un loco y un tarado. Y que
ella le había explicado ese caso tan raro a un psiquiatra, sin contarle por supuesto que se trataba de ti, Manongo, porque jamás te
traicionaré, eso sí. Y que el psiquiatra le explicó complicadísimo
que eso era la verdad de las mentiras, o sea peor que la verdad verdadera y que la realidad sublimada y que crimen y castigo, aunque
a ella tanta explicación le supo a tongo, para serte bien sincera,
Manongo. Y que se contentó con que lo del hermano asesinado
fuera otro de sus chantajes, aunque bien bonito y bien triste, pero
por lo loco y lo tarado que eres, eso sí, que conste. Y que jamás
mujer alguna lo iba a aguantar más de tres días, ni en Lima ni
en Piura ni en la Cochinchina, Manongo, y que ella lo había
aguantado exactamente tres años, ocho meses y trece días que se
cumplieron hace exactamente tres cuartos de hora, por si le interesaba saberlo, y porque tú te me declaraste tal cantidad de veces
que tuvimos que ponernos de acuerdo en que me declarara yo por
fin un día, para ponernos por fin de acuerdo en el día y en la hora
de nuestros aniversarios, ¿te acuerdas, tontonazo? Pero si eres
insoportable hasta cuando no sé qué, como ahora, imbécil…

Y sí, también inventaste a James Mason y la butifarra y el
además y el todavía y el colegio San Pablo y la trascendencia y la
desesperación. Pero no voy a dejar que termines de inventarme a
mí también, Manongo, aunque debo reconocer, un instante y
nada más, eso sí, que no te estaba saliendo nada mal pero que era
incomodísimo. Y que te tuve miedo y que te odio. Y que me odio
por no tenerte miedo ya, pero un instante y nada más, o sea que

ni intentes aprovecharte, te lo advierto... Y bueno, veamos si me queda algo por decirte...

—Aprovecha ahora que Juan ha entrado a que lo curen, Tere.

—Saldrá parchadísimo –le sonrió la muy coqueta y empapada de Tere–. Pero ni creas que te vas a aprovechar de nada, y más bien veamos un asunto. ¿Qué tal si le mandamos la aguamarina a Adán Quispe? La puede vender, y por lo menos tendrá con qué comer unas semanas.

—Adán será campeón y yo llegaré a Nueva York para felicitarlo.

—Adán no será campeón y no lo volverás a ver más, Manongo. ¿O acaso te ha escrito ya contándote que ganó una sola pelea?

—Es muy rápido todavía.

—Dios mío, Manongo, cuando eres adorable te pones más pesado que nunca, ahora que ya no te tengo miedo. En fin, ¿cómo explicarte de una vez por todas? A Adán ojalá que lo maten rápido, para que sufra menos. Porque le van a dar cada paliza al pobrecito...

—No veo por qué, Tere.

—Desnutrido, enano, enclenque, feo, cholo y peruanito. Dime, ¿te parece poco, Manongo? ¿Te acuerdas cuando me contaste lo del sacrificio del inca, en el colegio? Pues imagínate al pobre inca en Harlem, por lo menos... Imagínatelo desnutrido, enano, enclenque, feo, cholo y peruanito. ¿Realmente te parece poco?

Manongo había agachado hondo la cabeza y Tere se la había vuelto a recoger con ambas manos, rogándole que mirara lo mojada y ridícula que estaba con el maquillaje chorreándole y el peinado en ese estado calamitoso. Lo felicitó por lo bien que se había trompeado por ella y le confesó que hasta había sentido cierto orgullo al ver que por una vez en la vida no lo noqueaban al primer round, me sentí tan contenta por ti, para qué, Manongo, y la pura verdad es que por eso me quedé mirando tan tranquila desde el MG. Después le comentó que era bien raro, ¿no?, estar ahí conversando los dos como siempre, o mejor que siempre, ahora que estaban terminando para siempre... Y nuevamente lo felicitó por lo bien que se había trompeado aunque, eso sí, que no vuelva a suceder, Manongo, y ni pienses que cada vez que beso a alguien te vas a aparecer tú, pesadísimo otra vez. Le tendió la mano para quedar como amigos pero él quiso besarla empapada y le desgarró la blusa y empezó a hacer lo que quería con ella pero sin respuesta alguna. Entonces Tere lo miró y le extendió la mano y la aguamarina por última vez, Manongo.

—Tere —trató de explicarle Manongo—. ¿Me juras que no te importa nada que esto me esté pasando a mí, *además y todavía*?

—Al principio me importó y hasta me impresionó mucho, Manongo. Pero ahora, la verdad, no sé... Como que lo encuentro lógico o coherente. Y hasta me parece que a nadie le hará tanto bien como a ti y que nadie tampoco lo encontrará tan llevadero como tú. Como que va con tu carácter, Manongo. Y ya verás, hasta te dará realce o algo así bien elegante, como a James Mason, mira, porque como que te va perfecto, no sé... Y ahora, o me das la mano y me aceptas esta joya para ayudar a Adán...

—Bájate, más bien, Tere. Porque yo lo quiero todo o nada. Todo, o te bajas.

—¿Ya ves? Te va perfecto —lo odió Tere, por dejarla con la mano y la aguamarina extendidas. Y, maldiciendo no estar ya tan empapada como al principio, lo miró con toditito el cuerpo y añadió—: Te va mejor que pintado. Y mira, justo en el instante en que sale Juan, *además y todavía*, o sea que chau.

Manongo paseó por el Country Club en invierno, comió una butifarra en la bodeguita del italiano, junto al cine Country, volvió a arrancar sin rumbo fijo y terminó estacionándose frente al corralón de Adán Quispe. Apagó las luces, cerró los ojos, contó la frecuencia de los largos espasmos, sintió el sabor pesado, repetitivo, nervioso de la butifarra, y pensó que había pasado tiempo de sobra para que Adán le avisara de su llegada y le contara también de aquellos contactos que, desde Lima, había tomado con una asociación deportiva neoyorquina.

Tal vez si se concentraba en eso... Manongo dejó pasar un largo espasmo, se echó en el asiento, miró detenidamente el techo del automóvil y pensó que mañana temprano tendría que estar de nuevo en el colegio. Y ahora lo que quería era colocar algo bien fuerte, bien violento, entre el instante en que iluminó un MG rojo y a Tere con Juan Pasquel y el instante en que llegaba nuevamente al colegio. Si forzaba un vómito, tal vez, si se sacaba la butifarra de adentro. Y si abría espacio para asimilar otras cosas, tantas cosas más. Si cubría un dolor con otro dolor, si metía una pena dentro de otra, si...

Nadie le entendía nada en el colegio. Nervioso estaba, sí, y el Cholo José Antonio lo medía, lo estudiaba, aprendía a entrarle con tacto a su feroz tristeza y disimulo, a sus carcajeantes historias de fracasos ajenos, de increíbles peleas, de catchascan, de lucha libre, de pateaduras en el Luna Park y de un tal Kid Corralón, introductor de la nueva modalidad llamada karate, treinta y dos semanas invicto. Porque realmente no había rival para Kid Corralón y uno tras otro mordían la lona gigantescos luchadores nacionales y extranjeros, uno tras otro iban a dar con toda su humanidad fuera del ring. Y eso que Kid Corralón era desnutrido, enano, enclenque, feo, cholo y peruanito...

... "¿Realmente te parece poco, Manongo?", se preguntaba entonces el propio Manongo, y nadie en el colegio le entendía por qué siempre se preguntaba "¿Realmente te parece poco, Manongo?", cada vez que iba a hablar de Kid Corralón, desnutrido, enano, enclenque, feo, cholo y peruanito, ni él tenía tiempo de explicarlo tampoco porque Kid Corralón acababa de saltar al ring y arrancaba ipso facto la atroz pelea. Y el Negrito Humberto Palma lo invitaba a su casa de Chaclacayo. Y Jorge Tyrone Valdeavellano le invitaba un cigarrillo tras otro, mientras el Muelón León, Luchito Body Peschiera, el Gordito Cisneros y Eduardo Pipipo Houghton lo invitaban una y otra vez a sus haciendas...

... Porque, carajo, compadre, parece que ha sido igual que el Zorro Iglesias, el de la radio, y que a Manongo, como al pobre Fernández, el personaje del Zorro, *se le dijo, se le explicó, se le insistió*, y hasta *se le pasaron películas documentales al respecto*, compadre, porque la hermana de Benavides, que es vecino de Tere Mancini, ha visto cómo al pobre Fernández, qué digo, me confundí, compadre, cómo a Manongo le ponían los cuernos en un MG coloradito, pasumacho, y nada menos que el Alan Ladd ese de Juan Pasquel, que ya hasta agrónomo es, creo, peor que documental del Zorro Iglesias, caracho, pobre Manongo, compadre, y míralo, nadie le gana fingiendo, bien macho, para qué, pero está agarrando andares de perro callejero y se ha quedado más flaco que un caldo'e viernes...

Y el Perro Díez Canseco le pedía otro chiste más, o si no otra historia de las tuyas, Manongo, pero no muy difícil y no muy rápido, por favor, para que la entienda yo y se la pueda explicar aquí a la bestia "dil" Comendatore...

Y entonces él soltaba lo de "¿Te parece poco, Manongo?" y les contaba historias de catchascan o, como dicen los cholos, de cachascan, de lucha libre, de peleas a *finish*, de vale todo, del Luna Park, en la avenida Colonial, y del Club Atlético Bilis, en la calle Colón, de Renato el Hermoso, una loca de la gran flauta con cabellera muy larga y ondulada y, por supuesto, su bella valet Lilí, para que le perfume a los rivales, del Yanqui, campeón peruano, y de su hermano El Ciclón, de los italianos de dudosísimo acento, Manolo Moza y Tino Giuliano, hermano de Salvatore Giuliano, el bandolero social al que no hace mucho se palomeó por fin la policía en Sicilia, de los argentinos de dudosísimo acento, El Búfalo y El Peta, y sobre todo de éste, porque El Yanqui agarra al Peta y ya lo ha hecho pedazos, como siempre, señores radioescuchas, por una fina cortesía de William Shell, el aceite de los conocedores y Pennsylvania Motors, aquí junto al *ring side* del Luna Park, del Toro y de Jack Sabú, del Penado 14 y de La Hiena, de los elegantes, técnicos, finos y elásticos españoles Vicente García y El Conde, que despedazaban siempre al Búfalo y al Peta, por sucios, por groseros, por tirar arena en los ojos, y porque habían despedazado inmundamente al Ciclón, el hermano del Yanqui, campeón peruano, y de Max Aguirre, el promotor de todo, el inventor y dueño del negocio, el manager. "¿Realmente te parece poco, Manongo?" Nadie le entendía a Manongo pero, qué diablos, los más limpios ganaban siempre a los más sucios y los menos cholos y los extranjeros le rompían siempre el alma a los más cholos. Y el público, purito cholo, pero que sabía diferenciar entre cholo blanquiescente, cholo a secas, cholifacio, chontril y chuto, requetefeliz, cuanto más les daban a los chutos, a los amorfos, más feliz el cholifacético público. Y así hasta fin de año, cuando por supuesto El Yanqui aplicaba una vez más su feroz llave, el avión, gracias al aceite William Shell, pooooor supuesto, señores, y se requetecoronaba campeón.

"¿Realmente te parece poco, Manongo?" Pero como las peleas eran también de cuatro contra cuatro cholos, se llenaban de chutos muertos el *ring side* del Luna Park y el del Club Atlético Bilis, porque también los amorfos que habían empezado formando equipo con El Yanqui, traicionero como es de nacimiento el indio, se le volteaban repentinamente a la mitad de la pelea y le daban de alma y a la traición y por la espalda, por supuesto, y El Yanqui contra los cuerdas y sin conocimiento, señoras y señores, y ahora también el árbitro está sin conocimiento y fuera del ring, damas y caballeros, y traigan camillas, ¿me oyen en la enfermería?, porque esto se puso feo, respetables radioescuchas, siete contra uno y sin árbitro, ¡Dios mío!, lo nunca visto, ¡Virgencita de la Legua!, y va a abandonar, señoras y señores, y ya no sabe ni en qué país está El Yanqui, damitas y caballeros, y no tarda en abandonar, respetable público, que era cuando la madre patria enviaba a Vicente García, que salvaba y resucitaba al Yanqui, pero después los amorfos estaban matando a Vicente García, pero aparecía milagrosamente El Conde, todo un caballero del rey Arturo, damas y caballeros, y soltaba su "¡Olé!" acostumbrado, y El Yanqui le contestaba con su acostumbrado *"Yes!"*, poniendo en marcha los motores de su mortal avión inmortal, gracias a William Shell, el aceite de los conocedores, y amorfos y traidores huían como ratas por los rincones, y el respetable enloquecidísimo y más cholifacético que nunca, porque hay que saber distinguir entre valientes y cobardes, señores de William Shell, el aceite de los conocedores y Pennsylvania Motors...

Y así hasta que un día debutó Kid Corralón, desnutrido, enano, enclenque, feo, cholo y peruanito, "¿Realmente te parece poco, Manongo?" y, sin avisarle a nadie ni nada, se mantuvo treinta y dos semanas invicto, aprovechándose cobardemente de su nueva y desconocida modalidad, el karate. Y aprovechándose también, por supuesto, de que El Yanqui, bajo los auspicios de William Shell, el aceite de los conocedores y Pennsylvania Motors, señores, había salido disparado rumbo al Japón, cuna de la nueva modalidad, para volver campeonamente especializado y, cómo no, damas y caballeros, tras no haber dejado karateca vivo en el país del cobarde ataque a Pearl Harbour...

La invicta y gloriosa campaña de Kid Corralón, cada vez más desnutrido, enano, enclenque, feo, cholo y peruanito, duró exactamente treinta y dos semanas, por la simple y sencilla razón de que Manongo terminó por darle toda la razón del mundo a Tere, al cabo de treinta y dos semanas exactas. Fueron en total seis las cartas de Adán Quispe, o más bien seis las fotografías acompañadas por una breve leyenda y, a veces, por una servilleta de papel con unas cuantas noticias más.

Foto nº 1) Adán, enano y sonriente como nunca, posa francamente deslumbrado y en clave de karate ante un tipo gigantesco, también en clave de karate y con mirada de edificio. Ambiente de gimnasio barriobajero. Leyenda: "Con mi amigo Empire States."

Foto nº 2) Adán, desnutrido y sonriente como nunca, abraza con gran dificultad y mirada de trofeo, a una gorda tan rubia como gigantesca, con mirada de cacería y jungla de asfalto. Ambiente de suburbio sospechoso con automóvil caro de suburbio sospechoso. Leyenda: *"With Pat, on my way to the top."* Servilleta adjunta: "Mejorando la raza y estatura. Carros así aquí te los venden tira*o*. Todo lo que ves detrás es la casa de la familia de Pat, pero su padrastro es negro. Por supuesto, conmigo mucho respeto el grone, pero aparte de esto el karate no rinde y hay que pelear con tongo incluido en el precio. Y dicen que tengo rasgos de oriental y hasta quieren disfrazarme de Pearl Harbour, un tipo al que aquí todos odian. Pat piensa que un restorancito. Una inversioncita no vendría mal porque los ahorros se están acabando y ando pasando *vacuum cleaner* que ya está bien. Bueno, *buddy*, escribe y manda fruta. Besos a Teresita si to*a*vía la quieres. Un abrazo, *Adam.*"

Pero entonces habían pasado tan sólo dieciséis de las treinta y dos semanas y Kid Corralón, aunque cada día mucho más desnutrido y todo lo demás porque Tere empezaba a tener razón, buena gente Tere, hasta había querido mandarle ¿nuestra? aguamarina con ¿nuestro? alfiler al pobre Adán, Kid Corralón continuaba invicto y no había tu tía ni Ciclón, hermano sin embargo del ausente Yanqui y de Max Aguirre, el promotor, el manager, ni Búfalo ni Manolo Moza, ni caballerosos españoles Vicente García y El Conde, ni inmundos y amorfos Penado 14, Huascarán y Puneño III, ni siquiera el negro pura fibra y USA Tony Congo, de dudosísimo acento, no, no había nadie que pudiera con el karateca, el cada día más enclenque y peruanito Kid Corralón.

Y ya Neca Neca Pinillos se había quejado, había gritado, había interrumpido varias veces el relato: "¡Imposible, carajo! ¡Chuncho'e mierda! ¡Lo mato! ¡Sobre el pucho le corto los huevos!", y acto seguido se había abalanzado sobre Pircy Centeno, que pidió clemencia, que se rindió ipso facto, para siempre jamás, taitita Dios, todo superhistriónico, claro, pero que luego, pendejísimo e histórico, explicó que la letra con sangre entra y que el endio fengía sumesión por porito enstinto de consideración, aprovechando por supuesto que Pepín Necochea se encontraba a años luz del lugar de los hechos, y matándose enseguida de risa al ver que Díez Canseco no había entendido ni el chiste ni el juego de palabras ni nada. Al pobre Perro hubo que explicarle tres veces que Pircy, lo que ha querido decir, carajo, es instinto de con-ser-va-ción, ¿ya?

Foto nº 3) Pat y Adán bailan un huayno en la "Academia Azteca Santa Rosita de Lima, *English Spoken*". Ambiente: increíble mezcolanza vernacular y un tocadiscos. Local tipo garaje. Vacío. Leyenda: "Pat y yo de profesores de danzas típicas." Servilleta adjunta: "De esto tampoco se vive, Manongo, pero Pat y yo nos casamos pronto. Eso me ayudará, ya verás." Foto nº 4) Boda de Patricia Smith y Adán Quispe. Ambiente: crisol de razas. Pat ríe a carcajadas y Adán cabe fácilmente en su boca. Pat debe tener unos cien meses de embarazo. Servilleta adjunta: "Me dice Pat que esto me permitirá ser pronto *a citi-zane of the United States of America.*" Foto nº 5) Nacimiento de Adam Q. Smith. Ambiente: hospital obrero. Foto nº 6) Adán Quispe parado ante un inmenso cartel publicitario: LOS MARINES ESTÁN BUSCANDO UNOS CUANTOS BUENOS HOMBRES. Ambiente: "¿Realmente te parece poco, Manongo?"

Cansado de darle la razón a Tere, Manongo hizo regresar al Yanqui del Japón. Por fin. Habían pasado más de cuarenta semanas y el colegio había terminado para los fundadores del San Pablo. Y había terminado también, por supuesto, la carrera de Kid Corralón, reducido literalmente a polvo japonés por los científicos golpes del Yanqui, y por la ausencia prolongada, primero, y definitiva, después, de noticias de Adán Quispe. Manongo le escribió muchas veces a su última dirección, pero nada. "¿Realmente te parece poco, Manongo?" Y Manongo recordaba también que Tere le había dicho, además y todavía: "Ojalá que lo maten rápido, para que sufra menos. Porque le van a dar cada paliza al pobrecito…"

Por eso, cuando los ex alumnos del San Pablo le preguntaban por los héroes del catchascan, cuando se reunían para evocar los días de internado y le exigían nuevas hazañas de aquéllas del Yanqui, los extranjeros y los amorfos, Manongo les inventaba un nuevo personaje, El Indio Apache, el de la larga crin color azabache y los terribles dedos magnéticos. Era flaco y horroroso, y era enclenque y apátrida, y cobarde, tramposo e inmundo, y solía corretear traicionero por el ring, pegado siempre a las cuerdas, huraño, superacomplejado y de reojo, como ave de rapiña revoloteando en torno a su presa. Y todo el mundo le sacaba la mugre siempre. Salvo, claro está, en el tremebundo momento aquel en que El Apache se lanzaba sobre La Hiena, por ejemplo, y le aplicaba, sí, *le aplicaba* sus dedos magnéticos, cinco mil voltios o como se llame la maléfica irradiación esa que les enchufa a sus rivales, y con los dedos de ambas manos, y son diez estos dedos, con el perdón del respetable...

Pero las cobardes y magnéticas hazañas del Indio Apache se volvieron muy pronto repetitivas y aburridas, y ya no hubo más historias ni historiador para contarlas porque tampoco hubo nunca más noticia alguna de Adán Quispe. ¿Adquirió la nacionalidad norteamericana?... ¿Logró ingresar al ejército Yu Es Ei, como decía él?...

Ni Manongo ni nadie supo nunca que, años más tarde, un bombardero norteamericano piloteado por James Alan Oxley, ex alumno del colegio San Pablo, soltó la bomba que por error mató en Vietnam al marine USA Montoyita, otro ex alumno del San Pablo, en el preciso instante en que descubría que también el marine USA Adam Quispe era de origen peruano y que había sido pata del alma de su ex condiscípulo Manongo Sterne, ¿Tovar y de Teresa?, sí, ése, ése mismo, Manongo Sterne Tovar y

IV

"Me he casado",
me dice. Cuando lo que hicimos de niños
en casa de la tía difunta.
Se ha casado.
Se ha casado.

Tardes latitudinales,
qué verdaderas ganas nos ha dado
de jugar a los toros, a las yuntas,
pero todo de engaños, de candor, como fue.

CÉSAR VALLEJO

Iba en calesa, pidiendo aplausos, y Lima entera lo reconoció al mirarlo. Era don Manuel Prado y Ugarteche y ya había gobernado el Perú entre 1939 y 1945, mandándose realmente la parte por estos hemisferios sur al ser el primero en declararle las hostilidades al Eje Berlín-Tokio, no bien se produjo el ataque a Pearl Harbour. Roosevelt debió agradecérselo muchísimo, sin duda alguna, aunque no faltan los mal pensados que afirman lo contrario, que más bien le envió un telegrama diciéndole: "NO ME DEFIENDAS COMPADRE, STOP. FRANKLIN."

Y es que en el Perú se declararon feroces y viles hostilidades contra las colonias alemana y japonesa. A ésta, por ejemplo, se le expropiaron codiciables fundos agrícolas, en el norte del país, y en Lima y otras ciudades se le confiscaron joyerías, florerías, relojerías y pulperías, obligando a sus propietarios a huir despavoridos. Otros, con peor suerte, terminaron en campos de concentración en Texas. Mas hubo también buena y mala suerte entre los que regresaron al Perú. Algunos recuperaron sus bienes pero otros, que los habían confiado a particulares o a entidades públicas, fueron víctimas de un criollo perro muerto y si te vi ya no me acuerdo.

Y Manongo Sterne recordaría siempre a un personaje muy familiar en su niñez. En su casa le llamaban El Señor que Regresó, y cada año aparecía emocionadísimo, el día de Navidad.

—Don Lorenzo —anunciaba el mayordomo—, ya llegó El Señor que Regresó.

Don Lorenzo aparecía furibundo, porque fue usted quien me honró al brindarme su confianza, porque la honestidad no se agradece, y porque la verdadera solidaridad, señor Matsu-moto...

—Hokitika, don Sterne, señor Matsumoto es nuevo socio en joyería relojería...

—Claro, y no sabe cuánto me alegro. Pero le decía, como cada

Navidad, y próspero Año Nuevo, de paso, señor Hoki-tika, que la verdadera solidaridad se ejerce en el anonimato y el silencio.

El Señor que Regresó no compartía en absoluto las ideas de don Lorenzo y, tras una larga disputa y una negociación realmente abrumadora, lo convencía de que al menos le aceptara el regalito para doña Cristina, la última palabra en relojes para sus hijos, y el emocionado abrazo de un japonés que jamás en su vida, don Sterne, caballero de vida y obra, olvidará lo que es regresar del infierno y encontrarlo toditito tal como se lo dejé a usted.

También durante el primer gobierno de Manuel Prado y Ugarteche, el Perú salió airoso de una de esas guerras fratricidas que han hecho que los latinoamericanos se conozcan poco y mal, lo suficiente para odiarse, muchas veces. El país se lanzó a una guerra fronteriza con Ecuador, y hubo héroes y mariscales. Aunque tampoco faltan los mal pensados que hablan de un fatídico autogol, de esos tan típicos en el fútbol peruano. Un avión habría sobrevolado una ciudad enemiga, según la siniestra versión, lanzando con tan fatal como perfecta puntería la bomba que mató, mientras leía tranquilamente el periódico en el patio de su casa, a un ciudadano peruano residente en Ecuador. ¿Héroe o mártir?, *that was the question.*

Tras haber asumido que el mayor inconveniente de ser presidente del Perú, *encore une fois*, era tener que abandonar París, el Teniente Seductor alquiló su departamento de *l'avenue* Foch y se instaló en Fort Lauderdale, estado de Florida, USA, para estar más cerca del acontecer nacional. Y allí, con el olfato político que lo caracterizó siempre, fue todo nariz y oídos cuando lo visitaron emisarios de los diversos bandos antidictatoriales. "Tú lo conoces, vota por él", fue el estribillo que lo llevó hasta el Congreso para recibir la banda presidencial, mientras que el General de la Alegría y el ochenio, Manuel Apolinario Odría, impedido de asistir a la transmisión de mando y con la cadera rota, dizque en otro palaciego jaranón, preparaba maletas de derrota para viajar a un hospital militar USA, en medio de la alegría general.

Monsieur le Président abandonó el Congreso en calesa descubierta de su preferencia, tirada por cuatro caballos también de su preferencia, y acompañado por los lanceros del Regimiento Escolta Mariscal Nieto. Llevaba un total de treinta condecoraciones en el pecho y, al entrar a palacio, lo primero que preguntó fue si el señor Marquitos Echeandía y Peralta no se había cansado de esperarlo.

–El señor Echeandía y Peralta duerme profundamente en el salón dorado –le avisó un edecán.

–¡Quién como él! –exclamó el presidente, dirigiéndose a despertar a su viejo amigo. Pero Marquitos no dormía.

–Cerré los ojos para no ver tanto horror, Manuel. Porque mira tú en qué estado lo ha dejado todo el generalote alegre. Por poco no nos pinta hasta las columnas de mármol. Y yo aseguraría que en los salones de jaspe y serpentina faltan algunas porcelanas. Dios nos libró de que nos colara una reelección, Manuel, porque entonces sí que nos quedamos sin una sola pieza de Sèvres. Además, me informa un mayordomo que la higuera que plantó Francisco Pizarro... Bueno, que tendrás que plantar otra higuera de Francisco Pizarro, Manuel...

–Basta, Marquitos, basta ya, que esta noche hay recepción a las autoridades y tengo que prescindir del chef. Los servicios del señor Piaget cuestan un ojo de la cara y yo no soy un alegre dictador.

–¡Qué va, Manuel! Tú siempre tan *administrado*... Bueno, que conste que lo mío se limita a mi palta...

–¿Por qué no hablamos mejor de los aires de libertad que se respiran con la sola mención de mi nombre...?

–Nadie es perfecto, Manuel. Pero, en fin, quítate ya todo eso del pecho, por Dios santo y bendito. No sabes lo que cansa verte así.

La revista *Caretas* preparaba su portada. Don Manuel Prado y Ugarteche era el personaje del momento, pero el director del semanario se resistía a poner en la carátula a un personaje que no era de su devoción. Al ver en la tina donde se enjuagaban las fotos cómo aparecía y desaparecía en las aguas Manuel Prado y Ugarteche, cargado de medallas y espadines, el director lo asoció con el circo. ¡Ésa era la carátula! El Teniente Seductor recargado de condecoraciones, airoso, chaposo, sonriente. Naturalmente que con el título de "¡Volvió el circo! (ver páginas centrales)" referido a una crónica sobre los circos que, como cada año, visitaban Lima con ocasión de las fiestas patrias. Y, naturalmente, también, lo de "ver páginas centrales" iba en letra pequeñísima y hubo que hacer una rápida crónica sobre circos para evitar el desacato.

—Esto es periodismo amarillo —le comentó, indignado, Marquitos Echeandía a su tío Francisco, enseñándole la portada de ese ejemplar de *Caretas*, el día que el semanario llegó al Club Nacional. Estaban tomando su íntimo, familiar, entrañable y dramático coñac Hennessy de los martes a las 8 p.m. en punto, en vista de que eran los últimos Echeandía que quedaban en el Perú y, triste es decirlo, pero muchísimo más tener que vivirlo, también en vista de que empezaban a hacerse viejos y a sentirlo y serlo y a estarlo y siendo tan únicos y tan últimos. Pero al ver semejante carátula, don Francisco reaccionó con la ira santa de sus mejores tiempos.

—¡Ni amarillo ni rojo ni verde, Marquitos! ¡Por la sencilla razón de que esto no es periodismo! Quienes demuestran semejante irreverencia a la institución presidencial no son más que unos gacetilleros mendaces. ¡Y unos mentecatos! ¡Y unos bribones! ¡Y unos cangrejos! ¡Unos babiecas y unos…!

—Sin duda alguna, tío —lo interrumpió Marquitos, al ver que la copa de Hennessy empezaba a temblar más de lo habitual en la mano derecha de su queridísimo tío.

—Aunque aquí entre nosotros, Marquitos, te diré que bien merecido se lo tiene Manuel Prado y Ugarteche. Y no me refiero a que haya contado, para su elección, con los votos de esa chusma del Partido del Pueblo. Dejemos de lado tan lamentable episodio, en vista de que don Manuel es muy amigo tuyo y de que yo, como bien sabes, me he hecho del *todo* a un lado en lo que se refiere a cualquier contacto con su gobierno. No le he respondido una sola carta y, en mi casa y mi banco, el servicio tiene instrucciones muy precisas para responder a cada llamada telefónica de palacio: "Don Francisco Echeandía y Bingham Benton se encuentra indispuesto y piensa continuar en ese estado de indisposición moral durante los próximos seis años. Excepción hecha, por supuesto, y aclárele usted bien esto al señor presidente, de que haya un golpe de Estado felón."

—Pero tío Francisco, tú bien sabes que Manuel siente por ti el mayor afecto y estima. Y que contaba contigo para…

—¡Basta, Marcos! No toquemos más ese tema en estos últimos martes para los Echeandía del Perú. No están destinados a ello, estos martes tan duros de sobrellevar… Eheemm… Pero volvamos a aquella gacetilla que repugna a la razón y al sentimiento… Aquí entre nos, te repito, Manuel Prado realmente se merece semejante carátula por haberse presentado en esa facha ante el Congreso de la nación.

—Pero si llevaba su mejor frac y todas sus condecoraciones, tío Francisco…

—¡Qué condecoraciones ni qué ocho cuartos, Marquitos! ¡Cuándo aprenderás a juzgar! ¡Lo que llevaba en el pecho es pura y dura chafalonía!

—¿Chafaloqué, tío?

"La oportunidad la pintan calva", pensó don Francisco Echeandía, esbozando una amplia sonrisa flaca que logró sosegarle bastante el pulso de su Hennessy y de sus días martes a las 8 p.m. Purista, conocedor, amante y defensor de la lengua que nos vino de Castilla, solía reunirse muy a menudo con una joven y brillante lingüista, doña Martha Hildebrandt, a quien animaba para que pusiera manos a la obra en las investigaciones destinadas a la redacción de un diccionario de peruanismos, retomando la labor iniciada en el siglo XIX por don Pedro Paz Soldán y Unanue, fundador de los estudios lexicográficos en el Perú. Y precisamente la semana anterior, la muy disciplinada investigadora había tenido la gentileza de hacerle llegar a la biblioteca del club unas deliciosas páginas consagradas a la letra *ch*.

Abandonando sonriente y orgullosamente su sofá personal del Club Nacional, el de la Triste Figura salió disparado y loco de contento rumbo a la biblioteca, diciéndole al cansino Marquitos que volvería con las fichas sobre *chafalonía*, de la doctora Hildebrandt, en un abrir y cerrar de ojos y que, mientras tanto, llamase a un mozo para que le añadiera unas lágrimas de Hennessy a su copa de cristal. Regresó feliz y, tras alzar su añejo temblor y brindar por la letra *ch*, en el Perú, e informarle al cariñoso pero abrumado Marquitos que esa brillante doctora por la Universidad de San Marcos, la primera de América *toda*, había obtenido ya una serie de premios y que su especialidad era el llamado español de América *parte*, no toda, Marquitos, y las lenguas indígenas, que no hay que menospreciar tampoco, querido sobrino, pues aunque no me interesan personalmente… pero, ¿me estás oyendo, Marquitos?… integran también nuestra grandeza pasada y *actual*. Y hago hincapié en la actualidad de esa grandeza, porque hay ciertos mal llamados nostálgicos que, por pereza mental, se regodean en la melancolía de un pasado grande y perdido, del Perú... ¿me estás oyendo, inútil?... y se niegan a ver que, como en tu caso y el mío, esa grandeza sigue viva y ¡presente!

—Es martes de Hennessy, tío —se entristeció a muerte, Marquitos. Y menos mal, porque eso le permitió despertar del todo, escuchar el agónico, anticuado y antiquísimo eeeeheeeemmmm de su tan querido tío Francisco y, de cabo a rabo, también la cita de la doctora Martha Hildebrant.

—Aaeejjjheemm —entre que carraspeó y eheeemizó, aún algo agónico y martesino; don Francisco y, tras apurar una furtiva lágrima de Hennessy, extrajo del bolsillo pertinente y *Societé Creed, Tailors of Paris and London*, su lupa desplegable de bolsillo, hecha a la medida exigente del artesano sastre mister Creed Jr. (como también los ternos de su sobrino, que él, muy disimuladamente, financiaba, de cualquier cosa sería yo capaz en esta vida menos de herir a Marquitos) y leyó:

"*Chafalonía* es en el Perú 'conjunto de prendas de oro y plata —o fracciones de ellas— que se compran al peso, para ser fundidas'. El término se aplica también a alhajas de imitación, y tiene usos figurados.

"*Chafalonía* fue admitido, con indicación de peruanismo, en la edición de 1899 del *Diccionario* de la Real Academia; como posteriormente se le retiró dicha indicación, hoy aparece como si fuera un uso general. Pero lo cierto es que *chafalonía* sólo se conoce en el Perú, Chile, Argentina y Bolivia.

"Del uso de este término en América nos ofrece viejo testimonio una carta de Lope de Aguirre, escrita en la isla Margarita hacia 1561; en ella dice que de ciertos rebeldes 'no hay para qué hacer cuenta, porque es *chafalonía*...'"

—Me salto las notas a pie de página para mantener tu atención, Marquitos.

—Realmente te lo agradezco, tío Francisco.

"...Un siglo más tarde, Caviedes escribe un poema titulado, precisamente, *Doctos en chafalonía*:

"*Si quieres docto ser en todas las ciencias,
en púlpitos en cátedras y audiencias,*

pondrás mucho cuidado,
en andar bien vestido y aliñado
de aquella facultad que representas,
que de esta suerte ostentas
lo que ignoras y nunca has aprendido,
que es ciencia para el vulgo el buen vestido.

"Por estos versos, en que Caviedes se burla de las apariencias de saber y respetabilidad, se ve que *chafalonía* tiene, en el título, el sentido de 'oropel', 'relumbrón'…"

—¿No te hace esto pensar ya en Manuel Prado, Marquitos?

—La verdad, tío, menos en los dictadores, que son todos unos generalotes y punto, lo que hasta ahora me has leído me hace pensar no sólo en todos nuestros presidentes sino prácticamente en toda la gente que conocemos…

—¡Marcos! ¡Cómo te atreves! ¡No te va la irreverencia a ti, Marcos! ¡Y además, nunca confundas la irreverencia con la indignación moral! ¡Porque son la noche y el día…!

—Salud, tío Francisco.

—Por la familia, Marquitos, aunque ya lleven otros apellidos antes que el nuestro… Ehheeem… Pero continúo:

"*Chafalonía* es palabra de incierta etimología. Según Corominas, está en relación con el verbo *chafar* 'aplastar', 'ajar', 'estropear' (de origen onomatopéyico) que da origen a *chafallo* 'remiendo mal compuesto' y *chafallón* 'chapucero'; de *chafallón* puede haber salido *chafallonía* con el sentido de 'alhajas chapuceras' que no merecían conservarse como tales por tener sólo el valor intrínseco del oro o plata empleado en ellas; *chafalonía* siguiendo la hipótesis de Corominas por despalatización de la *ll*.

"Es interesante volver a Caviedes para señalar su uso fonéticamente semejante a *chafallón*, *chanflón*, en su poema titulado *Caballeros chanflones*:

"*El que quisiera hacerse caballero,*
que se ponga muy grave y muy severo
y aprenda muy despacio
lo que son etiquetas de palacio.

"Y sigue, en muy mordaces versos, instruyendo a chanflones, es decir, *chapuceros*, sobre algunos ardides útiles para triunfar en la corte."

—Y a Caviedes sí le permites ser irreverente, ¿no, tío?

—Yo he leído a Martha Hildebrandt, una mujer sabia, y no a Caviedes, Marquitos. Y lo he hecho sólo para demostrarte por qué nadie debe ingresar con treinta piezas de chafalonía en el Congreso de la nación... Y basta ya por hoy, pues son las 9 en punto y se nos ha terminado otro martes más, querido Marquitos, y tan callando como siempre... ¿O notas tú que un poco más callando que de costumbre?

—Salud, tío Francisco. Y un millón de gracias por el honor, un martes más...

—O un martes menos... Pero, por favor, que todo esto quede, como siempre, entre nosotros, eehheeeemmm...

Pero después, como habría insistido en decir el satírico Caviedes, volvió también el mejor carnaval de alegría general y la maquinita emisora de inflación superó todos los récords establecidos por don Álvaro de Aliaga y Harriman. Cansado de la moderna, tenaz y norteamericanizada oposición del diario *La Prensa*, don Manuel Prado le entregó las riendas de la economía a su más encarnizado rival, don Pedro Beltrán y Espantoso, director de aquel diario y personaje al que nadie supo nunca muy bien por qué nadie quería. Don Manuel quedó convertido en ÉL, un personaje cada día más encantador, elegante y seductor. Logró que el Vaticano anulara su primer matrimonio con una empedernida fumadora de tabaco negro, se casó con una dama tan limeña como parisina y elegante, se abrazó orgullosísimo con el general Charles de Gaulle y se trataron, con foto en París y todo, de *Monsieur* a *Monsieur le Président*, aunque con Nixon no le fue tan bien porque se lo escupieron en Lima los estudiantes de la primera universidad de América, lo cual le dolió de verdad a don Manuel por haber sido su hermano Javier un respetadísimo catedrático en aquellas cuatricentenarias aulas.

Pero ÉL era ÉL y ahora todos se cebaban con el primer ministro, con el premier don Pedro Beltrán Espantoso, cuyo proimperialismo yanqui se encarnaba en su matrimonio con la señora Myriam Kellogg, de los Kellogg de los *Kellogg's Corn Flakes*, y en una columna en inglés en el diario *La Prensa*, sin duda alguna para que doña Myriam tuviera algo que leer en sus limeños desayunos y, de paso, para que nuestros periodistas aprendan algo o al menos a ver si se contagian, Peter. Liberal ortodoxo, don Pedro logró que la economía peruana fuera mundialmente alabada por su crecimiento y fortaleza, y todo ello a pesar de los logros de la izquierda, según análisis y conclusiones de sus propios marxistas ortodoxos.

Pero Fidel Castro se había instalado ya en La Habana y por Lima se pasearon en plan festejante decenas de sus nada ortodoxos barbudos de la Sierra Maestra. O sea que pronto hubo un castrismo a la peruana, aunque con grave problema de barbas, por no haber sido el pueblo peruano muy barbado por la naturaleza que digamos. Y la casa de Ramón Montoya tembló pero no cayó con las hazañas de Hugo Blanco, el menos ortodoxo y el más barbado de sus guerrilleros. A Hugo Blanco lo envidiaba hasta la propia izquierda, porque además de éxito en las acciones tenía una cierta aureola de bandolero social, más un mechón de pelo blanco en la tupida y ensortijada cabellera negra, muy dentro de la onda Miguel Aceves Mejía, el charro del chorro de voz y el falsete *cucurrucucú palooooo... ma*, que lo hacía francamente popular entre las amas de casa de clase telenovela.

Liberal, ortodoxo, y defensor a ultranza de las leyes del mercado, don Pedro Beltrán logró aumentar el tiraje de su diario con amplios y fotogénicos reportajes de Hugo Blanco en primera página, mientras don Francisco Echeandía enfurecía con el primer ministro porque con su periódico no se puede desayunar, don Pedro, le está usted dando la primera plana a quien debería figurar en la sección Policiales, o en todo caso en Deportes, que a la larga casi da lo mismo en este país, excepción hecha, claro está, del ya retirado y caballeroso Lolo Fernández, pundonoroso futbolista de prestigio internacional y con ese aspecto tan vasco...

—Déjeme que le explique, por favor, don Francisco... Mi periódico es más moderno y liberal que *El Comercio* y tengo que competir. Por lo pronto, ya ve usted que *El Comercio* ha cambiado su antediluviana primera página y está imitando la de *La Prensa*.

—Me consta, sí, porque le cedo siempre *El Comercio* a mi esposa, para que lo lea antes, y ya el otro día ella se confundió y me dijo: "Dios mío, Francisco, qué mal ha salido *La Prensa* hoy."

—Pues ya ve usted, don Francisco.

—Mire, don Pedro, yo creo francamente que usted confunde las leyes del mercado con las leyes del mercado mayorista. Y perdone que me ponga firme, pero lo único que está logrando con esas indignas portadas es aterrar a mucha gente buena. Dejo constancia de ello y me marcho, don Pedro, aunque no sin antes brindarle el testimonio de mi más profunda indignación.

Muchísimo más enfureció don Francisco con su sobrino Marquitos Echeandía y Peralta al encontrarlo profundamente borracho y dormido la noche en que se dieron una cita de hombres valientes. Se trataba precisamente de Hugo Blanco y del viejo candado del Banco Peruano de Crédito Español, una misión de la que sólo podían encargarse el presidente de esa institución y su pariente más querido.

—Por su antigüedad y uso, Marquitos, ese candado tiene que ser reemplazado por otro que se adapte a los tiempos que corren. Mis clientes no sólo se merecen el mejor servicio sino también la mayor seguridad.

Pero Marquitos no tenía cuándo llegar a la cita y don Francisco descubrió que, además de todo, ese vago del diablo había elegido el lugar menos apropiado del mundo para iniciar la Operación Candado. Don Francisco miró bien, pensando que tal vez era él quien se había equivocado, pero no, el lugar se llamaba El Patio, y Marquitos le había dicho El Patio, tío Francisco. "Con tal de que no haya dos Patios", pensó don Francisco, y aprovechó que estaba irreconocible para preguntar. Bien. Había un solo Patio, y don Francisco decidió actuar en consecuencia. Lo primero era darles instrucciones a Athos, Porthos y Aramis, sus finos galgos, para que no se movieran de la puerta ni mordieran a nadie, por borracho que esté, ¿me oyen? Lo segundo era ingresar a esa indigna mezcla de taberna madrileña y cueva de Alí Babá, y tomarse una copa de algún licor plebeyo, para no llamar la atención mientras esperaba a su sobrino. Con el paquete del nuevo candado fuerte e incómodamente apretujado bajo el brazo, don Francisco se encasquetó a fondo el inmenso y veraniego sombrero de paja de Panamá, izó ligeramente su bastón de estoque para abrirse paso entre tanto tabernícola, y avanzó muy disgustada y asépticamente hasta el mostrador del local.

—El caballero dirá —lo atendió un viejo y correctísimo mozo, muy a la antigua usanza, detrás del mostrador.

—¿No habrá visto usted al otro caballero?

—¿Al otro *qué*...? Perdóneme, señor, pero en este lugar sólo admitimos a caballeros. De día sí suelen venir algunas damas, pero de noche atendemos preferentemente a caballeros, como usted mismo podrá comprobar.

—Usted y yo jamás nos pondríamos de acuerdo acerca de lo que es un caballero —afirmó don Francisco, conteniendo apenas la rabia.

—Tómese una cervecita bien helada y no se acalore, caballero.

—Yo tomo lo que me viene en gana, oiga usted... Aunque bueno, ¿cuál es el aguardiente más barato que tiene? Me explico: el que menos llamaría la atención en un lugar de mala muerte que, por supuesto, no es éste, eheemm...

—Tengo un pisquito bien barato pero también bien malo y muy fuerte, caballero, para qué mentirle...

—Pues deme de ése.

Don Francisco colocó bastón de estoque y candado sobre el mostrador, para arreglarse las puntas del bigote con ambas manos, un viejo tic en él, y enfureció al comprobar el resultado de su lamentable olvido. Se había manchado íntegras las yemas de cuatro dedos, dos de cada mano, algo lógico, claro, qué torpeza la mía, pues se había pintado de negro su gran bigote blanco con un corcho quemado. Lo mejor era girar rápidamente para que el mozo no reparara en nada, sacar un pañuelo, limpiarse las manos y, de paso, comprobar si Marquitos había llegado ya. Y es que acababa de darse cuenta de otro gravísimo error. Marquitos y él se habían puesto de acuerdo en el lugar, infame, por cierto, y la hora de la cita, pero nos olvidamos de contarnos mutuamente qué íbamos a hacer para estar irreconocibles y en este maldito local se admite a cualquiera...

—¡El acabose! —exclamó el pobre, muy para sus adentros, eso sí, y girando nuevamente para reclamar su copa. Pero fue sólo para estrellarse con otra atroz comprobación: habían desaparecido su bastón y el candado con paquete y todo. Y el mozo como si nada, de lo más sonriente y limpiando el mostrador en sus narices, mientras con la otra mano retenía sospechosamente su copita de pisco.

—Déjeme que termine de limpiarle bien esto, caballero —le dijo el muy astuto hijo de perra, indudablemente para darle tiempo de huir al ladrón.

Y en el paquete del candado nuevo no sólo estaba la llave del candado nuevo sino también la del candado viejo y en ella la seguridad del banco toda y toda la seguridad de sus clientes. Don Francisco cerró los ojos, inhaló muy fuerte, muy largo y muy hondo y profundo, se absorbió íntegro, en realidad, y decidió que, de existir la misericordia divina, sin duda alguna se le concedería la inmensa gracia de exhalar inmediatamente su último suspiro. O sea que se encomendó a la Divina Providencia, antes de exhalar largo y tendido rumbo al infierno, sí, el infierno era lo que se merecía él por haberle fallado a su distinguida clientela y, en todo caso, la eternidad en el infierno le iba a ser bastante más soportable que otro cuarto de hora en ese espantoso antro llamado El Patio. Pero al abrir los ojos, don Francisco no sólo tenía la infame copichuela de pisco ante sus largas manos:

—Para no ensuciarlos, señor, puse su bastón y su caja debajo del mostrador, mientras le limpiaba esto un poco —le explicó el viejo mozo, correctísimo, sonriente y eficaz—. Y aquí los tiene usted de nuevo, caballero, pero sobre un mármol que está hecho un anís, como podrá comprobar...

—No sabe cuánto se lo agradezco —dijo don Francisco, con la mirada aún bastante extraviada.

—No tiene nada que agradecerme, caballero. Es lo que se hace siempre en este establecimiento.

Don Francisco ya no le explicó que, en realidad, su agradecimiento estaba dirigido a la Divina Providencia. En cambio, se mandó de un solo round la mulita de pisco y pidió otra. Y miró tal cantidad de veces su reloj de bolsillo entre el segundo y el cuarto piscazo que se arreó, que el mozo comprendió que ese señor tan extraño esperaba a alguien, indudablemente, y que a lo mejor él sabía a quién esperaba. Claro, claro que lo sabía, pero qué bruto había sido, porque realmente son exactos el otro caballero y éste, y sus muy anticuados sombreros de playa también. Y deben ser padre e hijo, probablemente, porque éste es el viejo y el otro el joven, aunque claro, qué cosa tan rara, éste tiene el bigote como teñido de negro y el caballero que pasó a mejor vida lo tenía como teñido de blanco... El correctísimo mozo decidió actuar.

—Perdone, caballero, ¿no sería usted don Francisco Candamo?

—Mi nombre es Anatole France y acabo de llegar a esta ciudad.

—Es que hubo un señor que parecía preguntar por usted. En fin, otro caballero, como gusta decir usted. Pero ha sido toda una coincidencia, sin duda alguna, aunque ese otro caballero también entró preguntando por el otro caballero, fíjese usted, ahora que recuerdo, y se parecía mucho a...

—¿Tomó algo el otro caballero, oiga usted?

—Pues sí, señor. Y precisamente tuve que darle el mismo pisco que a usted, porque tampoco él quería llamar la atención.

—¿Se encuentra aún en este local ese otro caballero?

—No aguantó el pisco, señor, y anda dormido por allá al fondo, sobre una mesa. Lo que sí sé, porque lo dijo antes de enterrar pico, con su perdón, fue que se llamaba Marcos Candamo y que me encargaba decirle a don Francisco Candamo...

—Mire, señor, en vista de que yo me llamo Anatole France y acabo de llegar a esta ciudad, creo que su deber es decirme únicamente cuánto le debo. Lo contrario, comprenderá usted, resultaría francamente indiscreto de su parte. La cuenta, por favor.

—Cómo no, señor. Ahorita mismo.

Don Francisco Echeandía lo había entendido todo: sólo a Marquitos se le podía ocurrir semejante cosa, porque sólo a Marquitos se le ocurren cosas semejantes. La clave era Candamo. Can-da-mo por Can-da-do, para no revelar lo de la Operación Candado, claro... Y pensar que mi gran amigo don Manuel Candamo.... Pero bueno, qué diablos importaba ahora su gran amigo don Manuel Candamo y qué diablos habría querido decirle Marquitos, qué urgente mensaje de último momento había querido hacerle llegar...

Don Francisco decidió actuar en consecuencia. Y como al mozo ya le había dicho que se llamaba Anatole France y convertirse ahora de golpe en don Francisco Candamo podía resultar incongruente, cuando no sospechoso, agarró la caja con el candado, se encasquetó aún más a fondo el inmenso sombrero de paja de Panamá, izó ligeramente su bastón de estoque, avanzó desafiante hasta el fondo del establecimiento y sí, el sombrero que dormía sobre

esa mesa era su sobrino, él mismo se lo había regalado en vista de
que a Marquitos le encantaba su sombrero de playa.

—¡Don Marcos Candamo! –le gritó, bajito, eso sí, pero furibundo y sacudiéndole un hombro, don Francisco.

—Me han envenenado, tío Francisco –se le oyó decir a Marquitos, desde abajo del inmenso sombrero, agregando–: Hugo Blanco,
ha sido sin duda alguna Hugo Blanco, tío...

—Compórtate y concéntrate, por favor, Marcos. ¿Qué mensaje
dejaste para don Francisco Candamo?

—Que, por favor, pague mi cuenta, porque ando escaso de fondos, tío. Sí. Sólo le pedí al mozo que le dijera a don Francisco
Candado que pagara mi cuenta, por favor. Y te aseguro, tío, que
jamás dije Can-da-mo, en vez de Can-da-do, por lo de la Operación Can-da-mo, ¿ya ves?

Don Francisco Echeandía decidió actuar en consecuencia y,
tras regresar al mostrador, pagar la cuenta del caballero del fondo,
dejar un enorme extra para que lo atendieran como es debido, no
bien se despierte, porque un hidalgo nunca abandona a otro caído
en desgracia, aunque no los una el más mínimo grado de parentes-
co o amistad, ¿me entiende usted?, izó la caja del candado, la arrió
enseguida, izó ipso facto el bastón y partió en busca de Athos,
Porthos y Aramis.

—¿Le digo al otro caballero que fue de parte de don Anatolio
Francia, señor? –le preguntó el mozo, al verlo alejarse tan estirado
y vestido cual verdadero embajador del verano.

—¡La verdadera solidaridad...! –había empezado a exclamar
don Francisco Echeandía, mirando al mozo ya desde la puerta
abierta del Patio, pero al ver a tanto tabernícola bebiendo infame
aguardiente, se limitó a agregar–: ¡Se dice el milagro, oiga usted,
pero no el santo!

Eran las dos de la mañana y, aunque algo había refrescado, el
húmedo y pesado calor veraniego se dejaba sentir. Prácticamente
no había un alma por la zona y don Francisco y sus galgos avanza-
ron decididamente hasta llegar a la plazoleta en que se cruzaban la
calle Lescano y el jirón de la Unión. Al frente tenían la iglesia de
la Merced, joya del barroco colonial, y a su lado el mastodonte
greco-limeño del Banco Peruano de Crédito Español. Muy alto,
muy flaco, muy tembleque, pero no de miedo, por supuesto, sino

de toda la vida, íntegramente vestido de lino blanco y calzando zapatos también blancos y tan largos como angostísimos, don Francisco Echeandía decidió actuar en consecuencia. Porthos debía reemplazar al necio de Marquitos y ayudarlo en el cambio de candados, mientras Athos vigilaba la calle Lescano y Aramis el flanco izquierdo del jirón de la Unión, aunque sin perder nunca de vista tampoco el flanco derecho de la céntrica arteria, todo por culpa del necio de Marquitos, claro está.

Pero no había otra solución, ya que Porthos debía permanecer siempre a su lado para sujetar con el hocico el candado nuevo, mientras él abría y sacaba el viejo, y luego sujetar el candado viejo, mientras él colocaba, probaba y aseguraba el nuevo, evitando de esta manera que ninguno de los dos candados tocase un solo instante el suelo, en vista de que había venido sin guantes por culpa del muy necio de Marquitos, a quien citó para que le sujetara los candados, precisamente, porque le espantaba la suciedad del suelo. La orden era no morder hasta que él les diera la orden. ¿Entendido?

Los finos galgos asintieron, pero, al mismo tiempo, Porthos alzó la pata izquierda delantera y la colocó en la posición sed.

—No vinimos aquí a refrescarnos, Porthos.

El galgo obedeció, aunque no sin antes señalarles algo en la oscuridad a sus compañeros de aventura canina, que le mostraron su inmediato acuerdo y preocupación, pero optando también por obedecer de inmediato la voz de su amo. Se ubicaron en sus respectivos puestos, caballero y galgos, y don Francisco pudo por fin extraer la fría e indispensable linterna del muy amplio fondillo de su pantalón, encenderla, proceder al indispensable canje de candados, y convencerse de que su distinguida clientela iba a disfrutar ahora, además de una excelente atención, de la mayor seguridad, aunque algo goteaba por ahí y Porthos colocó nuevamente la pata izquierda delantera en la posición sed, no bien comprobó que su amo terminaba su suspiro de profunda satisfacción, cumplimiento del deber y éxito. Algo le estaba señalando además el impaciente galgo, y don Francisco decidió que lo más prudente era dirigir el rayo de luz de su linterna hacia donde le indicaba la sedienta pata.

Era un descuido, maldita sea, pero procedía del edificio de su banco y las gotas caían de una pequeña cañería casi a la altura del suelo. Había que taparla, aunque fuese muy provisionalmente, porque empezaba a producirse un pequeño aniego en la plazoleta de La Merced y su civismo lo obligaba a actuar en consecuencia. Don Francisco se acercó a la cañería y, con la intención de calcular su grosor y el del tapón que tendría que improvisar, sabe Dios cómo y con qué, a esas alturas de la madrugada, se inclinó e introdujo a fondo el dedo pulgar izquierdo. A su lado, el fiel Porthos seguía con atención la escena, sin dejar de mirar hacia todas partes, eso sí, y moviendo la cola en señal de buena comunicación.

—Disculpa, buen amigo —le dijo don Francisco—. No entendí que me estabas señalando este desperfecto sino que tenías sed en el peor momento.

Acto seguido, el caballero intentó sin éxito sacar el dedo de la cañería. Y volvió a intentarlo una y mil veces, hasta quedar convencido, al sonar las campanas de las seis en el templo de La Merced, que llevaba cerca de cuatro horas atrapado. Tenía el pulgar izquierdo sumamente inflamado e hinchado, en la parte que era visible, y había dividido cada hora en tres etapas de veinte minutos, de las que iba ya por la décimo segunda. La primera etapa le servía para aguantar sentado en el suelo, la segunda para aguantar más, en cuclillas, y la tercera para soportar lo insoportable, agachado. Cada etapa era un alivio con respecto a la anterior, sobre todo al comienzo, pero sumadas todas, aquello era ya un calvario, una verdadera e interminable agonía, amén del infortunio, el oprobio y la vergüenza que significaba, entre muchas otras cosas, no saber qué decisión tomar para actuar en consecuencia.

Empezaba a levantarse el sol de la mañana y las beatas de la misa de seis, más alguno que otro madrugador, miraban atónitos a un extraño caballero muy ampliamente ensombrerado como en la playa, vestido íntegro de blanco y lujo, y en las más extrañas, cambiantes y esforzadas posturas y disposiciones. Pero la atenta y decidida vigilancia de Athos, Porthos y Aramis impedía que alguien se acercara y viera de qué se trataba en realidad el insólito hecho. Más curiosos trataron de acercarse con las campanadas de las siete, pero los galgos se encargaron de alejarlos con sus disuasorios caninos. Y, por fin, a las 7:30 en punto, fiel a su miserable costumbre, el mendigo del banquito se instaló ante el templo de La Merced. Athos y Aramis cruzaron el jirón de la Unión y se encargaron de convencerlo a gruñidos de que don Francisco, el caballero que siempre le daba limosna, solicitaba sus servicios con banquito y todo.

El mendigo se llamaba Anselmo y, a cambio de su banquito y el número de teléfono para que avisara a su casa, sin que despierten a mi esposa, oiga usted, don Francisco le permitió acceder a su billetera, sacar todos los billetes, y partir para cumplir con su recado. Pero el infame no volvió nunca más, ni siquiera a su puesto de mendigo de La Merced, y ahí seguía don Francisco, sentado dignísimo e indignadísimo en el banquito, cuando sonaron las campanadas de las ocho.

Tenía la mano disponible inmunda, por arreglarse las puntas del bigote, maldito tic, también el pantalón y el saco los tenía bastante tiznados, y del bigotazo negro tan sólo le quedaba ya un manchón oscuro y sudado alrededor de la boca y uno que otro toque canoso sobre fondo como chamuscado. Alguien lo había reconocido, eso sí, tal vez algún empleado madrugador, pero él lo ignoraba aún y ni siquiera la policía se atrevía a sobrepasar los límites fieramente establecidos por Athos, Porthos y Aramis. Hasta que por fin se escuchó una voz autorizada.

—Mi nombre es Lorenzo Sterne, don Francisco, y estoy seguro de que usted me reconocerá. Pero, en todo caso, puedo hacerle llegar mi documentación con uno de sus galgos.

—¿Don Lorenzo Sterne de los Sterne de la Casa Sterne y Sullivan?

—Primo de esa rama, don Francisco.

—Entonces por supuesto que lo conozco del Club, don Lorenzo. Y ahora, tenga por favor la amabilidad de acercarse y permítame que le explique todo. Athos lo acompañará. Athos, acompaña al señor.

—Permítame usted que observe bien la situación —le dijo don Lorenzo, al llegar a su lado.

—Me encuentra usted sentado en este banquito, don Lorenzo —empezaba a explicarle don Francisco…

—Lo único que necesito saber, don Francisco, ya lo sé. Está usted en un gran apuro y, si me permite, voy a observar ahora su dedo y el grosor de la cañería.

—Es usted muy madrugador, gracias a Dios, don Lorenzo…

—Esto lo arreglo yo en un minuto, pues siempre tengo mi maletín de herramientas en el automóvil. Corro y vuelvo inmediatamente con la pequeña sierra a batería.

—¿Ya existen sierras a batería?

Y por más que don Francisco se negó una y mil veces, por no entorpecer los horarios de trabajo de don Lorenzo, éste lo atendió primero, sirviéndose para ello de su botiquín de emergencia, y enseguida lo llevó hasta la puerta misma de su casa.

—En un primer momento, don Lorenzo, pensé que le debía una explicación de todo lo ocurrido, amén de mi más profunda gratitud. Sin embargo, hay de por medio asuntos concernientes a la seguridad de mi banco que...

—Don Francisco, aparte del inmenso placer que me da el haber logrado servirlo debidamente, debo decirle que, para mí, la verdadera solidaridad se ejerce...

—¡Ni una sola palabra más, don Lorenzo! ¡Usted y yo sí que sabemos lo que es la verdadera solidaridad! Y no sabe cuánto me alegra que aún quede en esta ciudad gente de la que ya no queda, como usted y yo.

De haber sabido don Lorenzo todo lo que le había ocurrido a don Francisco Echeandía, por culpa del poco ortodoxo guerrillero Hugo Blanco, sin duda alguna le habría dicho que exageraba sus precauciones.

—En este país ni lo malo es perfecto, don Francisco —le habría explicado—. O sea que tarde o temprano nuestros rangers terminarán por capturarlo, de pura casualidad y hasta por error, quién sabe, y ya verá usted cómo, luego, con una breve temporada en una cárcel limeña, se le humedecerán el castrismo, el extremismo y hasta la poca ortodoxia que se le atribuye a ese supuesto líder campesino.

Pero, muy probablemente, don Francisco le habría demostrado su profundo y total desacuerdo e indignación, acusándolo de anglófilo, anglómano y hasta de antipatriota. Y, con la terquedad y obstinación que lo caracterizó siempre, cuando de grandes temas y principios nacionales se trataba, habría llegado hasta el absurdo, sobre todo en él, de defender la no humidificación del ya ex capturado, ex presidiario y ex deportado Hugo Blanco, tan peruano como usted y como yo, al fin y al cabo, aferrándose a la falta de ortodoxia de la que siguió haciendo gala el líder campesino durante el segundo gobierno de Fernando Belaúnde Terry y el de Alan García Pérez, a estos dos ni me los recuerde, hágame el favor, oiga usted, al presentarse a las sesiones del Congreso de la nación, nada menos, y ya ungido diputado, primero, y senador, después, aprovechándose de la legalidad burguesa o, más bien, de las facilidades que les brinda la democracia a los malhechores, en eso sí estoy totalmente de acuerdo con usted...

—Pero lo cierto, don Lorenzo, es que Hugo Blanco no fue nada húmedo ni mucho menos ortodoxo al presentarse a las sesiones de las cámaras de diputados y senadores con los pantalones de padre de la patria amarrados con una soga. ¿O no tengo yo toda la razón?

Pero ni don Francisco Echeandía ni don Lorenzo Sterne vivieron para ver tanto. Al primero le dejó de doler el Perú en 1965, o sea durante el primer gobierno de Fernando Belaúnde Terry, y a don Lorenzo le dejó de joder el Perú en 1972, durante el gobierno nacionalista y antiimperialista del General Kausachum Chino-Cholo Juan Velasco Alvarado, como él solía llamarlo con el odio mortal que, entre otras cosas, lo mató a fuerza de disgustos y nacionalizaciones.

Pero la escena del candado del Banco Peruano de Crédito Español pertenece más o menos a la época en que ÉL dejó de ser ÉL y pasó a ser *Monsieur le Président* en el exilio y en sus cuarteles de invierno, o sea nuevamente en su departamento de *l'avenue* Foch, París. Todo sucedió vía un golpecito militar supercantado, realmente *vox populi* y que sólo en palacio se ignoraba, parece ser, mediante el cual el general Robles Godoy depuso a Manuel Prado y Ugarteche, luego de unas muy discutidas elecciones en las que triunfó el candidato del Partido del Pueblo, o sea quien no debía triunfar.

Manongo Sterne Tovar y de Teresa, que a la sazón llevaba siete años viviendo sin vivir con Tere, *haciendo por olvidarla*, como dice la copla andaluza, y muriendo porque no moría, además y todavía, tuvo oportunidad de presenciar en parte aquel golpe de Estado en que don Manuel Prado y Ugarteche, en palacio de gobierno, y él, en la terraza del Café Haití, o sea al ladito de palacio, fueron quizás los únicos sorprendidos con la abrupta presencia militar, en vista de que medio Lima se había pasado la voz para asistir a la crónica de un golpe cacareado.

Sin vivir ni morir ni olvidarla ni nada, Manongo Sterne pidió otro café y continuó recordando a Tere bañada en las buganvillas del Country Club. Y en ésas andaba cuando un arbusto le apoyó una bayoneta sobre un muslo y le dijo que se hiciera a un lado, por favor. Y, la verdad, a Manongo se le hizo un tremendo enredo entre el arbusto con bayoneta que tenía al lado y las enredaderas, las buganvillas, y los floridos arbustos de Tere Mancini paseando para siempre por el Country Club. Eran todos como una misma planta o algo así, pero el aroma no era el de siempre en el Country Club y además la bayoneta como que insistía en hacerle señales para que se hiciera a un lado. Por fin, Manongo atinó a levantar un poquito una rama de arbusto y, tras comprobar que se trataba de un casco militar camuflado de hojas y ramas y levantarlas también, vio un rostro furioso, primero, y un coronel agazapado y arbusto, después.

—Mire, joven, o para ya de hacerse el loco y se me arrima al toque con mesa y todo y deja pasar, o queda usted detenido. Estamos dando un golpe de Estado y no tardan en llegar los tanques, ¿no se da cuenta?

Era 18 de julio de 1962 cuando Manongo se hizo a un lado, como mucha gente y muchas mesas más en la terraza del Café Haití, dejando pasar un montón de arbustos rumbo a palacio de gobierno y al golpe de Estado. Minutos más tarde, un alto y fornido coronel y sus rangers le cayeron de a montón a ÉL y su gabinete en pleno.

—¡Cómo se atreve usted a presentarse sin avisar y en esa facha! —exclamó, furibundo y valiente, don Manuel, haciendo denodados esfuerzos de hombre más bien bajito por mirar de arriba abajo, al menos moralmente, al altísimo coronel.

—Con el debido respeto, doctor, esto se acabó.

—¡Quítese esas ridículas ramas de la cabeza y sepa usted que a mí sólo me arresta un general!

—Sin ofender, oiga usted, doctor…

Pero don Manuel Prado y Ugarteche y sus señores ministros tuvieron el coraje y la elegancia de arrancar, todos a una, como Dios manda y sin que el coronel y sus rangers lograsen escuchar una sola nota de miedo en falso, con el Himno Nacional del Perú. Y los otros bien cuadraditos y respetuosos hasta que el Teniente Seductor terminó de probarles que, además de huevos, tenía un gran *savoir faire*. Después, sí, ya vino el primer empujonazo...

Y vino también el triunvirato militar, al mando del general Pérez Godoy. Pero a éste también tuvo que darle su empujoncito de Estado, porque ya andaba queriendo quedarse para siempre de Yo el Supremo, el muy correcto general Lindley, con gran beneplácito de los miembros del Phoenix Club, en vista de que aquel militar de palabra era descendiente del caballero británico Nicholas Lindley, *of Yorkshire stock*.

Y después vino aquel abril de 1964, en que Manongo Sterne anunció que no lo esperaran el mes siguiente. Y como cumplió y desapareció durante largos años, no pudo ver cómo se humidificaba el primer gobierno del arquitecto Fernando Belaúnde Terry, una esperanza peruana en el Perú, y perdonen la tristeza, como habría dicho en verso inmortal el poeta y cholo universal César Vallejo. Belaúnde hablaba con tanta pasión como vaguedad de una conquista del Perú por los peruanos y reclamaba el derecho del pueblo a una vida mejor y muy justa y muy digna. No tuvo sino sangrientos y valientes contactos con la dictadura de Odría y anunció de entrada su firme propósito de acabar con los negociados y coimas. Recorrió el país hasta perderse por completo varios días, para conocerlo mejor, y regresó de la selva jurando terminar con la pobreza, con la International Petroleum Company, encarnación del imperialismo yanqui y de los gobiernos vendepatria, poner en marcha la reforma agraria, acabar con los ricos terratenientes y cumplir hasta con las promesas electorales que el dúo Los Troveros criollos le hicieran al pueblo peruano, en risueño y muy limeño valsecito, y al compás de las alegres voces y guitarras de Lucho Garland y el Carreta Jorge Pérez:

Haremos casas de ochenta pisos,
ómnibus nuevos, más de cien mil.
Vendrán expertos en logogrifos
y en el cultivo del perejil.

Serán vitalicios todos los empleos,
con sueldo, propina y bonificación.
Y se harán escuelas para analfabetos
que hayan terminado segunda instrucción.

Vacas y gallinas irán por las calles
dando leche y huevos, a más y mejor.
Abajo problemas internacionales
y a pan y manteles toda la nación.

Las carreteras correrán solas,
buques y aviones,
en pelotón...
No defraudaremos la fe popular.

Y las corvinas,
sobre las olas, las olas,
nadarán fritas
con su limón.

Y tan buen candidato fue siempre el arquitecto Belaúnde Terry que hasta creó división de opiniones. Unos querían oírlo siempre y gritaban que sí, que querían más promesas y ya no más realidades, como siempre, por favor basta ya, mientras que otros empezaban a llamarlo Belagogo Terry y otros temblaban porque les había salido un comunista blanco y nada menos que de barrio y familia residencial. Las mujeres, por su parte, mojaban calzón al ver al joven arquitecto tan pintón y prometedor. Y, aunque no votaban, las móviles doñas influían decisivamente en el voto del humidificado macho limeño y Lima era el Perú limeño en aquella *belle époque* predesborde popular de nuevos limeños andinos y cholos mil millones.

Hasta el eterno pesimista de don Lorenzo Sterne pensó que ese hombre temible nunca se humedecería. Años después, sin embargo, y como quien no acepta contradecirse del todo, don Lorenzo explicaba la insoportable levedad del ser y del estar del arquitecto presidente, su eterna tibieza, sus egocéntricos y belagogos gestos, y sus medias tintas, con los siguientes argumentos:

–No es que se humedeciera, en realidad, pues pertenece a brava e ilustre familia arequipeña, y el clima seco de Arequipa se lleva en la sangre y se hereda, oiga usted. Yo creo que lo que pasa, más bien, es que este pobre hombre se cansó y hasta se perdió tanto en la campaña, que al gobierno ya llegó agotado y como extraviado.

Pero lo cierto es que, como al pobre Fernández del Zorro Iglesias y Manongo Sterne, al arquitecto presidente *se le dijo, se le insistió*, y hasta *se le pasaron películas documentales* respecto al gasto público. Pero Belaúnde, también como el pobre Fernández y Manongo Sterne, *erre con erre, caprichito, amor propio*, que una carretera marginal por la selva, que otra obra pública por allá, y otrita más por acullá, mientras su ministro de Hacienda pasaba la gorra por los países ricos, tratando de refinanciar la deuda externa, a como diera lugar, antes de que se le convirtiera en deuda eterna.

Pero las cosas iban de mal en peor y la moneda peruana empezaba a parecer boliviana y se perdió la página 11 de un contrato de lesa dignidad nacional, y nada menos que con la imperialista International Petroleum Company, que seguía sin ser nacionalizada entre el millón de promesas electorales que dormían el sueño de los justos. Hartáronse los generales Velasco Alvarado y adláteres que hasta ayer mismo habían tomado felones whiskies de fidelidad y *hoy un juramento, mañana una traición*, con el arquitecto y, sin respetar las formas ni nada, otra vez tanques y empellonazos en palacio, con nocturnidad, alevosía y gran maldad, al siempre sorprendido presidente. Y una vez más el himno nacional del Perú mientras el entonante arquitecto abandonaba empujadísimo la Casa de Pizarro y sede del gobierno, rumbo al amargo exilio y sin que le dieran tiempo ni siquiera para recoger sus anteojos de lectura.

–Yo no sé por qué siempre nuestros presidentes son tan dignos cuando los botan a patadas y tan poco dignos cuando gobiernan –comentaba un agudo observador nacional.

Tirios y troyanos siguen discutiendo los grandes cambios en que se empeñó el general Velasco Alvarado antes de convertirse en otro dictador más. La izquierda marxista lo calificaba de revisionista burgués; la burguesía, de comunista procastrista y destructor, y él se calificaba de antioligárquico, antiimperialista y antiburgués y de Gobierno Revolucionario de las Fuerzas Armadas. Dicen que de todas sus reformas, la única que sobrevivió con buena salud fue la de implantar el uso de la guayabera entre los empleados públicos, con lo cual, indudablemente, alguien debió convertirse en el Rey de la Guayabera, porque la burocracia creció como moscas ante panal de rica miel mientras el Perú, y el Estado peruano, dicho sea de paso, dejaban de ser un mendigo sentado en un banco de oro, como dijo un agudo observador internacional llamado Humboldt, para convertirse en un harapiento mastodonte sentado en un banco público.

Y todo esto mientras Zavalita, el personaje de Mario Vargas Llosa en *Conversación en la catedral*, un libro repleto de malas palabras y humedad, como lo calificara don Lorenzo Sterne, poco antes de morir, ya que fue su última lectura, seguía repitiendo por calles y plazas, no ya aquello de *¿En qué momento se jodió el Perú?*, de muchos años atrás, sino *¡El Perú se sigue jodiendo, carajo!*, o sea una versión actualizada.

Y todo esto también mientras don Álvaro Aliaga y Harriman abandonaba este mundo, ya sin colegio San Pablo ni nada, y mientras los ex alumnos de su entrañable fracaso británico emigraban en busca de nuevas ilusiones terratenientes, comerciales y financieras, aunque casi siempre misios, casi siempre totalmente desposeídos, como el pobre Gordito Cisneros Tovar y de Teresa, nobilísimo Nanano Apolo, como le llamaba su adorable mamá, porque era gordo, bueno y rosado, y que acabaría administrando, con proverbial honradez, la caja de un *Liquor Shop* en Miami.

Un general moderado dio el golpe de la moderación. Era nieto de presidente constitucional, o sea que lo suyo era convocar a una Asamblea Constituyente en 1979, aunque la verdad es que la casa del general Francisco Morales Bermúdez, a diferencia de la de Ramón Montoya, que tembló pero no cayó, se estaba viniendo abajo desde el temblorazo que significó, meses antes, el paro general convocado por la Izquierda Unida, que nunca será vencida, según su propio eslogan, y de ahí probablemente sus húmedas y dogmáticas divisiones harakiri-mil, en el seno o más bien los senos de sus mil partidos partiditos en mil, de los que el pueblo por fin se hartó, dejando a los líderes populares en busca del pueblo perdido, allá en los Pueblos Jóvenes, eufemismo revolucionario-velasquista que en el Perú se conoció siempre como barriada y que, en realidad, es simplemente hambre, miseria, choza o un alguito más.

Triunfador en las elecciones de 1980, Belaúnde Terry regresó a palacio a visitar al general golpista contradictorio-constituyente Morales Bermúdez. En primer lugar, según la excelente secuencia de fotos y textos de Juan Carlos "Chino" Domínguez, en su libro *Los peruanos*, "el general, emocionado, ensaya un elogio de la figura del arquitecto presidente. Luego, éste, corresponde, agradecido, y el general no puede ocultar una casi erótica satisfacción". La secuencia es larga.

Los peruanos se dividieron en una inmensa mayoría y una muy pequeña minoría, al juzgar el segundo gobierno de Belaúnde Terry, a quien ya nadie llamaba Belagogo, siquiera, porque simplemente ya nadie estaba de humor para apodos. La pequeña minoría "no sabe", "no contesta", y alza los hastiados hombros. La inmensa mayoría sigue hablando de aquella especie de húmeda restauración borbónica.

Durante el exilio, como aquellos borbones de Francia, Belaúnde Terry no olvidó ni aprendió nada. Ni tomó en cuenta una nueva realidad peruana, ni el tremendo desborde popular ni el terrorismo ni nada.

Y la gente sólo lo logró olvidar, al menos pasajeramente, con el horror que vino después. El Apra, "el Partido del Pueblo", llegaba al poder con el presidente más joven de todos los tiempos, al cabo de sesenta años de catacumbas, destierros, heroicas luchas y húmedas claudicaciones. Al presidente aprista Alan García Pérez se le apodó muy pronto Caballo Loco, y donde soltaba uno de sus frenéticos discursos no volvía a crecer la hierba. Mucha gente esperanzada había regresado al país con Belaúnde Terry. Verdaderas multitudes empezaron a dejar el país terminado de destrozar por Caballo Loco. Y encuestas hubo en que fueron muchísimos los que respondieron que habrían preferido nacer en un lugar que no se llamara Perú.

Hacía ya tiempo que también el colegio Chaclacayo, que los ex alumnos del San Pablo crearon para que Teddy Boy educara a sus hijos, había quebrado. Pero muchos de los que emigraron durante el gobierno antioligárquico de Velasco Alvarado, regresaron al Perú con el segundo mandato de Belaúnde y se quedaron. Ellos y otros ex alumnos del San Pablo enterraron a Teddy Boy, que murió tan excéntricamente como vivió.

Y hacía como diez años que el archiconservador y reaccionario don Lorenzo Sterne, incurriendo en esas inmensas contradicciones de los grandes extremistas, o de aquellos detestables avaros que de repente se arruinan por su gatito, sólo encontraba consuelo antes de su muerte en sus conversaciones con su mayordomo. Éste se llamaba Honorato y, como buen mayordomo de casa conservadora, era más papista que el Papa.

—Yo creo, don Lorenzo —le decía Honorato, olvidando sin duda sus orígenes paupérrimo-campesinos, o por aquello que los marxistas llaman alienación, en estos casos...–. Yo creo...

—Primero páseme mis calmantes, buen hombre —ya casi agonizaba don Lorenzo Sterne.

—Creo, mi pobre señor, pobre mi señor don Lorenzo, que este país sólo lo puede arreglar un presidente extranjero...

—¡Au! ¡Au! ¡Ay! ¡Ayyyyy! —exclamaba su señor, pero era porque los calmantes aún no habían empezado a hacerle efecto.

También hacía un buen tiempo que Marquitos Echeandía, el Convidado de Piedra, o de Hueso, como se le llamó, a su vez, por esquelético, había muerto. Nunca dejó de maldecir, eso sí, a su tío adorado, don Francisco Echeandía, el Caballero de la Triste Figura, por haberlo nombrado su albacea, obligándolo a trabajar por primera y última vez en su vida, causándole con ello muy probablemente la muerte. Un nutrido grupo de viejos socios del Club Nacional, casi todos ya bastante venidos a menos, la verdad, lo acompañó hasta su última morada y se encargó de escribirle el epitafio:

AQUÍ SIGUE DESCANSANDO
MARQUITOS ECHEANDÍA Y PERALTA

EL AMOR EN LOS TIEMPOS
DE ODRÍA, PRADO, BELAÚNDE, VELASCO, ETC.
(Vida, situaciones, cambios, reflexiones, anotaciones,
explicaciones y conclusiones de un ex brigadier distraído)

Y todo esto sí existe porque se ha vivido. Porque se ha experimentado, como suele decirse. Porque se ha soportado. Y lo que se siente largo, tendido y dolorosísimo, por consecuencia se ha vivido. Lo sentí, luego lo he existido. En fin, todo un inútil juego de palabras francés, que diría César Vallejo cuando se le encebolla, mestizo, quechua y castellano, el idioma en que quiere contar y sentir en palabra blanca sobre palabra negra. Y aunque nada se haya aprendido de todo ello y de todo esto y de nosotros mismos y de Jorge Negrete (sí, sí: aprendí que, porque yo te amo, Tere, tú nunca morirás. Eso aprendí. Y que soy totalmente impermeable para lo imperdonable, Tere. Eso también lo aprendí), esto siempre queda de *Ella*:

> *Me cansé de rogarle,*
> *me cansé de decirle*
> *que yo sin ella...*

Y también lo que sigue de *Ella*:

> *Con el llanto en los ojos*
> *alcé mi copa*
> *y brindé por ella*

Y también lo que *Tere* convertida en canción:

> *Ella quiso quedarse*
> *al notar mi tristeza*

Y también lo que Tere y Manongo convertidos en...

> *Pero ya estaba escrito*
> *que aquella noche*

Manongo:

Perdiera su amor...

Tere:

...

En fin, ese encebollao vallejiano, como diría Manongo Sterne, mientras piensa y luego existe en una canción ranchera escuchada en el rincón de una cantina, oyendo una canción que yo pedí.

Pero, en fin, y ya que estamos hablando *de l'amour*, como habló Stendhal, o sea con un juego completo de palabras en francés, ocurre lo siguiente con *Ella*-canción y con ella-Tere y con Manongo sin Tere y *Manongo* —en el rincón de esa cantina— y con Manongo Sterne... Aunque, por supuesto, también podría ser con Pedro en el rincón de una novela... Aunque escojamos, mejor, Juan, porque Pedro siempre puede ir asociado con andar como Pedro por su casa y con todo lo contrario de esta forma de andar... (reflexiones-anotaciones).

Conclusión (primera parte): que se trata de todo lo contrario. Se trata de que, por cosas del amor y de la amistad, durante todo el segundo gobierno de Manuel Prado y Ugarteche y todos los primeros y segundos gobiernos que van hasta la húmeda y borbónica restauración de la democracia en el Perú, con la reelección de Fernando Belaúnde Terry, Manongo Sterne no anduvo como Pedro por su mundo. Y cantaba o vivía *Ella* pero no enteramente. Eternamente sí, como siempre en esos casos hasta que terminan de ser experimentados, como dice la gente. Por eso, al citar retrospectivamente la canción de Manongo, hay que saltarse versos enteros o atribuírselos a Tere o atribuírselos a TEREMANGO, que fue en efecto aquella época en que firmaban uno-sobre-otro el documento secreto y sagrado que el curita párroco, que los quería y confesaba tanto en la iglesia de la Virgen Milagrosa, ocultaba tiernamente en el mismísimo tabernáculo porque ellos eran como nadie es así. En fin, esa época en que el uno simplemente ("La verdad es que Manongo no lograba concebir la vida sin Tere", como dice la gente experimentada en [al] salir de los entierros con una frase de esas en los labios… "¿Y qué va a ser ahora de Manongo sin Tere?", le responde el común de los mortales) no podía vivir sin el otro, y cuya más breve descripción es ya una eterna reiteración ("además y todavía"), precisamente porque no se desgastó nunca como otras palabras ("amor") que obligan, palabra blanca sobre palabra negra, a tener, o sólo a poder hablar *de l'amour*.

Conclusión (segunda parte): Hay, pues, partes Manongo, en *Ella*, y partes Tere y partes TEREMANGO. Y por ello, por ejemplo: 1) "Con el llanto en los ojos / alcé mi copa / y brindé por ella…" son partes Manongo. 2) "Ella quiso quedarse / cuando vio mi tristeza…" son partes Tere convertida en *Tere*. Es decir, partes bebidas-vívidas-vividas (o experimentadas, como suele llamarles el común vulgo de los mortales) en el rincón de una cantina de Lima, de Quito y, sobre todo, de Buenos Aires, por existir aquel tango que todos llevamos dentro: *Sólo Dios conoce el alma / que palpita en cada ebrio*… (continuará)…

Sobre este último punto hay una frase real social, o sea nada de realismo socialista ni real maravilloso o realismo mágico a la colombiana, cubana, chilena, oportunista, de moda todavía, etc. ("Se creará un sistema de contingentación para las novelas cuya acción se desarrolle en Sudamérica. Con esta medida se pretende poner freno a la epidemia de barroquismo de viajes todo-incluido y de ironía gruesa... Ah, el pájaro daiquiri que incuba sus huevos bajo el ala; ah, el árbol fredona, cuyas raíces crecen en la punta de sus ramas, y cuyas fibras le permiten al jorobado dejar telepáticamente embarazada a la altiva esposa del dueño de la hacienda; ah, el teatro de la ópera completamente invadido por la vegetación selvática... Para las novelas cuya acción se desarrolle en el Ártico o en el Antártico se crearán unas becas de desarrollo", observa, sugiere y concluye el novelista inglés Julian Barnes, en *El loro de Flaubert*, un libro que Manongo Sterne leyó en 1984 en el paraíso fiscal de Jersey y que inmediatamente despachó por servicio *courier* a Lima, en la época en que Tere le pedía que le enviara todo lo bueno que encontrara de leer, porque con la crisis las librerías de Lima están vacías, Manongo, es atroz, y tú me has enseñado a leer...)

Bueno, pero como decíamos ayer, hay una frase del gran poeta ecuatoriano Jorge Enrique Adoum, con ocasión del paso por su ciudad natal, Quito, del escritor peruano Alfredo Bryce Echenique y perdonen la tristeza, como diría en verso el genial y universal contigo-cholo-sí-que-de-verdad-que-hasta-la-muerte, César Vallejo (y no con Velasco Alvarado aunque el eslogan haya sido suyo, pero hoy de todo aquello sólo queda en buen estado la guayabera y todos los presidentes que vinieron después, en el capítulo "Déjame que te cuente, limeño", que versa sobre el viejo puente, el último chisme, el sucio río y la húmeda alameda).

Bryce Echenique, con su perdón, no quería echarse un trago, y

Adoum era un bebedor con fina cultura alcohólica, a diferencia de las grandes masas latinoamericanas, que no suelen poseer una verdadera cultura del buen beber. En América Latina, la gente se debate entre ser un borracho conocido o, lo que es aún peor, un alcohólico anónimo, por falta de esa cultura del buen beber a la que hay que sumarle la calidad tan mala de las bebidas no importadas. Muy a menudo, una bebida importada va a un bar, mientras que el 99,9% de las bebidas no importadas van a dar a las cantinas donde la gente cae en masa desde el viernes (llamado "sábado chico", con el grave problema de que también hay "viernes chico", y así sucesivamente hasta verte Jesús mío) y se cae de borracha y arrinconada con ella, sin ella, por ella y hasta por y con *Ella*.

—Vamos, pues, a tomar algo, Jorge Enrique —le dijo Bryce Echenique, en vista de que no deseaba *echarse* ni *mandarse* un trago de una vez pa' todo el año, seriamente, sino tan sólo acompañar a su amigo y anfitrión a *tomarse* un culto aperitivo.

—Entonces te voy a llevar al único bar que hay en Quito...

—No me digas que sólo hay un bar en todo Quito...

—Ya sabes, hermanón —le concluyó el gran poeta Adoum—: Como en todas nuestras grandes y pequeñas ciudades latinoamericanas, el resto son cantinas.

Y poeta y escritor se encaminaron cultos, despacios y sonrientes. Era la una de la tarde y no iban al rincón de una cantina sino al bar de un gran hotel.

... Son partes que Manongo le atribuye a Tere. Pero únicamente porque sólo Dios conoce el alma que palpita en cada ebrio y porque, además de Dios, Manongo sabe que Tere fue buena siempre y que lo seguirá siendo eternamente, pase lo que pase. Pero, además y todavía (viene al caso reiterarlo) porque, en verdad en verdad Tere le dijo a Manongo que lo único y último que deberían hacer con el alfiler de oro y la aguamarina de su santo era enviárselo a Adán Quispe.

–Por lo menos podrá comer unas semanas más –le dijo, o algo muy parecido.

Y además se había subido empapada al automóvil de Manongo y a Juan Pasquel lo había mandado a que le curara la paliza una empleada o cualquiera que sea. Y se aprovechó de que Juan Pasquel entró a su casa para subirse empapada, como ella recordaba que a Manongo le había estrenado el sexo, en lo manual, Sofía Loren, y en todo lo demás alguna chica, por fin, en Piura, amén de burdeles que no cuentan porque Manongo necesitaba implacablemente haber hecho el amor con una chica blanca y pecosa y de pelo corto y nariz respingada, insistentemente.

En fin, algún trauma de Manongo con la virginidad de las virgencitas o de las chicas decentes (llamadas también de buena familia, como si ni siquiera existieran pobres pero honrados en la Lima de entonces). Y tan trauma que, en su impotencia con erección permanente pero sumamente torturada, el pobrecito la hizo cómplice de un fratricidio que jamás cometió. Y ella no lo delató ni al psiquiatra al que tuvo que ir corriendo a contarle el trauma que se le había creado ahora a ella por comulgar siendo cómplice de un asesino.

De temores a trauma y de trauma a un miedo inmenso a la trascendentalidad de Manongo, Tere fue sin embargo extrañamente feliz ante aquel acequión de lágrimas que bordeaba el campo de polo, frente a la ventana del dormitorio donde tantas veces se torturó. El ex brigadier inquieto y distraído tenía fama de maricón, aquel antediluviano "problema" militar en el colegio Santa María, a los trece años de edad. Pero ella lo amó a primera vista porque lo había estado buscando desde que se aburrió con su último muñeco —era un oso, en realidad— y decidió sola contra el mundo que era hombre bien hombre el hombre que ella amó desde aquella breve visión en una fiesta y adoró desde aquel paseo de regreso del Country Club a su casa.

Y ya Manongo era todo un hombre y además el asesino por amor fraternal de su hermano. (Una noche de insomnio e inquietud amorosa, desde el sonido del agua y el campo de polo negro, a Tere le llegó esta duda: Manongo tenía dos hermanas, Lidia y Cristina, y las llamaba por su nombre. Sin embargo, el hermano muerto nunca tuvo nombre. Gracias a Dios, se durmió, por fin, y se despertó serena y convencida: la complicidad consistía precisamente en eso: en ignorar detalles muy importantes del crimen en que nos hemos involucrado indirectamente por amor y trascendencia.) En fin, que Tere ya había aprendido a cometer un sacrilegio tras otro al comulgar con tremendo pecado adentro, a pecar por omisión al confesarle todo menos el crimen del que era cómplice, al curita del tabernáculo, cuando, de pronto, surge un cholito mucho mayor que Manongo y resulta que es su íntimo amigo.

Pero bueno, cuántas veces le pidió ella perdón a Manongo por haber pensado así de retorcido, cuánto se conmovió cuando Manongo compró un juego de jacks y bolas de verdad para jugar ñocos (aunque, en jerga limeña, "ñoco" significara también maricón…).

—Definitivamente, padre, soy una retorcida. Déme bastante penitencia, por favor…

—Tere, hijita, pero si ya me has contado que Manongo empezó a repartir juegos de jacks y bolitas de ñocos y que, en su desesperación por la injusticia social, las arrojó al fondo de una acequia.

—Y yo que tuve tan malos pensamientos, padre. Y yo que por mi culpa y por culpa de mis malos pensamientos y de lo retorcida y mala que soy, ni siquiera me había fijado que ya hasta en San Isidro hay pobres, padre. Por favor, no sea malito, padre Damián, deme mucha, muchísima penitencia…

Y por fin había logrado absolverse a sí misma la pobre Tere, cuando, juácate, una compañera de colegio le contó que, en realidad, Manongo Sterne era argentino.

—Te lo juro por lo más sagrado, Tere. Mi hermano acaba de entrar al San Pablo y ha oído clarito como el agua a Manongo diciéndole al profesor de premilitar que es argentino, con perfecto acento argentino. Y tanto, Tere, que lo han exonerado de ese curso y ningún alumno lo ha desmentido ni nada. En fin, pregúntale tú misma a Manongo qué le ha dicho a un profesor al que llaman Panetón Motta.

—Manongo, he esperado toda la semana… Manongo, ha sido una semana eterna…

—Yo también te adoro, Tere. Vamos a pedirle nuestro documento al padre Damián para hacernos nuevos juramentos. ¿Por qué no juramos, por ejemplo, que nuestros hijitos serán realmente ocho y que tú escogerás el nombre de dos y yo el de seis…?

—¡Manongo, quién eres! ¡Ya no eres maricón dos veces! ¡Asesino sí eres, pero yo soy tu cómplice, o sea que eso no importa! ¡Pero ahora sí que sí, Manongo! ¡Porque ya sé que no eres peruano! ¡Que me imitas el acento perfecto! ¡O sea que ahoritita mismo me dices quién eres, de verdad y de nacimiento, o me mato para siempre!

—Mi nombre verdadero, Tere, es Néstor Chocobar —le soltó, furioso, Manongo, al que últimamente le había dado fuerte por el vals criollo—. Bueno, ya lo sabes, y si quieres te explico por qué esta vez soy argentino y soy Néstor Chocobar, aunque este último ya murió, según canta Jesús Vásquez, reina y señora de la canción criolla, en un vals que se titula, precisamente, *Un vals y un recuerdo*, y en el que Néstor nació y murió peruano para siempre, carajo, o ¡viva el Perú y sereno, también, si quieres! Porque yo me voy a volver loco con tus sospechas. Porque, carajo, dime tú si no es para hartar hasta al santo Job: te adoré porque fuiste la única persona en todo Lima que no creyó que yo era el mariconcito del Santa María. Y me adoraste, además y todavía, porque no lo era, en efecto. ¡Pero resulta que desde entonces he sido y dejado de ser tremendo ñoco dos veces, para ti, nada menos que para ti! ¡Y fratricida, una…! ¡Bueno, me equivoqué, porque eso sí es verdad y a ti qué chucha, carajo! ¡Delátame si quieres! ¡Y de paso infórmale a la policía que soy un criminal argentino que se hace pasar por peruano...!

—¡Yo a ti ya no te creo ni lo que comes, mariquita! ¡Y además acabo de darme cuenta de que Néstor Chocobar debe ser otro Adán Quispe, pero de verdad! ¡Y esta vez sí que te pesqué, argentino mariquita, oño-ñooooyyy! ¡Dos veces lograste engañarme, mariquita de eme! ¡Pero a la tercera va la vencida, oño-ñoooy!

—¡Eso, cojuda! ¡Eso! ¡Tres veces te engañé! ¡Tres veces te engañé! ¡Tres veces te engañé! ¡Y ahora chupa y di que es menta! ¡La primera, por coraje! ¡La segunda, por capricho! ¡La tercera, por placer!

—¡Y yo a ti mil! ¡Y mil más! ¡Y mil más, la tercera vez!

El cachetadón que le arreó Tere fue impresionante. Y le dio dos. Y juácate, tres. Y Manongo tan campante, tan sonriente, aunque le sangraba la nariz y, ahora que se lo tocó, también el labio. Y un segundo después el labio que le sangraba era el de arriba y el labio que le sangraba era también el de abajo.

Y tanto y tan serenamente sangraba que Tere lo miraba ya con cierta admiración. Y con mayor admiración lo miró, así de sonriente y sangrante, cuando lo asoció con Archie Town, el Crédito de Kansas, un boxeador veterano del ring y de la guerra, que a Lima llegó varias veces de paquete para que se luciera con tongo nuestro campeón nacional. Pero terminó adorándolo el público limeño por su dignidad. Y porque era tan honrado que hasta apostaba su parte de la bolsa de combate que iba a ganar. Y le daban tales palizas, año tras año, al Crédito entrañable de Kansas, que en realidad parecía que se las daban al contado.

Pero, como Manongo ahí, delante de ella, sangrando cada vez más, Archie Town no se defendía, pobrecito, ni con una flor, y continuaba peleando y sangrando limpísimo, a pesar de que le daban hasta por debajo del pantalón y, un poquito más, también, entre round y round, para que el público peruano lo quisiera más. Pero el Crédito de Kansas continuaba siempre de pie, porque así mueren los valientes, y con la mirada bastante extraviada y hasta sonriente, como la de la Mona Lisa, demostraba combate tras combate que definitivamente tenía una gran capacidad de asimilación.

Ya casi lloraba Tere y después ya lloró sin casi, a mares, y a llenar los mares con su llanto, porque Manongo, en cada cachetadón, lo único que soltó fue un peruanísimo "Chispas, Tere", ante el dolor, cuando un argentino habría soltado un "Che, Teresita", y un español un "¡Coño, tía!" Pobrecita, Tere, definitivamente ella sí que no tenía esa capacidad de asimilación...

—Sólo me queda una duda, amorcito, y perdóname, pero necesito, porque te adoro, que me pruebes que no te llego ni a la suela del zapato... Que soy una basura... Que tengo los dientes sucios... Y las uñas sucias...Que hasta la comisura de los labios la tengo sucia porque el alma la tengo sucia sucísima... Pruébame, te lo ruego, que Néstor Chocobar ya murió, tal como tú afirmas que lo canta Jesús Vázquez... Y ódiame, por favor, yo te lo pido... Ódiame sin medida ni clemencia... Odio quiero más que indiferencia, Manongo... Porque, al menos, sólo se odia lo que se ha querido, amor mío...

Y Manongo, que del odio había pasado ya a la indiferencia, y que confiaba bastante en su voz de ducha y en lograr pasar de la indiferencia a la adoración por la carita linda de Tere ya puros mocos, entonó, con algunos muy astutos versos de más:

Recuerda, dulce amor
aquel vals
aquel valse de antaño
que escucháramos cantar

Triste en sus versos
y en su melodía
y muy precioso en su armonía
al oírlo me ponía sentimental

Jamás podré olvidar la emoción
de aquel muchacho criollo
aquella noche, en el teatro
con la orquesta
como si algo presintiera
que en su vida
pronto íbale a pasar...

Yo te pido guardián, que cuando muera
sobre mi tumba no coloques nada
No permitas que crezca enredadera
ni que coloquen funeraria losa

Una vez muerto
échame al olvido
Ha terminado
toda mi existencia...

Y si viene a llorar la amada mía
hazla salir del cementerio y cierra...

Así cantaba ese muchacho criollo
y en el teatro nos emocionaba,
trovador nacional y bardo popular

Mil canciones cuando las cantaba
ponía su alma y a todos gustaba
como si algo presintiera
que en su vida pronto íbale a pasar

Y ese bardo criollo
que hoy todos lloramos
era Neessstoooooor...
Cho...coooo...baaaaaaaar

Íntegro todito eso le pasó por la mente a Tere en el carro de la mamá de Manongo, con el MG rojo y descapotadísimo momentáneamente a la deriva, por hallarse herido en manos de una empleada cualquiera, Juan Pasquel.

—Al principio me impresioné mucho —o algo parecido le dijo Tere, con una pena infinita que se le notó en que le tendió su amistad con el alfiler de oro y la aguamarina para Adán Quispe, pero el conchudito de Manongo lo quería todo o nada, cuando:

"Pero ya estaba escrito / que aquella noche..." Estos versos son partes típicamente TEREMANGO, pero, duro es decirlo y peor aún oírselo cantar a Jorge Negrete en el rincón de *Ella*, son partes en estado de franca descomposición y ya sólo se refieren muy vagamente al documento escrito del tabernáculo.

Son partes en que ella baila frenéticamente un mambo cualquiera, escogido casi al azar y para joderlo bien jodido a este-imbécil-me-las-va-a-pagar. Son partes en que lo TERE va ya por acá y a MANGO lo está frenéticamente mandando, cuando menos, a... aún no se sabe. Y es que, entre que ella creció antes que él (porque no se crece con sólo echarle un polvo o dos a una chica en Piura) y que hace rato que le venían fallando uno tras otro los cuatro motores... (vida/reflexiones/conclusiones).

Pero incluso así, ya frenéticamente bailada y todo (el *Mambo nº 5* o alguno parecido). La verdad es que hubo tanto mambo y que Pérez Prado estuvo tan de moda y además en aquel Perú del cual ya nada queda –ni mambo ni rock ni salsa ya casi, siquiera: queda una mezcla andina y caribeña, o sea totalmente inesperada e inexplicable aún por los sociólogos: la chicha y sus aledaños y hay inmensos chichódromos cual pampones hampones y todo, donde no entran ni siquiera los sociólogos que estudian *lo chicha* ni los cultores del realismo sucio ni del inmundo ni de nada porque el todo es chicha y sus aledaños.

Y donde no entraría, por supuesto, ni el hijo más ido al carajo de un ex alumno del San Pablo supervenido a menos. En fin, mismo desborde popular y con encuesta del tipo: "¿Qué sienten y cómo piensan los nuevos peruanos? ¿Ídem los nuevos limeños? O ¿quién será el próximo presidente del Perú?" (La mayoría: "No sabe" "No responde")

En resumidas cuentas, donde no entrarían ni los del rincón de mil cantinas que, sublimes a veces, crean locales llamados *Aquí se está mejor que enfrente*, frente al viejo cementerio de Lima, o *El lloradero de Beny Moré*, en Cuba y varios países del Caribe y Centromérica, o *Llorar en varón*, en el Puerto Rico de Luis Rafael Sánchez y Daniel Santos, y muchísimos lloraderos más que van desde el trío Los Panchos hasta Lucho Gatica, y los mexicanos y célebres *Aquí se llora sin molestar* y *Donde Negrete empapó su guitarra*.

Y, last but not least (que ya en México –aunque también el resto de América Latina ande haciendo cola ya, con pica con rabia y pena, y con vara, enchufe y coima, misma esquizofrenia o venta del alma al diablo, a cambio del microchip, para conseguir entrada baratieri y hasta de segundilla pa'l campeonato mundial en el que participan el TLC, la COMUNIDAD EUROPEA, JAPÓN y los TIGRES ASIÁTICOS–, se puede escribir en inglés y sin usar cursivas, debido al Tratado de Libre Comercio, y por más que éste sea aún hoy mejor conocido en Huamantla, estado de Tlaxcala, México, por el faenón que, el 15 de agosto de 1992, le hiciera Eloy Cavazos a TLC, un torazo de indulto de la ganadería Las Golondrinas), *Como México no hay dos (también en el llorar)* y un letrerito en la entrada que advierte: "La casa se reserva el derecho de admisión."

Mas no olvidemos que la época del mambo de Tere Mancini fue la del bayón de Ana con Silvana Mangano monja y bayonera con crimen y castigo. Es decir, cuando el Cardenal Primado del Perú excomulgaba a todo el que bebía Coca-Cola porque esta empresa trajo a Dámaso Pérez Prado, creador del mambo, con su orquesta y todo, a Lima. En fin, un Perú que ya no queda y en el que, mientras Tere mambea bien Mancini, Manongo como que le ruega un *Pretend* bien Nat King Cole y espiritual y todo (situaciones/cambios).

Pero Tere le mambea también con el alma hecha pedazos porque, instantes atrás, y siempre en el sofá de la salita del tocadiscos, y después de haberla manoseado *made in Piura* con otra chica, le llega al sexo virgen (pero que, si orina tanto –piensa Tere, a veces y a carcajadas arrechas– es porque llora por donde más le duele)... Pues el muy recién regresado de Piura este, el muy conchesumadre éste, le llega al sexo con una mano que, además y todavía, es de segunda mano...

Entonces sí que una parte como: "Que aquella noche / perdiera su amor" es típicamente TERE.

Conclusión (la del estribo): Hay partes, claro, que no son ni Tere ni Manongo ni TEREMANGO en descomposición, siquiera. Ni se oyen ni se recuerdan porque, por ejemplo, a todos nos consta que Manongo mentiría si dijera: "Me cansé de rogarle / Me cansé de decirle / que yo sin ella / de pena muero..." No le dijo nada y ella le ofreció su mano con la aguamarina y su amistad y él, qué tal concha, carajo, con el MG rojo y Juan Pasquel ahí y todo, pero qué se ha creído este pobre diablo, le exigió un todo o nada. Entonces ella, humano muy humano, enfureció porque ya no estaba tan empapada como al principio, pero aun así lo miró con todo el cuerpo, abrió la puerta del carro de Manongo y le terminó de cantar *Ella* con una parte típicamente TERE: "..." (reflexiones).

Y estos... estos benditos y malditos puntos suspensivos mantuvieron vivo y muerto y náufrago y sobreviviente a Manongo Sterne que, pobre hombre pero eternamente caballero a carta cabal para los gestos insólitos, nunca pudo, a pesar de sus pesares, decir hoy sé más que ayer del amor porque seguía locamente enamorado, hasta el romántico, largo y patético epílogo de su vida, ya bastante consumido por las canas y por su colosal fortuna, tan Rosebud como *Ciudadano Kane* y *El último magnate*. Y a Tere la mantuvieron bañada en las buganvilias del recuerdo en el Country Club esos tres...

Y todo a pesar de que a Tere la abrumaba de cariño y de que realmente lo suyo no eran llamadas sino llamaradas telefónicas inalámbricas desde todo tipo de empresas y oficinas, desde aviones y aeropuertos, desde yates y hoteles y países tan diversos como cercanos o muy lejanos, desde paraísos fiscales para personas físicas y jurídicas y mixtas, pero sobre todo desde las casitas (eran, en realidad, espléndidas mansiones del mejor gusto) para tener ocho hijitos que construyó en varios paraísos fiscales ("Happy April", se llamaba la mansión de Jersey, "Pretend", la de Mónaco, "Abril Primaveral", la de Nassau, "Avril Sans Mars", la de Luxemburgo, "Unforgettable", la de Vunuatu, "Tyrone", la de Andorra, "Finca Cisneros", la de las Islas Vírgenes, y "José Antonio", la de las Islas Caimán).

Y cada llamarada telefónica era para decirle que le enviaba libros que ella tenía que leer y que leía y disfrutaba, a pesar de la diversidad de temas, autores, o discos y luego casetes y, al final, porque *pasarán más de cien años, muchos más, yo no sé si tenga amor la eternidad*... discos compactos y láser que podían ir desde los últimos cuartetos de cuerda de Beethoven hasta el trío Los Panchos (época de oro), a tangos y corridos y a los más inefables valsecitos criollos, siempre muy apropiados por lo traumático del tema.

Pero la mansión que mejor le sentó a sus canas fue la única que no quedaba en un paraíso fiscal. Continúa siendo, de lejos, la más hermosa de todas, pues fue la que con más ilusión construyó, sin duda alguna porque fue la última ilusión de un hombre que comprendió el inmenso error de aquella gente que confunde la idea del amor con la idea de la felicidad. Y una parte importante de aquel último sueño emprendedor consistió en que el arquitecto de aquella obra interminable fuera peruano como Tere, que la hubiera conocido de niña, contemplado de adolescente y frecuentado de mujer casada. Y aunque Manongo iba cada vez menos al Perú y por menos tiempo y siempre en abril, daba la impresión de que jamás hubiese salido de ahí. Lo sabía absolutamente todo de todo y, muy especialmente, de cada uno de sus amigos. No fue raro, pues, que escogiera a quien, en el Perú, se considera el mejor de todos los arquitectos: José García Bryce.

Cuenta García Bryce que Manongo prohibió que se plantaran buganvilias y cualquier arbusto o enredadera de los que hubo en el Country Club de los años cincuenta, porque Tere podía llegar en cualquier momento con sus propias buganvilias y flores y arbustos. Y que mil veces le mandó cambiar los planos o derrumbar alas enteras de la mansión y mil pórticos y terrazas y salones y piscinas y que constantemente introdujo espectaculares modificaciones, sin darse cuenta siquiera de que él trataba día y noche de frenarlo en sus gastos sin medida, probándole incluso que había superado con creces las mil y una modificaciones que, a lo largo de cincuenta años, realizara Thomas Jefferson en su propiedad de Monticello, creando así la arquitectura norteamericana.

—Háblenos usted del señor Sterne, por favor, arquitecto —lo entrevistaron, una y mil veces, a García Bryce, cuando por fin regresó al Perú.

—Me di cuenta, finalmente —explicó José García Bryce— que Manongo Sterne esperaba de noche y desesperaba de día, a pesar de su inmensa ilusión inagotable, realmente inagotable. Y con toda seguridad puedo decir que lo sabía todo acerca de la ilusión y que era consciente de que esa mansión para esperarla era su última ilusión. Sin duda por eso fue la más activa, porque en realidad Manongo Sterne era y tiene que seguir siendo un iluso activo. Pero también descubrí otra cosa. Manongo podía ser implacable en los negocios y, a veces, debo admitirlo, hasta canalla. Pero bastaba con que Tere le dijera algo alegre o cariñoso para que dejara una verdadera fortuna en manos de un jardinero cualquiera que, por supuesto, no regresaba más. Recuerdo claramente haber oído la voz de Tere, una vez, en el teléfono. No fue culpa mía, créanme. Es que él le pedía que le gritara las cosas para oírla como si estuviera ahí. Y ella le daba gusto. En realidad ella le daba gusto en todo menos en llegar... Cosa extraña... En realidad la cosa más extraña del mundo –meditó y concluyó, el arquitecto José García Bryce.

–¿No recuerda algún otro detalle, arquitecto?

–Sí... Puedo jurar que él, al menos, era feliz, dramáticamente activo y feliz. No huía de sí mismo, no, eso jamás. Ni huía de nada, creo yo. Era, cómo explicarlo, un hombre que siempre se acercaba a Tere, a sí mismo, a todo, en realidad, aunque jamás logré explicarme cómo ni por qué. ¿Cómo explicarlo? ¿Que nunca nadie ha visto una tragedia tan divertida? ¿Un infeliz tan activo, optimista y sonriente? Cuando le pedía a Tere que le gritara desde Lima, por ejemplo.

–¡Grita, Tere! ¡Quiero oírte como si hubieses llegado ya! ¡Como si estuvieses aquí conmigo y con el arquitecto García Bryce!

–¡Manongo! –se rió, a gritos, Tere, allá en Lima, aquella vez–. Cosas lindas dices siempre. Pero además hablas tan gracioso que, aquí en casa, mis hijas te llaman Verbigracia...

–Esa misma tarde un albañil lo estafó como a un niño de pecho. Se escapó con una pequeña fortuna que le sacó con el truco más barato.

–¿Que va usted a hacer, señor Sterne? –le preguntaba yo, en ocasiones como ésa.

–Esperar que vuelva, como Adán Quispe –me decía cada vez que ocurría algo así.

–¿Y esa casa cómo se llamaba, arquitecto?

–La verdad, ahí sí que hay gato encerrado. Intenté tocarle el tema, pero siempre me decía que tenía una llamada urgente que hacer a Manhattan o algún pretexto semejante. Nunca quiso hablar de eso, pero había una inmensa placa de bronce, indudablemente destinada a ser colocada sobre la entrada principal del jardín que se perdía en el mar de Formentor. Era la entrada lógica a la casa, para los automóviles y las visitas. Pero en la placa sólo había tres inmensos puntos suspensivos: "..."

–¿Algún detalle más, arquitecto?

–Bueno, tal vez el automóvil. O más bien los automóviles, porque eran dos MG sport. Verdes ambos, muy antiguos y exactos. Constantemente los alternaba y siempre uno andaba rumbo a Inglaterra mientras el otro volvía como si viviéramos en el año 1950 y acabara de salir de la fábrica. Y ya eran automóviles de colección. Tampoco supe nunca por qué (vida).

Bueno, pero Manongo Sterne ya vivía sin vivir ni morir ni olvidarla, y todo para siempre cuando, en julio de 1956, Manuel Prado asumió por segunda vez y en calesa descubierta como el MG rojo la presidencia del Perú. Y entre butifarras y buganvilias y enredaderas y arbustos del Country Club de su vida andaba, cuando un arbusto con bayoneta pero sin ese aroma se posó sobre su pierna en el momento en que él pedía otro café en la terraza del Haití, al ladito del golpe de estado de 1962.

Y entretanto había habido, claro está, la vida cotidiana, la vida real, como le llama la gente experimentada. Y él se había estrellado una y otra vez contra el muro de su propia realidad cuando, por ejemplo, había leído y subrayado una y mil veces un libro de Stendhal, *De l'amour*, y sus propias vívidas experiencias bebidas mientras vivía recordando a Tere y escuchando cantar *Ella* en el fondo de una cantina y en la rocola que era el alma de la cantina, y que, pura y simple coincidencia, o profundo misterio de la vida, siempre estaba ubicada, estridente, traumática, demasiado iluminada y fea, frente al silencioso rincón del llorar quedito y siempre para adentro, como a veces, incluso, le pareció que lloraba por él Jorge Negrete.

No, ya nunca más andaría como sus amigos por el colegio y luego por las universidades y los bancos o haciendas y negocios de sus padres que luego serían de ellos, de la misma forma en que ellos serían exactos a sus padres en un mundo en el que sólo iba a cambiar el largo del vestido en las mujeres. En fin, todo aquello que fue la arcadia y la siesta colonial para Sebastián Salazar Bondy en su *Lima la horrible*, tan moralmente horrible que en ella ni siquiera era necesario que todo cambiara para que todo siguiera igual: bastaba y sobraba con que pasáramos de las tapadas de don Álvaro de

Aliaga y Harriman al bikini de la primera miss Perú que copió de alguna pechichona miss Arkansas, para que todo siguiera exacto.

… Y… Porque Manongo no soportaba un solo cambio en el milímetro de una peca, de una nariz respingada, de una mirada o una sonrisa de mujer. En aquel mundo en que Adán Quispe le enviaba cada vez más tristes y absurdas fotos de Yu Es Ei, hasta que ya no le envió nunca más nada y eso fue peor, todavía… Y… Porque a lo mejor… Y… Porque Tere tuvo razón y Adán era desnutrido enano y feo y peruanito y le debimos enviar la aguamarina de oro y buganvilias y butifarras de recuerdo… Y… A Adán lo mataron seguro a palizas en un ring con tongo barato incluido, más alguna vestimenta de vietnamita a la que siguió la de un indio apache y vaya usted a saber qué más… Y… Por ese mundo Manongo, a diferencia de sus amigos y del mundo entero en que vivía, no se paseaba como Pedro por su casa.

Manongo se paseaba como Manongo Sterne por su mundo y había un MG rojo siempre y esos tres… Manongo había aprendido una palabra en un poema: catar. Aprendió a costa suya, y sonriente y hablantín entre sus amigos más queridos, a catar su mundo. Y a catar el dolor como aquel poeta que cataba el amanecer. Ya ni sabía de quién era el poema, como a veces tampoco sabía de quién era *Ella* vivido como nadie es así. Y por explicarse cosas tan negras con palabras tan blancas se le pasaba sin darse cuenta un golpe de Estado porque un arbusto no olió a sus recuerdos y asomó una bayoneta que no pertenecía al Country Club para siempre aromatizado y nunca vuelto a visitar… Y… (vida/reflexiones/anotaciones/tentativas de explicaciones).

Y fue como si en medio de la decadencia y ruina de ese club de su único amor, de la misma manera en que fue el Country Club de mis amores para tanta otra gente, no notara más que un nuevo y doloroso matiz más de su eterno catar el mismo dolor de Tere caminando por ahí.

–Trata de olvidarla, hermano –le decía, un verano en su hacienda de Nazca, el Cholo José Antonio.

–Un clavo saca otro clavo, compadre –le decía, otro verano, el pícaro Pájaro, que ya se había sacado tres clavos con nueve tachuelas, compadre, y que hablaba de sus doce primeros amores y ya ni se acordaba de su gringuita Helen–: ¿A la Flaca te refieres? Puta madre, compadre, ni que uno fuera Matusalén para acordarse de tanto pasado.

–¿De Tere Mancini hablabas, Manongo? –le decía, cachaciento, burlón como siempre, Benavides Málaga, que era vecino de Tere–. Fue cuando me empezó a fallar la vista y me dieron estos anteojos, pero entonces lo que me falló fue el oculista, compadre. Porque la verdad es que ni con estos super *Ray Ban wayfarer, by Bausch & Lomb*, mira, con marco de oro y cristales de cristal perfectamente graduados, logré volverla a ver, Manongo.

–Carajo, cuenta más despacio y explica mejor –interrumpía Díez Canseco, burlándose de sí mismo para no soltar la carcajada que podía herir a Manongo–. Total, ¿que la ves o no la ves a Tere Mancini, Benavides.

–*Haz* algo por olvidarla –le dijo un día, ocultando un triste desespero, el parco fumador Jorge Valdeavellano, el Tyrone del Country Club y aquel primer cigarrillo de la amistad que, como notas que duermen en las cuerdas, sólo esperaba la aparición del amor entre las espesas y adolescentes bocanadas de humo que por fin se evaporaron y le permitieron ver a Tere como una aparición (vida).

…Y… Manongo, que había oído, pero muy de paso en la radio, una copla andaluza que hablaba de un hombre que estaba *haciendo por olvidarla*…

Para él el Country Club no se lotizó, primero, ni se vendieron todas sus piscinas y canchas de tenis y gran parte de sus jardines para construir un club mediopelín, como alguien le contó alguna vez. Ni se utilizó después la parte que quedaba de un hotel que perdía estrellas, para alojar a la selección peruana de fútbol. Ni cerraron sus preciosos restaurantes y verandas. Ni por último llenó sus locales pintados hasta con purpurina de máquinas tragaperras coreanas tipo casino bien chambría y neón con pobretón, para sacarle algún provecho todavía.

Tere, en todo caso, seguía caminando por el único Country Club que valió la pena y su nombre. Él iba como Manongo por su mundo ya desde que, en noviembre de 1956, cató la palabra "chambón". No, Manongo se negó rotundamente a *ver* todo aquello hasta 1981. Pero estaba tan feliz con Tere, entonces, que los suyos fueron ojos que realmente se negaron a ver (vida/situaciones/cambios).

HACIENDO POR OLVIDARLA

Manongo Sterne había escuchado esa copla que, ahora, por razones encarnadas en piedra y camino, había reemplazado por completo la forma en que lo hacía sufrir la *Rapsodia* de Rachmaninov
sobre un tema de Paganini. La escuchó muy de paso y por la radio, de
la misma manera en que el tema de Paganini lo escuchó la primera vez únicamente como música de fondo de una historia de
amor en el cine. Después ese tema fue una obsesión y después fue
lo que requetefué: el miedo al dolor y el dolor del miedo, el sentimiento del amor cuando éste se muere en Europa y uno es el
adolescente herido en la platea de un cine y es James Mason bajo
el ala de un sombrero, tumbado de dolor en una perezosa despa-
rramada en la cubierta de un trasatlántico y el mar y el cielo son
azules en el Mediterráneo y el infinito se ha quedado para siempre con estrellas y Moira Shearer.

Primero, pues, fue la película con una música de fondo y después
el disco fue el fondo de las historias que teje un muchacho de
catorce o quince años y un poco menos también. Se precisó, se
concretó brutalmente la música y la película se volvió su historia,
casi su telón de fondo.

Y ésta sería para Manongo la única forma de explicar cómo pasó
de escuchar, así de paso en una radio y al correr la aguja por el
dial, a alguien que estaba haciendo por olvidarla. Pero sonó
duro, sonó real, mas era breve la copla y ya se había ido hasta su
eco de dolor aquí del todo adentro. Haciendo por olvidarla: ese
vago recuerdo que mucho no duró.

No, no duró mucho y hay que saber por qué. Hay que saber que
Manongo hacía por olvidarla porque Tere, yéndose para siempre,
cata que es para siempre, Manongo, sobre todo tú que naciste
chambón, torpe, negado para olvidar(la), la negación del olvido
hecha *Grandes fatigas dobles* (que cantara en tu pleno dolor, en tu
pleno haciendo por olvidarla, el maestro del cante José Menese,

[457]

aquel cantaor fornido como el pueblo que era el suyo, con aquel cogote de toro y roble, sí, aquél que, porque era realmente popular en su ser y estar, sólo se atrevió a decir ante los dos mil años de cultura de la pintura genial de Pablo Picasso, cuando al pobre lo llevaron a verla por primera vez en su vida: "Yo sólo sé que *eto e* como lo *jondo* de la pintura"), cata un MG rojo y tan pero tan visible, hirientemente descapotable, descubierto para que tú descubrieras la crueldad de nadie que se la llevó para siempre, sin poder decir ni siquiera que fue la maldad y atenuar así la pena y dejarla, con muchísima suerte, sólo en tristeza.

Y los grandes amores, siempre que se van para siempre, dicen cosas hediondamente prácticas, cosas de gran sentido común, dicen algo que nada tiene que ver con el que se queda catando un MG rojo, por ejemplo.

Entonces dicen, o explican, para ser más precisos, con una lucidez que ni siquiera conviene al momento, por ejemplo que a un amigo tuyo, llamado Adán Quispe, le van a dar una paliza tras otra en los Yu Es Ei de sus sueños compartidos contigo. No con ella, la brutalmente realista, para que cates otro poco más de la pena que ni siquiera sentirá. Dejan todo eso detrás, digamos.

Y digamos que tú entonces inventas siete millones de peleas de catchascan, haciendo por olvidarla como en aquella canción que oíste tan de paso, tan de fondo, tan de la superficie del dial de un radio. Y aún no sabes que la oíste mal y por eso has podido hacer que surja Kid Corralón, alias El Invicto. El que nunca será desnutrido, ni mucho menos enano, ni por supuesto enclenque, ni tampoco feo, ni muchísimo menos y jamás de los jamases cholo y peruanito.

Y estás en plena forma en eso de andar haciendo por olvidarla. Serás mi ídolo, Adán. Al menos tú ganarás y tú campeonarás en lo tuyo: el karate. Mira que te fuiste ya casi sabiendo que yo habría de ser el gran catador de perdedor en lo que era todo mío: el amor. Corrijo, Adán: lo mío, todo lo mío, no era sólo el amor sino el amor corregido, es decir el amor por Tere. Pero bueno, voy haciendo por olvidarla y, tras haber convencido a mis amigos de que sé mucho de peleas en el ring, voy aprendiendo de la vida. Y primero voy cuesta arriba y estoy llegando a la meta cuando tú apareces en escena y te pasas de cinco en cinco las semanas sin perder.

Pero tengo miedo, Adán. Tengo pánico porque no me están ayudando las pocas fotos que me mandas, cada una peor que la anterior, desde Nueva York. Pero realmente haciendo por olvidarla, aún voy ganando porque tú sigues invicto semana tras semana en aquello que Tere vaticinó paliza tras paliza, en vez de meses de victorias y más victorias increíbles, estupendas, limpias, campeonas, sorprendentes y exactas a tus sueños.

Entonces, aunque mis amigos me miran a fondo y me estudian con tanto y tanto cariño, yo no dejo que me vean el fondo. Porque ahí se ve, Adán, cómo Tere se va, se va, cómo vivo catando que se me va. Tus razones y tus sueños se impondrán sobre sus frías opiniones. Quiero decir, amigo, que tu manera de ganar ahí donde ella vaticinó palizas de muerte en el ring, vencerá por la vía del sueño. Tú ganas y yo gano contando de ti. Hago, pues, por olvidarla, porque tu alegría y la felicidad de saberte en tus triunfos me invade hasta llenar esa zona en que mis amigos y la vida que me rodea estrellan su vista en nuestra alegría empozada en mi dolor, cubriéndolo, velándolo, recubriéndolo de una espesa capa de sonrisa, de palabrería y de narraciones y cuentos y más cuentos (ni siquiera se nota que estoy perdiendo mucho peso, Adán). Y así el dolor no se puede escapar, amigo, y sale alegría del fondo de todo mi dolor, de todo ese catar mío en el que nunca más amanecerá. Entonces mi dolor no se ve ahí donde normalmente están esos dolores y la gente los busca.

Y cada victoria tuya es un día más contra otro día más en que Tere ya no come una butifarra. Que si así fue la rosa para el poeta, por qué diablos no han de ser posibles, dime tú por qué diablos no puede haber casos en que así es la butifarra, amigo mío. Su aroma, al menos, el aroma que ella juró bañada en buganvillas de recuerdo y Country Club. Caminando yo sin que ella esté caminando porque sólo está bañada por la memoria de (según el instante, según el nuevo detalle del recuerdo total que te sorprende siempre con las más tristes novedades, con los más crueles matices, con las más brutales precisiones de día, de lugar, de tal hora de tal día, minuto de tal hora, segundos y más segundos, y el calor que hizo y los irrepetibles colores que hubo, hermano), digamos que de su sonreír un instante cuando se me acercaba y a mí me encantaba pero también me aterraba que fuera tan traviesa hasta en su forma de llegar.

Yo era feliz cuando Tere era feliz y, maldito sea, Adán, a veces, de golpe, no soportaba verla tan alegre. Quiero decir que, de puro miedo, de puro terror a que estuviera alegre por otro, porque yo nunca estuve alegre sin ella y así me voy quedando para siempre, parece, Adán, hasta maté a un hermano que tan nunca existió que hasta me olvidé de ponerle nombre. Viejo, riámonos un poco, no hay crimen perfecto y por ahí me pudo haber pescado la policía. En cambio qué perfecto es el castigo, Adán, y, ya ves, así parece que me estoy quedando para siempre porque no logro ni un instante de broma por ella sin que su recuerdo me castigue en el acto, implacable y con nuevos y crueles y sorprendentes matices y precisiones de las que ya te he hablado y millones más con las que no te voy a aburrir ni me quiero torturar.

Y cuando el colegio terminó tú seguías invicto. Pero cada nueva foto que me mandabas, viejo. A mí, que me había defendido solo, casi desde niño, de no tener amigos como tú en la vida. A mí, que me había defendido hasta de Tere y contra Tere de no tener amigos como tú en la vida. Dime, Adán, y déjame que te reproche algo alguna vez por andarme mandando fotos como ésas, dime, ¿cómo se come eso de no haber tenido amigos como tú en la vida y, de repente, tenerlo, estarlo teniendo? Para ti, en todo caso, fue más fácil comer eso, de eso, o como por diablos y demonios se diga. Pero me seguiste mandando tales fotos de decepción, que no tuve más remedio que enviar al Yanqui a aprender karate al Japón. Y ya ni me escribías cuando lo tuve que hacer volver.

No hubo belleza final. Ni gloria de amigos que se volverían a ver. No juzgo, Adán. Describo, nada más. Pero tú no me ayudaste ni con esa esperanza, viejo amigo. Y por esas tardes de la vida en que ya no escuchaba casi nunca la *Rapsodia sobre un tema de Paganini* y mi único tema era lo bañado en buganvillas con aroma de butifarras y amigos a fondo del Country Club y amigos a prueba de balas y todo terreno del colegio San Pablo...

Qué lindos, qué divertidos recuerdos me asaltan en este momento de aquel colegio. Probablemente no me entiendas porque ya debes hablar masticando chicle como loco, pero un día Teddy Boy nos probó, con un solo ejemplo, cuál era, aparte del acento, la diferencia fundamental entre el inglés de los Estados Unidos y el de Inglaterra.

–Un camión de máximo rendimiento, peso, tamaño y capacidad de carga, en los Estados Unidos se llama *Big Mack* mientras que, en Inglaterra, se llama, casi púdicamente, *Heavy Duty*.

Y como casi nadie le entendió, soltó su eterno "mucho cholo", agregando aquella vez que mucho dinero, también, sin duda, y que mucha hacienda y hasta mucho antepasado, en alguno que otro caso, pero que le sobraban los dedos de una mano cuando contaba a los que realmente habíamos nacido en el momento apropiado, el lugar apropiado, y con una cuchara de plata en la boca. Enfureció Lelo López Aldana y Amat y Carlosito Colas de la Noue hizo venir a su padre al colegio.

Y ¡diablos, Adán!, lo que es el recuerdo... Por los inmensos ventanales de nuestra clase, que daban al jardín y a la piscina de medida olímpica donde se bañaba la Viuda y las horribles lavanderas hacían funcionar dos maquinotas azules, tapándonos muchas veces la visión de ese hembrón con su ropa de baño blanca y cojonuda, esa tarde las pobres viejas miraron hacia la clase alta del Perú, por el tremendo escándalo que armó Lelo. Y estoy viendo sus ojos y la vejez flaca y como de bronce arrugado e históricamente resignado de sus caras horrorosas. Para todo el colegio fueron siempre Pecado Mortal y Sacrilegio y nadie supo nunca sus nombres, pero en este instante los acabo de desenterrar yo: Pánfila y Agripina...

Pero no hubo belleza final ni gloria de amigos que se volverían a ver y de pronto, Adán, ya no tuve cómo hacer por olvidarla. Fue una tarde y una voz y dos guitarras que se fueron conmigo por el mundo. Al cante, Porrina de Badajoz, guitarras: Melchor de Mairena y Pepe de Badajoz. Una malagueña que fue música de fondo me corregía aquello de *Haciendo por olvidarla*, porque resultó que la versión correcta era *Haciendo por olvidarte*.

Siento ganas de irme del Perú y de conocer Badajoz y de oír cantar y tocar a esa gente que me corrigió hasta el recuerdo, tornándolo más cruel. Y anda, dale Manongo, fuerza canejo y canta y no llores, te corrigieron hasta eso, anda, vete ya a catar una vez más que nunca más amanecerá. Tu triunfo en Yu Es Ei, amigo, me ayudaba a haber perdido a Tere. Pero un día, Tere, Adán ya no me ayudó ni con esa esperanza. Yo había querido reír por delante de nuestros recuerdos, de nuestros tres años, ocho meses y trece días juntos, de nuestro como nadie es así, Tere, para que no los viera la gente. Yo había querido reír para que la gente no viera jamás que nada de eso se había cruelmente acabado (en fin, una forma más de decirlo, mi amor, probando palabras blancas sobre recuerdos atroces, sobre que bastó un MG para que nunca más pudiera ser uno más entre mis amigos, como mis amigos). Adiós, cholo Adán, lo intenté todo pero dejaste del todo de escribirme y nunca mandaste fruta...

¿Fui orgulloso en *hacer por olvidarla*, Tere, como si fueras algo impersonal, algo en tercera persona y no la primera persona siempre para mí, algo no bañado para siempre en nuestra historia de tres amores y Tyrone y Pájaro y el Gordito Cisneros y mi Cholo José Antonio? Un amigo falló como tú pronosticaste y aunque lo suyo fuera sólo fallar a la cita con sus triunfos y nuestro reencuentro y Adán Quispe hoy sólo haya sido ya para siempre nada más que un encerador karatequita de mierda que se fue, lo que canta precioso Porrina de Badajoz, mi amor, haz por catar una sola vez en la vida, siquiera, es *Haciendo por olvidarte*.

Y digamos que dice así entre aquellos nuestros aromas y tu nariz respingada y tus pecas y tu pelo corto y tu sonrisa y cada cruel precisión de día, hora, lugar, compañía, minuto, temperatura, tu traje, tus pantalones toreador de aquel ataque de celos mío, de quién iba a ser, pero mira, yo te sigo durando, Tere, yo era traumático y posesivo y celoso y trascendentalote pero ahora soy el que seguiría soñando para siempre y tú la encantada de la vida sin que yo pueda precisar más que el tamaño irreparable de mi espera y de mi infantil (¡Me río de esa palabra! ¡Qué me importa esa palabra, mundo entero!) y perfecta devoción, bien chambón para olvidarte, Tere... O sea que dice así:

Haciendo por olvidarte
Yo creí que te adelantaría

Y haciendo por olvidarte
Cuando pasaron tres días

Como un loco fui a buscarte
Porque sin ti vivir no podía.

Y tú encantada de la vida. O sea que yo no pude ir a buscarte. Ni te busqué en otra mujer ni nada. Ni siquiera te molesté. Lo que hice fue meterme en mi mundo para poderte esperar siempre ahí y fingir que la vida cotidiana también me era posible. Encontré toda una vida de sedantes en mis amigos y me reía y los hice reír y canté y me emborraché y trabajé y empecé a eso que se dice triunfar y bailé (pésimo siempre) y narices respingadas hubo, por decirlo de alguna manera, y algunas cruelmente mejor respingadas que las tuyas pero bastaba siempre con acercarme bien para que nadie fuera como tú eres así. Y mi esperanza fue por dentro. Sigue yendo por dentro. Y a veces se ríe y se burla de mí cuando en la vida cotidiana hasta parece que fuera un canalla, unas veces; un cretino, otras, o aquel muchacho que empezó desde cero por eso de que, cuando iluminé un MG rojo, faltaban pocos meses para terminar el colegio y el baile de promoción era sagrado y cada uno debía asistir con la chica más maravillosa de su vida.

EL EX BRIGADIER DISTRAÍDO
EMPIEZA DE CERO

En automóvil se va algo mejor con el sufrimiento de Tere adentro y feroz. Como que se avanza más y se pasa entre más cosas, calles, gentes, avenidas, plazas, barrios, situaciones. Y se puede pasar, por ejemplo, en mucho menos tiempo, del sufrimiento atroz en un barrio residencial al sufrimiento atroz en el barrio negro y bien pobre y populoso de La Victoria y avanzar con el dolor a cuestas hasta el paisaje miserable y hacinamiento humano del cerro El Agustino... ...*histórico lugar de nacimiento de las barriadas limeñas en años de prados y odrías cuarenta y cincuenta y del problema estructural migración campo-ciudad que hace llegar a Adán Quispe, una guagüita, a Lima, después a unos seis millones más como él, sea por migración, sea por nacimiento en hacinamiento, y se tuguriza el puente, también el río y también la alameda, que es cuando Chabuca Granda compone nostálgica* La flor de la canela *para que los limeños recuerden siquiera las risueñas, coloniales y altamente limeñas* Tradiciones peruanas *de don Ricardo Palma, el evocador de una Lima que también para él se iba ya con algo de todo tiempo pasado fue mejor...* y pasa una hembrita ricotona como la vida misma y entonces es verdad que, desde el más grande dolor, desde la más grande pena, mientras hay vida hay esperanza aunque Manongo Sterne haya muerto para todo aquello y sea verdad que en automóvil se va algo mejor con el sufrimiento de Tere adentro y feroz.

Pero, como esa hembrita ricotona que pasa es una negra y ni hablar por consiguiente de llevarla a tu fiesta de promoción, Manongo sigue visitando más barrios de aquella Lima en que todos nos conocemos y los sirvientes llegan con recomendación y a poquitos y detiene su automóvil por la ex hacienda Limatambo y el aeropuerto porque pasa otra hembrita... *o es simple y llanamente que Lima no ha parado de irse a la mierda desde el día mismo en que Pizarro puso su pezuña analfabeta en un valle con culturas imperio incaico y fundó la futura ciudad de los virreyes y de los villorios, pri-*

mero... ricotona como la vida misma y el lugar parece un oasis en plena y ya urbana carretera Panamericana y el rugido de algunos camiones. En automóvil se va algo mejor con el sufrimiento de Tere adentro y feroz porque, entre otras cosas, uno puede aprender mucho más rápido a costa de sí mismo que Ciro Alegría escribió una novela llamada *El mundo es ancho y ajeno* y que sólo en Lima hay ya bastante Perú que recorrer y que, por ejemplo, la campiña que acaba de abandonar no es un oasis situado por el aeropuerto de Limatambo y el Cream Rica de los *hamburgers* incomparables, los helados realmente *ice cream* y los insuperables *milk shakes* y que la chola que estuvo contemplando no es una labrieguita, es sólo una muchacha que trabaja y para la que también él es ancho y ajeno y patrón y otros como tú se la tiran y punto, huevón.

Manongo acelera con sus primeras imágenes a cuestas de un oasis en plena Panamericana, con aquel caminito entre los últimos sembríos de una hacienda urbanizada porque crece y crece Lima y aquel pequeño paraíso terrenal que más tuvo de espejismo desde que en él vio a una chica de lindos brazos desnudos y alzados que sostenía, campesina, amorosa, adolescente, sobre la cabeza una canasta llena de fruta. Y entonces, con su dolor adentro y atroz y porque otros como tú se la tiran y además a ella le gusta, huevón, con toda su ternura a cuestas, aquella imagen de cuerpo tan ricotón en un sitio así de sencillito y verde se convirtió en una labriega con piel de melocotón y, por qué no, bañable en la piscina grande y azul del Country Club y, confiesa, huevón, él hasta quiso sentirse bucólico y además sintió como que podía quedarse a vivir ahí con ella y una lira y unos versos de Virgilio, por ejemplo, o sea con bastante cultura general, aunque generalmente occidental y cristiana. Huevón.

Y cojudo a la vela, también. Para empezar, una labriega no existe en plena carretera Panamericana y la ciudad que crece y crece. Y si existiera, esa labriega en *tu* fiesta de promoción no existe. No existe ni siquiera en *una* fiesta de promoción y punto. Huevón. Eso no existe, huevón. Que no es lo mismo que algo imposible. Porque algo imposible en este país lo puede arreglar tu padre, por ejemplo. O sea que eso no existe porque es simplemente imposible hasta en los sueños de un pelotudo como tú. Manongo apela a su cultura general para aprender a costa de sí mismo y por toda res-

puesta sólo le sale *El plebeyo*, un vals superpopular de Felipe
Pinglo Alva, limeño de pobre cepa y humilde cuna pero honrado
y sastrecillo inspirado que amó a una aristócrata siendo plebeyo él
y que, *después de laborar* –y no de trabajar, porque laborar es más
culto y poético que chambear o tirar lampa de sol a sol y Pinglo fue
bardo, popular pero bardo–, *vuelve a su humilde hogar.* Pero lo
hace con el lenguaje más complicado del mundo porque también
en eso consiste querer ser alguien, con el grave riesgo, eso sí, de
terminar siendo un Cantinflas peruano entre la noche que *cubre ya
de la ciudad las calles que cruza la gente con pausada acción* y que
además de todo tiene luz artificial y mucha penumbra *que esconde
en su sombra venganza y traición*, sobre todo cuando el pobre pero
honrado plebeyo, tremendo filósofo popular, le pregunta a Dios
–que también ha amado y por ello sabe divinamente bien que *amar
no es un delito* y que *el amor siendo humano tiene algo de divino*–, *tré-
mulo de emoción*, siempre según Felipe Pinglo Alva, el plebeyo le
pregunta con exclamación a Dios: *¡Señor, por qué los seres no son de
igual valor!* Y todo porque el pobre Luis Felipe, que así se llama el
plebeyo, ha delinquido por *Pretend* la *enguantada mano de fina
mujer...*
  –La cagada, compadre, no hay nada más huachafo que un cholo
fino –le había dicho un día, el gran Pájaro.
  Y entonces toda la herida le duele a Manongo pero inmediatamente siente también cómo el sufrimiento de Tere adentro y atroz
va algo mejor en automóvil porque puede arrancar el motor y tras-
ladarse a un escenario más apropiado para su búsqueda. Recuerda
entonces Manongo que está buscando una chica para invitarla a su
fiesta de promoción y, mientras pone segunda y luego tercera y
avanza sin rumbo fijo, nota que en realidad lo que está encon-
trando es un poquito más de Perú, de Lima, en todo caso, y en
cualquier caso de una realidad que desconoce profundamente... *y
de los barrios residenciales y las barriadas y el casco histórico totalmente
tugurizado y repleto de ambulantes y asaltantes y de cholos de mierda
andinos y costeños y feos, enanos, enclenques, desnutridos y peruanitos,
después, y chicha hoy con todo aquello englobado en sector informal y
sálvese quien pueda.*
  *Que es cuando empiezan a salvarse los peruanitos enclenques y feos
y retacos y desnutridos y caen en el olvido los odrías y los prados y se*

ahogan los belaúndes y velascos y los morales y los álanes garcías y naufragan también las izquierdas unidas y desunidas y los partidos tradicionales y los clanes inmortales y resulta que el cholo de mierda deviene en cholo a secas, elige un presidente japonés con racismo y a una santa que no tiene su documentación en regla en el Vaticano ni en Lima ni en el pueblo de su humilde cuna emigrante campo-ciudad, pero qué carajo importa eso, oiga usted señor obispo, que tampoco yo tengo mi documentación al día y soy más informal que aquí mi concubina y no conozco a mi padre, que apenas si conoció a mi madre, y por eso Sarita Colonia es chola y bien santa, oiga usted, y es la primera empleada doméstica que entra al cielo por la puerta grande y no diga usted lo contrario, señor obispo, porque ya usted sabe que cuando Dios dice NO, Sarita Colonia dice TAL VEZ, y mucho respeto le tengo a usted, sí, señor obispo, pero no nos venga otra vez a los de la barriada de lágrimas con lo del valle empapado ni con eso de que, encima de todos los microbuses que tengo que tomar al día, para que Sarita Colonia obre el milagro de conseguirme un con qué vivir, el día en que mi fe encuentre trabajo, no, no me venga, oiga usted señor obispo, con que las vírgenes que lloran por todo Lima, menos en los barrios residenciales, donde sólo lloran los ricos, porque los ricos también lloran, según la televisión, no, no me venga con que encima de todo, carajo, esas madres de Jesucristo están llorando porque somos pecadores y tenemos crimen y castigo, señor obispo, francamente creo que ya se le pasó a usted la mano de católica a sádica, monseñor, porque esas vírgenes lo que están es bien muertitas de pena de ver cómo sufrimos, qué hambre tengo, virgencita, y cómo habiendo fiebre porcina y teniendo yo doce hijos naturales, naturalmente, y un cerdito, pues no, no lo mato, no, señor obispo, ni aunque me mate a mis hijitos lo voy a matar yo a mi chanchito, señor obispo, y no me venga usted carajo con que soy un ignorante, que yo lo que sé es un millón de cosas de la vida que la razón no entiende, monseñor, ni se las imagina ni se las sueña, siquiera, cosas como que más hijos sí puedo tener pero de dónde voy a sacar yo plata para comprar otro cerdo si mato a éste porque está enfermito y Sarita Colonia todavía no me lo puede curar... y avanzando sin rumbo fijo ha llegado a Barranco, avenida Grau, Mudanzas Laines S.A., y a esa altura se encuentra que su sufrimiento atroz es ahora también sorprendente y frena y mira por esa esquina, por esa calle, Manongo mira el dolor.

Está parado ante la puerta de su chalecito huachafón y el medio ambiente es clase media con las justas tirando a altita media. Y tiene forma de hembrón. El dolor tiene forma de demasiada hembra para él. Pero tiene algo muchísimo peor el dolor y es que tiene una belleza brutalmente Tere ya veinteañera y con el pelo largo como brutalmente le habría quedado a Tere ya veinteañera. Pantalón verde y blusa verde igual cuerpazo, como en las matemáticas. Doloroso y blanco y pecoso el rostro de nariz no más sino mejor respingada que la de Tere. Mira sonriente hacia la esquina en que Manongo quiere arrinconar el automóvil de su madre, ese sábado por la tarde en que ella le dijo toma las llaves de mi carro, Manongo, y sal a divertirte, pero lo más que he logrado, mamá, es descubrir que en automóvil se va algo mejor con el sufrimiento de Tere adentro y atroz. Se iba, mamá. Se iba algo mejor que en este instante interminablemente doloroso aquí en Barranco.

Cómo diablos se llamará el dolor atroz y ahora además sorprendente pero Manongo lo llama Tere cuando ella lo mira desde su chalecito y él quiere arrinconarse con automóvil y todo. Y cuando ella le sonríe y se acomoda el pelo sobre los hombros y es increíblemente Tere veinteañera y bella. Y le sonríe más y abre los brazos que lo esperan también sonrientes. Y ahora avanza para acercársele y darle un recibimiento de amor y hubo ese instante también en que Manongo fue ese gallardo aviador de uniforme azul que llegaba hasta el abrazo de esa mujer sonriente que ahora se ha confundido con el cuerpo de él pero giran ambos y el aviador gallardo la tiene agarrada fuertísimo por la cintura y el beso total y también es total la entrega con ardor corporal de la medio pelo que tampoco habría podido llevar a su fiesta de promoción porque, bueno, y si la caga con el vestido, por ejemplo, compadre...

Había arrancado feroz el motor y de nada le había servido su cultura general y en medio de la pista sobraba gente en el paradero del tranvía y a alguien se voló Manongo. Y huyó pero a los tres segundos eso era una pesadilla, nada más que una pesadilla de tanto dolor, o sea que volvió para despertar, para comprobar que en efecto no había pasado nada. Y muy cerca de él caminaban paseando abrazados la muchacha de verde y el aviador de azul gallardo. No lo vieron ni nada. Él no existía para quien lo estaba matando. Y felizmente porque seguro que ella le habría dicho cosas muy prácticas mientras lo abandonaba para siempre. Que deberían enviarle una aguamarina y un alfiler de oro a un Adán Quispe, por ejemplo.

Y desde entonces Manongo no supo si había atropellado a alguien o no porque algo o alguien se había estrellado contra su automóvil pero la gente seguía exacta en el paradero del tranvía y nadie tenía cara de atropellado ni de haber visto nada y azul iba el aviador gallardo y la muchacha de verde.

—*Pasastes a mi lado, con cruel indiferencia, tus ojos ni siquiera, miraron hacia mí* —cantó aquella noche Pedro Infante en una fiesta a la que él fue por ir con el barrio Marconi a alguna parte y para acostumbrarse también a que ahora llevaba tremendo par de cuernos. Y por fuera se acostumbró a cualquier cosa, de la misma manera en que también por fuera, sólo por fuera, porque por dentro es todo tú, Tere, se acostumbró más tarde a la broma favorita de algunos amigos nuevos. Consistía en enseñarle a una Tere cualquiera, aunque ellos sabían que no cualquiera podía ser una Tere. Que no bastaba ni con que fuera pecosa y bien pálida y que fuera de noche y, de preferencia, con luces de neón. Cuando acertaban y era una Tere, a Manongo le daba un mareo tremendo y hasta se desmayó en mucho más de una ocasión.

Pero esa broma nunca se la hicieron los muchachos del barrio Marconi ni los del colegio San Pablo. No, no se le hace esa broma a un amigo del alma que primero tuvo que acostumbrarse por fuera a ser maricón en el infierno que eran los demás y que ahora volvía a encontrarse con el infierno de los cuernos que le puso por dentro Tere Mancini, un amor como no hay otro igual. Esa broma pertenecía a la época en que él ya trabajaba con su padre, había renunciado a la medicina, había escuchado las dos estrofas perdidas de *Cielito lindo* y se pasaba cada atardecer invernal caminando de arriba abajo por el jirón de la Unión, haciendo por olvidarte...

Y recordando con cariño y gratitud que en el Cream Rica de la Plaza San Martín había encontrado a la muchacha tan alegre y bonita que lo acompañó a su baile de promoción. No había querido volver a manejar el automóvil de su madre desde aquel asunto tan raro de Barranco en que no atropelló a nadie pero... Su madre tampoco le entendió nada cuando él trató de darle una versión coherente de los hechos... Ni él mismo entendió nada a fuerza de ocultarle a su madre lo de la muchacha de verde que, a lo mejor, lograba aclararlo todo... Y logró seguir ocultándosela tanto que, de pronto, la muchacha de verde dejó de existir... Como que la mató y fue terrible el momento en que dejó de existir porque él la había embestido con el carro... No... No... No... Porque ella había pasado casi a su lado con el aviador de azul... Su madre lo vio tan nervioso y extraño que prefirió no insistir por un tiempo en lo de la llave del carro... Y hasta el día de su muerte, probablemente, y como en las encuestas, Manongo no sabrá, no responderá qué pasó y si supo qué pasó aquella tarde de Barranco en que miró el dolor y éste tenía forma de hembrón.

O sea que al centro de Lima llegó en un taxi, algunas semanas después. Y a pocos días sin pareja del baile de promoción. Era un domingo sin futuro en la Plaza San Martín y él ya estaba con el uniforme puesto porque pensaba hacer tiempo hasta la hora de Desamparados y el autovagón de regreso al San Pablo, matar la tarde sin futuro contemplando por ejemplo el cine Metro en que alguna vez estrenaron *Historia de tres amores* y lo huevón y triste que quedaba él de James Mason con uniforme escolar rojo con gorrita británica y anacrónico futuro... *y el Perú entero es ya todo un inmenso TAL VEZ de Sarita Colonia y un millón de vírgenes que lloran novedosamente por nosotros y no por culpa de nosotros en esta Lima chola en que se ha dejado de ser sólo feo y retaco y enclenque y desnutrido y peruanito y se ha adquirido —porque se migró del Ande y se trajo costumbre solidaria y ancestral-indígena de luchar contra la adversidad de nuestra geografía, clima, miseria rural, desposesión y qué sé hasta yo que soy sociólogo, según afirman los sociólogos— la virtud de la laboriosidad y se ha resultado en ser el mejor ejemplo del más puritano y primer espíritu capitalista, según las clásicas definiciones de Adam Smith y Max Weber y,* why not, *también de Frank Sinatra, que si hoy viera cómo funciona el sector informal microtaller micromecánica, qué duda cabe, nos cantaría con esplendor del tipo* LIFE THE MAIN EVENT, *en el Madison Square Garden de Nueva York:...* I DID IT ALL... AND DID IT MY WAAAAYYYY...

Porque no lo maté a mi chanchito, señor obispo, y siete de mis hijos trabajan hoy en el microtaller, monseñor, dos se dieron de baja con fiebre porcina y Dios los tenga en su gloria, a la diestra de Sarita Colonia, y los otros tres que sobrevivieron ya están programados para mandar repuestos desde Nueva Jersey, Nebraska y Orlando, y los tres

últimos que he tenido, naturalmente, naturalmente van ya al colegio y
después irán a la universidad para que me estudien Derecho, Contabi-
lidad y Administración de Empresas con destino al microtaller que ya
por entonces será macroexportador, si Sarita y san Martín de Porres y
el Señor de los Milagros y, bueno, Dios también, para que vea que yo a
usted lo respeto, señor obispo, lo permiten.

Porque qué le va a andar uno pidiendo nada a esa blanquita llamada
Santa Rosa de Oliva o algo así, que bien alguno no le hizo a ninguno
por andar autociliciándose encerrada en un convento, mire usted que
hay que ser sadonosequé, además de egoísta, señor obispo, y todavía
hacerse llamar Patrona de América y de Filipinas, qué tal concha,
oiga usted señor obispo, cuando san Martín de Porres y la mismita
Sarita ya tienen culto y procesión propia en el Caribe y New York y
Florida y hasta en Praga hay quien lo ha visto a fray Escoba con su
banderita peruana como cuando recién invadimos estos terrenales que
hoy son experiencia piloto con Premio de Asturias en España y ya
mucha construcción con material noble y hasta lujosa como la del Rey
de la Papa, que no se ha querido mudar a barrio residencial porque dice
que de aquí es su entorno natural y que si de aquí no lo logró sacar,
cuando invadió con las locas ilusiones y cuatro esteras que lo sacaron de
Andahuaylas, ni la Policía Montada del Canadá... Perdone usted,
señor obispo, se me ha confundido nuestra Guardia de Asalto con un
programa interactivo que vi por la antena panorámica de mi televisor,
no, no leo el periódico, señor obispo, mucho político y poco Fujimori,
que también se las trae, parece ser, o sea que para qué, que ya vendrá
otro, monseñor... Le quedaban un par de horas sin futuro antes de
dirigirse a la estación de Desamparados y Manongo se hartó de
mirar el cine Metro y entre los portales de la Plaza San Martín había un Cream Rica. Y cuando entró había una chica muy bonita
para fiestas de promoción tomando té con sus padres. Manongo se
instaló en un taburete ante el mostrador, empezó a observarla ahí
atrás por el espejo grande que tenía enfrente, y la familia entera
parecía bien simpática para fiestas de promoción. Formaban un
pequeño oasis de tres personas y esta vez sí, se trataba de un espejo
y no de un espejismo. Y sonreían y tomaban té a la hora del té y
como que habían establecido un fácil vínculo de simpatía con él a
través del espejo. O sea que Manongo pidió una Coca-Cola para

seguir vinculándose y aún le quedaba medio vaso lleno cuando decidió pasar del espejo a los hechos y se acercó.

Isabelita estudiaba con coincidencia en el colegio Belén y claro que conocía a Tere Mancini y, por lo tanto, también estaba al corriente de quién era Manongo y de sus cuernos y todo. También sus padres, que se llamaban doña Isabel y don Joaquín, parecían estar al corriente, pero como de entrada y aun antes, o sea desde el instante mismo en que Manongo apareció en el Cream Rica, eran simpáticos, no fue en absoluto necesario entrar en detalles muy dolorosos y tampoco le miraron la frente cornamentosa y aquel asunto quedó tácito y sobreentendido, aunque con tanta simpatía del tipo oasis en el calvario de Manongo, que tampoco dio lugar a malentendido alguno acerca de una posible aceptación de su propuesta de invitar a Isabelita, por estrictas razones de compasión o de piedad. En fin, que todo quedó dentro de los límites de una normal simpatía mutua Manongo-Oasis, de ese mismo sentimiento agradable y cómodo que, como se produjo solito y aun antes de que cruzaran palabra alguna, fácilmente pudo ir tan in crescendo que al final el pobre Manongo casi los invita a los tres a su baile de promoción.

Pero en cambio ellos le invitaron a él otra Coca-Cola y nunca en su calvario esta bebida hizo tanto honor a la frase clave de su campaña publicitaria: "Coca-Cola, la pausa que refresca." Muy pausadamente pudo pues el cuarteto Isabelita, doña Isabel, don Joaquín, Manongo, ponerse de acuerdo en los detalles de fecha, hora, lugar de recogida de Isabelita y hora de regreso a casa de nuestra hijita, que irá vestida strapless y toda celeste, porque le queda lindo ese traje que le vamos a comprar para que te acompañe, Manongo, en lo que deseamos que sea el día más feliz de tu vida.

Isabelita no dolía y, aunque no hablaba pausadamente sino como una cotorra alegre, muy vivaz pero sumamente inculta, todo con excelente educación y modales en la mesa, eso sí, era realmente de una juventud tan refrescante como burbujeante. Y esta última era su mayor virtud. Todo en ella era burbuja que tan sólo de aire se componía y en aire, pic, se descomponía y ya no era, y pompa de jabón, además. Y todo en ella era pausa que refresca, Coca-Cola bien heladita. Y por último era bien bien bonita Isabelita y strapless celeste se convertía en linda y tenía unos ojos negros y profundos pero nada hirientes y en absoluto limeños, según don Ricardo Palma, para quien éstos suelen ser ojos con más preguntas y respuestas que las del catecismo. A Isabelita claro que le brillaban intensamente los ojos pero no por cuestiones de interrogación, respuesta, catecismo o de tener más mundo que el que descubrió Colón, sino muy sencillamente por razones burbuja y pompa de jabón. Era estoica, eso sí, en lo referente a la cantidad de pisotones que le metió Manongo al ritmo de la orquesta de Freddy Roland en la casa del baile de promoción, que fue la del Gordito Cisneros Tovar y de Teresa, por su amplísima terraza con piscina incluida, sus jardines altamente iluminables para fiesta inolvidable, su court de tenis con enredaderas y jazmines para el ambiente veraniego y el piano favorito de Simón Bolívar, para lo de antigüedad es clase.

Aunque respingada y pálida y linda, Isabelita no tenía pecas ni el pelo tan corto que digamos y se le podía incluso sacar a bailar otra vez pésimo y situarla horas entre luces de neón sin que a Manongo se le produjera consternación previa, asfixia, desolación y un desmayo casi asegurado, por dentro y por fuera. Isabelita tenía eso de bueno, de mejor que cualquier otra chica linda y hasta de perfecto. Tenía una belleza y una simpatía totalmente autónoma de la de Tere y por consiguiente totalmente indicada para la vida por fuera de Manongo. Era burbuja y trámite, a la vez, buena y descartable en la exacta medida en que Manongo era uno de los tres muchachos de tres colegios distintos que ese año la invitaron a su prom y punto.

Salió, pues, siempre sonriente, exacta, strapless y hasta celeste también, en las docenas de fotos en blanco y negro que eran lógica consecuencia alegre de esas fiestas muy a menudo dramáticas, con parejas de último minuto, otras que se odian porque sus padres las obligaron a emparejarse para la ocasión prom con alguna bofetada y estallido en llanto, y otras tan maduras en medio de tanta y tan tensa e intensa alegría general como la que formaron Neca Neca Pinillos y una morena enguantada en un strapless con abultamientos Ava Gardner, que salió cojonuda y bronceadísima en las fotos y que unos meses después ya era miss Universo porque aquélla es una época de la vida en que se crece mucho, se estudia día y noche para ingresar a la universidad en abril próximo y se producen grandes sorpresas.

Muy agradecido por la acogida y hasta fingiendo ignorar que también Isabelita sabía que jamás se volverían a ver, Manongo abandonó el oasis de su calvario sonriente por fuera en el instante mismo en que los padres de Isabelita llegaron a recogerla la noche del prom. Inmediatamente después, quedó enfrentado a varias situaciones y decisiones por dentro y por fuera. No quemaría, como tenía pensado y bien planeado ya, la casa en que Tere, con su primer traje largo y peinada en salón de belleza, iba a bailar con Juan Pasquel, en la fiesta de promoción del colegio Sagrados Corazones Belén. Después, acompañaría con un simple "Chau, Tyrone" a Jorge Valdeavellano, la noche muy triste de la semana próxima en que éste partía a estudiar en Inglaterra. Lo mismo o casi haría con Pájaro y Giorgio, que se iban a estudiar medicina y arquitectura en Rochester y Miami, respectivamente. A su idolatrado primo, el Gordito Cisneros, lo vería cada vez que viniera a pasar unos días en Lima, desde la hacienda que su padre le había comprado en Trujillo, para que de frente se metiera a trabajar en el campo con un ingeniero agrónomo yugoslavo, especialmente contratado para la ocasión. Y ése sería el caso también con su adorado compadre, el Cholo José Antonio, que se iba de frente a trabajar con su padre en su hacienda de Nazca.

Y, en cuanto a él mismo, no sentía el llamado profundo de la medicina, al menos por el momento, o sea que por qué no aceptar la propuesta de su padre de sentarse a dialogar de hombre a hombre, en su oficina, pero esta vez de verdad, Manongo, porque hay cosas de mí que tampoco tú sabes pero, aun así, quiero que me cuentes de ti todo aquello que, confieso, me he negado a saber con conocimiento de causa y una fingida indiferencia de la que, te doy mi palabra de padre, me arrepiento mucho.

Otro que parecía arrepentirse muchísimo, muy confidencialmente y sólo ante Manongo, era Pepín Necochea. A todos les había sorprendido que ni siquiera avisara que no iba a asomar la nariz por el baile de promoción, que en su caso habría equivalido a una última oportunidad de reconciliarse con sus ex compañeros del San Pablo. Y sin duda por ello quedó borrado de la memoria colectiva de todo un grupo de amigos que continuarían frecuentándose a lo largo de la vida, compartiendo proyectos, ilusiones, desilusiones y hasta golpes tan fuertes como el que para muchos de ellos significó el Gobierno Revolucionario de las Fuerzas Armadas, al mando del general Juan Velasco Alvarado. También Pepín Necochea se quedó sin su hacienda, por entonces, pero la verdad es que no le dio mayor importancia al asunto porque hacía tiempo ya que lo suyo eran las mujeres, la coca, las peleas de gallos, sus propias peleas sangrientas contra todo individuo, matón o no, que se le cruzara en su antojadizo camino, y la más profunda mezcla de dolor, soledad y resentimiento.

Pero esto último sólo lo sabía Manongo desde la tarde aquella del verano de 1956 en que decidió hablar de hombre a hombre con su padre y llegó atrasadísimo a la cita que éste le había dado en la oficina principal de la casa comercial Sterne Inc., por habérsele cruzado en su camino, completamente mamado, pero aun así capaz matarlo de un solo papirotazo, Pepín Necochea. Pepín lo metió entre abrazado y acogotado al bar Zela, en la Plaza San Martín, y empezó pidiendo no una copa sino dos y una botella de pisco del más malo, o sea para machos, solicitando enseguida que le pusieran aserrín en el suelo, a su lado de la mesa, porque pensaba escupirle mucho a la humanidad esa tarde, carajo, cholo de mierda, me traes ese pisco y el aserrín o te mato, carajo, y explicándole a Manongo que al bar Zela sólo iban dos tipos de gente: los compadres del alma y los hombres que tienen perdida la fe.

—Y tú y yo, conchetumadre, tenemos algo de las dos cosas.

Tras responderle que bueno, que tal vez, y que lo insultara todo lo que le fuera necesario, pero sin acogotarlo tan afectuosa y confesionalmente, Manongo asumió su papel de amigo repentino de Pepín Necochea, de bebedor empedernido de pisco, de tener que lanzar uno que otro escupitajo sobre la humanidad, en señal de acuerdo y comprensión total, y de hombre a hombre por primera vez en la tarde, aunque pensando todavía que ésa podía ser la mejor manera de librarse de Pepín lo antes posible y de no hacer esperar tanto a su padre.

No lo fue, y su padre lo recibió a punto de estallar de rabia cuando apareció en su oficina apestando a pisco y rogándole que le dejara explicarle cómo y por qué Pepín Necochea realmente había necesitado desahogarse con él, aunque inexplicablemente, eso sí.

—¿Qué le pasa a ese muchacho? —le dijo entonces su padre, como si al oír el apellido Necochea el colerón que llevaba adentro hubiese empezado a remitir.

—Bueno, papá, por qué me ha escogido a mí es un misterio. Pero necesitaba contarle a alguien del colegio la incontenible violencia que lo lleva a romperle el alma a todo individuo que tiene padre, por el hecho de ser huérfano él. Dice que no soportó que lo mandaran íntegramente vestido de luto al colegio, a los siete años de edad. Que todos lo miraban con una mezcla de vergüenza y compasión y que se sintió, cómo decirlo, bueno, que se sintió profundamente señalado con el dedo cuando menos se lo esperaba, o por la espalda o cada vez que entraba a clases. Y que no lo soporta todavía o que ya se acostumbró a romperle el alma a todo el que tenga padre y que, en el fondo, hace tiempo que la gente y él mismo se olvidaron de que fue huérfano infantil, pero que él necesita mantenerse en forma por si alguien vuelve a acordarse o porque alguna vez se acordaron o simplemente para mantenerse en forma porque ya se acostumbró a llevar vida de matón, putañero, gigoló y qué sé yo qué más, todo lo cual necesita práctica. Como comprenderás, papá, he tenido que llegar tarde porque, en medio de tremendo *in vino veritas*, decirle que tenía una cita con mi padre equivalía a firmar mi propia condena de muerte. Aparte de eso, todo lo que me ha contado Pepín me ha conmovido, porque ha sido como si me necesitara a mí para disculparse ante todo el San Pablo, para arrepentirse, para explicarse a sí mismo y contarle al mundo que habría preferido mil veces ser un buen compañero en el colegio, pero que estaba irremediablemente condenado o algo así...

—Te ha escogido a ti por una razón muy sencilla, Manongo, y sin duda alguna yo no debería contarte nada, porque la verdadera solidaridad se ejerce en el anonimato. Pero ya que estamos hablando de hombre a... Bueno, que cuando murió el padre de tu amigo Necochea, su familia estaba al borde de la quiebra y yo... ¿Me entiendes, o es necesario que entre en detalles?

—Sí, papá. Y ahora entiendo también por qué me buscó a mi para desahogarse.

—Por confianza y gratitud. Porque sabe que le debe a nuestra familia... En fin, porque su madre le debe haber contado todo y ese muchacho cuenta ahora con tu discreción y tu afecto. No se los niegues nunca y siéntate, ahora, que tenemos bastante que hablar...

—Puedo dejar de estudiar medicina, por ahora, papá... La verdad es que no tengo las cosas muy claras.

—Difícilmente las podrías tener, Manongo. Lo de Tere Mancini, lo sé, lo he notado, ha sido demasiado para ti...

—Siempre lo será, papá... Siempre...

—Pero te has quitado los anteojos negros...

—Bueno, siempre te molestaron y como querías hablar cara a...

—Gracias, hijo. Y no me digas ahora que los llevas por dentro porque ya lo sé. Ya lo sé, Manongo. Ya lo sé, y digamos que eso permite acortar mucho la distancia entre nosotros. Que sepas que yo sé eso, que me doy cuenta de todo, que hace tiempo que quiero darme cuenta de todo lo que se refiere a mi único hijo hombre...

—¿Hasta qué punto nos acerca eso, papá?

—Una vez te vendí, Manongo... Cuando lo del Santa María y el subteniente ese, te vendí, Manongo. Digamos que no me hallaba precisamente en mi mejor momento económico y que necesitaba ceder para salvar ese futuro que hoy quisiera poner entre tus manos...

—¿Valió la pena?

—Si me llegas a entender, si llegas a trabajar conmigo, a tener la situación que te permita aplastar a todos los que algún día te humillaron...

—He tenido un millón de amigos después de eso, papá. Y he sido muy feliz. Y eso está olvidado, totalmente superado. Tanto, te confieso, que hoy quisiera que fuera eso y no lo de Tere lo que tengo que enfrentar.

—El dinero arregla muchas cosas, Manongo... Y muchísimo dinero arregla muchísimas cosas...

—¿Y en qué consiste trabajar contigo, papá?

—En aprender a mi lado, en compartir un par de ideas que tengo acerca de este país y en aceptar que no hay nada menos sentimental y patriótico en este mundo que el dinero. Sobre todo el mío...

—Tú y tu maldita humedad, papá...

—Digamos que yo y este maldito país, Manongo...

—...

–¿Quieres un whisky? ¿Quieres que salgamos a comer juntos esta noche? Sin tu madre, sin nadie... ¿Solos, tú y yo? ¿Quieres que, como tu amigo Pepín Necochea, cuyo padre fue un gran hombre, pida que me pongan aserrín al lado de la mesa, para que escupamos juntos sobre todos los que nos humillaron algún día? Tú puedes perdonar a aquellos chicos, Manongo, pero créeme que yo jamás perdonaré a sus padres y que empiezo a estar en situación de poder... ¿Sabes lo que es un paraíso fiscal?

–¿Un qué?

–No sabes nada, muchacho, pero a mi lado aprenderás y, lo que es más, me entenderás.

–Te entiendo ya, papá.

–Muy muy vagamente todavía, muchacho, pero por algo se empieza y estamos empezando por darnos más de una prueba de que nos conocíamos más de lo que nosotros mismos pensábamos. Voy a servirte ese whisky. Por lo pronto, así aprenderé, por ejemplo, si te cae mal un gran whisky después de tanto pisco barato...

Manongo miró a su padre francamente sorprendido. Después sonrió, mientras don Lorenzo le pedía hielo al negro Santa Cruz, su fiel portero y recadero, y abría un precioso mueble-bar, íntegramente forrado en espejos y lleno de copas y vasos increíblemente bellos y finos. No sabía que su padre era hombre de esos detalles y, verlo reflejado en los espejos, descomponiéndose y recomponiéndose a trozos mientras se movía y sacaba un maravilloso frasco de cristal en cuya etiqueta de plata decía WHISKY, fue toda una revelación para él, algo que lo hizo sentir que tendría que empezar a armar, pieza por pieza, el rompecabezas desarmado en que de golpe se había convertido ese hombre que, a lo mejor como él, ahora, era uno por dentro y otro por fuera y cuya sonrisa, en todo caso, era realmente toda una novedad...

–Los hombres inteligentes hablan poco, callan mucho, fuman pipa y sólo se molestan una vez al mes, ¿o no, señor Santa Cruz? –le dijo su padre al portero negro, que ahora se disponía a servirles dos vasos de whisky para un brindis, con cara de no reconocer tampoco muy bien a un señor con el que llevaba trabajando veinte años.

Horas después, Manongo vivía aún esa sensación de estar partiendo de cero, de haberse despertado en otro mundo, de tenerlo todo por delante y de haberse traído de otro planeta sólo dos cosas. Una, terriblemente triste, que era Tere, y una realmente alegre: sus mejores amigos desde el día en que Jorge Valdeavellano le ofreció el primer cigarrillo de su vida. Y todo lo que estuvo detrás estaba adelante, ahora, y Tere, la primera, todo estaba en su futuro y nunca más en aquel pasado bueno y atroz y liquidado ahora sí ya para siempre.

Y pocos días después era el muchacho que vivía por dentro y por fuera en todo lo que hacía. Y que circulaba por Lima en un MG verde y sport, en vista de que su padre le había dicho que lo clásico, lo realmente elegante y *very british*, era un MG verde inglés y no uno rojo. Y era también el muchacho que había escuchado muy atentamente a su padre y que poco a poco iría aprendiendo en la mejor escuela que hay, la del trabajo, cómo para ser rico de verdad hay que serlo inter y multinacionalmente y que de eso se iba a ocupar él, precisamente, cuando llegara el momento, mientras que don Lorenzo permanecería en la ciudad de mierda de Lima. Y era, por último, el muchacho que, una noche de jarana, había escuchado las estrofas perdidas —como les llamó él— de *Cielito lindo* y que, tras alterar para sí mismo y muy ligeramente su significado, o más bien tomar de esas palabras el significado que más le convenía, las convirtió en la razón de su vida y en la forma de poner esa razón en práctica:

> *De cien dificultades,*
> *cielito lindo,*
> *que el amor tiene*
> *yo tengo ya vencidas,*
> *cielito lindo,*
> *noventa y nueve.*
>
> *Ay ay ay ay*
> *me falta una*
> *y ésa pienso vencerla,*
> *cielito lindo,*
> *con la fortuna...*

Con su inmensa fortuna lograría recomponer íntegro el mundo de todos y cada uno de sus seres más queridos. Porque de sus seres más queridos sólo había perdido a Tere, pero Tere le había roto en pedazos su mundo entero. O sea que tendría que luchar también para recomponer íntegro ese mundo y luego para mantenerlo siempre intacto. Porque lo único falso, lo único totalmente falso o completamente equivocado que intentó enseñarle su padre, durante los largos años que trabajaron juntos, era que la palabra amigo, Manongo, cambia de sentido con el tiempo, con la edad, y con el medio en que a uno le va tocando desenvolverse...

> *Si alguna duda tienes,*
> *cielito lindo,*
> *de mi pasión.*
> *Toma un cuchillo y abre,*
> *cielito lindo,*
> *mi corazón.*
>
> *Ay ay ay ay*
> *hazlo con tiento*
> *cuidado no lo lastimes,*
> *cielito lindo,*
> *que estás tú dentro...*

Su padre era totalmente incapaz de entender eso. De gozar eso. De vivir eso y de eso. De entender que eso sí era algo por lo que valía la pena matarse trabajando. Luchar siempre. Recomponer eternamente. Mantener nuevamente intacto. Con seguridad, su padre no había sido nunca el joven que él era. O sea que él lograría ser un hombre bastante más completo y feliz que su padre y que el mundo entero también, por qué no, si lo llevaba ya todo adentro como un inmenso germen, íntegro lo llevaba todo ya, y ese todo tenía nombres, apellidos y hasta apodos inolvidables.

Manongo empezó íntegro de nuevo, de cero pero no de la nada, y empezó tan sólo con las dos cosas que se había traído a su nuevo mundo de aquel pasado remoto en que, una tarde, apareció con total naturalidad Jorge Valdeavellano para invitarle el primer cigarrillo de su vida, porque la felicidad empezaba, sí, así empezó la felicidad, con la palabra amigo, y así habría de saberlo y comprenderlo él a medida que se lo iba contando a una chica llamada Tere, desde aquella otra tarde en que, como la felicidad ya había empezado, apareció también con total naturalidad la palabra amor entre el humo de otro cigarrillo en el Country Club, y continuaron ambas palabras entre días y noches de internado y más amigos, continuaron con su ya habitual y plena naturalidad y aun con mayor felicidad hasta la noche en que, porque había crecido antes que él y mil cosas más, así de insignificantes, Tere lo abandonó por otro, por un hombre mayor llamado Juan Pasquel, que le partió el alma al mundo entero de Manongo Sterne, que le partió la columna vertebral, que lo hizo añicos, que lo redujo a escombros.

En su vida por fuera, toda una nueva vida y cada día más lograda, a veces se sonría Manongo Sterne en su MG descapotable y verde, porque en automóvil se iba mejor con el sufrimiento de Tere adentro y feroz. Se sentía sumamente visible y como muy disponible para todo y para todos los que quisieran interesarse por su destino sonriente. Le hacía gracia entender, recién ahora –aunque un *ahora* de Manongo podía durar dos mil años interiores– cómo y por qué, cuantimás le rompía el alma él a Juan Pasquel, la insignificante noche aquella de los cuernos, más se la partía éste a él, invalidando hasta dejar literalmente hecho polvo cada esfuerzo suyo y la palabra amor, que sin embargo era invencible, pero que indudablemente requería de dos personas para funcionar en la práctica, también, claro.

Por aquellos tiempos a Manongo le empezó a encantar la palabra insignificante, por la brutal capacidad que tenía su significado de derribar cuanto obstáculo se le presenta a uno en el camino. Realmente le encantaba la palabra aquella y le resultaba utilísima, además, sobre todo en la medida en que le permitía avanzar sonriente por aquel mundo nuevo que compartía ahora también con su padre. De don Lorenzo había aprendido la insignificancia del uso constante de la palabra insignificante, pero llevada ahora a la práctica y aplicada a los demás y a todo lo demás. Don Lorenzo se estaba tragando el mundo de las finanzas nacionales y, creía él –aunque en esto se equivocaba por completo la vengativa fiera que resultó ser aquel parco, flemático e introvertido reaccionario–, también el mundo entero y nuevo de su hijo Manongo. Y éste lo obedecía y aprendía fiel y ciegamente lo insignificante que era burlar íntegros el código civil y penal y hasta la constitución peruana, por qué no, después de todo, ¿no lo habían educado desde el colegio San Pablo para ser un futuro dirigente de la patria?

Ésas debían ser las razones de don Lorenzo Sterne, pero definitivamente no eran ésas las razones de su hijo. Manongo se había instalado, tan consciente como temporalmente, en un punto que quedaba por encima del bien y del mal, sin duda alguna un lugar nada fácil para aposentarse sin perder jamás el equilibrio. Su MG verde y descapotable, por ejemplo, era como una muy visible, bastante frívola, muy sonriente e irónica manera de reducir a su total insignificancia el MG rojo de Juan Pasquel y todas sus consecuencias, significaciones y hasta implicaciones. Pero de pronto, también, en pleno mundo nuevo, cuando en su automóvil iba algo mejor con el sufrimiento de Tere adentro y atroz, cuando, digamos, estaba acelerando muy sonriente y perfectamente bien por fuera, se le cruzaba algo demasiado brutal en su camino interior, como en efecto se le cruzó una tarde Tere en San Isidro, y más precisamente en una esquina y ante un semáforo en STOP. Un MG verde contra un MG rojo molino de viento y Manongo se fue literalmente a la mierda en lo del equilibrio encima del bien y del mal, porque Tere estaba tan pero tan linda que ni siquiera lo vio –o si lo vio, tanto Manongo como su MG verde inglés, como debe ser un MG sport, entérate, aprende, mi amor, le entraron por un ojo y le salieron por el otro– y, durante largas semanas, al pobre futuro rey de los paraísos fiscales le quedó una impresionante cara de devuélveme el rosario de mi madre, por decir lo menos, y de yapa quédate con todo lo demás.

O sea que así pasaban la vida y los años, no siempre tan sonriendo y no siempre tan bien aposentado en el empleo de la palabra insignificancia por encima del bien y del mal. Los años tenían sus horas bajas y éstas, a su vez, tenían sus consecuencias sobre los años sonrientes. Y Manongo caería en llamadas telefónicas a Tere que, con el tiempo y la distancia, terminarían convirtiéndose en verdaderas llamaradas verbales en larga distancia y a pesar de la enorme distancia que el matrimonio de Tere –no con Juan Pasquel sino con otro ser totalmente insignificante, por supuesto, llamado Bernardo Bernales– cavó casi como una tumba entre ellos, como un cruel abismo con el que Manongo, realmente destrozado por la realidad, tardó años en comunicarse, en sentir que Tere volvía a entrar en comunicación con él.

Por ello, sin duda, Manongo jamás olvidó las extrañas y significantes palabras que le soltó su padre un día, en el transbordador que los llevaba con una apretada agenda de fuga de capitales por las Islas Vírgenes:

—El día en que Tere no te devuelva una llamada, al día siguiente, a más tardar, por segunda vez en unos cinco años, no esperes más. Estoy convencido de que es la única manera de entrar en comunicación con ella.

Así de poco o nada razonables eran las razones del corazón que, sin embargo, Manongo entendía perfectamente bien. Y que se hartaba de explicarles a sus amigos, por carta o de viva voz en las anuales jaranas que organizaban cada año en abril para celebrar otro aniversario de aquel abril del cincuenta y tres en que ingresaron, en calidad de alumnos fundadores, al colegio San Pablo. También asistían alumnos de otras promociones, egresados ya de alguna universidad y hasta casados y alguno de ellos con un primer hijo. Cada abril era exacto al anterior y Manongo se desesperaba diciendo "Mira, Cholo", "Mira, Gordito", "Mira, Muelón" o "Trata de comprender, Tyrone", el año en que Jorge Valdeavellano regresó de estudiar en Inglaterra, trayéndose de paso a una preciosa novia inglesa, algo así como el perfil más respingado y bello del mundo, pero muy autónomo del de Tere, por lo que a Manongo no le causó estrago alguno y más bien le encantó.

Pero nadie lo entendía y hasta el propio Manongo terminaba riéndose y afirmando que no sólo había resultado ser bastante chambón en cosas del amor sino que además era realmente torpe cuando de hacerse entender se trataba. Y él mismo terminaba parodiando, con carcajada general de amigos del colegio y para siempre, su torpeza y chambonería, él mismo le ponía punto final a la insignificante seriedad del asunto cuando de golpe empezaba a imitar al argentino Óscar Artacho, un locutor deportivo de los años cincuenta, trasmitiendo, con todo tipo de dificultades radiofónicas, telefónicas y qué sé yo, señores radioescuchas de esta gran cuna incaica, la famosa carrera de automóviles de chasis y culatas rebajadas, de enclenques y frágiles bólidos, poco o nada indicados para las circunstancias, todo un rally criollo, en realidad, Buenos Aires-Caracas, en la que los pilotos desaparecían para siempre y todo. Del Perú entero llamaban sus colaboradores del equipo de Pregón Deportivo, al popular Óscar Artacho:

—Deme un comprendido, por favor, Artacho, ¿han pasado ya los hermanos argentinos Óscar y Juan Gálvez, por la localidad de Nazca...?

—¡Señores y señoras! ¡El rey de las curvas, Arnaldo Alvarado, del Perú, acaba de pasar por la sureña localidad de Ica! —exclamaba, radiofónico y pionero de las comunicaciones, Óscar Artacho.

—Deme un comprendido, por favor, Artacho, ¿ha pasado ya el Avispón Verde de Henry Bradley por la localidad de Chincha?

—¡Atención, Lima! ¡No le escucho nada y acaba de pasar el pundonoroso piloto peruano Huasasquiche en el lugar número cincuenta y seis de la clasificación general, por la ciudad de Arequipa!

—¡Aquí Trujillo, Artacho! ¡Déme un comprendido, por favor! ¿Se avecina algún bólido a esta señorial ciudad?

—¡Aquí en Palpa, señores y señoras, parece haberse extraviado el veterano piloto peruano Román Balta! Afirma un arriero que su bólido entró pero que no salió del túnel de Palpa... ¡Atención, Lima!

—Deme un comprendido, por favor Artacho, aquí en la norteña ciudad de Piura...

En fin, todo un zafarrancho de comunicaciones e incomprensiones, y además todo era relativo porque si bien Arequipa quedaba al sur de Lima, quedaba también al norte de Moquegua, de la misma forma en que Trujillo quedaba al norte de Lima pero al sur de Piura y de la misma manera en que, por consiguiente, nada ni nadie puede ser nunca, del todo, el sur o el norte de nada ni de nadie, y un incomprendido puede resultar bastante menos inexplicable que una de esas personas que al pan le llaman pan y vino al vino...

—Y todo esto, queridos amigos —se tambaleaba ya Manongo, cuando la reunión entera empezaba a tambalearse de tanto whisky—, todo esto porque dijo un poeta, John Donne, que ni ustedes ni yo somos una isla, sólo por nuestra linda cara, y que por eso, salud por eso, no preguntes, Tarrillo, ni tú tampoco, compadre, por quién doblan las campanas ni por quién diablos brindo otra vez, porque los vasos y las campanas están brindando por todos nosotros y parte de Bolivia...

Pero fue mucho más allá Manongo, en una de esas festivas reuniones abrileñas. Acababa de leerlo en el periódico y acababa de llamarla por teléfono y ella acababa de no devolverle una llamada de amigo que sólo quería desearle todo el bien del mundo: Tere se casaba con Bernardo Bernales, el próximo jueves, día 12 de abril de 1964. Fue mucho más allá, porque cuando empezaban a despedirse todos, cuando empezaban a soñar con el tremendo jaranón que armaría el próximo abril el Cholo José Antonio, pues el año próximo se casaba y la boda se celebraría en su hacienda de Nazca, el primer día y los siguientes también, carajo, por qué no, de ese mes sagrado, Manongo interrumpió el alegre bullicio con cinco palabras que, casi inmediatamente, empezaron a pesar lo suyo:

—No me esperen en abril —dijo, posando lentamente su vaso de whisky sobre una mesa y retirándose enseguida, sin felicitar ni despedirse ni nada de su compadre José Antonio, pero sintiendo eso sí, y más, mucho más, o sea peor que nunca, cómo de sus seres más queridos sólo había perdido a Tere, pero también hasta qué punto Tere le había roto en pedazos, le había destrozado esta vez también su nuevo mundo entero.

—¡Deme un comprendido, Artacho! —empezó a carcajearse la bestia de Carlosito Colas de la Noue...

Pero al ver que lo rodeaba el más absoluto y grave mutismo, Carlosito empezó a comprender que a lo mejor había metido las cuatro, que a lo mejor había algo grave y malo en la forma en que Manongo Sterne parecía haberse amargado mucho por un asunto que a él, francamente, le parecía nada más que otro detalle en medio de aquella ya tambaleante jarana, un detalle más y punto, lo que se dice una insignificancia.

V

Como el futuro, la lejanía despierta en mí
el sentimiento de la esperanza.

JAVIER DE MAISTRE

Aussi ce suicide nous parle t'il d'une autre chose.
D'amitié et d'amour. De fidelité et de pouvoir.

EDWY PLENEL

Diecisiete años tardó Manongo Sterne en saber cómo había pasado Tere su primera noche de bodas y cuánto lo había vuelto a querer desde el instante mismo en que, por un fallo técnico del avión en que debía partir en viaje de novios a Río de Janeiro, terminó metida con Bernardo Bernales en la suite nupcial del Country Club. Y tanto habían soñado ella y su flamante esposo –un industrioso industrial exacto a Harry Belafonte pero en blanco, porque el dinero blanquea muchísimo en el Perú– con aquellos primeros polvos consagrados por Dios y el Registro Civil que se iban a meter contemplando el Pan de Azúcar a todo color y en ventana panorámica, que de golpe aquel asunto de andar postergando el asunto debido a un inesperado percance aéreo como que los hacía sentirse extraños y torpes hasta con las maletas: ¿Las abrían o no las abrían? ¿Se instalaban o no se instalaban? ¿Pedían una botella de champán o no la pedían, Teresita?

–Pídeme una butifarra, Bernardo, ¿ya? –le dijo Tere, que siempre había sido tan espontánea.

–¿Que te pida *qué*, Teresita? –se sorprendió Bernardo Bernales.

–*Dos* butifarras y una Coca-Cola y te lo cuento todo –lo remató Tere, por bruto, tumbándose en la cama y odiándose por andar con el peinadote ese a lo Claudia Cardinale y por haberse dejado crecer el pelo siglos. Y todo para terminar metida en el Country Club de sus amores y su pelito corto, de cuando había un imbécil en el mundo que la adoraba pesadísimo y que ella... bueno, ¿ella qué?

Tere no pudo contarle absolutamente nada a Bernardo Bernales, por culpa de las dos butifarras. Se las devoró, pidió otrita más, pero esta vez con champán, Bernardito, ¿ya?, y se maldijo por no recordar ni cuándo ni con quién había comido una butifarra por última vez y porque cada nuevo mordisco de cada nueva butifarra y ese olorcito picante la hacían sentirse tan nostálgica como feliz y furibunda y querer a Manongo Sterne con tanta sorpresa y rabia, con tanta ternura y nostalgia, con...

—Este imbécil no tiene derecho a reaparecer así tan de golpe, caracho.

Bernardo Bernales, más industrioso y bruto que nunca, pensó que su Teresita se refería al mozo que acababa de regresar con la cuarta butifarra, una para más tardecito, mi amor, ¿ya?, y con esmero y un besito en la mano le llenó nuevamente la copa de champán y chin, por nosotros, Teresita. Pero el imbécil que no tenía derecho a reaparecer así tan de golpe, caracho, resultó que se llamaba Manongo Sterne y sí, claro, Bernardo Bernales lo recordaba como el insoportable primer amor de su Teresita, el primero, sí, realmente insoportable, ¿no?, sí, claro que lo recuerdo y hoy parece que es ya casi un potentado, pero hubo otros, ¿o ya te olvidaste, Teresita?, porque yo soy el quinto y no hay quinto malo, mi amor, o sea que esta vez sí, hasta que la muerte nos separe, ¿o no, mi Teresita?

—Llámame Tere, ¿ya, Bernardo?

La llamó Tere y a Tere le sonó pésimo, sólo Manongo sabía llamarme Tere como nadie es así, pero él insistió y le colocó medio cuerpo encima y sus labios a distancia de aliento y sus ojos matrimoniales en intención total y Belafonte *in the West Indies*. Pero cuando la besó Tere estuvo torpísima y como que le metió un empellón dental que hasta le dolió al pobre desposado.

—Perdón —dijo ella, incorporándose ligeramente y volviendo a sentir y pensar lo mismo: "Perdón, Manongo. Quise hacer algo que era nuestro, algo que, además y todavía, *fuera* nuestro, pero ya ves, es imposible, me ha salido pésimo porque sólo tú eras tan torpe y tan insoportable y por eso y porque sigo siendo tu cómplice en un fratricidio de niños y por tus amigos y por Adán Quispe y porque te quería hasta cuando te odié y te puse los cuernos y porque se me olvidó mi promesa de volverte a hablar algún día, cuando los dos fuéramos grandes, y porque sabía que tú nunca cambiarías y que a mí cuánto me hubiera gustado volverte a querer porque eres como nadie es así y lo mejor que hay o que hubo en mí, ¿tal vez ya sólo que hubo...? Y porque... Pero se me pasó, Manongo, o se me olvidó y yo que creía que... Pero mira, te educan, creces, te vuelves como todas las demás y un día llegas al altar como todo el mundo en Lima. Y yo… Bueno, digamos que sólo a mí me pasa esto de terminar metida en el Country Club y recordar así tan de golpe que tú eras como nadie es así, Manongo… ¿Ya sólo lo mejor que hubo en mí…? Pero tremenda reaparecida la tuya, caracho… No tienes el menor derecho, caricho… cariño… Pero ha sido tan lindo y… Bueno, pero basta ya… Porque como nadie es así, te reventaste también, Manongo Sterne Tovar y de Teresa…

Bernardo Bernales la había desnudado con sus caricias y no había cesado de provocarla con sus manos y sus besitos por doquier y ahora aquellas lágrimas las atribuía a palabras como *el himeneo* o *hasta que la muerte los separe* y a cosas como la virginidad, muy respetables, por cierto, y cuarenta o cincuenta empellones dentales más le pegó Teresita pero era su formidable y reiterativo ardor, seguramente, y era también su eterna espontaneidad y el nerviosismo natural de una primera noche total con percance aéreo, además.

Pero ya para el desayuno, felizmente, Tere, que se había despertado y levantado horas antes que él y estaba preciosa en el balcón de la suite soleada, no pidió ni una sola butifarra más y todo fue muy como muy *continental* y *breakfast* desde el momento en que él abrió los ojos y la pescó haciéndole adiós al aire de San Isidro.

—Es que ahora ya eres una mujer completamente casada –la saludó Bernardo Bernales.

—No –le contestó Tere–, le estaba haciendo adiós a los jardines, a las piscinas, a las buganvillas… La verdad es que no sé muy bien a qué le estaba haciendo adiós porque hace siglos que no veo a los amigos de aquellas piscinas y aquellos años…

—¿Te pido otra butifarra, Tere?

—No, ni hablar. Pídeme un desayuno continental, y llámame Teresita, Bernardo, Teresita como anoche cuando recién llegamos y como siempre, mi amor.

Manongo había tomado decenas de aviones desde que dejó Lima. Sus hermanas lo querían, lo respetaban, le temían, y su madre no cesaba de buscar en él al hijo flaco y frágil que desde años atrás parecía haber hecho un pacto con el diablo. Y el diablo era don Lorenzo, maniático, flemático, incapaz de hablar más de unos segundos por teléfono sin irritarse e incapaz sobre todo de confiarle a ella lo que él y su hijo se traían entre manos desde que empezaron a trabajar juntos, algo tan sorprendente como extraño. "No sé lo que le pasó a mi hijo", se decía, a menudo, doña Cristina, "pero sea lo que sea, le pasó por amor." Y fue asombrosa la manera en que, la mañana de su partida, regresó totalmente borracho de una comilona con sus amigos de siempre y pocas horas más tarde, con más documentos que ropa, se despidió de su padre con un abrazo que doña Cristina encontró conmovedoramente profesional.

No permitió que lo acompañaran al aeropuerto y no regresó en abril del año siguiente, ni siquiera para el matrimonio interminablemente alegre y jaranón de su compadre José Antonio Billinghurst Cajahuaringa, en la hacienda Santa Mónica, de Nazca. Y muchos años tuvo que esperar el Cholo torácico para bautizar a su primer hijo, muchos, por la simple y sencilla razón de que se habían jurado compadrazgo desde el colegio San Pablo y el Cholo supo esperar con paciencia y fidelidad al amigo que se fue por amor y que algún día iba a volver con su inmensa fortuna para comprarse el mundo entero, Bernardo Bernales incluido, compadre, para convertirlo en perro de alguna de mis casas de campo... Manongo se lo había explicado todo a su compadre José Antonio, la noche borracha de su partida:

–Tere Mancini volverá a ser mía. *Mía*, compadre. ¿Me entendió usted? Y yo suyo, como siempre, mi Cholo. Porque ella volverá a ser como nadie es así, hermanón...

–Compadre Manongo –intervino con todita su alma el Cholo–: Yo no puedo mentirle a usted en nada, compadre. Yo tengo que serle sincero de todo corazón, compadre, y mire usted, la estrofa esa de *Cielito lindo* habla de la fortuna en general pero no de *tu* fortuna. Y habla de la suerte, compadre... *No* de dinero... Por eso... Por eso, yo le ruego que no confunda usted su fortuna, por más colosal que llegue a ser, con la suerte, compadre...

–Es usted comercialmente cero, Cholo de mi alma –le alzó un vaso de whisky Manongo–, comercialmente una mierda... Y además, cada uno canta *Cielito lindo* como le da la gana... ¡O sea que salud, carajo!

–Salucito, Manongo –intervino Jorge Tyrone Valdeavellano, ofreciéndole un cigarrillo, y por ahí alguien cantó *Ella* y el Cholo José

Antonio Billinghurst y con él todos los amigos del San Pablo alzaron copas y vasos y el Gordito Cisneros lloró porque él también conocía profundamente a su primo Manongo y todo aquello sonaba demasiado triste, sonaba demasiado a las palabras que en ese preciso instante entonaba Jorge Negrete en la rocola de miércoles: *...era el último brindis de un bohemio por una reina...*

Manongo acababa de encender el cigarrillo que le había ofrecido Tyrone y como que miraba totalmente extraviado y borracho entre la cortina de humo de su primera, inmensa y profunda pitada, una pitada del año 53, allá en el verano y allá en el Country Club en el que Tere estaba pidiéndole una butifarra a Bernardo Bernales, en 1964...

La isla de Man era como una acuarela victoriana en el mar de Irlanda y sus pobladores se dividían en dos categorías: los nostálgicos del Imperio colonial británico, jubilados ingleses que morían tomando el té a las cinco y repitiendo por la millonésima vez, y de último suspiro, "Cuando yo lo era todo en Birmania, en la India o en la China", y los refugiados económicos que habían encontrado la paz financiera en aquel paraíso fiscal en el que, con excepción de la llamada TT –una brutal, tradicional y vertiginosa carrera internacional de motocicletas en la que competían cerca de diez mil pilotos, morían unos cien, y asistían más de treinta mil espectadores llegados de medio mundo, la primera semana de junio–, nunca pasaba absolutamente nada.

Los empleados de Don Dinero, todopoderoso señor, sobre todo en Douglas, la capital de Man, se trasladaban de un punto a otro de la ciudad al ritmo suave de los tranvías-jardineras tirados por varios caballos. Y las locomotoras a vapor con sus trenes-tranvía llegados de Manchester en la segunda mitad del siglo XIX paseaban serenamente de un extremo a otro del paraíso fiscal a los jubilados coloniales. Un pequeño aeropuerto servía de llegada a los aviones procedentes del Reino Unido pero mucho más frecuente era que la gente llegara en barcos procedentes de los puertos Liverpool o de Morecambe, en Inglaterra. La conexión irlandesa más empleada era la de Dublín y Belfast.

Pero gracias a la inusual corriente del golfo que le brinda a la

isla sus pocos días de sol y clima templado al año, Manongo Sterne
–anteojos negros, pelo extravagantemente largo, pero ya cantaban
los Beatles, una sonrisa entre satisfecha y melancólica, y pensando: "Te superé, papá" y en Tere– llegó triunfalmente en un barco
cargado de papel dinero a ese isleño paraíso de quinientos setenta
y cinco mil kilómetros cuadrados y miles de millones de libras
esterlinas. Nadie lo esperaba y no era tampoco el primero en llegar
así.

Y así también había llegado a la isla de Jersey, en Inglaterra,
siete meses antes, con el mismo capitán de alquiler y seis marine-
ros a destajo. Y tres o cuatro años antes había llegado exacto, pero
aún con su padre, a las Islas Vírgenes, a las Bahamas y a Gran Caimán, en el Caribe, que fue cuando don Lorenzo le dijo que había
que acelerarlo todo, y mucho, porque en el Perú unos generales
de mierda, unos cangrejos comunistas, habían tomado el poder y
no tardaban en nacionalizarlo o expropiarlo a él y cuanto hombre
libre quedaba en ese país de ratas acomplejadas. Y fue entonces
también cuando su padre lo atormentó con sus palabras aquellas
acerca de la amistad:

–Créeme, Manongo, que la palabra *amigo*, a la que además me
parece que le das demasiada importancia, cambia de sentido con el
tiempo, con la edad, y con el medio en que a uno le va tocando
desenvolverse...

"La palabra *amigo* sí que no me la toques, papá. Ni la palabra
amigo ni la palabra Tere", estuvo a punto de responderle, amena-
zadoramente, Manongo. Y fue tan grande su pena, su emoción, la
nostalgia de sus amigos, fue tan brutal la irrupción de todo aquel
mundo que Tere, su amor, su amiga, su cómplice hasta cuando le
puso los cuernos, su recuerdo inolvidable y toda la injusticia que la
vida fue capaz de cometer con él, que estuvo también a punto de
decirle a su padre, y ya casi a puñetazos, reaccionario, racista de
mierda, que tomara un cuchillo y le abriera el corazón, como en
Cielito lindo. A lo mejor don Lorenzo no se encontraba a sí mismo
ahí adentro, pero con seguridad estaban ahí, y para siempre, papá,
un Tyrone, un Cholo, un Gordito, un Pájaro, un Muelón, un Perro, un Pipipo Houghton, un Tres a Cero, un Neca Neca, un Body, un Negrito, un Adam Quispe, un Pircy, un Judas Tarrillo, un
Comendatore, un Lelo, un Monsieur, un Benavides, dos Gotuzzo

y dos Aliaga, una Maja, un Enano, y el que fuera Elizabeth Taylor y qué sé yo cuántos más pero de todas maneras un Teddy Boy y hasta un Pepín Necochea, desde la tarde aquella en que le confesó las tristes y graves razones de su matonería incontenible.

Todos estaba ahí y ahí entre todos había también unos inmensos y latientes puntos suspensivos y sonreía Tere bañada en buganvillas, reina de mi corazón, y otra vez le latían de ansiedad y esperanza total aquellos intensos e imperecederos puntos suspensivos tan *Unforgettable*, tan *Pretend* y tan... La brisa del Caribe le había cubierto de humedad y sal los anteojos negros y Manongo pudo soltar serenamente sus lágrimas y hasta sentir pena por su padre, un hombre con menos amigos que escrúpulos.

En el Perú se había puesto en marcha la reforma agraria, los militares nacionalistas se estaban lanzando ahora sobre la Banca y tantas cosas más de izquierda estaban ocurriendo. ¿Se trataba del triunfo de la causa popular del que tanto hablaba Teddy Boy? ¿Qué habría sido del colegio San Pablo?, ¿qué, de Teddy Boy? ¿qué, de gente como don Álvaro de Aliaga y Harriman? Manongo Sterne se había jurado no escribirle ni llamar nunca a nadie, y a su padre le había arrancado la promesa de que jamás le contara nada en las cartas que le hacía llegar a uno y otro país, a uno y otro paraíso fiscal de personas jurídicas, de personas físicas, a los paraísos mixtos, en fin, dondequiera que lo llamara, le escribiera, o le enviara los miles de télex, telegramas y demás despachos que constantemente le hacía llegar a aquel hijo tan enamorado y noble y taciturno como canalla y agilísimo e implacable que poco a poco se estaba convirtiendo en el verdadero rey granja de los negocios inmobiliarios, en *that stinking little king of money*, como lo había llamado un ex multimillonario y británico borrachín al que dejó quebrado en la isla Jersey, Inglaterra, o, en lo que era mucho más serio e importante aún, pues lo dijo de él nada menos que el gobernador de Florida: *That bloody bastard is about to become the king of real estate in...* Pues eso mismo o casi: el Reyezuelo Granuja I de tierras y terrenos, lotizaciones y urbanizaciones, de los inmuebles y el corretaje de propiedades rústicas y urbanas en las Antillas mayores y menores, en varias islas del Caribe, en el mar de Irlanda, en Jersey y en las Nuevas Hébridas.

Las noticias del Perú, de su mundo roto, de su propio corazón, de la palabra *amigo* y de Tere quedaban para más tarde, para el día en que todo estuviese listo y su inmensa fortuna... Por eso le preocupó tanto encontrarse con un aviso de llamada de su madre en un hotel de Nassau, el 12 de septiembre de 1972. Le devolvió la llamada y era lo que se temía: su padre había muerto. "Te quiero, viejo cascarrabias", maldijo Manongo, agregando: "Y me has jodido mis planes. Todavía no me tocaba volver al Perú. Carajo, tanto como te lo expliqué: De todo aquel mundo no quería saber nada, absolutamente nada. Era una cuestión de eficacia, de amor y de amistad. Todo aquello quedaba latente, mudo y quieto. Todo aquello quedaba en suspenso para que no me invadiera, para que no me venciera el sentimiento y poder actuar con esa eficacia que tú mismo llegaste a admirar. No podía darme el lujo de no ser un canalla un solo instante o sea que no podía darme el lujo de tomar un cuchillo y abrirme el corazón un solo instante. A mi manera, viejo, yo también tengo mis puntos suspensivos, mis años suspensivos, y éstos no han terminado todavía. Pero ahora estás muerto y pasado mañana yo estaré en tu entierro, carajo."

Manongo vio la manera más rápida de estar en Lima al día siguiente por la noche, y enseguida calculó las horas que le quedaban antes de partir. Bastaban. Hasta sobraban. Le bastaban y hasta le sobraban horas para entregarse al único placer completo que se había concedido en los últimos ocho años. Y además aún no había empezado el atardecer y en Nassau, el más caro de todos los paraísos fiscales del mundo y ya a punto de obtener su independencia, existía el lugar apropiado para alcanzar la ensoñación. Se llamaba La Violeta, como siempre, o en todo caso como siempre desde que Manongo empezó a comprar viejos bares coloniales caribeños o antillanos, o a construirlos exactos hasta el mínimo detalle barroco o de deterioro por humedad caliente y salada —plantas y flores, climatización densa y tropical, farolitos timidones que iluminaban cual candil, y pesados mostradores de oscura madera tallada incluidos— en lugares tan poco cálidos y exuberantes en su vegetación como Luxemburgo y Andorra.

Y los bautizaba o rebautizaba con el nombre de La Violeta, porque fue en el viejo San Juan, en Puerto Rico, donde por primera vez en su vida descubrió el camino que llevaba a la ensoñación. Pero aún dependía cien por ciento de su padre, entonces, y éste le dijo que se dejara de majaderías, de sandeces de las tuyas, Manongo. Hacía sólo unos meses de su partida de Lima y su padre lo fulminó:

—No te mandé a comprarte bares ni a pegarte borracheras como un imbécil. ¡Basta! ¡Ni un solo dólar! ¡Por más cumplido y perfecto que seas! ¡Sería gastar pólvora en gallinazos! ¡Stop!

Don Lorenzo le colgó sin que él lograra explicarle que no, que la ensoñación nada tenía que ver con una borrachera. Y Manongo mismo empezó a preguntarse con qué tenía que ver la ensoñación, tirado en la cama de un hotel y esperando las llamadas de esos hombres-contacto claves que lo sorprendían siempre con sus voces broncas o con unas vocecitas de eunucos o andróginos aterrados y con un acento de Europa Central en novela negra:

—*Misterr Sterrne Juniorr…? Your*re *moni*i *is* hirr… *Do you vant your*re *moni*i, *misterr Sterrne Juniorr? Rrraitt now?*

Manongo tardó más en comprender el camino de la ensoñación que en sorprender a su padre por primera, segunda, tercera vez, con sus propios y extraños contactos claves —desde entonces ya fue él quien lo sorprendió siempre y pudo por fin comprarse su primer bar La Violeta—, unos tipejos miserables o canallas prontuariados de triple pasaporte que, la verdad, a él jamás se le habría ocurrido que su padre pudiese conocer o siquiera imaginar. Su viejo, nada menos que don Lorenzo, el hombre que en Lima solía hablar únicamente para decir cosas con flema y timidez y para soltar inefables lecciones sobre la solidaridad y el anonimato. ¿Cuántos hombres habían cohabitado en su padre desde el día aquel de sus trece años en que, por no saber hablarle ni a su sombra, de corazón a corazón, le había arrancado la más cobarde, infame y falsa confesión?

Pero ahora, la víspera de su primer retorno al mundo roto por Tere, el camino de la ensoñación era el único que Manongo realmente recorría con placer. Un bar como La Violeta, en el viejo San Juan, tenía que existir siempre, ya que era el requisito indispensable. Y se fueron construyendo y bautizando o comprando y rebautizando bares. También se leía mucho. De cualquier tema, de todo. Se leía en hoteles, en aviones, en barcos y transbordadores. Y se escuchaba música siempre que se podía. La música sí que no podía ser cualquiera ni toda.

Sólo podía ser la música que Manongo escuchó en *Historia de tres amores*, en su casa, en sus primeras fiestas y en sus borracheras y burdeles, la música de siempre, desde *Pretend,* coma, hasta *Pretend,* punto. Y, de pronto, un día, un atardecer de aburrimiento, una tarde entera y su anochecer sin llamadas claves ni contactos turbios o sorprendentes, se trasladaba a un bar La Violeta o tipo La Violeta, en cualquier lugar que se encontrara, se instalaba bajo un farolito timidón cual candil, y exigía el mejor oporto. Después las frases tantas veces releídas y subrayadas reaparecían solas en su memoria y gracias a ellas lograba ver cómo se desplazaban silenciosos, siempre sonrientes pero sin lograr pisar el suelo, sus amigos más queridos.

Entonces sí, su memoria se convertía en la de un elefante y, con la ayuda de tres o cuatro copas más de oporto, muy quedamente servidas por un mozo perfecto, casi inexistente, la visita de sus amigos se prolongaba todo lo que podían prolongarse esas frases que reaparecían siempre tan intactas como la primera vez y que se repetían sin sonido y de la forma más lenta del mundo: "Tarde o temprano, uno ya ha oído todo lo que sus amigos pueden llegar a decir. Entonces empieza la tolerancia del verdadero amor" (Ned Rorem). "Aquí en la frontera, las hojas caen y caen. Y aunque mis vecinos son todos salvajes y tú estés a mil millas de distancia, siempre hay dos copas sobre mi mesa" (Proverbio chino). "El pájaro, un nido; la araña, su tela; el hombre, un amigo" (William Blake). "La amistad es más trágica que el amor. Dura más" (el cretino de Oscar Wilde). "Amigos, la amistad no existe" (la imbécil de Coco Chanel). "¡Dios mío, qué desafortunada soy! ¡No tengo nadie con quién llorar!" (madame de Sévigné me habría entendido). "Cada uno guarda su pasado cerrado en su interior como las páginas de un libro que sólo uno conoce; y sus amigos sólo pueden leer el título" (la pobre Virginia Woolf se suicidó). "Trata a tus amigos como a tus fotografías. Colócales el mejor marco posible" (Jennie Jerome Churchill, madre de sir Winston, debió haber practicado la ensoñación). "Para encontrar un amigo hay que cerrar un ojo. Y hay que cerrar los dos para conservarlo" (parece cosa de mi padre, pero es de Norman Douglas, otro infeliz). "Todo asesino es, sin duda alguna, el más viejo amigo de alguien" (te jodió Agatha Christie, papá). "Nuestros amigos son una segunda vida" (y algo más, Baltasar Gracián). "Donde sea que te encuentres, tus amigos son todo tu mundo."

Frases como ésta, perteneciente a William James, psicólogo y filósofo, para más inri, eran el quinto oporto y el punto culminante de la ensoñación. Y frases como ésta, también, eran tanta ausencia en la presencia de sus amigos, y tanta presencia de su ausencia, que a Manongo le fallaba la memoria y el castigo era inmediato. Una mosca, un vaso roto, la primera imperfección en la vida de un mozo perfecto o ese cliente cuya voz antes ni se escuchaba y al que de pronto parecían haberle puesto un altoparlante. Había llegado el fin de la ensoñación, siempre antes de que sus amigos le cedieran el paso a Tere entre las bocanadas de su propio humo. Porque Tere no tenía música ni frases para aparecer. Ni tampoco él tenía frases o melodía alguna para hacerla aparecer.

El amor entre ellos había quedado interrumpido desde aquel día de abril de 1964 en que se casó con Bernardo Bernales y él se puso de acuerdo con su padre para cometer la primera gran estafa de su vida y salir disparado de Lima con más documentos que ropa. Y ahora él era un canalla mientras que ella era una mujer casada... Casada y punto... Suficiente canallada en su vida también... O sea que el amor estaba interrumpido hasta que él, con su inmensa fortuna... Y por consiguiente, sólo sus amigos, o siete y hasta diez copas de oporto, más una frase de Orson Welles, en su *Macbeth*, "Lo hermoso es impuro y lo impuro es hermoso", lograban hacer aparecer a una Tere de mentira en el instante mismo en que el licor arruinaba la triste elegancia, la debida compostura, y las reglas de la ensoñación.

Según éstas, las intervenciones de los amigos tenían que ser exactas y tan respetables como las de los payasos shakespearianos. Tenían que anclar el drama en la normalidad y, a la inversa, debían elevar por su fuerza la rareza de todas las escenas subsecuentes que, en el caso de Manongo, eran sus andanzas canallas de prófugo del amor. Cuando no se respetaban estas reglas, lo que era ilusión se convertía en sueño. Y nadie como Manongo sabía hasta qué punto un sueño puede ser incluso una pesadilla, pero también hasta qué punto un sueño no es jamás una ilusión...

Equivocado, por forzar la ensoñación, Manongo terminaba preguntándose qué era lo hermoso, ¿Tere o él? Y ¿qué lo impuro? ¿Que ella amase a otro hombre o que él anduviese en robos de guante de oro y barro para convertir a Bernardo Bernales en perro? La ensoñación se había esfumado porque una de sus reglas jamás escritas era que en ella, a diferencia de los sueños, no había preguntas ni respuestas.

Y ahí en Nassau, la víspera de su inesperado, de su no deseado regreso a Lima, la ensoñación había anclado el drama en los episodios entrañables de su vida limeña y en la comparación, dramática ahora, entre el desenlace de una novela de Mario Vargas Llosa, *La ciudad y los perros*, el epígrafe del poeta Carlos Germán Belli, peruano también, con que el novelista abre su epílogo –"... en cada linaje / el deterioro ejerce su dominio"– y las palabras turbias de su padre acerca de la amistad...

...Ninguna ciudad, ningún perro, ningún deterioro, el mismo linaje y todos sus amigos tal y como él los dejó. Ninguna Tere de medio pelo con dos o tres enamorados que, además, coinciden en *La ciudad* y en una vida de *perros*... Ningún Jaguar que, a lo largo de la novela, es rebelde, es feroz, y ejerce todo el dominio en sus dominios. Ningún final con la maldita humedad de su padre muerto y ningún deterioro en ningún linaje.... Imposible ese Jaguar invencible cuyo epílogo es eternizarse como empleadito en un banco o algo así, bien clase media, humedad, humildad...

...Unos amigos que hoy no son lo que ayer fueron... Ja... Imposible, porque los está viendo aunque no pisen el suelo... Continúan exactos... Otro oporto... El mozo perfecto que no existe, la luz timidona del farolito, y La Violeta de toda una vida... Otro oporto y las plantas tropicales y el ventilador de la misma Violeta del año pasado y la primera, San Juan de Puerto Rico, y La Violeta de sus amigos exactos, siempre exactos... Así los dejó... Casándose con las chicas más lindas... Ellas también están, de pronto, ahora... Cuando no son las más lindas son simpatiquísimas... Nunca le hablan de Tere... *Pretend you're happy when you're blue*... Así siguen... Así los encontrará pasado mañana en el entierro de ese hombre que decía que eso no iba a ser así con el tiempo y la distancia y la circunstancia, *por* el tiempo y la distancia, *porque* las circunstancias...

Sus amigos ligeramente elevados sobre el suelo grueso de madera oscura, de madera cansada de estar ahí y como bañada en petróleo contra la humedad y la sal y el calor, madera tablón, y allá arriba el ventilador perezoso, como una rueda de la fortuna que cuelga, y el último oporto para elevar la mirada desde el rincón del farolito introvertido hasta la frase imposible de su padre que de pronto se ha convertido en un vals y un recuerdo: *Sus amigos ya no son lo que ayer fueron...* Lo cantaban Los Troveros del Perú... ¿O era, más bien, *ya no son los que ayer fueron...*? Su padre nunca dijo eso, pero eso quiso decir... Y sin embargo ahí están ahora sus amigos, tal como él los dejó y como los quiere volver a ver pasado mañana: dispuestos a comerse el país o cuando menos a heredarlo para mejorarlo: sus amigos que ayer fueron y pasado mañana no le hablarán de Tere ni de la suerte que no es la fortuna... Sus amigos pasado mañana...

Huevón. Porque le fue mal en la feria, Sebastián Salazar Bondy la llamó Lima la horrible. Cojudo a la vela, también, cuando escribió: "Ese cielo sin cielo y sin ciudad..."

Pero Manongo mira el cielo al salir del aeropuerto y ahora lo vuelve a mirar en el cementerio del Presbítero Maestro... ¡Qué diablos! Es la ciudad de Lima, y detrás de su madre y sus hermanas, sus amigos no tardan en sonreírle, a pesar de todo, en abrazarlo... Y esto no es ensoñación alguna... Es el entierro de mi padre... Algún señorón, pero muy pocos, alguna gente extraña, *Do you vant yourre monii, misterr Sterrne?*, pero poquísima y arrinconada y no va a dar pésame alguno y ya está escabulléndose... Llora el negro señor Santa Cruz, el fiel servidor... Abrazos... Manongo recibe uno, diez, veinte: sus amigos... Ya todo ha terminado y ahora no tarda en empezar todo aquello: su madre, sus hermanas, sus amigos... Manongo calcula que se quedará para ciertas cosas, ciertos arreglos... Sabe que para ciertas cosas, para ciertas personas, no tendrá ojos ni oídos... Cumplido, parco, afectuoso, su compadre lo informará: Tere ya tiene tres hijas... No, nadie la ve... Yo creo que bien, sí, Manongo... Normal, en todo caso... Lo informa porque él se lo ha preguntado, en el bautizo de su hijo, de mi ahijado, al día siguiente, tempranito por la mañana y como quien no quiere la cosa.

Manongo observa, escucha, conoce, consulta, resuelve, sonríe y abraza y siente tanto tanto cariño. Pero se niega a retener, por temor a ser retenido y se niega a entender demasiado y no deduce, no capta, no computa. Es un mecanismo de defensa que funciona perfecto los primerísimos días y hace del suyo un corazón amurallado. Su madre es cariñosa, encantadora, ya no es joven pero siempre ha sido hermosa. ¿Qué va a hacer su madre? Va a viajar, Manongo, pero no a esos sitios que conocí con tus abuelos y que apenas si volví a visitar con tu padre. Ya no me atrae Europa. Me encantaría conocer Buenos Aires, Río de Janeiro, Cartagena de Indias y perder mucho tiempo en México. A Manongo le hace gracia cuando su madre le cuenta que su situación económica es francamente espléndida para los tiempos que corren, que todo se lo dejó arreglado, y para siempre, el precavido de tu papacito... Mira hasta en qué pensó mi Laurence... Su madre está detrás del mostrador del bar y de por ahí saca una preciosa bolsa de piel, como un saquito color café con leche, y se la enseña y deja tocar y pesar. Manongo ríe y le dice que sí, que pesa considerablemente y su madre le explica lo que él ya sabe: Son monedas de oro para los primeros días...

—Y los siguientes –interviene su hermana Lidia.

—Y un poquito más –comenta Cristina, su hermana menor.

Cada una tiene dos hijos y una hijita y Manongo acaba de conocer a sus cuñados. Ahí todos están hartos de milicos a la peruana, admiran a Pinochet, y preparan maletas para largarse a Chile... Manongo aún escucha a su padre decirle por teléfono, años atrás: "Un par de zánganos. De esos que hacen felices a las mujeres con el dinero de uno. Pudo haber sido peor, debo reconocer." Manongo sonríe, les sonríe y trata de hablarles a sus sobrinos, busca algo entretenido que decirles pero muy pronto se da cuenta de que esos niños conocen y quieren bastante más a los mayordomos y a las empleadas. Es lógico. Piensa en Óscar, su perro, y en que hace dos años que su padre se lo dijo: "Estaba demasiado viejo. Hubo que ponerle una inyección y ya no queremos más perros. Además, Óscar siempre fue tuyo, Manongo."

Toma el aperitivo todas las tardes con su madre. Tres copas de oporto los dos primeros días, pero después su madre le dice que, francamente, ella prefiere el pisco sauer. Y se bebe tres, demasiado rápido.

—¿Te vas quedar en esta casa tan grande, mamá?

—Le tengo mucho cariño a esta casa, Manongo. Pero, ¿qué? ¿Te duele que me quede a vivir en la calle en que vivió Tere?

—No vine en busca de golpes bajos, mamá.

—A Tere me la encuentro siempre en el supermarket...

—Mamá...

—Te juro que le encantaría saber que estás aquí...

Manongo ha quedado totalmente desarmado. Pide otro pisco sauer y le pide a su madre que le cuente los últimos meses, los últimos días de su padre.

—Tú sabes mil veces más de tu padre que yo, Manongo...

—Me refiero a sus últimos días en esta casa.

—No iba a ningún club desde octubre de 1968, cuando el golpe de Estado. A sus oficinas ya sabes para qué iba. Lo sabes tanto mejor que yo, que tal vez tú deberías contarme algo... Tu padre fue un hombre increíble, Manongo. No bien empezó la revolución esta interminable, descubrió que el mejor amigo que tuvo en su vida era uno de los mayordomos. Se pasaba horas y horas tosiéndole al pobre en la cara. Le he tenido que dar vacaciones, aunque tu padre, claro, decía que nunca se acordaba de su nombre y preguntaba por ese cangrejo indígena. Murió en sus brazos mientras hablaban de que a este país sólo lo salvaría un presidente extranjero. Murió furioso, o sea sumamente entretenido, y probablemente mucho más contento que si hubiera muerto en los brazos de este cero a la izquierda al que llamó Christie... O sea que hablemos de Tere, mi amor...

—Estás bebiendo demasiado, mamá... —se amuralló Manongo.

—Nací ayer, mi amor, como tantas otras viudas en esta ciudad que ahora dicen que se acaba. Por eso quiero viajar, viajar mucho. Pero nada de Europa. Quiero conocer muchos países como éste, países plagados de cangrejos indígenas. Me casé con tu padre profundamente enamorada, Manongo, y créeme que cumplí con él hasta... Bueno, digamos que hasta que tú y ese mayordomo se apoderaron totalmente de él.

—¿Y empezaste a beber?

–Pisco sauer, en vista de que nadie se daba cuenta. ¿No te has fijado lo lindo que está este bar? Es todo mío, mi amor, o sea que me di el lujo de decorarlo íntegro. Palo de Brasil, taburetes verdes como tu MG, y si quieres oír canciones de aquellos días tuyos, aprieto aquí y la cinta musical dice, por ejemplo, *Pretend...*

–¡Basta, mamá!

–Esta mujer, que tanto mundo tiene, que tantas aventuras ha vivido y tantos países ha degustado –ironiza su madre–, piensa lo siguiente: "Si mi hijo Manongo, mi amor, se hubiese acostado con Tere, otro gallo cantaría."

Con algún matiz más o menos, esta conversación tuvo lugar cada día, de siete de la tarde a nueve de la noche. Y Manongo redescubrió en su madre, pero más intensa y mucho más tierna, mucho más amorosa, a la mujer que le obsequió aquella aguamarina familiar, aquella piedra de gran valor sentimental, la mujer que diariamente llenaba de flores un dormitorio que luego había que ventilar y deshumedecer antes de que llegara su padre y la acusara poco menos que de quererlo matar de alergias limeñas.

A las nueve en punto partía a comer en casa de alguno de sus amigos del San Pablo. Se reunía en distintas casas con dos o tres parejas y nadie le preguntaba nada de nada ni él preguntaba tampoco. La conversación se iba de frente a los recuerdos del San Pablo y muy pronto el whisky los convertía en niños viejos que juegan a ser irremediablemente niños en medio de una revolución. Pero aun así, Manongo, que no leía un solo periódico y que no encendió un televisor en los quince días que estuvo en Lima, empezó a atrapar una palabra por aquí, algún desliz por allá, alguna queja, aquel reproche, siempre algo y siempre en un tono de voz amargo, amargo y entre crispado y despectivo.

Decidió reunir al "Estado mayor", como él mismo lo llamó, para quitarle toda solemnidad al asunto, y la verdad es que fue todo un acierto pedirles que vinieran con sus esposas. Las recordaba lindas o encantadoras y alrededor de los veinte años.

Ahora tenían unos treinta, casi siempre formidablemente bien llevados, dos, tres o cuatro hijos, y tenían también la gran ventaja sobre sus esposos –whiskeros de pelo en pecho, con prematuras calvicies algunos, kilos de más casi todos, y la clásica barriga latinoamericana de la satisfacción todos sin excepción– de no estar en absoluto satisfechas con su papel de amas de casa y nada más en esta vida. Habrían dado la vida por haber estudiado una carrera y probablemente iban a dar la vida para que sus hijas mujeres estudiaran una carrera como sus hombrecitos. Además, no habían estudiado en el San Pablo y, como no bebían más que un aperitivito, hablaban de la vida cotidiana y ya estaban un poquito cansadas de que, reunión tras reunión y fiesta tras fiesta, y ya iba toda una década de comidas y jaranas, sus esposos terminaran tambaleándose a las mil y quinientas, convertidos una vez más en los chicos más pendejos de aquel entrañable, pero bien pesadito también ya, para qué, y tal vez hasta desaparecido colegio de Los Ángeles.

Manongo los reunió a todos en su suite del Bolívar, entre deliciosos bocaditos, ramos de flores, y pesadas bandejas cargadas una y otra vez de "catedrales", unos inmensos pisco sauer que hicieron famoso al barman del hotel y convirtieron en cabecitas de pollo a los más guapos bebedores de aquella Lima cuyo rostro empezaba a cambiar con verdaderas invasiones de ambulantes y mudanzas de tiendas y grandes oficinas a otros barrios de la ciudad...

Veintiún años antes, Manongo y sus amigos habían esperado por primera vez el ómnibus que los llevó al colegio... Manongo abrió de par en par la puerta de uno de los balcones y les enseñó la clásica fachada del Club Nacional y, a un lado de ésta, en la esquina del jirón Quilca y la Plaza San Martín, el ridículo y pretencioso edificio del cine Colón, el célebre punto de encuentro en el que el Cholo José Antonio Billinghurst Cajahuaringa infló por primera vez su tórax justiciero, le dijo al Macho Inurritegui que se hiciera a un lado, y literalmente abrió trocha entre las rejas de acero para que Neca Neca Pinillos entrara y se tirara las fotos de Silvana Mangano en la película *Ana*...

Aquélla, sin lugar a dudas, fue una escena inolvidable, la primera escena que vivieron juntos, el día en que se conocieron casi todos, y continuaba siendo una de las preferidas en aquellas reuniones a las que a veces aún invitaban a Teddy Boy para que renovara el repertorio de sus excentricidades, tal y como lo había estado haciendo todavía pocos meses atrás en el colegio que entre todos le habían puesto para que educara a sus hijos. Hasta que...

—Cholos de mierda —comentó Lelo López Aldana y Amat, mirando la Plaza San Martín iluminada y, la verdad, como invadida por un movimiento nocturno que ya nada tenía que ver con lo que había sido el noctambulear habitual de jóvenes cundas en San Isidro, barrio de blancos, o en La Victoria, barrio de negros, la vida bohemia de periodistas, pintores, poetas y escritores, artistas de la farándula, algún torero extraviado y demás invasores de la noche en la Lima señorial, en el centro histórico de Lima, en aquella Lima del Cercado que algunos nostálgicos aún llamaban El damero de Pizarro.

–Lo que Ortega y Gasset llamó "La rebelión de las masas" –reflexionó, con picardía y odio, el Gordo Tarrillo Grasso, añadiendo–: Sólo que aplicado al Perú.

Pero el Gordito Cisneros Tovar y de Teresa fue quien realmente sorprendió a Manongo con un comentario bañado en ternura, resignación, fatalismo y humor:

–Antes, primo –le dijo– … Antes, cuando las cosas estaban claras y las cholitas eran lindas…

Manongo le sonrió a su primo más querido, decidió abandonar el balcón que daba a la Plaza San Martín, cerró las dos hojas de la puerta, y escuchó probablemente todo lo que había querido escuchar aquella noche. Vino del Perro Díez Canseco y casi lanzado como un dardo contra el resto de la concurrencia:

–De qué nos quejamos, carajo. ¿Acaso no nos lo advirtió Teddy Boy desde el colegio? ¿Acaso no hay mucho cholo aquí entre nosotros mismos esta noche? Yo no me avergüenzo… ¿Por qué diablos me voy a avergonzar yo de nada, carajo…? Y además, hasta los hermanos Gracco hicieron la reforma agraria en Roma, ¿o no fue así, compadre Tarrillo? Corríjame, por favor, no vaya a ser que me equivoque y aquí Manongo empiece a contar chistes de esos que me cuesta tres días entender.

Como ya no se podía ir a comer a los famosos y tradicionales chifas de la calle Capón –corazón de un barrio chino con muralla y todo, en que se hablaba en chino, con reina de belleza china, periódico en chino, fumaderos de opio, y un millón de pequeños y medianos establecimientos comerciales en los que se encontraba desde un alfiler de marfil hasta la más moderna refrigeradora y donde, según don Lorenzo Sterne, a veces se movía tanto o más dinero que en la ridícula City limeña–, te matan, Manongo, apestan a mierda y además te envenenan, el Cholo José Antonio le explicó que ahora la mejor comida china estaba en inmensos y elegantes restaurantes de San Isidro o Miraflores.

—Toma el teléfono, compadre —le dijo Manongo—. Y reserva donde más les guste a todos.

A las cuatro de la madrugada, cuando ya Tyrone le había contado que en ese país era bien jodido seguir trabajando con "los métodos antiguos", cuando Manongo ya les había soltado cara a cara, y tal como las oyó, todas las "opiniones" que su padre le había dado sobre la revolución de los milicos de mierda, cuando había escuchado también todas las respuestas posibles e imaginables, ni una sola positiva y todas irremediablemente despectivas y choleadoras, pero con verdadero odio, esta vez, María Luisa, la linda esposa de Monsieur MacMillan, buscó el primer pretexto para acercársele cariñosísima y hacer un aparte con él. María Luisa parecía hablar en nombre de todas las mujeres. En fin, a Manongo le encantó imaginarse que era así.

—Amor —le dijo—, pero si el general Velasco quiso negociar la reforma agraria con ellos, con los padres de ellos, en todo caso, y con todos los hacendados de la Sociedad Nacional Agraria. ¿Y sabes qué? Se negaron a almorzar con un cholo, mi amor. Créeme que así fue, Manonguito, créeme que así fue...

Al final vino el gran almuerzo de despedida en la inmensa casona de La Rinconada que jamás inauguró Manuel Prado y Ugarteche, *Monsieur le Président*, y que ahora habitaba Gustavo Benavides, el ex vecino de Tere. Manongo se había acostumbrado a que ahora todo se llamara PetroPerú, Centromín, PescaPerú, MineroPerú, AeroPerú, a que hubiera Comunidad Industrial, Reforma Agraria, Sistema Nacional de Movilización Social, a que se hubiera intervenido o nacionalizado dos o tres bancos, y a encontrarse por todas partes el gran eslogan: CHINO, CONTIGO HASTA LA MUERTE, la verdad, a veces le parecía que sus amigos más queridos jamás iban a despertar para ver esas cosas. En el hotel y en las oficinas de su padre, en algún banco o en alguna notaría o donde algún abogado, Manongo había hablado con gente que pensaba de otra manera, e incluso se las había agenciado para darse un salto en helicóptero a Piura y visitar, no lo que quedaba de la hacienda del Muelón León, sino Castilla, el barrio de muertos de hambre y paludismo en que había nacido Velasco, Jefe Supremo del Gobierno Revolucionario de las Fuerzas Armadas.

–La cagada –fue el único comentario que hizo Manongo, al encontrarse ante la paupérrima vivienda en que nació el futuro soldado raso Juan Velasco Alvarado y, ya para sus adentros, agregó: "Si yo hubiera nacido en esta casa también habría sido un resentido o, cuando menos, también habría odiado a un señor llamado Lorenzo Sterne."

Él, sin embargo, no lograba sentir el más mínimo odio contra nadie y se rascaba la piel y no se encontraba racismo por ninguna parte. Además, las anécdotas que le habían contado sobre Velasco hacían que el personaje le cayera francamente simpático. La verdad, le caía tan simpático, por momentos, que en el hermoso bar de estilo maderamen oscurote clásico, entre lo inglés y lo tablón-una ñizca-La Violeta, del hotel Bolívar, y en uno de los pocos ratos en que estuvo solo, imaginó una conversación con el general Velasco. Aquello estuvo lejísimos de ser una ensoñación, por supuesto, porque eran las doce del día y en vez de oporto se tomó dos martinis dobles y secos y además faltaba el clima denso de La Violeta, el farolito timidón y casi todo, pero Manongo logró creerse bastante bien que él era todos sus amigos juntos y que, a pesar de ello y a pesar de que hablaba por boca de ellos, el general empezaba a caerle realmente simpático.

Y lo que era peor, al menos para sus amigos, Manongo empezaba a caerle bien al general. Velasco lo invitaba a traer todo su dinero y a invertirlo en el Perú. Le mostraba cifras y le explicaba lo bien protegida que estaba la industria, por ejemplo, explicándole además hasta qué punto las reformas que había emprendido su gobierno militar, tan distinto al simple y tradicional cuartelazo, por lo demás, habían logrado quitarle la tapa a la explosiva olla a presión social que era el Perú cuando un ejército nuevo y con ideales propios se vio obligado a intervenir, históricamente esta vez, amigo Sterne.

Entre la simpatía mutua que estaba naciendo, el segundo martini doble, la ausencia real de sus amigos, y muy probablemente el hecho de que aquella entrevista jamás tuviera lugar, Manongo llegó a olvidar por qué vivía fuera del Perú, cómo los negocios de su padre no eran más que el inmenso horno vacío de suculentos platos que se cocinaban en el extranjero, olvidó incluso quién era él, al nivel financiero, y se sintió acorralado. Pero, sabiendo que a Velasco le jodía en el alma que lo llamaran Jefe de Gobierno y no Presidente o, cuando menos, General, tuvo el coraje de explicarle claramente su situación, ahí, cara a cara y casi jugándosela:

–*Señor Presidente*, usted, que es de izquierda, debe conocer esa frase de Mao Tse Tung: "Las diferencias entre dos amigos sólo pueden reforzar su amistad."

Titubeó el Jefe de la Revolución, titubeó porque era de izquierda, porque el corazón… porque hasta los huevos los tenía a la izquierda, si era necesario, titubeó. Y titubeó porque había sido agregado militar en París y había vivido en carne propia eso de que las embajadas del Perú fueran agencias de viaje de la oligarquía y punto, y porque, aunque se cagaba en Mao Tse Tung, también él era el Chino Velasco, carajo… Pero, en fin, porque hasta los machos titubean titubeó el general Juan Velasco Alvarado, y Manongo aprovechó para citarle, tiene huevos este blanquito 'chesumadre, al novelista inglés E. M. Forster: "Si tuviese que escoger entre traicionar a mi país y traicionar a mis amigos, mi general, espero tener los cojones para traicionar a mi país."

Poco o nada entendió el Cholo José Antonio cuando apareció en el bar del hotel Bolívar y lo encontró con los ojos cargados de lágrimas. Venía a buscarlo para el almuerzo en la casona de La Rinconada y Manongo como que no le entendió, de entrada, como que recién recordaba una cita olvidada, y por fin se puso los anteojos negros y le sonrió.

Manongo contó los ausentes en aquel almuerzo entrañable. Le explicaron. El Enano Heidelberg había sido el primer muerto del colegio. Un trágico accidente de aviación. Era su avión, lo piloteaba él, y se dirigía a una hacienda que su padre le había comprado en Santa Cruz, Bolivia. Neca Neca Pinillos se había abierto. Tenía otros amigos. Se cumplía con invitarlo a todas las reuniones pero no aparecía en ninguna. Pepín Necochea le metía demasiado a la coca, se trompeaba una noche sí y la otra también, e iba por el tercer matrimonio. Había sido célebre su mechadera con el Macho Inurritegui, Pepín le dio hasta que el otro pidió chepa, pero como en el Lejano Oeste, Manongo, como con el pistolero más rápido: ahora lo andaba buscando el Remacho Inurritegui.

—¿Y el serrano Pírcy Centeno?

—Ése no se abrió, compadre. Ése, peor, porque como que se chupó para siempre no bien le expropiaron su hacienda. Como que bajó la cabeza, que ya bien baja la tuvo siempre el pobre el indígena en el colegio. Y no contestaba las llamadas. Y de golpe empezó a desaparecer por una esquina si te lo encontrabas en la calle. Se avergonzaba de que lo vieran y Tarrillo Grasso lo sorprendió un día en bicicleta, con dos pinzas de colgar ropa en el pantalón recogido, para no ensuciárselo... Ya ni carro ni nada, compadre. Purita vergüenza y sumisión bien humilde era el gran Pírcy, según contó el Gordo Tarrillo. En fin, que la broma favorita para explicar su caso es que el serrano Pírcy decidió un día reincorporarse a su comunidad indígena, con poncho, con ojotas, con bicicleta y todo... ¿Triste, no, Manongo?

El único caso divertido había sido el de Carlosito Colas de la Noue. Lo casaron con una requetefea con muchísimo billete y, sonriendo a diestra y siniestra, chino de felicidad, y vistiendo el uniforme de Caballero de la Orden de Malta, con una medalla en el pecho por servicios distinguidos a la Iglesia, entró feliz a la iglesia de la Virgen del Pilar, en San Isidro, mientras una barra de amigos del San Pablo le gritaba "¡Prisonero de Zenda!", por lo del uniforme de caballero y la película con Stewart Granger con tremendo uniforme, con espada y todo como Carlosito, antes de entrar al presidio. Carlosito fue un hombre feliz y multimillonario hasta la mañana en que, después del desayuno y como todos los días, le dijo "Chau, mi amor" a su esposa y no se supo más de él en cuatro años. Por fin, Basombrío Bonito, que andaba de luna de miel en Madagascar, se lo encontró de botones de un gran hotel. Carlosito lo atendió con verdadero esmero, aceptó todas las propinas que Basombrío Bonito le dio, pero ni un solo trago, y negó eternamente, pero con perfecto acento limeño, ser o llamarse Carlosito Colas de la Noue.

Fue un almuerzote criollo en que las jóvenes mamás miraban a sus hijitos corretear por los inmensos jardines, en que Manongo veía a su ahijado, el Cholito José Antonio Billinghurst Oliveri, todo un machito ya, convirtiéndose en justiciero líder torácico de todos los niños, mientras el Negro Ismael Gotuzzo, alias Viernes, el de Robinson Crusoe, se revolcaba de risa y le comentaba: "Ya vio usted, Manongo: casándose con italiana, su compadre José Antonio ha logrado mejorar la raza. Pero no tanto, querido amigo viajero, o sea que eso quedará ya pa'los nietos." Manongo se entretuvo horas con sus amigos, con las esposas de sus amigos, y averiguó cosas tan inesperadas como que su primo, el Gordito Cisneros, era campeón sudamericano de automovilismo, fórmula I. El Gordito, su primo tan querido, era demasiado modesto para hablar de sus hazañas automovilísticas en Brasil, por ejemplo.

—¿Y por qué al Gordo Tarrillo le llaman todos Perejil? —preguntó, de pronto, Manongo.

—Porque está en todas las salsas, pues, Manonguito —le respondió *Il* Comendatore D'Angelo.

—¡Manongo! ¡Cómo se ve que viene usted de muy lejos! —comentó alguien por ahí, pero el Negrito Palma hizo un brindis antes de que Manongo pudiera captar algo triste. El Negrito Palma realmente intentó que su amigo no se enterara de nada que pudiera perturbar sus mejores recuerdos del colegio, pero las copas siguieron y fue Tres a Cero Jordán quien se le acercó a Manongo y le dijo, en voz muy baja:

—El amigo Tarrillo ahora está en la salsa militar y revolucionaria. Lo cual, en resumidas cuentas, Manongo, quiere decir que los milicos han tocado todas las haciendas menos la suya, entre Lima y Nazca. Y ya te iré contando las que ha hecho como abogado...

Pero había que ponerse uniforme de fútbol y todo, en plena digestión, y no, qué va, Manongo, sin dejar para nada los vasos de whisky. Manongo entró a un auténtico vestuario deportivo y salió con ropa y zapatos prestados a un campo de fútbol reglamentario. El réferi era el chofer de Gustavo Benavides, los jueces de línea dos mayordomos que, en vez de banderín, cargaban inmensos azafates con botellas de whisky, vasos, y todo el hielo que fuera necesario para los noventa minutos de juego. Jugaban la primera contra la segunda promoción y alguien marcó un gol porque el arquero del equipo azul se estaba sirviendo un whisky. Pero el réferi no había pitado *off side* ni arquero momentáneamente lesionado ni nada y la discusión que se armó se fue llenando de anécdotas de cuando en el San Pablo los entrenaba el loco peligroso de mister Carol, que ahora es un mendigo, pero que aún aterra a los ex alumnos y profesores que se topan con él, pero que sí, pero que se le encuentra por el centro de Lima, pero que todavía cuenta que Manongo Sterne se ha ido en abril, pero que Manongo... pero... Pero, Manongo, ¿cuándo vuelves pa' quedarte?, ¿y Tere, carajo?, ¿tanta cojudez por una hembra...? ¡Increíble, Manongo, carajo! Siempre fuiste un loco de mierda...

—¡Que el réferi diga quién ganó el partido y ya basta! —exclamó el Negrito Palma, tratando de ayudar nuevamente a Manongo.

Pero quién chucha sabía ahí quién ganó el partido, si ahora hasta el réferi andaba sirviéndoles whisky. Total, qué diablos, que trajeran la copa y se la regalaran a Manongo para que se la llevara de recuerdo. Manongo creyó que estaba viendo visiones. Pero no, estaba viendo algo muy real, algo tan divertido y tan triste y tan entrañable como sus compañeros de colegio: la copa era inmensa y llevaba grabado bien clarito el nombre de HUGO BLANCO, el ex guerrillero troskista de cuando él aún vivía en el Perú, el rebelde alzado en armas en pro de la reforma agraria en el Cusco, en el valle o los valles de la Convención y Lares, Manongo no recordaba bien. Debajo de su nombre, y grabada con letras igualmente grandes, la divisa del guerrillero: TIERRA O MUERTE.

Las jóvenes esposas se retiraron con sus chicos. Algunas se acercaron a besar a Manongo, a rogarle que volviera un día, pero no ahora, Manonguito, sino cuando esto se arregle, porque esto no puede durar toda la vida, ni hay cuerpo que lo resista, y porque algunas nos vamos siguiendo a tu amigo Carlos, a tu amigo Luchito, a tu amigo Pipipo, a tu amigo Ismael, a tus amigos Basombrío Feo y Bonito a Venezuela... Y otras nos vamos siguiendo a tu amigo Andrés Rizo Patrón y a tu amigo Monsieur a Costa Rica, a tus amigos San Martín y Bolívar y Luis Gotuzzo, y vete tú a saber a qué amigo más que aún no se ha decidido, a Guatemala, a los Estados Unidos o a Santa Cruz, en Bolivia... Y sabe Dios a dónde más nos vamos, Manonguito, porque ya tú sabes que a nosotros nos educaron para idiotas y para seguir y acompañar en las buenas y en las malas, y mira, Flaquito, además nos gusta y además qué nos queda...

Manongo no pudo contenerse:

—¿Y Tere? ¿Tere Mancini adónde se va?

—Tiene tres hijas lindas y está contenta y se queda, mi amor... Tú sabes que a ti sí que no te vamos a mentir... Mucho de lo de la familia Mancini Gerzso ahora se llama Centromín Perú, o algo así, creemos, pero su esposo, nos cuentan, es un industrioso industrial o algo parecido. Y Tere se queda, mi amor… Es todo lo que sabemos y para qué te vamos a mentir a ti, vidita, corazoncito lindo…

Cayó la noche sobre todo aquello y ya no había muchachas lindas o encantadoras ni chiquindujos correteando por el campo de fútbol. Habían iluminado el caserón que no estrenó el antiguo presidente tan parisino, la inmensa residencia con el mismo balcón limeño y muy histórico que don Manuel Prado había hecho transportar desde su antigua casona de la calle de la Amargura, en la vieja Lima señorial. Habían iluminado todo aquello, por fuera, y la luz alcanzaba el césped perfecto en el que aún se veía grupos de amigos conversando ahora de lo suyo, de lo que no le habían contado a Manongo, de que se iban unos y se quedaban otros, de que en este país de mierda ya no tenían nada que hacer pero que algunos no se iban porque ni siquiera tenían cómo irse decentemente.

Un par de horas más tarde, había muertos y heridos de aquel gran almuerzo criollo. Manongo los veía tumbados en el jardín y escuchaba la música que salía ahora de adentro de la casona. Lo acompañaban Tyrone, el Cholo José Antonio, Luchito Peschiera, el Gordito Cisneros, que estaba a punto de instalarse en Miami, y el Perro Díez Canseco, cuando Gustavo Benavides se acercó y le dijo que entrara, que le tenía preparada una sorpresa.

—¡Hay trago y comida! —añadió Benavides, mirando hacia el campo de fútbol—. ¡Que entre el que quiera!

Afuera quedaban los muertos y heridos, ya se irían levantando solos, y adentro esperaba, compungidísimo y más gordo que nunca, Teddy Boy. Sin saludarlo siquiera, de golpe y como decíamos ayer, Teddy Boy le preguntó a Manongo si le había traído golosinas finísimas del fin del mundo, porque estaban prohibidas las importaciones y el profesor triste se había quedado sin chocolates Suchard.

—Lo ignoraba completamente, profesor —le dijo Manongo—, créame que lo ignoraba. Pero parto mañana, y lo primero que haré cuando llegue a…

—¿A Islas Tiburones donde magnates comen magnates y desayunan magnatitas?

Manongo no supo dónde meterse pero continuó como pudo:

—Lo primero que haré será asegurarme de que nunca le falten chocolates suizos, profesor.

—Asegúrame, mejor, que volverás, Manongo —le cerró el paso, nuevamente, Teddy Boy—: A mí me faltan chocolates suizos pero a ti te falta niña de origen suizo, Manongo orgulloso y eternamente enamorado, canalla por fuera y por dentro de oro.

—Suban la música —ordenó Luchito Peschiera, acercándose a Teddy Boy para preguntarle si ya había encontrado casa.

—Primero hay que encontrarle casa a Fofo Sicard —le respondió Teddy Boy. Y con un tono de voz lamentable, agregó—: Casa y comida.

Manongo secó un vaso de whisky, se sirvió otro, y se dio cuenta de que ya no podría despedirse de nadie. Su avión salía en la madrugada y las piernas le flaqueaban más y más. Pensó en su madre y en sus hermanos, y se dijo: "Ellas saben que a mí me gusta partir sin despedirme de nadie." Después se llevó al Cholo José Antonio a un lado y le preguntó qué le pasaba al Fofo Sicard.

—Murió su padre sin dejar un cobre, Manongo. Y lo ayudamos, créeme, pero nunca he visto a nadie con tan mala suerte como el pobre franchute. Abrió siete fábricas y le quebraron todas. Ya no podemos ayudarlo más, Manongo.

—Yo sí, compadre.

—Usted con las justas puede tenerse en pie —le bromeó el Cholo.

—Pues precisamente por eso voy a ayudar al Fofo.

Manongo sacó una tarjeta de su billetera, garabateó algo en ella, y le dijo a su compadre:

—Recoge en el hotel Bolívar un billete para Panamá, pasado mañana. Se lo entregas a Sicard y le dices que se presente en este hotel. Aquí te lo he apuntado todo. Nombre, dirección y teléfono, y aquí te dejo dólares también. Le entregas todo a Sicard, y que me busque ahí el jueves próximo, a la hora de almuerzo. Le tengo un trabajo ideal al Fofo. Un trabajo para toda la vida, creo yo.

—Compadre, ¿no está usted medio zampadito?

—Nunca he estado tan borracho en mi vida, compadre. Pero el trabajo es infalible y, con suerte para Sicard, entretenido, fácil e interminable. Consiste en ubicarme a Adam Quispe, ex Adán, donde chucha esté metido. No sé si lo recuerdas, pero fue un amigo que tuve... Y llevo años, compadre... Años... Lo que necesito es una sola cosa. Que el Fofo jamás le diga a nadie en Lima en qué lugar me encuentro. En fin, compadre, yo confío en ti, tú en Sicard, y se lo explicas todo. Y si me falla, ya tú te encargarás de estrangulármelo. Podrá venir cuando quiera a ver a su familia y a traerle chocolates suizos a Teddy Boy.

—Tú no cambiarás nunca, Manongo —le dijo, con nudo en la garganta y todo, el Cholo José Antonio.

—¿Y tú, compadre? ¿Tú cambiarías?

—La cosa se está poniendo difícil, Manongo, créeme...

Pero Manongo no quiso oír una sola palabra más, de boca de su compadre y, soltando una dramática e incomprensible carcajada, se dirigió nuevamente al pequeño grupo que rodeaba el sillón de Teddy Boy.

—¿O sea que usted también en la lleca, profesor? —le soltó, secando nuevamente su whisky y extendiendo el vaso para que le sirvieran otro.

—Profesor Teddy Boy puso colegio para niños ricos, Manongo, pero ya no quedan niños ricos. Yo veía que se iban acabando y los empecé a plantar... Quise hacer semillero...

— ¡Cómo! ¡Qué! ¡Cuente, profe! ¡Salud!

Teddy Boy cerró los ojos para soñar mejor y dejó que alguien le contara la historia a Manongo. Se la quisieron contar todos, entre gritos, música y más whisky, pero al final se impuso la voz del Perro Díez Canseco:

—Carajo, hermano. Fuimos a recoger a nuestros hijos y a visitar al profe, como cada sábado, pero no había nadie. Ya sabes que le habíamos puesto un colegio en Chaclacayo, desde que se vendió el San Pablo y lo compró un gringo más jarro que la pitri mitri. Pues ahí estaban ya varios de nuestros hijos y tu ahijado, entre ellos. Total, un sábado vamos y ni mierda, ni el profe ni un solo alumno en el caserón que le habíamos comprado. Hasta que oímos gritos en el jardín: "¡Más agua, Perkins!" "¡Y tú, echa más abono por allá, Parker!" Nos asomamos, hermano, y toditos nuestros hijos estaban plantados hasta la cintura. En fila y juntito a una hilera de rosales. Y Teddy Boy ordenándole a sus mayordomos que los regara. ¡Eso ya fue el colmo, Manongo! El profe quería que reverdecieran, que florecieran, que maduraran, que cayeran semillas y se reprodujeran...

–¿Y acaso no venían a decirme que había que vender el Colegio Chaclacayo? –abrió un ojo sonriente, zamarro, Teddy Boy–. Yo puse colegio para niños ricos y como se estaban acabando... Y, ¿ya ves, Manongo? Ya no quedan niños ricos porque papás se van a ser medio pelos en países de aventura. Ya ni siquiera queda niña riquísima llamada Tere, Manongo, para tu información...

–No vine a hablar de eso, y mañana me voy, profe...

–Y yo sólo vine a verte y a oír música, Manongo amigo.

–¿Y ahora adónde vive, profe?

–Familia buena, de apellido bueno, muy fino, tiene casa museo en el camino a Chosica. Clima soleado y espacio grande. Familia buena abandona casa vivienda pero queda museo con habitaciones espaciosas para profesor pobre, perros y mayordomos. Teddy Boy ser ahora guardián de museo que nadie visita...

–Cuente con los chocolates –le dijo Manongo, al ver que Teddy Boy se incorporaba con gran dificultad. Hizo señas de que no quería despedirse de nadie y desapareció por el vestíbulo de aquel inmenso salón.

–También yo soy como el guardián de este caserón –le dijo Benavides–. No me cuesta un centavo vivir aquí, aunque sólo uso la décima parte de la casa, y mal que bien se la cuido a mi tío *le Président*...

Manongo nunca había visto un techo tan alto en su vida y sabe Dios cómo, o porque estaba totalmente borracho, todo aquello lo asoció con la posibilidad de construir una inmensa casa... ¿Adónde?... ¿Una isla?... ¿Una playa en una isla?... ¿En qué país?... ¿Acaso sus amigos no se estaban yendo a cualquier parte? ... ¿Acaso los que se quedaban, casi siempre era porque no podían ni siquiera irse a ninguna parte?... ¿Villa San Pablo?... Ya podía comprar o construir bares llamados La Violeta... Que además le dejaban buen billete... ¿No podría pensar ya en construir Villa San Pablo?... ¿Y las palabras de su padre acerca de la amistad...?

Su padre estaba muerto y enterrado... ¡Viva Manongo Sterne! Su padre no había tenido amigos y le había enseñado a despreciar a su país... ¡Viva Manongo Sterne!... Manongo Sterne, el hombre que acababa de pagar indirectamente a investigadores de las universidades de San Marcos y La Católica, de Lima, para que le hicieran llegar todos los libros y catálogos para una gran biblioteca peruana y personal... De la música se encargaba él mismo. Su padre estaba muerto y enterrado y él empezaba a tener una inmensa fortuna...

Miró nuevamente al altísimo techo de ese inmenso salón casi vacío, vacío pero de sus grandes muebles. Le dio las gracias al techo y casi se va de espaldas... Liquidó su último whisky y avanzó lentamente, tropezándose con alguna mesa o alguna silla... Desde el vestíbulo vio que Tyrone, el Cholo, su primo, Luchito, Gustavo y varios amigos más lo estaban dejando partir sin despedirse y avanzó hasta el inmenso portón sabe Dios si republicano o colonial... Un mayordomo perfecto le abrió y Manongo salió y volvió a entrar para entregarle el vaso de cristal que se estaba llevando vacío...

—No vaya a hacer falta mañana —le dijo, pero el mayordomo era realmente perfecto y se limitó a dejar que Manongo le encajara el vaso en una mano que para eso estaba. Ni una sonrisa, y el cielo de Lima era ese cielo sin cielo y sin ciudad, pero de noche. O sea que ni una sola estrella, pero sí algunas enredaderas y floridos arbustos en el gran patio de entrada. Y aún escuchaba, deteniéndose, tambaleándose un poco más, la voz con aguardiente de Alfredo Zitarrosa y una guitarra, o tal vez un guitarrón:

> *Tus recuerdos no se mueren*
> *ni yo siento*
> *más que penas conocidas...*

> *Y en la senda donde vivo*
> *siempre encuentro*
> *tus flores desvanecidas...*
> *Cuando volvamos a vernos*
> *no sangrarán tus heridas.*
> *Yo he pagado tu dolor con el infierno,*
> *tu amor con toda mi vida...*

> *Tus amores,*
> *nuestro amor,*
> *el pensamiento,*
> *son canciones enemigas.*

Yo sé bien cuáles son mis sentimientos,
no quiero más despedidas...

No me traigas esas flores
ni preguntes
si te arranqué de mi vida...

Para tanta soledad
me sobra el tiempo,
dile a la vida que viva...

—Tere —dijo, y le pidió permiso al presidente Manuel Prado y Ugarteche para arrancarle unas cuantas flores a sus buganvillas.

Ciudad de Panamá, octubre de 1972. Primer jueves del mes y Manongo estaba sentado en el bar del Hilton desde la una en punto de la tarde. No le provocaba tomar un segundo martini pero ya iban a ser las dos y el Fofo Sicard no tenía cuándo aparecer. Recordaba perfectamente que la cita era ese día, en ese hotel y a la hora de almuerzo. Todo se lo había apuntado a su compadre José Antonio en la tarjeta que le dejó y había cumplido también con lo del billete, de ida y vuelta, además, por si el Fofo prefería regresar a Lima unos días, antes de empezar a trabajar para él.

No le cabía en la cabeza la posibilidad de que el Fofo no aceptara un trabajo tan entretenido, que hasta viajero o al menos paseandero podía resultar, y ahí tenía las únicas noticias y fotos que Adán Quispe le había mandado de los Estados Unidos dieciséis años atrás. Ahí estaba también la última dirección y, aunque ya otros habían fracasado en el intento, por ahí tendría que empezar a buscarlo. O sea que el trabajo podía resultar sumamente largo, pero nada complicado, y a Manongo simple y llanamente no le cabía en la cabeza que el Fofo pudiera pensar de otra manera.

Pidió un segundo martini y, mientras continuaba esperando, empezó a calibrar aquel diálogo con su compadre que él había interrumpido con una dramática e inmensa carcajada, en casa de Gustavo Benavides. Acababan de dejar arreglado el asunto Sicard y José Antonio se había emocionado y todo:

—Tú no cambiarás nunca, Manongo.

—¿Y tú, compadre? ¿Tú cambiarías?

—La cosa se está poniendo difícil, Manongo, créeme...

—Pero cuando uno quiere arreglar la cosa que se está poniendo difícil, el huevón de Sicard lo hace esperar en el bar del Panamá Hilton, compadre...

Manongo decidió que todo se debía a un atraso del único vuelo procedente de Lima, ese jueves, pero el mozo al que le encargó consultar con el aeropuerto se le acercó y le dijo que ese avión ya había llegado y vuelto a partir. Y que eran las tres de la tarde, sí señor. Manongo se sacó los anteojos negros y empezó a jugar con ellos, a golpear su copa y fijarse en lo viejos que estaban. "Increíble", pensó, "a veces uno se compra una baratija y le dura el resto de la vida. Veinte años... Estos anteojos ya tienen como veinte años... Pasan de moda y se vuelven horrorosos y vuelven a estar de moda y hasta bonitos no paran. ¿Cambiarlos? Ni hablar. Me he olvidado hasta del pasaporte, más de una vez, pero estos anteojos como que no se olvidan de mí... Todo un símbolo... Bueno, veamos cuántos años más me duran..."

Entró un Fofo Sicard viejísimo, que además lo había mirado como si lo reconociera y se había dirigido de frente a la barra del bar. Pero diablos, *eso* no puede ser el Fofo Sicard. Eran las mismas cerdas rubias que le colgaban insoportablemente por la frente desde el día en que lo parieron, por más mierda que se echara encima, y era la misma extraña piel de albino con erisipela. Una casaca azul, unos mocasines sucios e inmensos, la barriga colgándole por encima del cinturón y los michelines por todos los sitios por donde puede colgar un michelín. Diablos, eran tres lustros sin ver al Fofo Sicard y el pobre había quebrado siete veces y su padre templó sin dejarle un cobre y el avión procedente de Lima ya había vuelto a partir y sí, éste es el bar y el hotel de la cita. Pero ese tipo, que acababa de voltear a mirarlo por enésima vez, continuaba siendo el miserable futuro del Fofo Sicard, o sea Sicard como con cien años más..

Manongo sonrió al pensar que ese tipo también podía ser el primer contacto clave que su padre le enviaba desde el infierno, o algo así y, en efecto, debía serlo porque acababa de incorporarse con una lamentable sonrisa de yo-a-usted-lo-conozco que lo hizo llevarse la mano al bolsillo de la pistola.

—No dispare —le dijo el Sicard de mierda, ya al pie de su mesa y con una flojera horrible de tener que mantener los brazos de la indefensión ligerísimamente alzados. En realidad, el muy conchudo o agotado para siempre, lo único que estaba alzando eran los dedotes de ambas manos y hasta eso lo cansaba ya—. No dispare, por favor...

—No sé disparar.

—Usted se apellida Sterne, ¿no?

—Y Tovar y de Teresa.

—Bueno, de tanto no me acuerdo, pero…

—Y usted no es Sicard ni tío de Sicard ni nada por el estilo, ¿no?

—Usted tenía trece años cuando lo botaron del colegio Santa María y yo treinta y cinco cuando me escapé. ¿Puedo sentarme y tomar una copa?

—Siéntese, *brother* Charles —le dijo Manongo, reconociéndolo al instante—. Vi que tomaba cerveza…

—Sí, seguiré con cerveza.

—¿Y qué hizo, *brother*, cuando se escapó del Santa María?

—Me fui a vivir al puerto, al Callao.

—Se nota.

—Burdeles.

—También se nota.

—Sterne… No siga vengándose de mí.

—Mi primer millón de amigos empezó al día siguiente de dejar el Santa María… Ese mismo verano… que todavía sigue. ¿Cómo diablos puedo querer vengarme yo de nadie, *brother* Charles?

—No me llame *brother*, entonces…

—Si se me vuelve a escapar, le juro que habrá sido por la costumbre y el recuerdo —le explicó Manongo, conteniéndose la risa que le produjo pensar que a ese Sicard le iba perfecto el apodo de Charlie el Putañero.

El gringo se explayó con sentimiento y con la cascada de cerdas rubísimas y plateadas que le volvían a joder la visión a cada instante. Y Manongo lo recordó todo. El día en que *brother* Charles le metió un resondrón sumamente canalla y abusivo cuando él soltó su último grito infantil y su debut desgarrado en la adolescencia con paloma cuculí al alba, en uno de los patios del colegio. El gringo se arrepentía, ahora. Y sí, también en lo otro tenía razón el ex *brother*, aunque a Manongo jamás se le hubiera ocurrido hasta hoy. Tenía toda la razón en lo del seminario al que él se había negado a entrar y en lo mal que los curas del colegio habían tomado que Manongo Sterne, un alumno muy aplicado, alto, sano y bastante religioso, hubiese permanecido impasible, indiferente, mudo hasta el día en que dijo: "No, no quiero", poniéndole punto final al corralito al que lo habían sometido desde la dirección del colegio, para que entrara al seminario que la congregación acababa de abrir en Chaclacayo.

No por eso lo había castigado torpemente un militar, por supuesto, pero en cambio los curas…

—No logro establecer la relación, *bro*… perdón, Charles.

—Digamos que el asunto nos dio mucho gusto, Manongo. Demasiado. Digamos que nos hizo muy felices que eso le ocurriera precisamente a usted y que no movimos un dedo para mejorar las cosas…

Almorzaron juntos y, como Charles Ferguson conservaba su pasaporte norteamericano, a las seis de la tarde salió del Panamá Hilton y del desamparo con el trabajo fácil e interminable del Fofo Sicard. Adam Quispe, ex Adán, tenía que ser encontrado vivo o nada.

Puerto Rico, enero de 1975. Manongo decidió hacer una pausa en el camino de su inmensa fortuna. Estaba cansado de viajar, de cruzar mares y océanos, de trabajar días y noches, de pensar, de calcular, de devorar, de aparecer, desaparecer, reaparecer, de arriesgar, de decidir y de acumular. Sólo poseía un buen departamento en París —más que nada dormitorios sin usar y una caótica biblioteca en la que también arrumaba centenares de discos— y ya más de una vez se había sorprendido a sí mismo buscando por todo aquel departamento un timbre que no existía para llamar a un mozo que tampoco existía por la sencilla razón de que llevaba años de sueño y siglos de insomnio hotelero.

A fuerza de frecuentar exclusivamente el único bar La Violeta que nunca fue suyo, el original, el de la primera ensoñación en el viejo San Juan, Manongo no conocía a nadie en Puerto Rico y sólo le resultaba simpático, casi familiar en la pequeña pantalla de su suite del Condado Plaza, el rostro televisivo de un señor llamado Aníbal González Iribarry, que diariamente daba *las noticias al detalle*. Pero la isla quedaba a pocas horas de vuelo de Lima, estaba aún llena de playas vírgenes y de zonas poco o nada edificadas y gozaba de un clima francamente privilegiado para cualquier peruano.

O sea que a Manongo no le había tomado mucho tiempo decidirse, y en aquel viaje a San Juan llevaba consigo la carta de recomendación de dos importantes capos de la mafia palermitana, Sergio y Pino Vandalo, para un joven abogado y un joven médico, Gilberto Concepción Suárez y Eduardo Rodríguez, puertorriqueños ambos. Conocían su isla como nadie y debían enseñársela a Manongo paso a paso, hasta que él encontrara el lugar ideal para construir la Villa San Pablo. En fin, eso era lo que decía la carta de recomendación que Sergio y Pino Vandalo le entregaron en su cita anual y veraniega en Stromboli, y eso es lo que ahora llevaban cinco días haciendo.

—Aquí —les dijo Manongo, tras estudiar detenidamente, en el mapa y en la realidad, una playa totalmente vacía, sin más acceso que un camino de tierra muy sinuoso, muy estrecho, y sin duda alguna poco o nada frecuentado, entre una espesa arboleda. Estaba cubierto de maleza que entre los tres fueron limpiando a machetazos para que pasara el jeep que manejaba Gilberto Concepción Suárez…

—Se llama Limones Bajo —dijo Eduardo Rodríguez.

—La mayor parte de la edificación, allá, en el bosque —señaló Manongo—; un sector común y una buena docena de bungalows… Y en esta parte de aquí…

—Perdona —intervino Gilberto Concepción Suárez—: en toda esta zona está prohibido construir.

—Eso me gusta más todavía —sonrió Manongo—. Con toda seguridad será aquí, entonces.

—Si eso es lo que mandan los hermanos Vandalo… —comentó, con aire resignado, Eduardo Rodríguez.

—Sergio y Pino… Tan cabrones y tan simpáticos como siempre —agregó Gilberto Concepción Suárez, recogiendo un pedrusco y arrojándolo con toda su alma al mar.

Atlanta, Georgia, marzo de 1978. "*No news, good news*", le comentó por teléfono Manongo a Charles Ferguson, sorprendiéndolo cuando éste le dijo que, con toda seguridad, Adam Quispe no estaba vivo en ninguna de las veintiún ciudades importantes en que lo había buscado. No existía en ningún ring de mala muerte con ningún apodo del tipo Indio Apache o Peruvian Inca o Karate nada, o sea que ni vivo ni nada. Después, Manongo lo volvió a sorprender cuando le preguntó si ya había ahorrado lo suficiente como para dejar de buscar a un amigo suyo, y le colgó.

Estaba en el hotel Warwick y la noche anterior se había despachado, exactos en cantidad y calidad, tres limeñísimos pisco sauers, tres "catedrales", en realidad –el propietario de aquel gran hotel lo había sido también del Bolívar, en Lima–, y se había acostado bastante tarde, con la idea de holgazanear en la inmensa cama de su suite perfecta, al día siguiente. Pero lo sobresaltó el amanecer del primero de abril de 1978. Carajo, todavía no era hora para llamar a nadie en Lima y hacía veinticinco años de casi todo en su vida y en la de casi todos sus amigos... "Tere", dijo Manongo, y agregó: "Tres años, ocho meses y trece días", pero se dio cuenta, una vez más, de que nunca en su vida se acostumbraría a decir eso. Ni Tere ni lo otro. Lo primero era increíblemente bonito y alegre y enternecedor pero venía lo otro y arrasaba, lo arrasaba todo, "Tere... tres... ocho... trece..." Dos días más tarde estaba en Lima.

Y estaba tan desamparado como aquel primero de abril de 1953 en que llegó de mañanita a su casa para estrenar el uniforme del colegio San Pablo. Volvía del campo de polo. Volvía de *aquella* noche en el campo de polo. Óscar, su perro, había sido inyectado de viejo y también su hermano sin nombre y muerto seguía vivo en su memoria porque Tere jamás lo había traicionado con aquella historia. ¿Se acordaría Tere? ¿Se acordará de que le debo aún ese favor? ¿Se imaginará, siquiera, que he vuelto a Lima y que quisiera pagárselo?

En los libros que llevaba de hotel en hotel había buscado siempre las historias de los que volvían por su amor, y en el cine Tacna, lo recordaba clarito, había visto con Tere aquella película para él ahora más bella, válida y rescatable que *Historia de tres amores*: Grace Kelly, Bing Crosby –en papel dramático por primera vez en su carrera, creía recordar– y William Holden: *La que volvió por su amor*. Triunfan los que vuelven, los que se mueren por volver, como en la ranchera, pero sobre todo triunfan los que tienen el coraje de volver. Pero, caray, desgraciadamente también había retornos de los otros, de los que el cabrón, perdón papá, de su padre habría llamado húmedas historias de amor con retorno a la limeña, historias del amor humedecido o algo así...

Como la de aquel tipo que regresó a Lima veinte años después, ya en paz con sus recuerdos y hasta con el violento olvido del que había sido víctima siglos atrás. Y se enteró de que aquella muchacha enloquecedora y limeñísima (La Olvidadora), tras un largo recorrido por el teatro, el ballet clásico, el matrimonio, el ama de casa, el divorcio alegre, la bohemia, el alcohol, la droga, y el apodo de La Mística, era monja de clausura en un convento del departamento de Abancay, en pleno aislamiento definitivo y andino.

Y aquel tipo, que ahora vivía en paz con el mundo y con su sueldo, sintió curiosidad. Una simple curiosidad de corresponsal viajero (profesión del Olvidado), y se dirigió al convento de Abancay, con carné de periodista acreditado y todo. Una simple entrevista a la madrecita sobre "La religión en el Perú de hoy" o algo así, y con permiso del obispo del departamento. En fin, todo como debe ser.

Y a la sor le levitó hasta la sonrisa, de bondad y pertinencia amable en sus respuestas al corresponsal viajero, pero por más que hizo, con lágrimas en los ojos y todo, no logró reconocerlo ni acordarse de nada ni nada. Pero no, sus lágrimas no eran por eso, ji... (sonrisitas levitadas, aquí). No, sus lágrimas eran de Dios por los pecados de este mundo, encima de todo. O sea que el corresponsal viajero nunca acabó su psicoanálisis y el camino que lo trajo de Abancay lo llevó también del diván al teatro, al ballet clásico, al matrimonio, al ama de casa, al divorcio maricón, a la bohemia total, droga y alcohol incluidos, al apodo de Mística Delirante, y a poner fin a sus días en el clásico paraíso de los suicidas limeños de aquellos años cincuenta, al final en Magdalena de la avenida Brasil, aunque ya el nuevo edificio del ministerio de Hacienda empezaba a ser útil en ese sentido, también...

La historia húmeda le había impedido darse cuenta de que el taxi que lo llevaba del aeropuerto al hotel Bolívar andaba ya por la avenida Wilson. Era mediodía, y Manongo nunca había visto tanta gente por las calles de Lima. Ni a esa hora ni a ninguna. Tampoco esa mañana sin resolana ni nada alegre le parecía una mañana de abril, de un mes de abril de los de antes, y Manongo decidió reaccionar con toda la eficacia del mundo contra aquel tremendo y largo momento de desamparo. Sacó un billete de cien dólares, se lo entregó al chofer y le dijo que lo llevara a San Isidro, rápido.

Pero en San Isidro tampoco había resolana, ni siquiera por el barrio Marconi, ni más allá tampoco por el Country Club. "Tres de abril", se repitió Manongo, una y mil veces, y al chofer le dijo que tomara para el lado de la avenida Salaverry y Comandante Montero, que él lo guiaría. Y cuando entraron a Ugarte y Moscoso le contó que esa calle se había llamado años atrás General La Mar. Después le dio cien dólares más, para que al chofer le interesara que esa calle se hubiese llamado antes General La Mar y que aquí quedaba el campo de polo y aquí hubo un acequión y en esta casa vivió uno de mis buenos amigos, uno que ahora vive en la casa que nunca estrenó el presidente Manuel Prado. Eso ya le hizo más gracia o tuvo algún significado para el chofer, que soltó su ja y su ajá en el instante en que la casa de Tere, que era moderna y de dos pisos, entonces, había sido derrumbada y reemplazada por una casa moderna y de un solo piso, ahora.

—¿Y ahora dónde quiere que lo lleve, caballero?

—Al Bolívar, rápido.

En los techos de muchas casas y edificios de los nuevos había pelícanos grises y negros y hasta patillos patéticos o es que eran gallinazos y pelícanos peor que patéticos y el chofer le explicó que con lo de la Corriente del Niño, de Humboldt también le suelen llamar, señor, la anchoveta había desaparecido y el sector pesca andaba en crisis para rato, parece ser. Sí, señor, y las aves marinas invaden la ciudad en busca de comida, sobre todo en estas zonas más cercanas al mar. Manongo pensó en darle un tercer billete para que se alejara más rápido de esas zonas y le entendiera o al menos se interesara con un ja o un ajá cuando él le contara que, en *Moby Dick*, Melville había escrito que Lima era una ciudad cubierta por el velo de la angustia o algo así, pero decidió que lo mejor era cerrar los ojos hasta llegar al hotel. Pero Manongo también tuvo que alejarse muy rápido del Gran Hotel Bolívar de toda la vida. Le robaron hasta el alma en su primer paseo por el centro de Lima y muy probablemente mientras contemplaba turulato y empujado por todos lados al primer charlatán en el mundo que afirmaba rotundamente que lo que vendía era falso:

—Es mentira aunque parezca verdad —repetía una y mil veces el cholo, instalado en plena calle Baquíjano, Jirón de la Unión, frente al dictatorialmente clausurado diario *La Prensa*.

El tipo estaba en medio de la pista y la caca sobre el asfalto era exacta a caca sobre asfalto, aunque falsa porque es para bromas, caballero, es de mentira aunque parezca que huele y todo. El tipo era uno entre un millón de ambulantes y Manongo no logró avanzar mucho más en su fallido paseo de la Plaza San Martín a la de Armas. Había que dar saltos, tumbos, había que driblear y hacer mil malabares para ir de aquí a tres metros y ya no había grandes joyerías, ni relojerías o platerías o fuentes de soda de su infancia ni Cream Rica de su adolescencia.

En fin, que puestos a que no hubiera ni esto ni lo otro, ya ni siquiera había aquel Jirón de la Unión por el que sí había logrado ir de una plaza a la otra, sólo seis años atrás.

Y tampoco había raza blanca, por supuesto, sino una especie de crisol andino y mestizo con invasión diaria y capacidad de desaparición vietnamita a la primera e inútil persecución policial. Regresar sin billetera al Gran Hotel Bolívar le costó un triunfo a Manongo que, en vez de pensar como rey de los negocios inmobiliarios, recordó a Teddy Boy en alguna clase de literatura en el colegio San Pablo... Sí... Un poeta que se llamaba Espinoza Medrano y que era culto y culterano y tardío con respecto a Góngora, le parecía recordar. Pero, en todo caso, la frase que le vino a la memoria y ésta sí que exacta, estaba seguro, fue la de alguien que describió la obra del tal Espinoza Medrano como "Una perla en el muladar del culteranismo peruano".

Y todo esto porque el Gran Hotel Bolívar, construido con auténtico espíritu y decoración Ritz de París, era una perla en el muladar de la capital peruana. Y ahí sí que le salió lo inmobiliario a Manongo, y predijo dos cosas: "Esta perla empieza a dar pérdida en cinco años y a esta perla sólo la salvaría que la compraran para ministerio de Relaciones Exteriores, por ejemplo." Enseguida se dirigió a la recepción de la perla, pidió su cuenta y el nombre de un hotel que quedara lo más lejos posible del Bolívar. Lo mandaron al César, en Miraflores, con cinco estrellas y tan flamante que en su breve retorno de 1972 aún no existía.

Breve fue también su retorno de abril de 1978, veinticinco años después de casi todo. Su madre, en efecto, había viajado por

América Latina, pero qué manera de viajar, y su casa sencillamente ya no era la de don Lorenzo. Como la de Tere, la habían derrumbado, pero no en cuerpo sino en alma, porque con derrumbarla sólo por dentro había bastado. Y donde entonces se tomó whisky, gin, vodka, champán o pisco sauer abundaban ahora botellas de contrabando de un tequila marca El Cuervo. El bar mexicano se parecía al bar de Ricardo Montalbán, muy probablemente, o sea que tenía más de Hollywood y *Mexicali Rose, I Love You*, versión cantada por Bing Crosby, que de Distrito Federal o lo que sea, en el México real, y la antigüedad más preciada era una foto de Manongo a los quince años, ampliada hasta lo borroso y poster, y con una leyenda garabateada en la parte de abajo, definitivamente bajo los efectos del tequila. Manongo estaba acercando la nariz, para leerla, pero su madre se la recitó con toda la ternura del mundo:

—El que se fue por su amor, mi amor.

—*La que volvió por su amor* —se le escapó a Manongo, por lo de la película con Grace Kelly volviendo por un Bing Crosby alcohólico y dramático, a pesar de los músculos *in mens sana* de William Holden.

—No te entiendo, mi amor —le dijo doña Cristina.

—Borra lo que has escrito en esta ampliación y para ya de beber, por favor, mamá.

—Nunca, mi amor… Nunca…

—¿Qué sabes de Tere?

—Se ha separado de su esposo, aunque todavía no pregunta por ti, Manongo. Y mira que yo soy tu madre y que la trato como a una hija más, cada vez que me la encuentro en el supermarket. Me temo que vas a tener que regresar para quedarte, si de veras quieres…

—No quiero absolutamente nada, mamá.

—No trates de parecerte a tu padre hasta tal punto, Manongo.

—A papá sí que no me parezco en nada, creo yo, mamá…

—¿Que no? Nadie como él y tú, no para mentir sino para omitir… Y fortaleza por fuera, jardín por dentro…

—¿Papá?

—Ya ves que supo omitirte casi tanto como a mí…

—Eres una maravilla, mamá, y te quiero muchísimo.

—Entonces déjame tomar mi docena de tequilas tranquilita y haz como si no hubieses llegado, *please*...

—El Cholo José Antonio siempre viene a verte, ¿no?

—Claro que sí, Manongo. El hijo de puta eres tú, con *mi* perdón...

—Mamá...

—¿Pero no te habías ido ya?

Y al día siguiente hubo una misa por el Flaco San Martín y Bolívar, por el primer mes de su muerte en Bolivia. El Cholo José Antonio recogió a Manongo en el hotel y le fue contando, camino de la iglesia: "El Flaco y su pistolón... Era muy pálido y alto y bastante pelirrojo, ¿te acuerdas...? Y se había casado, por fin, con una muchacha que lo aguantaba, digamos. Una muchacha muy paciente con él y con lo de su pistolón y el ruido que le gustaba meter y lo alegre o muy loco que fue siempre, desde el colegio. Invirtió hasta la camisa en una hacienda de Santa Cruz, y en Lima deducíamos que le estaba yendo, por lo menos, bastante bien. Porque no había semana que no saliera una foto del Flaco en alguna revista limeña, compadre. Y siempre acompañada por las mismas palabras: "¡Soy feliz en Santa Cruz!" En fin, era el Flaco de siempre, la carcajada loca de siempre, los ojos saltones de sus estallidos de felicidad desconcertada de siempre. Poco faltaba para que saliera hasta su pistolón en esas fotos semanales, Manongo, pero hoy hace un mes que se pegó un tiro en la sien..."

—¿Por lo de la camisa, compadre? —lo cortó Manongo.

—Se le puso todo color hormiga, sí.

Al salir de la iglesia, Manongo les propuso a los amigos del colegio tomar unas copas en el hotel, y allá se dieron cita. Pero si en la iglesia ya faltaba medio mundo, menos fueron todavía los que llegaron hasta el César. Y además el Gordito Cisneros ya estaba definitivamente instalado en Miami y, primera noticia para Manongo, Tyrone se había instalado definitivamente en Mallorca, tras haber heredado mucho y haberlo vendido todo. Manongo bajó la cabeza y alzó la copa:

—Este mes hace veinticinco años de casi todo —dijo, o más bien ordenó, como impaciente, como quien no está dispuesto a soportar tanto.

—Hay que organizar un paseo con nuestras esposas y todo,

como antes –intervino *Il* Comendatore D'Angelo–. Yo alquilo el mejor ómnibus del mundo... Yo lo pago todo... ¿Chincha? ¿Les parece bien Chincha?

–¿Y qué chucha se nos ha perdido en Chincha, Comendatore? –le preguntó el gordo Perejil Tarrillo.

–La verdad, no lo sé. Pero por qué no vamos a ver qué queda de la hacienda de Lucho Peschiera, por ejemplo. Y lo invitamos a Lucho, que ahora anda en Venezuela. Yo tengo la dirección...

–Eres un despilfarrador de mierda, tal como predijo Teddy Boy –lo cortó nuevamente Tarrillo.

–¿Y a ti qué mierda, Perejil? ¿Salud por Chincha o no?

–Salud, hermanón –le dijo Manongo.

A su compadre José Antonio siempre le habían gustado los automóviles muy grandes, muy caros, muy norteamericanos, con aletas, alerones y todo. Pero recién cuando lo acompañó hasta la puerta del hotel, Manongo se dio cuenta de que el carro de su compadre no era ni tan grande ni tan nuevo. Tenía por lo menos sus diez años y ni siquiera estaba bien conservado. "La cosa se está poniendo difícil, Manongo, créeme..."

Il Comendatore D'Angelo había alquilado el ómnibus más grande y caro de la mejor empresa interprovincial de transportes, con chofer, con baño, con todo, y la mañana de aquel sábado de abril se presentó con sol como en un abril de los de antes. O sea que hacía veinticinco años de casi todo, en efecto, caray, y los que partieron al paseo a Chincha realmente estaban dispuestos a entregarse a aquel recuerdo e incluso a aceptar lo brutos que habían sido de no revivirlo antes.

–La vida, Manonguito, la vida –le dijo su comadre Carla. Y agregó–: Lo que pasa es que tú te pasas la vida viajando, seguro, y eso te da tiempo para acordarte de todo. Pero mi Cholo José Antonio, por ejemplo, si vieras lo que trabaja, lo preocupado que vive... Nunca descansa... Nunca toma vacaciones... Ya nada es...

Pero *Il* Comendatore D'Angelo no soportaba las conversaciones serias y la interrumpió, botella de whisky y vaso en mano. Eran las once de la mañana y el ómnibus aún no había llegado a la Panamericana sur, pero *Il* Comendatore quería que la jarana de los veinticinco años hubiese empezado ya, y otro salud y otro más. Y que pongan música de ésa, carajo...

–¿De cuál, Comendatore? –le preguntó Luchito Peschiera, que acababa de aterrizar en Lima y realmente aún no entendía para qué diablos lo llevaban a ver lo que quedaba de su hacienda. Nadie sabía como él cuánto sí y cuánto no quedaba de Larán y el negocio de pollos, el hotelito en que duermen, comen, engordan y se venden, se lo administraban bastante bien en las tierras que le quedaron para montar una especie de granja. ¿Para qué diablos lo llevaban? ¿Para que les abriera la puerta de una casa hacienda que tanta pena le daba ver?

–Yo, detrás de todo esto veo la mano de Manongo Sterne –reaccionó, sonriente por fin, Luchito–: Y bueno, pues, encantado les abriré la casa, el corazón y todo lo que se les antoje. Porque hoy para Sterne hace veinticinco años que Dios creó el mundo. ¿O no, Manonguito? ¡Puta madre, qué lindo es usted, amigo!

Il Comendatore D'Angelo, que de puro tímido, de puro bueno y de puro bruto no toleraba una conversación seria, empezó a perder el conocimiento a la altura de Pucusana, a la altura de Mala corrió a vomitar, por alto se rompió la cabeza al entrar al baño, y cuando el ómnibus llegaba a la altura de Cañete ya estaba profundamente borracho y dormido.

–Ni siquiera disfruta de sus despilfarros –comentó su esposa.

Dos días después, Manongo estaba en el aeropuerto de Lima. Lo acompañaba su compadre José Antonio, con el flamante automóvil de contrabando –como casi todo "lo suntuario", en el Perú– que él le había regalado. La noche anterior habían comido juntos en el hotel y nuevamente le había salido su compadre con la cantaleta…

–Tú nunca cambiarás, Manongo…

–¿Y tú, compadre? ¿Tú cambiarías?

–La cosa se está poniendo difícil, Manongo, créeme.

–Pero cuando uno quiere arreglar la cosa que se está poniendo difícil, el huevón del Fofo Sicard lo hace esperar a uno en el bar del Panamá Hilton, compadre…

–Pero…

–Y cuando la cosa se está poniendo más difícil, José Antonio, porque créeme que no soy ningún cojudo y que sé más de lo que pasa aquí que todos los amigos juntos, y además tengo ojos para ver, compadre… Cuando la cosa ya se puso color hormiga, yo construyo Villa San Pablo, en Puerto Rico, y cada uno de ustedes se me ríe en las narices cuando le propongo un cambio definitivo... Acabo de rematar esa maravilla de propiedad, Cholo...

—Son familias enteras, costumbres enteras, vidas enteras, Manonguito, ¿no te das cuenta...?

"Vidas enteras..." Sin querer, su compadre acaba de darle el golpe más bajo en muchísimos años. Desde que Adán desapareció, desde que Tere lo abandonó... Manongo pensó que su vida no había comenzado, siquiera, y que estos imbéciles de sus amigos ya le sacaban vidas enteras como disculpa para no arriesgar ni una mudanza en una aventura en la que sólo podían salir ganándolo todo. Después pensó en el corazón abierto de Luchito Peschiera en Larán, lo que le quedaba de Larán, y recordó al Comendatore D'Angelo con un parche en la cabeza, durmiendo tremenda borrachera, despatarrado y tristísimo en el ómnibus, y trató de imaginarse al Gordito Cisneros, ya todo un solterón empedernido, administrando la caja de una licorería en Miami, y a Tyrone instalándose en otra ciudad, en otro país, para siempre.

Y dijo:

—Tere, tres, ocho, trece...

—No te entiendo, Manongo...

—Es que casi nunca lo logro decir entero, compadre. A lo mejor porque es todo, menos una vida entera...

—Ya sabes que Tere se separó, ¿no?

—¡Cholo! —lo interrumpió Manongo, presa de un súbito entusiasmo—. ¿Qué te parece si construyo varias casas para vidas enteras? ¡Un ideón, compadre! ¡Villa José Antonio! ¡Tyrone! ¡Cisneros! ¡Villa Happy April! Para vidas enteras y separadas. En lugares alejados y hasta distintos países. Cada uno hace lo que le da la gana y que sólo se me permita aportar por ahí de vez en cuando. ¡Sería genial, Cholo!

—Estoy seguro de que cada uno te dará una respuesta distinta, Manongo. O, a lo mejor, todos te damos la misma: Usaremos esas casas sólo para las vacaciones...

—¡Qué!

—Eso, Manongo. Y sólo tal vez en vacaciones, porque uno no siempre está dispuesto...

—Ya sé que Tere se ha separado aunque todavía no pregunta

por mí —le soltó Manongo, como una ametralladora, para cambiar de tema, en vista de que él no iba a cambiar nunca y estaba completamente seguro de que otro gallo cantaría cuando sus amigos se enteraran de que las villas estaban listas.

Y como su compadre se había quedado mudo, Manongo se quitó los anteojos negros, se incorporó para mirarlo de arriba abajo, pero bien cara a cara y midiéndolo, infló el tórax esquelético hasta donde le era posible, sin perder la palabra, y le metió un cheque de medio millón de dólares en el bolsillo de la camisa…

—Villa San Pablo —le dijo.

—¿Estás loco, flaco de mierda? —se indignó el Cholo.

—Salte del asunto que tienes con *Il* Comendatore y así no tendré que regalarte un auto nuevo cada año.

Un avión con destino, como el de Adán Quispe, siglos atrás, estaba a punto de partir, y Manongo volvió a taparle la boca a su compadre. Sabía que iba a intentar una reacción feroz, de esas de último minuto, o sea que le puso un pasaporte belga en las narices y lo dejó ahí sentado, rascándose la cabeza para el resto de la vida en la cafetería del aeropuerto Jorge Chávez.

Media hora más tarde, el avión con destino ascendía hacia el cielo sin cielo y sin ciudad de la ciudad de Lima y una curvilínea hostess le alcanzaba a Manongo su segunda copa de champán francés en primera clase.

—Cada uno habla de la feria según como le va en ella —le dijo Manongo.

—Francamente no le entiendo, señor —le sonrió la muchacha.

—Es que Sebastián Salazar Bondy la llamó horrible —le explicó Manongo, señalándole Lima con un dedo, allá abajo, por la ventana del avión.

La hostess le sonrió, como diciéndole que cada vez le entendía menos, y Manongo le dijo que no se preocupara, que siguiera pasando nomás sus copas de champán. Pero la linda muchacha le sonrió todavía más desconcertada y tratando de ser sumamente amable, cuando él agregó: "Moralmente horrible." Manongo ya estaba hablando con nadie y mirando el techo y escuchando, muy atenuadas, bien de fondo, las palabras de María Teresa Vera, la voz de Omara Portundo… Las conocía de paporreta a esas hijas de María…

Fui la ilusión de tu vida
un día lejano ya.
Hoy represento el pasado,
no me puedo conformar.

Si las cosas que uno quiere
se pudieran alcanzar,
tú... tú me quisieras lo mismo
que veinte años atrás...

–Veinticinco –corrigió Manongo–. Veinticinco años que Dios creó el mundo.

Del bolsillo del asiento sacó sus tapones para los oídos y un antifaz.

Manongo tenía ojos para ver, como le había explicado a su compadre José Antonio. Y, en efecto, no era ningún cojudo, y probablemente sabía mejor que todos sus amigos juntos qué estaba ocurriendo en el Perú y, lo que era muchísimo más importante para él, sabía perfectamente bien lo que les estaba ocurriendo a sus amigos, en el Perú y fuera de él. Al paso en que iban, desde los Estados Unidos hasta Bolivia, pasando por Venezuela, Guatemala, Costa Rica y Ecuador, ya más de uno podría haber declarado insistentemente, con foto semanal en alguna revista y todo, que era feliz en Santa Cruz.

...Y se había casado, por fin, con una muchacha que lo aguantaba, digamos... Manongo recordó estas palabras de su compadre, mientras iban al entierro del Flaco San Martín y Bolívar. Y sí, era así. Ésta era la razón por la cual el pobre Flaco había sido el único, hasta ahora, en declarar que era insistentemente feliz en Santa Cruz. Su esposa había dejado de aguantarlo o simple y llanamente había dejado de aguantar. En cambio, las amigas de Manongo, las muchachas lindas y encantadoras que él había conocido desde mucho antes de salir del Perú, las que entonces eran sólo enamoradas o novias de sus mejores amigos o acababan de casarse con alguno de ellos, esas maravillas, eran definitivamente las mejores compañeras que puede encontrar un hombre en el mundo. En las buenas y en las malas. Se crecían ante la adversidad y terminaban descubriendo más mundo que Colón, cuando las cosas se ponían realmente feas. Y, de llevar una casa, educar unos hijos y aburrirse con o sin el marido en casa, despertaban convertidas en propietarias de negocios inventados por ellas mismas, parando la olla, nivelando el mes, viajando para comprar más barato y vender más caro, geniales, intuitivas, imaginativas y eternamente femeninas. Y además de todo eran tan sencillas que

Manongo vivía convencido de que en el año 2000 seguirían repitiéndole exactamente lo mismo que aquella vez, en 1972:

—Ya tú sabes que a nosotras nos educaron para idiotas y para seguir y acompañar, en las buenas y en las malas. Y mira, Flaquito, además nos gusta y además qué nos queda.

Y continuarían tan contentas, chinitas de felicidad, lindas y supercariñosas con el amigo más loquito que tenemos. Ellas no sabían lo que era aguantar, *digamos*, como la esposa de San Martín y Bolívar, y una predisposición inimitable a la ternura y la alegría las convertía en mujeres tocadas por la gracia, abiertas a todos los problemas de la humanidad, aunque los ignoraban también todos, por supuesto, pero de puro no darse cuenta ni de que eran problemas, de puro haberlo aprendido todo a costa de ellas mismas, y de puro haber vivido entre razones del corazón, totalmente incapacitadas, por consiguiente, para la amargura, la derrota, o la estúpida resignación.

Pobre Flaco San Martín y Bolívar. A él no le había tocado una de esas mujeres que ahora impedían, desde los Estados Unidos hasta Bolivia, más felicidades en Santa Cruz. El Flaco supo morir en su ley, aunque también era verdad que había mandado todos esos SOS semanales...

En fin, que Manongo había venido pensando y recordando todas estas cosas de la vida y de la muerte en el avión que lo llevaba desde las Islas Vírgenes hasta Miami, porque quería con toda su alma a su primo, el Gordito Cisneros, porque no soportaba la idea de que se pasara el resto de su vida administrando la caja de un *liquor shop*, porque el año próximo se cumplían los veinticinco años de la primera promoción del San Pablo, en 1956, y él quería evitar un fracaso tan descomunal, tan despoblado de amigos, con un patético paseo en ómnibus a Chincha, y hasta con misa de difuntos, como el de la celebración de 1978, porque el Gordito era ya un solterón empedernido; sin duda no tuvo la suerte de conocer a una de esas chicas tocadas por la gracia, como su comadre Carla, como Annie, la esposa de Luchito, como Celia, la de Perejil Tarrillo, Luchita, la de Benavides Málaga, y como María Luisa, Marilú, Marta, La Gringa, Dany, Marisol, Cecilia, y diablos, ¿cómo diablos se llama la esposa del Perro Díez Canseco...? En fin, como todas y cada una de las esposas de sus amigos del San Pablo…

Pero, Manongo aterrizó en Miami, sobre todo porque ya tenía en sus manos la llave de la Finca Cisneros, flamante, terminada hasta el último detalle, en la más apacible y paradisíaca de las Islas Vírgenes. Nada le había contado a su primo de su llegada, pero lo peor de todo era que llevaba muchos años sin verlo y que tampoco le había contado absolutamente nada de sus proyectos, de sus fincas, de sus villas, de nada.

Hotel Doral, un rápido playazo para despejarse un poco, un duchazo, un martini doble y seco, y un automóvil alquilado para dirigirse a Flaggler *street*, en el centro de la ciudad. A Manongo no le hizo ninguna gracia ver el letrero intermitentemente iluminado, sólo a mi primo se le pueden hacer estas canalladas, carajo: FAT CISNEROS' LIQUOR SHOP. Eran las nueve de la noche cuando abrió la puerta y sonó la campanita que anunciaba la llegada de un cliente.

—¡Nanano Apolo! —exclamó Manongo.

La respuesta fue una brevísima mirada del Gordito, una sonrisa que no prosperó, un gesto de ligera incomodidad, una cara que se ponía coloradísima, y, ahora sí, por fin, una sonrisa satisfecha, pero dirigida al cliente de turno.

—*Your change, sir.*

—*Thanks…*

—*Next one, please* —dijo el Gordito Cisneros, y sonaron todas esas campanitas y timbres de una caja, cuando la cierra un cajero de profesión y se borra el total del cliente que se va y le sale oo dólares oo centavos al que sigue.

—¿Cuándo me toca a mí, primo? —se burló Manongo.

—Cinco minutitos, Manongo —no se burló el Gordito.

O sea que diez minutazos después pudo Manongo abrazar a su primo, pero por encima del mostrador y molestando muchísimo al *next one, please*, con su efusividad en castellano.

—Vine a hablarte de un millón de cosas, mopri.

—Date una vuelta y regresa, primo. Cierro a las once.

—Pero tengo mesa reservada a las diez, en Miami Beach. En…

—Comemos algo en mi casa, Manongo. No te preocupes… *Next one, please…*

El Gordito Cisneros Tovar y de Teresa se había puesto un buzo rojo, amarillo y azul, y no se podía quejar. Ya Manongo había visto cómo andaba de concurrida la licorería y la vida en Miami le gustaba. Un hermano de su padre había puesto el capital, y además le había alquilado la minúscula y horrible casita en que vivía, en Coral Gables, y la verdad es que no le faltaba absolutamente nada y que aquello de la hacienda en Trujillo, primo, bueno, ¿no decía Teddy Boy que todo tiempo pasado fue mejor? Pues eso, todo tiempo fue mejor, pero la verdad, yo no extraño ni un pincho.

Su padre había muerto y el Gordito iba una vez al año a Lima, para ver a la familia y a los amigos, y la verdad es que en Miami tenía de todo y que cuando necesitaba una hembrita agarraba el teléfono y le mandaban a su *call girl*, en vista de que estaba muy bien así, soltero.

—Ya sabes que el hombre es un animal de costumbres, primo. ¿Te sirvo otro martini o comemos algo ya?

—Tú eres el de las costumbres, mopri, o sea que tú decides.

—Comemos, entonces.

Dos hamburguesas congeladas, plagadas de ensalada de papas plagada de cremas, un chianti de mierda, helados surtidos de almíbar o helados de almíbar surtido. Y el Gordito encendió el televisor para repasar uno tras otros los canales de costumbre. Mala suerte, no había ni una sola carrera de automóviles en directo y no, él ya no corría, eso pertenecía al pasado, y bueno, reconocía que se había divertido bastante corriendo pero que al final ya no le era posible comprar y preparar carros como los de antes. Le dio pena al comienzo, pero también era verdad que ya no estaba en edad de.

El Gordito encendió el video, encajó una cinta, y por la pantalla empezaron a pasar bólido tras bólido.

—Daytona Beach, 1976 —le dijo a Manongo.

—¿Por qué no pones la carrera de este año? —se interesó, *sumamente*, Manongo.

—Voy por orden, primo. Recién estoy en el circuito del 76, y quiero analizarlo un poco más.

—Te debo estar interrumpiendo el análisis, entonces, mopri.

—En absoluto, Manongo —le dijo el Gordito, apretando el mando a distancia para que la tercera vuelta del circuito fuera para atrás. Y sin mirar a su primo, agregó–: Además, más tarde lo vuelvo a ver en la cama.

Su primo más querido estaba más rosado y gordo que nunca, más pulcro que nunca, también, pero en su casita horrorosa no había muebles de comedor y en la sala faltaban sillas, mesas, sillones, adornos, ceniceros. De haber, sólo había el sofá forrado con tela de toldo de playa en que estaban sentados, y el platito de café y de mierda que Manongo estaba usando como cenicero. Las copas del aperitivo habían sido de plástico y las del pésimo chianti eran el súmum de lo descartable.

El circuito de Daytona Beach había llegado a la decimotercera vuelta, pero de ahí no había pasado, porque al Gordito le había dado por analizarlo a fondo, ahora, a partir de la séptima vuelta. Manongo se incorporó para ir al baño, y cuando regresó se arrojó con verdadera fuerza para remecer, en la medida de lo posible, los resortes del sofá. Pero no pasó absolutamente nada, aparte de otra andanada de bólidos en Daytona Beach, y Manongo sintió la profunda tristeza de la descartabilidad. La verdad, al final ya sólo quería averiguar hasta qué punto su presencia en ese simulacro de casa era de material plástico, o sea que sacó el llavero de cuero y oro de Finca Cisneros.

Pero no logró interrumpir el circuito de Daytona Beach, ni siquiera en los momentos en que los bólidos iban marcha atrás, y lo único que notó es que su primo se había puesto más rosado y gordo y sano y Nanano Apolo que nunca, al cabo de la buena media hora en que se empeñó en contarle todo lo de su finca y la de Tyrone y la de José Antonio, que todavía no está terminada y que...

¿Emoción? ¿Impaciencia? ¿Aburrimiento? ¿Fastidio? ¿Por qué estaba tan rosado su primo?

–Tu gran defecto, Manongo –le filosofó su primo más querido, en pleno Daytona Beach–, es el de hacer las cosas, primero, y consultarlas después. Normalmente es al revés, mopri. Se consulta, primero, y se hace...

Un automóvil se salió de la pista y el Gordito apretó el botón correspondiente del mando a distancia, para hacerlo regresar a la carrera y volver a salirse, estrellarse de nuevo y volar en pedazos otra vez. O sea que no pudo terminar su frase acerca de las consultas previas, pero Manongo sí pudo concluir que el tono elevado de su color rosa se debía a que el hombre era un animal de costumbres, de la misma manera en que su compadre José Antonio era otro animal al que la cosa se le estaba poniendo difícil siempre, o sea por costumbre, ya, también.

El siguiente salto fue trasatlántico y llevó a Manongo desde Miami hasta Mal Pas, en el norte de Mallorca. Tampoco había avisado que llegaba ni que traía consigo los planos de la flamante Villa Tyrone, en Andorra, y un llavero de cuero y oro, o sea que tomó como el triple del tiempo necesario lograr que Tyrone Power, su esposa y sus hijos, se dieran cuenta de que había llegado Manongo Sterne.

Tyrone vivía en *Casa Exiliorum*, un hermoso chalet decorado con elegancia hereditaria, perfectamente descuidada, hasta con su toquecito de abandono, casi, excelentemente bien situado en lo alto de una urbanización de árboles y jardines mediterráneos, y a Manongo lo sentaron en una terraza vagamente romana desde la cual se alcanzaba a ver la apacible bahía de Pollensa, aunque con las justas, la verdad, y con el temor de que alguien construyera una casa en el terreno de adelante y se quedaran viendo para siempre un techo de tejas, un muro, un jardín, una piscina repleta de niños con gritería, o algo así.

–Y por nada del mundo nos quieren vender el terreno –se quejó Marta, la esposa de Tyrone.

Manongo creyó que había llegado el gran momento e hizo tintinear el llavero de cuero y de oro, llenecito de llaves y llenecito también de las explicaciones que les empezó a dar a Tyrone, a Marta y a sus hijos. Como vio que nadie en esa terraza lograba salir de la mezcla de letargo y asombro que iban produciendo sus palabras, consideró que lo mejor que podía hacer era jugar su última carta y abrió un tremendo tubo, sacó y desenrolló tres tremendos planos, los colocó sobre la gran mesa de cristal en que desayunaba la familia y, tras haberlos hecho tintinear como una hora y terminar con un fuerte nudo de incomprensión y material plástico descartabilísimo, en la garganta, sacó un folleto sobre las mil y una ventajas fiscales que le representaría a Tyrone vivir en una finca de la pitri mitri, comparada con ésta y con terreno propio adelante, en Andorra.

Pero Tyrone era casado dos veces y los hijos de la segunda hornada eran unos críos todavía y el problema de sus colegios había costado mucho resolverlo pero ya estaba resuelto en Palma de Mallorca y… Ah, y lo invitaban a almorzar, y tenían un excelente cuarto de huéspedes y los chicos estaban felices en Mallorca y Manongo debió haberles consultado antes de meterse a construir nada, pero, en fin, por ahí dicen que tú en tu vida has hecho un mal negocio y seguro que le sacas sus buenos milloncejos a…

—¿Cómo dijiste que se llamaba, Manongo?

—Villa o Finca Tyrone —le respondió Manongo a su amigo, porque uno de los Tyroncitos acababa de decirle bajito a su madre que qué metete era el amigo de papá y, por favor, mami, no nos saquen de esta casa y me gusta Mallorca, mami…

—Finca o villa… La verdad es que ya no me acuerdo bien cómo se llama —agregó Manongo, enrollando planos, folletos con ventajas fiscales y llaveros de cuero y oro.

—Los críos se acostumbran sobre el pucho —le sonrió Tyrone, ofreciéndole un trago.

Manongo se quedó cuatro días en *Casa Exiliorum* y no faltó música de *ésa* ni paseos en la embarcación de Tyrone ni el momento en que Manongo descubrió que, entre los Tyroncitos, había pasado de ser el tío Sterne, a ser el tío Metete. Y de nada le valió hacer el paripé y llenarlos de regalos y frustradas conversaciones con la más profunda atención. Los niños lo odiaron para siempre y el día de su partida descubrió que su nuevo apodo era Tío Metiche.

"En peores cuarteles me ha tocado hacer guardia", se dijo Manongo, mientras despegaba el avión en que viajaba a París. Sin embargo, los cuatro días pasados con Tyrone y Marta habían sido realmente maravillosos y ni ella ni él habían cambiado un ápice y además habían insistido en que se quedara más días y en que regresara siempre, a pesar de los críos, que ya se nos han vuelto medio isleños, felizmente, Manongo, la verdad, porque imagínate tú tremendo cambiazo de Perú a Mallorca y si después resulta que no se acostumbran…

Manongo decidió que lo mejor era aprender a acostumbrarse, y acostumbrarse después a acostumbrarse a que a esas cosas había que acostumbrarse. Y en ésas andaba, en París, encerrado en su departamento, leyendo y oyendo música de *ésa*, día y noche, cuando sonó el teléfono y era su compadre José Antonio, el único entre sus amigos que sabía siempre dónde se le podía ubicar. En fin, más o menos...

—Búscate una silla porque te vas a caer de culo, Manongo —le dijo el Cholo José Antonio.

—Ya estoy acostumbrado, compadre... Pero bueno, estoy sentado. ¿Qué pasa?

—A los sesenta y cuatro años de edad, Teddy Boy se casa con una chica de veintiuno.

—¿Cuándo, compadre? ¿Hay fiesta?

—Vamos a celebrar las bodas de plata de la primera promoción del San Pablo, el día del matrimonio. Dos fiestas en una, Manongo. Al profe le encanta la idea. La fiesta la vamos a hacer en El Pueblo, un sitio cojonudo, compadrito... ¿Qué te parece? ¿Puedes venir?

—*All you need is love* —entonó Manongo.

—¿Cómo, compadre?

—*Love is all you need...*

—¿No me digas que no puedes venir, Manongo?

—Fecha, hermano.

—Primero de diciembre, Manongo. Creo que vienen todos. De todas partes. Vienen para la fiesta, pero también para mirar un poquito las cosas, a ver si pueden regresar del todo. Porque ya hace un año que los milicos de la revolución regresaron a sus cuarteles con el rabo entre las piernas...

—Y con el pueblo en la calle, compadre.

—Pero Belaúnde es presidente otra vez...

—Los Borbones de Francia, ya verás, compadre. Acuérdate de Acapulco...

—Viene hasta Tyrone Power —lo interrumpió el Cholo, porque no le gustaba hablar de política. Y agregó—: Jorge Tyrone Valdeavellano, tu otro pata del alma, que, según dicen, se ha convertido en el lobo estepario de Mallorca. ¿Te animas?

Manongo le colgó el teléfono, para que su compadre se quedara turulato y dijera, por ejemplo, que Manongo no acostumbraba hacer esas cosas...

Y abrió nuevamente *La mujer de treinta años*, de Balzac. Era la novela que estaba leyendo cuando sonó el teléfono, pero ahora le fue imposible concentrarse y ya ni siquiera lograba escuchar tranquilo el casete de Armando Manzanero que tan bien había estado acompañando a Balzac... Había algo entre optimista y feliz, en el ambiente, algo realmente prometedor, y Manongo se asomó al balcón de su departamento que daba al bulevar Montparnasse... Pero no. No era eso. Ahí no estaba el asunto, la sensación esa, la cada vez más intensa felicidad ambiental que, más bien, parecía estar en Lima...

¿Lo estaba sorprendiendo una ensoñación sin haberla preparado él? ¿Lejos de toda Violeta, de un farolito con luz de candil, de aquella temperatura de invernadero suave? ¿Sin ventilador perezoso ni mozo perfecto? ¿Sin oporto, y sólo con la calefacción central de su departamento? Imposible. Ni que me estuviera volviendo loco. E imposible también que fuera por lo de Belaúnde Terry y la democracia. Ni siquiera se debía a que Teddy Boy ya podía comprarse todos los chocolates del mundo y su madre todo el tequila El Cuervo de México, con la restablecida libertad de importaciones. Ni mucho menos al desmantelamiento de la insignificante red de contrabando creada por él para surtirlos a ellos y a tantos amigos más...

Manongo retomó la novela de Balzac, rebobinó a Manzanero, apretó *play*, de nuevo, hizo un gran esfuerzo de concentración, y el asunto se le aclaró, por fin, cuarenta páginas más adelante. *No, créame usted, un primer amor no puede ser substituido*, lo iluminó Honoré de Balzac, y *Contigo aprendí*, lo complementó Armando Manzanero. ¡Qué tequila El Cuervo ni qué democracia ni Belaúnde reelecto ni qué ocho cuartos...!

Marcó el número de su madre y prefirió hablarle desde Las Bermudas, mamá, sí, te oigo, te oigo perfecto, mamá... ¡Cómo!... ¡Qué!... ¡Qué más!... ¡Cómo!... Y era, en efecto, como si la ensoñación hubiese cobrado vida, como si se hubiera vestido de fiesta, y como si estuviese vivita y coleando, en Lima.

15 de noviembre de 1981. El vuelo procedente de París acababa de aterrizar y Manongo había sido el primero en bajar. Distribuyó fajitos de billetes de cien dólares y fue el primero en pasar el control de policía con un pasaporte suizo. Por la aduana pasó casi entre aplausos y con tres cargadores de excesos de equipaje oleados y sacramentados. Allá afuera estaba el Cholo José Antonio, que no había cambiado de automóvil desde 1978, que ahora tenía una fábrica de juguetes, tenía otra de clavos y alambres, y tenía que la cosa se está poniendo difícil, Manongo, créeme...

Pero, bueno, el Cholo no había venido a quejarse, y sus hijos estaban de lo más bien y tu ahijado, Manongo, habla francés e inglés, o sea que...

—Compadre, ¿por qué diablos tengo yo que hablar con mi pobre ahijado en otro idioma? A ver, explícame.

José Antonio se rió, y el resto del camino hasta el hotel fue pura conversa sobre el inefable Teddy Boy. La novia era charapa, de un sitio llamado Aucayacu, por Iquitos o Tingo María, ni sé, Manongo, y empleadita doméstica, nada menos. Se llamaba Margarita, y de la selva llegó sabe Dios cómo a trabajar en casa de unos vecinos del profe. Es bien bonita y medio blanquita, compadre, a fuerza de ser paliducha. Y con anteojos, porque es medio virolita, la pobre, y no sé qué más, con anteojos parece que hasta estudiara en una universidad o algo por el estilo... ¿Me entiendes?

—No. La verdad es que no, compadre.

—Bueno, que no queda nada mal si la sientas en tu casa y toma té contigo o con tus hijos, y eso...

—¿Y quién se fijó en el otro primero, Cholo?

—El profe se fijó en que la maltrataban en la casa en que trabajaba...

—O sea que todo un *love story*, compadre.

—Pues sí, Manongo. Eso es lo más increíble. Se quieren, y se quieren un montón.

—Me alegro mucho, Cholo.

—Y te hubieras recontracagado de risa si hubieras estado en Lima estas semanas. El profe no ha parado de llamar día y noche a todos los amigos para preguntar cómo se hace la primera noche...

—¿Lo habrán adelgazado un poco, por lo menos? —dijo Manongo, riéndose.

–¡Qué va! Está más gordo que nunca. La verdad es que te pasaste mandándole chocolates, tú también.

Estaban en la puerta del hotel César y Manongo le propuso a su compadre que lo acompañara un rato y le siguiera contando con pelos y señales el romance de Margarita y Teddy Boy. La boda era en la iglesia de Chaclacayo y, tras un brevísimo viaje a Nueva York, para que Margarita oyera la mejor ópera y viera el mejor teatro y los mejores museos del mundo, la pareja regresaba y...

–Compadre, ¿pero no lo matará esa pobre chica a Teddy Boy, por llevarla a ver tanto arte en un viaje de luna de miel? Debe ser medio analfabeta o analfabeta y media, la tal Margarita...

–No, viejo, lee y es despierta. Pero todavía te falta oír lo mejor. A Teddy Boy le ha dado por decir que estamos recayendo en la ignorancia total en que andábamos cuando nos conoció, y que nos ofrece volver a desasnarnos gratén, en su misma casa. Un grupito, y con nuestras esposas, dice. Pero, aquí entre nos, yo creo que todo no es más que una excusa para que Margarita escuche y aprenda, sin darse cuenta y sin ofenderla... Tan buena gente y tan loco como siempre, el profe...

–*All you need is love* –entonó Manongo.

–Ésa es de los Beatles, ¿no, compadre?

–*Love is all you need* –asintió Manongo.

Por todo aquello, y mucho más, sin duda alguna, a casa de su madre no llegó acostumbrado, sino en un estado anterior a las lecciones sobre el animal de costumbres que Manongo había aprendido con lo de Villa San Pablo, rematada, y con lo de Finca Cisneros, Villa Tyrone, y Finca José Antonio, temporalmente cerradas... Pero por todo aquello, y mucho más, sin duda alguna, Pretend, Unforgettable y Happy April, las tres villas de sus sueños, veintitantos años atrás, estaban ya en obras y viento en popa porque Tere, en su anterior visita a Lima, se había separado de su marido –aunque todavía no pregunta por ti, Manongo– pero los Platters cantaban tan lindo aquello de *You Never Know*...

Y por todo, todo aquello y mucho más, sin duda alguna, a casa de su madre llegó *loco de contento, con su cargamento para la ciudad. Piensa conquistar la capital*... como en la canción de toda la vida, aunque la verdad es que en el caso de Manongo se trataba más de un exceso de equipaje que de un cargamento, pues había hablado ya un millón de veces por teléfono con doña Cristina, desde las Bermudas parisinas, y ahora sí que había noticias directísimas de Tere para él, veinticinco años después de la aguamarina y el alfiler.

–El que volvió por su amor –lo recibió su madre, empinándose, saltando casi para besarlo por encima del mostrador, ahí en su bar mexicano, reconociéndolo, adorándolo, y cruzando los dedos porque este hijito mío, cuando empieza, es como la española cuando besa, o sea de verdad… O sea que cuídamelo, Jesús mío, por favor.

Doña Cristina iba por el quinto Jesús mío, pero no fue eso lo que la lanzó a recibir así a su hijo, por encima del mostrador de su bar y todo. Era que ella lo había parido y era que, por consiguiente, ella realmente lo conocía tan bien como si lo hubiera parido, además, Jesús mío, y hasta verte. Volvía el Flaco, el de los anteojos negros, el frágil de amor, el impacientísimo, el desesperado de la felicidad, el que le arrebató don Lorenzo, volvía el enamorado de Tere Mancini, el Manongo sin murallas, el que yo traje a este mundo, Jesús mío, y sólo Tú y yo sabemos hasta qué punto se ha derrumbado la fortaleza y ahora sólo queda el jardín.

–*Se quema el castillo, se va la paloma* –entonó Manongo–. ¡Un trago, mamá!

–Brindemos por eso, mi amor.

–¿Tere?

–Divorciadísima y preguntándome por ti más que tú por ella, hijito. Y esta mañana me encargó decirte que sólo se alimenta de butifarras. Mira, toma, me ha dado esta cartita para ti, también.

–*All you need is love…* –tarareó, suavemente, Manongo.

–*Love is all you need* –le entregó la cartita doña Cristina, con la perfecta melodía de los Beatles, con la entonación, con gran conocimiento, y agregando–: Para que veas que esta vieja nunca se queda atrás. ¿Pero no te animas a un tequilita, como Dios manda?

–Me quedo con el oporto, mamá, porque mis amigos son *lo* y *los* que ayer fueron, sólo que un poquito acostumbrados, pero ya me voy acostumbrando…

–No te entiendo ni pío, mi amor.

–Brinda conmigo y me entenderás, mamá.

Manongo abrió el sobre y casi casi le bastó con la caligrafía respingada y sumamente risueña de Tere para entender íntegra la carta y decir a todo que sí. Pero bueno, otra veloz mirada, con el método de lectura rápida del presidente Kennedy, y en efecto estaba de acuerdo con toditito.

–¡Salud, mamá! –exclamó, porque Tere le proponía un encuentro entre un millón de personas, para ver si la reconocía. Porque si a los cinco minutos de haber llegado a la siguiente dirección, en la fiesta de un primo mío, en Magdalena Vieja, no me has reconocido, no habrá butifarra que valga, y entonces sí que *pasarán más de mil años, muchos más*, Manongo. Mañana jueves, a las nueve en punto. *De la noche*, por favor, porque tú siempre fuiste bien bruto… Y cualquier error será fatal. Firmaba Tere, y agregaba, en calidad de PS: "Además y todavía."

–¡Salud, mamá!

–¡Hasta verte, Jesús mío!

Doña Cristina secó su tequila, les dio su bendición eterna a Tere y Manongo, y a Dios le aconsejó que, mejor, los mantuviera en su gloria, porque aquí entre nos, Señor…

Hubo un importante desembarco de oporto, Dom Perignon, whisky, vodka, gin, tequila El Cuervo y vinos tintos y blancos. Y doña Cristina exclamó: *"Heaven on earth!* y ¡Viva la democracia!"

El hombre de cuarenta y dos años que ahora se abría paso en la noche de Miraflores, luego en la de San Isidro, ahora en la de Magdalena, y que acababa de entrar a la avenida Brasil, en dirección contraria a la del paraíso de los suicidas, gracias a Dios, ignoraba por completo que iba a una fiesta que había tenido lugar, exacta pero sin él, el día anterior. Ignoraba por completo que la mujer de cuarenta y dos años que lo esperaba sentada de espaldas, en una silla, en el fondo del jardín, rodeada de gente, apenas con un farolito –*que alumbras mis noches de pena y hastío*, en la voz de Agustín Lara–, un farolito timidón, porque Manongo tiene que reconocerme ipso facto o si no me largo, me largo y nunca más me verá en su vida, el muy cretino, esa mujer de cuarenta y dos años lo había ensayado todo la noche anterior, con puerta de escape, automóvil en primerísima fila, afuera, valium 10, tres amigas para acompañarla en caso de fuga, una fiesta entera para beber y bailar y llorar por dentro, en caso de que Manongo se arrepienta y no venga, fondo de jardín, silla de espaldas, gente para rodearla, Agustín Lara, farolito con luz de candil y puerta de escape porque me muero si no me reconoce...

Manongo no llegaba porque todavía no era hora de que llegara y porque, sin su inmensa fortuna, la verdad, más bien habría llegado a una comisaría. Él, que se jactaba de saberlo todo sobre el Perú, sobre Lima y sobre todo, mejor que todos sus amigos juntos, de golpe descubrió que del tráfico de Lima sabía realmente muy poco. Algo raro había notado ya, a medida que avanzaba por la avenida Brasil de siempre, algún grito había escuchado, ¡animal!, ¡...tu madre!, ¡...'e puta!, pero como iba loco de contento, dispuestísimo a conquistar la capital y el mundo entero, y con el coraje de los que regresan, encima de todo, lo único que se le ocurrió pensar es que en esta ciudad de informales ya nadie respeta su derecha y los automóviles se driblean como en partido de fútbol y qué diablos pasa esta noche que todo el mundo vuelve y sólo yo voy y, ¡carajo!, por poco no se me viene encima otra bestia más...

Dos pilotos suicidas le cerraron el paso, por fin... Manongo los iluminó bien y eran dos patrulleros... Miró su reloj... Tenía diez minutos...

—Usted está loco.

—Me quedan nueve minutos, jefe.

—¿Y piensa usted seguir con Dios de copiloto, así nomás?

—Yo sólo pienso que aquí nadie respeta su derecha, jefe.

—Mira, Pacheco, aquí al señor le gustan las bromas.

—Tengo cita con un ángel, voy camino del cielo, y me quedan ocho minutos y medio, jefe.

—En cinco lo tengo yo a usted en la comisaría, oiga.

—Arreglémoslo en un segundo, jefe —le dijo Manongo, sacando de un bolsillo del saco uno de sus fajitos, y agregando—: Hay diez de a cien.

—Queda usted detenido, oiga... ¡Qué se ha creído!

—¿Cómo? —preguntó Manongo, mirando su reloj, sacando grandaza la cara con los anteojazos negros, por la ventana, y agregando furioso—: ¿Y la corrupción, jefe?

Expertísimo en la materia, Manongo subrayó, matizó y devaluó su pregunta, todo al mismo tiempo, con cuatro fajitos más de a cien, y los cuatro jefes de los dos patrulleros opinaron que bueno, que hablando se entiende la gente, pero que por lo menos les contara por qué diablos se había metido contra el tráfico, el caballero.

—La avenida Brasil siempre fue de doble sentido y yo acabo de regresar veinticinco años después y me faltan siete minutos.

O sea que los cuatro jefes pensaron que en tan poco tiempo era imposible explicarle al caballero los cambios de sentido de la avenida Brasil en los últimos tiempos y que, por unos fajitos más, eso así, en un minutito lo sacaban del atasco en que se encontraba y en cuatro más lo escoltaban hasta la dirección esa, en Magdalena Vieja, porque sepa usted que la calle que busca queda por donde el diablo perdió el poncho, caballero.

Y, en efecto, la dirección que le había dado Tere no era nada fácil de encontrar o era que, convencido como andaba siempre de que lo sabía todo del Perú y de Lima, Manongo no había tomado la precaución de comprobar en un plano cuánto había crecido también por esa zona la ciudad que pensaba conquistar, además del mundo. Y sus escoltas estaban tirando ya para Pueblo Libre. "La verdad, a partir de aquí ya hay que internarse", se dijo, pensando en la suerte que había tenido de toparse con los cuatro jefes.

No logró reconocer a nadie, ni siquiera ver a alguien. Eran las nueve en punto cuando le abrieron la puerta y él dijo "Tere" y le abrieron la puerta mucho más, adelante, por favor. Pasó por una sala, sí, pero la melodía estaba en el jardín, oculta entre rostros sonrientes de hombres con vasos en la mano y mujeres sonrientes que lo vieron volver por su amor.

La Violeta, sintió ferozmente Manongo, porque los farolitos timidones habían sido siempre fundamentales en esos bares de ensueño personal. Y porque bajo una luz también tímida él y ella se habían dado el beso más debut, más imperfecto, irrepetible e inimitable, veintiocho años atrás, veintiocho años, diez meses, tres días y una hora, atrás. Entonces Manongo supo que sí, que lo que había puesto sobre los hombros desnudos de Tere eran sus manos. Ella alzó los brazos y le recibió las manos y alzó también la cabeza todo lo que pudo, estirando el cuello hacia atrás en su silla de espaldas, y lo vio allá arriba, sonriéndole, cielo, rodeado de noche, y le dijo: "Ven. Acércate por adelante", pero fue ella la que se incorporó para ir y enseñarle la aguamarina que llevaba hace mil años convertida en tu sortija, Manongo.

Se sometieron entonces a la prueba de la butifarra y empataron al recordar exactamente al mismo tiempo cuándo comieron la primera y cuándo comieron la última butifarra, la tristísima. Se sometieron a la prueba de la cantidad de veces que habían bailado juntos y empataron nuevamente. Se sometieron a la prueba de recordar a Adán Quispe y empataron en eso de ponerse tristísimos los dos. Se sometieron a la prueba de recordar exacta la cantidad de pasos que había entre el Country Club y la casa de Tere y sí, sí, claro que sí, ¡empatamos, Manongo!, ¡cero cero, Tere! Se sometieron a la prueba de comprobar en qué orden le había presentado Manongo sus amigos a Tere y Tyrone había sido el primero, claro, Pájaro el segundo, por supuesto, el Cholo José Antonio el primero del colegio San Pablo, sí, un sábado a las tres de la tarde en el cine Orrantia y cinco minutos después llegó el Gordito Cisneros y justo antes de que entráramos a platea apareció Judas Tarrillo, ¿te acuerdas?, Manongo, ¿que si me acuerdo?, por supuesto que me acuerdo, Tere, y llegó en un Chevrolet verde que le había prestado su papá, el gordo Judas al que ahora llaman Perejil, los del colegio. O sea que empataron, de nuevo. Se sometieron a la prueba de cantar *Pretend* de paporreta y empataron en alzar los brazos exactamente al mismo tiempo para bailar nuestra canción sin música y ni falta que nos hace, y entonces sí que Tere escondió su sonrisa con esos dientes exactos y sus lágrimas con esos ojos de mi Tere y la melodía y las palabras empatadas de *Pretend* entre los brazos de Manongo, mientras él le protegía el pelito corto con una mano, le acariciaba los brazos y las pecas con toda el alma y volvía a vivir y gozar aquella nariz respingada cada vez más achatadita contra su pecho. Y mientras Tere, que había seguido creciendo antes que él, siempre más que él, sintió y comprendió y vivió el horror de notar, de descubrir, de comprender que Manongo estaba acariciando el ayer, protegiendo el pasado con sus manos tan flacas y además cómo le tiemblan.

—Caracho —dijo Tere, cuando terminaron de bailar y empatar *Pretend*, pegando la disimulada del siglo, demostrando de golpe una sorprendente capacidad de asimilación, pero también porque era cien por ciento verdad lo que le iba a decir—: Caracho, recién me doy cuenta de que he extrañado hasta tus pisotones, Manongo.

–El farolito funcionó perfecto, esta vez –le sonrió Manongo–. En cambio en La Violeta nunca te iluminaba.

–¿De qué me hablas, Manongo?

–De mi vida.

–Tu vida debe haber sido linda.

–Digamos que ha valido la pena.

La fiesta los observaba y ahora tocaban ritmos alegres y los hombres volvían a tener vasos en la mano y las mujeres se animaban cada vez más y se conversaba y se bailaba. Tere llamó a las tres amigas especialmente entrenadas para cubrirle la retaguardia y acompañarla en caso de fuga.

–Gracias. Un millón de gracias –les dijo, presentándoles a Manongo y diciéndoles que no, que no se fueran todavía, que se quedaran con ella un minutito más. Después le dijo a Manongo que en la cocina encontraría una sorpresa muy especial que ella le había preparado y que, por favor, fuera, la adivinara y la trajera.

Manongo no lo dudó. Corrió. Pensaba que lo que había en la cocina era un fuentón de butifarras, pero sólo encontró botellas vacías, copas ya usadas, vasos descartables y un contagioso desasosiego. No, no podía ser, tenía que haber un fuentón de butifarras en esa cocina, en esa fiesta. Pero de golpe se encontró brutalmente solo y se sintió como estafado por esas paredes de losetas blancas, frías, desnudas, lapidarias, por esos muebles de cocina blancos, insistentemente blancos bajo una luz de neón. Un moscardón se desesperaba por algún lado, un zumbido invisible que buscaba una salida.

Manongo sintió algo muy raro, un extraño desconsuelo, una brutal y repentina soledad, el despertar de un sueño malamente premonitorio, algo que sólo pasaba en las películas de terror y que lo hizo salir disparado rumbo al jardín, en busca de Tere.

–¡Treinta segundos! –les dijo Tere a sus amigas, muerta de risa, tronchándose realmente, y al mismo tiempo abrazándose con todas sus fuerzas a Manongo.

Y como éste no se explicaba qué diablos estaba ocurriendo, sintió unos celos espantosos y odió a las tres amigas de Tere, que se están burlando de mí, que seguro que son tus cómplices en algo que no me gusta nada y que...

–¡Como nadie es así! –exclamó Tere, mientras sus amigas salían disparadas y, con todo el cariño del mundo, agregó–: Fue una apuesta y la gané, Manongo. Les dije que te mandaría a la cocina, con algún truco, pero que si pronunciaba tu nombre, si te llamaba, aunque no me oyeras estarías a mi lado máximo en treinta segundos.

Después le quitó los anteojos negros y le preguntó:

–¿Soy yo, Manongo? ¿Sin anteojos negros también soy yo?

–Tere... Tere, tú no sabes cuánto me alegra que hayas ganado esa apuesta.

–Tuve tanto miedo. Me sentí tan insegura... Y, además, confiesa, Manongo: tienes que haberme odiado alguna vez por lo que te hice.

–La versión oficial es que creciste antes que yo y tuve que esperar.

–Tengo unas hijas lindas... No te puedo ocultar que valió la pena y que ya están grandecitas y que sigo... que sigo creciendo... ¿Me entiendes, Manongo...? ¿Eres capaz de entender lo que te quiero decir...?

Pero no se habían besado todavía. Y con veinticinco años de no verse, con veinticinco años de atraso, de menos, de espera, de ganas, con veinticinco años más de amor, Manongo tuvo la absoluta seguridad de que sólo faltaba un farolito timidón para que sus dientes se estrellaran cojonudamente mal, con empellón inimitable, pon, poc, con sonido, hasta con aquel eco irrepetible. Y ahí estaba, en ese rincón, el farolito...

A Tere le dolió la mano, del tremendo apretón que le pegó Manongo, casi le incrusta la sortija, la aguamarina, todo. "Dios mío", sintió a fondo, sonriente, traviesa, espontánea, espantada, "Dios mío, cuánto he extrañado lo bruto que eras, mi amor. Y ya sé a dónde me estás llevando y para qué. Pero no hemos debido someternos a esta prueba. Jamás, Manongo, aunque haré todo lo humanamente posible, te lo juro. Pero también te juro que si nos sale bien te pego un tiro, porque entonces tú sí que serías como inmortalmente joven y yo toda una madre de familia, una vieja de miércoles, oye, suéltame, no, no me sueltes..."

Empataron.

Y la fiesta los observó partir, a las diez en punto de la noche. La versión general fue que ni ellos mismos se lo podían creer, o sea la versión que se da generalmente en casos que nunca se dan. Tere llevaba los anteojos negros de Manongo en una mano y la otra se la había entregado para que jamás se cansara de besar la aguamarina del que volvió por su amor...

—Oye, Manongo, no seas conchudito, ¿ya? Acepta que también yo he puesto mi parte.

—Tu parte también la he puesto yo, Tere.

—¿Así? Conque ésas tenemos... Bueno. De acuerdo. Te jorobaste, entonces, porque yo todo esto lo estoy haciendo por entretenerme un rato y nada más.

Ya casi se matan al llegar al auto de Tere, porque resulta que él tenía el suyo estacionado cincuenta metros más allá y la quería llevar en su auto, aunque fuera alquilado, pero resulta también que ella no quería dejar su auto tirado ahí toda la noche, porque me lo roban segurito. Aunque claro que no, por supuesto que no, no podían separarse y partir en dos carros diferentes. Se rieron porque les encantó estar de acuerdo en algo, siquiera, y se rieron de ellos mismos y Tere se escondió en el pecho de Manongo para escarbarle ahí con la nariz, riquísimo. Entonces Manongo pensó que Juan Pasquel también había sentido riquísimo esa nariz en el pecho y recordó que no había incendiado la casa de Tere e íntegro el baile de promoción al que fueron juntos. Pensó enseguida en su inmensa fortuna, pero en el peor sentido, y la decisión la tomó al imaginárselos bailando bien pegaditos y literalmente cagándose en la aguamarina que Tere llevaba puesta, o sea en él.

Y a Tere le pidió que subiera a su auto, que asegurara bien su puerta, y que lo esperara un ratito. Volvía al toque y se irían juntos en el carro de ella. Él sólo iba a estacionar su carro un poco más cerca a la casa de la fiesta, para que estuviera más seguro. Pero Tere lo vio pasar como un bólido, instantes después, doblar a la derecha, y desaparecer un rato.

Después oyó una explosión y empezó a llorar, mientras imaginaba a la gente bailando ahí adentro, en esa casa. Era gente alegre, gente normal, buena gente que le había permitido aprovechar esa fiesta para cometer semejante locura. Nunca creyó que Manongo... Pero Manongo, ¿qué?, ¿qué había hecho Manongo...? "Nunca debí..." ¿Pero no sabía ella, acaso, todo lo que había hecho Manongo y todo lo que iba a hacer, todavía...? "Maldita la hora en que dudé de Manongo y..."

–Eres in–du–da–ble –le dijo Tere a Manongo, mientras le abría la puerta de su auto y encendía el motor.

No bien lo vio aparecer por la esquina, caminando con su paso inconfundible de brigadier distraído, avanzando en dirección a su auto, feliz con su hazaña, lento, sonriente, haciéndose querer, dejándose admirar, pidiendo más y más, fragilísimo e indudable, Tere se quitó las lentillas, se secó las lágrimas y, para que él no se enterara de nada, como siempre, se puso sus viejos y horrorosos anteojos negros, le abrió la puerta del auto, le sonrió en el Country Club, si eso existe pero yo lo intento, le dijo que era in–du–da–ble, le tomó ambas manos y agregó que ahora sí venía la verdadera sorpresa:

–Nos vamos a casa de tu mamá, Manongo. Nos está esperando con...

–Con veinte tequilas adentro, sí, ya lo sé.

–Con *todo* lo que le dé la gana adentro y champán del que tú has traído y un fuentón de butifarras. Y se lo merece, Manongo, o sea que come y calla, por lo menos esta noche.

–Eres in–du–da–ble, Tere...

–Copión...

Casi se estrellan por contemplarse tanto, en la avenida Brasil, después en la Pershing y en la del Golf, y porque Tere, sin sus lentillas y con los anteojazos negros de Manongo, inmundos además de todo, prácticamente no veía nada.

–Caracho –le dijo–. Ni en lo de la vista creces tú. Yo hace diez años que uso lentillas y tú sigues con estos vidrios de botella sin graduar. Toma esta porquería y espera que pare un ratito y me ponga mis lentillas. Sólo faltaría que nos matáramos, justo esta noche.

Tere estaba pensando que matarse era lo mejor que les podía pasar esta noche y siempre, en realidad, a ver si con la muerte crece por fin esta bestia, pero ya estaban en casa de doña Cristina, en la casa de las butifarras, el champán, el tequila, y además había un elegantísimo y vetusto mayordomo esperándolos en la puerta.

–Es Honorato –le dijo Tere–. ¿Te acuerdas? Uno que adoraba a tu papá.

—Pero ése ya tiene que estar jubilado o muerto —le respondió Manongo.

Pero era Honorato, aunque jubiladísimo, en efecto. Doña Cristina había pensado que llamarlo para que atendiera al hijo de don Lorenzo, esa noche, era hacer dichoso a ese buen hombre.

Y dichoso estaba y atento a todo, desde que les abrió la puerta con guantes blancos y dientes amarillos y una memoria chocha e histórica que, por momentos, confundía el presente de Manongo con el pasado de Tere, creando cualquier cantidad de situaciones supertensas. Tere se mataba de risa y Manongo quería matar a Honorato desde el momento en que lo recibió con tremendo disparate, primero, y tremenda insolencia e indirecta, después.

—Doña Cristinita —anunció el vetusto—, ya llegó El Señor que Regresó.

—Pero, oiga usted, Honorato, yo soy Manongo, el hijo de don Lorenzo, su patrón, y El Señor que Regresó era un japonés llamado Hokitika o Matsumoto, algo así y hace un millón de años...

—Ése era El Señor que Regresó, don Manongo, pero usted es El Señor que Regresó, por fin...

—Claro, pues —intervino Tere, y Manongo quiso matarla a ella también, pero ya su madre había pedido que destaparan el champán.

—Lo que sí, hijitos —les dijo—, ustedes me perdonarán. Pero yo soy de palo fijo y sigo con mi Cuervecito.

—¡Tequila para brindar por mí, mamá! ¡La verdad es que creo que esta noche me merezco algo más...!

—Que Dios te mantenga en su gloria, hijito, que con eso ya tienes bastante. Y ahora brindemos por Tere, Manongo, y ahora brindemos por Manongo, Tere.

—Salud —dijo Tere, y a Manongo ya no le quedó más remedio que soltar la carcajada cuando su madre brindó con Jesús.

—Y ahora brindemos por tus hermanas Lidia y Christie y por sus esposos, que dicho sea de paso no quieren regresar de Chile porque no confían ni una pizca en Belaúnde, con lo buen mozo y demócrata que ha regresado esta vez, ya bien canoso y todo, como debe ser.

Manongo y Tere se sometieron a mil pruebas más, delante de doña Cristina, y las empataron todas. Brindaron y comieron butifarras hasta bien entrada la noche y hasta que Manongo empezó a mirar su reloj porque tenía que hacer algunas de esas extrañas llamadas a gente que le contestaba siempre en un inglés pésimamente mal hablado. Pensaba disculparse un momento y encerrarse en el escritorio de su padre, cuando apareció Honorato y dijo que ya todo estaba listo, doña Cristinita.

—Parece que ya es hora de que te acuestes, mamá.

—¿Yo...? Ni de a vainas, Manongo. Los que se me van a acostar, y ahoritita mismo, son ustedes dos, par de candelejones. Y a ver si hacen el amor de una vez por todas, y tú, Tere, me lo haces pasar la barrera de los quince años a mi Manonguín...

—¡Mamá...!

—¡A la cama, Manongo! Soy una mujer de muchísimo mundo y tequila, y sé perfectamente bien lo que digo. O sea que a obedecer.

—Señora Cristinita —la interrumpió Tere, aferrándose a Manongo.

—A ver... Vamos a ver... ¿De qué tienes miedo tú, Tere? ¿De tener cuarenta y dos años?

—Sí —dijo Tere—. De eso, de eso y de eso... Y de que la bestia de su hijo ni siquiera usa lentillas...

Pero no le salió lo de ser tan espontánea a la pobrecita, ni tampoco le salió sonrisa alguna cuando doña Cristina la ayudó pésimo, diciéndole que ella tenía cien años y que qué.

—Salud, Tere —le dijo Manongo, agregando—: Mira, yo pensaba hacer unas llamadas muy urgentes, ahora. Pero llamaré dentro de cien años.

—¿En cuál dormitorio, Cristinita? —preguntó Tere, con toda la espontaneidad que le quedaba en esta vida.

—En el mío, hijitos —los contempló doña Cristina, sonriente, bien emocionada, para qué. Y les explicó—: Es el más bonito, el más cuidado, y el que tiene la camota más grande y vacía.

—Vamos, Manongo —se apresuró a decir Tere—. Vamos, ven.

—Ojalá que empaten, Jesús mío —dijo doña Cristinita, elevando su copita en dirección al cielo, mientras Tere y Manongo se alejaban, indicándole luego a Honorato que ya podía retirarse y felicitándolo porque, además de haberlos atendido como a don Lorenzo le habría gustado, había contribuido a darle un toque de época a todo lo que acababa de ver.

Honorato no le entendió ni pío, porque para él no podía haber época antigua alguna sin don Lorenzo. Pero se hizo humo en un santiamén, porque el caballero don Lorenzo Sterne, maniático solía ser pero malo jamás y majadero tampoco, siempre decía que un mayordomo debe saber retirarse incluso antes de que se lo ordenen.

Ya sola, doña Cristina continuaba el eterno diálogo con sus mejores deseos, contando en todo momento con el apoyo incondicional del Misericordioso.

—Tú haz que empaten, Jesús mío, y que Manongo crezca hasta tener unos cincuenta años, hasta verte... Aunque Tere también podría achicarse, la verdad, porque qué culpa tiene mi hijito, y al fin y al cabo está tan encantador como cuando era encantador... O sea que Tú haz que Tere se achique, más bien, Jesús mío... Aunque es tan linda, la pobrecita, también... Bueno, Jesús mío, ya vienen estos pesados de mayordomos a llevarme a la cama...

—¿Sabían que hoy me toca dormir en el dormitorio de mi hija Lidia? —les preguntó doña Cristina, bañada en ternura, y en total inocencia.

—¿Cómo dice, señora?

—El santuario está ocupado, aunque no se lo crean. Sumamente ocupado, espero. Y yo voy a servirme un último tequilita, con su permiso concedido...

... ¿O sea que qué hacemos, por fin, Jesús mío...? Mira, Misericordioso, en vista de que los dos son encantadores, yo te sugiero que me los juntes en un punto intermedio... Que Tere empiece a achicarse, Manongo a crecer, y que se encuentren en la mitad del camino, por ejemplo... Ah, pero en la mitad de camino ni Tere era de Manongo, y más bien me lo tenía totalmente ninguneado, ni Manongo era mi Manongo... Pero qué pesados estos mayordomos, Dios santo y bendito... Ya voy... Ya, sí... Voy voy... Bueno, yo me acuesto, bien obediente, Misericordioso, y Tú me tienes la solución para mañana, en el desayuno, porque si no qué va a pensar la gente... Terminarán diciendo que esto no lo arregla ni Dios... O sea que hasta verte, Jesús mío...

—¿Te acuerdas, Tere? —le preguntó Manongo—, ¿te acuerdas cuando el trío Los Panchos se ponía alegre y, en vez de cantarte boleros, como siempre, te cantaba:

> *Me voy pal pueblo,*
> *hoy es mi día,*
> *voy a alegrar toda el alma mía.*
> *Ta ra ra ra ti ra ra ta ra ran...*

—Clarito, Manongo, me acuerdo clarito. Pero gracias, de todos modos, por recordármelo de esa manera.

—Ha salido el sol, Teresita...

—Idiota. Como empieces a llamarme Teresita, te mato.

—Gracias, Tere.

—Está llegando el verano, Manongo.

—Y nos vamos pal Pueblo, Tere.

—Yo no me puedo perder cómo se casan esos dos.

—Han llegado todos. Ha venido hasta Tyrone, que vive encerrado en su casa de Mallorca.

—¡Púchica diegos! Volver a ver a Tyrone... *Unforgettable*, Manongo. Tú, él, el Country Club, todo.

Tere detuvo su carro para besarlo por lo del Country Club, al día siguiente del reencuentro. Y le dijo que lo adoraba y que la perdonara y que también ella lo perdonaba, pero qué culpa tuve yo, Manongo, ¿se puede saber...?

—Era nuestro primer día en el Country Club, o sea que no debiste mirar para ningún lado.

—Pero yo quería ver el Country tanto como tú, Manongo.

—Una cosa es ver el Country y otra...

—Pero eran sólo unos autógrafos para mis hijas, Manongo. Sabes perfectamente cómo son los adolescentes. Se mueren por esas cosas...

—De acuerdo, Tere. Y asunto concluido.

—Pero los periódicos siguen hablando pestes de ti...

—Y yo sigo hablando pestes de los periódicos, o sea que en paz.

—Pero tu reputación, Manongo...

—Yo no tengo reputación, mi amor...

Lo del Country Club pudo haber quedado como una anécdota

más acerca de lo bruto, de lo insoportable, de lo bestia que podía llegar a ser Manongo cuando se ponía celoso, pero la mala suerte hizo que el objeto de su ira santa fuera la Selección Peruana de Fútbol, un producto patriótico-nacional, intocable antes de un campeonato mundial o latinoamericano, mas nunca después, desgraciadamente, salvo alguna honrosísima excepción como la de las Olimpiadas de Berlín, en 1936, o como aquel golazo del triunfo que Navarrete le metió a Brasil, campeón mundial y todo, en el Sudamericano de 1953, y cuyo correlato objetivo e histórico fue el zapato de la victoria que quedó expuesto para siempre jamás en una urna de cristal, en el Estadio Nacional de Lima, sin duda la más patriótica de las obras públicas del general Manuel Apolinario Odría y su demagogia del cemento dictatorial.

Con todo eso tuvo que enfrentarse la tan inmensa como desconocida fortuna de Manongo Sterne, en el peor momento, puesto que la Selección Peruana se hallaba concentrada en el Country Club y en plena preparación para el Mundial de 1982, o sea en los meses de intocabilidad nacional. Otro gallo habría cantado, sin duda alguna, si el bochinche que armó Manongo se hubiese producido después de aquel campeonato. No fue así, desgraciadamente, y se desencadenaron odios, envidias, chismes, calumnias, verdades, medias verdades y mucha mala fe. La culpa de todo, por supuesto, la tuvo el enamorado de Tere Mancini. Luego, estuvo tan desafortunado con la prensa, lanzó declaraciones tan provocadoras contra la Selección Nacional, soltó frases tan groseras y despectivas, que no faltó quien pensara que todo aquello lo hacía, en realidad, por razones del corazón.

—¡Es una bestia! —exclamó Luchito Peschiera, recién desembarcado para asistir al matrimonio de Teddy Boy, agitando la página del periódico en la que Manongo declaraba que el problema en que se había metido era culantrillo de pozo, para él, y que en el Perú no había futbolista capaz de frenar a un "adversario" de diez mil dólares en efectivo.

—Es increíble que un tipo que mueve hilos y resortes por medio mundo, según dicen, caiga en esto —asintió Benavides Málaga.

—Me cuesta creer que pueda ser tan bruto —agregó el Muelón León.

—Ahí hay gato encerrado —opinó Pipipo Houghton.

–Con lo feliz que estaba el pobre con su Tere…

–Por ahí creo yo que van los tiros –empezó a explicar el Cholo José Antonio, con el asentimiento de Tyrone Power y el Gordito Cisneros–. A todos nos consta que Manongo siempre ha hecho las cosas distinto…

–Y que siempre fue un tremendo locumbeta –lo interrumpió, como quien completa una información, Ismael Gotuzzo.

–Deja hablar a José Antonio, Ismael…

–Yo creo que lo que quiere este loco de Manongo, en realidad, es que Tere descubra de una vez por todas en qué han consistido sus andanzas por el extranjero. Y que se entere de quién es Manongo Sterne, ahora, para que lo acepte tal cual es. Con lo bueno y lo malo. Lo limpio y lo sucio…

–Y lo inmundo, José Antonio –lo volvió a interrumpir Ismael Gotuzzo–. Porque cada día sale en la televisión y en los periódicos una cosa más sucia que la del día anterior. ¿Y ya qué queda de nuestro querido flaco Manongo, después de tanta investigación? Francamente no lo entiendo, señores. ¿Qué interés puede tener el flaco del diablo en que la gente se entere de toda esa basura? ¿Por qué diablos le va a interesar al caldo'e viernes de Manongo que lo hundan en la miseria?

–Eso depende del cristal con que se mire, Ismael. Porque, finalmente, todo lo hizo por ella, ¿o no?

–Pero lo que se ha ganado es una reputación de mierda…

–¿Tú crees? Yo no. Por la sencilla razón de que sólo nosotros sabemos cómo ha sido todo, desde el principio, y ahora le toca a Tere descubrirlo. Y eso es lo único que le interesa a Manongo.

–Claro –dijo Tyrone Power–. En eso consiste todo. Manongo no tiene reputación o algo así…

Tere lo miró aterrada y arrancó el motor. A su lado, Manongo tarareaba nuevamente *Me voy pal pueblo* y sonreía tan tranquilo, tarareaba y sonreía como si aquella tarde del Country Club ni siquiera hubiese existido.

"Maldita tarde", se repetía Tere, una y otra vez, mientras el automóvil avanzaba en dirección al Pueblo, al matrimonio de Teddy Boy y a la gran fiesta de bodas de plata que había organizado la primera promoción del colegio San Pablo. Y, sin embargo, todo había empezado tan lindo, con ella y con Manongo sometiéndose a la prueba de recordarlo todo, hasta el último detalle de lo que había sido el Country Club. Y todo había empezado a malograrse, también es verdad, cuando Manongo comenzó a quererse comprar todo lo ya no existía del Country Club, para que volviera a existir.

Aquella tarde, Tere comenzó a vislumbrar, a captar, por momentos, las grandes incoherencias que había en Manongo. El hombre bueno, el bárbaro para querer, el hombre fiel por antonomasia, abierto, extrovertido, frágil, y sensible a todo, cohabitaba en él con otro hombre: el duro, el observador, el calculador introvertido, de rapidísimas e implacables decisiones, el hombre cuyo rostro adquiría en un instante los rasgos feroces con que regresaba de aquellas misteriosas llamadas telefónicas al extranjero. A ella, por supuesto, le correspondía el primero de esos dos hombres, o sea el Manongo de toda la vida. Pero también entonces había matices, contradicciones, bruscos cambios y profundas incoherencias. Había, por ejemplo, el Manongo que se enteraba de todo lo que les pasaba a sus amigos, el que parecía vivir al día de todo lo que pasaba en Lima, aun en el Perú, y el que, cuando no le daba la gana de aceptar que algo había cambiado, simplemente desconectaba, enceguecía, y no se enteraba absolutamente de nada, o, lo que era aún peor, hablaba de comprarlo todo y qué pesado se ponía hablando de plata y más plata ahora que nosotros hablamos de tanta plata menos...

—Manongo, a veces, parece otra persona —le había comentado Tere a la señora Cristina, cuatro o cinco días antes de aquella tarde.

—En eso salió cien por ciento a su padre —le respondió ella—. O es que trabajaron demasiados años juntos, y la maña se le pegó. Porque la gran especialidad de mi Lorenzo fue ser siempre otro hombre.

—Y usted...

—A mí me gustaba el Lorenzo tímido, trabajador y serio, el flemático y el alérgico, aunque me creas loca. De ése me enamoré, y la verdad es que me visitaba con bastante frecuencia, por decirlo de alguna manera...

—¿Y los otros?

—A ésos los sobrellevé, Tere. Pero tú creo que lo tienes bastante más fácil, porque la mayor parte de los otros Manongos son extranjeros y viven sabe Dios dónde...

–¿Usted cree, señora Cristina?

Pero aquella tarde en el Country Club sirvió también para demostrarle a Tere que, sin duda llevada por su amor de madre, doña Cristina se equivocaba… La visita de los *otros Manongos* había empezado cuando ella lo llevó hasta los ruidosos y muy poblados locales de un club que había adquirido toda la zona de las piscinas del Country, los jardines aledaños, las canchas de tenis, la parte del bar cubierto de buganvillas, la media luna de las bancas verdes, cubierta de enredaderas floridas, en que Tere y Manongo tenían su banca intocable para alejarse del mundo entero… Manongo había reaccionado de formas totalmente opuestas ante aquella triste evidencia. Primero, empezó a averiguar, de la manera más torpe y prepotente, a quién pertenecía ese club de medio pelo, porque estaba decidido a comprarlo para que todo volviera a ser igual… Después, Tere tuvo que consolarlo cuando empezó a llorar y a rogarle que lo alejara de todo aquello…

Cosas como ésa sucedieron varias veces más, aquella tarde, porque el Country ya no era el precioso hotel de veinte años atrás, y el pabellón que funcionaba como hotel probablemente había perdido dos o tres estrellas. Tere sintió terror cuando Manongo la tomó de la mano y le propuso darse una vuelta por aquellos corredores entre las habitaciones. Pero él estuvo de lo más bien, al principio, y la acarició y la besó recordando uno por uno los besos, ante esta puerta, otro en ésa, y los sustos que se pegaron cuando apareció algún huésped y los sorprendió…

–¿Te acuerdas de aquel señorón que nos chapó en pleno beso y nos miró con cara de envidia, sonriente, y nos guiñó el ojo para que siguiéramos nomás?

Pánico sintió Tere cuando Manongo decidió besarla ante cada una de las habitaciones casi abandonadas del hotel. Caracho, eran tres pisos, creía recordar, y debían ser decenas y decenas de cuartos, pero el muy loco de Manongo era capaz de besarla hasta la muerte, aquella tarde, como quien se despide desesperadamente de un Country Club que se acabó para siempre. En eso sí que Manongo no había cambiado y no iba a cambiar nunca, pero en eso, precisamente en eso, ella sí había cambiado un poquito y por nada de este mundo iba a consentirle que se la comiera viva ante la suite de su primera noche de bodas. Eso era sagrado, y por más divorciada que estuviera, Bernardo Bernales era el padre de sus tres hijas y con ella se había portado siempre bien.

O sea que le dijo *stop*, ante aquella puerta nupcial, le explicó cariñosa pero firmemente por qué, cómo y cuándo, y Manongo se debatió entre gritar "¡No me esperen en abril!" y volverse a largar para regresar otra vez con su inmensa fortuna todocompradora, y la fragilidad igualmente inmensa que le produjo la repentina revelación y el atroz y definitivo convencimiento de que su compadre José Antonio había tenido toda la razón del mundo: la hija de la gran puta de *Cielito lindo* no hablaba de una inmensa fortuna sino de la suerte.

O sea que Tere tuvo que salir corriendo detrás de él, porque se le iba, se le iba otra vez y para toda la vida y a los cuarenta y dos años, el loco este, y porque la verdad era que ella ya le había puesto un buen par de cuernos a su pobre Manongo y lo que acababa de hacer como que era y no era cuernos nuevamente y, aunque sólo fuera retrospectivamente, la verdad es que la suerte estaba siendo bien malvada con Manongo Sterne Tovar y de Teresa.

Logró contenerlo, por fin, convencerlo también de lo triste y absurdo e inútil que sería comprar o quemar un hotel, en vista de que Manongo no le veía otra solución al problema y cada vez se inclinaba más por la segunda solución y en el acto, y llenarlo de besos y caricias. Pero el hombre no reaccionaba, como que no terminaba de contemplar y de sentir el dolor de viejas heridas que jamás cicatrizaron y a Tere le dio tanta pero tanta pena que decidió contarle dos cosas de aquella primera noche de su luna de miel, pero sólo dos, Manongo, júrame que te conformarás con sólo dos. Y como el pobrecito mendigó, más que juró, Tere se las contó con toda la pícara maldad y coquetería del mundo, a favor de Manongo y contra Bernardo Bernales, por supuesto. Y con sal y pimienta y un par de mentiritas para que Manongo se le fuera calmando de una vez por todas.

—Fue lindo, Manongo. Tan lindo que fue hace diecisiete años pero como si fuera ayer. Y bien hecho, porque el idiota de mi esposo aceptó que nos mandaran a dormir aquí, en vez de exigir que nos embarcaran en otro vuelo o lo que fuera. Pero yo, feliz, Manongo, porque de golpe me acordé de ti y, juácate, pedí doce butifarras con champán y realmente te devoré y me quedé con ese

564 / ALFREDO BRYCE ECHENIQUE

saborcito riquísimo, y por la mañana ni me lavé los dientes y, juácate, otro fuentón de butifarras.

—¿Y él las comía contigo?

—Ni una. Él se tomó, recuerdo clarito, un desayuno continental. Bueno, lo otro fue más especial. La segunda cosa, quiero decir. Bernardo siempre me había llamado Teresita y de golpe, aquella vez, odié que me llamara así y le pedí que me llamara Tere, como tú.

—¿Y qué pasó?

—Que me llamó Tere pero a mí nunca me sonó a Tere y le dije que volviera a cambiar y siguiera llamándome Teresita.

—¿O sea que él no vivió con Tere sino con Teresita...?

—Bueno, ya tanto no sé, Manongo. No seas tan complicado, por favor.

—Teresita —le dijo entonces Manongo, retorcidísimo.

—Idiota. Como empieces a llamarme Teresita, te mato.

Manongo se había tranquilizado mucho, la verdad, aunque todavía intentaba volver a la carga de rato en rato, burlándose de su ex marido, contando con toda la ironía del mundo que a él le habían dicho que Bernardo Bernales era un industrioso industrial, nada menos, "Bernardo y Bernales, industrioso e industrial". Pero bueno, Tere ya había logrado sacarlo del pabellón que era hotel, alejarlo de su suite nupcial y otros recuerdos incendiarios, y llevárselo de la mano para invitarle un pisco sauer en el bar del Club.

Entonces se produjo el fatal encuentro con la Selección Peruana de Fútbol, que se hallaba concentrada en el Country Club. Para empezar, Manongo encontró imperdonable que los jugadores se estuvieran paseando en buzo por todas partes y exigió que los largaran a patadas, alegando además que esos tipos ni siquiera deberían estar en el club ese de medio pelo que ha destrozado los jardines más bellos de San Isidro. Y Tere, pensando antes que nada en sus hijas y en lo que les encantaban los autógrafos de gente conocida, empezó a pedirles a los futbolistas que le firmaran aunque sea un papelito, ¿ya?, para Inés, que tiene quince años, para Claudia, que tiene catorce, y para Carla, que tiene doce... Fue el instante fatal y hubo puñetazos, cabezazos, y la silla que Manongo le rompió en la cabeza al ídolo de la afición, todo en presencia de los fotógrafos y periodistas que seguían día y noche a los futbolistas y que desde entonces no habían parado de perseguir a Manongo y sus descaradas provocaciones, con los peores resultados...

El Pueblo, precioso hotel de cinco estrellas, estaba de moda en 1981 y era el resultado muy meritorio y logrado de años de búsqueda y esfuerzo. Con materiales auténticos recolectados en diversos lugares de la sierra, un empresario suizo había logrado construir, a escasos kilómetros de Lima, la copia perfecta de una pequeña ciudad andina, desde la plaza, la iglesia, la farmacia, la cantina y las estrechas calles de piedra con sus primitivos canales para la lluvia hasta la oficina de correos de otros tiempos.

Manongo llegó al Pueblo tarareando. Ahí estaban ya Teddy Boy, Laura, su novia, casi íntegra la primera promoción del San Pablo y otros ex alumnos de la segunda y tercera promoción, todos con sus esposas. Hasta el inefable y doliente Cristóbal Cristoes-él Rossel, Velauchaga, Leigh, y los arequipeños Simpson e Irriberry, que siempre habían brillado por su ausencia en las celebraciones escolares, estaban presentes y sonrientes. La ceremonia religiosa tuvo lugar en la iglesia del Pueblo y el banquete de bodas transcurrió entre bromas y brindis. Después vino el bailongo con orquesta y aquel inolvidable primer vals que Teddy Boy y Laura bailaron con desenvoltura vienesa, pero sólo hasta la mitad, porque el profe decidió que la otra mitad la iba a bailar con Tere y que Laura debía bailarla con Manongo.

Los recién casados abandonaron El Pueblo al caer la tarde y la fiesta siguió varias horas más, pero la idea de pasar aquella noche en el hotel para repetir todas las fechorías nocturnas del colegio San Pablo, hasta convertirse en chicos de catorce o quince años, no logró cuajar, a pesar del exceso de copas y de la llegada de un grupo de mariachis y un trío criollo destinados a mantenerlos felices durante la comida y hasta el alba. Poco a poco fueron predominando las conversaciones serias, en un tono cada vez más grave, y las consultas o discusiones interminables en que iban cayendo los que habían aprovechado este viaje a Lima, desde Estados Unidos, Costa Rica, Guatemala, Ecuador o Bolivia, para estudiar las posibilidades de regresar con bultos y petates al Perú.

Al comienzo, Manongo participó en aquellas conversaciones con gran interés, ofreciendo soluciones o proponiendo su intervención personal en algún proyecto, pero de golpe empezó a notar que algunos de sus amigos se alejaban de él cuando tocaban determinados temas. Tere lo había estado observando, desde una prudente distancia, y fácilmente pudo detectar una súbita y terrible expresión de tristeza en su rostro. Miró al Cholo José Antonio, que le hizo una seña para que intentara apartarlo, llevárselo hacia donde estaban las mujeres. Ahí fue muy bien recibido, y casi todas intentaron sacarlo a bailar, en vista de que los plastas de nuestros mariditos ya ni siquiera saben lo que es una fiesta. Manongo respondió con sonrisas, besos de gratitud, y demasiados brindis en los que secaba uno tras otro los vasos de whisky.

Y sabe Dios cómo corrió por ahí la noticia de que, al cabo de día y medio de trompeadera por las playas de la Costa Verde y tras haber perdido media oreja de un ladrillazo, Pepín Necochea había logrado mandar a la Asistencia pública, primero, y a la clínica después, al Remacho Inurritegui. Eso había sucedido algunos meses antes y ahora a Pepín le llamaban el Paul Getty peruano, por lo del supermagnate mundial al que le raptaron a un hijo o nieto y le mandaron un trozo de oreja en prenda y en prueba de que había que pagar el rescate de todo lo demás. En fin, que Pepín se paseaba orgullosísimo con su apodo y la mitad de su oreja por todo San Isidro y Miraflores y ya iba por el séptimo matrimonio con rica heredera.

—No me negarán que aquí al único que le salen bien las cosas es al *outsider* —comentó Manongo, llevado más por las copas y la tristeza que por el ánimo de provocar.

—Para tu información, Manongo —intervino Tres a Cero Jordán—, la decadencia de nuestro Paul Getty criollo acaba de empezar. La semana pasada, un muchacho de diecinueve años lo pescó en el Ed's Bar y lo redujo a escombros en tan sólo cinco minutos. Además, le ha mandado preguntar que si quiere la revancha, y la respuesta de Pepín Necochea ha sido desaparecer de Lima por una temporada.

—Los héroes están fatigados —se burló Simpson, que toda la vida había odiado a Pepín Necochea.

Hubo risas y algún comentario tonto, pero alguien dijo por ahí: "O sea que ya sólo nos queda un *outsider*." Manongo no volteó a mirar de dónde y de quién provenía esa frase y en cambio fingió creer a fondo en el repentino interés que la mayor parte de sus amigas y amigos habían puesto en acercársele y en inventar el nacimiento de una tercera celebración, aquel día. De pronto, todos brindaban por Tere y Manongo y todos le preguntaban si esta vez iba a regresar él también, pero para quedarte, Manongo, para casarte con Tere, ¿o no, Tere?, ¡salud por los novios!, ¿o no, Tere?, ya estuvo bueno de hacerlo esperar a nuestro amigo, ¿o no, Tere?, ¡y que bailen!, ¡que bailen…!

Pero Manongo decidió hablar. Secó un gran vaso de whisky y decidió hablar, ante el espanto de Tere, de José Antonio, de Tyrone, del Gordito Cisneros y de varios más.

—Yo construí en Puerto Rico una villa llamada San Pablo –dijo, tambaleándose…

—¡Que baile! ¡Que baile! ¡Que baile…!

—Me imagino que mi compadre José Antonio les habrá contado lo de Villa San Pablo…

—¡Que baile! ¡Que baile! ¡Que baile…!

—La rematé, pero esta noche misma puedo volverla a comprar…

—¡Que baile! ¡Que baile! ¡Que baile…!

—Pobres diablos –dijo Manongo, y bajando cada vez más la voz, agregó–: Me imagino que nunca entendieron nada… De lo de Villa San Pablo ni de nada… O es que aquí, mi compadre José Antonio, se los ha contado muy mal y… que baile, que baile, que baile yo, sí señores… Pues allá voy, si no me caigo…

El conjunto criollo entonaba un viejo vals y Tere acortó el camino para que Manongo pudiera llegar a sus brazos y sacarla a bailar…

Porque el reloj de la felicidad
en mi ruta de sufrir
no marcó la realidad
de mi esperanza…

—El cielo sin cielo y sin ciudad –repetía, una y otra vez, Manongo, aquella madrugada, mientras Tere manejaba el automóvil en dirección a su casa. Sus hijas sabían perfectamente bien quién era ese hombre que ahora hablaba como de memoria, despatarrado ahí a su lado. Pero nunca lo habían visto y definitivamente no era ése el mejor momento para que lo vieran, para que lo conocieran. Bueno, con suerte no lo verían hasta la mañana siguiente, hasta que Manongo durmiera todo lo que fuera necesario y amaneciera con mejor aspecto. Tere había decidido llevarlo a su casa a como diera lugar.

—El cielo sin cielo y sin ciudad…

—No te entiendo, mi amor…

—La ciudad y el cielo…

—Manongo, amor…

—Que baile, que baile, que baile…

—Tus amigos sólo han querido ser discretos, mi amor…

—La discreción de mis amigos me matará, Tere…

—Te quieren, Manongo. Te quieran tanto como tú a ellos, pero el tiempo pasa y la gente cambia…

—El cielo sin cielo y la ciudad sin jaguares…

—¿No te acuerdas, Manongo? ¿No te acuerdas de que sólo tú eres como nadie es así?

—¿Y tú?

—…

—El cielo sin ciudad y la ciudad sin jaguares… Y la humedad y el deterioro —dijo Manongo, añadiendo enseguida—: Y los amigos…

Tere no le entendió absolutamente nada.

Tampoco le entendió muy bien lo de las tres casas que había empezado a construir en 1978. ¿Happy April? ¿Pretend? ¿Villa Unforgettable…? Sí, claro, cómo no le iban a sonar tan lindos como familiares esos nombres… Sí, claro, tres casas en tres paraísos… Sí, claro, pero duérmete ya, mi amor, que vas a despertar a las chicas… Sí, claro, tres casas lindas y que pueden servir para mis hijas, algún día, y sí, claro, otra casa linda y sólo para nosotros dos y esa maldita Villa San Pablo… Pero… Pero, ¿tú qué eres, Manongo…? ¿Arquitecto o qué…?

Almorzó con Inés, que tiene quince años, con Claudia, que tiene catorce, y con Carla, que tiene doce… Y que estuvieron muy sonrientes y muy simpáticas. Claudia, sobre todo, era muy natural, muy espontánea y, la verdad, era la que más se parecía a Tere y la que más rato se quedó con ellos esa tarde.

Claudia conversó con Manongo, se rió mucho con algunas de las cosas que él le contó, y hasta escogió Villa Pretend, para cuando sea grande, porque sí, claro, a ella también le encantaría vivir en Mónaco, como las princesas... Tere encontró todo aquello tan lindo, tan perfecto y maravilloso, Manongo, y tuvo una idea realmente genial:

—Dentro de unos añitos, tú te casas con Claudia, y yo seré tu suegra. Y así podré verte toda la vida. ¿No me digas que no sería genial?

Manongo acarició a Tere, que acarició a Claudia, que quedó con el amigo de su mamá en que no se olvidaría de lo de Mónaco y en que chau, señor, porque la estaban esperando unas amigas...

Un mensaje del gordo Tarrillo Grasso esperaba a Manongo esa noche en su hotel. Que no lo llamara y que tampoco intentara averiguar cómo lo había sabido él. Pero que era urgentísimo. Que agarrara el primer avión y que saliera disparado del país. Esa misma noche, si era posible. "Perejil, porque está en todas las salsas", se dijo Manongo, comprendiendo con lágrimas en los ojos todo lo que eso significaba para él.

Había pensado quedarse varios meses en Lima y asistir diariamente a las clases que Teddy Boy iba a dictar en su casa, para educar disimuladamente, sin ofenderla, a Laura. Tere ya le había dicho que sí, que irían juntos todos los días a casa del viejo profesor y su esposa de veintiún años. El día anterior, en el banquete de bodas, Manongo no había tenido oportunidad de conversar tranquilamente con el profesor y con Laura. Ni siquiera había podido contarles que ni él ni Tere fallarían a las clases, porque realmente las necesitaban y además serían felices reviviendo juntos tardes como las del San Pablo, conversando y escuchando música como antes en el colegio San Pablo... "Perejil Tarrillo", se dijo Manongo, mientras marcaba el número de Tere para decirle que tenía que partir inmediatamente.

—¿Lo de los periódicos?

—Digamos que eso mismo, Tere. Pero yo podría esperar, esconderme cuatro o cinco días...

—¿Para qué?

—Es diciembre, Tere. Los colegios terminan dentro de unos días. Las chicas pueden quedarse con su padre o venirse con nosotros. Como ellas quieran...

—Eso nunca, Manongo...

–Entonces tú, Tere. Dime qué día te conviene y yo te espero...

–Nunca, Manongo. Conmigo no cuentes ni para acompañarte hasta la esquina, fuera del Perú...

–Pero, Tere, he vuelto, he regresado por ti, para ti...

–Me callo, Manongo, aunque la discreción de tus amigos te mate...

Y le colgó.

Horas más tarde, Manongo salía rumbo a Quito y de ahí a París. Tere aún lo estaba buscando. No lo encontró en su hotel, porque Manongo se había cambiado de hotel, instantes después de que ella le colgara el teléfono. Tampoco lo encontró en el aeropuerto esa noche, ni al día siguiente, porque Manongo había viajado por tierra, hasta Machala, en Ecuador. Y cuando por fin llamó a doña Cristina, tampoco ella sabía nada de su hijo. Tere le contó lo ocurrido entre ellos dos y entre Manongo y sus amigos, y lo único que se le ocurrió a doña Cristina fue invitarla a su casa para llorar juntas.

–Te llamará y reaparecerá, hijita –le dijo.

–Pero lo he insultado, señora Cristina. Lo he herido de muerte...

–Y no es la primera vez...

–Yo quisiera ser yo, señora Cristina –le dijo Tere, entre sollozos–. Y he sido yo, no bien se ha ido, no bien le colgué...

–Todos quisiéramos ser yo, a veces, Tere... Pero nos volvemos prudentes y aprendemos a defendernos de nosotros mismos.

–Él me hizo sentir que tenía quince años otra vez...

–O sea que el pobre fracasó por completo, mi hijita. Y tú no fuiste lo suficientemente mentirosa...

–¿Por qué?

–Ah, ¿y tú qué crees? ¿Que mi hijo no se ha dado cuenta de que se te notan a gritos los cuarenta y tantos años?

–¿Además y todavía? –se preguntó Tere.

Doña Cristina consideró que semejante pregunta bien valía un par de tequilas. Y otro buen par, el hijo que ahora sabe Dios cuándo volvería a ver...

Dos años más tarde, el Gordo Tarrillo Grasso le hizo saber a Manongo que ya podía regresar a Lima. Lo suyo era asunto concluido y olvidado, a todo nivel, y claro, los honorarios eran bastante elevados, lo reconocía, pero eso lo entendería él mejor que nadie. Había sido necesario repartir sobres, engrasar expedientes, en fin, todo lo que se requiere en este país cuando se desea que una persona quede realmente oleada y sacramentada. Manongo sonrió al pensar que eran más bien la vida, los amigos y el país los que no estaban ni tan oleados ni tan sacramentados, al menos para él.

Y es que Tere seguía siendo Tere, o sea la persona más maravillosa del mundo, pero sólo por teléfono, porque sus hijas estaban aún muy chicas para que ella tomara la decisión de casarse con otro hombre, sobre todo en vista de que adoraban a su padre y ella temía perder el cariño de mi Inés, de mi Claudia, de mi... Con el Gordito Cisneros, las conversaciones telefónicas no duraban más de cinco minutos, por exceso de afecto y falta de tema, o sea algo tan alegre como patético y que obligaba a Manongo a llamarlo una y otra vez para que aquel cariño despalabrado no fuera a convertirse en algo exclusivamente trágico. Pero, además, el Gordito tenía sus horarios, que eran, aparte de los de la licorería, los de todas las carreras de automóviles del mundo retransmitidas por la televisión norteamericana, o sea todas, más algunos ensayos. Y tenía además las mil y una noches en que analizaba, tumbado en su cama, rosado, calato, concentradísimo y apretando en marcha atrás y adelante el mando a distancia, los videos de cuantas carreras de automóviles en el mundo han sido. Y allá en Lima, su profundo orgullo le impedía al Cholo José Antonio devolverle a Manongo las llamadas en collect.

—Compadre —le decía Manongo, una y otra vez—, a usted parece que le han puesto un buen par de guantes de box y que le resulta muy difícil marcar un número...

—Tienes razón, Manongo. Perdona. Se me olvidó otra vez. Y es que uno no para, compadre, con lo difícil que se está poniendo la cosa... Por casa todos bien, sí... No, de los muchachos del colegio nada sé... Tan ingratos ellos como yo, debo reconocer... Tu ahijado siempre te recuerda... Ha sido campeón interescolar de tenis y se está preparando para ingresar a Derecho...

Sin embargo, su compadre no le falló y lo buscó por medio

mundo para contarle que Teddy Boy se estaba muriendo. Lo ubicó, por fin, mientras conversaba tranquilamente con Tyrone Power en Mallorca. Manongo visitaba cada vez más al primer galifardo del Country Club. Había encontrado en El Ermitaño de Mal Pas, como él mismo lo había bautizado, al amigo ideal para conversar, para recordar y evocar. Nadie se explicaba por qué hablaban siempre en inglés, sobre todo a partir de la tercera o cuarta copa, pero ellos sabían que ésa era la forma de evitar cierto sentimentalismo llorón, la coartada que les impedía escapar de los nudos en la garganta y aparentar un parco y británico distanciamiento mientras permanecían encerrados en esa especie de santuario que Tyrone se había hecho construir en el jardín de su casa. Dos habitaciones y un pequeño baño. La primera era una estupenda biblioteca, y la segunda, algo más chica, almacenaba siglos de aquella música que ahora ambos amigos se encerraban a escuchar durante horas, conversando o en silencio, entre paredes cubiertas de fotografías y recuerdos de familiares, del barrio Marconi y de amigos nunca más vistos, de automóviles formidables y parientes ingleses, de compañeros de colegio, de fiestas y de casas de aquel San Isidro, de Manongo y de Tere en el Country Club, aquel verano de 1953, *Remember when...*

El Cholo José Antonio lo ubicó el 6 de abril de 1985. Habló primero con Tyrone, que se limitó a decir, parca y serenamente: "Carajo, demasiados polvos para esa edad, seguro. Y con ese peso", y le pasó el teléfono a Manongo. Su reacción fue distinta. Dos días más tarde, Tere lo recibía en el aeropuerto de Lima y le contaba que era un milagro que Teddy Boy siguiera con vida. Había tenido tres ataques al corazón, casi seguidos, pero continuaba de muy buen humor y estaba pidiendo cosas tan imposibles como que lo enterraran en un determinado cerro de Chaclacayo, de ninguna manera en el cementerio de Chaclacayo ni en el de Chosica ni en los de Lima. Teddy Boy quería cerro propio y rogaba que le cuidaran a Laura. Ésa era su última voluntad.

Murió una semana más tarde y con un precioso cuadro de su primo, el pintor Szyszlo, frente a su cama. Las palabras con que le sacó aquel obsequio a su primo tan querido, fueron prácticamente las últimas que pronunció Teddy Boy y lo pintaban de cuerpo entero, incluso ante la muerte:

–No me dejan tocar a Laurita… No me dejan comer chocolates… No me dejan tomar capitanes… Sólo me dejan mirar…

Y como la pared frente a su cama estaba tan blanca como vacía, el pintor salió disparado a su estudio, regresó con el cuadro, y hasta con un clavo y un martillo.

Tere no había fallado a ninguna de las diarias clases de Teddy Boy. Tampoco las esposas de la mayor parte de los amigos del San Pablo. Y hasta el Cholo José Antonio, Díez Canseco, *Il* Comendatore D'Angelo y varios ex alumnos más se las habían arreglado para caer muy de tarde en tarde.

–Pero cualquiera diría que a Laurita le enseñaba día y noche, Manongo, porque la chica hoy te habla de lo que quieras. Lo malo, claro, es que habla exacto a él y te suelta cada cosa… El otro día en la clínica, por ejemplo, le trajeron margarina en vez de mantequilla, a la hora del lonche.

–Señorita –le dijo a la enfermera, no bien se dio cuenta–. Llévese esta mantequilla homosexual.

Repartiendo sobres y engrasando algunos documentos, Tarrillo Grasso logró que Teddy Boy fuera enterrado en un cerro de Chaclacayo. No fue fácil, porque el lugar escogido quedaba en medio de un verdadero pedregal y hubo que correr en busca de ayuda, de más picos y palas y de más linternas. Medio San Pablo estuvo presente, pero las mujeres se quedaron acompañando a Laurita en su casa.

La nebulosa presencia de Pepín Necochea sorprendió a Manongo aquella noche en el pedregal. Era indudable que intentaba no ser visto, y que sin embargo hacía todo lo posible para que Manongo lo detectara. Se desplazaba de un punto de sombra a otro, se agachaba incluso para ocultarse detrás de algún pedrón, pero por momentos se quedaba estático y, no bien Manongo miraba en esa dirección, encendía un fósforo y rápidamente lo apagaba, como si le estuviese haciendo alguna señal. Manongo no podía creer que fuera él. Había algo enfermo en aquel rostro que siempre fue guapo, hermoso, provocador y varonil, tal vez unos ojos demasiado saltones, y parecía estar sumamente demacrado y con la piel color ceniza. No parecía Pepín, porque además de todo aquella expresión pedía ayuda y, cuando desapareció, Manongo llegó a pensar que no era Pepín, que no podía haber sido Pepín porque,

nunca mejor dicho, ¿qué vela puede tener Pepín Necochea en este
entierro…?

Pero se lo contó a Tere y sí, era él, y también era cierto que andaba buscando a Manongo Sterne.

—La actual esposa de Pepín fue mi amiga en el colegio y ha venido a pedirme que tú intercedas para que los amigos del San Pablo
lo vuelvan a acoger…

—Pero si ya con las justas me acogen a mí —se burló Manongo.

—Manongo, no seas pesadito, ¿ya? Lo de Pepín es grave y va en
serio.

Manongo ya no le preguntó cuándo, a partir de qué año y de
qué edad de sus tres hijas iba a ser grave e iba a ir en serio también
lo suyo, porque cada vez que veía a Tere, la chica del teléfono, era
maravillosa también sin teléfono. O sea que nunca quiso tanto a
Tere como en 1985 y nunca la quiso tanto como en 1988, después,
y nunca la adoró tanto como a partir de 1994, que fue cuando quedó por fin lista Villa Puntos Suspensivos, exactamente seis años
después de la muerte de Pepín Necochea.

Pepín Necochea fue otro de los grandes fracasos limeños de
Manongo Sterne, porque no hubo un solo ex alumno del San Pablo dispuesto a aceptarlo en esa larga lista de amigos que cada vez
se veían menos. Manongo se cansó de explicar cómo y por qué un
muchacho se convierte en un matón, cómo y por qué todo empezó
porque a Pepín lo mandaron vestido de niño de luto a un colegio
en que se jugaba y se reía y aún no se conocía la muerte, salvo en el
caso de los antepasados ilustres que ya llegaron muertos al mundo
en que nacimos y cuelgan en lindos retratos al óleo con una sonrisa
destinada a alegrarnos la posteridad. Manongo contó todo lo que
sabía, todo lo que Pepín le había confesado décadas atrás, pero
resultó, que décadas adelante, a más de un amigo aún le dolía la
sacada de entreputa del hijo de mala madre de Pepín Necochea y
que muera en su ley.

Tres almuerzos y dos comidas no sirvieron estrictamente para
nada. Pepín llegó coqueado, se coqueó más para mantenerse alegre
y dicharachero entre tanto hielo, y sólo dijo cosas que no se podían
decir e hizo llorar a la viuda de Teddy Boy, a fuerza de contarle a
gritos lo maravilloso que había sido el colegio San Pablo gracias al
difunto profesor. Poco después, su última esposa abandonó a Pe-

pín, que tuvo que cambiarse de casa porque ni a la puerta de calle lograba salir. Siempre había alguien esperándolo para devolverle una paliza que ya el pobre ni recordaba haber dado.

—Estoy cansado –les dijo a Tere y Manongo, una noche–. Ya no puedo… Ya no quiero pelear más… Esto es peor que en el Lejano Oeste…

Terminó viviendo con su madre y bebiendo suicidamente. La coca sabe Dios cómo se la conseguía y la cirrosis era galopante. A Manongo siempre le llamó la atención lo simbólico y hasta freudiano que resultaba el trago que bebía, mañana, tarde y noche. Pepín Necochea consumía litros de chicha morada, una bebida típica de niños, de felices fiestas de cumpleaños infantiles, pero mezclada con ingentes cantidades de vodka… Cosas de niños y cosas de cosacos… Y todo podía volver a empezar siempre otra vez, no bien empezaba a excitarse de nuevo. A Manongo le hablaba entonces de partidos de fútbol sin una sola falta, sin una sola pierna rota, sin una sola jugada sucia. De partidos de fútbol que nunca jugó y de peleas en las que separó a verdaderos leones que empezaban a matarse a cabezazos, a mordiscos, a patadas, con navajas y golpes bajos hasta en el suelo…

Cuando ya había roto dos o tres porcelanas y no tardaba en destrozarle la casa a su madre, ésta se le acercaba con verdadera sabiduría, con paciencia de vieja santa y con toda la ternura y el disimulo del mundo y, juácate, tremendo salto, y juácate, otra vez, porque le pegaba el mordisco de su vida en el culo a Pepín, y ahí se le quedaba prendida como sólo un bulldog logra prendérsele de los cojones a un toro bravo.

Y santo remedio, porque esa especie de increíble tratamiento con mordisco edípico era lo único que lo calmaba durante unos días. Y así murió, en septiembre de 1988, Pepín Necochea, pocos meses después de que Manongo Sterne llegara a Lima, atrapado una vez más por lo maravillosa que seguía siendo Tere en el teléfono y porque Tyrone Power lo había convencido: la gran casa la iba a construir en Mallorca, tras haber asumido que todas las demás fincas y villas habían sido producto de una enorme precipitación y que hoy no eran más que un descomunal y abandonado monumento al fracaso, sí, Tyrone, me precipité, lo reconozco, pero tras haberle explicado también al Ermitaño de Mal Pas, con pelos y señales, cómo y por qué la ilusión perdura, viejo, ¿o no...?

—¿Y también la vaina esa de la ensoñación, Manongo? —le preguntó Tyrone, con la fingida parquedad de un sarcasmo, aunque en el fondo esperando una respuesta más o menos tranquilizadora.

—Tú tienes un verdadero santuario en tu casa —le respondió Manongo—. Déjame a mí tener también una Violeta personal en mi última villa... ¿O te parece mal, viejo...?

Tyrone enmudeció, y Manongo tarareó:

> *All you need is love,*
> *love is all you need...*

—Y yo qué diablos sé –les dijo Tyrone, ermitaño, malhumorado y reticente, a los periodistas llegados de Lima para informar sobre la misteriosa y repentina muerte del magnate y trotamundos Manuel Sterne Tovar y de Teresa–. Ahí tienen su casa y ahí están todavía la secretaria, los mayordomos, el cocinero y las empleadas. ¿Por qué no les preguntan a ellos?

—Pero, en Lima, señor, nos cuenta el senador Tarrillo Grasso que usted fue su primer gran amigo y que, aquí en Mallorca, el señor Sterne y usted se visitaban todos los días.

—Falso –respondió Tyrone, más huraño que nunca–. Eso fue hace rato. Tres o cuatro años, calculo.

—El arquitecto peruano José García Bryce afirmó en una entrevista, hace ya un buen tiempo, que el señor Sterne nunca permitió que se sembraran determinadas plantas en su casa. Buganvillas, por ejemplo.

—Plantó madreselvas y jazmines, que yo sepa.

—Usted tiene que haber conocido a la señora Teresa Mancini…

—La conocí casi al mismo tiempo que a Manongo, sí. Pero de eso hace como cincuenta años.

—¿Tanto?

—Cuarenta y no sé cuántos, oiga. Pero qué más da.

—El senador Tarrillo Grasso ha hablado de repatriar la fortuna del señor Sterne –dijo un periodista.

—El senador afirma que el origen de esa fortuna fue una gran fuga de capitales realizada entre el señor Sterne y su padre, don Lorenzo Sterne, en los años sesenta y setenta –añadió otro periodista.

—¿Saben ustedes cuál era el apodo de ese señor en el colegio? –se indignó Tyrone, añadiendo–: Judas, Judas Tarrillo. Y después se convirtió en Perejil Tarrillo Grasso, porque está en todas las salsas. Y una cosa más. ¿Por qué no le preguntan al honorable senador Tarrillo Grasso quién financió sus dos campañas políticas? ¿Por qué no le piden que aclare sus cuentas? ¿Por qué no le preguntan cuánto dinero le quedó debiendo al señor Sterne y cuánto le robó, con sólo usar la palabra *amigo*?

Marta, la esposa de Tyrone, intervino al ver que su esposo estaba a punto de sacar a patadas a los periodistas.

—Señores —les dijo—, ¿por qué no van a fotografiar la casa del señor Sterne? Ahí sí tienen grandes noticias para contar en Lima, en vista de que fue íntegramente construida por un arquitecto peruano. En 1995 ganó el premio del Colegio Oficial de Arquitectos de las Baleares. Y hace un par de años ganó el Pritzker...

—¿El qué, señora?

—Pritz, con zeta, y ker, con ka. Pritzker. O sea el equivalente al premio Nobel a la casa más bella del mundo. Y ahora, por favor...

—¿Una última preguntita, señor? ¿Piensa usted realmente que el señor Sterne no se suicidó?

—Bueno —se cagó en los periodistas Tyrone—. Hasta donde yo sé, su médico de cabecera dijo que para la autopsia bastaba con que le abrieran el corazón. Y como se lo abrieron y no había nadie adentro, el forense determinó que ésa había sido la causa natural de su muerte...

—Al revés de *Cielito lindo* —complementó Marta, tirándoles suavecito la puerta en las narices a esos pelotudos.

Minutos después, Tyrone invitaba a su esposa al santuario y le proponía tomarse unos traguitos, con música de Manongo...

—O sea de *Pretend* a *Pretend* —le sonrió Marta.

—Más o menos —comentó Tyrone, mientras le preparaba un vodka con jugo de naranja.

Llevaban horas escuchando música de *ésa*, como le llamaba Manongo, y hacía horas también que Marta le había pedido a su esposo que le hablara de aquel amigo que ella había conocido tarde, poco y mal.

—Cuando tú y yo nos conocimos y nos casamos —comentó Marta—, ya hacía años que Manongo había desaparecido de Lima. En realidad, lo vi por primera vez el 72, cuando fue al Perú por la muerte de su padre. Pero apenas lo vi, ese año, y creo que no crucé más de dos o tres palabras con él. Y aquí sólo venía para encerrarse contigo. ¿Te acuerdas cuando los chicos lo odiaban?

—Pero terminaron queriéndolo —dijo Tyrone, cambiando inmediatamente del castellano al inglés, por obvias razones de parquedad, flema, nudo gargantúa y ermitañería.

—Y a mí me encantaba cuando nos invitaba a Villa Puntos Suspensivos, como le llamaba él.

—Ya por entonces andaba medio amargado, el hombre, aunque lo disimulaba como nadie.

Para Jorge Tyrone Valdeavellano, a diferencia del arquitecto García Bryce, Villa Puntos Suspensivos se demoró tanto en terminarse porque Manongo había aprendido a disimular a la perfección la tristeza y la amargura que poco a poco se habían ido apoderando de él. Y parte de ese disimulo era el enorme entusiasmo que ponía en construir aquella fabulosa casa que dominaba como ninguna la bahía de Formentor. Porque constantemente mandaba derrumbar una vez más y reconstruir enteramente, desde los mismos cimientos, todo un sector de la inmensa mansión, toda un ala irreprochablemente terminada, tan hermosa como perfecta hasta en el mínimo detalle. Un dato bastaba para confirmar su teoría, y era que Manongo se sintió muy satisfecho con el pequeño pabellón del que ni siquiera se movió cuando, por fin, la casa estuvo terminada. Pero había un dato más, fundamental también: Manongo trabajó, comió y recibió siempre a sus amigos en aquel extraño bar tropical llamado La Violeta que, dicho sea de paso, se daba de patadas con el resto de la casa.

—Eso es indudable, Marta.

—¿Y tú crees que a Tere la quiso tanto, realmente? ¿Que la quiso así hasta el final?

—La adoró desde que la vio, vieja. Me consta. La vida entera de Manongo es prueba de que esas vainas existen.

—¿Y nunca hubo otra mujer?

—Una vez me confesó que tenía la más grande colección de narices respingadas del mundo. Eso fue aquí, hace un par de años, oyendo a Sinatra cantar *Stromboli*. Manongo se estaba riendo de su ocurrencia y sirviéndose una copa, pero de golpe se vino abajo con la estrofa en que Sinatra suelta lo de…

It wasn't the moonlight
'cause there wasn't a moon…

No violins were playing
still our hearts sang in tune.

—Tengo una buena docena de bares llamados La Violeta, viejo, me dijo, aquella vez, pero en ninguno de ellos aparece Tere ni su nariz ni… La verdad, hace algún tiempo que ni San Puta aparece por mis bares, Tyrone.

—¿Eso era lo que él llamaba la ensoñación?

—Sí, pero al final confesaba que había perdido por completo ese poder, y que tampoco era cosa de matarse bebiendo oporto. Aunque la verdad es que dejó de venir a vernos porque cada día se pasaba más horas encerrado en ese absurdo bar tropical de su casa. Ahí trabajaba, ahí hacía de todo y ahí se pasaba horas y horas completamente solo, oyendo música hasta que se quedaba dormido.

—¿Y sus negocios? ¿Las urbanizaciones que tenía por medio mundo?

—Al final eso caminaba solo, con un excelente equipo de asesores de todo tipo y gente de su entera confianza. Aunque también podía pasarse de ingenuo, como con Tarrillo Grasso. Para Manongo, todo lo que le sonaba a San Pablo era digno de lo mejor. Y en el caso del Judas o Perejil ese, confundió colegio con confianza y mira tú ahora…

Para Tyrone, lo más fácil de explicar era lo de Tere. La había visto el 88, cuando Manongo y él viajaron juntos a Lima y pudo observar claramente la expresión de su rostro cuando Manongo le anunció a grito pelado y fe ciega que ya era propietario del mejor terreno de la bahía de Formentor, que ya estaba contratado el mejor arquitecto del Perú y que, además de todo, ese señor la conocía desde niña y era capaz de adivinarle sus gustos y construirle la casa de sus sueños. Esa mansión se llamaría Villa Tere o Villa lo que tú quieras, Tere. A ella le correspondía ponerle el nombre, sí, a ella y sólo a ella, porque ésa iba a ser la finca en que iban a vivir no bien se casara la tercera de sus hijas y Tere quedara libre.

Ella no le respondió una sola palabra aquella vez, pero con esa capacidad increíble que tenía Manongo para no enterarse de nada, de vez en cuando, vieja, se dio por ampliamente satisfecho con lo que ella me soltó en sus propias narices:

—¿Acaso no lo dije yo siempre, Tyrone? Como nadie es así.

Manongo siempre fue y será como nadie es así. Pero francamente debo confesar que no se puede ser *tan* así toda la vida, aunque es maravilloso, eso sí que sí. Porque no bien veo a Manongo o escucho su voz, aunque sea a un millón de kilómetros de distancia, me convierto en una chica del Country Club hace como mil años... Realmente me convierto en algo que ya no existe... Tú sí me entiendes, Tyrone, ¿no...?

—Pero, ¿sabes qué, vieja? Esa noche terminamos Manongo, Tere y yo celebrando vete tú a saber qué, con champán francés y velitas cojudas, en un restaurant llamado Los Condes de San Isidro. Después acompañamos a Tere a su casa y yo dejé a Manongo en su hotel... Carajo, lo estoy viendo bajar del auto y soltarme esas palabras que, para mí, lo aclaran todo. El hombre se quitó los anteojos negros y me sonrió, como para que yo me enterara de que aquello no era cosa nueva, de que no acababa de caerse de una nube ni nada:

—¿Sabes qué, Tyrone? ¿Sabes qué, mi querido Jorge Cigarrillo Valdeavellano? El mundo se salva por las formas. Hace años que leí esas palabras por algún lado o a lo mejor las he inventado yo...

Desde entonces sus retornos al Perú se hicieron más escasos y sus estadías más breves, como si las cartas hubieran quedado ya todas sobre la mesa desde 1988... Gobernaba el cholo grandazo y medio buenmozón ese al que llamaban Caballo Loco, García, ¿no, vieja?, y la gente allá en el Perú andaba más cagada que palo de gallinero. Y, entre los amigos del colegio, casi todos andaban descubriéndose una madre italiana o inglesa, o lo que fuera, para conseguirse un pasaporte extranjero y que sus hijos pudieran largarse más fácilmente a los Estados Unidos o a Europa. Casi no se hablaba de otra cosa y Tyrone Power recordaba con emoción la cara con que Manongo escuchaba esas conversaciones. Era, sabe Dios por qué, el mismo gesto, la misma expresión entre sonriente y dolida de las tardes de verano en que Tere salía de los camarines del Country con su ropa de baño azul y sus piernas y bracitos tan ricotones. El tipo como que no lo aceptaba y se concentraba con toda el alma en que la nariz era respingada y las pecas de Tere lo mejor que le había pasado en la vida.

—No aceptaba la realidad, entonces...

—O la aceptaba demasiado, vieja. Pero lo cierto es que estábamos en casa de su compadre José Antonio y Manongo preguntó por su ahijado. Le contestaron que, como era nieto de italiana y eso le había servido para ser europeo en la Comunidad Europea o algo así, había abandonado unos estudios de Derecho que no lo iban a llevar a ninguna parte en ese Perú destrozado y que ahora era profesor de tenis en Flensburg, Alemania, y que ganaba miles y miles de dólares al mes. En fin, que más te valía un pasaporte extranjero que un título universitario peruano.

—La exportación de los hijos queridos —dijo Manongo—. Al menos me pudieron haber consultado, a ver qué podía hacer yo por allá... Pero qué país este, carajo, y qué orgullo de la puta madre el suyo, compadre. Me lo pudo usted comentar, por lo menos.

—Para muchos es igual, Manongo, créeme. La cosa se ha ido al hoyo.

—Y el mundo se salva por las formas, también en estos casos, me imagino, compadre —concluyó Manongo, sin que nadie le entendiera muy bien lo que quería decir. Después, añadió—: Pero sírveme otro oporto, compadre, y cuéntame qué más pasa, de una vez por todas... Y brindemos por el tiempo y la distancia que, por lo menos, no nos ha impedido reunirnos de tiempo en tiempo.

Hubo un silencio incómodo y ahí la pescó al vuelo el tal Judas o Perejil ese, Marta, que se había pasado horas discutiendo con Lelo López Aldana sobre quién gastaba más en seguridad. Y presumían, carajo, vieja, porque resulta que huachafos y pelotudos no dejamos de ser ni cuando el terrorismo nos tiene arrinconados. Y cuánto más plata te tiras en guardaespaldas y todo eso, más importante eres socialmente. En el Perú resulta que hasta los guardaespaldas blanquean, vieja...

Pero bueno... El círculo se cerraba. Y como ni el tiempo ni la distancia separan a los amigos y Tere le dijo que valía la pena, Tarrillo Grasso le sacó sabe Dios cuánto dinero a Manongo para una campaña política. El tipo pensaba candidatear a una senaduría en una lista independiente, aquella vez... Y después, cuando ya Tere y Manongo se habían ido, el Cholo José Antonio le pegó su medida al Perejil ese y lo acusó de haber abusado de la confianza de un amigo.

—¿Y por qué no, carajo? —dijo Tarrillo Grasso.

—Entonces sí que el tipo cerró el círculo, vieja —le contó Tyrone a Marta...

La noche se había instalado ya en su santuario de Mal Pas, pero ni él ni su esposa habían encendido la luz, probablemente para no ver la fotografía de Tere y Manongo ("Country Club, febrero de 1953"). Y Marta seguía escuchando la voz de Tyrone y el relato cruel de Tarrillo Grasso. Había toque de queda en Lima, aquel año, y la gente que salía a los cafés y restaurantes de la ciudad, a una comida o a una reunión, andaba siempre pendiente de su reloj para salir disparada a su casa y llegar antes de que el toque entrara en vigor, cada noche. La gente calculaba la distancia entre el lugar en que se hallaba y su casa y, según eso, el tiempo que le tomaría regresar. En fin, que ya había toda una cultura del toque de queda. Pero sucedió que un día, un soldado le disparó y mató a un conductor, media hora antes del toque de queda. Su perfecta y lógica explicación ante el tribunal que lo juzgó, según Tarrillo Grasso, era que conocía al conductor del automóvil, que sabía exactamente dónde vivía, y que en la media hora que faltaba para el toque de queda, jamás habría podido llegar a su casa a tiempo. O sea que le disparó de una vez, en vista de que ya era hombre muerto...

—¿Y eso qué tiene que ver con Manongo Sterne? —le preguntó el Perro Díez Canseco.

—Tiene que ver que hace un año que Tere sale con un cliente mío —soltó Tarrillo Grasso.

LA VIOLETA, Y LAS CANAS
DE LA REALIDAD

Tere sí vino, sí. Aunque lo malo fue, tal vez, que se tratara tan sólo de un viaje de refilón, de una pasadita por Mallorca, con parada y fonda en Villa Puntos Suspensivos, aunque no escrito así con todas sus letras sino, casi misteriosamente para ella, así: "…" "Tremendo letrerazo para tan sólo poner en él unos puntitos", pensó Tere, pero la verdad es que ya no se atrevió a soltarle a Manongo comentario alguno del tipo *como nadie es así* o *además y todavía* porque se habría pasado de fresca y porque ya ni se acordaba muy bien de lo que debe sentir una persona cuando piensa o dice cosas por el estilo.

Y porque además, desde que entró a la mansión aquella a la que había venido de refilón, de vuelta ya al Perú y muy atrasada, o sea que tan sólo por un par de diítas, Manongo, porque vengo de Suiza, de ver a Carla, la menor de mis hijas, que acaba de darme mi quinto nieto, ya que Inés tiene dos hombrecitos y Claudia una mujercita y un hombre, en fin, desde que entró a Villa Puntos Suspensivos y vio cómo se había materializado en cada rincón el amor por ella de un hombre, de toda una vida, cómo cada palabra en él había sido verdad siempre, desde siempre y para siempre, Tere se sintió como muy chiquita e insignificante y comprendió que tanta prudencia en la vida la había hecho perderse por completo al hombre que en más de una oportunidad había amado como a nadie en este mundo. Y, lo que era aún peor, comprendió también que cuando amó a otros hombres y no quiso o no recordó a Manongo, tampoco amó nunca a los otros como había querido a Manongo. En fin, como habría dicho la señora Cristina, a Tere le quedaba el menudo consuelo de no haber sido lo suficientemente mentirosa como para tragarse también los momentos en que no sintió absolutamente nada por el hombre de su vida.

Pero ahora que ya había llegado y entrado a la casa del hombre más torpe e imprudente del mundo y se había sentido tan así, tan telefónicamente maravillosa y cariñosa y divertida y espontánea, pero tan poquita cosa en todo lo que no fuera a larga distancia, tan a rajatabla y temerosa, tan como se debe ser en Lima, pero sobre todo tan poco hecha y tan nada apta para el amor imposible pero materializable aunque fuera a ratos que él le había propuesto a lo largo de toda una vida, ahora, aun ahora, además y todavía ahora, él había levantado apenas una mano interruptora, agregándole a ese gesto un sshhiii, no digas nada, Tere, ni una sola palabra, mi amor, cuando ella le anunció todo el refilón de su visita de paso por un par de diítas solamente, sshhiii, mi amor, haz por favor como si estuviéramos dormidos…

Y en ese silencio tierno y calmo y de ensueño continuaron aquel par de días preciosos, realmente gloriosos, en que ni Tere ni Manongo sintieron ganas de acostarse ni siquiera de recostarse para descansar un rato. Manongo había hecho que les colocaran un par de perezosas en su Violeta particular, la única que tenía vista al mar y a qué mar y a cuánto mar, porque de la bahía de Formentor se trataba y desde lo alto y panorámico de una colina verde de árboles frondosos y mediterráneos y qué atardeceres, Manongo, y qué amanecer. Y él le hablaba de la ensoñación, de esa facultad ya perdida, pero que de golpe reaparecía hoy más intensa y real que nunca y como para siempre. Y cuando ella no quiso pecar de mentirosa y trató de recordarle lo de su par de diítas, Manongo le salió con otro recurso digno de aquellos hombres cuya vida entera es prueba de que esas vainas existen, como le respondió Tyrone Power a su esposa, cuando ésta le preguntó si Manongo realmente había querido tanto pero tanto a Tere:

—¿Sabes, Tere? —le dijo—. Yo creo que más que la mejor ensoñación de mi vida, la más real e intensa, esto puede ser que me estoy muriendo, sshhiii, mi amor, espérate un ratito, que lo voy a comprobar. Porque si de a verdad me estoy muriendo contigo a mi lado, con una copa de oporto en la mano, con música de *ésa* y con todo este mar ahí, quiero que sepas lo feliz que he sido siempre y lo agradecido que te estoy…

Manongo se incorporó, apretó un timbre, y al instante apareció un mayordomo en el bar La Violeta de Villa Puntos Suspensivos.

—Rafael —le dijo—, vaya a la biblioteca y tráigame, por favor, mi ejemplar de *Cien años de soledad*.

Manongo le sirvió unas gotas más de oporto a Tere, llenó su copa, y volvió a instalarse en su perezosa. Momentos después, el mayordomo regresaba con la novela de García Márquez y él empezaba a explicarle a Tere –mientras buscaba entre las páginas del libro la escena de la muerte de José Arcadio Buendía, el fundador de Macondo– que en el trocito que le iba a leer bastaría con reemplazar la palabra *cuarto* por la palabra *Violeta* y que viera, sí, escucha, Tere, sshhiii: "Le gustaba irse de cuarto en cuarto, como en una galería de espejos paralelos, hasta que su compadre Prudencio Aguilar le tocaba el hombro. Entonces regresaba de cuarto en cuarto, despertando hacia atrás, recorriendo el camino inverso, y encontraba a Prudencio Aguilar en el cuarto de la realidad. Pero una noche, dos semanas después de que lo llevaran a la cama, Prudencio Aguilar le tocó el hombro en un cuarto intermedio, y él se quedó allí para siempre, creyendo que era el cuarto real."

Tere partía aquella noche o sea que soltó el llanto y con toda su alma le rogó que la siguiera llamando siempre por teléfono y que le siguiera mandando libros, como siempre, y música de *ésa*. Y con toda su honestidad le confesó que hacía años que salía con un señor ya bien mayor y bien aburrido pero que la acompañaba, y que ese señor también era bien bueno y ella siempre le hablaba de él y que muchas veces incluso estaba en su casa cuando él la llamaba y ni se quejaba ni nada. En fin, que era cosas de viejos, ya, Manongo, y cómo decirte, cómo explicarte, tu mansión toda para mí, hasta el último detalle, me ha hecho sentirme chiquita porque mi sueño siempre fue encerrarme en un departamento bien chiquito cuando mis hijas se casaran y me quedara sola y ya sólo sirviera para visitar nietos. Y que, por último, Manongo, yo te ruego que quites todos esos jazmines y todas esas madreselvas de tus jardines y que plantes buganvillas y me quieras y me recuerdes como fui y tal como soy ahora que las canas de la realidad...

–Debo haberme convertido en un hombre prudente y contemporizador –le dijo Manongo–. Sí, Tere. Porque ya no voy a aparecer por tu casa mañana mismo para romperle el alma a otro Juan Pasquel. Debe ser que ya no puedo darme el lujo de perderlo todo de golpe, sino de a poquitos. Debe ser que la realidad tiene canas, efectivamente, y vete tú a saber qué cosas más debe ser...

Apareció el chofer para avisarles a los señores que ya las maletas de doña Teresa estaban en el automóvil y que era hora de salir hacia el aeropuerto de Palma. Tere prefería ir sola y Manongo prefería quedarse un rato más en La Violeta, y así fue.

Entonces Manongo fue a instalarse en su rincón favorito de La Violeta, bajo el farolito timidón y no muy lejos del ventilador perezoso, colgando y girando apenas ahí arriba, como una desganada rueda de la fortuna horizontal. Llamó a un mayordomo y le dijo que no apareciera en mucho rato y que no le pasara ninguna llamada ni nada, pero que antes de retirarse le alcanzara el pequeño bloc en que solía anotar las frases que subrayaba en los libros que leía y las que copiaba de las canciones que iba escuchando. No, no deseaba música, esta noche, y el mayordomo podía retirarse ya.

Pasaron algunas horas y Manongo había anotado algunas frases mientras pensaba que Tere hace rato que estaría volando rumbo a Lima y que probablemente nunca más la volvería a ver ni a llamar y que en cambio sí debería insistir en sus llamadas a los amigos del Perú y al Gordito Cisneros y sus carreras de automóviles, allá en Miami, y que debería también retomar la buena y vieja costumbre de visitar a Tyrone Power en su santuario. Después pensó que a lo mejor no, que a lo mejor ya ni eso valía la pena y empezó a dudar y así estuvo, dudando un buen rato más.

Y fue entonces cuando Manongo escuchó la voz de Tere con otro acento o tal vez no, porque más bien era sólo la voz de Tere en la época en que aún podía ser completamente espontánea y natural y eternamente joven para él. Pero lo que más sorprendió a Manongo al levantar la cara fue que la bahía de Formentor con el mar allá abajo hubiese desaparecido para siempre y que la muchacha que se le acababa de acercar hubiese entrado, ella sí, a diferencia de Prudencio Aguilar, a La Violeta de la realidad, o sea la del viejo San Juan, en Puerto Rico, tantos años atrás, la primera vez que lo visitó la ensoñación. Manongo hizo un enorme esfuerzo para que todo eso desapareciera y, en efecto, logró soltar en su copa de oporto la cápsula con cianuro que hacía tiempo llevaba siempre con él. La muchacha no se dio cuenta, o sea que empezó a hablar tan tranquilamente.

—Mi nombre es Tere —le dijo, tocándole el hombro con la con-

fianza de compadre de Prudencio Aguilar, y añadiendo–: Pero eso
tú ya lo sabes de sobra.

Manongo le sonrió, porque en efecto lo sabía desde siempre.
Sabía que se llamaba Tere porque tenía esa nariz respingada y esas
pecas y el pelo muy corto y muy oscuro y la piel muy blanca. De
pronto se fijó, sin embargo, en que tal vez era demasiado alta para
ser Tere, pero eso era seguramente porque él estaba sentado y ella
de pie y en todo caso le encantó que fuera tal y como era.

–¿Ya te convenciste de que soy Tere y de que he regresado como
tú, alguna vez, por tu amor? –le preguntó, sonriendo con los labios
tan rojos, los dientes tan blancos, con la ternura que él llevaba
siglos buscando en todas las Violetas de su vida, en sus andanzas
por el mundo y en sus retornos al Perú.

–¿Una copa de oporto, Tere?

–Dos.

–¿Es ésta aquella Violeta? ¿La primera? ¿La del viejo San Juan?
¿La del primer amor y la de siempre?

–Lo será, Manongo, pero sólo si antes me entregas esos papeles
que tienes en las manos.

Tere misma le retiró de las manos las hojas de bloc que él llevaba como naipes de una baraja. Y las fue leyendo y convirtiendo
en pelotitas de papel hecho pedazos que fue arrojando por los rincones de La Violeta del viejo San Juan, aquí en Puerto Rico. Una
hoja decía: "En cada linaje, el deterioro ejerce su dominio." Otra:
"Cuando el sabio enseña la luna, el imbécil mira el dedo. Refrán
chino." Otra: "La palabra amigo cambia de sentido con el tiempo,
con la edad, y con el medio en que a uno le va tocando desenvolverse." Y la última hoja decía: "No podía encontrar más que la
muerte en la fuente que le había dado la vida. Pentadius (s. IV)"

–¿Cuántos años tienes, Tere? –le preguntó Manongo, invitán-
dola a sentarse a su lado, ahora sí ya para siempre, inseparable.

–Veintitrés –le respondió ella.

Manongo le dijo que nunca en su vida se había sentido tan joven,
ni tan fuerte, ni tan requetebién. Y alzó su copa de oporto para
brindar por esos veinte años y por su inmenso y definitivo bienes-
tar, por todo, todo lo suyo, también, de lo más sonriente.

Madrid, 1992 – Formentor, 1994